鏡子的背面

鏡の背面

かがみのはいめん

篠田節子

章蓓蕾 譯

目錄

宛如大地鳴動的聲響震得人心底發緊，整座森林爲之震動。雨滴似乎一時半刻還不會落下，雷聲卻是越響越烈。夜深了，雷鳴凶猛得像是砲彈爆炸，震得這座已有八十年屋齡的老舊民宅來回搖晃。

起居室的榻榻米上，幾個並排躺在棉被裡的女人紛紛起身。眾人不自覺地望向迴廊的落地窗外。但是遮雨窗早已拉上，當然看不到廢屋零星分布的山坡不時被閃電映成淺紫色。

一名職員起身走向隔壁充當辦公室的房間，伸手拔掉電腦插頭，別的女人也做好停電的準備，把手電筒放在自己的枕畔。

廚房門口的小窗外閃進一道光芒，幾乎就在同時，傳來一陣震耳欲聾的雷聲。

緊接著又是一道閃光，卻沒有任何聲響。

霎時，一股夾帶金屬氣味的陣風從屋頂垂直撲下。風中感覺不到重量，也沒有熱度與壓迫感。在場的十幾個女人感受到一種從未體驗過的衝擊，異口同聲地尖叫起來。

想必她們當中有人也在幻想房屋被吹得四分五裂的情景吧。

然而，這股衝擊貫穿木造民宅後直達地面，立即被大地吸收了。

就在眾人面面相覷，鬆了口氣的幾分鐘後，突然傳來某種爆裂聲。接著陣陣熱氣不斷降到剛才那陣金屬氣味的陣風吹過的起居室裡。

「快逃！」

有人發出慘叫般的吶喊。

幾個被雷聲嚇得用棉被蓋住腦袋的女人，連忙倉皇失措地跳起來。黑暗中，有人伸手去拿衣服，卻聽到耳邊傳來斥責聲，「衣服就算了，趕快出去。」接著，她們便被人推去玄關。

剛才擊中屋頂的落雷已在白鐵皮上打穿一個大洞，洞口裡的茅草正在燃燒。

一陣嬰兒哭聲不斷從樓上傳來。

眾人稱呼其為「負責人」的女人把視線轉向樓梯，開口呼喚同伴的名字。

沒人回答。

「不會吧？」

狹窄的窗口射進一道閃電，幾個女人趁亮注視彼此的臉孔。

「那傢伙又幹這種事！」

「有了小寶寶還這樣。」

「眞不敢相信……」

「負責人」嘖了一聲，匆匆走向樓梯。

「請妳引導大家到外面去。」

一個正氣凜然的聲音從黑暗裡傳來。

「老師」一把推開「負責人」，轉身朝樓上走去。

另一名職員緊跟在「老師」身後，步伐輕盈地踏上樓梯。她是一名盲眼老婦。

「她不能去！誰去把她拉回來！」

「負責人」大喊。

幾位住民爭相奔向樓梯，都想搶先跑到樓上，但樓梯太窄，僅能容納一人通過。

「快起來！失火了。清醒一點！」

「老師」的聲音從樓上傳來。

其他職員忙著推開住民，企圖爬上樓梯，但她們立刻退了下來。因爲放在樓梯附近的衣櫥已經燒了起來，擋住眾人去路。

「都到外面去，準備在下面接人。」

老師在火焰的對面指示所有人。

「了解。」

情況緊迫，大家已來不及從玄關出去，只好踢掉迴廊邊的遮雨窗，接著立刻雪崩似地一起滾到屋外。

頭腦靈活的負責人這時已拖來一床棉被，她背後的女人正在用手機通知119。

「接住！」

二樓嶄新的鋁窗已被人拉開，老師抱著嬰兒從窗口探出身子。

「了解。」

窗下幾個女人迎著剛剛開始飄落的冰雨，擺好姿勢準備接住嬰兒。

出生剛滿五個月的女嬰被拋了下來。等在下面的一個胖女人穩穩地用手臂和肚子接住了嬰兒。

周圍掀起一陣歡呼。

「老師也快點下來吧。」

負責人大喊。

二樓拋下另一床棉被，掉在剛才鋪在窗下的棉被上面。

「下一個，要拋下去嘍。」

樓下幾個女人又發出嘰嘰喳喳的叫喊。

老師跟盲眼老婦一起抬起昏睡的年輕女人，要把那具軟綿綿的身子架上窗框。誰知兩人都已用盡全力，一鬆手，年輕女人便臀部朝下直接掉在地面的棉被上。女人雖然昏睡不醒卻發出一陣呻吟，可能哪裡撞傷或骨折了。旁邊的圍觀者也不在意，一起抓起女人手腳，把她從棉被拉到地面。「老師快點啊！」眾人一起向二樓喊道。

「讓開！」

老師的呼喊從樓上傳來。

「快逃，趕快逃啊。」

就在這時，一聲轟然巨響傳來，爆炸聲吞噬了眾人的叫喊。二樓牆壁突然斷裂，燒成橘色的木板牆壁和冒著火焰的茅草一起從二樓崩落。

幾個女人護著腦袋奔向身後的森林。眾人連滾帶爬地沿著積雪的山坡奔向平地。火焰迸裂聲混雜著雷聲，其間還穿插著胖女人懷裡的嬰兒啼哭聲，失去意識的年輕母親被眾人一路拖著移往山下。

大量正在燃燒的火星不斷掉落在這些逃命的女人頭上、背上。

先跑到山下道路的幾個人抬頭仰望木屋。只見白鐵皮屋頂破了一個缺口，洞口持續噴出的火焰和金色火星把夜空照得一片鮮紅。

木屋已被橘色烈焰團團包圍，但是還沒倒塌。

屹立不動的粗壯屋柱持續燃燒著。

一個女人正在發抖，汗水從她鐵青臉孔的額頭上流下。女人從負責人手裡搶過手機按下119。

「我這裡是剛才報案的新艾格尼絲之家。房子裡面還有人！兩個人！拜託你們快點來啊。」

女人掛斷電話的瞬間，負責人的膝蓋一彎，好像立刻就要暈厥似地蹲下身子。

「老天爺，請救救她們。」

悲痛的聲音從她失去血色的唇間冒出來。

雷聲逐漸平息，冰雨卻越下越猛，火勢也絲毫沒有減弱。

消防車一直不來。山下那些村落的居民都圍了上來，但都束手無策。

那些女人的住處已經燒成一片灰燼，相隔一段距離之外的另一棟破屋，也被燒毀一半。眾人正在擔心火勢會不會向山上蔓延之際，消防車終於來了。

原來路旁積雪阻斷了道路，再加上落雷劈倒的電線杆倒在路中央，所以消防車沒法開上山來。

胖女人懷裡的嬰兒已哭得筋疲力竭睡著了。孩子的母親這時才擺脫藥力清醒過來。風雨不斷打在她身上，年輕母親全身發抖，痛苦呻吟著開始嘔吐。

1

追思會在舊輕井澤一間新教教堂舉行。

火災中去世的「老師」小野尚子和職員榊原久乃都不是新派教友。尤其是小野尚子，生前從沒說過自己信仰基督教。不過她經營的新艾格尼絲之家卻受到諸如新教教會、天主教等基督教組織，以及著名女校同學會、慈善團體、各種女性團體……等單位的援助。新艾格尼絲之家的目標是幫助那些因藥癮或酒癮、性侵、家暴等原因遭受心理創傷的女性重返社會。

追思會之所以選在這間教堂舉行，是因為新艾格尼絲之家的負責人中富優紀出面拜託，牧師也很乾脆地一口允諾出借場地，所以才有了今天的追思會。

祭壇上，白百合和馬蹄蓮堆得滿坑滿谷。小野和榊原的遺照向眾人露出微笑，會場裡卻看不到兩人的棺木。

因爲從燒毀的建築物下面找到的屍體，已被燒得連性別都無法辨認，根本不可能區別兩人的身分。

負責人中富認爲，從狀況就可以判斷遺體是小野和榊原，警方應該早點把遺體送回來。她不只一次去警署懇求，希望就算不能立即送回遺體，那至少在葬禮期間能讓她們帶回遺體。但是警方堅決不肯答應，還強調沒有弄清身分之前，絕對不能領走遺體。

「警察眞是毫無慈悲心。就一兩天的葬禮期間，爲什麼不能讓我們把遺體帶回來。」

中富的這番哀嘆立刻被一家慈善團體發行的機關報刊載出來。不久，小野尚子犧牲自己拯救嬰兒和年輕母親的消息，也在社群網站上開始流傳。

接著，很多人來向新艾格尼絲之家打聽葬禮的相關訊息。甚至連新艾格尼絲之家所屬的

「白百合會」，一個全國性的基督教女性團體，都接到了詢問電話。

小野尚子原本就是大眾熟知的名人，她經常親自拜訪企業或富裕家庭募款，還向捐款人寄送謝函。但是她從不接受訪問或演講的邀約，凡是跟媒體有關的活動，都由負責人中富優紀出面。不過媒體在特殊情況下播出的片段報導，還有小野尚子的出身背景，早有許多人將她奉若神明。而現在，鮮花環繞下的遺照裡，臉上布滿皺紋，微微下垂的視線，略顯悲哀的眼尾，與微笑的嘴角，已經超越了高貴優雅，看來就像一位慈愛的女神。

悲母觀音（註）……

知佳低聲發出嘆息，把手裡的白百合放在祭壇上，然後雙手合十低頭默禱。

祭壇上還有另一幅遺照，是跟小野同時犧牲的前護士榊原久乃。照片裡的她雙眼緊閉，臉上露出毅然的表情，令人感到一種詭異的肅穆。

教堂裡有人正在啜泣。其中一個抱著嬰兒的年輕女人發出狂吼似的悲泣。

「老師，老師，您爲了我……」

女人已經陷入狂亂，淚水嗆得她不斷咳嗽，嬰兒也跟著她一起大聲啼哭。不一會兒，另一名女性半哄半拉地把她從禮拜堂帶向後院。

知佳轉頭看著女人的背影，一路目送她出去。

禮拜堂是跟牧師公館合而爲一的簡樸小屋，跟一般舉行婚禮的宏偉建築完全不同。若不是鐵皮屋頂上豎著十字架，跟一般住宅毫無分別。不過今天前來弔唁的賓客非常多，手捧花束的隊伍排得很長，早已沿著林間小徑排到外面的路上去了。

可見小野尚子即使從來不在媒體露面，她的實績和做事能力、人品……等等，早已經由口耳相傳散播出去了。

有些上傳到網路的畫面裡，可以看到她敘述著自己成立的庇護所陷入困境，請求人們捐款；也有一段影片是一個年輕女人正在清晨的新宿街頭靜坐，全身髒得像陰溝裡的老鼠。制服警員已將她團團包圍，小野尚子跪在女人面前握著她的雙手，並把自己的臉孔湊上去，彷彿想要擁抱對方一般地訴說著什麼。

網路上流傳著非常多用一般手機或智慧型手機拍攝的影片。但是不論哪段影片裡的小野尚子，都沒露出過冷峻的表情。畫面裡雖沒有她膜拜神佛的身影，不過她與人接觸時，永遠都擺出低姿態向對方展露微笑，這種謙虛的姿勢更爲她增添幾分高貴感。

品格高尚再加上家教良好吧，知佳想。

她不禁把自己跟小野尚子暗自對比一番。想當初，知佳自己也是拚命努力過，才能通過求職戰爭進入大出版社上班。後來她跳槽到另一家小型編輯公司，之後，才出來獨立工作。在一切都是結果論的自由業者的世界，知佳有時抱著公事公辦的心態寫些自己根本不想寫的報導，有時很機靈地拋掉無用的顧慮，不顧一切地埋頭苦幹。她經歷了所有自由業者都會遇到的遭遇，費盡千辛萬苦才存活到今天。

小野尚子不喜歡別人喊她「老師」，更不喜歡別人對她冠上「女士」的尊稱。

「請叫我尚子。」

知佳想起第一次見面時，小野尚子曾對自己說過這句話。說完，尚子彎腰行了一禮，兩手輕垂腿邊，手肘並不僵硬的古風優雅的行禮方式，給知佳留下了深刻印象。或許因爲她父親是歷史悠久的出版社老闆，而且曾被某皇族選爲結婚對象候選人，舉手投足當然充滿氣質吧。

註：日本近代畫之父狩野芳崖的名作。

知佳採訪過很多人，但她現在覺得，世界上恐怕再也找不到尙子這樣溫柔正直又充滿行動力的女性了。

享壽六十七歲。如果在從前，這個年紀可能已被視爲老人，不過現在很多女性到了這個年齡，都還十分活躍。知佳並不喜歡隨便評斷他人，但她眞心覺得，若是爲了救助那名嬰兒，尙子犧牲性命倒也說得過去；可是她丟了自己的性命，竟也是爲了那個藥物成癮的母親，實在太令人惋惜了。然而不可否認的是，以這種方式結束生命，確實也非常適合尙子。

狹窄的禮拜堂裡瀰漫著薰鼻的花香，知佳走到室外，陽光從剛冒出新芽的綠葉間射下，照得她幾乎睜不開眼。

一個身穿消光黑色罩衫配黑色牛仔褲的背影出現在眼前，知佳立刻看出那是中富優紀。

「這次辛苦您了……」

知佳深深向中富行了一禮，拿出名片遞過去。名片上寫著，「山崎事務所　記者・編輯・口譯　山崎知佳」

中富優紀曬黑的臉上露出笑容。

「啊，上次麻煩您了。」

「大家現在住在哪裡呢？」知佳問。「承蒙白百合會好意，我們職員和住民都暫時住在長野一間女性庇護所。」中富一面回答，一面舉起一手招呼同伴。

幾個女人立刻聚集過來，雖然她們沒穿正式喪服，但每個人都是一身黑。

「說眞的，每天到了黃昏，眼淚就忍不住一直流。」

一個女人說著擦拭掉豐滿頰上滾落的淚珠。她叫木村繪美子，那天就是她伸手接住了樓上拋下的嬰兒。

「那時要是能把老師拉回來，換我去二樓就好了。每次一想到這兒，可是那時老師對我說『請妳引導大家到外面去』。當時我愣了一下，立刻停下腳步。誰知榊原說了一句『不能讓她去。』然後她就跑上去了。明明她眼睛又看不見。我現在後悔也來不及了……」

「事到如今，大家才發現老師的動作好快！咚咚咚，一下子就跑到樓上去了，完全沒有躊躇。那種情況下，她就是那種人。榊原是打算跟她一起去死吧。總之，這也是宿命，因爲老師是觀世音菩薩啊。眞的沒錯。」

一個女人說著拍拍繪美子的肩膀。她臉上有道燒傷的傷疤，看來也是新艾格尼絲之家的住民，沙啞的聲音裡不失女性的嬌媚。

中富優紀轉頭看著知佳，用微弱卻堅毅的聲音說：

「如果您要報導這件事，請您呼籲讀者支持我們吧。拜託了，先向您道謝。」說完，中富深深行了一禮，那動作跟小野尙子完全不同。

「我們希望一起動手收拾殘局後，重建庇護所，就算是組合屋也好。只是，各種規定限制非常多……如果能在鄉下租一棟屋子也不錯，但現在經費方面比較棘手。」

「我明白了。」說完，知佳離開了教堂的後院。

兩年前，知佳到「新艾格尼絲之家」採訪那天，天氣也像今天一樣晴空萬里，陣陣和風吹在身上，令人感到十分舒適。

而且那天也跟今天一樣，小野尙子曾拜託知佳，「請幫我們呼籲支持。」

嫻靜內斂的尙子那天之所以願意接受訪問，還是因爲日本經濟經歷長期蕭條後，又發生了大地震，來自民間的捐款驟減。雖然尙子已經拿出個人財產作爲補助，庇護所的營運資金卻還是長年不足的狀態。

尙子雖已年過六十，而且在採訪過程中，臉上也沒有化妝，白髮剪得短短的，身上穿一件寬鬆的舊襯衣和長褲；但攝影師後來凝視數位相機的畫面時，也忍不住感嘆，「眞是一位美人。好像從內心散發著光芒。」

知佳那天是爲一本頗具權威的綜合月刊進行人物專訪。這個連載的專欄分別由幾名作者輪流負責，每期選出一位焦點人物爲主題，刊登這位人物的報導。

文章會署名刊登，而且這個系列在這本綜合性雜誌已經具有相當歷史，執筆群都是有名的紀實文學作家，知佳非常重視這次採訪。平時只花兩小時採訪就能完成的工作，結果變成她留在新艾格尼絲之家過夜。知佳之所以願意花兩天的時間，跟那些住民、職員一起生活後再完成報導，主要還是因爲小野尙子的人品吸引了她。

不過當初選中小野尙子爲報導對象的，並不是知佳，而是編輯部。

尙子既是日本歷史最悠久的出版社之一的老闆千金，還曾被皇族選爲結婚對象候選人。誰又能想到，像她這樣的女性，卻把整個人生和父母留下的龐大資產，全都貢獻給那些懷抱酒癮、藥癮、性癮、自殘等各種問題的女性，甚至還跟她們一起生活。

妳把她寫成日本的德蕾莎修女吧，編輯部向知佳提出構想。但是知佳感到非常抗拒，心中也生出一種反感。還不如把焦點放在那些孤獨奮鬥的單親媽媽身上，知佳想，她們對抗貧困與歧視的故事肯定能寫成更感人的報導，不過她不敢違逆編輯部的企劃。

什麼老闆千金的感人佳話，眞是夠了！她決定用公事化的微笑遮住內心的不屑，一路開著新買的 AQUA 輕型車，朝信濃追分附近的村落駛去。分布在小山丘上的村落，現在正是櫻花盛開的季節，這裡的櫻花比東京都心遲了整整兩個月。

廢村裡有一棟大民宅，就是新艾格尼絲之家。

出發前，知佳已從編輯部那裡聽到一些相關訊息，做好了心理準備。據說這個機構的成立宗旨，是要排除歧視，全面接收遭遇各種問題的女性，協助她們攜手共同生活。住民裡還包括一些被家族及行政體制拋棄的藥物成癮患者或是女性前科犯。在某些狀況下，這棟民宅就是她們最後的避難所。

知佳一面找路一面在四處都是廢屋的村落道路上前進，不一會兒，終於駛進新艾格尼絲之家的院子。遠處有個表情冷峻的老婦人，身上穿一套髒兮兮的運動服，手裡提著一把菜刀朝著知佳走過來。

知佳差點尖叫起來，正打算開車逃跑，卻發現老婦人的左手捧著一顆剛從田裡收割的春季包心菜。知佳不禁對自己的冒失感到羞愧。「您有什麼事？」陽光下，老婦人手裡捧著沉甸甸的包心菜向知佳問道。她就是榊原久乃，知佳不由自主地對她生出一種恐懼。直到後來，這種感覺一直無法消除。

不過，除了榊原久乃之外，其他正在新艾格尼絲之家的廚房或田裡工作的住民與職員，都非常隨和開朗，完全推翻了知佳先入爲主的偏見。

「這裡的全部職員，包括我在內，大家從前都曾因爲成癮症或其他理由，在這裡住過。」最先出來接待客人的，是這個機構的負責人中富優紀，她向知佳介紹了機構的狀況。

據中富表示，原本的「聖艾格尼絲之家」是個全國性自助組織，不過「新艾格尼絲之家」則有著較高的自主程度。這個機構以小野尙子老師的理念做爲精神支柱，提供住民長期展望，幫助她們重新開展人生……

中富將知佳帶進起居室，知佳半信半疑地聽著中富的說明。兩人正說著，知佳的採訪對象小野尙子來了。尙子身上穿一件領口磨破的運動衣，下面是一條舊運動褲，頭上戴著以手巾縫製的遮陽帽。她一看到知佳，立刻摘掉帽子，雙膝著地，很恭敬地行了一禮。尙子滿頭黑白夾雜的頭髮剪得很短，正在陽光下閃閃發光。

「您大老遠趕來這裡，我卻這副德性出來見客，眞對不起。因爲路邊的排水溝塞住了，我只好趕緊去清掃……」

說著，尙子抬起頭，臉上露出羞赧的微笑。

「哪裡哪裡，在您這麼忙碌的時候來打擾，我才不好意思。」

尙子優雅的動作跟她的打扮實在太不相稱，知佳不禁緊張地縮著雙肩，又立刻很不自然地挺直背脊。

「交流道到這裡的山路不好走吧？是不是很累了？」

「是……不、一點都不會。」

知佳端正地跪坐著，腳趾卻下意識地不停蠕動。

「您不介意的話，我們到那邊去談吧。」小野尙子指著玄關旁那個木頭地板的房間說。房間裡擺著一張木製圓桌。

「在這個門邊泥地旁的房間招待客人，實在有失禮數。不過這裡比較通風，感覺很舒服。」

尙子動作熟練地從屋柱與辦公桌之間抽出幾張折疊椅，放在圓桌旁邊。

尙子一點也沒有失禮。她是看到穿著牛仔褲的知佳和攝影師，姿勢彆扭地跪坐在榻榻米上，才把採訪場地移到這裡。

「我可以錄音嗎？」

「請隨意，請隨意。」

說完，尙子端來麥茶和蒸蕃薯招待客人。訪談就在這種悠閒的氣氛中開始了。

知佳打算提出的問題包括，千金小姐尙子的成長經過，成爲皇族結婚對象的眞相，爲了援助那些背負各種問題的女性而成立「新艾格尼絲之家」的經過，以及投入個人財產獻身慈善事業的理由。

她決定把訪談資料濃縮成一萬字左右的報導，文章風格必須迎合歷史悠久的綜合月刊的保守讀者群。這些人都擁有一定程度的見識，所以文章必須寫得能讓他們深受感動。

對於經驗老道的文字工作者而言，這項任務並不困難。攝影師在訪談開始後的四十分鐘裡，拍完小野尚子的受訪鏡頭後，就先返回東京了。

接下來的訪問則由知佳一人負責。儘管她一開始就打開了錄音筆，但不知從什麼時候起，她竟然抓著原子筆正在做筆記。

知佳原本要求的訪問時間大約是兩小時，誰知她們談著談著，竟一下子就談到天色變暗。

「好不容易來一趟，妳一定要吃完飯再走。」尚子說。「那我就恭敬不如從命了。」知佳低頭致謝時，心裡已對眼前這名頭髮花白的女人產生了好感。尚子的行動、言辭，還有言行背後的用心，都令知佳傾倒。

晚飯由住民和職員一起動手準備，竹筍炊飯跟蔬菜天婦羅的味道實在鮮美無比。

知佳心中充滿感激，當天晚上，她又接受了主人的盛情，決定在這裡住上一晚。

後來，職員木村繪美子帶她去洗手間的時候發生了一件事。當她隨著木村來到北面的走廊時，不自覺停下了腳步。因為她看到一間採光很差的和室裡有四座木製書架緊靠著土牆。這個房間可能是前住戶日常起居的地方。事實上，剛才進行採訪的木頭地板房間裡，除了電話、電腦、檔案夾之類的辦公用品外，也有個不鏽鋼書架。上面擺著一些跟醫療福祉制度和NPO非營利組織有關的實用書，還有關於成癮症、發展障礙之類的解說類讀物與專門書籍。從書背看來，這些書都很舊了。

「您眞不愧是記者，對書本這麼有興趣。」

木村繪美子發現知佳望著那些舊書，所以對知佳這麼說。

「哪裡……是我失禮了。」

「您喜歡的話，請隨意瀏覽。」

繪美子露出自豪的笑容帶著知佳走進和室。

「這些書都是小野老師跟娘家斷絕關係時帶來的。」

「斷絕關係？」

繪美子頓時尷尬地沉默了一下，但又立刻說道：

「妳知道，老師的娘家不是很有錢嗎？家裡有那麼多華麗的洋裝、和服，她都沒帶出來，只帶了這些心愛的書籍過來。如果是我的話，一定不會拿書，而是拿衣服吧，能拿多少就拿多少。」

「不不不，如果是我的話，一定是拿寶石和皮包的。」知佳笑著答道，並把視線放在那些書背上。

簡陋的組合式書架上塞滿了各式各樣的書籍，其中包括聖經、思想類或基督教書籍，以及作家隨筆。有些書頁已經泛黃，有些甚至已腐蝕成褐色，連文字都很難辨認。此外，還有介紹開發中國家住民現狀的調查報告與紀實文學。知佳覺得很好奇，便徵得繪美子的同意，從書架上抽出幾本書。

每一本都非常陳舊，有趣的是，只要看一眼那些彩色圖片或是褪色的目錄，就能看出當時世界狀況跟現代完全不同。當時在非洲或阿拉伯世界，伊斯蘭激進組織勢力還沒有興起，只有擁有被壓榨歷史的善良民眾住在當地。介紹亞洲的書中則把當地寫成貧窮的前近代社會，根本難以想像現在的發展狀況。書中還提醒擁有資源的國家應該省思自己能爲當地居民，特別是能爲孩童做些什麼。書架上以介紹菲律賓的書籍佔大多數。

「眞沒想到，小野尙子女士是一位國際派人士。」

「是啊，聽說她以前常到菲律賓的貧民窟去呢。」

「是跟聯合國兒童基金會有關的工作？」

「這……」繪美子歪著腦袋猶豫半晌，才對知佳說，那些都是她到這裡工作很久以前的事情了，她不太了解詳情。

第二天，知佳一直跟在尙子身邊。一面幫她下田幹活、打掃，一面繼續進行採訪。

昭和二十四年，戰後日本正要展開重建的時代，京都老牌出版社朱雀堂社長的長女小野尙子在京都誕生了。尙子剛滿兩歲時，父親把公司遷到東京，全家一起搬到了東京文京區的本鄉。

尙子從小學到大學念的都是名校。大學就讀T女子學院，大學時還到英國留學了一年。不過尙子不願多提自己的大學時代，知佳也從她的人品看出，她不是在隱瞞什麼，或不願回顧從前。而是她覺得如果主動談論自己出身穩定富裕的家庭，又學了很多才藝，別人會以爲她在炫耀，她不想讓人產生這種感覺。

「聽說，您跟某位皇子曾經論及婚嫁。」

知佳前一天也曾單刀直入提起這件事。「算不上論及婚嫁啦。」尙子笑著否定了這件事。但是這天知佳閒聊時再度提起，尙子終於承認了這件事。

「就是因爲這件事，我才會結婚的……」

「啊？跟皇子嗎？」

知佳連連眨眼問道。尙子發出一陣優雅卻很開朗的笑聲。

「跟別人啦。」

知佳也常聽說很多女孩被列入皇族結婚對象的候選名單後，做父母的會立刻把女兒嫁出去，或送到國外留學；但是她沒有想到，即使對象是天皇家以外的皇子也是同樣情況。

尙子的父母急忙找人介紹對象給正在念書的女兒，等她大學一畢業，馬上就跟一位在國立大學教書的學者走進禮堂。

天下的父母都不希望女兒嫁進不能隨時見到外孫的人家，更不希望看到女兒受苦受累。尙子的父母應該也是出於這種考量，才會趕緊找個匹配的對象，把女兒嫁出去，免得她跟不好對付的人家扯上關係。

結婚典禮是在昭和四十七年舉行的。由於日本列島改造論（註）盛行，當時全國各地都掀起炒地皮的風潮。

一定是一場高格調又豪華的婚禮吧，知佳不禁在腦中幻想。如果有照片就好了，她想，但是期待卻沒法如願。

這樁婚事不僅雙方門當戶對，同時也是引領日本未來知識界的學者與社長千金之間的才識與財力的結合。既然兩家條件相當，這場婚姻應該也能符合雙方的利益，然而尙子的婚姻卻在五年後破裂了。

「怪我不懂人情世故，而且我們彼此耐力都不夠。」

尙子對這段婚姻就像對她的少女時代一樣，也不肯說得太多。因爲只要一開口，就不免把過錯推到對方身上。像知佳這個年代的女孩，她的青春時期正好碰上後泡沫經濟時代，所以她不可能懷抱什麼浪漫幻想，以爲談場戀愛就會直接走進禮堂。即使如此，這種爲了逃避麻煩婚姻而故意安排的婚事，把財富與才識組合在一起的過程，對知佳來說並不難想像。

不肯多談婚姻的尙子只說了一件事。那是在相親的時候，對方對她說過的一句話。

「我是沒法養活妳的。妳也知道，學者的收入很少，而且經常得到國外去，所以能跟妳在一起的時間也不多。不論是經濟方面或日常生活，我希望妳能自己照顧自己。」

「這種男人眞是糟透了。」

知佳忍不住這麼說，「就算事實眞是那樣，他就不能說一句，我可能會讓妳爲錢煩惱，但我一定會好好待妳？」

尙子只露出一臉苦笑。

「那個人現在怎麼樣了？」

知佳知道這種問題很多餘，卻忍不住問尙子。

「聽說他在前年吧，已經退休了，現在好像是名譽教授。」

「後來當然沒再結婚吧。」

「哪裡，他好像有個跟妳年紀差不多的女兒喔……」

寄出離婚證書之後，小野尙子的婚姻在感情與金錢都沒有任何糾紛的狀況下，結束了。

「也怪我自己生活過得糜爛。」

「糜爛？」

知佳腦中浮起「外遇」這個字眼，同時心底升起一絲期待。

「酒癮。」

知佳吃驚地望著尙子黝黑卻平靜的臉孔。

以往媒體對小野尙子報導的佳話裡，從來沒聽過這個情報。

尙子爲什麼成立這個機構，爲什麼投入個人財產，還爲這些遭遇問題的女性奉獻自己，

註：日本列島改造論，一九七二年時任日本經濟產業大臣田中角榮提出的理論。將日本列島用高速交通網路（高速公路、新幹線）串連起來以促進日本各地方的工業化，並解決城鄉發展不均、人口過度稠密等公共問題。

知佳彷彿有點明白其中緣由了。

她沒有孩子，丈夫不在身邊，也沒有工作經驗。尙子說朋友各自忙著結婚，忙著工作，她只能獨自待在俯視首都高速公路的公寓裡，一大早就開始喝酒。

最先只是喝些小罐啤酒，後來慢慢改喝紅酒，最後變成了威士忌或白蘭地。

一天，喝醉的她開著日產勝利回娘家途中，竟然把車子撞到牆上去了。所幸車禍沒有波及他人，她也沒有受傷。而且當時那個年代，酒醉駕駛不像現在罰得那麼重，因此她也沒受到什麼懲罰。只是父母聽說她出了車禍，立刻匆匆趕來，結果看到女兒的健康出了問題，女兒跟夫婿一起生活的家裡凌亂不堪。尙子的父母立刻催她跟丈夫辦理離婚手續，就像當初催她結婚時一樣。

這天的訪問沒能聽到尙子的婚姻生活，知佳後來又在維基百科上查到尙子的結婚對象，並且在網路上查詢了那個人的姓名。

正如尙子所說，那個人在日本最高學府擔任名譽教授。他不但參與大學的行政事務，擔任大學理事，也發表過很多論文、學術著作；但是社會大眾對他並不熟悉，因爲他從不在媒體上露臉，也沒寫過一般性書籍。知佳在一位大學相關人士的部落格裡看到那個人的訊息。寫文章說他從前跟一位富家千金結過婚，後來卻拋棄了富裕的生活，跟他從前念書時結識的所謂靈魂伴侶重新在一起。

這段戀情被形容爲一名學者的純潔戀情，跟外遇、背叛完全無關。但是他那位最初因爲現實利益才被娶進門的妻子，又受到了多大的心靈傷害？答案是很容易想像的。

知佳雖然不知那位靈魂伴侶的容貌如何，不過毫無疑問，尙子有一張漂亮的臉孔。然而，知佳坐在電腦前面，試圖憶起尙子的臉孔時，她發現自己腦中卻無法浮現一張具體的面貌，這令知佳非常困惑。

難道這就是所謂的臉盲症？她不禁害怕起來。但是她能立刻想起以前當過護士的老婦人榊原，還有負責人中富優紀的臉孔，可見並不是臉盲症。

想不起來的只有尙子的臉，不過知佳仍然認爲尙子長得很美。尙子的言行舉止、用字遣詞，還有她對知佳與周遭的體貼，甚至連前夫，她都考慮得那麼周到，盡量不讓對方受到傷害。這種細密嚴謹的用心，醞釀出極其珍貴的優雅與高貴，像光環一樣照亮尙子全身。

這一切都是屬於她的內在。

那麼，外在可以看得到的部分又是如何？花白的短髮，連脖子帶下巴一起曬黑的臉孔，充滿光澤卻被皺紋殘酷掩蓋的肌膚，乾淨卻陳舊的運動衣褲……

知佳想不起她臉上的特徵。不，應該說，臉上沒有特徵就是她的特徵吧。然而，那張臉孔卻很美，因爲一切都由表情決定。

那張臉孔的輪廓之所以沒給知佳留下印象，或許因爲整體比較袖珍。細長的小眼睛，櫻桃小口，窄小的下顎，纖細的鼻梁。如果能配上雪白豐滿的雙頰，或許能讓人覺得那是一張古典高貴的面容，但那黝黑瘦削的輪廓，實在看不出任何貴族的特徵。

知佳後來訪問過小野尙子從前的同學，那位女士拿出尙子少女時代的照片給她看，知佳覺得照片裡的尙子跟後來沒有什麼分別。當時尙子正値青春年代，內在涵養尙未養成，如果跟其他同年代的女性混在一起。尙子未必是男人眼中充滿魅力的女性。說得更殘酷一點，那個爲了個人算計而跟她結婚的男人，後來說不定非常後悔吧。

離婚後，小野尙子回到娘家，她哥哥的家庭也住在同一個屋簷下。尙子又像未婚時代一樣，跟著父母一起生活，被酒精浸泡已久的身體和心靈卻無法立即恢復。

身體已經受到酒精侵蝕的她只好住院治療，但是出院之後，尙子又馬上端起酒杯，不僅如此，只有喝酒已無法滿足她，所以她開始隨意服用安眠藥。尙子曾睜大著空虛無神的眼珠，在自家附近躑躅徘徊，後來還是蒼老的父親牽著她的手，半抱半拉地把她帶回家；她也在計程車裡昏倒過，最後是由警察通知家人把她接回去；她幾乎每天都把洗臉台弄得一團髒亂，還在床上失禁；由於喉嚨乾渴難忍，她一邊嘔吐一邊痛飲啤酒；她還能清晰地看到螞蟻似的物體，在皮膚下面來回蠕動。

「酒癮這種毛病，比新聞或電視劇裡描述得恐怖千萬倍。簡直就是悲慘萬分的地獄。更可怕的是，這種病不僅是肉體痛苦而已。我住進醫院後暫時不能喝酒，當時覺得身心都被掏空了。以前喝酒時覺得深陷地獄或化身魔鬼，但至少覺得身心都很滿足，沒有了酒精，我什麼都不是。出院回家之後，我趁家人稍不注意又開始喝酒了。下午三點的紅茶杯子裡，偷偷倒進一滴。聞著那一絲酒香，全身舒坦，眞的覺得只要有這一滴酒，什麼都可以不要了。我甚至覺得，就算立刻死掉都沒關係。這就是戒酒後的酒精滋味。於是，我再度掉進了萬丈深淵……」

知佳嚥著唾液點了點頭。

也是在這段時期，尙子的父親突然在出差途中去世了，死因是心肌梗塞。業界相關刊物把這件事描寫爲，沉重經營壓力終於讓歷史悠久的出版社老闆「戰死」了。然而尙子心裡很明白，不僅是工作壓力沉重，自己給父親造成的身心負擔更沉重。

父親的七七還沒結束，母親便因爲受不了出版社內的經營權糾紛，也病倒了，立刻被送進東京都內的醫院。

母親住院那天，尙子勉強撐著軟弱無力的身子，匆匆準備好睡衣、內衣與毛巾等住院用品趕到醫院。母親閉著雙眼躺在床上，一點反應也沒有。

尙子心裡升起極度的悲傷，深怕母親就這樣追隨父親而去。「媽！」她喊了一聲，把手掌放在母親隱約可見靜脈的手背上。誰知就在掌心貼到手背的瞬間，看來像是失去意識的母親卻猛然用力，揮開了尙子的手掌。母親的雙眼仍然緊閉，眉頭緊鎖，狠狠地咬緊牙關。尙子後來才知道，當時自己的全身肌膚，包括呼吸在內，都散發著甜柿熟透的氣味。

父母去世後，大嫂擔心娘家無人照顧尙子，也搬進主屋跟她同住。一天，尙子突然無緣無故地責難大嫂。她腦中滿是被害妄想，以爲母親不肯接受自己，是因爲大嫂在母親面前挑撥。大嫂被她執拗的埋怨嚇壞了，既不能辯解，也無法勸慰。無奈之中，她只好逃到家裡的另一棟屋子，尙子卻緊跟在她身後，喋喋不休地邊哭邊罵。

第二天，哥哥來到尙子的床邊，她的生活早已混亂得分不清晝夜。哥哥不分靑紅皀白就抓著她的手走出房間，坐上車。尙子已被反覆送進醫院好幾次。她以爲哥哥又要帶自己去醫院，沒想到車子卻開上了高速公路。

黃昏時刻，車子來到小野家位於舊輕井澤的別墅。別墅周圍種滿落葉松，每年夏季期間，附近還算熱鬧，但是像現在這種晚秋季節，周圍幾乎看不到一個人影，四周陷入一片死寂。

「妳在這裡讓頭腦清醒一下。」

哥哥一定對她非常憤怒吧。說完這句話，他就獨自返回東京去。

別墅佔地約百來坪，裡面還有一間小型會議室。從前出版社生意最好的時期，別墅曾經是公司的福利設施，提供員工進修，休養的場地。當時出版社擁有大筆現金與存款，只要打電話給附近熟識的商店，立刻就會有人送來食物與燃料。

尙子在這座別墅裡進行療養，肯定不會遇到任何問題，所以哥哥才把她帶到這裡來。然而，在這座古舊又空曠的別墅裡，聽不到一絲人聲，也感覺不到屬於人類的暖意。儘管是在大白天，尙子走進南邊的起居室坐下後，也會感到正在暗處蠢動的孤寂正步步進逼。這時剛好是換季的時期，木造建築的每個角落彷彿都發出木材擠壓的聲響。狂飛亂舞的秋風透過遮雨窗與雙層玻璃窗，夾帶著陣陣寒意直撲肌膚。

一天早上，整夜未曾闔眼的尙子像逃難一般地離開了別墅。她只在居家服外面披了一件毛衣，手腳都幾乎凍僵了。她一路前行，最後來到位於別墅區一角的小教堂。

這座砂漿外牆的木造建築既沒有教堂的尖塔，也沒有五彩玻璃，外觀看來就像一般社區的活動中心。玄關貼著一張手寫的聖經金句，「凡勞苦擔重擔的人，可以到我這裡來，我就使你們得安息。」旁邊還有教堂聚會的日程表。

十一月的別墅區，散布在森林裡的每戶人家都把大門鎖得緊緊的，只有這座教堂沒有鎖門。尙子脫了鞋，走進禮拜堂。室內沒有開燈，也沒開暖氣，但空氣裡飄浮著一絲柴油的氣味，令她感到幾許人類的溫暖。木頭地板的房間裡空蕩蕩，只有正面牆上掛著木製十字架，還有一座看似鄉間學校講台的布道台。

四周既寒冷又寂靜，尙子靠著牆壁蹲下來。不久，幾個人走進禮拜堂。大家雖然都是第一次見面，卻像鄰居熟人地彼此親切問候。

那些人很熟練地搬出一些折疊椅，排列在禮拜堂裡面，尙子也在大家的力邀下參加了星期天禮拜活動。

「可能我在那時需要一種心靈支撐吧。」尙子回憶起這段往事時說道。

之前，她並沒有特別的信仰，但是因為母親接受過天主教的受洗儀式，所以她對基督教也感到很親近。

「就是說，您對基督教雖沒有幻想，但是也不感到抗拒？」

聽了知佳這個稍帶戲謔的問題，尙子臉上完全沒有不悅，反而微笑著答道，「我覺得人類好像天生擁有祈禱的心，跟宗教或教派完全無關。」

做完禮拜之後，師母邀請正要離去的尙子一起喝茶。尙子雖然婉拒邀約，師母卻不管三七二十一攬著她的肩頭，一起走向已被柴油暖爐溫暖的二樓。

當時的天氣冷得幾乎要下霜了，而我這個滿身酒臭的女人卻只穿著一身居家服，外面罩一件毛衣，蹲在教堂裡，尙子說，可能師母已經看出這女人有問題，才會向我伸出援手吧。

喝茶時，她始終無法跟別人一起談笑。等到茶會結束後，其他女教友都去幫忙清洗茶杯時，師母把自己身上那件厚厚的羊毛大衣放在尙子手裡，先說了一句「不好意思」，然後拜託她牽著身旁那位大約四十歲的女人，把她送回家。

剛才大家一起喝茶的時候，那女人靜靜地坐在角落裡，始終一臉僵硬。

雖然外表看不出來，但她伸手去拿茶杯時，動作顯得猶豫不決，好像正在測量茶杯跟自己的距離，尙子這才看出女人的眼睛看不見。後來女人告訴尙子，她得了一種無法醫治的眼病，現在雖然還能看到模糊的影子，但是再過幾年就會變成全盲。

這女人就是後來跟尙子一起燒死的榊原久乃，這是她們第一次見面。

尙子拉著腳步躑躅的久乃，一起向她家走去。

拉著別人的手，引導別人向前，這對尙子來說，是一種既困惑又感動的奇妙經驗。

在回家的路上，久乃告訴尙子，她在當地一家公立醫院當護士，現在雖然請病假在家休養，將來遲早會辭職。久乃的老家在東北，但將來並不想回去，所以現在正在佐久市內的一家針灸按摩學校上課。久乃說，當護士的經驗對按摩工作肯定能有極大的幫助。她的語氣雖然並不開朗，卻充滿了信心。

「普通人要是聽到她的計畫，大概就會下定決心，跟她一樣積極努力地活下去吧。但是我聽了她的話，立刻覺得她跟自己是完全不同的類型。光是想像她的生活，我都感到全身無力。如果待在她身邊，我會變得很憂鬱，所以最好不要跟她有任何牽扯。」尙子苦笑著說。

她一定做夢都沒想到，自己後來不但跟久乃攜手成立了這種共生社福機構，接納那些無處可去的女性，最後竟還會跟久乃一起共赴黃泉。

那天見面後過了很長一段時間，尙子跟榊原久乃都沒再見面。

自從那次星期天禮拜之後，尙子開始頻繁參加教會活動，譬如聖經研習會、茶會，有時也到附近的殘障人士社福機構擔任義工。不過儘管如此，她還是沒有完全戒酒。

其實舊輕井澤的居民從來都不跟這座別墅區教堂的教友往來，別墅區的居民也不理他們，而教友間的人際關係也出乎意料得複雜。身處這種封閉團體的成員，通常愈想搞好人際關係愈容易把自己弄得精疲力盡，甚至還可能捲入令人不悅的爭端。而另一方面，滿身酒臭的尙子加入團體後，每個成員都想拯救她。那些眞心誠意的勸說聽在尙子的耳裡，就像刺耳的斥責與鞭策，最後她實在無法承受那些焦躁的喝斥，只好更加依靠酒精逃避現實。

不久牧師夫婦從輕井澤教會調派到富山去了，前來接替他們的，是一位剛從神學院畢業的單身漢。這位牧師曾經當過將近二十年的上班族，之後才立志傳教，所以他雖缺乏牧師經驗，卻擁有豐富的社會經驗。

新牧師看到那些女教友一路埋怨著把醉得不省人事的尙子拖到教堂來，立刻就明白了其中緣由。一天，做完禮拜之後，他把尙子叫到另一個房間。

室內有一張小茶几，他們分別在兩邊坐下後，牧師不像其他人，他對尙子既不教訓也不責罵，更沒有激勵她。

牧師只拿出一份傳單交給尙子，並對她說，「妳到這裡去看看吧。」那是一份叫「白百合會」的機構爲女性酒癮患者召開的內部聚會通知。

「白百合會」最初成立時打出超越教派的基督教女性團體的招牌，明治時代也曾是積極提倡廢娼運動的先鋒組織。後來經歷了戰爭時期與戰後高度成長期，組織的活動內容有所改變，現在的主要活動已擴展至協助解決一般的女性問題，譬如援助貧困母子、支援女性囚犯出獄後的更生、經營家暴庇護所、協助藥物或酒精成癮患者接受復建……等等。白百合會現在已發展成全國性組織，共同參與活動的單位已不僅限基督教團體，另外還有一般的慈善團體。七〇年代之後還有部分女性主義團體也來加入他們的活動。

牧師熱心推薦尙子，這裡只有女性會員，跟其他戒酒團體不同。到了下一週，尙子雖然不想去，牧師還是開車送她去參加「白百合會」長野分部舉辦的聚會。

尙子半信半疑地發現那種聚會眞的能提供協助。

「因爲我遇到眞正能幫我著想，聽我傾訴的工作人員。我在那裡看到一位從早開始喝酒的媽媽，她甚至不餵自己的嬰兒喝母奶；還有因爲酗酒被離婚的女人，連自己的孩子都看不到；還有個好不容易找到工作的女人，最後卻因爲酗酒而被開除……各種女人，各自懷著各種痛苦。跟她們在一起，我才第一次發現自己多麼幸福。在我以往的人生裡，從來沒人打過我；我也不曾因爲付不起電費而被斷電，更不曾在沒有暖氣的房間裡，緊抱著餓哭的孩子睡覺。以前的我太任性了，忘了把我捧在掌心養大的父母，忘了向來寵愛我的哥哥，我竟然忘了自己應該感謝他們。我跟那些胡鬧的孩子一樣，稍不如意，就躺在地上大哭大鬧。我因爲遇到了『白百合會』，才得到成長爲人的機會。遇到這個團體之前，或許我已學會許多才藝，也懂得禮儀，但是我雖已身爲人妻，也到了可以爲人母的年紀，我的心卻像孩子一樣幼稚。就算我懂得烹飪，能爲賓客布置漂亮的餐桌，我卻不懂如何抓住丈夫的心。」

知佳生長在普通上班族家庭，並不了解上流家庭，也無法想像那種家庭爲女兒安排婚姻的實際狀況。但是她很了解那種表面看似融洽又相敬如賓的理想家庭，內側是多麼空虛。應該是尙子跟學者的婚姻生活把那種空虛呈現在她眼前吧。尙子所處的眞實狀況絕不像她說的那麼幸運。只是，跟那些聚會裡遇到的酒癮患者比起來，尙子只是經歷了秩序井然又平淡溫和的冷漠，而那些女人所面對的，則是貧困、暴力、性暴力、虐待……等直接對身體構成威脅的殘酷現狀。

「大家所希望的，不只是戒酒，而是重新站起來。我也跟她們一樣。雖不能重生一次，卻可以重活一次。只要自己肯努力，改用更溫柔的目光注視周圍。」

不知不覺中，尙子發現自己已經一星期都沒喝一滴酒。這種狀況持續了一個月，又持續了三個月。到了後來，原本接受別人幫助的她，開始能向他人伸出援手。

小野尙子變成工作人員的一分子，從安排聚會、邀請專家演講、進行宣傳、製作輪值表，到塡寫信封收信人姓名、清理聚會場地……她幾乎來者不拒，接下所有工作。

尙子從輕井澤的別墅搬出來，又經同事介紹，在長野分部附近租了一間公寓。雖然只是一間輕鋼構的2DK，連隔壁鄰居的電視聲音都聽得很淸楚，但她的生活過得很充實。

她在白百合會舉辦的活動裡逐漸發現一件事，女性酒癮患者面對的問題並非只是酒精。雖然酒癮跟其他藥物成癮距離犯法還有一段距離，但這些女性的眼前卻有無法逃避的現實，因爲她們通常也同時面對性成癮、進食障礙、虐待兒童、賣春等各種問題。

不久，尙子搬出公寓，住進「聖艾格尼絲之家」。這是白百合會爲藥物或酒精成癮患者進行復健而成立的專門機構。

「聖艾格尼絲之家」是一個自助團體，目標是讓接受過基本治療的成癮症患者經由共同生活，彼此鼓勵，相互扶助等過程，最終達到回歸社會的目的。事實上，這裡也扮演了庇護所的角色，專門收容那些無法獲得社會福利制度保護的對象。像遭遇貧困、暴力、虐待等問題的女性，有時甚至還有女性帶著年幼的孩子一起住進來。

這些女性表面上的問題似乎是自甘墮落、意志薄弱，其實她們背後還隱藏著其他問題。譬如遭受沉溺毒品或酒精的親人施暴或虐待，也有些女性是被配偶施暴。

目前日本全國共有十四所「聖艾格尼絲之家」，但是各處的地址都不公開。就是爲了防止那些施暴的丈夫，施加性虐待的親人，或黑道分子上門來找那些逃跑的女性。

「松本聖艾格尼絲之家」位於住宅區一角，是白百合會租來的舊員工宿舍。尙子住在三坪大的管理員室，因爲她已成爲工作人員，專門負責處理建築裡的雜務。

也是在這棟建築物裡，尙子跟當初在輕井澤教堂認識的前護士榊原久乃重逢了。

榊原久乃的眼病後來越發嚴重，終於變成什麼都看不見。但是她考取了按摩師資格，在白百合會的推薦下，她每週都來聖艾格尼絲之家兩次，治療那些因交通事故或疾病留下後遺症的住民。

失明後的久乃進入按摩師訓練學校受訓，考取了按摩師資格。雖然還沒什麼經驗，但她有堅強的意志，做事態度又特別認眞，按摩技術非常出色。或許也因爲天生具備卓越的直覺，據說還有患者稱讚她擁有超自然的力量。只要她把手掌放在患部，輕揉幾下，內臟疾病的疼痛或頸椎間板突出造成的長期麻痺，都會立即減輕症狀，甚至連整個身體都變暖起來。

事實上，不僅成人患者信服她，就連夜哭不停的嬰兒，只要久乃用手從腦袋到脖子撫摸一番，立刻就會停止哭泣。

儘管久乃雙眼緊閉，總是滿臉嚴肅不悅，但她擁有的神祕力量，能夠治癒人們的身心。即使沒有直接觸碰患者，只把手掌靠近患部，也能讓患部發熱，爲患者帶來安心感，疼痛便隨之消失。尙子把這種力量解釋爲虔誠的信仰帶來的奇蹟。知佳心底當然不相信這種神奇的力量。

人類的身體原本就能發出相當於一百瓦燈泡的熱量，如果手掌覆在皮膚上，當然能感覺到手掌的暖意。更何況，久乃當了那麼久的護士，早已熟知人體構造，就算她剛拿到按摩師執照不久，也應該知道如何適當處理那些患者吧。

道理雖然容易明白，但知佳爲了採訪而住進新艾格尼絲之家的那兩天，還是覺得久乃那種沉默嚴肅的表情不僅神祕，還蘊含著某種恐怖的成分。尤其是那雙緊閉的眼睛，彷彿眼皮下有視線向自己射來。而且她每次感到背脊發冷的瞬間，立即轉頭望向久乃，都剛好看到久乃的臉孔朝向自己，這讓她感覺自己的心底彷彿被人看穿了。

久乃在聖艾格尼絲之家跟尙子重逢時，正在市內一家整骨院工作。或許她也曾期待過什麼，所以過了不久，久乃就住進了聖艾格尼絲之家，而且也跟尙子一樣成爲工作人員。

聖艾格尼絲之家的住戶包括正在接受復健的各類成癮症患者，還有面臨各種身心問題的女性。久乃加入她們之後，果然不出所料，她所擁有的「神祕力量」確實在這裡發揮了很大的效果。

尙子是在剛滿三十歲不久搬進白百合會經營的「松本聖艾格尼絲之家」，之後住了七、八年。在這段期間，聖艾格尼絲之家曾經數度陷入資金短缺的困境。

一九九〇年代之後，「聖艾格尼絲之家」不得不開始縮減業務規模，並對全國十四處庇護所進行統合、合併或裁減。這項縮減業務進行到最後，全國只留下八處庇護所。而另一方面，他們也決定變更形式，改向教會或活動中心租借房間舉辦聚會、討論會、交流會，於是原本是女性共生場所的「家」一間接著一間消失了。

而從泡沫經濟崩潰後，以往捐獻巨款的慈善團體也因爲本身經營的企業收入日減，紛紛終止援助。這些庇護所只靠教堂和市民團體的支援，絕對無法擁有足夠資金。因爲教堂和市民團體也是靠慈善活動或個人捐款才能維持。

不久，「松本聖艾格尼絲之家」也因爲上述理由決定關閉了。住戶一起商討後決定，住戶和職員各自到外面租屋或返回自宅，合乎申請條件的人，可申請入住公辦的單親母子住宅，然後大家只參加庇護舉辦的聚會活動。

就在大家商討對策時，尙子想起自己十年前從輕井澤的別墅搬出來，那棟房子仍然空著。

父親去世後，因腦梗塞一病不起，長期住院的母親也在四年前離開了人世。

她的離婚和酒癮折損了父親的壽命，家門因她蒙羞，給哥哥和他的家人帶來麻煩，而母親直到臨終也不肯原諒她這個女兒。尙子到醫院去探望母親時，母親拒絕讓她走進病房，還請護士轉告她「回去吧」。

然而，母親去世之後，哥哥卻沒有逼她放棄遺產。他先找會計師商量之後，分給妹妹一份還算公道的遺產，但同時也向尙子提出交換條件，「斷絕兄妹關係，今後即使是忌日這種重要法事的日子也不跟哥哥聯絡。」

於是，父母留下的部分股票和債券變成小野尙子的名義，不動產方面則把舊輕井澤的六百坪土地和那棟老朽的木屋分給了尙子。

然而，不論繼承了多少遺產，僅憑她個人的資產是不可能維持「聖艾格尼絲之家」的。不過，輕井澤的別墅可以用來繼續經營已經關閉的「松本聖艾格尼絲之家」。

輕井澤這地方的冷熱溫差很大，溼氣又很重。那棟別墅已被棄置在這種環境下十年以上，建築物本身早已殘破不堪。但是好在別墅的面積相當大，只要重新整修一下，完全足夠讓松本聖艾格尼絲之家全部成員都住進去。而且，若能好好利用別墅的六百坪土地，開闢成農地或小型工廠，不但能夠容納全部成員在這裡共同生活，就算要達到某種程度的自給自足也是可能的。而且，從前曾向酒癮患者的尙子伸出援手的那座教堂就在附近。

但出人意料的是，其他地區的聖艾格尼絲之家工作人員和白百合會的理事卻一致駁回了尙子的提案。

因爲「聖艾格尼絲之家」亟需解決的問題太多了，不僅是資金短缺而已。

「聖艾格尼絲之家」的成立宗旨，原是爲那些因爲成癮症、家庭暴力、虐待等造成心靈創傷的女性進行心理復健，最終目標是幫助大家回歸社會。如果不能引導她們盡快以自助或互助的方式解決問題，回歸社會，聖艾格尼絲之家也就失去了成立的意義。

但事實上，各地「聖艾格尼絲之家」的成員已開始固定下來。住民接受心理復健之後變成職員，然後負責接待新住民。其中有些人還擺出前輩的嘴臉，在新住民面前吹噓從前不値一提的經驗，甚至還趁機教訓新住民。另一方面，由於成員擁有相似的境遇，儘管這裡的生活比較質樸，她們卻感覺不到一絲經濟壓力，就難免沉溺在安心與穩定的氣氛裡，不想再回到外面的世界去了。

如果大家一起住進成員善意捐出的別墅，還能獲得家庭菜園與工廠之類的生產設備，想必這些住民就會希望一直躲在善意的保護與封閉的世界裡，而不願重返正常的社會。

尙子也明白這個道理，但她認爲社會上還是有很多人需要一種封閉又溫暖的世界。而且，由行政體制、市民團體和宗教團體等單成立位的庇護機構，也有很多人依然住不進去。有些心靈受傷或心靈原本就很脆弱的人，即使獲得支援，她們還是無法憑藉自己的力量或自助解決問題。

有位從小遭受家人性虐待的女孩，從十四歲起，她就爲了養活自己去賣春。這個女孩後來因爲遺棄剛出生的嬰兒，被警方逮捕。對她來說，服刑之後想要重返社會幾乎是不可能的。另外還有個女孩，也是從十幾歲的時候起就成爲幫派幹部的情婦，身上還刺了許多色彩鮮豔的刺青。後來刺青部分發展成肉芽腫，刺在她背上的虛空藏菩薩也被無數肉瘤填滿，早已看不出原本的形狀。還有一位女性，年紀才二十上下，就裝了整口假牙。理由倒不是濫用藥物，而是爲了玩性愛遊戲把牙齒拔光了。

尙子還聽說過另一位女性，從手腕到手肘全是密密麻麻的割腕痕跡，這位女性帶著幼兒在六年當中結了四次婚，又離了四次婚，幾乎每個跟她發生關係的男人都曾對她施暴，所以她一隻耳朵的鼓膜已經被打破了。

儘管這些女性接受心理復健後，在職員的祝福聲中，被迫走向外面狂風亂舞的世界，但她們心裡還是害怕得要命。也有些女性雖然滿懷決心與希望，踏上了重生的旅程，卻立刻遭到令人難堪的偏見。

就算她們接受行政體制的援助，能夠租一間公寓居住，從事簡單的工作餬口，並且還能參加白百合會主辦的聚會。然而對這些女性來說，不論是獨居的公寓或有健康家人同居的空間，有時並不適合作爲她們「自我歸屬的地方」。

尙子的目標是爲這些女性創造一種能讓她們尋回活力與信賴感的場所。讓她們多花一點時間，從暴力、虐待或疾病造成的心靈創傷中恢復過來，而不只是治療她們的成癮症或疾病。

最終尙子跟白百合會的理事和各地「聖艾格尼絲之家」負責人還是無法達成共識。她獨自帶著「松本聖艾格尼絲之家」的部分職員與住民，一起搬進輕井澤的別墅，重新築起一個屬於女性的共生場所；而她這項計畫最終也得到了確實的成果。

從組織的形態看，小野尙子是從「聖艾格尼絲之家」獨立出來的，不過她並沒有跟白百合會鬧翻。因爲白百合會後來仍然繼續援助她，跟聖艾格尼絲之家的理事也保持交流，雙方一直維持良好的關係。這一切，應該歸功於小野尙子的人品吧。爲了向白百合會表示敬意，尙子徵求對方同意後，決定把自己創設的共生設施命名爲「新艾格尼絲之家」。

至於「新艾格尼絲之家」的修繕工程，爲了節省資金，大家決定盡量自己動手。她們搬進別墅時剛好是夏季，所以暫時在室外設置了簡易廁所，又把別墅的起居室用藍色塑膠布圍起來，晚上彼此緊貼身體，睡在起居室裡。由於大家同心協力，一面用不熟悉的動作粉刷室內，一面親手更換地板，甚至還闢出閣樓。別墅裡面可以使用的空間也在逐漸擴大，等到眞正的冬天降臨時，別墅已變成一棟足供十幾人居住的庇護所了。

新艾格尼絲之家的成員中，除了從「松本聖艾格尼絲之家」追隨尙子而來的職員之外，還有幾人是因爲崇敬尙子的熱情與人品，從其他聖艾格尼絲之家搬來的。這些追隨者當中，也包括盲眼的前護士榊原久乃。尙子雖然自稱「管理人」，其實她等於是庇護所所長，在十幾位各有狀況的住民與職員面前，扮演著諮詢顧問的角色。

受過心靈創傷的人住在一起，未必能夠互相撫慰。當然人與人之間交往，也要看性格是否相投，但這裡的住民通常都是以極誇張的方式表現憎惡或怨恨等負面感情。小吵小鬧幾乎從早到晚都沒停過，有時連孩子都被牽扯進去。拉幫結派製造對立，更是家常便飯。中富日後接受採訪時告訴知佳，當時沒有發生集體趕走某人或暴力打鬥事件，還是尙子的態度深獲眾人信服，因爲她永遠都懷著一顆眞摯的心，聆聽大家傾訴。

中富優紀搬進新艾格尼絲之家，是在她接受知佳採訪的七年前。尙子帶著一群住民搬到輕井澤的別墅，是在一九九〇年，那時中富還沒加入她們。中富告訴知佳，她看到尙子對待住民的態度，心裡不禁感嘆，如果沒有尙子居中協調，這些各有問題的女性根本不可能住在一起。

尙子不僅擔起經營新艾格尼絲之家的各項雜務，還要個別處理每名住民遇到的問題，此外，她更一肩挑起尋找資金的重擔。

儘管她已投入了個人的資產，但這筆資金只夠支撐數年而已。爲了尋找營運資金，她常到熟識的教堂或市民團體去拉關係，藉機尋找新金主。沒過多久，凡是在舊輕井澤擁有別墅的學者、文人以及部分藝人都知道了小野尙子的名聲。每個人都爲她的眞摯態度和滿腔熱情深受感動，就連最初抱持懷疑態度的那些人，他們受邀前往新艾格尼絲之家，接觸新艾格尼絲之家溫和沉穩的氣氛後才發現，尚子追求的志向並非虛假。儘管很多組織或人員曾經嘗試過，而且都遭到了挫折，但是尚子的計畫卻已獲得確實的成果。

像「聖艾格尼絲之家」之類的庇護所，通常都不願意公開地址，因爲住民害怕被人跟蹤或施暴；但相對的，「新艾格尼絲之家」因爲知名度日增，又受到許多名人加持，所以連跟蹤狂、施暴丈夫或黑社會都不敢上門找麻煩。

尚子除了照顧新艾格尼絲之家那些女性，她也經常前往馬尼拉，爲貧民窟居民服務。

在北邊和室的書架上，很多關於菲律賓的書籍跟其他讀物擺在一起。知佳曾向尚子提起這件事，尚子回答說，從她十幾歲的時候起，她就注意到發展中國家的貧困與孩童問題，其中又以菲律賓最吸引她的注意。

尚子曾經跟隨白百合會的附屬組織到菲律賓參加義工服務。那個附屬組織是一所名門女校的校友會。有一次，她們到當地活動時，原本應該擔任翻譯的修女生病了，換成當地法國人經營的修道會前來迎接她們，但是她們一行人都只會說英文，無法跟接待人員溝通。剛巧尚子從前留學時學過法語與西班牙語，她的語言能力剛好派上了用場。

當時，尚子已從酒癮的陰影走出來，剛成爲白百合會工作人員不久。她躊躇再三，不知自己是否能夠擔起這項重任，不過最後還是接下了翻譯的任務。

「那所貴族千金學校的校友去貧民窟當義工？就憑那些有錢人家的家庭主婦？」

知佳忍不住打斷尚子，用諷刺的語調問道。

「算是一種貴族義務……吧？」尚子低聲回答。

貴族與富裕階層都有承擔社會責任的義務。聽到這個字眼的瞬間，知佳不禁爲自己缺乏教養感到羞恥。

「不，山崎小姐說的，並非沒有道理。」

說完，尙子謹愼地開始說。

她們在馬尼拉的一週行程裡，只有一天是去做義工，譬如到貧民窟給孩子分發食物，或以看圖說故事的方式幫助孩童提高衛生知識。除了這一天之外，其他的日子她們都在參觀絢麗壯觀的教堂，以及教堂裡舉行的莊嚴儀式。負責接待她們的神父、修女身穿華麗的長白衣，她們的臨時宿舍就在修道院裡面，白牆與綠草構成鮮豔亮麗的對比圖案。而貧民窟裡則是一排排鏽紅色的鐵皮屋頂跟水泥硬塊堆成的房屋，兩種景象看來簡直猶如天壤之別。

僅有的一天義工活動，是在修道院附近地區進行。沿著海邊有一條木板路，道路兩端建了許多外觀整齊的小屋。那個角落的治安很好，一點都不像貧民窟。

正因爲那次認識一位當地的義工，尙子才會在之後的十三年之間頻繁前往馬尼拉。當地有個非政府組織，他們爲了拯救那些無法納入一般醫療援助體系的孩童，所以跟天主教堂聯手推行一項草根活動。尙子就是在這個非政府組織的協助下，才能在貧民窟中某個家庭寄宿，還在教會開設的小型診所裡擔任修女的助手。

貧民窟後面有個垃圾場，那裡的孩童就靠著撿拾空罐、空瓶或其他還能利用的廢物，換取日常所需的生活資金。經常出入那片垃圾場的孩童隨時都會受傷。垃圾場髒得不得了，整天散發著惡臭。萬一在那裡擦傷或撕裂皮膚，不僅傷口會化膿，最後還可能惡化到截肢的地步，很多孩童因此罹患破傷風，最後丟了性命。

貧民窟雖有診所，診所裡面卻沒有醫生，護士也經常不見人影。對那些病得要死還不肯去醫院的貧民窟居民來說，他們亟需的是在傷口轉爲重症之前，利用清水幫他們沖洗傷口，再用乾淨紗布幫他們包紮傷口的診所。

「每天一大早，孩子都在水龍頭前面排隊接水。先把水裝進大鍋煮沸，然後分別用瓶子保存起來。不論受傷或生病時，只要手邊有些乾淨的水，大約八成病患都能治癒。除了乾淨的水之外，他們還需要拖鞋與運動鞋。如果再給他們弄些乾淨的衣服，就更好了……什麼疫苗、藥品、奶粉之類的，都沒那麼急迫。每次回想當時情景，就只有整天從早到晚都在燒水。碰到有嬰兒誕生，或有人受傷比較嚴重，那熱水就更不夠用了。光靠柴油爐燒水根本來不及。後來我著急著不知怎麼辦的時候，有位修女幫我們做了熱水器。她把汽油桶架在土灶上，再找來許多廢棄的建材和廢物當作燃料。」

「修女？穿著雪白衣領的白衣和圍著雪白頭巾的修女會做熱水器？」

知佳忍不住反問。尙子笑著拿出當時的照片給她看。照片裡有個穿長褲的中年菲律賓女人，用一條灰色頭巾像綁圍巾似地束起髮絲，襯衣的衣袖捲到手肘上面，正忙著把廢棄的建材塞進土灶裡。

「建材上原本塗了油漆或黏膠，燃燒後會引起眼睛或喉嚨疼痛，會讓人感到很不舒服，但是這種東西是最便宜的燃料。」

「可是您在這裡，從早到晚都在爲那些女性服務，然後還到馬尼拉的貧民窟去當義工，小野女士的力量來源，簡單用一句話來表達……應該是愛心吧。」

知佳提出的疑問是她訪問女性時必不可少的問題。尙子露出謙虛的笑容，雙手輕輕握拳答道：

「我也沒爲他們做什麼，反而是孩子給我帶來了力量。而且我在貧民窟做的事情，跟艾格尼絲之家的工作，並非完全無關。我之所以能夠眞正擺脫酒精，還是多虧那些貧民窟的孩子。其實會沉溺酒精、毒品或壞男人的女人，包括我自己在內，都是因爲藏匿在成癮症背後的死亡在誘惑我們。成癮症患者喜歡跟死亡比鄰而居。日本雖然生活富足，這種人卻很多，而那些貧民窟的孩子，他們卻整天都笑得那麼燦爛。說來難以置信，那些孩子雖然全身沾滿汙泥煤煙，總是髒兮兮的，眼中卻閃閃發光，在那些滿地都是污水的小巷裡活蹦亂跳。就連他們的周圍都散放著光芒，好像生命的泉源就隱藏在他們的心底。不論看到什麼，他們都能從中尋找樂趣，然後把樂趣轉爲賴以生存的活力。他們爲什麼能做到這一點呢？因爲他們擁有我們已經遺忘的東西。我從來沒受洗過，也沒有特定的宗教信仰，可是我覺得他們每個人心底，都擁有神賜予的喜樂泉源。那些孩子讓我知道了這件事，所以我才會走進貧民窟。我到他們那裡去，並不是去做大家所說的義工或慈善事業，而是從孩子那裡學習極珍貴的東西。我在那裡幫忙洗滌傷口，接生嬰兒，眞的只是對他們的些微報答而已。」

知佳聽著連連點頭。這種話非常符合小野尙子的形象，但是每次聽到尙子說自己沒有特定宗教信仰時，知佳都感到很意外。因爲尙子的行動、想法或形象，都像一名基督徒。知佳想，或許因爲大多數日本人都沒有宗教信仰，尙子爲了爭取更多支持者，所以故意不公開自己的信仰吧。或者，無論佛教或是神道教，只要是正牌的宗教信仰，都會令人產生尙子那種信念與行動？

然而，尙子的馬尼拉之行在她四十五歲那年結束了。

「說來眞的很慚愧，因爲我在那邊病倒了。當時我發起高燒，修女趕緊帶我到醫院去看病。那間醫院，當地的神父生病時也會到那裡去看病。那是一間極豪華的醫院。我在那裡接受了最先進的治療，當地的普通人做夢都無法想像吧。我的身體後來變好了一些，可是醫院一直不准我出院，每天都要接受各種檢查。雖然那邊的病房就像度假飯店的房間，不過我最後還是辦理出院手續逃出來了。醫藥費其實是保險公司支付的。但是我剛回到貧民窟，當天又出了問題，我只好重返醫院。在醫院待了一段日子，醫生說，像我這種狀況不可能再改善了。我只好無奈地返回國內，所以最終還是給大家添了麻煩……總之，我那時全身疼痛，關節、肌肉、喉頭都很痛。皮膚上長滿疹子，看起來一片通紅。自己都覺得很丟臉，在別人面前根本抬不起頭來。不僅如此，只要曬到太陽，我就覺得疲累得不得了，全身幾乎無法動彈。眞的連呼吸都很累，好像變成了吸血鬼。回到國內後，連續好幾個月，我都一直戴著太陽眼鏡，身上也總是用布料蓋著。」

「那個國家竟有這麼可怕的疾病。」

知佳不禁心頭一驚。

「不，我的病並不是感染疾病，而是免疫方面的疾病。因爲從前那麼多年都不愛惜身體，結果身體稍微勞累一點，就出問題了。應該是從前躲在體內的毛病發作了吧。」

「太累了，是過勞啦。」

中富優紀用輕鬆的語氣接口說道。不知何時，她也過來參加她們的談話。

「老師工作太勞累了。明明我們有那麼多年輕人，您大可放手讓她們去做，您卻總是忙得筋疲力竭，從來都沒悠閒地坐下來喝杯茶。只有在住民找您說話時，才會停下來吧。不瞞您說，您這樣我很爲難喔。老師跟上了年紀的榊原小姐一起去掃陰溝的汙泥，我怎麼能安穩地待在辦公室裡整理文件呢？」

「也對，拚命工作把身體弄壞了，會給妳們添麻煩的，得不償失啊。」

「那您後來克服了疾病……」

知佳問。

「算是克服了吧……其實，也算我運氣好。那時剛好碰到一位是說漢方(註)嗎？總之是中醫名醫，據說是從中國有名的醫學大學畢業的。他給我開了漢方藥，也幫我扎針。去找他看病的，幾乎都是被醫生放棄的患者。我在那裡治了兩三年，後來醫生告訴我，可以不用再

註：日本的漢方指的是在江戶時代相對於海外傳入的醫學的日本傳統醫學，和中國的中醫有所不同。

去了。我聽了真的好高興，同時也感到有點悵然。」

「但是病治好了，真是太棒了。後來您又到馬尼拉去了嗎？」

優紀皺著眉頭沉默地搖搖手。

「聽說這是一種慢性病，換了環境，說不定還會發作。而且，要是再給大家找麻煩，我會很在意的。」尚子苦笑著說。

好在尚子的病好了，新艾格尼絲之家的業務也漸漸上了軌道。有些住民成功地重返社會，尚子跟她同事又迎來一批新住民，也有些住民留下來成為職員。同樣的故事在這裡反覆上演，日子過得很快，一眨眼，十幾年過去了。後來，尚子決定把新艾格尼絲之家搬到西輕井澤。

那一年因為發生了東日本大地震。日本各地的慈善捐款全都湧到災區，新艾格尼絲之家連一分錢捐款都沒收到。資金短缺的問題一下子浮上台面，沒有關門的聖艾格尼絲之家也面臨同樣的問題。

庇護所住民通常都是因為沉溺藥物或酒精，要不然就是選了壞伴侶，或是自己放蕩成性。跟她們這種自作孽不可活的墮落人群比起來，那些因為突發災難而失去家人、房屋、土地或工作的災民才更值得拯救。他們原本過著樸實的生活，沒有做錯任何事，但是災害卻使他們深陷苦海。不管怎麼說，救助的順序是應該把災民排在最前面，一般人會有這種想法，也是人之常情吧。

當時，尚子曾設法挪出一筆個人資產援助新艾格尼絲之家。但是這種資金不足的狀況如果持續下去，只靠她的個人資產無法應付。尚子立即做出判斷，決定把別墅的房子和土地賣掉，再用部分收入買一間山坡地的廢屋，大家一起搬過去。而其餘收入，則可暫時充作庇護所的營運資金。

諷刺的是大地震竟使別墅區的地價突然飆升了。因爲地震發生後，中產階層爲了各種目的，都想在輕井澤置產。有人爲了當做天災避難所，有人需要找個家人團聚的地方，還有人是爲了避開計畫停電或放射性物質的影響……尙子出售別墅的那段日子，剛好碰上輕井澤的別墅需求大增的時期。

另一方面，自從新幹線通車之後，舊輕井澤的周邊地區建設了許多輝煌耀眼的商業設施與豪華飯店，別墅區正在逐漸變身爲都市的延長地帶。對那些計畫共同生活，重建人生的女孩來說，這個地區的魅力實在令人難以抗拒。從這一點來看，位於山腹的農家民宅就是理想的場所。只是如果搬到這裡定居，她們就得承受周圍村落居民排斥。

農村生活免不了鄰居間的嚴密監視，而且農村居民住民對外來者的歧視也很嚴重。但是自從新艾格尼絲之家搬來之後，尙子總是不忘積極接近村民。她不但主動參加缺少年輕人手的農村共同作業，同時還經由祭典等活動，逐漸贏得村民的理解與信任。

那次採訪之後，兩年過去了，現在尙子已跟榊原久乃一起離開了人世。

「人類的生命沒有輕重之分，也不該有誰比較尊貴的等級觀念，這個道理，我是明白的，可是啊……」

追思會的教堂後院裡，中富優紀說完這句話嘆了口氣，然後又搖搖頭。

她意有所指的那個女孩，從中學時代就不斷跟男人同居，然後又從男人家裡逃走。醫生爲了治療她這種身心失衡的狀況，給她開了精神科藥物，她卻因此藥物上癮。女孩甚至盜用別人的健保卡，不斷領藥服用。好在她後來因爲懷孕遇到一位公衛護士，這位護士安排她去看精神科醫師，並在醫師協助下成功地完成減藥療程。之後，女孩住進復健機構，平安生下一名女嬰。

然而，這名年輕女子，即使已經完成藥物成癮的復健療程，但是男人已經棄她而去，親生母親也不肯收留她。女孩剛剛經歷了人生的第一次生產經驗，以後還要獨自養育嬰兒，實在太過殘酷。而且她這種狀況，若是在一般社會生活，肯定會遇到重重困難，所以白百合會才在兩週前介紹她入住新艾格尼絲之家。只是，在她擺脫藥物的同時，她又開始沉溺另一種東西。

那就是男人。女孩住進來之後，曾經丟下孩子跑出去。過了不久，她又哭紅了兩眼跑回來。沒人知道她遇到了什麼事，但是她一隻腳上的鞋子卻不見了。

這個女孩就是尙子和榊原久乃用生命救回的那位年輕媽媽，她的名字叫做瀨沼春香。火災發生的那天晚上，她又跑出去跟男人約會。回來之後，她的情緒顯得非常低落，其他住民和職員雖然都守在旁邊。她卻趁大家稍不留意，偷偷服下從外面帶回來的藥物。等到大火燒到面前時，她的情緒雖已恢復穩定，卻只能抱著嬰兒像堆爛泥地蹲在地上，全身無法動彈。

尙子爲了救活這名藥物成癮的媽媽，付出了自己的生命。雖然她以前表明自己並沒有特定的宗教信仰，不過若她是某種宗教的信徒，這種捨己救人的行爲應該會被認爲是殉教吧。

尙子在知佳心裡已被神化，現在更因爲她的犧牲，讓知佳感覺她好像眞的變成了神。尙子對人總是那麼體貼周到，還有她那種親切、眞摯又謙虛的言行，彷彿天生就具備了某種近似聖人的特質。

2

這到底是怎麼回事？

中富優紀把手機貼在耳上，無意識地翻著檔案。

追思會順利結束了，她跟木村繪美子跟著房仲到處看房子。信濃追分的房子燒毀了，她們現在想找一棟租金比較便宜的房子。就在兩人忙得不可開交時，卻突然接到警察打來的電話。

有點事情想要請教，可否請您到警署來一趟？警察的語氣非常客氣，優紀便回答對方，究竟有什麼事要問的？就用電話問吧。

警察要是說不出我有什麼嫌疑，就不必大老遠趕去警察署了，優紀想。

房屋燒毀後，有些住民已經返回自家，有些人在行政體系的安排下，住進了民營公寓。剩下的幾個人無處可去，只好暫時住在白百合會的女性庇護所。現在火災已經過去兩個月了，也不能把包括嬰兒在內的六位住民一直扔在女性庇護所吧。

優紀跟繪美子兩人暫時在長野市內租了一間便宜公寓，兩個房間加上廚房，已有四十七年屋齡的老房子。從她們的住處前往位置偏僻的庇護所，只能搭乘每天僅有四班的公車。而那些暫時返家的住民，和獨自住進公寓的女性，也不時打電話來求救，所以優紀希望盡快爲大家找到一個新家。

如果到警署接受調查，不但要搭電車，還要轉乘公車，優紀可沒有那個時間和財力。

刑警聽出優紀不太想去接受調查，便用一種客氣但非常正式的語氣告訴她。

過世的兩名女性遺體當中，一人已經確定是榊原久乃，但是另一人卻不是小野尚子。

所以有些訊息想向您請教，刑警再三重複這句話，語氣裡隱含著剛才沒有的壓迫感。

「了解了，那我就去一趟吧。」

說完，優紀茫然地掛上電話。

繪美子似乎已從電話的問答中猜到談話內容，她皺起眉頭對剛才的對話發表了自己的看法。

「就是說，其中有具屍體不知道是誰的？好可怕……」

說完，繪美子彷彿很冷似地環抱雙臂。

「這樣的話，小野老師到哪裡去了？」繪美子繼續說道：

「當時的火勢非常凶猛……」

說了一半，她沒再說下去。當時那棟房屋在大家的面前轟然倒塌，消防車花了很多時間才到達現場，一切都已化為灰燼。或許，小野老師的遺體連骨頭都被燒化了？或者，她掉到瀑布下面，沒被人發現？反正以當時的狀況判斷，她是不可能倖存的。

「那天，我們沒有客人吧？」

繪美子像要確認什麼地問道。

「春香去跟男人約會，回來的時候有點奇怪，那個男人沒跟她在一起吧？」

那具遺體既不是小野老師，也不是榊原久乃，更不是新艾格尼絲之家的住民。總之，不知為了什麼理由，那天晚上有個既不是職員也不是住民的人，偷偷鑽進來之後被燒死了？

那棟老舊民宅原本就有很多入口，而且平時從不上鎖，若是眞的想要躲在屋內，可供藏身的地方非常多。譬如天花板上面、迴廊下面，還有後門附近的儲藏室。雖然屋內沒有値錢的東西，但職員和住民全都是女性，或許那個人是為了佔便宜，才偷混進去的。

然而，優紀跟繪美子的推測到了輕井澤警察署之後，立刻被警方推翻了。

這個嘛，確實是有人混進去了，而且是很久以前。

警署的大辦公室裡，刑警在屏風隔開的角落裡向兩個女人這麼說道。

據那位刑警表示，他們爲了鑑定遺體身分，把小野尙子的DNA檢體跟她哥哥做了對比。結果發現那具被認爲是小野尙子的遺體，跟她哥哥竟沒有血緣關係

「也就是說，他們不是親生兄妹？」

優紀問，刑警搖搖頭。

尙子的哥哥小野孝義向警方透露，尙子離婚後回到娘家生活起，一直在附近的牙科接受治療。不過尙子被他送到輕井澤之前，她嘴裡的牙齒差不多都掉光了。因爲從前的酒癮使她健康狀況逐漸惡化，而且她的作息時間晝夜顚倒，很不正常。

但那具被認爲是小野尙子的屍體，嘴裡的牙齒齊全。追思會之前，警方一直不肯歸還尙子的遺體，也是因爲這些理由。

「今年一月，這位女性去看過牙醫吧？」

刑警問。

「對……」

今年一月十五日小正月過完後，優紀確實送小野尙子去那家牙科診所。優紀先開著輕型車滑過結冰的山路駛向山下。等她買完生活必需品之後，又像平時一樣去接尙子，兩人一起返回信濃追分的新艾格尼絲之家。

當時那個女人用的是「小野尙子」的健保卡，據那位替她治療的牙醫說，她嘴裡的牙齒都在。那天醫生幫她把一顆牙齒上的小洞補了起來，然後由牙科助理幫她洗牙與口腔細菌檢查。

「所以說那個女人……小野老師並不是小野尙子女士。」

那天坐在助手席的女人不是小野尙子?優紀想起那天她還一面朝著自己凍裂的指尖呵氣，一面低聲說，「希望春天快點來啊。」

坐在優紀身邊的繪美子張大嘴巴，呆呆地看著眼前的刑警，彷彿還沒弄懂究竟發生了什麼事。

「至少九年以前開始就不是她。」

刑警用平淡的語氣答道。

接著，刑警又告訴她們，「小野尙子」的牙醫把女屍燒焦的口中照片跟患者從前的X光片對比過，他確定死者就是自己四個月前看過的患者。不僅如此，他還告訴警方，「小野尙子」每隔一兩年會找他看診一次，而那個使用「小野尙子」健保卡的患者，可以追蹤到她九年前的病歷。從病歷來看，四個月前的那位患者，跟病歷記載的患者是同一個人。那個「小野尙子」在他那裡補過幾顆牙，但到她去世爲止，卻沒有少過一顆牙。

「九年以前……」

優紀嘆息般地低聲自語。刑警卻像要更正地說：

「因爲牙醫的病歷保存年限是十年，也就是說，就算之前她在那裡看病，但是病歷已經丟了，所以詳情也就無從得知了。」

總之，那位不是小野尙子的「小野老師」，至少九年以前就在新艾格尼絲之家了。而優紀加入新艾格尼絲之家，正是在九年前。那時的新艾格尼絲之家不在信濃追分，而是在舊輕井澤。

當時，周圍鄰里都知道新艾格尼絲之家就是小野家別墅，而且附近的別墅居民，還有教會的相關人士都認識「小野老師」。大家都知道她就是京都發跡的老牌出版社「朱雀堂」的千金。從來沒有人懷疑過她的身分。

「那麼，小野老師到底是誰呢？」

繪美子茫然地駝著背坐在椅上問道。

「我們還沒查出來。」

「眞正的小野尙子跟新艾格尼絲之家之間有關連嗎？」

優紀急迫地問道。

「好像有關連。當初把別墅土地給機構使用之前，小野女士跟她哥哥討論過。只是他們兄妹已經斷絕來往很久了。我們把火災消息通知她哥哥的時候，他開門見山就告訴我們，他不想跟這件事有任何牽連，叫我們自己處理。請他讓我們採取DNA的時候，也花了好大一番工夫。直到最後，他還叮囑我們，以後不要跟他聯絡。」

「手足之愛……一點都沒有啊。」

繪美子低聲地自言自語。「現在就是這種時代。」刑警簡潔地答道。或許因爲尙子是自己的血親，所以妻子不得不跟有酒癮的小姑周旋。結果周旋到最後，把尙子的兄嫂逼得受不了了。因此兄長才會叫警方不要再跟他們聯絡了。他們連尙子的名字他們都不想聽到，優紀如此想像。

不過，那個自稱小野尙子的女人，也就是自己認識的那位「小野老師」，她到底從哪裡來的？

刑警這時開始向兩人提問並作成筆錄，譬如小野尙子在火災時的狀況，還有火災前的情形……等等，詢問得非常詳細。

詢問的過程非常公事化，但是當優紀試圖憶起尙子的瞬間，連她自己都沒想到，心底竟會湧起陣陣悲傷，使她有點手足無措。繪美子也不時暫停敘述，不斷擦著眼淚。

大約過了一小時，筆錄做完了，兩人才走出警署。

「眞是的，這到底是怎麼回事，我完全不懂啊。」

繪美子一面把手裡的披肩圍在脖頸上，一面哭喪著臉嘀咕著。這天的天氣非常冷，跟追思會那天的大晴天完全不一樣，灰色的天空好像立刻就會飄下冰冷的雨滴。

「可是我沒有受騙的感覺。」

優紀抬頭仰望覆蓋著雲層的天空，「雖然姓名和身世不同，但我們跟那個人的關係不會改變。」

繪美子點點頭。

「老師就是老師，只是名字不是小野尙子而已。可是這件事，不能告訴大家吧……有些人會受到打擊的。」

「與其說打擊，不如說混亂吧……不，或許有人會因此懷抱悲慘的希望，以爲小野老師還在這世界的哪個角落活著，說不定哪天就會回來。」

火災過後，大家的心中都一片茫然，有些人被警察或消防隊找去問話，也有人到處尋找臨時住所，日子就這樣一天一天流逝。儘管心中懷著悲哀的情緒，卻又覺得很不眞實。直到追思會結束時，大家才終於能夠面對心中的失落感，慢慢接受了小野老師已經不在的事實。心中如果懷著不可能達成的希望，將來得到的只有更深的失望。

「老師究竟爲了什麼理由要自稱是『小野尙子』呢？白百合會的那些人知道這件事嗎？」

優紀歪著腦袋，滿臉疑惑。繪美子輕輕嘆了口氣

「我覺得我們雖然說是職員，其實都依靠小野老師照顧，而老師的事情，我們卻什麼都不知道。或許老師也有很多操心的事，辛酸的事，但是不想讓我們擔心，所以把各種祕密都藏在心底。」繪美輕輕吸著鼻子說，「其實她可以隨性一點，任性一點，把心事都告訴我們

啊。」

離開警署之後，優紀跟繪美子決定順便到其他住民寄身的女性庇護所一趟。

她們沒錢坐新幹線，只好先搭普通車，然後換乘公車。等她們好不容易到達那間位於郊外的老舊建築時，天色早已變暗，迎面吹來的晚風更加寒冷。

剛走進玄關，擔任庇護所所長的修女就問她們，「找到入住的地方了嗎？」

「我們這裡來了一個泰國女性，剛從賣春組織逃出來，還帶著需要哺乳的嬰兒呢。」

這句話的意思就是說，泰國女人的狀況比較緊急，妳們趕快搬出去吧。

「眞抱歉。不瞞您說，今天是被警察找去……」繪美子答道。

所長臉上露出不安的表情。她腦中一定立刻聯想到這群人一直住在這裡不走，現在又被警察調查，大概是住民惹禍了吧。因爲這群女人的大部分成員都有吸食或持有毒品的紀錄。

「喔……是因爲火災的事。」優紀連忙補充說明。

「還在調查那件事嗎？」

「是的。白百合會那邊有沒有接到警察的電話？」

優紀若無其事地探問。

「這個嘛，我這裡沒接到電話，有什麼事的話，會跟總部那邊聯絡吧。」所長露出疑惑的表情回答。

優紀聽完住民簡單的近況報告後，又向所長低頭致歉說，她一定盡快找到住處，把那些住民帶走。說完，離開了庇護所。

走了一段路之後，優紀才拿出手機打電話給東京大久保的白百合會總部。

「關於上次的火災，警方後來有沒有跟你們聯絡？」

那個冒充小野尙子的女人，至少從九年前開始，就已經跟新艾格尼絲之家有關，或許比九年更久。想到這裡，優紀腦中立刻升起一個念頭，說不定那女人是跟白百合會有關的人物？

優紀的電話被轉到白百合會事務局長那裡。

「妳是要問遺體的事吧。」

電話一接通，話筒那頭有人用沙啞的聲音答道：

「警方打電話來過，簡直是晴天霹靂，我們完全搞不清怎麼回事啊。對了，妳們難道從來沒發現什麼不對勁？不是一直跟她一起生活的嗎？」

她在避重就輕嗎？優紀想，但仔細研究她的語氣，又覺得不像是裝的。

「不，沒有不對勁。我算年資最久的，可是從九年前來到這裡，我就一直以爲那位老師是小野尙子。」

「我們爲了捐款或經營費用之類的事情，都會定期舉行會議，我們也在這裡見過自稱小野尙子的那位女士。只是，不論是我還是理事，或是其他同事，從來都沒人懷疑過她的身分。」

這話聽起來不像是搪塞。突然，優紀腦中掠過一個想法。

「不好意思，請問您跟小野老師是從幾年以前……？」

「從我調來總部以後，大概跟她來往了六、七年吧。」

果然比我資歷短，優紀想。白百合會的歷史雖久，但因爲是由許多間教堂、女子大學校友會、慈善團體共同組成的，因此經常更換理事，就連名譽職務的白百合會會長也經常換人。而且這些幹部的任期都很短，通常只有三年，理事若是從原本任職的組織或團體退休，就得立刻辭去理事職務。就算是總部事務局長的任期也不會很長。而從前跟小野尙子一起開過會的理事，只要是自己所屬組織內有人事異動，理事職務也立刻換成別人。即使總部內有誰知道內情，那個人可能早就跟白百合會無關了。

掛斷電話後，優紀重新振作精神，朝著公車站的方向走去。

眼前的當務之急是找房子，而不是追究已經不在人世的老師的身世。

然而，這天又跟以前一樣，還沒看到適合的房子，天就黑了。

第二天早上，優紀綁好運動鞋，抬頭仰望雲層極厚的天空。今天又要看一整天的房子嗎？她想。就在這時，手機螢幕顯示庇護所所長的電話。

現在來了兩個警察，正在向住民問話，所長說：

「聽說那是別人的遺體，嚇我一大跳。到底發生了什麼事？」

優紀自覺有點理虧，便向所長道歉，「眞抱歉，沒有事先告訴您。」

「哪裡，這倒是沒什麼，只是那些年輕女孩好像有點失去冷靜了……」

我可沒辦法對付她們，妳快來一趟吧，所長接著又這麼說。

優紀嘖了一聲。原本自己那麼小心翼翼，不想嚇到那些女孩，不想讓她們懷抱不可能的期待，結果一切苦心都白費了。警察好像把昨天告訴優紀的內容，全都告訴那些住民了。

優紀剛踏進庇護所，住民沙羅立刻露出緊張的表情問，「小野老師會不會還活著？」沙羅的臉頰和眼角布滿深邃的皺紋，頭上的髮絲混雜著白髮，看來就像四十多歲的女人。其實她是所有住民裡最年輕的。雖然她從沒碰過酒精或違法藥物，但十年以上的進食障礙、自殘行爲，還有精神科藥物對她身體造成的傷害，已經很難恢復，而且她心理狀態也很不穩定。所幸沙羅搬進新艾格尼絲之家之後，小野尙子極有耐心地陪伴著她，所以沙羅的身心都開始趨於平靜。卻沒想到後來發生了那場火災，現在的沙羅又恢復到火災前的狀況。

這時，懷裡抱著嬰兒的瀨沼春香，還有其他幾位年輕住民都滿懷期待地看著優紀。春香的嬰兒已經取名叫做愛結。

就是說我們的小野老師是另一個女人，而不是那個名叫小野尚子的女性，她在那場火災裡喪生了，優紀非常謹愼地向大家說明。

「很可惜，眞的十分令人惋惜，大家都親眼看到了吧，老師大喊『快逃』一聲之後，整棟房子都燒垮了。」

她盡量用最冷靜的態度說出了絕望的內容。

春香沉默著點點頭，懷裡的嬰兒彷彿感覺出母親心中的震撼，突然發出尖銳高亢的哭聲。

沙羅垂頭坐在桌邊的角落，臉上果然露出迫切的願望破滅後的沮喪。

優紀向繪美子使個眼色，繪美子的目光仍舊嚴峻，卻勉強翹起嘴角，露出笑容，起身走向沙羅。她什麼話都沒說，只把沙羅緊握的拳頭放在自己柔軟的掌心裡，那拳頭握得好緊，緊得連關節都變成了白色。

這是小野老師慣用的動作。優紀和繪美子都想效法這個動作，但終究只是模仿，不論怎麼做，模仿就是模仿。而現在，就連小野老師這個人究竟是否存在過，都已經說不清了。

「在我們的心裡，小野尚子老師只有一位。」

誰都沒想到麗美突然用乾脆的語氣說出這句話。麗美有一張輪廓深邃，像模特兒一樣誘人的臉孔，但在太陽穴附近卻有一塊很大的燙傷疤痕，一直延向耳朵。她曾入獄兩次，罪名是持有安非他命和傷害罪。出獄後，她從黑幫男友身邊逃走，搬進大久保的「東京聖艾格尼絲之家」。後來因爲遇到小野尚子，前年搬進新艾格尼絲之家。麗美一心只想逃離從那個前男友，這就是她住進新艾格尼絲之家的理由。後來她不僅每月支付房租，還主動承擔起所有雜務。

「她身上有一種靈氣。而且散發著光芒。這種形容一點也不誇張。很多人都是慢慢熟悉了，然後住在一起，但只要共同生活，就會發現他們令人厭惡的部分。她完全沒有這種問題，雖然整天都在自我犧牲，卻從來不會給人僞善的感覺。我總覺得，她是爲了拯救我這種女人，才出現在世上的觀世音菩薩。」

繪美子露出一絲微笑連連點頭。

「妳覺得那種有錢人家的千金小姐，會爲我們這種女人獻身到那種程度？」幾位住民同時露出苦笑。

「可是……」另一名叫麻衣的年輕住民雙手抱著膝蓋開口了。她雖然低垂臉孔，卻把視線掃向麗美，「結果卻是個騙局。她不但冒用別人姓名，而且過往身世也不像她說的那樣。我們都受騙了吧。」

麻衣經常把「受騙了」這個字眼掛在嘴上。她對家人、男友、朋友總是要求他們行爲正確，爲人誠實，但她這種要求沒有傷到別人，卻傷到了她自己。

「可能有難言之隱吧。」

麗美睜著一雙大眼睛望向麻衣，後者立即把目光轉向一旁。

麗美有一隻眼睛的雙眼皮特別深，眼瞼上卻沒有睫毛，眼角還有個拖得很長的傷疤。這道疤痕是她丈夫用燒紅的平底鍋烙下的。麗美說起這件事的時候還說，「他其實很可憐，膽子那麼小。」這句話讓優紀大感衝擊，因爲她從小生活在一個正派的世界，很難理解這句話的含意。

可是現在聽到麗美說老師可能有言之隱，優紀同意她的同時，又覺得背脊上一陣涼意襲來，彷彿自己正在窺視一方裝滿渾濁綠水的深潭。

這時，辦公室的電話響了，所長向辦公室走去。只聽她用英語很快地說了幾句話之後，重新回到眾人面前，向幾位住民說，大家請讓出正在使用的兩間和室當中比較小的那間。

昨天提到的那對泰國母子就要搬進來了。

庇護所的餐廳和起居室是共用的，而新艾格尼絲之家的六位住民現在必須將就一下，擠進四坪大的房裡睡覺。

沒有人表示不滿。大家都明白自己的處境，根本沒資格說什麼。

「警察一直到這裡的話，我會很爲難。」所長向優紀訴苦。

由於行政體制或地域組織的保護機構規定而無法獲得收留的女性，白百合會經營的庇護所也會接納並保護她們。這些女性不僅包括非法滯留的外籍母子，還有脫離販毒組織的毒品走私犯。

「抱歉，眞對不起。只要找到住處，我們一定立刻搬出去。」優紀除了連連作揖懇求，別無他法。

女孩開始忙著搬到另一個房間，大夥把運動衣、梳子、嬰兒紙尿布……等隨身物品裝進紙袋。「那我們先回去了，我還會再來的。」優紀向大家說了一聲，又跟繪美子一起匆匆奔向房仲。

到了商圈，她們一連跑了兩三家房仲，也親自去看了房子，卻沒有看到條件合適的物件，才一眨眼工夫，下午就快要過完了。

「妳們要找透天厝，而且不是全家人一起住嗎？」

女職員在櫃台裡面露出狐疑的表情。

不論哪家房仲，接待人員對待她們的態度都是這樣。

如果在大城市找房子，房東完全相信房仲，不會親自審查房客。房客只要每月按時把房租匯給房東，即使她們誆稱全家同住也不會有問題，但是在鄉下就行不通了。

打烊的時間近在眼前，穿制服的女職員有點心不在焉。

「因爲全都是女性嘛，我們都會小心使用房子的。」

繪美子把雙手合十低頭行了一禮。

「所以算是合租房嗎？」

「對啊。因爲幾個單身女人一起出錢租透天厝，比較划得來。」優紀向女職員說明。她沒騙人。

這時，一個中年男人出來代替女職員接待她們。

「不是用來當辦公室吧？」

男人向她們確認。

「是的，是用來居住的。」

如果告訴他們要當辦公室，男人會更加小心。

男人追根究柢仔細追問優紀的職業，還有跟其他女性的關係。

「不是家族的團體，房東不喜歡租的。」

剛才雖說是跟別人合租，男人已識破她們就是「團體」。

沒有合適的房子。男人很客氣地對她們說完，又附加一句。

「以前也有跟妳們一樣的客人來過，幫他們介紹房子之後才發現，原來是身障團體。」

「那有什麼不行嗎？」

說完，優紀無意識地踢開椅子站起來，一把抓起身邊的皮包，就往店外走去。繪美子慌慌張張地跟著追出來。

優紀來不及思考就順著大街向車站走去。不一會兒，她的腦袋被室外的空氣吹冷了，心底升起一陣悔意。

這下我們的名字就被登記在業者的黑名單裡了吧。不，說不定早就已經登記進去了。

「我們連一間房子也租不到呢。」

身邊的繪美子垂頭喪氣地說。

就算沒聽到房仲這種充滿歧視的論調，優紀現在也已明白，新艾格尼絲之家這種團體以前能被一般人接受，是因爲「小野尚子」的知名度。不論優紀是否樂意接受這項事實，但是在尋找房子的過程裡，她已經親身體會到了。

燦爛的夕陽照得人幾乎睜不開眼。不知從什麼時候開始的，白天的時間變得這麼長了。

她們原本打算在車站前搭乘公車回家。沒想到前往她們那間公寓的公車剛剛才出發，而下一班公車還得等候一個多小時才發車。

「走回去嗎？」優紀向身邊的繪美子問道。

「好累啊。」繪美子嘆著氣說，接著又點頭說，「可是我們應該要減重。」

兩人順著車站前方的人行道前進，晚風夾帶著初夏的綠意吹在身上，令人心曠神怡。但是一想到新艾格尼絲之家今後如何維持下去，優紀不免感到肩頭的負擔相當沉重。

住民已經失去了自己的家，暫時寄居的庇護所也快要把她們趕出來了。

新艾格尼絲之家原本是白百合會的相關設施，絕大部分的經營費用都來自捐款。雖然今後也可接受行政單位的援助，但官方的補助金額很少不說，庇護所還會受到各種限制，所以從前小野老師的經營方針是寧願放棄官方的認可，也要維護庇護所的高度自由。

其實新艾格尼絲之家的住民以往都根據各人的能力支付了相當的費用。譬如有些人靠打工獲得現金收入，有些人接受老家的金錢援助，也有些人符合最低生活保障的條件，每月能領到若干生活費。但是這次火災把大家的服裝、家當、傢具、日常用品……全都燒得一乾二淨。就算火災後收到一些臨時捐款和奠儀，但是機構的經營資金卻遠遠不足。

以往碰到資金耗盡的狀況時，都是小野老師拿出自己的存款補上，可是現在已經沒有這種可能了。就連職員微薄的薪水，現在都發不出來。

「乾脆我們拋開一切逃走算了？」

優紀不加思索地說出這句話，她完全沒有開玩笑的意思，誰知繪美子卻呵呵地笑起來。

「優紀那麼能幹，不會有問題的。我就不行，我是沒辦法一個人活下去的。雖然我是職員，但是很沒用呢。」

繪美子是個對人體貼，感情豐富細膩的女性。她給人的第一印象，就是那張白皙豐滿的笑臉營造出來的可愛女人味。然而實際上，這種可愛只是她逃離虐待跟各種暴力的一種手段。優紀經常覺得不知情的人若是知道這些，不知會有多震驚。

繪美子並非生長在有問題的家庭。從表面看，她有個理想的老街大家庭，家裡除了父母兄弟之外，還有祖父母。這就是她成長的地方。但是祖父和父親的暴力對她已是家常便飯。因爲這種用暴力溝通的方式，繪美子養成了一個習慣，在對方發出指示之前，她已看出對方的心意，並立即按照對方期待的方式行動。爲了不讓對方感到不悅，她整天都是笑臉迎人。而另一方面，其他的家庭成員也經常遭到暴力虐待，所以母子、姊妹和兄長之間早已形成彼此庇護，相互慰藉的緊密關係。不知內情的外人看來，這種嚴父慈母、三代同堂的大家庭，絕對是保守人士讚不絕口的理想家庭。

高中一年級的時候，繪美子遭到哥哥性侵。而她的母親原本就把兒子視爲至寶，繪美子跟母親的關係因而變得極爲疏遠。不久，親戚向她介紹了一個對象。以年齡來說，繪美子這時結婚實在太早了。但是她以爲只要自己嫁出去，家裡人都會很高興，所以就答應了婚事。結果當然不出所料，這樁婚姻最後以丈夫施暴，以及他的外遇對象懷孕的形式結束了。

離婚後，繪美子無家可歸。只有高中肄業的她，很難找到工作。但她做夢也沒想到，自己當了陪酒小姐以後竟然大受歡迎。因爲她生性體貼，具備了女性的纖細，總是立即從顧客的表情讀懂對方的需求，並且迅速做出反應。同時，她也具備卓越的演技，懂得掩飾自己敏銳的感覺，裝出一副悠然自得的表情。繪美子的容貌絕對算不上得天獨厚，但上門指名要她陪酒的客人卻多如過江之鯽。而且不知爲何，她總是跟會使用暴力的男人發生親密關係。

有一天，公寓裡住在她隔壁的女學生打電話向DV110求救。這是一個女性團體經營的家暴檢舉熱線。女學生說她每晚都聽到求饒的慘叫和噪音，她覺得很害怕。不過她沒有打電話報警，而是直接打了這支熱線。

女性團體的諮詢員發現，繪美子不但有肋骨骨折、肌肉裂傷、內臟受損等各種症狀，更令人驚訝的是，她對自己的處境毫無自覺。諮詢員立刻跟白百合會聯繫，安排不太情願的繪美子住進庇護所接受保護。

之後，經過參加聚會、接受諮詢等各種方式，繪美子總算發覺自己的處境不正常，爲了將來傷痛治癒後能夠獨立生活，她決定接受行政體制提供的援助，考取了照顧服務員的執照。之後，她以職員身分搬進新艾格尼絲之家。因爲她想以這段工作經驗當成照服員的實習過程，慢慢地回歸正常社會。

加入新艾格尼絲之家之後，隱藏在繪美子笑臉背後的恐懼，以及顧慮他人臉色的習慣，逐漸消失了。最近這一年來，繪美子的行爲舉止已趨於穩定。這一切都得歸功於小野尙子對她的態度。妳是受人喜愛的，保持現在的模樣就夠了。裹在繪美子外表那層厚厚的糖衣保護膜，被小野尙子的態度一點一點地溶化了。

充滿熱情的小野老師，早已成爲大家的精神支柱。但是當大家聽說，小野老師其實是個來歷不明的陌生人時，不僅是所有住民，就連機構職員，也覺得好像一下子掉進五里霧中，心中都充滿了無助與不安。

「她到底有什麼難言之隱啊？」

優紀一面說一面無意識地踢著腳邊的碎石子。

「任何人都會有的。不論是老師，還是本尊小野尚子。」

繪美子的語氣就像在閒話家常。

對啊，說不定有難言之隱的不是燒死的小野老師，而是那位眞正的小野尚子吧。

雖然她出生在歷史悠久的出版社老闆家，後來卻因爲婚姻受挫而變成酒癮患者。這位本尊曾經戒酒成功，並投身於白百合會的公益活動，但是沒過多久，她又拿起了酒杯，又回復到原本的狀態。說不定，是她的家人覺得太丟臉，所以偷偷把她帶回娘家藏了起來……她的家人擔心社會大眾發現這個祕密，所以找來「某人」頂替尚子。小野老師就是他們找來的替身。至於白百合會當時那些理事，他們不但知道這個計畫，也一直從旁援助新艾格尼絲之家。說不定事實是這樣吧？

優紀一口氣說到這兒，繪美子點點頭，然後語氣謹愼地說：

「說不定事實更簡單，就是第一代小野老師後來覺得厭煩了。妳想想看，她可是千金大小姐啊，結果卻日復一日照顧我們這種人。整天都得扮演大家的媽媽，連個蛋糕都不能隨便買來吃，也不能穿著漂亮衣服出去玩，甚至一面塗指甲油一面看自己喜歡的電視節目都不行，說不定，她開始厭煩這種生活，就找了一個跟班來頂替她，然後她回去當她的富家千金了吧。」

聽到跟班這個字眼，優紀不禁露出苦笑。

「反正，天鵝不可能懂得我們這種鴨子的想法啦。」

這種比喻，只有繪美子才想得出來，然而優紀覺得她似乎說出了答案。

一直找不到適合的房子，優紀只好不斷向所長低頭懇求。誰知到了六月，住宅問題竟然一下子就解決了。

因爲剛好有人想要免費出借自家的老宅，而交換條件則是幫忙整頓農地。這棟位於小諸市郊外的老宅已經有點破舊，面積卻相當寬敞。

這裡原本住著一對高齡夫婦。想要免費出借房子的，就是他們的兒子。老夫妻被這位長男送進養老院之前曾經提出要求，希望兒子找人幫他們好好兒看管老宅，於是做兒子的便到處託人尋找管理員。剛好就在這時，長男的妻子聽說新艾格尼絲之家燒毀後，那些無家可歸的女性住民正在尋找住處。長男的妻子當初是由女子大學校友會介紹而成爲白百合會的會員。她認爲房子借給新艾格尼絲之家有個好處，因爲那些女性從前住在信濃追分的時候，都有從事農作的經驗。

其實就算老夫婦不提出要求，長男夫妻也必須在農地上繼續栽培作物。因爲高齡父母從前彎腰辛勤墾開過的土地非常肥沃，若是棄置不顧，肯定立刻長滿茂密的雜草。雜草的種子和害蟲若是飛到鄰家農地，不僅會遭人抗議，萬一農業委員會因此對他們的耕地起疑，就可能把老夫婦這塊土地認定爲棄耕農地，要求他們辦理土地用途變更手續。而老夫婦的幾個兒子都因爲工作關係，分別住在東京、神戶和西雅圖，別說是從事農作，就連經常過來探視一下都不太可能。

如果是普通人家碰到這種情況，絕不會免費把老宅借給陌生人。尤其是像是新艾格尼絲之家這種女性庇護機構。想必他的兄弟當中也有人反對過吧，不過他們最終卻沒提出異議。因爲高學歷的三兄弟早已經由書籍、家族、和各自所屬的教會，對小野尚子有所認識。與其說他們相信白百合會，不如說是因爲小野尚子個人的知名度和信用，使他們毫不猶豫地把自己出生長大的老宅提供給那些無家可歸的女性。

現在知道火災中去世的女子並不是小野尙子的，只有曾被警察約談的幾個人，免費提供老宅的三兄弟仍然深信去世的女性就是小野尙子。

新住處決定之後，幾位暫住白百合會庇護所的住民，便匆忙地提著裝滿隨身物品的大紙袋搬了出來。優紀和繪美子，還有那些返回自家或借住朋友家的職員，也都搬進了小諸的老宅。好在白百合會送給她們許多捐贈物品，所以大家也就省去了添購服裝或傢具的開銷。幾乎就在她們遷入的同時，「小野老師」的骨灰也送回來了。至於榊原久乃的遺體，火災後，已被她長年沒有聯絡的妹妹領回去，並葬在故鄉山形縣的榊原家祖墳裡。但是「小野老師」卻被歸類爲身分不明的死者。公所的負責人後來通知優紀她們，如果無人出面認領，「小野老師」的遺體就要當做無緣佛下葬了。

於是，大家領回小野老師的骨灰，暫時安放在小諸老宅的佛壇上。幾天後，在白百合會的協助下，老師的骨灰送進縣內一間教會的納骨堂，跟其他亡者一起接受教會照顧。

那具遺體雖不是小野尙子，而是個身分不明的陌生女性，但這一切手續都沒碰到困難。白百合會的某些職員曾被警察約談，所以他們已經知道眞相，但是大家仍把「她」視爲小野尙子，恭敬地處理了後事。

季節逐漸進入夏季，田裡種植的各種綠葉蔬菜都長得非常繁茂，豌豆類已經開始結果。搬家之後，新艾格尼絲之家的消耗品和其他費用的支出都比從前增加了，而且搬家後的瑣事實在多如牛毛，不過優紀和繪美子都覺得鬆了口氣，因爲她們終於不必再去走訪令人充滿徒勞感受的房仲。而且她們原本對老師的骨灰問題非常掛心，現在這個問題也解決了。

就在她們設定好電腦網路的那天晚上，發生了一件事。這台二手電腦放在玄關旁的西式房間裡，也是經由白百合會得到的捐贈品。

網路設定好後，她們給白百合會的相關人員和援助者發了一封電子郵件，向眾人報告她們已經順利搬進新家。電子郵件剛剛送出去，就收到文字工作者山崎知佳寄來的郵件，信中還有一個附件。

信件標題寫著「新艾格尼絲之家　相簿」。

附件的內容是照片。

「這是以前向老師借用的照片，我以爲報導寫完後已經把資料刪了，沒想到這些資料竟還在『垃圾桶』裡。眞抱歉，不過也可以算是很幸運吧。」

原來，兩年前知佳到新艾格尼絲之家採訪時，爲了以後寫稿時可做參考，曾向主人借用照片。當時優紀就把相簿借給了她。兩天之後，知佳把相簿仔細包好後送了回來，但是上次火災時，這本相簿也被燒毀了。

後來舉辦追思會的時候，大家找不到「老師」的照片，曾向出版社借用那篇報導裡的資料照片；而榊原久乃的照片，則是從她所屬的教堂團體照裡裁切下來的。

知佳也一直沒有發現，燒毀的相簿資料竟然存在自己的電腦硬碟裡。

優紀連忙打開剛收到的附件，一看到裡面的照片，身邊的繪美子忍不住發出一聲歡呼，連忙呼喚其他住民。

大家很快地聚集在電腦周圍，臉貼著臉專心注視著電腦螢幕。

「好懷念啊。」

「眞沒想到還能看到老師。」

「就是這笑臉啊。我眼淚都要流出來了。」

「房子被燒掉以前的樣子是這樣呢。」

住民七嘴八舌地發表感想，也有人擦拭眼淚。

幻燈片模式播放照片的速度太快，所以優紀便按著滑鼠，一張一張慢慢秀給大家看。

全部的照片大約有六十張左右。

其中包括很多老照片，譬如像「新艾格尼絲之家」的開幕式、聖誕大會，還有贊助教會主辦慈善活動的剪影。

由於機構本身性質特殊，新艾格尼絲之家從來不爲住民拍照，也不允許外人給住民拍照。不過每次舉辦各種典禮或儀式時，小野尚子和全體職員還有參加活動的來賓，只要當事人不反對，任何人都可以給他們拍照。

「老師好年輕呢。」

麗美盯著螢幕嘆了口氣說。

畫面裡的中年女人顯得非常穩重，臉上露出謙遜的笑容。那張臉雖然看起來很年輕，但確實是令人懷念的小野老師。

不過出人意料的是，有小野老師出現的照片卻特別少，尤其是近期的照片幾乎一張也沒有。

老師總是有意無意地避免被人拍照。

「來來來，各位。年輕人站在中間。」

小野老師拍照時總是這樣招呼大家，等到拍完照片，大家才發現她竟沒被拍進去。就算是拍到了，她也是站在靠邊的角落，微微低頭露出淺笑。

優紀一直以爲那是她體貼待人的表現。

山崎知佳來採訪的時候，老師答應讓攝影師拍照，算是非常罕見的事情。

不過，說不定……

優紀立刻揮去了心底浮起的一絲疑惑。

「原來老師年輕的時候是這個樣子啊，不過還是可以看出她的影子啦。」幾個女人把腦袋湊在一塊兒打量著電腦螢幕，連連點頭。

「不對！」

這時，有人發出一聲尖銳的叫喊，是沙羅。

「才不是！這個人根本就是另一個人，不是嗎？」

她像孩子似地大叫起來，指著畫面。

住民一起露出責難的目光看著沙羅。

照片裡的小野老師雖然很年輕，但不論怎麼看，都不像別人。確實就是曾經跟優紀她們同寢共食的小野老師。

已經去世的小野老師，並不是那個叫做小野尙子的女人。

是警察透露的情報混淆沙羅過於敏感的視覺。

「喔，這是從前的照片。所以看起來很像別人。」繪美子避免過度否定沙羅，只向她微笑著點點頭。

「不對！這個人怎麼會是小野老師？」

沙羅激動得提高了音量。瀨沼春香皺起眉頭露出不悅的表情，像要保護愛結似地抱著女兒離開沙羅身邊。

「就是小野老師啊，只是比較年輕而已。」

另一名住民向同伴耳語。

「不對！你們說這個人就是小野老師，我絕對不能接受。」

沙羅撐起兩條枯木般的小腿，猛然起立，一雙突出的眼珠閃閃發光。她從優紀手中一把搶下滑鼠，把螢幕上的照片放大了一些。

照片裡的小野老師一手抓著刷子，正在牆上塗油漆。那是她們把新艾格尼絲之家搬到輕井澤那年拍的，當時住民正在合力整修那棟老舊的別墅。

沙羅把照片弄得更大一些，小野老師的臉孔佔據了整個螢幕，五官看起來有些模糊。

「小野老師的臉孔才不是這樣，爲什麼大家都會受騙啊！」

沙羅急得全身發抖。一位住民看她一眼，用食指戳戳自己的太陽穴說：

「她有點不正常喔。」

沙羅除了有進食障礙和自殘的問題外，還經常裝神弄鬼地胡言亂語，弄得周圍的人都害怕不安，而且很不愉快。有時她還隨便亂指，聲稱自己看到了原本就不存在的東西。

沙羅之所以變成這樣，是受到她那篤信邪教的母親所影響。因爲沙羅的弟弟從小就患了精神方面的疾病，沙羅的母親離婚後，獨自帶著孩子生活。後來她在某個帶著邪教色彩的新興宗教裡找到了希望，從此便緊緊攀附著教會活了下來。沙羅心底雖然抗拒，卻又無法逃脫新興宗教的影響。

或許因爲感到在場的人都不理會自己吧，沙羅的情緒更加激動，繼續發出尖銳的叫喊。

「別這樣！」

麗美朝著不斷大叫的沙羅喝叱了一聲。

「小野老師就是小野老師。這種老照片有什麼重要。那位照顧過妳的小野老師，反正就在妳的心裡。」

麗美凝視著沙羅的這麼說，然而沙羅卻不肯看麗美，眼中閃爍著光芒，用手指向畫面裡的小野老師說，「大家都被騙了。被這女人騙了。」

「好了，沙羅。」

說著，優紀把自己的掌心覆在沙羅靜脈明顯浮起的手背上，然後向麗美使個眼色，彷彿告訴她，「別再說了。」

「我知道的，這個女人不是老師。只有那時陪伴在沙羅身邊的，才是眞正的小野老師。」

有些人聽得進眞摯的呵責，但沙羅的精神實在太過纖細。雖說她的心理疾病已經治癒，但事實上，她還是經常往返在正常與不正常的邊緣。強行否定她的主觀想像或妄想，是行不通的；設法跟她講道理，想要說服她，也是辦不到的。唯一能做的，就是在一旁聽著，不要反駁她。

優紀現在具備的一切技巧，都是從小野老師的行動當中學會的。不論是吸毒的糟糕母親，或是歇斯底里的厭食症患者，小野老師都向她們完全敞開心胸，懷著敬意傾聽她們的囈語。但是優紀現在對沙羅表現出來的同情與理解，只不過是單純的技巧，連她自己心裡都很明白。

沙羅變安靜了，然而她眼中流露出一種被人溫柔拒絕後才有的絕望。小野老師是母神，優紀現在明白自己根本無法代替小野老師。

優紀睜開眼一看，竟然才半夜兩點。她閉上雙眼再也無法入睡，隔著一層紙門，睡在隔壁的繪美子傳來陣陣鼻息聲，其中還夾雜著輕微的鼾聲。

她突然想起那天把相簿借給知佳時的情景。知佳借去時曾答應立刻歸還，而她也確實如約在兩天後用快遞寄了回來。但不巧的是，相簿送到時，剛巧被小野老師撞個正著。

「照片裡不是只有我們，還有很多其他人，以後不要隨便借給外人喔。說不定會給別人帶來麻煩呢。」老師用委婉卻堅毅的語氣向優紀這麼埋怨。

那些照片裡確實不是只有職員，同時也能看到參加典禮或儀式的名人，以及前來幫忙的義工等人的身影。而且還牽涉到個人隱私問題，自己的行爲的確太輕率了。優紀承認自己考慮不周，但是小野老師的指責眞的是因爲顧慮到那些人才提出的嗎？

沙羅本來就纖細敏感地有些過頭，她是受到警察的影響，才把電腦螢幕上的小野老師看成別人了。不，說不定，自己對她的這種想法也是一種偏見。

在那些住民當中，經常胡言亂語的沙羅顯得比較突兀，然而另一方面，沙羅有時又會展露出驚人的才能。譬如她並不喜歡生物，卻能一一指出庭院裡的小鳥是什麼種類，像那種「指出左右兩圖五個不同處」的遊戲，她也能在瞬間說出答案。

在優紀眼裡看來相同的東西，不，絕大多數的人看起來都覺得是一樣的東西，她卻可能看出其中的相異之處。

優紀從床上起身，走進辦公室打開電腦。

在「圖片」上按了兩下，螢幕上的相簿裡順序列出一大堆小圖示。

優紀找出剛才沙羅放大的那張照片。照片裡，年輕的老師拿著油漆刷。不管從哪個角度看，那張臉孔都是自己熟悉的小野老師。

燒毀的相簿裡每張照片下方的空白處記載著拍攝時間和簡短說明。知佳已把每張的說明鍵入在標題的空格裡。

優紀按照時間順序把照片重新整理一遍。

一九九〇年，「小野尙子」把自己的別墅開放給無家可歸的女性，並把新機構命名爲「新艾格尼絲之家」。當時，職員和住民一起動手整修十分老舊的別墅，她們忙著粉刷外牆、更換壁紙、縫製窗簾，同心協力建設一座屬於自己的安心家園。小野尙子身穿領口鬆垮的運動衣，站在梯子上塗油漆的照片，就是那時拍的。

新艾格尼絲之家在當地並沒有什麼特別的活動，但小野尙子卻經常跟附近鄰居交流，設法讓大家更了解這個機構。漸漸的，舊輕井澤那些別墅的主人、別墅雇用的員工，還有附近的街坊鄰居，大家也都開始聽說小野尚子的名字。

新艾格尼絲之家在輕井澤成立那年，舉辦了一場盛大的聖誕晚會，以後，每年聖誕節，這項晚會雖不算宗教活動，卻已變成她們的例行活動。

後來到了第二年，第三年，新艾格尼絲之家的支持者越來越多，加上別墅鄰居之間互相宣傳，所以開始有社會名流和文化界人士來晚會露臉，義工的人數也在逐年增加。

這些人跟小野尚子，還有新艾格尼絲之家的歷史故事，全都儲存在團體照裡面。

但是現在仔細觀察才發現，照片裡那個大家認爲是小野老師的人物，最後一次現身是在一九九三年。一九九四年之後的團體照裡面，再也看不到小野老師的身影。不，應該說，雖然也是有她，卻都是「低著頭看起來是她」的人物，完全找不到一張「面朝前方，臉孔清晰」的照片。

在這麼多照片裡，也有小野尚子跟義工或別墅區居民談笑或收拾會場的鏡頭，但全部都是一九九三年以前的照片。第二年開始直到她二〇一四年接受訪問爲止，再也找不到一張「面向前方，一看就知道是她」的照片。

但是二〇一四年受訪的照片並沒收進相簿，所以知佳送來的檔案裡沒有那張照片。

不僅如此，事實上，一九九四年以後就沒再開過聖誕晚會。

九年前，優紀以住民的身分搬進來之後，曾經幫忙裝飾聖誕樹，也跟大家一起烤蛋糕、餅乾，送去附近的養護設施和老人院請大家吃；但是新艾格尼絲之家從來沒開過聖誕晚會。

小野老師雖然也在廚房幫忙和麵糰，或在烤箱托盤上塗油，然而她從來沒有親自帶著烤好的蛋糕去訪問那些機構。每次都是職員開著輕型車去送蛋糕，而那些機構的負責人也總是再三表示，哪天一定要親自拜訪小野老師，想要當面感受她的人品，但老師卻從來都不想跟那些人見面。

一九九四年，距離現在已經二十多年了，那時究竟發生了什麼事？

知道新艾格尼絲之家當時狀況的人物，優紀一個也不認識。白百合會事務所的職員或理事，任期最長的職位也不超過十年。

當時的住民或職員早已不知去向。有些人是因爲找到工作，所以自行租屋獨立生活；有些人是因爲找到相愛的伴侶，就搬了出去；當然也有些人會以失蹤的形式離去，譬如有一天，一個職員向眾人打招呼說，「我到東京一下。」從此失去了蹤影；還有一個職員，從辦公室的保險箱裡拿出兩萬圓現金，之後就再也沒有回來。事實上，這裡的職員也沒有人一直住在這裡，領義工水準的薪水工作。像優紀這樣，一做就是九年的職員，根本找不到第二人。

那些人一去不回，證明她們都已找到了屬於自己的場所。回歸社會之後再也沒有消息，就表示她們已經不需要援助。小野老師認爲這是應該值得高興的事，所以從不在意那些人杳無音訊。

也因爲這個理由，新艾格尼絲之家不僅不記錄離去的住民現在住在哪兒，也從來不跟她們聯絡。有些人雖然寄來謝函或電子郵件，但庇護所也只會回一封簡單的回函，這就是小野老師的方針。

不過參加小野老師追思會的賓客以及致贈奠儀或鮮花的朋友當中，應該也有很多人以前曾是住民。事實上，其中幾人就在奠儀裡附上書信，說明自己曾是庇護所的住民。

優紀打開文書處理軟體，她先向全體收信人致歉自己這封謝函寫得太晚。然後再向收信人報告，多虧白百合會相關人士的鼎力協助，新艾格尼絲之家終於找到一座透天厝棲身，所有住民和職員都正逐漸恢復安定的生活。最後，優紀向眾人提出請求，希望一九九四年前後在這裡住過的前輩，能告訴她當時的狀況。

她本來打算把這篇文章印出來，寄給那些已知地址的前住民。寫了一半，她又改變了想法，決定改用明信片，一張一張親手抄寫。優紀一直寫到天亮，總算大功告成。第二天一早，她就用限時專送寄出了那些明信片。

她一直沒收到回信。

別說是回信，就連一通電話，或是一封電子郵件都沒有。仔細想想，那些前住民或許已經成家立業，或許兩者皆空。而只在行政體制援助下達到了獨立自主的目的，對她們這些正在平凡的人生路上匍匐前進的女人來說，就算肯在從前的恩人葬禮上送一份奠儀或一封弔唁的書信，但要她們向陌生後輩回憶往事，還是會覺得心中背負的過去太沉重了吧。

另一方面，優紀打電話給山崎知佳，感謝她用電子郵件寄來照片檔案。接著，她很客氣地詢問知佳，是否可以把兩年前，攝影師幫「小野老師」拍攝的照片資料，包括雜誌沒有刊載的照片，全都寄一份給自己？

「那些資料出版社沒寄給你們嗎？」

知佳訝異地問道。喪禮之前，因為當初放在庇護所的照片都被燒毀，優紀便請出版社寄一張老師的照片當作遺照，所以確實收到了一張。不過她記得之前採訪時，攝影師拍了很多張，所以她想請出版社再寄幾張，拿來跟一九九三年之前的老師照片對照。

但是當知佳詢問照片的用途時，優紀卻呑呑吐吐答不出來。

因為刑警告訴她們小野老師的遺體是另一個人這件事，她們一直瞞著外人。

優紀猶豫了幾秒。

知佳雖然彬彬有禮，卻也不過分諂媚或是故作冷漠。內雙的眼裡雖然帶著公事公辦的微笑，而且在那笑意的深處，可以看到無法遮掩的敏銳知性與野心，卻完全感覺不到一絲邪念。坦率直爽的語氣裡也蘊含著誠實懇切。上次那篇刊載在雜誌上的報導，就是最好的證明，因為在那篇文章裡，她簡潔正確地傳達了白百合會的工作內容、新艾格尼絲之家，還有「小野尚子」老師的人品。

做為一名職業女性，知佳是值得信賴的，優紀在心底做出判斷。

「不瞞妳說……」

於是她把內情告訴了話筒那端的山崎知佳。說完之後，對方呆了好幾秒說不出話來。

「就是說我上次採訪的小野尚子是冒充的嗎？」

「不，也不能說是冒充的，至少對我們來說是這樣。只是我想弄清楚這位小野老師究竟是誰？從什麼時候起，又是如何混進新艾格尼絲之家的。」

「我在那次採訪之後，曾經認真地查證過。」

知佳略顯氣憤地說。

「查證？」

「或許妳以為我只是為雜誌寫一篇報導而已，但是要刊登出來之前，還是得從各方面進行採訪。譬如小野尚子從前的同學、貴族學校的校友。至於她哥哥和親戚，不只拒絕接受採訪，根本從一開始就不肯見我。」

知佳採訪過的那名女性，據說是小野尚子少女時代的密友。她告訴佳知，尚子的確是某位皇族的結婚對象候選人，尚子的父母似乎也真的是為了這件事，急著把女兒嫁出去。女子受邀參加過尚子的結婚典禮，採訪時還把尚子從前的照片拿給知佳看。

那些照片裡，除了尚子的結婚照之外，還有穿著運動服走路的尚子、穿著中學制服站在博物館門口的尚子。她跟同學一起拍照時，永遠都站在角落。有時露出謙遜的微笑，有時緊閉雙唇，一雙眞摯的眼眸不知望著哪裡。

看到那些照片的時候，知佳覺得自己採訪的那個自稱小野尙子的女人，毫無疑問，就是照片裡的人物。知佳還告訴優紀，她覺得自己見過的小野尙子，彷彿就是照片裡的人物直接長大了一般。

至於尙子婚後的狀況，那位密友無法告訴知佳。

因爲尙子結婚後，跟那位密友慢慢疏遠了。

「我自己也有三個小孩要養。而且我妹妹身體不太好，所以她生的雙胞胎，幾乎都是我幫她帶。我根本沒時間跟朋友見面。」

那位女性這麼說。知佳覺得她沒說謊。而且那名女性的家世也很好，丈夫擁有很高的社會地位。不論她跟尙子從前多麼要好，以她的立場來說，跟酒癮患者走得太近，還是會有問題。

知佳後來又採訪到另一位住在小野家附近的朋友，對方從小就跟尙子很熟。

這位朋友是一名男性小兒科醫生，目前仍在小野家附近經營診所。

「說起尙子，她可是我們男生心中的偶像。她的性格很溫柔，對我們這些喜歡胡鬧的小鬼也會打招呼。有一次，我從牆頭摔下來，正在哭泣，尙子剛好經過看到了，便送我回家。那時她是我心目中的漂亮姊姊，一看到她的臉，我的心臟就忍不住砰砰亂跳。其實那時尙子才小學四、五年級，所以我也算是滿早熟的。」

「她很漂亮嗎？」

「我是說她的笑臉，她有一張溫柔婉約的笑臉。」

後來，知佳打電話到新艾格尼絲之家向尙子道謝時，順便把這件事告訴她，尙子笑著回答說：

「我只是照顧他們的大姊姊。當時附近鄰居家，還有父母朋友家，都有很多小朋友嘛。」

知佳後來也從小野尙子從前的導師嘴裡聽到相同的意見。當時她上的私立小學雖然每班人數都比公立小學少，學校的教師還是忙不過來。那位女老師現在年紀很大了，她告訴知佳，每當手裡工作忙不過來的時候，她就忍不住拜託仍是學生的小野尙子幫忙。

「因爲我還是新手教師，才剛離開大學兩三年。喔，不，小野只是扮演大姊姊的角色而已。她不是那種幹練的班長類型，也不是想藉機發揮自己的領導慾望的類型。雖然她在家裡沒有弟妹，但是她不會拒絕別人討厭的工作。有一次我眞的被她嚇了一跳。那是去遠足的時候，有位同學在路上覺得身體不舒服，但在我注意到這件事之前，她已在細心照顧那位同學了。等我聽說這件事，趕去處理時，她早就把同學的嘔吐物收拾得一乾二淨。她絕不主動表現，但意志非常堅強。我們那所學校收了很多富家千金，學生之間免不了拉幫結派。有些孩子卻無法加入任何一個小圈圈。他們在運動或讀書方面的表現並不出色，而且也住在和大家都不一樣的地方。小野只要聽說這些事，她一定會陪伴在那些孩子身邊。就算自己遭人中傷，她也毫不退縮。我眞的對自己這位年紀還小的學生佩服萬分。」

之前採訪尙子那位女同學的時候，她也對知佳說，「她做什麼都太完美了，甚至有點令人反感。」

她總是溫柔照顧他人，周到得令人反感，甚至有點難以接近。她雖然不引人注目，卻擁有堅強的意志。

「這幾個人所說的小野尙子，跟我兩年前見過的小野尙子，兩者之間完全沒有落差，前後一致得讓人覺得有點誇張。不論是性格、想法或是她給人的印象，都跟從前一樣。至少，相簿裡的小野尙子，就是我採訪過的那個人吧？」

知佳像要向優紀確認似地問道。

「是的，我也覺得那個女人就是小野老師，可是我們這裡有個年輕女孩，非要堅持那個女人是別人……不過那孩子是有點自以爲是，我又擔心萬一她沒說錯。」

「我知道了。我找個適當理由，請攝影師把照片寄過去。他應該不會拒絕。」

說完，知佳停頓了幾秒，又說，「這件事，要對外保密吧。」

「拜託妳了。」

「我明白。」

知佳爽快說完，掛斷了電話。

攝影師當天就把兩年前的部分訪談影片與人物照寄了過來。

優紀把資料跟相簿裡小野尙子的照片兩相對照，看了半天，還是覺得兩者是同一人。

她又把繪美子叫來，叫她也比對一下，結果得出同樣的結論。

優紀終究還是不敢把資料給沙羅看，她不想讓沙羅再度陷入混亂。

優紀無法做出判斷。轉眼之間，到了下個週末，優紀她們正在起居室吃晚飯，突然接到知佳打來的電話。

「現在可以過去拜訪您嗎？」

「現在，從東京過來嗎？」

優紀有些困惑。

「不是。」

知佳說，輕井澤有一家即將開幕的高級度假飯店今天舉行記者會，她剛好在附近採訪。

「現在路上沒什麼車，大約只要三十分鐘就能到達。請告訴我正確的地址。」

「妳吃過晚飯了嗎？」

「吃過了。」

知佳的語氣彷彿在說「這有什麼重要啊」。

儘管如此，優紀還是在矮桌上準備了一人份飯菜。就在她洗完碗盤時，一輛AQUA輕型車駛進院內。知佳從車上下來，新艾格尼絲之家的所有女性看到她身上那套橘色短洋裝，眼皮上閃閃發光的亮片眼影，都吃驚得說不出話來。

「不得了，好可愛。」

瀨沼春香連連眨著眼，看到女兒愛結要伸手去抓知佳腕上塑膠珠子串成的手鐲，春香連忙把女兒抱緊。

「平常也要這樣打扮嘛。」

就連難得露出笑容的沙羅，也忍不住開玩笑。

「同樣是記者會，服裝雜誌的記者打扮起來更是誇張喔。就像這樣喔，這樣！」知佳用手指著自己的睫毛說。大家一起發出笑聲。

「妳那洋裝是哪裡的？」春香指著知佳的衣服問道。

「H&M。」

「我是說在哪裡買的。」

「澀谷。」

「喔，眞不錯。」

她們跟知佳只在追思會上見過一面，但一談起服裝和化妝，大家瞬間變得熱絡起來。充滿青春氣息的熱鬧場面令優紀感到眩目。

「幫妳準備晚飯嘍。」說著，優紀在知佳背上拍了一下，「抱歉。剛才在派對上吃得好飽。」知佳雙手合十表示歉意，「不說這個，我們可以談一下嗎？」說完，知佳轉眼看了住民一眼。

她想在安靜的地方跟優紀商量事情。

「她也可以一起吧？」優紀指著繪美子。說完，三個人一起走進辦公室，關上房門。

知佳在折疊椅上一坐下，臉上的欣喜瞬間消失了。

她從檔案夾裡拿出一堆照片。

有些是她從前寄回的相簿裡的舊照片，還有攝影師在兩年前拍攝的人物照片和訪談剪影。

「是另一個人。」

知佳像在宣佈什麼似地說。

「怎麼會？」優紀反射性地反問。「不會吧？」繪美子立刻接口說道。

「只是比較年輕吧，不論怎麼看，都是小野老師啊。」

「山崎小姐看出其中不同了？」

繪美子的語氣彷彿在責備知佳。

「不是我，是電腦軟體看出來的。」

知佳用冷靜的語氣答道。

收到攝影師寄來的照片檔案後，我心裡也覺得有些疑惑，知佳說。她從前爲了寫一篇跟美容有關的報導，曾經採訪過某家化妝品公司，所以就到那家公司的研究所去了一趟。

那裡有一位叫松本的研究員，他的工作是爲了提高化妝效果、以及化妝模擬結果，進行臉部分析。知佳拜託那位研究員幫忙分析，確認相簿裡跟攝影師拍攝的小野尙子是否是同一個人。

「妳要做什麼用呢？」松本研究員問知佳。她隨口找了個理由說，自己要寫一篇關於一位已故女性的報導。報導要刊登在一份電子報上，所以想確認一下預定使用的舊照片是否就是那位女性。

「的確可能是姊妹或他人呢。」松本點著頭說，然後把知佳帶去的USB裡的照片檔案放到電腦螢幕上。

過了幾分鐘，松本有點吃驚地提高音調。

「看來很像同一個人，竟然是另一個人。」

只以肉眼觀察那些照片，照片中人似乎就是同一人，但利用人臉辨識軟體把五官輪廓數位化之後，軟體數據顯示圖中兩人的近似度遠低於母女或姊妹。

人臉辨識軟體判斷後的結論是，相簿裡的小野尙子，跟知佳兩年前見到的女人不是同一個人。

知佳說，她聽完結論，便以「這會牽涉到隱私問題」爲由，請那位研究員刪掉了照片檔案，才離開研究所。

「其實超過半數的情況下，我們看別人的臉孔不是只靠眼睛，而是用『心』在觀察。之前中富小姐跟我說，『住民裡有個女孩堅持相簿裡的小野老師是別人。』當時我就有點懷疑。」

知佳向優紀跟繪美子這麼說明。因爲她看到兩人訝異得說不出話來。

人類的視覺跟相機不一樣。那些住民的回憶跟照片裡的人像互相重疊，然後透過愛情、失落、悲哀等感情組成的濾鏡，所以把照片中的人看成了小野老師。在感情與習慣的框架裡，即使照片裡是別人，還是會看成同一個人。如果兩張照片裡的人整體氛圍很相似，像知佳這種只有一面之緣的人，就很容易把兩人看成同一人。但是在人類當中，也有些人會把人臉當成百分之百的物體來觀察，這些人就能明確辨別兩張人臉的不同之處。

「那種人算是有情緒障礙嗎？」

優紀懷著一絲悲憫問道，她突然想起沙羅發亮的眼神。

「不，這是一種能力。有些人是天生的，還有像畫家，也可以經由訓練培養這種能力。」

繪美子中邪似地仍在仔細對比那些照片。

「我記得警察說過，眞正的小野尙子嘴裡幾乎沒有牙齒了，對吧？」

「不管是活動或固定式假牙，如果保養得當，只靠肉眼也無法分辨，也不知道她有沒有植牙。」

知佳回答。

「反正今天帶來的這些照片，還有屍體是別人那件事，都要請妳保密。」

優紀打起精神，又叮囑了知佳一遍。

「當然。」

說完，知佳立刻站起身，走出辦公室。

「打擾妳們啦。」她爽朗地向大家打個招呼，麻衣和春香等人正在起居室裡聊天。知佳打完招呼，便若無其事似地跳上AQUA離去了。

優紀和繪美子茫然不知所措，AQUA駛遠後兩人仍然佇立在昏暗的庭院裡。

日子過得很快，一天，優紀接到一位自稱是以前住民的女人打來的電話。

寄出那封徵求訊息的明信片之後，一封回信也沒收到。其實優紀這時早已完全不抱任何希望了。

「從前在那裡受過您們的照顧。對不起，因爲我實在太忙了，所以這麼晚才跟你們聯絡。」

話筒那端傳來一陣急促又沙啞的聲音，令人聽著心頭一震。

「我叫齋藤登美子。」

優紀想起追思會結束後不久，她收到一封佐久郵局轉來的信，寄信人沒有使用報值郵件的現金袋，而是用信紙包著一萬圓鈔票直接裝在白色信封裡，信紙上寫著短短幾句表達追悼之意的文字。齋藤登美子就是那封信的寄信人。

「我從平成三年過年後，在那裡住了四年多。」

「喔，平成……」

優紀腦中一時無法換算出那一年的西曆年。

一九九一年之後的四年之間，正是小野尚子的清晰影像從照片裡消失的那段時期。

齋藤登美子說，她先是舊輕井澤新艾格尼絲之家的住民，一年之後又當了三年多的職員，前後總共跟小野尚子一起生活了四年三個月。

「能不能當面向您請教？您現在住在哪裡？」

優紀急忙要求見面。「岐阜，靠近名古屋的鄉下。每天從早忙到晚啊，越窮越忙嘛。妳們也沒有閒錢可以浪費吧，就用電話談吧？」齋藤登美子說。言辭之間倒是聽不出她有不想見面的感覺。

離開新艾格尼絲之家之後，她在外面的世界展開了新生活，但始終無法擺脫貧困。她付不起交通費，也沒有多餘的時間。現在回想起來，當時她沒有使用現金袋，而只用表達哀悼之意的信紙包了一萬圓寄來，應該是她能力所及的極限了吧。想到這兒，優紀心裡除了感激，也深切體會到冷峻的現實。

齋藤登美子繼續說下去：

「回到老家後，我開了一家小店。因爲鄰居那些阿公阿嬤沒有我的話，都會餓死呢。」

「您做的生意是？」

「小吃店啦，小吃。一大早就得開門賣早餐，然後是卡拉ＯＫ，一直經營到半夜。您想想看，那些精神奕奕的老人家，怎麼能讓他們到老人日托中心去大唱大鬧？留在家裡也會惹人嫌呀，所以全都跑到我這裡來了。我年輕的時候也給這社會找了不少麻煩，像是被警察抓起來，還是弄出事故之類的，總得想辦法稍微贖點罪吧。」

「辛苦您了。」

優紀不禁佩服起這個女人，看來她一點也不窮。雖然不知她在人生路上遭遇過什麼，但現在已經徹底地回歸社會了。

「所以妳是想問我二十多年前的往事？」

「是的。我在整理資料，剛好看到一九九三年左右的聖誕節照片……」

「聖誕晚會啊，我記得很清楚。眞是不得了。爲什麼說不得了？因爲很多社會名流都來參加啊，明明也沒特別宣傳。有一位暢銷作家，他的別墅就在附近，也來參加了。忘了他叫什麼名字。反正那老頭對小野老師客氣得不得了，對我們卻是不可一世的樣子。喔，還有一位服裝模特兒，那時她在做珠寶設計師。之前在雜誌上看到她的時候，我還覺得不過如此，可是她本人眞的好美。閃閃發光呢，眞的。」

優紀根本沒有插嘴的餘地，甚至連附和的機會都沒有，齋藤登美子不停說下去。

「泡沫經濟時代的舊輕井澤，眞的好誇張，就連冬天也來了那麼多客人。那是沒有新幹線也沒有暢貨中心的時代喔，竟然來了那麼多名人。他們全都是小野老師的朋友，不過老師也沒有爲這種事特別高興就是了。可是妳知道的，這種活動不是跟捐款有關嗎？所以她才花那麼大的力氣舉辦晚會。而且附近教堂的教友雖然都來幫忙了，其實也是在利用小野老師的知名度。所以每次聖誕晚會，我們都會招待那些教友。不瞞妳說，我那時雖然怨聲載道，心裡卻很開心。說什麼共生、重生，女人啊，還是喜歡閃亮耀眼的東西。我們又不是什麼聖人君子。而且小野老師很懂得掌握這方面的分寸。不過我們這裡也不是全都像我這種人，譬如跟老師一起過世的榊原小姐，她就最討厭這種活動。她那個人，雖不是什麼壞人，想法卻有點偏激，不對，也不是她的想法，是她的信仰的基督教有點不尋常。小野老師是從來不會用有色眼光看人的，但我就沒辦法。我忍不住會想，她這種人就是信教信得太虔誠了，也沒辦法啦。有一次從教堂回去的時候，她差點死在路上呢。那時我說去接她，卻被拒絕了。不管做什麼，她有個毛病，總認爲自己一定可以辦到，就拒絕別人的好意。雖然她性格也不壞啦。那天是在下雪的黃昏，她迷了路。在森林裡的捷徑上到處都是樹根或石階，非常危險。所以我們幫她在地上釘了木樁，還掛上繩子做爲記號。誰知有人惡作劇，把繩子拉到另一頭去了。然後她順著繩子，走錯了方向。好在當時剛巧碰到有人從另一頭的別墅過來，否則她就得凍死在路上了。」

聽到這裡，齋藤登美子似乎意猶未盡，還打算繼續說下去。「其實，是這樣的……」優紀有點不好意思地打斷她的話。

優紀說，她在瀏覽從前的老照片時發現，一九九三年以前的團體照裡面，可以看到小野老師的身影，但是一九九四年以後的照片裡，小野老師的臉孔變得很不清楚。而且也沒有任何一九九四年以後的聖誕晚會照片。她自己住進新艾格尼絲之家是在九年前，當時已經沒有聖誕晚會，所以想請問登美子，是否知道原因。

齋藤登美子默默聽著優紀的話，突然說，「抱歉，送酒的來了，等下我再打給妳吧。」就先掛斷了電話。

一小時之後，齋藤登美子果然如約打來電話。

「妳問我一九九幾年的事情，我一時還眞想不起來。不過，那時是眞的沒辦法開什麼聖誕晚會。我記得那是平成六年，就是一九九四年吧。十一月底，小野老師從菲律賓回來。」

「菲律賓？」

「對呀，她去過很多次，妳知道吧？」

「是的。」

「我猜那次是最後一次。她是因爲在那邊生了病，所以才回國的。那次病得好嚴重，我們都嚇壞了……大家一起去成田接機，到處尋找老師的蹤影。結果，看到一個戴著墨鏡和口罩的女人坐著輪椅出現在大家面前，全身不斷發抖，手腕瘦得像枯枝。女人嘴裡幾乎發不出聲音，卻呼喚著我們，大家當時震驚到極點。而且她當時那種狀態，肯定不能通過機場的檢疫吧。不過她說自己得的不是南國的傳染病，而是風濕病之類的疾病，反正是一種很難懂的病名。然後老師一直獨自待在黑漆漆的屋子裡。據說她只要曬到陽光，就會全身倦怠。連日光燈的光線都不行，被燈光照到的話，會陷入強烈的疲勞，身體不能動彈，聲音也發不出來。老師那時變得非常瘦弱，當然臉孔也跟從前完全不一樣了，整天都戴著口罩和墨鏡跟白手套。我們都很擔心，怕她就那樣死了。但是她雖然病成那樣，還是溫柔地鼓勵住民或職員，看著眞叫人心疼。第二年，我離開那裡的時候，老師還是躲在黑暗的房間裡。所以妳沒看到當時的照片，是當然的。光是她能恢復健康，就令人無法相信呢。」

小野老師得了重病從菲律賓回來這件事，優紀以前就聽說過，後來接受知佳訪問時，她也提過這件事。原來老師是因爲身體還沒恢復，所以連例行活動也無法舉行。又因爲自己面容憔悴，不願意被人看到，所以拍照時也下意識地低著頭。

假設她整天都戴著口罩、墨鏡和手套，而且回國後一直躲在昏暗的房間裡，那麼她之所以採取這種行動的目的，只有一種可能。

小野尙子就是在那時被人頂替的。

誰頂替了她？爲什麼要頂替她？

「也就是說，那時有人頂替她了……大概是在一九九四年。」

優紀從一堆印刷出來的舊照裡，找出一九九三年聖誕節的照片，然後轉述齋藤登美子告訴她的內容給繪美子。

「所以，從菲律賓回來的不是小野老師？」

「如果要問究竟在哪頂替的，就只有那裡了。」

「我想到一件事，不知該不該說。」繪美子吞吞吐吐地說了一半。

「可以啊，快說吧。」

「那位齋藤小姐不是說，小野老師從菲律賓回來的時候生了重病嗎？說不定那位是眞的小野老師，後來因爲病沒治好，所以才去找了一個替身。」

「替身？」

優紀的聲音一下子提高八度。

「爲什麼？」

繪美子沒作聲，好像還沒考慮到這個問題。

「不，她有理由這麼做。」優紀改變了自己的想法。

爲了讓住民保持情緒穩定，這當然很有可能。此外，還有更急迫的理由。

若是別墅的主人去世了，那些受到小野尙子善意照顧才住進別墅的人們，就得面對她的遺族。新艾格尼絲之家的職員和住民根本沒有權利住在這裡。不僅如此，類似的庇護所還得經常爲資金不足而煩惱，這一點，新艾格尼絲之家跟其他類似的庇護所都一樣。以往經營資金出現短缺時，都是小野尚子從自己的帳戶提出存款，設法維持營運。

「這種可能性，我眞是不願想像，更不想說出口。」

會不會是當時某位職員，或全體職員一致同意找個人來頂替病故的小野尚子？新艾格尼絲之家對外向來都很低調，從不對外公開內部資料或成員的個人訊息。只要她們覺得需要，確實可以找人來頂替小野老師。

「那遺體呢？」

「埋了……埋在輕井澤的深山裡？不，別墅境內幾乎都是森林啊。」優紀答道。「別說了。」繪美子說著全身顫抖起來，緊抱著兩條雪白的胳膊。

「抱歉、抱歉。」

姑且不管遺體的問題，總之，小野尚子可能因爲病死或生病，不能在新艾格尼絲之家繼續擔任「老師」，所以有人找了一名相貌相似的人來頂替她一事的可能性很高。那麼，究竟是誰安排了這一切？還有那位被優紀她們當成小野尚子的老師，究竟是誰？是從哪裡找來的？這一連串疑問，優紀完全想不出答案。

幾天後，優紀和山崎知佳一起來到中輕井澤一棟高雅的別墅。

那天優紀跟齋藤登美子談過之後，又打電話向知佳轉述一遍。「跟我以前採訪的內容完全相同啊，所以那個女人不是小野尚子嗎？」知佳聽完叫喊起來。

過了幾天，知佳通知優紀，她聯絡到一名女性曾在一九九三年聖誕節跟小野尚子一起拍過團體照，說不定這人可以提供什麼訊息。

「是的，我確實在聖誕節去過那裡。記得是九三年吧。」

那名女性是一名長笛演奏者。剪得很短的白髮全都染成淺棕色，翹著二郎腿坐在鋼琴椅上，手裡拿著知佳交給她的團體照，有點害羞似地注視著照片裡自己的臉孔。

照片裡的年輕女子上身穿一件胸前裝飾著縐褶花邊的襯衣。領口開得很大，下面是一條鉛筆褲，腰上繫著寬腰帶，及肩的長髮燙出細碎的波浪，手裡拿著銀色樂器，一雙又黑又粗的濃眉像兩片海苔地貼在臉上，鮮紅的嘴唇正在微笑。

因爲這是一張二十多年前的照片，而且女性現在的打扮跟當時相差甚遠，所以知佳剛開始並沒有發現這名女性，後來看到女性手上的樂器，她才想起這名女性就是在度假飯店的記者會上演出的長笛演奏者。

知佳當時跟這名女性交換過名片，所以立刻跟她聯絡上了。據女性表示，她確實二十多年前參加過新艾格尼絲之家的聖誕晚會，而且在會中吹奏過長笛。女性還說她認識小野尙子和當時庇護所裡的職員。

女性是一位長笛演奏家，名叫青柳華，每年夏天都會來輕井澤短期度假。這次計畫住到下週返回東京，所以知佳想趁她還在輕井澤的這幾天，安排優紀跟她見一面。

優紀心中一直記掛著這件事，但同時又認爲再深入追究兩位「小野尙子」，也沒什麼意義。她甚至覺得不知道誰是眞正的小野老師也好。然而，一想到這次會面是知佳專程安排的，她就很難開口拒絕。而且就算自己不去，誰知道知佳會不會出於好奇，獨自去跟長笛演奏家見面？想到這裡，她不免感到有些擔心。

因爲這層顧慮，優紀還是從小諸的新艾格尼絲之家趕去赴約，出門前，她只告訴繪美子自己的目的地。

據青柳華回憶，一九九三年前後，在輕井澤擁有別墅的文藝界和藝術界人士比現在交流得更頻繁。

「那時大家會去參加各式各樣的活動，好有趣。大家的內心也比現在自由多了。對了，妳是庇護所所長？」

說完，她把視線投向優紀，眉頭微微皺起，彷彿對優紀非常警戒。

「不，我只是管理員而已。因爲有很多行政事務要處理，不能沒有一個負責人。」

「我還以爲今天只有山崎小姐一個人來。」

說完，長笛演奏家猶豫半晌，一副欲言又止的模樣，然後才避重就輕地說，「那時發生過一件不愉快的事情。」

「是什麼不愉快的事情呢？」

優紀不由自主把身子傾向前方。青柳華冷漠地看著她說：

「說來有點失禮，新艾格尼絲之家雖說算是基督教機構，但好像比較特殊呢。用邪教來形容，或許有點冒犯吧。」

「我們這裡嗎？」

優紀連忙搖頭。有幾所不同教派的教堂對新艾格尼絲之家提供援助，而且庇護所名稱也冠上了聖人的名字，所以經常被外界誤認是基督教團體創立的機構，其實和教會沒有任何關係。而且，小野老師從來沒有受洗。青柳華聽完優紀的說明後，深感懷疑似地瞇著眼睛凝視優紀。

「小野尙子女士是一位非常優秀的女性。不但富有同情心，而且人品高雅，爲人謙虛，似乎也是眞心把那些女孩放在第一位，而且那時我也很年輕……」

這話聽來似乎有弦外之音。

「但我還是碰到不愉快的事情，不，不是指小野女士，是一位女性幹部，年紀很大了。眼睛不太好，其他的我也不能說太多，免得被人說我歧視。」

「榊原小姐嗎？」

「名字我不記得了。」

「發生了什麼事呢？」

知佳問道。

「她給我喝了奇怪的東西，然後……」

說到這兒，青柳華猶豫了幾秒。

「小野女士和其他職員都在忙著準備晚會，所以招待我的任務，就交給了那位女士。結果，她對我說了一大堆冷言冷語，令我十分不滿。她那些話是針對以電子琴爲我伴奏的男性朋友說的。我確實和他沒有結婚，只是男女朋友的關係，但這不是我的私事嗎？還有我的舞台服裝，她也有意見，一下說我穿得太暴露，一下又說腰部曲線太明顯。我眞不想說得太過分，但是她根本看不見，也不知她是想諷刺我還是教訓我。如果是小野女士叫她說的，我肯定對小野女士也會失去信心。最讓我無法忍受的是，她又不懂音樂，竟然對我的演出風格和選曲，都有很多意見。」

「譬如說？」

知佳用冷靜的語調催促著。

「我選了一首歌詞比較挑逗的流行歌曲，但又不是唱，而是用長笛演奏，有什麼關係呢？不僅如此，其他樂曲她也有意見，說什麼電影主題曲跟流行歌曲不適合在聖誕節表演。開演之前我正在練習，她還叫我不要把巴哈的曲子吹得太有感情，而應該好好傾聽神的聲音，要懷抱虔誠的心情吹奏。」

知佳忍不住笑了起來。

「在妳這位專家面前，她還眞敢說呢。」

「我當然不理她，繼續演奏下去。可是，她眞的太沒禮貌了，我心裡始終很不高興。後來演奏結束後，那個上了年紀的女人說著便端來一杯冷飲請我喝。我也有不對，當時竟沒有提高警覺。」

優紀感到背脊一陣涼意襲來，知佳向她投來尖銳的視線。

「每次開完演奏會，我都好像瘦了一兩公斤。因爲全身都被汗水溼透了，喉嚨也乾得要命。那個眼睛不好的老婦人給我端來飲料，我總不能在眾人面前拒絕。只好說聲，『不好意思。』就接了過來，喝完之後，我就發現不對勁。因爲飲料裡有一種類似中藥的怪味。『這是什麼？』我問那個女人，她說了一個奇怪的名字。然後又說了一堆奇怪的話，什麼我感覺妳的肝臟比較弱，晚上應該睡不著之類的。而且在那之前她就跟我說過什麼酒跟咖啡都對身體不好，紅茶和日本茶也不行……之類的。當時我覺得好恐怖，有點懷疑自己是不是受騙了，才會去參加邪教的活動？果眞如此的話，我身爲表演者的形象也會受損。就在我胡思亂想的時候，突然感到頭暈目眩，雖然沒有嘔吐，胃卻很難受。我害怕極了，立刻請她們幫我叫車。那個老婦人卻說妳必須先休息一下，說完就伸手摸我。她觸碰我的感覺，又噁心又恐怖。明明她年紀已經很大了，手卻像男人一樣有力，被她觸摸過的地方，好像變得熱辣辣的……我用盡全身力量推開她，當時有一位朋友的大學老師就在旁邊，我用眼神向他求助，他沒看懂。彈電子琴幫我伴奏的同伴正在幫別人伴奏，我只好找別人幫我叫計程車。上車之後，立刻就想嘔吐，一路上，車子停了好幾次，我是一路吐回家的。好可怕的經驗。」

青柳華的別墅在數公里之外。她說，回到自己家之後，連衣服都沒換，就直接躺在床上睡著了。

「也不知道是睡著了？還是失去了意識？現在回想起來，我還會全身發抖。雖然當時還沒有這種說法，但她給我喝的是合成大麻之類的東西吧？」

「妳去醫院了嗎？」

「沒有。因爲第二天早上除了全身無力之外，身體倒沒什麼大問題。而且要是跟別人說，那個晚會請我去表演，又給我喝了有問題的東西，不知別人會怎麼誤解。不可否認，很多文化界人士都對那家庇護所讚不絕口，但是我再也不想去了。後來我跟一位熟識的神父談過這件事，神父說小野女士和那個眼睛不方便的女人絕對不是壞人。他只說了這句話，我就沒再跟任何人提起這件事。雖說那裡只是別墅，但我們也算是輕井澤的鄰居，要是引起她們不滿，暗中陷害我，不是很恐怖嗎？而且不管我說什麼，立刻就會有左翼人士跳出來說我歧視住民吧？再說，庇護所後來也搬走了。今天原本以爲只有山崎小姐來跟我見面，所以我決定把這些事說出來。」

停頓數秒，長笛演奏家凝視著優紀，繼續用沉穩卻冷淡的語調說：

「或許妳聽了會覺得不高興，但我說的都是事實。從那之後，二十多年過去了，但我今後還是不打算跟妳們有任何瓜葛。」

優紀不知該如何辯駁。

她心中十分不安，原本認爲善良的人物，已被逐漸聚攏的疑雲完全籠罩，她艱辛地抗拒心中企圖逃脫的感覺。

走出屋外的瞬間，她們同時發現，明明戶外酷熱難當，兩人卻感到寒毛直豎。

「妳認爲完全沒有小野尚子被人毒死的可能性嗎？」

知佳問。從她的語調裡聽得出，「可能性」這個字眼的背後，隱含著強烈的懷疑。

「絕對沒有。」

優紀反射性地答道。

「榊原小姐以前是護士吧。很抱歉，或許妳會覺得我對她們有偏見，但除了新艾格尼絲之家之外，白百合會的其他機構裡也住著很多以前是藥物成癮患者的住民吧？包括職員在內。」

「是啊。」

我也是喔，這句話實在沒法從優紀自己的嘴裡說出來。

「有沒有人因爲無法立刻戒掉，所以一點一點慢慢減藥，或改用效果較弱的藥品代替，也就是所謂的軟著陸方式？」

「沒有。」

沒有這種戒癮方式。藥物成癮患者在醫院或監獄戒癮之後，還要接受全套復健療程。爲了不再重蹈覆轍，所以出院或出獄後需要互相扶持，共同生活，這也是聖艾格尼絲之家和新艾格尼絲之家的成立目的。當然，有些住民也可能再度耽溺藥物，但一起生活的職員與同伴都會付出耐心，協助她擺脫酒精或藥物。

「我的想法或許過與跳躍，也可能會讓中富小姐感覺受傷……」

「沒關係，請說吧。」

知佳遲疑著說下去：

「會不會因爲榊原小姐不滿領導者日趨墮落，不肯遵循自己的信念，所以殺了領導者，然後又另外找來一個替身，妳覺得這種事，完全不可能嗎？」

「不可能。」

優紀立即答道。

榊原久乃對草藥的知識的確非常豐富。她會利用各種野草或種在田裡的藥草，泡茶或煎藥給優紀她們喝。她從前當過護士，知道如何善用護理知識，考量人體的整體狀態與機能，調製出各種藥草茶，幫助機構裡的職員和住民的維護健康。

但相反的，這類草藥也會損害人體健康。如果喝完立刻顯現效果，眾人就會發現有人被草藥毒死了，但如果每天只喝一點點毒草藥，就能讓一個人慢慢走向死亡。

榊原製作的藥草茶裡蘊含她的信仰思想。她信仰一種特殊基督教派，所以別說是喝酒，就連咖啡、紅茶、綠茶之類的普通飲料，她也從來不碰。

另一方面，榊原久乃始終排斥各種慶祝聖誕節的活動。雖然她信仰的不是邪教，但她堅稱福音書裡沒有記載耶穌的生日，聖誕節是屬於北方異教徒的祭典。

「雖然榊原小姐的按摩、香草茶、草藥給住民和職員帶來身心的慰藉，但大家對她並沒有感恩之情，這也是事實。就像青柳小姐說的，榊原小姐對快樂或時髦的事物，一概拒絕。如果只有自己拒絕也就罷了，她還會教訓其他人，所以大家覺得反感吧，都跟她保持著相當的距離。」

二十多年前，齋藤登美子還在機構裡的時候，她就已經是這種態度。

「難道她是禁欲主義者？或是基本教義派？」

知佳問。

「不知道，我對宗教一竅不通。」

優紀並不認識眞正的小野尚子，其他職員和住民也沒有人認識她。而那些援助團體的工作人員，在這二十年當中也全都換成另一批人。

根據以往的紀錄，一九九三年以前的聖誕晚會，確實辦得盛大而隆重。當時基督徒的有志之士幫忙主辦慈善音樂會，在輕井澤擁有別墅的文化界人士、各界名人都在出席名單裡。

一九九三年，小野尚子已經完全擺脫了酒癮，機構的經營狀況也趨於穩定。新艾格尼斯之家的成績與知名度幫她築起絢麗多采的人脈，她對享樂的生活也變得比較寬容，而這一切，很可能讓榊原感到不滿。

榊原沒有男人那種爭權奪利的意志和野心，妒忌、貪財之類的俗念也跟她扯不上關係。然而，隨著年齡增長而日漸固執的信仰心，或榊原久乃個人的道德觀，很可能使她無法忍受舊日盟友的變化吧。

因此榊原久乃花了一年多的時間，訓練了一名假冒的小野尙子，對外則以小野生病爲藉口，讓她戴著墨鏡、口罩，身穿長袖長褲，整天避著陽光，躲在後面的起居室裡。

這個由榊原久乃一手訓練出來的冒充者，自始至終都符合她的標準，處處看她臉色行事。除了她是小野尙子的冒充者之外，她是個各方面都挑不出任何差錯的正人君子，她充滿慈愛，富有同情心，就像優紀和其他成員看到的那樣。

一切過程都是瞞著職員和住民完成的。榊原不是那種擅長事前交涉的人，所以她憑著一己之力，把新艾格尼絲之家的領導者換掉了。

那麼，眞正的小野尙子到哪裡去了？

不可能，優紀用力揮去心底對榊原生出的疑心。

火災發生的時候，榊原緊跟小野老師登上被火焰籠罩的二樓。她雖然看不見，卻留下這句話，「不能讓她去。」

「她明明眼睛看不見……」

追思會那天，繪美子滿臉悲痛地站在教堂後院低語。

「誰想到緊追小野老師而去的，竟然是榊原小姐，我們幾個當時都嚇呆了。」

「就是因爲看不見才辦得到。像我，只看到一點火苗，就陷入恐慌了。」優紀說。麗美搖著腦袋說：

「不過榊原小姐緊追老師而去，還是令人意外。」

麗美以前就常用略帶憤慨的語氣批評榊原，她覺得榊原沒把小野老師放在眼裡，其實優紀也有相同的感覺。

小野老師對於必須表達的意見，通常用字遣詞都很委婉，不過態度向來堅決；而對於自己個人的期待，她總是以婉轉的字句或態度輕輕帶過。榊原久乃原本應該比旁人更能精準掌握老師的眞意，但優紀有時卻覺得榊原有意忽略老師的想法，不讓老師跟所有成員形成一致的意見。

面對自己一手塑造的那位小野老師，榊原久乃是否抱持著心理上的優勢？

然而，現在回想起來，榊原久乃生前最後的舉動根本就是一個謎。

黃昏時分，優紀回到新艾格尼絲之家，老舊的宅院裡一片寂靜。

拉開玄關大門，放在鞋箱上的東西立即躍入眼簾。昏暗的玄關燈光下，出現在她眼前的，是一隻小羊布偶。小羊正懶懶躺著，下面墊著一塊紅色毛氈。這是後天失明的榊原久乃親手縫製的。她似乎是想以手工藝惋惜自己越來越窄的視野。在她完全失明之後，榊原久乃依然用那熟練的指尖繼續縫製同樣的布偶。

她把這群不斷增加的布偶小羊稱爲迷你牧場，並把小羊放在新艾格尼絲之家住民的房間。這種身高不到五公分的布偶是嬰兒的最佳玩具，柔軟圓潤的觸感也令人感到安心。發生火災的那天晚上，小野老師從二樓拋下而獲救的嬰兒手裡，就緊緊地抓著一隻小羊布偶。

然而，除了這隻小羊，其他的都在火災裡燒毀了。優紀突然想起，迷你牧場裡除了小羊之外，還有一個布偶。這個無法判斷性別的布偶是個牧羊人，身上披著布製長袍，手裡拿著鐵絲做的手杖。

優紀剛到新艾格尼絲之家不久，曾拿起這個布偶問榊原久乃，「這群小羊布偶裡只有一個人嗎？」

當時，久乃那雙看不見的眼睛彷彿透過薄薄的眼皮盯著優紀看了幾秒，然後才用很低的聲音回答她。不，嚴格說起來，那也不算回答。

「羊群裡有時會有狼混進去，牠把羊一隻一隻地吃掉。因此才需要牧羊人在一旁看守，不讓惡狼有機會偷吃。」

「那把狼抓起來就行了，不是嗎？」

「狼非常狡猾，比羊或人都要狡猾。而且牠平時都裝成羊的模樣，沒辦法抓到牠，也趕不走，所以必須小心看守，不讓牠危害羊群。」

「扮成羊的狼」是指善良人群心底偶爾萌生的惡意或世俗的誘惑嗎？一群人在這種機構裡共同生活，自然會生出悲傷、喜悅或是憎惡，憤怒……等各種感情。有時邪念會因此增幅，可能向外部發動攻擊，也可能內部成員互相傷害。優紀覺得榊原的意思是，每個人都該看管自己的內心，並設法保持自律的能力。

然而，現在回想起來，優紀又覺得，說不定那個牧羊人就是榊原獨善其身的自畫像。最後，負有監視任務的牧羊人對自己角色太投入了，不僅以某種方式殺掉或趕走了領頭羊，甚至還找來另一隻羊來冒充領頭羊。

知佳剛才提出的假設，雖然被優紀當場否決，但她現在卻覺得，或許知佳的假設更接近事實。

同時，她又想到，自己認識的小野老師，很可能就是榊原久乃身邊的人物。

優紀拿起話筒，按下榊原久乃從前常去的教堂電話號碼。

她想打聽一九九三年到九四年之間的訊息。然而，接電話的女人告訴她，當時負責管理教堂的服部牧師，現在已被派到美國內陸的教會分部去了。女人又告訴優紀，如果想跟牧師聯絡，可以打國際電話到總部留話給牧師，或是寫信給他。

然而，從日本寄信到美國內陸的鄉下，至少要花費兩週以上的時間，而且無法保證一定能送達對方手裡。但是就算優紀想打電話留言，她只會中學程度的英文讀寫，完全不能會話，而麗美或繪美子則是連讀寫都不會。

優紀這時才發現，自己跟白百合會那些高學歷會員之間的差距實在太大了，她不得不硬起頭皮，按下美國教會總部的電話號碼。

但是接電話的人說的英語，她卻一句也聽不懂。「我想寄電子郵件，請告訴我電子郵件地址。」她朝著話筒喊出一連串英語單字，表達自己的希望。只要能把電子郵件寄到總部，信裡先用英文寫一句「請轉寄給服部牧師」，剩下的內容都可以寫日文。但她完全聽不懂對方的回答。最後只好連聲大喊自己的電話號碼、以及新艾格尼絲之家的英文名稱，還有自己的名字，喊完之後便掛斷電話。

深夜時分，辦公室的電話突然發出一陣尖銳的鈴聲。

優紀立刻從床上跳起來，奔向辦公室。

是服部牧師打來的。她自己也沒把握的那段留言似乎已經轉給牧師了。

「聽說您打電話給我。」

「謝謝您打過來。」優紀不自覺地低頭行了一禮。

「因爲有一些複雜的事情想請教您，不知服部先生能否把電子郵件地址告訴我？」

「不，我們不用那種東西，我過的是跟網路世界完全無關的生活。」

這是什麼教派？優紀不禁有點疑惑。做爲一名有教養的社會人士，她很想對牧師說，「那我打給您吧。」卻猶豫著沒開口，因爲預算有限，國際電話費對她們來說，實在太昂貴了。

對方似乎已經猜中她的心事。只聽牧師在話筒那端說道，「這是教會的電話。您不用擔心通話費，請說吧。」優紀滿心感激，同時又感到有些疑惑，這些教會從全世界信徒手裡究竟搾取了多少財富？

「那有沒有傳眞呢？」優紀問道。對方回答說，有的。

記下傳眞號碼之後，優紀決定先寫一封信，然後用傳眞送去。

前後大約花了兩小時，她在心裡記下了最近發生的一連串事情。從新艾格尼絲之家發生火災，到小野尙子跟榊原久乃在火海裡喪生，接著，警察通知她們說，小野尙子的遺體是另一個人。牙科提供的情報指出，冒充者在九年前就已頂替小野尙子，住進了新艾格尼絲之家。二十多年前的照片裡的小野尙子，跟兩年前的照片裡的小野尙子，不是同一個人。此外，優紀把這天白天從青柳華那裡聽到的訊息，也一併寫進信裡。

寫信時，優紀想到對方住在美國內陸的鄉下，而且過著遠離世俗的生活，所以覺得沒有必要隱瞞細節。

第二天半夜，服部牧師寄來一封字體優美的横式回信。他首先在信裡哀悼在火災中喪生的小野尙子和榊原久乃，然後表示他實在不敢相信小野尙子被人頂替。不過小野老師從馬尼拉的貧民窟回國以後，確實病了大約兩年。牧師當時親眼看到她變得很瘦，整天都用墨鏡和口罩遮著臉孔，過著處處躲避紫外線的生活。服部牧師認爲，以當時的狀況看來，他無法否認小野老師被人頂替的可能性。接著又繼續寫道：

「之後，直到二〇〇四年，我都住在輕井澤。您提到的那段時期，我並沒感覺到小野女士變成另一個人。小野女士雖不是基督徒，但是她心中充滿慈愛，是一位難得的傑出人士。如果警察的話是事實，那或許是因爲眞正的小野尙子遇到什麼困難，所以才找別人來接替她吧？我想妳們現在都明白，其實大家也不需責怪那位接替者。更重要的是，您似乎對榊原女士懷抱疑問，我想告訴您，這種想法完全錯誤。榊原女士非常優秀，她遵從基督徒的信念，長年從事護士工作，照顧那些深受病痛折磨的患者。即使因爲青光眼失去全部視力之後，她仍然懷抱虔誠之心，不斷鑽研爲人之道。從不忽視任細微末節，並且抱持強烈責任感，持續慰藉新艾格尼絲之家的新住民，這一切，您應該比任何人都更了解吧？至於那位演奏家的說法，我無法評斷她是否說謊，但我想榊原女士端給她的飲料，大概就是不喝酒類、咖啡和冷飲的人常喝的普通香草茶吧。然而，人體是非常微妙的東西，只要心裡稍存懷疑、嫌惡，身體就會出現強烈反應，甚至像吃了毒物一般。我猜那位女士的身體症狀，只是反映出她的心理罷了。緊張、懷疑、嫌惡……等各種負面感情，絕對會對人體造成損害。腦中幻想著各種恐怖情況，內心毫無理由地產生恐懼，這些行爲實在太過愚蠢。我想第一代小野尙子女士只是因爲某種理由，希望結束自己在新艾格尼絲之家的任務。因此在她的主導下，應該也跟榊原女士和其他職員商量過，找到一位替代者之後，小野女士才從那裡離去。雖然不清楚她離去的理由，但以我長年與她，還有其他職員的往來經驗，我絕對不相信她們會做出見不得人的事情。至於妳認識的小野老師究竟是誰，關於這個問題，請允許我說一下自己的猜測。我想應該是跟小野老師長得很像的親戚，或是如妳所猜測的那樣，她是榊原女士的朋友，而且是榊原女士認可的追隨者吧。」

在這封手寫傳眞的結尾，服部牧師以慣用語向優紀和全體成員表達了祝福。

傳眞的內容很有說服力，不只是理論上令人信服，文章更像一陣暖風，吹進優紀和其他同伴的心中，解除了大家的不安。

看完信，優紀心中湧起一絲感動，她決定把前一天從青柳華那裡聽到的一切都拋到腦後。

3

優紀在輕井澤警察署見過的那位刑警來到新艾格尼絲之家，是在八月中旬。這天，大家正在追悼小野老師和榊原久乃的靈魂，屋簷下擺著黃瓜和茄子做的牛頭馬面，門口掛著一盞白燈籠。

出來接待客人的優紀把坐墊鋪在迴廊邊，繪美子動作迅速地倒來一杯熱茶。和室的紙門大開，麗美正在室內更換電蚊香片，刑警用銳利的視線看了麗美一眼。

「我們到那裡去一下……」說著，刑警指著玄關旁邊的辦公室。

繪美子立刻意會過來。「啊，好的。」說完，便拉開辦公室的門，請刑警進去。

「請坐。」

繪美子拿出兩把鋼製折疊椅，又把茶杯放在桌上，然後低聲問優紀：

「我也留在這裡？」

「請隨意。」

刑警不等優紀開口，就搶先答道。說完，他拉上門扉，在椅上坐下。

「是這樣的……」

刑警重新轉向優紀。

上次她們做完筆錄之後，警方已把新艾格尼絲之家那具身分不明的遺體相關資料作成海報和檔案，送到牙醫師公會進行照會，最近終於收到回應。一位在長野縣輕井澤町開業的牙醫永山跟警方聯絡，說他曾在一九九〇年給那位患者看過牙齒。

「那個人是誰呢？」

優紀不自覺地向前探出身子，但刑警只顧著說，沒有回答她。

永山醫師還能記得二十六年前診察過的患者，並不是因爲女人的臉孔給他留下印象，而是X光片上一望即知的特殊牙齒形狀。

這女人有一顆多餘的門牙，牙根部分不但長歪了，還跟另一顆多餘的牙齒融爲一體。原本正常的門牙受到這兩顆形狀複雜的牙齒推擠，出現發炎的症狀。永山醫師向警方透露，這段過程也很複雜。因爲他當時還年輕，處理多餘牙齒對他來說算是高難度的手術，所以他後來把患者轉給自己的父親，也就是附近患者非常仰慕的「老醫師」。這位永山醫師現在已經是牙科診所的老闆。

二十六年前的病歷之所以能夠留到現在，主要是因爲永山醫師擁有豐富的電腦知識，雖然當時醫術不算高超，但他當時已幫父親把醫院所有病歷都數位化。

小野尙子生前常去一家位於信濃追分的牙科治療，警方早已從那位牙醫手中拿到尙子去世前兩個月的病歷，跟永山醫師提供的九年前的資料比對發現，兩份病歷完全一致。換句話說，火災中喪生的那具身分不明的遺體，跟優紀她們認識的「小野老師」的病歷是一樣的。

「當時，在永山牙科診所接受治療的女性使用的是她自己的健保卡，但她不叫小野尙子。」

說到這兒，刑警停了幾秒，才繼續說下去。

「半田明美，昭和三十年出生。」

優紀從來沒聽過這個名字。

昭和三十年出生，所以她比眞正的小野尙子小六歲。

刑警輕輕咳嗽一聲又說：

「她曾被警方懷疑是八〇年代連續殺人事件的嫌犯。」

這消息實在太突然了，但優紀心底竟然沒有一絲驚訝。身邊的繪美子嘴裡連續發出一陣既不像嘆息也不像呻吟的怪聲，臉上浮起不知所措的微笑。

「一九八四年，她曾在東京被捕，但後來認定是正當防衛，被判不起訴處分。」

刑警用平靜的語氣向她們說明。

「搞錯了吧？」

優紀當場反駁。

「說不定那位牙科醫師弄錯了吧。」

繪美子臉上的微笑這時快要變成哭臉了。

大家都以爲是小野尚子的那個女人，就算她是另一個人，也不該是連續殺人案的犯人啊。

「可是……」

繪美子像在抗議似地發出尖銳的吶喊，但她立刻警覺其他人都在門外，便降低音量說道：

「可是我們不是都平安無事嗎？老師眞的是燃燒自己照顧我們啊。最後還爲了保護那對母女，犧牲了自己的生命。這種人怎麼會是殺人犯？」

「我沒說她是殺人犯，只說她曾經是警方的調查對象。」

刑警回答時臉上的表情毫無變化。

「再說，二十六年前的牙齒形狀可以相信嗎？她後來也可能拔過牙或補過牙吧？」

優紀不自覺地加以反駁。

「還有當時那個事件是怎麼回事？」

她重新提出疑問。

「她在地鐵站把男人推下月台，所以被逮捕了。」

「結果卻說她是正當防衛。」

「嗯，就是這樣。」

除了這些訊息，不管優紀再怎麼問，刑警都不肯明確回答。「那就這樣吧，妳們要是再想起什麼的話，請跟我聯絡。」說完，刑警就起身離去了。

「騙人的吧。」

玄關的拉門剛關上，繪美子就求救似地抓住優紀的手肘。

「是吧。」優紀點著頭說。

其實她心裡既無法斷言刑警說謊，也無法接受對方帶來的訊息。曾經跟自己一起度過九年歲月的老師，自己那麼信賴她，尊敬她，但是這段跟老師有關的記憶，現在卻籠罩了一層飄忽不定的黑影。

「殺人犯……嗎？」

麗美不知何時已站在背後。她把刑警剛剛走出的玄關大門拉開一條縫，探出腦袋窺視警察的背影，嚴峻的視線從她那隻被火傷疤痕牽扯肌肉的眼中射出。

「刑警只是想用這些胡說八道來試探一下，撒點鹽吧？」

優紀若無其事地答道。她不想讓其他人知道這件事。

「我們可是聽得一清二楚。」

說著，麗美用手指指辦公室拉門的上方。那裡裝飾著花式雕鏤欄杆。

難道那個房間裡所有住民和其他人，都已經知道這件事了？優紀走回起居室，發現室內所有人都一臉嚴峻地看著她。沙羅正緊緊咬著牙，凹陷的面頰正不斷顫抖。

「她曾被當成嫌犯，遭到警方調查，但她並不是犯人。後來雖然被捕過一次，結果是不起訴處分。換句話說，她沒有前科。妳們要偷聽，我沒意見，可是偷聽也要聽清楚。」

優紀把一肚子怒火全都發洩在麗美身上。她很少這樣對住民說話，但自從小野老師離去之後，優紀生氣的次數越來越多。

住民各自沉默著返回自己的房間。她們一定會在自己的房間裡討論這件事吧。說不定，有人會因臆測而產生妄想，然後回到從前的狀態吧。真叫人頭痛。

戶外起風了，麗美把掛在門口的白燈籠收進來。

「人要是哪根筋不對，是會殺人的……」

麗美一面吹熄燈籠裡的蠟燭，一面低聲向優紀說：

「我就是因爲那樣，在裡面待了三年。」

繪美子正在爲盂蘭盆會祭祀亡魂的精靈棚更換清水，聽了這話，不禁驚訝地回頭看著麗美。

聽說麗美是因爲傷害罪入獄的。

「那時我老公正在睡覺，我拿鐵撬砸在他的額頭上。本來就準備殺掉他的，我是真心的。可是我一個女人，力量還是有限，只把他打傷了而已。不過他雖然被人送進醫院，卻在我服刑的時候死了。」

「怎麼死的呢？」

「很自然就死了。聽說他最先躺在床上，還能像平時一樣說話，沒過多久，就只能發出呻吟或叫喊，後來身體就慢慢不能動彈了。從他臥床之後，又活了兩年半……」

所以她想說的是，一個人要是哪根筋不對勁的話，最後是會殺人的？

「麗美，所以妳相信刑警透露的小野老師的事嗎？」

繪美子討好似地凝視麗美。

「老師從前做過什麼，跟別人之間有過什麼，都跟我無關。因爲老師爲了照顧我，爲我付出很多感情。不就是這麼回事嗎？」

這時，另一名住民麻衣走了進來。

她手裡拿著住民共用的平板電腦。

「我用谷歌查過了，鍵入『半田明美　殺人事件』、『掉落地鐵　正當防衛』之類的字眼，什麼都沒查到喔。」

麻衣用責問的語氣說著，手指在螢幕上滑來滑去。

麗美看了麻衣一眼，繼續默默收拾燈籠。

「重要的是眞的有那個人嗎？」

繪美子露出疑惑的表情接過平板電腦，鍵入「半田明美」幾個字。

「找到了……但是網路上只找到姓名算命，如果她是連續殺人犯的話，應該早就鬧得沸沸揚揚了。」

「警察都是亂說的。」

優紀接話，她不希望大家繼續混亂下去。

「我不喜歡妳們想要蒙混過去的想法。」

麻衣抓著平板電腦，她那稍有厚度的嘴唇緊緊閉著，凝視著優紀。看到她那冷峻又帶有攻擊性的視線，優紀不自覺地全身緊張起來。

麻衣出生在一個普通家庭，父母都是正常人，這種經歷在機構當中很稀奇。按照小野老師的說法，麻衣得的是一種「太認眞，太努力」的病。

不論學習、運動或課外活動，麻衣都付出出高度的努力與專注，積極到甚至讓父母與周圍的人都爲她感到擔心。她如果看到身邊有人偷懶或打混，就會猛烈攻擊那些人。只有醫生開給她的處方藥，才能讓她停止攻擊。但是過一段時期之後，她的「衝勁」會突然消失，取而代之的是「拒絕上學」。這種反覆的狀態總是以轉學與畢業的形式暫時化解，然後，「向前猛衝」的時期再度降臨，接著，又是「拒絕上學」。麻衣幾乎沒去過學校，卻也從中學、高中畢業了。她打過幾次工，每次的打工經驗就是「向前猛衝」與「退後繭居」的循環。在那幾次打工經驗中，她曾遭人霸凌，童年開始一直服用的處方藥量也越來越多。

後來為了停藥，她參加了白百合會主辦的工作坊。也因為參加了那次活動，麻衣才會住進新艾格尼絲之家。

「所以就是說那個說不定是殺人犯的某人，我們一直以為她是小野老師。」

麻衣的語調比剛才更尖銳。

麗美正要開口，優紀舉起一手制止了她，然後用冷靜的語氣反覆說道，「不是殺人犯，只是有嫌疑而已。」

「所以我才說『說不定』，不是嗎？再說，就算沒留下前科，人被殺死了，卻是事實吧。」

聽到這種執拗的追問，優紀真的非常生氣。

「那妳說怎麼辦？」

「像這樣粉飾太平，假裝什麼都沒發生過的活法，不可饒恕！」

又開始「不可饒恕」了！優紀看著眼前這個皺起鼻梁、正在聲討自己的女孩，不禁在心底對自己說，要是能對她大吼一聲，「吵死了！」然後一拳把她打倒在地的話，該有多麼痛快。這副德性，怪不得會遭人霸凌。她努力裝出平靜的表情，內心卻正在對這名年輕住民發出冷笑，想到這兒，優紀突然對自己生出了幾分嫌惡。

「不可饒恕的話，那妳說該怎麼辦呢？」

麻衣陷入了沉默。

「一點辦法也沒有吧。」優紀又趁勝追擊說道：

「刑警的工作就是調查這種案件嘛。」

「刑警要是有什麼新發現，會把細節全部告訴我們嗎？不，應該說，中富小姐會把全部內容都向我們報告嗎？」

「當然會告訴大家。」

爲什麼必須向妳報告呢？優紀吞下這句話，露出冷靜的表情。

麻衣滿臉不信地盯著優紀看了幾秒，無言地拿起桌上的平板電腦走回自己房間去了。

這天深夜，沙羅用美工刀劃破自己的手腕。

優紀接到通知，立刻從床上跳起來。爲了不驚嚇到其他住民，她把沙羅帶到職員就寢的起居室檢查傷口。所幸動脈沒被切斷，只是傷口很深，而且出血嚴重。但是沙羅卻凍僵似地非常安靜，甚至臉上還浮起一絲笑容。因爲心靈的疼痛與混亂已被肉體的痛苦和流血壓制了。

優紀以往也看過住民割腕自殘，她雖能佯裝冷靜地幫忙包紮傷口，但每次都緊張得不得了，連自己的身體也感到疼痛。

繪美子看到傷口流血，露出驚惶的表情，眼中也湧出淚水。

「這傷口，還是縫一下比較好吧。切得有點深呢。」

麗美這時走進屋子，恨不得把優紀推開似地一把抓起沙羅的手。她毫不猶豫立刻拿起紗布蓋在傷口上，開始進行壓迫止血。沙羅正在淺笑的臉孔扭曲起來，可能很痛吧。

繪美子拿起電話，正要撥給１１９。「搭計程車就行了。」麗美突然說。辦公室牆上貼著幾間附設夜間急診的綜合醫院電話和地址。

「不，還是叫救護車。」

優紀佯裝冷靜說道，其實她內心充滿驚慌。

「那太打擾大家了。就算平時沒什麼事，附近鄰居已經把我們看成一群可疑人物，現在這個時間，要是救護車響著警笛開過來……」

「問題不是……」優紀才說了一半，麗美平靜地打斷她，「這種程度的傷，不要緊。」

結果沙羅還是被計程車送到醫院。一路上她都很安靜，麗美用手壓著傷口，並把她的手臂高高舉起，所以車內沒被血污弄髒，司機也沒受到驚嚇。

到了醫院候診室，室內日光燈發出異樣的光亮。優紀這時才從麗美嘴裡聽說，當天晚上沙羅嘔吐過。

沙羅原本患有進食障礙，直到最近才出現好轉的跡象。但是在刑警來訪之後，原本的症狀又出現了，最後竟還發生割腕自殘的意外。

沙羅二十歲之前的那幾年，曾因致命的瘦弱狀態數度住院治療。去年，她在大久保聖艾格尼絲之家生活過一段時間，後來才搬進信濃追分的新艾格尼絲之家。像沙羅的這種症狀，並不是住院治療，接受復健，就能直線上升地恢復正常，通常都需要花費很多時間，症狀還會反反覆覆，時好時壞，最後才能趨於穩定。

沙羅搬進新艾格尼絲之家之後，曾經割腕過幾次。每次都是「小野老師」默默陪伴在她身邊，靜靜撫摸著她的手。好在那幾次的傷口都不深，沒有傷到動脈，只需貼一片絆創膏，傷口也就止血了。老師的手被鮮血染紅時，她從來不會露出害怕或厭惡的表情。老師總是擁抱著沙羅瘦骨嶙峋的身體，彷彿要把自己的體溫分給她。老師的表情裡看不到緊張，也看不到悲哀。即使在那種狀況下，臉上仍然露出沉著鎮定的微笑。平穩的情緒從老師身上傳進另一個人的心底，於是沙羅全身力量都放鬆了，充塞眼中的不安與畏怯也消失了。更神奇的是，這時傷口的出血也止住了。可是，優紀想，我學不會老師這套作法。她對自己越來越沒自信。

急診室的治療結束後，沙羅依然靜靜地不發一語。

大家一直信賴無比的小野老師，說不定是個連續殺人犯，說不定是另一個叫做半田明美的女人。儘管大家嚷嚷著「不可能」，不願接受這個事實，或者堅稱「與我無關」，打算忽視這項事實。但是不可否認的，現在不僅那些住民，就連職員的信心，也已開始劇烈動搖。

從醫院回到新艾格尼絲之家，優紀只睡了兩三小時，就到田裡去幹活了。

現在這座老宅的農地面積，比火災前那棟信濃追分的房子大多了。細長的田壟上種滿了茄子、黃瓜、番茄、南瓜等作物，而且都已經開花結果。只要稍微偷懶幾天，小黃瓜立刻長成大黃瓜，番茄都會脹開裂口，茄子裡面也會結出白色種籽。

菜園裡的蔬菜收穫量非常豐盛，住民跟職員根本吃不完。所以大家常聚在樹蔭下，一齊動手洗淨菜上的汙泥，再按大小分類裝進紙箱，寄送給總部及其他白百合會的相關設施。這類夏季蔬菜在這裡簡直多得沒人要，但是在東京總部和其他庇護所卻大受歡迎。寄送完畢後，還有些剩餘的黃瓜與茄子，就由平時擅長料理的麗美把這些蔬菜作成泡菜。

或許因爲雨水太多，也或許因爲菜園是由一群不懂種菜的外行半途接手，所以今年的番茄長得很不好，先是果皮表面冒出白斑，接著果實也開始陸續腐爛。

這天，瀨沼春香正在採收番茄。她看到一個果蒂周圍都已紅透的果實，正想用不熟練的手勢摘下來的瞬間，一不小心，手指「噗」地一聲戳進番茄裡。

一聲刺耳的慘叫傳來，緊接著，大家聞到一股噁心的臭味。

「我們就像它們吧。」

田壟上到處都是丟棄的爛番茄，一名住民一面嘀咕，一面用長筒膠鞋的腳尖狠狠踐踏地面的腐爛果實。

剛好就在這時，白百合會打來電話。

「請問，聽說妳們那裡給住民吃腐爛的蔬菜？」

究竟是怎麼回事？優紀反問。原來，麻衣前一天到白百合會參加聚會時向主辦單位反映，新艾格尼絲之家把爛掉的蔬菜給不受歡迎的住民吃。

新艾格尼絲之家以往都是由白百合會援助部分經費。火災後，變成全面接受白百合會資助，現在聽說這種事，負責人當然立刻打電話向優紀求證。

優紀立刻想起一件事。一天，她在廚房看到麻衣隨意拿起一個番茄，正要扔進廚餘桶，而那個番茄上面只長了一個小小的白斑，所以優紀提醒麻衣，「只要把那個部分挖掉就行了。」當時麻衣跟她爲了那個番茄到底有沒有爛掉，爭論了很久。

「那不是腐爛。只是生病蔬菜的部分表皮長了斑點。」

優紀向電話那端的負責人解釋。

「生病的蔬菜，通常就不能吃了吧？」

「把那個部分削掉的話，就沒關係。」

「不是這個意思，我是說一般家庭不會端上餐桌的東西，妳們卻拿給住民吃，請想一想，她們心裡會怎麼想。」

「可以拿去賣的商品，跟還可以吃的東西，兩者的定義不一樣吧。」

妳們這些富家千金老小姐！優紀在心底不屑地罵了一句。這些不知農業現實狀況與眞正貧窮的博愛主義讀書人！她又狠狠地罵了一句。

掛斷電話後，優紀把麻衣叫到面前。妳有意見可以對我說，優紀委婉地提醒麻衣，不料卻在瞬間開啓了麻衣的攻擊模式。

麻衣沒完沒了地抱怨起來，聽著好像很有道理，什麼有害健康、歧視、蔑視住民……等等。這種事以往也發生過。因爲麻衣患了一種「過分努力病」，而且對某些因暴力或虐待而壓抑自我的女性來說，這種現象也是恢復過程的一環。

正因爲優紀明白其中緣由，所以她壓下心中怒火，默默聽著麻衣發洩，誰知麗美這時卻突然闖進來。

「住嘴！」麗美喝斥道：

「這件事，是妳不對。」

麻衣立刻閉嘴，臉色變得十分蒼白，接著站起來，走出房間。不到五分鐘之後，玄關大門砰地發出一聲巨響，麻衣用力關上大門，不知跑到哪裡去了。

「別管她。等她頭腦冷靜下來，就會回來的。」

優紀正要追出去，卻被麗美抓住手臂。然而，在常人身上行得通的規則，在這裡生活的女孩身上，卻不一定適用。

她們會因爲一點小事向身邊照顧自己的人發脾氣，或執拗地苛責對方。因爲她們想確認對方究竟能容忍自己到什麼程度，所以我們必須竭盡全力忍耐她們。

小野老師經常把這段話掛在嘴上。

優紀並不贊同這種理論，不過她還是把小野老師這段話告訴麗美。

「這種事也得根據時機和場合來判斷。妳剛才對她那種態度，完全就是姑息。不照規矩教訓的話，只會讓人越來越不像話。」

完全正確！優紀想。麗美雖然不只一次跟黑幫分子同居，還用鐵撬毆打家暴丈夫，最後被關進了監獄，但她是個正人君子。只是，這套正確的道理在這裡不見得行得通。

麻衣走了之後，一直沒有回來。

優紀擔心她會自殺，連忙跟各處聯絡，希望趕快找到麻衣。後來聽說，她已經回自己家去了。或許她又回到小學時期開始就診的醫院看病吧，然後再反覆經歷一面吃藥一面「向前猛衝」與「退縮繭居」的循環吧。

就在麻衣離開的同一時期，有一天，快到正午的時候，瀨沼春香在戶外幫忙拔草，結果背部和胸前居然被曬傷。

春香平時就不太願意到戶外，因爲她最討厭自己白皙的皮膚曬出斑點或受傷。平時只要一有機會，她就把愛結放在一旁，捧著平板電腦隨意擺弄，或是走進辦公室打開電腦，全神貫注地玩著電腦遊戲。

優紀看不慣春香整天坐在室內，那天早上便用斥責的語氣提醒她，妳最好還是出去曬曬太陽。春香只好拜託麗美和繪美子幫她照顧愛結，然後戴上優紀借她的帽子走進田裡幫忙。春香雖然穿著七分袖T恤，但是衣領開得很大，跟她其他的衣服一樣。結果，中午工作結束時，她的皮膚已被曬成玫瑰色。當時只覺得有點發熱，但到了黃昏時，曬紅的皮膚竟變得刺痛難忍。

這一切，都是優紀一知半解的外行情報造成的後果。她曾聽人說過，中午以前多曬曬太陽，可有效預防與治療憂鬱症，還有助培養生活規律，增強活力。

眞不該強迫她去曬太陽，優紀一面暗自後悔，一面不斷用溼毛巾幫春香冷敷脖子和背部。當天晚上，優紀整夜都陪伴在春香身邊。

第二天，春香拜託繪美子幫忙照看嬰兒，自己出門到上田的市區去買防曬品。沒想到她回來的時候，竟很興奮地向大家宣布，她已在市區找到工作了。

工作時間是從上午十點到下午六點，附設托兒所，薪水也很不錯。大家問她工作內容時，春香只答了一句，「接待。」再也不肯多說什麼。優紀覺得有點不對勁，但是因爲工作時間是在白天，看來也不像特種營業。更重要的是，住民能夠找到工作，也算是邁向自立的一大步。

「別太勉強自己喔。」說著，優紀拍了拍春香的肩膀。

聽了這話，繪美子的表情顯得有些複雜。「妳覺得有什麼問題嗎？」優紀問。繪美子露出不自然的笑容，卻沒說什麼。這裡的住民經常因爲說話不小心，出其不意地遭到其他人毆打。繪美子早已經歷過不知多少次這種經驗了。甚至在她成爲這裡的職員之後，這種恐懼仍會不時從她表情裡流露出來。

兩天後，春香在深夜坐著別人駕駛的廂型車回來。據春香說，那天職場爲新進員工開了迎新會，送她回來的人是同事。那個年輕男人看起來很像運動員，態度和善地向大家打了招呼。春香那天穿著細跟涼鞋，所以男人幫她把愛結從車上抱下來。愛結看來已經跟他混熟了，不斷發出咯咯咯的笑聲。

四天後，春香忽然帶著愛結消失了。

她跟女兒一起住過的和室裡，一堆運動衣、T恤、短褲……都放在那兒。還有火災後白百合會捐贈的二手休閒服，以及愛結用過的嬰兒床，全都孤零零地留在屋內。自從愛結能站起來之後，嬰兒床早已派不上用場。

供著小野老師遺照的木架上，一張字跡幼稚的紙條放在那兒，上面寫著「感謝大家的照顧。」旁邊還有兩張一萬圓紙鈔。

「她去做特種行業了。」麗美說著搖搖頭。

「因爲她以前有過那些事，所以我就沒有多嘴勸她……」

「不是白天上班嗎？」

優紀不太相信地問道。

「做男人的生意，沒有什麼白天晚上的。而且還有附設托兒所，又有休息室，沒有工作的時候可以跟孩子在一起。」

「那是什麼工作？」

「應召。」

繪美子答道。

「那不是賣春嗎？」

優紀驚愕地反問。

「如果老闆是個好人，那就沒問題。」

繪美子的語氣實在太過平淡，優紀一時不知該說什麼。

「大概搬到店裡幫她準備的小套房去了吧？」

麗美嘆口氣說：

「她還年輕，又會討顧客歡心，收入應該不錯吧。至少比住在這裡舒服。」

「對呀。」優紀看到繪美子也表示贊同，心中不免一陣衝擊。

事實上，對那些從小遭受暴力或性侵的女性來說，若不藉助藥物或酒精的「止痛效力」，只靠行政體制或專家的協助，想踏上回歸普通社會的路程，艱辛的程度遠超出一般人的想像。白百合會曾做過一項調查，結果並未公開，但調查數字顯示，這些完成復健療程的女性當中，有些人雖以就職與經濟獨立，或是結婚等方式完成「光榮回歸社會」的目的，但在目標達成後自殺的案例也很多。

也因爲這個理由，小野尙子才會成立「新艾格尼絲之家」。就算回歸到「不算正常的社會」，只要能活下去就行了。麗美跟繪美子從來不曾將這種想法說出口，但她們心裡卻是贊同的。

優紀雖然也可以理解這種想法，可是一想到小野老師用生命救回的這對母女，如今竟以這種方式離去，心中不禁充滿無力感。

更糟糕的是，這一切都是自己造成的。如果那時沒有強迫春香到戶外工作，她就不會被曬傷，優紀越想越覺得後悔。

如果小野老師還在的話……優紀無助地憶起老師的臉孔。

火災剛結束時，職員和住民曾經共享過悲傷與失落感。那段時期，有些人住在限制繁多的白百合會庇護所，有些人回到需要看人臉色的老家，也有人孤單地住在公寓，但她們藉著彼此聯繫感情，共同度過了艱難時期。

後來找到了新的根據地，大家爲了搬家忙得人仰馬翻，也就沒有閒暇發洩心中的不滿。那位大家認爲是「小野老師」的女人，雖在每個的人心裡留下複雜的記憶，但大家都爲她的去世深感哀悼，也慢慢接受了這位深愛自己的重要人物離去的事實。

然而，等到生活趨於穩定時，所有成員這時才被迫意識到小野老師已經離去，還有她留下的身分之謎，也因此陷入無奈的孤苦心境。

麻衣走了，春香也帶著嬰兒消失了，夏季正在逐漸接近尾聲。

刑警從那之後再也沒有來過。

不論怎麼拔，野草還是不斷長出來。倉庫裡有一台可以自由使用的舊耕耘機，只要用那台機器就能翻土了。只是，田壟周圍的野草還是得用拔的。附近的土地全是鬆軟肥沃的黑土，普通的野草很容易拔掉，但是野稗類的根部長得又深又長。優紀雖然透過信濃追分時代的經驗，早已熟悉田間作業，但像野稗類的雜草還是令她感到厭煩。

這天，爲了在中午之前把田裡工作做完，她一大早就下田去幹活了。原本打算在下午嘗試修理那台壞掉的耕耘機，但完全不知如何下手，她只好通知業者來修。工錢出乎意料地昂貴，卻又不能不修。

回到屋裡，她連喘口氣的時間都沒有，就打開EXCEL，開始製作一張必要的申請表，以便日後繳給白百合會。

因爲部分經費來自白百合會的捐款，任何支出都不能沒有憑證。

「妳還是休息一下吧。」

說著，繪美子端來一杯茶，並把優紀從電腦前面拉到一邊，幫她按摩肩頸。

陽光的威力稍微減弱之後，優紀又重新回到田裡，她像跟敵人拚命一般不停用力拔著田壟上的野草。半晌，麗美走過來拉起優紀的手腕，把她牽到迴廊邊，遞給她一條溼毛巾和一杯水。「妳不知道自己的行爲有點不正常嗎？」麗美責備似地說。

但是優紀依然沒有停下來。如果不能拚命拔草，心中就會充滿恐懼，彷彿腳下的土地就要崩塌，自己會立刻掉進巨大的裂縫裡。她感到胸中彷彿有一種泡沫般的東西，正在咕嚕咕嚕不斷往上冒，最後會把自己吞滅。

不能想太多！她在心底告訴自己。然而越是這樣，各種可疑的想法就越從心底冒出來。而其中最可疑的，就是她自己。

妳究竟在這裡做什麼？不是還有其他更該做的事情嗎？反正妳這種人，根本沒人需要妳。現在待在這裡，只是因爲妳想要一個屬於自己的場所罷了。即使在這種組織裡當個負責人，也只是爲了自我滿足而已。

我討厭這種生活，妳從小到大一直抱著這種想法吧？所以才會在關鍵時刻病倒。如果不是抱著這種想法，而是懷著感謝的心情幫助母親照顧祖母，應該就不會生病了。就是因爲妳整天覺得討厭、討厭，所以才會生那種病。妳應該跟父母一起參加朝會，不可忘記向祖先和父母心懷感謝。

父母，祖父母，還有家裡那套根深蒂固的無聊倫理道德，早已把我壓垮。

「離家出走吧，優紀。」朋友說。那時我根本不相信那個朋友。有時還有點看不起她，覺得她是個沒有責任心，沒有道德感的人，但還是把她當成好友往來。結果到了畢業前夕，我們大吵一架，從此不再往來。大吵之後沒辦法和好，這表示我們從開始就不算朋友。

有個男人離開了我，離去前他對我說，「跟妳在一起很悶。」我恨透他了。但除了恨他，我一點辦法也沒有，因爲我就是沒有魅力的女人。每個男人跟我短暫交往後，都逃走了，這就是最佳證明。我永遠只能被男人利用。男人拜託我做什麼，我永遠都是默默接受，甚至連他們沒有拜託的事都做了，而他們也是一副理所當然的表情。他們喜歡什麼都不做的女人，喜歡會撒嬌，裝可愛的女人。那種女人絕對佔便宜。

要是當初沒有生到這個世界來就好了。

否定、否定、否定……

還好有藥物幫我。反正是醫生開的精神科藥物，吃了會有什麼問題……只要按照處方服用，不出錯的話，一點都不危險。

她拿出健保卡，打量了一會兒，又把卡片收回皮包。

不能胡思亂想，我必須睡覺，她對自己這麼說，卻睡不著。

這樣躺在棉被裡自尋煩惱是不行的。她突然醒悟過來。戶外的天色仍暗，她已起床到田裡去幹活了。她一面拔著雜草，一面承受蚊蟲不斷叮咬手腳。再把枝頭剩下的小黃瓜，還有變乾的茄子全都摘下來，裝進紙箱裡。

這樣的日子過了幾天，有人經由白百合會捐給新艾格尼絲之家一輛中古小貨車。

優紀決定親自到白百合會的長野分部去辦理接收手續，繪美子和其他住民都歡欣鼓舞地目送她離去。誰知就在回程路上，她突然感到身體非常不舒服。

她不斷趴在路邊嘔吐，路人毫不掩飾地對她露出嫌惡的表情。

她幾乎是爬回門口，剛走到玄關外面，就砰地倒在地上。

麗美和其他人連忙把她抬到陰涼的室內，繪美子給她送來稀釋的運動飲料，喝完之後，作嘔和暈眩等症狀始終沒有消失。但是肉體遭受痛苦折磨的時候，她反而覺得心情比較輕鬆。

我也跟沙羅一樣，這時她才發現這件事。

救護車的警笛聲越來越近了。

繪美子回答救護人員的聲音從她頭頂傳進耳中。有人把她放在擔架上抬出去，一路上，她一直吐個不停。麗美伸手把她的臉孔轉向一邊，以免嘔吐物塞住氣管。然後拿起毛巾，幫她擦拭臉龐的周圍。

「沒關係，我陪她一起去吧。」麗美對繪美子說。

優紀的意識變得越來越模糊。

等她睜開眼睛時，自己正在診療室打點滴。作嘔跟暈眩的症狀已經消失了。

「妳還這麼年輕，卻能做到現在這樣，眞是不簡單。」

麗美窺視著四處奔忙的護士，同時把自己瘦骨嶙峋的手掌放在優紀的手上。麗美的食指上戴著鑲了綠色寶石的戒指，那顆寶石正在閃閃發光。優紀感到自己被一種溼潤溫暖的東西團團裏住，這一瞬，眼中突然湧起淚水。

「我不年輕了啦，我跟妳一樣年紀。」

「不會吧？」麗美睜大了雙眼。那隻被燒傷的眼角肌肉勉強撐著，顯得左右兩眼的大小差很多。

「因爲我什麼都沒有嘛。沒結婚，沒生孩子，所以就沒法變成大人吧。」

「不像我，既沒碰過壞男人，也沒濫用藥物，不是很好嗎？」

「我曾經有藥癮喔。」

「我不懂妳在說什麼。」

「我吃的是不會被送進監獄的那種藥。我跟跑掉的麻衣一樣，吃醫生開的處方藥，誰也沒資格抓我，這種藥反而更難戒掉。住民當中，小野老師最頭痛的，大概就是我了……」

「大家都說這種話。說自己是壞蛋，引以爲傲，跟流氓一樣。」

「算不上壞蛋。」

優紀凝視著點滴袋說。袋裡的藥水緩慢地一滴一滴往下滴落。

「介紹我搬進來的單位，跟白百合會完全無關。最初，我已經在醫院戒癮成功了。在那個階段之前，我完全沒問題，但是之後就不行了。社工幫我介紹了各種自助會，可是不論哪個團體，最後都拜託社工把我帶回去。不管我走到哪，總是遭人嫌棄。因爲我會跟大家爭論，帶頭搞壞氣氛。」

「完全看不出妳是那種人。」

麗美疑惑地歪著腦袋，不像在敷衍優紀。

「自助會這玩意兒可眞不得了。裡面有些人不但還在吸毒，而且已經反覆進過精神病院、監獄好多次，還有那種提著購物袋到處流浪的女人，她們在路上攬客賣春，一次只要兩千圓，另外還有專幹壞事的壞女人……」

「我知道。因爲我就是那種人……」說完，麗美若無其事地笑起來。

「抱歉。我這個人，有一種奇怪的自負，心裡總想著，我跟妳們不一樣。我這輩子從沒犯過罪，也不自甘墮落。我會到這種地方來，可不是因爲我有什麼問題……我家是栃木的農家，不過農業只是我家的副業。父母的優點就是作風古板，整天對我念叨說，女孩子在學校成績不好沒關係，只要不做違反人倫的事情就行……」

「人倫，很好啊。」

麗美點頭說道，話中並沒有諷刺的意思。

「才不好，他們只是想強調自己的想法並不是單純的宗教信仰。」優紀笑著說。

優紀爲了讓成績優秀的幾個弟弟升學，自己放棄上大學的機會，而在當地一間家電工廠找到工作，然後去上空中大學。畢業後，一邊上班一邊幫著母親照顧祖母。

她擁有強烈的責任感，別人不願做的工作，她都搶先去做。不論任何工作，她都比別人更快學會，對待老人和小孩的態度特別和藹可親。這種評價始終在她周圍的大人之間流傳。她身邊也有很多想給兒子討媳婦的老太太，但是等她開始跟對方交往，過不了多久，男人都會離她而去。

事情發生在那年的三月，那個月也是公司的年度決算最後期限。但是因爲要照顧祖母，她沒法加班，只好向上司求情，偷偷把工作帶回家做。那天晚上，她一直忙到天亮才把工作做完，然後趴在失智的祖母身邊小睡了兩小時。

等到睡醒之後，她根本站不起來。她覺得全身癱軟無力，連廁所都沒辦法去，最後竟然尿在褲子上。妳要是病倒了，我該怎麼辦？母親雖在一旁邊哭邊說，卻什麼都沒幫她做，她也覺得理所當然。甚至，心裡還覺得對母親很羞愧。

幾天之後，正在念大學的么弟開車把她強行拉到醫院，並立刻給她辦了精神科住院手續。理由是全家因爲照顧祖母已經耗盡精力，實在沒辦法讓生病的女兒也在家裡養病。

一個月之後，優紀辦了出院手續，在醫師和社工指導下，她參加了復健療程，而且很快就顯出療效。但不幸的是，轉眼之間，她又回到從前的狀態。

優紀心中充滿焦慮，覺得自己一定要恢復健康。她逼著醫師開藥，遵照指示按時服藥。我必須趕快變好，她不斷這麼告訴自己，每天持續服藥。

那不是安非他命，也不是古柯鹼或海洛因，是治療的藥物。只要能讓自己自由行動，只要能恢復到跟別人一樣，不管叫她做什麼，她都願意。她無法原諒生了這種病的自己。

優紀後來在網路上知道原本需要醫師處方才能購買的藥物，可以從國外的購物網站寄到國內，於是她開始向國外訂購那些藥物，繼續服用。

之後發生的事情，就跟其他藥物成癮的案例一樣。她不但反覆入院治療，還向祖母發火。「都怪妳，快去死吧。」優紀怒罵祖母。失智的祖母聽了非常生氣，朝她走過來，她用力一踢，把祖母踢成了骨折。從前一直在父母和兄弟面前扮演孝順女兒，現在卻像要退還這塊招牌地向他們怒吼，整天把自己關在房間裡。不知是第幾次住院之前，父親告訴她，「不用再回來了。」所以她在出院前就請求醫療社工，幫她介紹一間復健庇護所。

然而，不論搬到哪兒，她都會跟其他成員發生糾紛。最後，有人介紹她認識了新艾格尼絲之家的小野尙子。

「仔細想想，我眞是個令人討厭的住民。」優紀繼續向麗美敘述。

日光燈照射下，麗美那張帶著傷痕的臉孔看起來越加蒼白。

「我不是因爲吸食安非他命或古柯鹼，而是因爲工作和家人才得到憂鬱症，之後才開始依賴治療的藥物。因此我心裡始終覺得不要把我跟妳們混爲一談，我跟妳們這些人不一樣，我沒犯過罪，也不是性成癮患者，意志也不薄弱。我一直站在高處俯視他人。但是後來為了搬進新艾格尼絲之家，我去跟白百合會的職員面談，那裡的人全都是高學歷，而且都有留學經驗。聽到她們對我說『就連陪伴在妳身邊的我們都覺得好心疼』。我覺得根本是胡說八道。那種出身富裕的傢伙投來的憐憫視線，最令我氣憤。我若不是出生在那種家庭，如果沒有遇到那種父母，最起碼也能念完大學。因為我上的是縣裡升學率最高的高中。我不禁感慨，我原本就比妳們這些人聰明多了。而這群人現在竟向我伸出憐憫的手，好像我是一顆爛掉的番茄。所以我搬進新艾格尼絲之家之後到處惹麻煩，當然，大家也對我敬鬼神而遠之。只有小野老師對我非常親切，真心為我著想。最初我還在心裡冷笑，覺得她很可疑，肯定是千金小姐陶醉在『我是大善人』的想法裡，要不然就是為了沽名釣譽。後來過了一段時日，我開始想要試探老師，看她究竟能忍耐我到什麼程度。我猜她遲早會露出真面目，把我趕出去。因為人類本來就是這樣啊。」

「大家都一樣。我也是，明明年紀不小了，卻總像個任性的小孩胡鬧，讓小野老師和榊原老太太為難。妳也很清楚我那時的狀況吧。」

麗美當時的惡劣態度令人震驚，心情不好的時候就表現得十分粗暴。優紀記得非常清楚，但是她覺得，跟自己的陰險算計比起來，麗美的行為只能用可愛來形容。

她想起自己剛到新艾格尼絲之家一個月的時候發生過一件事。那時，機構裡有一輛輕型車，優紀曾要求職員讓她駕駛。因為舊輕井澤公所在比較偏遠的地點，每次需要到公所申請文件時，就由職員或住民負責駕駛。我早就戒癮了，優紀說，而且復健療程也做完了。但是職員還是不肯把汽車鑰匙交給她。就在這時，小野尚子開口說就讓優紀開車載她一起去吧，因為她也要到公所辦點事。

辦完了正事，兩人走出公所。優紀問小野尚子能不能去兜兜風？接著又補充說「整天待在機構裡，覺得快悶死了。」

「好啊，我也很想到哪裡去逛逛呢。走吧。」聽到小野尙子這樣回答，優紀感到非常意外，難道這女人有什麼陰謀詭計嗎？要不然就是那種噁心的天選之人意識作祟，以爲除了自己以外，再也沒有別人能拯救優紀這種爛女人了吧。

優紀沿著山路駛向附近的山巔。她粗暴地轉動方向盤，一下向左一下向右，連續急轉彎，車身也隨之不斷左右搖晃，但小野尙子卻沒有發出一句怨言。等到汽車好不容易開到山頂附近的茶屋前，小野尙子才請優紀暫停一下。

尙子似乎暈車了。茶屋就在道路前方，但是店門緊閉。只有庭院裡擺著一張桌子和一張椅子，孤零零地佇立在寒風裡。四周一片寂靜，紅葉彷彿正在燃燒，路上看不到一輛車經過。

「妳還好嗎？」優紀露出擔心的表情問道。我到山下去找自動販賣機，妳在這兒等我買點飲料回來吧，她這麼說完，便回到車裡，然後一路開車回到街上。她心裡充滿解放的快感，開著車在距離舊輕井澤稍遠的公所和超市周圍胡亂閒逛。

等她開到山下的道路時，秋季的夕陽早已下山。周圍迅速陷入一片黑暗，山風寒冷得彷彿要把人凍僵。就算是晚秋的平日，也該有幾輛車駛過山巔吧？她突然懷著一種受騙的心情警覺地想小野老師一定已經找人開車送自己回去了。

等我回去，不知老師會是什麼表情，眞令人期待。我一定會被趕出去，然後又重新沉溺藥物，不知在哪裡瘋狂致死吧。可是就算這樣，也比在那種人渣堆裡，整天被僞善者摸頭度日強多了。

夜幕低垂時分，優紀又開著車回到山頂。她可不想陰錯陽差變成殺人犯。一想到這裡，她就很不甘心。更重要的是，她覺得要自己一個人佯裝無事地返回舊輕井澤非常恐怖。

她想像著榊原久乃站在玄關外面等候的模樣。從第一次見到榊原開始，她就感覺榊原有點詭異。

榊原擁有一種神祕的力量，只要她用手一摸，任何疼痛都會立刻消失。優紀確實能從她身上感受到湧出的嚴峻、正直，還有陰森的狂熱與某種超自然的東西，所以她很畏懼榊原。

榊原久乃大概會一言不發地緊盯著自己吧。那雙看不見的眼睛彷彿在告訴自己，它其實什麼都看得一清二楚。她那緊閉的眼皮，蒼白又單薄，不斷散發著一種不屬於人類的嚴厲。好像透過眼皮，她能夠看穿一切，不只能創造奇蹟、拯救他人，也能毫不留情地懲罰那些毫不虔敬的傢伙。

優紀沿著漆黑的山路朝向山頂駛去，沿途看不到一輛錯身而過的車。不久，她終於抵達茶屋，小野老師還在原處。她不知道如何通知其他人，只能找幾張舊報紙墊在外套下面，一面凍得發抖一面等待優紀回來。

「真抱歉。我迷路了。」

優紀隨口編了一個藉口。

「辛苦了吧。天都全黑了，我好擔心妳。開到這裡的途中有岔路，很容易搞錯。一不小心，往右邊下山的話，就會一路開進山裡去，山路變得越來越窄，最後就沒路了。妳一定很害怕吧？不過，總算找到路回來了，真是太好了。」

優紀不知該說什麼。她既沒有辯解，也沒有道歉，當然更沒有誠實以告。小野老師上車後，她把暖氣開到最強，然後默默開車開回去。

那天之後，優紀以住民的身分在機構裡生活了十個月。然後她變成職員，開始在機構裡工作。

優紀漸漸獲得小野老師和白百合會，以及其他職員的信任。大家不但讓她管理經費，也欣賞她的行政能力，優紀在機構裡的地位已經相當於辦公室主任。

包括身爲住民的時期在內，她在新艾格尼絲之家的時間已長達九年，在所有成員當中，她的資歷超出慣例得長。不論從前她上癮的藥物是否合法，優紀本身的藥癮經驗，讓她做爲住民與白百合會成員、官方社工之間的聯繫窗口，不但遊刃有餘，有時甚至覺得這項工作正是自己的天職。而更重要的，是因爲她崇拜小野老師的爲人，發自內心地信賴、尊敬老師。

「她眞的就是觀音菩薩。」

聽了優紀的話，麗美連連點頭。

打完點滴，又在醫院休息了一個鐘頭左右。醫師表示優紀雖是中暑，但沒有嚴重到需要住院，所以她們又搭計程車回到新艾格尼絲之家。

傍晚，繪美子端著一碗粥送到優紀枕畔。

「妳是過勞累倒的，好好躺著休息吧。」

就算繪美子不這樣安慰她，優紀也爬不起來。然而，周圍卻沒人對她說，「妳去看精神科吧。」

手腕還貼著ＯＫ繃的沙羅也來到優紀身邊照顧她。其實沙羅心裡應該有很多煩惱，要不然不會拿美工刀自殘。但是不知爲何，她扶著頭暈的優紀去廁所時，卻顯得精神抖擻。

優紀臥床休養這段時期，機構裡的各項工作並沒中斷。田裡雖然長出許多雜草，農業委員會也沒來跟她們囉唆；住民慢呑呑地摘著黃瓜，大部分都留下來當種籽，但是大家也不至於餓肚子。那輛中古小貨車已順利辦完移轉手續，變成新艾格尼絲之家的財產。當需要搬運物品或送住民出去打工時，這輛小貨車就派上了用場。

優紀心裡很明白，她是爲了逃避不安與疑惑，才那麼拚命幹活。自己是爲了逃避才倒下的。

自己信任的那位小野老師究竟是誰？這個問題她早已想清楚了，不管小野老師是誰，反正在她心裡，除了自己認識的那位老師，再也沒有第二位小野老師。然而，佔據在心底的疑問逐漸轉變強烈的不信感，使她在無意識中開始在意周遭所有的人事物。

優紀一直裹著毛巾被昏昏沉沉地躺在床上休息，醒來就吃些住民和繪美子幫她做好的麵線與熱粥。大約過了兩天之後，優紀重新走進辦公室。

她在電腦前坐下後，立刻連線上網。

「妳還是別太累喔。」

繪美子擔心地阻止她。「把這個問題弄清楚，我才會覺得舒暢。」她看著繪美子說，接著就在電腦裡鍵入了「半田明美」四個字。

假設一九九四年以後的小野老師，就是牙醫師的舊病歷裡那個叫做半田明美的女人，那她究竟怎麼進入新艾格尼絲之家的？爲什麼要冒充小野尚子？又如何變成了殺人犯？優紀想要弄清其中原由。過去和小野老師一起的九年歲月對她來說實在太重要了，重要得令她難以忽視那些解釋不清的矛盾，更無法讓謎團永遠留在那裡。

網路搜尋的結果還是只有姓名算命。警察對半田明美進行調查是在八〇年代，她被警察逮捕是在一九八四年，那個時代還沒有推特、部落格或留言板。

不過，網路上有一種報社經營的付費資料庫。如果搜尋當時的新聞報導，或許就能找到半田明美成爲調查對象的新聞，說不定連照片都能找到。

她在資料庫登錄會員後，鍵入了「半田明美」幾個字。

畫面裡出現了幾則新聞，但是都跟「半田明美」毫無關連。那些新聞裡分別出現了「半田」或「明美」，卻找不到「半田明美」這個名字。

接著，她發現有一家雜誌也有付費資料庫，便趕緊加入會員，鍵入「半田明美」。

仍然找不到任何線索。不論是報紙或雜誌，都找不到。

小野老師確實冒充成別人，但她什麼壞事都沒做。

優紀又嘗試鍵入「小野尚子」幾個字。

這次螢幕上跳出幾則新聞。

除了那場火災的報導外，有些新聞介紹她對「女性之家」活動的貢獻，還有些新聞宣揚她成立「新艾格尼絲之家」的經過，讚揚她接住了被社會安全網漏掉的女性，將她們從絕望中拯救出來。「小野尚子」本身沒有任何信仰，也不屬於任何宗教，但不論哪一篇報導都把她寫成聖女一般偉大，向她表達了最崇高的敬意。

小野尚子以往都盡量避免在媒體上露面，但是東日本大地震之後，來自各界的捐款變少了。不僅新艾格尼絲之家受到影響，就連白百合會的營運也出現問題。因此只要媒體提出要求，小野尚子通常都會接受訪問，並向社會呼籲捐助。媒體要求拍照時，她總是笑著舉起一手擋在面前推辭，「不了不了。」但有些報紙還是刊載了她微微低頭的大頭照。毫無疑問，照片裡的臉孔就是優紀和其他住民熟悉的小野老師。現在看到螢幕上那張臉孔，視線微微向下，臉上浮現謙遜的笑容，優紀不禁感到一陣心痛，淚水幾乎就要湧出眼眶。只是，這種悲哀的情緒裡，又參雜了幾分混亂。

她並不是她。

優紀查到的幾篇報導當中也有山崎知佳的文章。就是她上次到信濃追分的新艾格尼絲之家採訪後寫成的專訪。

忽然，優紀腦中靈光一現。

知佳既然是媒體人，或許她能查到半田明美的訊息吧？

「告訴她應該沒問題吧？」

優紀問向繪美子。

繪美子嚴肅地看著優紀。那張白皙豐滿的臉上雖然浮現笑意，瞳孔深處卻總是隱約可見悲觀的神色。表面上看起來，她乍看是思慮嚴謹，其實是戒愼恐懼的狀態。

繪美子最近一直都是這樣。或許小野老師離去這件事，就像拳擊比賽裡的一拳重擊，對她產生了影響？或是跟優紀一樣，越想把疑問拋開，結果越被疑問牽制，對這種不信感覺得焦躁？

「上次利用人臉辨識軟體發現小野尙子跟小野老師不是同一個人的，就是山崎小姐。再說，她是媒體人，說不定跟警察有交情，能掌握到什麼情報吧。」

繪美子低垂著視線連連搖頭。

「就算知道了眞相，也沒什麼意義。有些事情，不知道反而更好。」

「不，什麼都不做，我心裡很不舒服。就跟麻衣一樣，我會覺得無法翻開下一頁。而且是跟小野老師有關的事情，怎麼能說不知道比較好？因爲她不可能是罪犯，我想要弄清楚這件事。」

繪美子沒再反駁，但也沒有表示同意。

優紀拿起手機，在通訊錄裡找到山崎知佳的名字撥打出去。

電話跟電子郵件不一樣，只要沒被錄音，就不會留下任何紀錄。這點心眼優紀還是有的。

知佳立刻接起電話。

「現在可以說話嗎？」

「嗯，我在家。」

話中聽得出催促的意思。

優紀設法以最正確的方式轉述了刑警的消息，其中包括牙醫師提供的情報，還有關於「半田明美」的消息。

知佳呆了半天，一句話也說不出來。半晌，她才像自問自答似地問道：

「首先，我們第一步需要確認的是，那女人是否眞的存在，對吧？就是那個叫做半田明美的女人。」

「我對這一點也很懷疑。」

警察確實說出了女人的名字，但在網路上卻搜尋不到那個人。報社的資料庫裡也找不到，只有牙醫師提供的情報裡才有那個女人。

「請等我三分鐘。」知佳說完，沒有掛斷電話。過了一會兒，她說：

「我剛才上網搜尋了，的確沒有半田明美。」

接著，知佳向優紀詳細說明。

那些錯誤逮捕或不起訴處分的案例資料，雖然保存在資料庫裡，但爲了避免侵犯隱私或損害人權，通常都有防止外部搜索的機制。知佳根據自己的經驗判斷，只要當事人或相關人員沒有提出異議，那些訊息不會被刪除或禁止查閱，而提及當事人眞實姓名的那些報導，應該都存在資料庫裡，而且都可供搜尋。

不過如果是很久以前的案件，譬如犯人被捕或有殺人的嫌疑，因爲當時還沒有數位化，就沒辦法從資料庫裡找出來。

「肯定是警方才能查到的情報。」知佳說。

「可是，山崎小姐，妳們媒體人跟警察有交情吧。」

「怎麼可能？」知佳笑著說：

「警政記者跟我這種文字工作者完全不一樣。」

「那妳有沒有記者朋友，或是出版社……」

「沒有沒有。」知佳答完又說，「不過有些報社有縮印版資料庫，或許可以從標題找找看。」

「還有縮印版資料庫啊，我腦袋裡只有電腦的網路搜尋了。」

「但是如果新聞標題裡沒寫過『半田明美』這個名字，就沒辦法查到相關報導了。若是這個名字曾經出現在標題裡，有些圖書館會用新聞標題製作索引。」

「有沒有可能查到呢？」

「幾乎完全不可能。就算一開始遭到逮捕，但被認定是正當防衛的話，就更不可能找到了。而且查詢起來既費事又費神，說不定花錢調查還比較划算呢。」

「妳不要勉強。」

優紀立刻阻止了知佳。

「不，這個案子好像值得嘗試一下。」

「嘗試，妳是指什麼？」

「嗯，各方面。」

優紀突然感到很不安。可以相信媒體人嗎？我是不是太輕率了？

「這可是個複雜的問題唷，山崎小姐。」

她不自覺地改用客套的語氣對知佳說話。

「過世的那位並不是叫小野尙子的女性，而且警方還把她講成殺人犯。然而，小野老師至今對我和其他住民來說，仍然是大家的精神支柱。這話我原本也不想說的，可是這件事還牽涉到捐款、援助各方面的問題，跟新艾格尼絲之家能否存續息息相關。所以，拜託妳行事要多加慎重。」

「當然。就算我進行調查，也絕對不會把那些事告訴外人。請放心。」

「也不要寫在推特或部落格上喔。」

知佳沉默了幾秒，然後用不滿的語氣說：

「要是這麼做，就沒資格做這行了。」

「如果我的話讓妳覺得不高興，我向妳道歉。」

知佳告訴優紀，只要查到新訊息，隨時會通知她。說完，知佳就掛斷了電話。

4

一路忙著搭車、轉車，最後在一個私鐵車站下了車。

山崎知佳背著裝了筆電的背包朝大宅文庫（註）前進，她一面走一面擦拭不斷流下的汗水。報導如果沒有數位化的話，就算在網路上鍵入關鍵字也找不到。但是只要有耐心，找到刊載相關報導的報紙，自然就能獲得需要的情報。到目前爲止，她靠著自己的雙腳和耐心，已經寫了很多只知依賴網路的年輕文字工作者寫不出來的報導。

前一天，她到當地圖書館查閱過報紙縮印版。那個叫半田明美的女人是在一九八四年被逮捕的，一個月份的縮印版就有一本電話簿那麼厚。她把十二本厚重資料全部疊在閱讀桌上，開始在社會版搜尋殺人事件的相關報導；可是找了半天，並沒找到半田明美的名字。於是她又想到，這個案子最後是以正當防衛爲由，下了不起訴處分，或許從頭就沒把她當成「殺人犯」，也沒在報導裡寫出她的眞名，而只以「女性」或「女」之類的字眼代替吧。

知佳決定放棄報紙，而從那些不像報紙那麼守規矩的雜誌著手，特別是男性週刊。然而，因爲事件發生的時間實在太久遠了，普通的地方圖書館也沒找到相關報導。

如此一來，她只能到收藏大量定期刊物的專門圖書館，設法從報導目錄裡搜尋了。於是知佳今天來到這間位於私鐵沿線的定期刊物專門圖書館。

館內的空間並不大，知佳走進冷氣開得還算強的室內，稍事休息片刻。然後立刻走到一

註：大宅壯一文庫，以日本評論家大宅壯一（1900-1970）的雜誌收藏爲首成立的日本首家雜誌圖書館。

樓並排陳列的電腦前面坐下，鍵入「半田明美」的名字開始搜尋。

螢幕上沒有顯示半田明美的名字。接著，她打算查閱紙本目錄，所以先鍵入關鍵字進行搜尋。

這次終於查到一則相關報導。

「獨家報導！並非只有地鐵月台推人事件，半田明美沾滿血腥的過往。」

那篇報導刊載在一九八五年的一本週刊上。而這本週刊屬於某大出版社。最近十年間，這本週刊曾多次被控損害名譽或侵犯隱私。「半田明美」這個名字就刊載在這本週刊裡。

知佳把閱覽申請表填好後交給櫃台，在二樓等待片刻後，便拿到了那本週刊。那篇報導大約有四頁。

「去年在地鐵把男人推下月台致死的半田明美，被捕後雖以正當防衛為由獲得釋放，現在又因為連續殺人的嫌疑被警方盯上。儘管她可能因為缺乏物證而不起訴，但這名絕代毒婦卻有一段灰得發黑的經歷。」

文章一開頭就寫了一段極不得體的內容，但比文章更快吸引知佳的視線的，是那張半田明美的跨頁大頭照。

她幾乎不必細看，就能確定那個女人跟自己採訪過的「小野尚子」絕不是同一個人。

女人有一雙極細的弓形眉毛，筆直的長髮幾乎遮住了半邊眉毛，眼部沒有化妝。或許因為如此，她的眼睛看起來不大，但是凝視著鏡頭的眼神卻顯得十分銳利。嘴巴大小適中，但實在談不上是個美人。也可能是因為她嘴角下垂，嘴唇緊閉的表情，才給人留下這種印象吧。

最怪異的是她身上的服裝。縱向條紋的和服看起來就像睡衣，而不像浴衣，而且衣領後方緊緊貼著脖子，看來就像小女孩參加七五三節的穿法。

照片的標題寫著，「自稱女演員的半田明美」

知佳本想迅速瀏覽一遍文章，卻又立刻打消主意，決定把文章影印後帶回去細讀。雖是黑白印刷的報導，但她決定彩色影印，因爲這樣才能把照片複印得更加鮮明。

回程的電車裡，她等不及到家，便把文件從信封裡拿出來閱讀。

一九八四年，半田明美在地鐵丸之內線的月台上，把一名男性乘客推下鐵軌，結果男人被電車撞死了。

當時，她向警方供稱，「我在新宿的街頭被這個陌生男人騷擾，他一路尾隨著我。後來在月台上，他抓住我的手腕，我覺得有危險，便開始抵抗，結果他就從月台滾下去了。」當時已是深夜，月台上有幾名目擊者。事件發生之後，這些目擊者都主動到警署做了筆錄。他們的供述也都證明了半田明美沒有說謊，因此這個案子才以不起訴結案。不過這篇報導卻對判決結果提出疑問。

當時雖是深夜，那些主動到警署接受調查的目擊者竟然全部都是中年男子。警方正要把女人帶走時，月台上一片混亂，救護人員和站員爲了搶救被害者都在來回奔忙，那些目擊者卻圍著警察抗議，「她只是個弱女子唷。是那個男人騷擾她啦。」、「那個人可能一下子沒站穩，就從月台掉下去了。」、「要不然你們能保護她？」周圍還有許多乘客默默觀察那些男人跟警方交涉，人群中也有幾個人大聲附和說，「對呀，那個女人才是被害者啦。」

根據目擊者作證表示，男人緊隨女人走下樓梯時，嘴裡不斷地說些什麼，女人則爲難地嚷著，「不要這樣！我不知道。」說完，她一面逃向月台最前端，一面尖叫，「別這樣！救命！」

旁邊的乘客雖想伸出援手，卻因爲電車這時剛好已經駛近月台，所以都不免有些猶豫。就在下一秒，只聽一聲拉長的警笛聲傳來，列車駛進月台，男人已經失去蹤影。

女人的長髮在腦後束成馬尾，上身穿一件白色polo衫，下半身是緊身牛仔褲和運動鞋。這身打扮雖然算不上是清新的粉領族風格，但在當時泡沫經濟的時代，也是難得一見的樸素女學生裝扮了。

「男性乘客都被她的外表欺騙了。」那篇報導裡指出，「清純的女學生風貌，但其實是個即將年滿三十，自稱是女演員的黑寡婦」

當時，半田明美是中央線沿線一家小劇場的演員。那天她剛從劇場排練完畢，正要回家。不過她在劇場還只是練習生的身分，沒有演過像樣的角色。雜誌裡的那張照片，好像也是在排練場之類的地方拍攝的。

她的生活費來源，其實是婚後兩年去世的丈夫留下的四千萬保險金。半田明美的丈夫是內科醫生，原本在新潟偏僻鄉間的町立診所工作。沒想到三年前的冬天，他到病患家出診時在路上凍死了。

這次地鐵月台推人事件最令人疑惑的是，半田明美在供述裡堅稱，被害者是她「不認識的男人」，但事實上他跟半田明美並非毫無關連。

被電車撞死的竹內淳也在町公所的保健醫療課上班。而半田明美的丈夫從前工作的診所，就在那個町裡。所以被害者的工作應該跟町立診所的人事與資源管理有關，跟半田明美的醫生丈夫應該也經常接觸。他對半田明美的丈夫是怎麼死的，還有她領到的那一大筆保險金，可能都知道些什麼。

明美的丈夫去世前三年，她的親生父親離開了人世。而她父親的死法也讓有些人感到不自然。因爲他是喝得酩酊大醉後，躺在鐵軌上被火車撞死的。但是周圍的人都知道，明美父親是千杯不醉的酒豪，即使喝多了，也不會發酒瘋。

令人起疑的死亡事件還有好幾件。半田明美十九歲的時候到東京找尋出路。還沒找到工作的那段時期，據說她總是自我介紹是「修業中的女演員」。當時有好幾個中年男人提供她生活費用，但她不是賣春，而是跟數名男子同時簽下情婦合約。明美到東京生活兩年後，一名五十多歲的男人在豐島區給她買了一間公寓，這個男人在練馬經營室內裝潢業，但是後來跟半田明美一起出國旅行時，在曼谷淹死了。

半田明美因地鐵月台推人事件被警方逮捕後，其他三件可疑的死亡事件並沒有立案，因為警方沒有掌握到任何物證。

然而從目前僅知的訊息就能知道，她身邊共有四個男人死得很蹊蹺，其中還包括她的親生父親。文章最後以戲謔的筆調寫道，這項事實是否可以狡辯為這女人沒有男人運呢？

讀完整篇文章，山崎知佳輕輕嘆息了一聲。

原來從前的記者可以把報導寫成這樣啊。

人權、隱私、個人資訊。知佳剛開始跑新聞的時候，這類報導送到編輯台，總會遭到嚴厲的質疑，「有沒有根據？」她想起當年曾親眼目睹一名年長的特約記者一面喝酒一面大聲嚷著，「根據、根據的成天掛在嘴上，也不知總編輯什麼時候變成法官了。」

大出版社的招牌雜誌連續被控告損害名譽或侵犯隱私，出版社也不斷收到支付賠償費的判決書。這一切，都是發生在那個時代的事情，

幾乎就在同時，雜誌開始把大部分報導包給編輯公司或特約記者，文章都委託外部人員撰寫，出版社職員幾乎跟寫作完全無關。知佳從少女時代起，就一直夢想將來能靠寫作維生。雖然當初是通過激烈競爭，才考進大出版社，但在工作三年之後，她還是決定跳槽到編輯公司上班。

知佳的父母都覺得非常可惜再三惋惜，考進那家出版社是那麼不容易。不過，他們也不想讓女兒在僅有一次的人生裡抱憾終生。

然而，小型編輯公司對報導文字的限制比出版社更爲嚴格。小型編輯公司最在意的是贊助商的喜好，倒是不太看重他人的名譽與隱私。報導裡介紹的商品、人物、或機構……除了歌功頌德之外，什麼也不能寫。

所以知佳最後只好改行去當獨立撰稿人，雖然她心裡也明白，這樣會辜負很多人對她的期待。好在她現在的工作總算步入了正軌，但是這一行面對的嚴格現實與侷限卻並沒有改變，更因爲她失去了組織的保護，反而必須承擔更高的風險。

正因爲如此，她很羨慕從前的記者所享有的自由。譬如這篇報導不但在文章裡點出連續殺人事件的可能性，還以文字批判警察的怠忽職守，並在文中敦促警方調查。不過羨慕歸羨慕，若從相反的角度來看，不管怎麼說，這篇報導的記者和出版社對人權也太不重視了吧？

想到這裡，知佳重新又把視線投向那篇報導裡最重要的部分，半田明美的照片。

應該還是另一個人吧，不論怎麼看，她都這麼感覺。難道半田明美後來動過整型手術？

回到西荻窪的公寓後，知佳立刻打開冷氣，同時也打開電腦。這裡是她的住宅兼辦公室。

脫掉被汗水黏在肌膚上的襯衫和胸罩，拋進洗衣籃，知佳換上一件罩杯式短袖T恤和短褲。

接著又從冰箱裡拿出已經冰好的冷泡麥茶，喝了幾口，知佳才在電腦前面坐下。電腦運作的速度很慢，因爲她不在家這段時間，室溫已經升得很高。知佳不喜歡從白天就把房裡弄得很暗，但現在室內的燠熱實在令人無計可施。電腦的畫面切換得十分緩慢，簡直就像喘息，等待畫面變換的這段時間，她把西南邊的遮光窗簾拉起來。

這間1DK的公寓是她兩年前向父母借錢買的。因爲北邊是一間雜物室，所以房價比較便宜。但對於從事寫作的她來說，這個房間剛好可以用來放置辦公用品，還可當作書庫，她反而覺得這個房間很寶貴。

剛離開大出版社的那段時期，母親擔心她從此淪爲無業遊民，一天到晚都逼她去相親。不過在她過了三十五歲生日之後，母親似乎也放棄了，突然停止了相親攻勢。

後來知佳的弟弟結了婚，很快就生第一個孩子，第二年又添了第二個。母親忙著照看孫子，也就沒有時間多管女兒的閒事。反而是知佳提出要買房子的想法時，母親主動幫她付了大部分頭期款。房子距離老家不到一小時的電車車程。知佳當然也很懂規矩，每個月都按時歸還預借的頭期款，但她並沒親自送到母親面前，而是用銀行轉帳。母親對她這種作法很不滿意，每次收到匯款都會打電話來訓她一頓。

溫度過高的電腦隨時可能不聽指揮，知佳提心弔膽地抓著滑鼠操縱程式，花了好大一番工夫，終於把從前撰寫那篇專訪時用過的小野尙子照片找了出來。

看來看去，她還是覺得這個兩年前見過的女人，跟今天在大宅文庫影印的「自稱女演員的半田明美」不是同一個人，心底不禁升起一種躲過麻煩的輕鬆感。

大概是半田明美以本人健保卡前往求診的牙科診所的情報有誤吧。但是那家牙科診所提供的情報，只是一名開業醫師爲了自用留存的資料，並不像公家機關那樣嚴格要求正確管理。說不定牙科診所鍵入患者姓名和相關訊息時弄錯欄位，或者是另一名同名同姓的患者吧。

知佳關上電腦，也不關冷氣，就轉身拿起剛才在大宅文庫影印的那篇報導，奔向附近的便利商店。她把那篇報導的影本重新彩色影印了一遍，又趴在飲食區的餐桌上，在影本的空白處寫了幾句留言，之後，便用宅配把影本寄給新艾格尼絲之家的中富優紀。

忙完這一連串瑣事，夏季的夕陽已向西方落下，西方的天空仍然熱辣辣地燃燒著。

知佳猶豫半晌，打開店裡的冰箱，拿出便利商店限定版啤酒和雞肉沙拉，然後走向收銀台。這些東西跟冷凍毛豆就是她今天的晚餐。

在收銀台打工的尼泊爾人笑著露出雪白的牙齒，因爲知佳每天都來光顧，兩人雖然從沒交談過，卻早就對彼此相當熟悉了。

第二天，知佳收到優紀手機發來的郵件。

「感謝您協助我們進行調查。小野老師即使不是小野尙子，也不可能是連續殺人犯啊。看了照片，我總算鬆了口氣。照片裡的人物跟小野老師，還有相簿裡的小野尙子女士一點都不像。不過話說回來，這個叫半田明美的女人實在太可怕了。這種大壞蛋居然沒被逮捕，而且還有人說她可能就是小野老師，眞是太過分了。我原本就不相信警察，現在經歷了這件事，對警察更不信任了。」

看完了信，知佳有點驚訝，沒想到優紀竟然毫無疑問地全盤照收那篇報導的內容。或許自己身爲媒體的一分子，跟普通人還是不太一樣吧。如果自己不是從事這一行，可能也不會對報導的可信度產生懷疑。事實上，這類報導只是用臆測的繩索把事實跟事實串連了起來，撰寫文章的記者也沒有打算說謊，卻會產生一種快感，以爲自己已經掌握眞相，所以更難發現自己的盲點。而讀者閱讀這種作者毫不心虛的報導時，也不會產生疑問。

不過就算不追究這篇報導的可信度，知佳還是從文字裡感覺出某種令人難以捉摸的東西。因爲知佳和優紀都是讀了這篇報導才知道半田明美既不是小野老師，也不是小野尙子，而報導中唯一能夠作爲判斷根據的，就是照片裡的臉孔。然而上次相簿裡那張小野尙子的舊照，跟兩年前採訪過的那位自稱小野尙子的女人的照片，兩者放在一起比對的話，大多數人看起來都會覺得是同一個人；但是後來利用人臉辨識軟體鑑別後才發現，兩張照片裡是完全不同的兩個女人。因此在別人眼中看來完全不同的兩張臉孔，並非沒有可能是同一個人。

爲了確認這個假設，知佳隔週前往了東京跟埼玉縣交界處的某間大學研究室。

之前使用人臉辨識軟體幫她解析小野尙子照片的松本，其實不是化妝品公司的職員，而是大學的研究人員。他只是在那家民營公司負責一項產學合作的研究。知佳上次去找松本已是兩個多月前的事情了，現在他已回到原本所屬的大學研究室。

知佳走進室內，看到鋼架上塞滿機械與纜線，地面也胡亂地堆著專業書籍。松本的辦公桌擺在研究室的角落。

上次在化妝品公司的研究所見面時，松本顯得比較和藹可親，今天根本不開口說話。譬如照片從哪裡來的？要做什麼用？他也完全沒問。知佳以爲他對個人隱私有所顧慮，結果根本不是因爲這個理由。

原來松本又開發出一種準確度更高的軟體，他現在一心只想快點拿來試用，所以對其他事情完全沒興趣。

知佳帶來許多照片，其中一張是那本週刊上的半田明美的照片。但因爲是從三十一年前的雜誌上影印下來的，解析度非常低。

「我影印了兩種，彩色跟黑白都有。」知佳向松本說明。松本彷彿覺得她太囉唆似的，聽完說明後，視線仍然緊盯螢幕，手指則迅速地敲打起鍵盤。

過了幾秒，二十七吋的螢幕上顯示出四張幾乎一樣大小的圖片。

一張是知佳以前採訪小野尙子的同學時，那位同學提供的小野尙子二十多歲時的照片影本。另一張是週刊裡的半田明美，以及一九九三年聖誕節團體照裡的小野尙子，還有一張則是知佳兩年前採訪時拍攝的「小野老師」。

松本先用滑鼠在四張臉孔上標示出眼、口、鼻的輪廓，然後關掉原來的四張照片。墨綠色背景，只能看到米色線條勾勒出的臉孔輪廓和眼鼻形狀。

兩年前的小野老師照片裡的臉孔朝向側面，微微低著頭。松本操縱滑鼠，把那張臉孔轉向正面，再把臉孔微微抬起。

知佳心裡湧起一股詭異的感覺，那張臉孔跟另一張照片裡的臉孔十分酷似。是半田明美。就是刊登在那本週刊裡，自稱女演員的半田明美。

另外兩張照片，一張是知佳向那位同學借來的，小野尙子二十多歲時的照片；還有一張是一九九三年聖誕節的照片，這兩張裡的人物看起來也有些相似。

「這兩張能看出什麼特徵嗎？」

知佳說著，指著修正過臉孔角度的小野老師和半田明美的輪廓線問道。

「叫我說特徵，我可說不出來。」松本一面露出苦笑，一面關掉那兩張只有輪廓線的小野尙子，然後把剩下的另兩張照片裡的臉孔重疊在一起。

兩張臉孔相差很多。

知佳感覺鬆了口氣。

「不，只是因爲年歲增長，所以臉孔輪廓線條下垂而已。」

松本一面說明一面啓動軟體的年齡修正功能。

知佳不自覺地從喉嚨裡發出一聲呻吟。

螢幕上的兩張臉孔分毫不差地重疊在一起。

「怎麼會這樣。」

「嚇一跳吧？這個軟體可聰明了。」

松本指著螢幕笑了起來。

「不過眼鼻或臉孔長得相似的人，也是存在的。」

松本沒有回答，動手敲擊鍵盤。螢幕上的畫像消失了，出現一堆詳細的數字。

「反正，這兩張臉孔毫無疑問，就是同一個人。」

「看起來一點都不像……」

「這和印象形成有關，透過微笑的模樣、整體的氣氛、或是化妝的方式，就能看起來很像，跟臉孔的輪廓完全無關。人臉給人留下的印象，其實百分之八十是整體氣氛給人的感覺。只要散發出自己是美女的氣場，別人就會覺得妳是美女。如果妳向大家吹牛說，我是史丹佛大學畢業的，大家就會覺得妳看起來很聰明，不是嗎？可是臉孔的骨骼是無法改變的。」

「整型也不能改變嗎？」

「整型能改變的只是一層皮。整體印象會有變化，但不可能改變骨骼。就算削掉部分顎骨，也是有限的。妳看這個輪廓，眼鼻的位置，還有頭頂到下顎的長度跟比例。」

松本重新叫出照片跟輪廓線。

「也就是說，整體氣氛雖然不同，臉孔構成卻是一樣的，是不是這個意思？」

說完，知佳又向松本確認了一遍。

「有沒有可能是母女或姊妹呢？」

「這兩張不是母女，可能是同卵雙胞胎的等級。」

換句話說，牙醫師提供的情報並沒有出錯。優紀和新艾格尼絲之家的職員、住民所仰慕的那個人，就是半田明美……

走出研究室之後，知佳穿過秋風吹拂的校園，茫然地朝停車場走去。

兩年前採訪結束時，她很同意總編輯提出的那句陳腐標題，「日本的德蕾莎修女」，但其實我們都被這女人騙了嗎？

她把裝著照片的背包扔向AQUA的後座，正要開往市中心，手機發出鈴聲。

知佳把車停在路邊，看了一眼螢幕，畫面顯示「松本」。

「您好，剛才非常謝謝您。」

「剛才的照片在妳手邊嗎？」

松本打斷她，略帶興奮地問道。

「啊，有。」

知佳暫時掛斷電話，把車開進前方的便利商店停車場，然後把剛才拋向後座的檔案夾取出來。

她重新打電話給松本，對方叫她把一九九三年聖誕節的團體照找出來。

「哪一張呢？」

團體照有很多張，小野尚子跟每個團體都分別拍了團體照。

「右邊有聖誕樹，成員都是女人，總共排成三列，人數最多的那張。」

這張照片裡沒有一位名人，既沒有繪本作家，也沒有演奏家，而且人數最多，所以知佳一開始從頭就沒注意這張照片。

這時她突然想起，剛才因爲分析結果太驚人了，她竟忘了拜託松本把她帶去的照片資料全都刪掉。

「那張照片的最後一列，右邊算起第二個女人，看到了嗎？」

「看到了。」

「她跟妳今天帶來的那張女性照片完全一致。」

「報導裡的那張照片？」

「對。」

「不會吧？」知佳不自覺地說道。「是眞的。」松本的聲音裡完全聽不出開玩笑的語氣。

團體照裡的那個女人跟週刊裡的小劇場女演員「半田明美」一點也不像，跟知佳見過的小野老師也完全不像。

女人留著及頸的短髮，穿一件圓領上衣。因爲站在最後一排，只能看到她肩膀以上的部分。

她的臉孔之所以看來有些歪斜，是因爲她站在隊伍的角落，卻完美地隱藏在人群裡。她很年輕，悄然隱身在賓客和義工的背後，臉上露出微笑。

她看起來和小野尙子就像一對母女。雖然看起來年輕，卻感覺不到青春的氣息。

知佳感到驚訝，她從沒想到世界上竟有人長得如此寒酸卻能那麼怡然自得，那張難以形容的臉孔竟無法給人留下任何印象。沒有特徵就是特徵，世上竟有這種臉孔。過去二十多年，她扮成小野尙子活在世上，又以小野尙子的身分去世，她看起來既不像聖女，也不像週刊報導裡形容的那種絕代毒婦。

知佳腦中一片混亂，掛斷電話後，猶豫半晌，她決定掉轉車頭，朝跟都心相反的圈央道（註）駛去。

到了途中的休息站，她打電話到新艾格尼絲之家，表示要去拜訪中富優紀。

從關越道轉入上信越道之後，知佳幾乎全程都行駛在超車專用的車道上。下午三點多的時候，她已到達新艾格尼絲之家。

註：首都圈中央聯絡自動車道，起於日本神奈川縣橫濱市金澤區釜利谷系統交流道，經東京都、埼玉縣、茨城縣至千葉縣木更津市木更津系統交流道。

從上次見到優紀之後，大約已經過了兩個半月。不知爲何，優紀看起來很憔悴。

「最近才開始感覺到搬家的疲累。」說完，優紀臉上露出笑容。她沒把知佳領進起居室，而是直接走進玄關旁邊的辦公室，然後關緊拉門。

「不好意思，請小聲一點。」

「了解。」

看來中富優紀已做好心理準備，或許直覺到自己將會聽到什麼令人震驚的消息，所以她決定不讓自己以外的人聽到。

知佳告訴優紀，根據人臉辨識軟體的結論，半田明美跟從前住在機構裡的「小野老師」是同一個人。優紀聽到後，顯得非常困惑。

接著，知佳又告訴優紀，那個被認爲跟「小野老師」是同一個人的半田明美，也出現在一九九三年聖誕節的團體照裡。說完，知佳指著照片裡那張臉孔問優紀道：

「妳看過她嗎？」

「沒有……」

「這群人是什麼團體呢？」

「不知道，這照片是在我來這裡很久之前拍的。」

優紀露出絕望的表情抬頭仰望天花板。

「天啊，到底怎麼回事……小野老師不是小野尙子，警察又說半田明美可能是連續殺人犯，現在這個人居然在照片裡，我現在腦袋裡已是一片混亂。」

其實知佳的腦中也跟優紀一樣混亂。

人臉辨識軟體確認團體照裡的陌生女人，跟週刊裡的半田明美是同一個女人。優紀指著陌生女人問：

「如果這女人是我們認識的小野老師，那時她到新艾格尼絲之家來做什麼？還說我認識的小野老師是犯下重案的凶手，我眞的想要徹底否認這些說法，說它們都是騙人的。」

「有沒有什麼線索呢？」

優紀的視線在空中游移。

「去問問知道當時情況的人……」

這時，木村繪美子泡好一杯茶端進房間來。

優紀用眼色示意繪美子坐下，並把剛才聽到的消息低聲告訴她。

繪美子可能已經讀過那篇報導，驚訝地瞪著知佳。

「照片雖然是同一個人，但是那篇報導的內容究竟可以相信到什麼程度，我可不知道。」

知佳彷彿在回應繪美子的視線似地用僵硬的語氣說明。

冤獄、錯誤逮捕，松本沙林事件就是個好例子。當時曾有多家媒體把沒有殺人的人物描寫成殺人犯。

「就是嘛。好過分。」繪美子像是鬆了口氣地點了點頭，「而且，上次警察也告訴我們，說她只是被捕，後來又以正當防衛爲由被判無罪。」

「不是無罪，是不起訴。」優紀糾正繪美子。

她曾被逮捕，後來又因爲其他案件遭到警察監視，週刊報導不但把她寫成犯人，還把她的照片刊登出來。這個遭受世間各種偏見欺壓的女人，後來因爲某種理由來向新艾格尼絲之家求救，然後她變成了小野尙子的頂替者，是有這種可能的。

知佳待了大概一個小時，又匆匆忙忙地離開了。優紀目送她出發後，重新返回辦公室。她從電腦裡找出一九九三年聖誕節的團體照，然後把其中包括半田明美在內的那張照片列印了兩張，一張寄給岐阜的齋藤登美子，另一張傳眞給服部牧師。兩張照片都附上她徵求情報的訊息。

第二天傍晚，身在美國的服部牧師給優紀打來電話。

「傳眞畫面不夠清晰，我看不清每個人的臉孔，但其中好像沒有我認識的人。她們大概都是當地的義工朋友吧。」

「教會的義工嗎？」

「不是，如果那樣的話，我應該都認識，她們大概是朗讀義工吧。」

「朗讀義工？」

根據服部牧師的說明，小野尙子在輕井澤成立了新艾格尼絲之家。等到庇護所的營運逐漸步入正軌後，爲了幫助住民進行復健，她又在當地圖書館展開一項錄製朗讀錄音帶的計畫。

計畫內容是由義工爲盲人朗讀書籍，並且錄製成錄音帶。服部牧師說，小野尙子應是經由榊原久乃知道了這種服務，才想到爲盲人提供些微的服務吧。

「當地圖書館有一群專爲孩童朗讀的婦女，她們曾受邀去過新艾格尼絲之家，主要是爲了指導住民接受朗讀訓練。」

第二天早上，優紀到町公所辦事，辦完之後，順便去了一趟輕井澤那間老舊的圖書館。她在二樓的開架區看到新艾格尼絲之家住民錄製的成品，跟其他團體製作的錄音帶擺放在一起。錄音帶不僅小說和散文，還包括報紙、雜誌的報導，甚至還有產品說明書，幾乎所有紙本印刷物都錄製成了錄音帶，優紀看到這些成果，不禁有些驚訝。

老舊的錄音帶都沒有經過數位化處理，紙本目錄裡除了標題之外，還在製作者欄位裡寫著「新艾格尼絲之家」，但沒有朗讀者的姓名。優紀原本還懷著一絲期待，以爲可以聽到小野尚子的聲音，結果沒能如願。

「雖說我們都還保存著這些東西，但是因爲已經使用過太多次，錄音帶也這麼舊了，難免出現變鬆、變形等情況。我們沒有確認過，不過我想很難播放了。」

說完，圖書館員露出抱歉的表情。

據說當年這些錄音帶不只送給圖書館，也曾贈送給老人院和醫院，所以館員便打電話詢問那些機構，卻沒有一家機構還保存著錄音帶。因爲後來大家都改用數位播放器，而且錄音帶本身也不適合長期保存，那些機構似乎很久以前就處理掉錄音帶了。

至於朗讀義工的身分，圖書館裡雖然保存著一九九〇年的會員名單，但因爲牽涉到個人隱私的問題，不能對外公開。不過朗讀義工的辦公室的情報是公開的。辦公室設在一位會員家，地點就在圖書館附近。

優紀先給那位會員打電話，約好時間之後，便離開了圖書館。

開門接待優紀的女人自我介紹說，她從前就是製作朗讀錄音帶的團體成員。優紀向女人表示，想要打聽一位當時也曾參與活動的會員消息。

女人一點也不訝異，拿出一九九三年的名單給優紀看。那份名單是電腦列印文件，文字已經非常模糊，上面只寫著會員姓名，沒有聯絡地址。也沒有半田明美的名字。參加朗讀義工活動並不需要出示身分證明，所以她當時大概是用假名吧。

女人指著名單上的一個名字說，這位會員是所有義工當中資格最老的。如果向她打聽的話，或許能知道一些事情。那位會員的名字叫做逢坂聰子，據說她四十年前就定居在千之滝附近的別墅區了。

「她先生就是那位原實先生喔。」

原實是著名的繪本作家，一九九三年以前參加過新艾格尼絲之家的聖誕晚會，也跟眾人一起拍過團體照。

九月白銀週的連休期間，知佳避開山間的擁擠路段，飛馳前來接優紀上車之後，一起前往逢坂聰子家拜訪。

優紀事先告訴知佳，團體照裡有個女人或許從前參加過朗讀服務，她打算親自確認一下。知佳立刻表示，她也想跟優紀一起去見那個女人。

知佳還告訴優紀，既然那個可能是半田明美的女人跟新艾格尼絲之家之間的接點是朗讀錄音帶義工活動，那當初籌劃找人頂替小野尚子的推手，應該還是榊原久乃吧？

「關於這一點……」優紀把服部牧師的傳眞內容告訴了知佳，但知佳卻疑惑地說，「都是一些漂亮話啊？」

「那位牧師大概把我當成傳教對象了吧。」

逢坂聰子的住宅建在山丘的斜坡上，看起來不太像別墅而像一座水泥碉堡。利用斜坡鑿空建成的車庫旁有一道樓梯。順著樓梯走到最上端，來到寬敞的玄關門廊。剛才從下方車道望上來，整棟建築給人一種壓迫感，走到門前才發現，這是一棟繁花盛開的高雅建築。

繪本作家原實到東京的公寓去工作了，家裡只有穿著長袖上衣和長裙的逢坂聰子出來接待客人。

「聽說您是小野尚子女士身邊的職員。上次發生的火災眞是太悲慘了。她那麼偉大的人物竟然會……」

每次優紀向外人介紹自己是新艾格尼絲之家的負責人，對方通常都會露出疑惑的表情。但如果自稱是「小野尚子身邊的工作人員」，任何人都會立刻相信她，也願意把她介紹給朋友，或請她到家裡小坐。優紀早已從自己拜訪的對象身上體會到那個名字的力量。

陽光從天窗射下來，優紀把她帶來的團體照放在陽光下。

逢坂聰子慢呑呑地戴上眼鏡，優紀指著照片裡最後一排角落的女人問道：

「您記得這位女士嗎？」

「記得。當然，記得很清楚。對了……她叫什麼名字來著？」

逢坂聰子瞇著眼睛望向天花板。

「是不是叫半田小姐？或明美小姐？」知佳探向前方問道。

「不，不是這類名字。眞糟糕，我大概老了吧。因爲我跟她並沒有私下來往。」

「但您記得這位女士，對吧？」

「對，因爲她的朗讀技巧眞的很出色。怎麼說呢，她很低調清純，是個不引人注意的女孩。可是她的音色和發聲，非常清晰，顯然接受過專門訓練，不像我們這些文化中心調教出來的。大家都在背後稱讚她。雖然她說自己只受過函授訓練，我想是她太謙虛了。」

優紀不禁嚥下一口唾液。那篇報導也指出，半田明美曾在小劇場當過演員的練習生。如此說來，她具備發聲的基本技巧，也是理所當然。

「有一次，她臨時替人値班，所以來參加圖書館的朗讀會。好多小朋友都來了。那天朗讀的故事好像是《脫線三人組》吧。那些朗讀義工當中，有人會按照看圖說故事的方式表演，但是那位小姐，演技眞的是與眾不同。她的朗讀完全不做作。故事人物的對話，聽起來眞的就像孩子在那裡聊天。而且三人組各人的性格都清晰地表現出來。小朋友都聽得好專注，有時安安靜靜，有時哈哈大笑。」

說完，逢坂聰子又解釋，錄製盲人的錄音帶不是普通的朗讀，必須具備高度技巧才能勝任。音色跟發音都必須讓人聽得清楚，這是最起碼的條件，同時還需要具備專門知識，接受特別訓練。譬如辭彙的正確重音，查詢漢字發音的方法，錄音帶的校正方法等。也因爲這個理由，逢坂她們以當地圖書館爲據點的義工團體，才會輪流前往新艾格尼絲之家教授住民朗讀技巧。並在一九九三年受邀參加聖誕晚會，還一起拍攝了團體照。

「她一定也很崇拜小野尙子女士的人品吧。那位女士眞的待人和藹可親，體諒又周到，而且品格高尙，簡直就是皇后陛下。小野尙子女士對那位朗讀高手也是讚不絕口。小野女士告訴我們，那位小姐非常熱心，明明技術那麼高超卻很謙虛，住民對她眞的非常感激。而且她不只指導朗讀技巧，好像對新艾格尼絲之家的活動也很感興趣，還向小野老師請教各種問題。對了，我想起來了，她叫做山下。」

「山下小姐嗎？」知佳連忙在筆記本記下那個名字。

所以她眞的是用假名。

「對不起，請問您知道那位山下小姐住在哪裡嗎？」

「不知道。關於她私人的事情，我就不知道了……她幾乎沒跟我們一起喝過茶。每次聚會結束後，總是自己一個人先離去了。因爲她比我們年輕很多，或許覺得跟我們這群老太婆在一起很無聊吧。」說著，逢坂笑了起來。

從一九九三年的團體照可以想像，她當時看起來很年輕。

半田明美先到新艾格尼斯之家指導朗讀，然後才受到小野尙子的信任。

「對了，說到朗讀錄音帶，那是給盲人使用的。那位以前當過護士，就是眼睛看不見的那位職員榊原女士，她也在上次火災中喪生了。」

知佳把話題轉到榊原久乃身上。雖然她刻意輕描淡寫地說出來，卻還是略顯唐突。

「是啊。」逢坂說著微微皺起眉頭。

「朗讀錄音帶原本是爲盲人製作的，但是對體力衰退的患者和老人家來說，也很受歡迎，所以我們製作的朗讀錄音帶，也會贈送給醫院或相關機構。」

「所以是不是關於製作朗讀錄音帶的工作，都是由榊原小姐負責跟義工聯絡？」

知佳重複一遍自己的疑問。逢坂的反應有些奇怪。

「那位女士倒是從沒擔任過聯絡工作。她跟我們也沒……她以前是護士？我倒是聽說她從事按摩還是氣功之類的行業。」

「她以前是護士。您知道她什麼事情嗎？」知佳用執拗的語氣問道。

「可能……這樣說不太合適……因爲她好像有點難相處……」

「怎麼難相處呢？」

這種拐彎抹角的貴婦語法，優紀早已覺得焦躁得受不了了。

「或許也不能說是性格陰沉吧，反正看起來好像對某些事情很執著……可能深知沉默是金的含意吧……譬如我們向她打招呼說『請保重』，她都不理會我們，只有自己有怨言的時候，她才肯開口。其實她應該最需要朗讀錄音帶吧，不是嗎？可是她對我們，卻總是表現出一副很厭惡的樣子。我就被她嚇過好幾次。有時會突然感到脖子上有一種奇怪的感覺，回頭一看，不知道她已經站在那裡多久了。好像是在監視機構裡那些女孩，不希望她們跟我們多說什麼似的。也好像告訴我們，事情做完就快點回去吧，不要多管閒事。又像是咒罵我們，認爲我們會從外面帶去什麼細菌，叫我們不要汙染她那群神的小羊。」

知佳以銳利的眼神看著逢坂聰子，同時在筆記本上振筆疾書。

又跟上次那位長笛演奏者青柳華的想法一樣，優紀想，連我們職員都覺得榊原那種奇異的禁慾主義令人難以接受，外部人士一定更覺得受不了吧。

神的小羊這個字眼令優紀想起榊原久乃縫製的玩偶。在基督徒眼中看來，或許不會覺得榊原有什麼不對，但把住民看成小羊，而且由她來管理牧場的想法，實在太過傲慢。

逢坂聰子站在玄關目送優紀和知佳離去。兩人回到車上，知佳確認似地問優紀：

「後來，新艾格尼絲之家就沒再製作朗讀錄音帶了吧？」

「至少九年前我到寮裡來的時候，已經沒有這項業務了。不，老實說，我甚至根本不知道住民曾經當過那種義工。因爲那時大家主要是分工負責種植作物、打掃、洗衣、做飯等工作，然後就是朝經濟獨立的目標努力。能找到工作的人，在不過分勉強自己的條件下，可以出去打工賺錢，用自己的所得繳住宿費用。藉著這種方式培養自信，最終才能畢業離去。我覺得這才是原本該有的經營模式。更何況，世道早就改變了，從前能收到大批捐款，然後住民以擔任義工的方式回報的優雅經營模式早就行不通了。」

「應該說，如果一直參與當地的義工活動，就有風險，會被人發現假冒小野尚子的人已經頂替了她的位置。這種可能也是存在的。」知佳說。

聽到假冒、頂替之類暗示犯罪的形容詞，優紀仍然很抗拒，所以沒有立即表示同意。

當天晚上，岐阜的齋藤登美子給優紀打來電話。

登美子表示，已經收到優紀特別寄去的照片，不過因爲已是二十多年前的舊事，她並不認識照片裡的女人。

「如果照片裡有自己的話，我大概會放在手邊不時欣賞一下。可是我們原則上不是不准照相嗎？」

優紀告訴她，團體照裡的那些女人是到機構指導大家製作朗讀錄音帶的義工團體。

「妳這麼一說，當時的確有那種團體進出呢。」

「妳還記得嗎？知道誰是誰嗎？」

「不記得。我對那種事不太關心。」

「聽說那群義工裡面，有個人的朗讀技巧特別出眾的。」

「啊，有。她來得很頻繁，但是我不記得她的臉孔和名字。」

「是不是叫做山下？」

「對，就是那種平凡的姓名。最初是因爲什麼募款活動來幫忙的。那時，她把榊原小姐的整骨教科書帶回去，錄成錄音帶之後又送了回來。」

「榊原小姐的？」

「對，我們那裡又沒有別人需要那種東西，不是嗎？還有，那女人明明還年輕，卻很低調，所以我問她是不是學生？沒想到她說自己已經結婚了，我嚇了一跳。好像就是從那之後，她開始經常到我們那裡來。做事很熱心，還把收錄音機和攝影機都帶來了。」

「攝影機？」

「對呀，我是不太懂。不過她叫我們錄下來，然後看錄影帶糾正自己發聲不對的部分，但我從來沒有做過。因爲看著錄影帶裡自己的臉孔，有點害羞嘛，根本不敢看。可是其他女孩都很熱心地看著錄影帶練習喔，就是像卡拉ＯＫ那樣。對了，老師也說，像這樣練習發聲，大家會開始喜歡自己，這裡的女孩很需要這種練習。因爲這裡有很多自我厭惡的人，甚至厭惡到想要殺了自己。不過那些錄影帶都被燒掉了吧……」

優紀記得從前有些紙箱好像裝著登美子說的那種舊錄影帶和舊錄音帶。但是她們從舊輕井澤搬到信濃追分的時候，已經全部丟掉了。因爲那些帶子都已損傷，而且播放的機器也已進入數位時代。

「那些義工怎麼了？」

「那位『山下小姐』，可能頂替了小野尙子女士。」

優紀決定單刀直入說出實情。

因爲登美子當初把奠儀裝在白信封裡寄來，而且她的表達方式爽快直接，優紀已看出她的爲人，覺得不必對她拐彎抹角。

「妳說什麼？頂替？」

優紀開始愼重地斟酌著字句，向登美子說明事情的經過。

先從追思會之後自己被警察叫去警署說起。刑警告訴優紀她們，小野尙子的遺體並非本人。而跟優紀她們一起在新艾格尼絲之家共同生活多年的那個女人，並非小野尙子。優紀並沒把半田明美的名字說出來，也沒告訴登美子，警方曾把半田明美視爲連續殺人事件的嫌犯。她只告訴登美子，那個頂替者的身分還沒查出來，目前正在進行調查。

「怎麼會有這種事？」優紀原以爲齋藤登美子會嚷著表示抗拒，或發出驚叫，沒想到她既不質疑也不反駁，就好像她早已知道什麼，或是心裡早有準備。聽完優紀的話之後，她才用冷靜的語氣說：

「的確，如果說有人頂替了小野老師，在那種情況下確實很有可能。當時我們只知道擔心，卻沒有注意到，她整天戴著墨鏡和口罩，從早到晚躲在房裡讀書眞的很怪異。所以說我們都被那個女人騙了。」

「不……說騙人倒也有點……」

「那就是說小野老師是被那個女人……」

從登美子的語氣聽來，似乎是想說殺了，優紀趕緊用「不可能」打斷了她。

但是她立刻明白齋藤登美子爲什麼會用辛辣的眼光觀察「頂替者」，而且心裡充滿猜疑。因爲登美子住在新艾格尼絲之家的期間，是從一九九一年到一九九五年。那個「頂替者」是在一九九四年十一月回到日本。在那之前跟齋藤登美子一起在機構裡朝夕相處過的人，是眞正的小野尙子。登美子只跟那個戴著墨鏡和口罩躲在房間裡的女人一起生活了幾個月。因此登美子聽說那女人不是小野尙子，當然會覺得受騙而感到氣憤。

「還有其他令妳覺得不尋常的事情嗎？」

「沒有。」

登美子忿忿地說。說完，卻又繼續說，「對了……」

「那段時期，那個人經常在晚上出去。」

「晚上嗎？」

「因爲她那個病，據說曬太陽就會惡化，所以白天連我們休息的房間都不會進來。」

「就是說她假藉其他理由跑出去了。」

「她說有一位漢方名醫，專爲她那種病人在夜間診療。」

對了，以前小野老師也曾親口告訴過自己，優紀想。那位中醫學的名醫是從中國的醫學大學畢業，曾經爲老師治過病。

「有人陪她一起去嗎？」

「每次都是職員或住民開車送她去車站。我也送過一次。到了車站之後，就是她自己去搭電車。她總是找理由說，晚上沒有陽光，所以沒關係。總之絕對不讓我們繼續送她。」

「到東京去嗎？」

「那時新幹線還沒通車啦。」登美子笑著補充說道：

「追分，信濃追分。」

就是後來新艾格尼絲之家新址的附近？

「那妳們也會去接她嘍。」

「對啊，不過她常常在那邊睡覺，到早上才回來。因爲她說在進行斷食療法，所以那邊有類似道場或病房之類的地方。」

優紀這時發現，繪美子不知何時已站在自己身邊。

她已把上次跟逢坂聰子的談話內容轉告繪美子，所以繪美子似乎已經明白電話裡正在談論的內容。

「哎，可能世界上有些事不需要知道，不，或者該說，有些事不知道也好。」

說完，齋藤登美子就掛斷了電話。

「信濃追分的漢方醫師，或是中醫師，妳有認識的嗎？」優紀問繪美子，「一個也不認識。」繪美子搖搖頭，「如果是榊原小姐，她應該很清楚吧。」說完，繪美子露出曖昧的笑容。

如果頂替者戴著墨鏡、口罩躲在房間裡，是爲了冒名頂替的計畫裝病，那麼她晚上出門是爲了別的目的嗎？

她去跟某人見面。或許就是籌劃這齣換角劇的主謀。她是爲了接受對方的指示才出門的。萬一，那個主謀就是眞正的小野尙子的話？

5

順著地鐵站的階梯往上走，戶外是颱風過後的酷熱大地。山崎知佳踩著汽車廢氣和柏油路面噴出的熱氣，同時設法理清腦中的思緒。

在這個和平的日本，有一群被迫在人生最底層沉淪的女人。她們不時承受身心健全的人們認爲她們是自作自受，應該要自己承擔責任，拋來的冰冷視線。然而卻有個日本人一直陪伴在她們身旁，幫助她們面對無法想像的悲慘過去，爲她們點燃一絲微小的希望之光……她獻出自己繼承的全部遺產和前半生。儘管她從未表明自己的信仰，卻摒棄一切私心，終生照顧弱者，向她們傾注深厚的愛情，這個人就是小野尙子。

兩年前，知佳寫完那篇介紹信濃追分新艾格尼絲之家的報導時，她就打算把這個故事寫成一部報導文學。後來又聽說小野尙子爲了拯救那對年輕母子而犧牲了自己，這種想法變得更強烈了。

然而，現在擺在知佳面前的，卻是徹底推翻這個構想和主題的巨大謎團。

這齣換角大戲，別說是她這個外部人士，就連九年來一直跟小野尙子朝夕相處並且負責經營庇護所的得力助手，都被她完全蒙在鼓裡。生前幾乎已被神格化的「小野尙子」，和那個連續殺人事件的女性嫌犯，究竟是怎麼樣讓人陷入她們可能是同一人的疑雲之中？

雖然已經查明「她」化身爲「朗讀義工山下」來到小野尙子身邊，但是接下來的發展卻一點線索也沒有。

然後，「她」在扮演頂替者的過程中去世了。知佳深知媒體人也該謹守死者爲大的觀念，但是她無法不感到好奇，那個被男性週刊形容得窮凶極惡的女人，曾經被警察追蹤、逮捕。假設她眞的用自己的性命救回年輕媽媽和嬰兒，她的本性究竟是善？還是惡？

知佳知道人類的本性不該用二元論切割，不過她還是想找到答案。

那個叫長島剛的男人指定的餐廳，位於區民中心的一角。穿制服的中年女性端來一杯滾燙的咖啡，還有一杯綠得像有劇毒的汽水。這是一間古色古香的「公所餐廳」，一看即知是由毫無幹勁的當地業者承包經營。不過室內的座位空間寬敞，桌子又很大，天花板的日光燈非常明亮。知佳不免有些感動，對方竟能挑選到這麼適合談話的場所，眞不愧是退休的老記者。

不過，當微禿卻把每根髮絲都梳得非常服貼的長島出現在知佳面前時，她又覺得這位退休的雜誌記者跟自己的想像有點差距。長島的身材瘦削，一身成套的西裝，脖子上還打著領帶。

「我在這裡有個教老太太寫文章的課程。」

長島臉上露出粗獷的笑容，伸手搔搔腦袋。

他又向知佳解釋，他是在這棟建築裡的區民講座擔任講師。

他，長島剛就是三十多年前在週刊上寫了那篇半田明美的報導的記者。

知佳認識一位那本週刊所屬出版社青山堂的編輯。那位編輯受知佳所託，幫她介紹一位週刊編輯部的編輯。此人現在已是公司高層，所以才能查到撰寫那篇報導的記者姓名。

長島剛當時是以特約記者的身分幫青山堂寫稿，在十幾年前和青山堂結束了合作關係。

「這是一點心意……」說著，知佳把她帶去的點心遞給長島。

「不好意思。」長島苦笑著把盒子推回去。

「我有糖尿病。」

「真抱歉，那就請您家人享用吧。」

「不了，我老婆得了失智症。她一看到甜點，誰都擋不住。要是不准她吃，就會大發脾氣，隨便讓她吃的話，一眨眼就能吃掉二十顆大福，然後又鬧肚子痛。我家幾個女兒都嫁得很遠。」說完，他輕巧地站起來。

離他們稍遠的桌邊坐著幾個中年女人，從剛才就聊得十分熱鬧。長島走過去，把點心放在桌上對她們說，「這個請妳們吃。」桌邊傳來一陣歡呼。

「她們是我班上的學生，全都很嚮往妳這種職業喔。真受不了。」長島毫無顧忌地指著那群人向知佳介紹。

知佳打算進入正題，長島卻搖搖右手打斷她。

「看過上次妳寄來的郵件，我都知道了。不必重複了，浪費時間。我把這個帶來了，妳看一看。」

說著，他從泛黃的布製手提袋裡掏出一個很厚的大信封。

「這是採訪原稿。兩百字稿紙，總共寫了四百頁。我到千葉的鄉下去過，把半田明美的周邊查過一遍。我年輕的時候在報社跑過警政新聞，所以有點人脈，得到的情報都是正確的。」他一面說一面把香菸塞進嘴裡，然後舉起一隻手向服務生說：

「菸灰缸！」

「對不起，這裡禁菸。」

服務生冷冷地答道。長島聳了聳肩。

知佳從信封裡拿出一疊稿紙，已經變色的稿紙邊緣印著「青山堂」字樣。藍色墨水的字跡實在談不上工整。而且經歷了三十多年的歲月，墨水顏色也已經變得很淡了。

「啊，妳帶回去再看吧，送給妳了。」

「可以嗎？那眞是……」

知佳心底升起既歉疚又麻煩的奇怪感覺。

「大約在三十年前，我打算根據這份原稿寫一篇特別報導，結果被編輯部打了回票。」

「不是登出來了嗎？我就是看了那篇報導，才找到您的。」

「那種報導，只能算是線索。後來我又花了兩年時間，更深入地挖掘，才寫成了這份原稿。妳知道嗎？結果我在這女人身邊，又找到另一個死得一樣離奇的男人。」

「另一個男人？」

「對啊。妳看完就明白了。」長島對原稿努了努下巴，然後伸出左手手掌說：

「五個人，五具屍體，可以算是案件吧？誰知總編輯卻堅持『不能登』。那時又不像現在這樣，一天到晚叫喊人權人權的時代，反正他就是沒膽量啦。當時大家都知道文榮書店怕右翼，青山堂怕左翼。可是對這種女人還要講什麼人權，眞叫人無法忍耐。如果妳想把這個故事寫成報導文學，稿子就送給妳了。我的糖尿病已經影響到腎臟，實在沒體力。而妳才二十多歲吧？正是年輕力壯的時期，看起來也頗有氣節，就請妳替我寫出來吧。」

「我已經三十八了。」

長島瞬間露出瞠目結舌的表情瞪著知佳。

「喔，反正這不重要。不過……」說到這兒，長島壓低音量，湊了過來。知佳聞到他嘴裡冒出一種糖尿病特有的氣味。

「採訪的時候啊，我眞的覺得世界末日到了，從沒看過那麼狠毒的女人。她眞的是天生的毒婦。最近不是造成話題了嗎？用毒牙把男人一個接一個咬死，然後榨乾他們的錢財。如果是個年輕美貌的女人，我是可以理解，可是那女人長得又胖又老啊。」

「什麼？」

「現在這種時代，做那種事會被人識破。但是從前警方進行的所謂科學調查原始得很，所以像半田明美那種女人，才能堂而皇之過著一般人的生活，直到現在都沒被逮捕。換句話說，這種事情從以前就一直存在的，因此當時我就想寫一篇報導，引起社會關注，如果大家都一起鞭策警方，才可能查明事實眞相。這樣的話，最近發生的那些可疑的連續死亡事件，黑寡婦之類的一連串案件，雖不敢說全都能避免，但至少可以減少一些。」

知佳從青山堂的朋友那裡拿到長島的聯絡方式後，給長島寫了一封郵件，信中表示，「我對您寫的那篇半田明美的報導很感興趣。」但她在信裡並沒提到半田明美和小野尚子的關係。所以長島似乎以爲知佳是因爲最近十年內發生的那些「女人造成的一連串可疑死亡事件」，才想向他打聽半田明美的消息。

「那個叫做半田明美的女人，後來肯定又對哪個男人下過毒手。我等著看好戲呢。她以前殺了好幾個男人，都沒法把她抓起來，後來好不容易抓到了，又被認爲是『正當防衛』，判了不起訴處分，不起訴！大部分的人都會食髓知味的。」

聽到這兒，知佳突然心頭一驚。如果對手不是男人，那女人也會下毒手……嗎？

「懂了嗎？妳若是媒體的一分子，應該明白吧？有一種東西叫做使命。不是任務，而是天職，就連我這種爛記者也有使命。犯罪這玩意兒，只要有人成功，馬上就會有人接二連三地爭相嘗試。如果我沒辦法阻止這種事情，說不定妳的筆可以辦到。這才是寫文章的意義所在。」

「是。」

知佳點點頭，沒有更正長島的誤解，反正說不說都無所謂吧。

長島有點不好意思似地笑起來。

「唉，讓妳聽這麼不成熟的說教，不好意思。好，那妳加油吧，努力寫喔。」

說完，他砰地拍了一下知佳的肩頭，便站起來朝著那群學生的餐桌走去。

知佳抓起沉甸甸的稿紙塞進背包，走向收銀台。長島被他的學生圍坐在那張桌子的中央，知佳向他行了一禮。長島粗獷的笑容一轉爲成愉快的表情，正在跟那群中年女人談笑。這個年近七十的男人似乎過著辛勞的家庭生活，或許區民講座的工作既能提供喘息的機會，又能讓他感覺生命充滿意義。

長島的採訪原稿意外地條理分明。

內容包括兩部分，一是從半田明美出生到一九八七年爲止的前半生，一是長島針對連續殺人疑案的調查過程。或許他原本打算日後根據這份原稿，寫一部報導文學吧。

根據原稿內容，半田明美出生於一九五五年的千葉縣成田市近郊的小鎮。家裡經營一間建築材料行，生活水準應該不錯。

當時的日本正處於高度成長期的萌芽階段，戰時興建的簡易木板房即將大量改建爲一般住宅。而明美的父親半田義治在戰後開了一家販賣合板的小店，這時正好趕上房屋改建熱潮，所以半田明美上小學的時候，父親義治已成爲當地有名的企業經營者。

根據附近鄰居描述，半田家在町裡非常受人矚目。全家住在一棟美國影集裡才會看到的豪宅，天花板挑高的寬敞客廳裡裝了一道螺旋樓梯。

明美的父親義治在空襲中失去了父親和妹妹，弟弟因爲結核也去世了。他還有個哥哥，戰時被徵召到南方之後行蹤不明。因此戰爭結束，義治復員回家的時候，親人只剩下老母親一人。等到義治結婚，老母親不知是否因爲已經沒有牽掛，很快就在貧困中去世了。

或許因爲這些理由，義治在生意上了軌道之後，便把岳母接來一起生活。等到「美國影集裡才會看到的豪宅」落成時，又把妻子的妹妹等親戚也邀來同住，最後甚至還照顧起戰爭孤兒。對於這段歲月，長島在原稿裡寫道，義治不但會做生意，似乎也是喜歡照顧人的男人。

據說當地的地痞流氓曾在義治的生意上找麻煩。他單槍匹馬到黑幫根據地去交涉，跟幫派幹部拚酒的同時，還跟對方唇槍舌戰，最後居然全身而退。從此以後，眾人都對他刮目相看。

明美就誕生在這種家庭裡。她是義治的長女，從小開始學習鋼琴、芭蕾，還擁有自己的書房。當時她家附近雖已看不到戰後那種簡易木板房，但大部分老百姓還是住在租來的狹窄木屋裡。孩童的課外活動通常都是學習珠算或書法，由此也可看出，明美當時的生活環境有多麼優渥。

然而，明美雖是個千金小姐，在班上卻是個不起眼的角色。她的成績沒有好到出類拔萃，也沒當選過班級股長。但是另一方面，也沒有人批評她性格不佳。明美是個性格安靜又穩重的女孩，她不愛說話，沒有特別要好的朋友，不過也沒有遭人排斥。

當時那個時代，孩子身上穿的都是兄姊或親朋家的舊衣服。明美卻永遠穿著新衣，儘管如此，她卻一點也不顯眼，更沒給人留下可愛的印象。她長得不算討人喜歡，卻也不醜。認識年幼明美的人都告訴長島，她雖然身穿華服，卻是個長相寒酸的女孩。

只要稍微注意一下就發現，她總是待在團體的角落，跟著大家一起行動。知佳的同學裡也有這種人，所以多少也能理解明美的地位。

然而，明美得天獨厚的少女時代，在她小學五年級的時候突然覆上一層烏雲。

因爲她母親被火車撞死了。母親去世時，手裡提著裝魚的菜籃，腳上穿著拖鞋，很有可能是死於意外。但是也有人殘酷地散播謠言，說她是因爲丈夫外遇，所以自殺了。對於這些謠言，長島推測是因爲義治建了日本少有的「美國影集裡才看得到的豪宅」，又讓女兒學習西方的才藝，鄉下人對他這種暴發戶覺得很反感。

喪妻後的半田義治等不到妻子的逝世週年，就娶了第二個老婆。不過對象並不是年輕女人，而是妻子的阿姨，是個比義治還要大五歲的戰爭寡婦。

長島在原稿裡寫道，再婚對義治來說，與其說是娶妻，不如說是給長女明美為首的三個孩子找個母親。跟他再婚的女人是他岳母的妹妹，姊妹年齡相差很遠，孩子以前就跟她很親近。

原稿第二章，是從一九八四年發生的地鐵月台推人事件寫起。

事件發生當時，有幾個中年男人正在月台上等車，他們都向警方作證，「那女人是受到男人的騷擾，以為男人要加害自己，才動手推開那男人，打算逃跑。誰知一不小心，男人就從月台掉下去了。」結果，女人的行動被認定為「正當防衛」，檢方做出了不起訴處分。以上這段內容跟雜誌的報導一樣。

但在事件發生後第二年，長島追蹤到一名男子案發時曾向警方作證，明美當時是出於正當防衛。然而長島查出，這男人跟明美非常親密，明美居住的澀谷區公寓就在男人的名下。

這個五十多歲的男人在都內經營大樓租賃業，長島曾經去找過他。

男人穿著當時流行的寬鬆雙排釦西裝，手裡提著當時剛上市的第一代行動電話，一副典型的泡沫經濟紳士行頭。

「請你不要故意找碴，可以嗎？」

深夜的公寓大廳，男人獨自走下樓梯時，長島過去向他打招呼。男人用威脅的語氣嚷道：

「有一位修業中的女演員好不容易走過喪夫之痛，正在努力實現自己微小的夢想。我決定盡我所有，幫助這位勇敢的女性實現夢想。對創業家來說，培養藝術家不是夢想，而是義務。我雖不能爲她做什麼了不起的事情，但是最起碼提供她找一間租不出去的破爛中古屋，我還是辦得到的。這麼一點小事，就被你說三道四，可見你的品行大有問題，不是嗎？」

長島在原稿裡寫道，男人一面說一面走向停車場。待他坐進賓士，立即飛速向前駛去，彷彿要把緊追不捨的長島甩掉。

當時，明美確實是在都內一家小劇場當練習生，所以男人對長島說的並非全是謊言。但是胸懷大志的練習生卻住在那種略嫌奢侈的公寓，而且男人總是在深夜進出明美的房間，這種行爲說成是援助藝術家，有點牽強吧。

長島認爲男人以目擊證言做爲交換條件，強迫明美當他的情婦的可能性不高。據他推測，明美應該已經將這個手頭闊綽的男人當成「下一個獵物」。如果這項推測正確的話，那就表示這個男人的性命也有危險。

「因爲那個被半田明美從地鐵月台推落的男人，且不說半田明美是否跟他認識，但他跟她卻不是完全無關。」

地鐵摔落事件發生前三年，新潟跟長野縣境交界處某個小鎮裡，有一位出診的醫師死得非常離奇。這位醫師就是半田明美的丈夫中林泰之。

而地鐵摔落事件的死者竹內淳也，他家和工作地點也在那個縣境交界的小鎮內，也就是新潟縣篠山町。長島聽說這個消息後，曾經趕到當地蒐集情報。

而知佳調查後得知當地曾經進行市町村合併，現在地圖上已經找不到篠山町這個地名，但是從飯山線車站可以搭乘每天只有幾班的公車前往，車程大約一個多小時，就能到達這個偏遠小鎮。

中林泰之去世前在鎮裡的診所工作過一年半。

中林醫師曾經公開宣稱自己畢業於後段班的醫學大學，考了兩次國家考試都沒合格，可見他當年成績不太好。不過長島後來採訪當地居民之後才發現，內科醫師中林的醫術並不差。當時四十多歲的他也累積了一定程度的行醫經驗，深受偏鄉居民的信賴，大家也很仰慕他誠實親切的人品。

篠山町三面被山巒環繞，鬧區十分狹窄。山麓上散布著許多小村落。由於周圍地區的交通不便，高齡患者又很多，雖然診所的業務不包括出診，不過中林經常利用下班時間到患者家中看診。

那天傍晚也跟以往一樣，快到下班的時候，一名癌末老人的家屬用近乎慘叫的聲音打電話到診所求救。

「當初他生氣地吵著要回家，我們才勉強讓他出院，結果現在又發脾氣嚷著太痛苦，逼我們幫他解決，眞不知該怎麼辦……」

中林醫師毫不猶豫，立刻決定前往位於山中村落的患者家中看診。

按照他的計畫，是在下班回家的路上順便繞到患者家。中林醫師離開診所時，正在整理病例的男性職員還不忘提醒他，「等下會下雪，請您路上小心。」

患者家所在的山麓上有很多村落，但那位患者家卻在最高處。碰到雪季的話，就必須把汽車停在縣道旁的郵局停車場，徒步上山。

中林到達山上的患者家之後，替癌末患者打了嗎啡，然後在家屬鞠躬恭送下離去。

這天晚上十點多，診所事務長在家接到中林的妻子明美打來電話。她告訴事務長，丈夫曾經回家一趟，後來又對妻子說，「還是不放心，我到患者家裡去一下。」離家之後再也沒有回去。

事務長也很清楚那位患者的狀況，便告訴明美，中林醫師覺得患者今晚比較危險，回家之後又出門的話，說不定是想爲患者送終。

然而這天晚上，中林醫師並沒有到患者家去

第二天早上，消防隊隊員發現中林泰之倒在縣道邊。附近沒有任何住家。中林凍死在自動販賣機旁邊，手裡還拿著一個空的咖啡罐。汽車停在距離他不到一百公尺外的餐廳停車場。他的羽絨外套和提包都放在車內。

他是在前往患者家的路上突然想喝熱飲？還是因爲無法抵抗睡意，想買罐咖啡，所以把車停在餐廳前面？然而那間餐廳很久以前就關門了，自動販賣機裡面也沒有任何商品。

中林醫師停車之後，朝著相反方向步行了一百公尺左右，因爲那裡還有另一台自動販賣機。他只帶了一個零錢包，結果卻連區區一百公尺外的汽車都走不到，就在途中送命了。事情發生後，眾人一開始都以爲遇難的經過是這樣。

他遇難的那段時間，附近正在下雪，但是不像暴風雪那麼嚴重。後來雪勢暫停，不久又開始下了起來。

當地居民推測，因爲是在晚上，中林醫師被突然飄下的雪花擋住視線，弄錯方向。而且他原本就不熟悉雪國的狀況，所以繞著自動販賣機的燈光走來走去，最終無法回到車上。中林醫師生前曾爲深山村落的老人盡心盡力，所以村民對他的去世都非常悲痛。

事情發生之後，東京的親屬便立刻將他的遺體領了回去。

中林醫師生前曾對村民說過「當初是因爲在東京開業的家人反對他跟明美結婚，他們才私奔到篠山町來」。所以事件剛發生時，知道他們夫妻這段經歷的村民，都很同情那位留在町內的妻子。

不久，中林醫師的父母到町公所，向町長和其他主管抗議了六小時。因爲他們認爲，町立診所歸町公所管轄，兒子在偏遠地區工作過勞，町公所卻沒有注意防範意外，他們的兒子等於是被町公所殺害的。經過這件事之後，居民都對明美更加同情。

言辭傲慢的父母把怒火發洩在居民身上，純潔年輕的妻子卻壓抑悲傷告訴大家，「他完成責任與使命之後離開人世了。」

周圍鄰里都很照顧明美，不停鼓勵她，希望她儘快站起來。

不料明美等不及參加町內居民主動舉辦的追思會，就迅速搬出租來的陋室，消失了蹤影。之後，居民都聽到明美獲得鉅額保險金的傳言，對她的同情也漸漸轉爲懷疑。

沒多久，當時參加搜索中林醫師的消防隊員、診所同事、患者、還有附近鄰居等等，紛紛說出各種情報。

中林醫師當時確實拿著一個空咖啡罐倒在地上，他身邊的自動販賣機也出售那個牌子的咖啡，卻沒有賣他手裡那種咖啡牛奶。

因爲很多人在現場附近走來走去，雪地上留下許多雜亂的腳印。然而仔細回想起來，從車子到發現遺體的地點之間，似乎沒有任何足跡。

消防隊員表示，「搜索時，根據明美和診所事務長的情報，我們本來打算到山上村落附近找人，結果竟在他們夫妻的租屋處附近路上發現遺體，實在令人意外。那地點離他們家不到一公里。」

長島原本聽說中林跟他妻子明美是私奔到篠山町來的，結果在採訪過程中，卻聽說他們夫妻的感情並沒有那麼好。

後來居民聽到保險金的傳言後，還有人在暗中表示懷疑，說不定中林醫師是在家裡遭到殺害之後，才被扔在積雪的縣道上。

不過鄰町那位年老的開業醫生開具的死亡證明上，只寫了「凍死」二字。而且當地一位消防隊員曾在山中和老舊民家裡看過幾次凍死的屍體。據他斷定中林醫師的表情非常安詳，遺體上還浮現出鮮紅色屍斑，不論怎麼看，都是凍死，絕對不是勒斃或中毒而死。

另一方面，明美向保險公司申請理賠時，保險公司調查員也到當地調查過，並未發現保險詐欺的跡象，所以就沒有立案。

地鐵摔落事件之後，半田明美雖然遭到警方逮捕，並且追溯到三年前發生的疑案。警方也著手進行搜查，卻沒有法證明她的嫌疑，因此摔落事件的拘留期限一滿，半田明美就被釋放了。

長島後來到竹內淳也任職的町公所採訪時才知道，竹內是町公所地域振興課的股長，他去東京出差，卻遇到意外送命。而竹內在前一年，曾在同樣的町公所保健醫療課醫療股工作。醫療股也是負責經營管理町立診所的部門。長島無從得知竹內是否跟明美見過面，卻聽說竹內跟明美的丈夫中林泰之經常碰面，也是主動提議在町民會館以追思會代替葬禮的發起人之一。而且他還自願負責籌備追思會。

「町裡的診所來過各式各樣的醫生，但是我從來沒見過像中林先生這麼平易近人的醫生。他願意跟我們這些職員和村裡的老人閒話家常。大家生病的時候，家屬遇到困難的時候，他總是親切地聆聽大家的心聲，盡心盡力地照顧我們。像他這樣的醫生，想必今後都不會再碰到了吧。」

據竹內的同事說，他聲淚俱下的悼詞說到這裡，立刻被上司制止了。因爲偏遠地區的町立診所原本就不容易找到醫師，而那時中林醫師的繼任人選不但已經找到了，還親自出席了追思會。

中林醫師的妻子明美沒在追思會現身，因爲她在追思會之前就搬走了。她沒把新地址告訴任何人。附近鄰居、診所職員、或是曾經照顧過她的當地居民，沒有人知道她搬到哪裡去了。

中林去世的時候，當地居民都非常同情他。然而明美卻不像丈夫，在居民之間算不上是受歡迎的人物。而另一方面，大家也不是討厭她，只覺得她好像永遠都被一層薄紗籠罩著。

中林泰之生前曾跟當地的男性朋友談過這件事。

他認爲自己在這裡有工作，比較沒問題，可是妻子來到這個陌生的地方，卻無法融入當地社會，實在很可憐。

事實上，醫師的妻子雖然表面上表現得客氣有禮，心裡卻不想跟大家深入往來，所以町內居民對她也保持著一段距離。

「也就是說，醫師夫人原本期待在大都市過著光鮮亮麗的生活，結果卻派到這個鄉下來，而且薪水很少，根本賺不到什麼錢，是不是？」長島曾這麼問過當地居民，但是大家都異口同聲回答，「也不是這樣。」

「她倒不是那種愛打扮、亂花錢或態度傲慢的類型。只是，怎麼說……她是個令人摸不清底細的女人。」

「娘家在哪？」、「有沒有小孩？」對於鄉下女人提出的這類問題，明美總是微笑以對，卻從不回答。臉上一瞬間露出笑容後，立刻變回空洞的表情。

「唰地一下收回笑容，看起來好恐怖。」

「不是有一種面具嗎？就是祭典時小販會賣的那種公主面具？臉上雖有笑容，眼睛的部分卻是兩個小洞。就是那種感覺。」

追思會結束後過了幾個月，中林醫師的妻子領到鉅額保險金的謠言開始在町內流傳。聽到這消息最激憤的人，就是竹內淳也。

據說他曾憤慨地表示，「警方和保險公司都說要有物證、物證。我不會放過那個女人的。等我眞的找到物證時，絕對要讓她認罪。」

三年後的某天，竹內到東京的霞關出差，辦完公事後正要返回鄉下。突然在車站的人群裡發現半田明美的身影，於是他追上去，義憤塡膺地責罵明美，再三質問她，卻丟了自己的性命……

這是長島的推測。

或許還有另一種可能。竹內對明美早已瞭如指掌，但明美並不認識這個男人。綜合町內居民的證詞得到的結論是，半田明美毫不關心那個鄉下小地方及其居民，甚至也沒有任何厭惡。

她的視線雖然穿過塑膠面具的圓洞，卻看不到鄉下小地方的居民。如果對他們不感興趣，那些人的臉孔也不會在她腦中留下任何印象。

當地居民住民從沒去過中林夫婦的租屋處，但是中林泰之卻經常出現在縣道旁顧客群聚的卡拉ＯＫ酒店。

酒店包廂裡，他總是跟診所、町公所或當地男人暢飲兌了很多熱水的燒酒。喝醉了，他會變得很健談，再三講述自己來到這個鄉間的經過。

「日本的醫生多得數不清，卻找不到像我頭腦這麼糟糕的醫生。」

這是他的口頭禪。

中林的父親是開業醫生，他在家排行長男，但在學校的成績卻總是敬陪末座。多虧父親肯爲他花錢，把他送進專門投考醫大的補習班。連續落榜兩年之後，他終於考進一間私立醫大。但是因爲實習成績不佳，記憶力也不行，花了好大工夫才修滿學分，畢業後參加國家考試，考到第三次才終於合格。

「我可不像別人那樣一天到晚跟女孩鬼混。就連車子，我開的都是MARCH。到我家看病的患者都叫我父親『大醫師』，叫我『小醫師』，有時一下叫不清，會叫我『傻醫師』。」

他的語氣裡沒有自虐，也沒有任何不悅。大家看他臉上露出純眞善良的笑容，顯然對這件事非常得意，於是也跟著發出一陣爆笑。

「還有更過分的，叫我高井戶的金正日呢。不過，當醫生也不是只靠頭腦，對吧？」

「沒錯，要靠手腕啦，手腕。」

一個老男人環抱中林醫師的肩頭，中林則搥了自己的胸膛幾下。

「不對，不對，醫生靠的是一顆心。」

父親是國立大學畢業，他念的是成績最差的私立醫大；父親的身高將近一百八十公分，他的身材卻又矮又胖，而且跟外公一樣，年紀輕輕的頭頂就禿了。

「不過還好，女孩只要聽說我是醫生，都願意把我看成結婚對象。」

「所以你就娶到那位漂亮的太太？」

其實誰都不會覺得他太太是美女，那些男人這樣回答只是爲了讓他高興。

「哪裡，哪裡。」中林認眞地連連搖手。

「反正的確有些女孩會爲了頭銜、收入接近我，這樣不是太可悲了嗎？所以我才蹉跎歲月，都快四十歲了，還是個單身漢。但誰又料到，後來竟然喜從天降，讓我碰到現在的老婆。她可是從天上掉下來的好妻子。」

那次的聯誼是一位醫師朋友安排的。那天晚上來了許多大企業的幹部秘書和空姐，會中的氣氛融洽，卻沒人跟他聊天。會場是在一家餐廳裡面，可能看他滿臉討好的笑容卻沒人理他，餐廳女服務生才伺機跟這個年紀最大的矮男人攀談了幾句。

「當時他完全沒發現自己變成了別人的獵物。」

長島在原稿裡斷然寫道。

那次聯誼之後，中林變經常獨自前往那家餐廳吃飯，慢慢就跟明美熱絡起來。

「小劇場的劇團團員都懷著夢想工作。我就是喜歡那種努力投入某個目標的女孩。態度穩重，不輕浮。」

中林向町內那些男人說起這件事的時候，滿臉欣喜，但是父母卻反對他跟這個女孩交往，結婚更是想都不用想。

一天，他帶明美回家去見父母。明美既沒有失禮數，也沒有自以爲是。甚至可以說她表現得彬彬有禮，面面俱到。然而中林的母親卻表示：

「這女孩雖然看起來很老實，不過感覺她脾氣很倔強。」

父親則搖頭說，「要當開業醫生的妻子，她太過纖細了。」

父母的意見雖然互相矛盾，卻也有一致之處，就是兩人都「不喜歡這女孩」。據說中林告訴過朋友，其實父母委婉地告訴他，他們在意對方的家庭和學歷。

「最好的證明就是我一氣之下離家出走，到外面租房子生活後，家裡便委託徵信社，去把她從頭到尾徹底地調查了一番。」

於是中林的父母知道了明美是單親家庭，而且母親可能是臥軌自殺。不僅如此，他們還得到各種情報。明美高二的時候，父親經商失敗，整天都有債主追著討債；明美全家五口只好從豪宅搬進2DK的縣營國宅；明美後來從高中休學。

在中林看來，明美的前半生太值得同情。但是對他父母來說，這個連高中都沒畢業的女孩生長在關係複雜、不穩定的家庭，他們實在沒法接受這種女孩當媳婦。中林的母親激動地說，「這種人看起來很溫柔，其實不知道會做出什麼事」。

「母親的直覺眞厲害。不，應該說是女人的直覺。」長島在原稿裡寫下這句評語。

中林搬進公寓開始獨居生活，沒過多久，半田明美就搬來跟他一起同居。

另一方面，由於父母執著於身分與學歷，反對兒子跟明美結婚，所以中林泰之對父母非常失望。他回家向父親表示抗議，拒絕繼承父親的事業，還把斷絕父子關係的文件丟給父親。

這對父子鬧翻後沒多久，明美的父親死了。死亡地點就在明美和中林同居的公寓附近的平交道上。

父親也跟母親一樣，死在鐵軌上。這件事給明美帶來的打擊，使她無法重新站起來。中林決定帶著她離開故鄉東京。於是經由朋友的介紹，來到篠山町的診所任職。

「我找到了最需要自己的位置，即使像我這種人，還能爲別人做點事。這對一個人來說，是最幸福的事。」

說完，中林笑著把兌了熱水的燒酒一飲而盡。

旁邊有個老男人，聽完這位來自東京的醫生的慷慨陳詞，忍不住回應，「你肯來我們這個小地方，當然是感激不盡啦。」說完，老男人又嘆息說，「不過你也眞傻。」

「我們雖然不希望你回東京，不過你還是應該向雙親道歉，好好孝順他們才是。」另一名老人這麼勸說中林。

之後，有個常到町公所和診所拉保險的女人向中林推銷，他就買了鉅額的人壽保險，受益人是妻子。

診所的辦公桌前，中林在合約上蓋了章，然後對身邊的中年護士說：

「我老婆的父母都是那麼走的，她已經沒有任何可以依靠的親人了，所以我必須好好守護她。只是啊，我比她大了十八歲。按照平均壽命計算，我會比她早二十幾年死啊。像我這樣的窮醫生，能爲她做的也只有這件事了。」

中林總是逢人便表達對妻子的愛意。但是過了一年之後，他臉上逐漸籠上一層陰影。

中林曾向要好的町內朋友這麼抱怨過。他發現一個偏遠的無醫村，他將來想移居到那裡，等那個村裡的醫生過世了，繼承那間診所。但是當他把這個計畫告訴妻子的瞬間，妻子就開始變心了。

大約也是在他向朋友抱怨的同時，町公所的職員看到他們夫妻在鄰村的購物中心停車場吵架。也不是吵架，而是中林對著妻子怒罵，明美低聲回了兩三句，然後死死瞪著中林。

「那位太太一副毫無所懼的模樣，好像胸有成竹的樣子。明明她還那麼年輕。」那位職員向長島透露。

長島還採訪過當地一家食品店老闆，中林醫師過世前兩三個月開始，經常在下班途中到那家店裡購買小菜和加工食品帶回去。

「他說老婆身體不舒服，起先我們都以爲是有喜了。這種事，也不需要隱瞞吧？可是他實在很常來，所以我們猜想，看來他們夫妻的關係很不好……」

「那種情況一定是被害死的。」

一名附近的主婦原本在一旁不斷點頭，這時突然低聲插嘴：

「就算是東京來的，也不可能在那種地方突然凍死。應該還是從哪裡搬來，扔在那裡的吧。有個嫁到附近的女人說她看到了。我怕惹麻煩，我只在這裡告訴你。」

中林泰之凍死的屍體被人發現的地點，距他們夫妻的租屋處大約一公里，周圍有些田地和雜樹林，還有幹道從附近經過。樹林裡有一條以前是農業道路的小路。如果抄近路走那條小路，他們家距離發現屍體的地點不到三百公尺。中林醫師凍死的那天晚上，有人看到明美在小路上匆匆往回家的方向走去。

「可惜我沒能採訪到那位女性目擊者，不過我親自去走過那條小路。原本以爲是一條僻靜的山路，誰知除了路面略窄之外，其實是一條普通柏油路。那條路從小學校園旁邊繞過，再經過神社旁邊，然後穿過桑樹林。不過那附近沒有住家，而且緊靠學校和神社，所以晚上非常暗，大概不會有人走到那裡去。

從這一點來看，或許可以相信町內居民之間的流言。中林泰之可能先在某處遭到殺害，大概就是在他自己家裡。或是在某處受了重傷，已經無力抵抗。然後妻子半田明美開車把他運到屍體發現地點，丟在那裡。再把車停在那間已經倒閉的餐廳停車場。她自己則從那條漆黑不見人影的農業道路走回家。

那麼，在那條附近沒有住宅又看不到人影的夜路上，究竟是誰目擊到半田明美？是在哪裡看到她的？我從那條小路正要返回縣道的時候，剛好看到一位背著嬰兒的年輕媽媽，她不是在神社正殿，而是在旁邊雜草叢中的稻荷堂前合十默禱。

『您常到這裡來拜拜嗎？』我問那位年輕媽媽，她點點頭表示平時會來這裡祈禱生意興隆或疾病痊癒，如果願望成眞，就會帶些豆腐皮來還願。

『夜晚也有人到這裡來？』

『我看過有老太太連續一百天每天都來參拜，還有就是……』那位媽媽說了一半，彷彿有些猶豫似地補充說明，要是祈求不能被別人知道的事情，有些媳婦會趁公婆睡著以後，才偷偷跑到這裡來拜拜。

所以那晚雖然下著雪，卻有人目擊到半田明美的身影，那人可能是爲了特別理由才到神社來參拜的吧？」

長島在篠山町結束採訪，返回東京之後，又去了高井戶的中林診所。

這家診所的骨科由大醫師負責，內科則是外面請來的年輕醫師負責。

大醫師，也就是中林泰之的父親，聽到長島希望採訪他，只說了一句，「我兒子太傻了。」之後，便不肯再說一句話，只是朝門口努了努下巴表示「你請回吧」。

不過待在家裡的中林母親接受了長島採訪。經過了一段日子，母親的悲傷似乎已經化爲憤怒，不滿宛如決堤洪水似地不停從嘴裡冒出來。

「那個女人給我兒子保了壽險，然後殺了他。可是我先生說，我們沒有證據，我沒法接受這種說法。做母親的就是有直覺。他被那個天生的壞女人騙得團團轉。證據就是……」

母親委託徵信社調查過半田明美，調查員表示，半田明美搬進中林泰之的住處之前，一直住在中野的一間便宜公寓。不過她的住民票雖然登記在那裡，其實她不住在那裡。公寓裡只放了幾件傢具。

中林泰之跟明美認識的時候，她同時住在好幾個男人的公寓裡。那些中年男人的收入都不錯，他們都以人頭租了公寓，供明美居住。

明美十九歲來到東京之後，一直過著這種生活。直到她和中林泰之開始正式交往為止，這種生活大約持續了三年多。

她總是假裝偶然地結識那些男人，而且總是自稱女演員。這種手法跟她結識中林泰之的方式一樣。跟那些男人熟識之後，再帶他們回中野的公寓。

男人看到房間裡的模樣，都會忍不住嘆息。因為房裡只有一個塑膠簡易衣櫥和一張小矮桌。窄小的水槽上方有個壁架，架上整齊地擺著一人份的餐具和小鍋。儘管房裡的擺設看起來十分清寒，但在牆邊卻有一座書架，上面塞滿了戲劇的專門書籍，還有許多文學、心理學之類的舊書。

房間裡沒有電視，也沒有年輕女孩必備的梳妝台。但是在壁櫥門、紙門、窗戶上面，都掛著大片的便宜鋁箔鏡。明美向那些男人解釋，因為她每天都排滿了打工，只能趁著在家的短暫時間裡，看著鋁箔鏡裡的自己鑽研演技。而那些受邀來訪的男人，看到房間裡掛滿鏡子，當然都會感受到一種跟她的目的完全不同的興奮。

徵信社提出的報告內容寫得詳細又具體。

「竹內淳也死於地鐵摔落事件之後，七〇年代圍繞在明美身邊的男人，都跟後來變成金主的那個泡沫經濟紳士一樣。每個人都能說出一番冠冕堂皇的大道理，『這個心高氣傲的年輕藝術家懷著夢想來到東京，生活雖然貧困，卻那麼勤勉努力，所以我應該援助她』。這些男人在戰後高度成長期雖然獲得財富與地位，內心卻懷著對文化的自卑感，他們的行爲正好反映出他們的心理。」長島在原稿裡加入註解。

「求你看看這個，清醒一下吧。」母親把徵信社的報告交給兒子，但中林泰之卻當場連信封一起撕個粉碎。

「你們竟然如此卑鄙，我再也不會回來了。需要內科醫生的話，去外面另外找人吧。」說完，中林泰之便離開家門。

第二天，他又出現在診所，不論父母跟他說什麼，他都不回應，只是默默地整理病歷。最後，以客套至極的語氣說，「之後就拜託你們了。」之後，他退掉租來的大廈房間，消失了蹤影。

「已經四十多歲的兒子，我能怎麼辦？」

中林的母親說話時，緊握著手帕。她沒有流下一滴淚，但是靜脈浮現又布滿皺紋的手背變得非常蒼白，而且不斷微微顫抖。

長島到中林家採訪後兩天，中林泰之的母親把徵信社的報告寄給他，原本撕碎的部分，已用膠帶重新仔細黏好。

「我去找過警察，但他們不理我。而且我先生要我別再多事，免得讓兒子更丟臉。可是我一想起那個女人就怒火中燒，兒子七週年的忌日都快到了，我到現在還是睡不好。請您幫我兒子洗刷冤屈吧。」母親在信中寫道。

明美跟中林泰之交往前和交往中，同時腳踏多條船的事情，其實不用中林的母親告訴長島，他早已獲得相關的情報。而且從前當記者的時候，他認識一位刑警，那位刑警向他透露，明美的幾名男友當中，有個人死得非常可疑。

那個男人叫田沼康，在練馬經營室內裝潢業。他跟明美一起到曼谷旅行時，不愼掉進河裡淹死了。那天的黃昏時分，田沼和半田明美參加當地的旅遊團，兩人先從飯店前方的碼頭搭船出發，一面享受美食一面遊覽沿河的重點景點。游船靠岸後，乘客便下船參觀點燈的寺廟等地。

這種旅遊團跟日本國內出發的團體不同，途中下船或上船時，並沒人負責清點人數。再加上天氣十分炎熱，田沼從白天就開始痛飲啤酒。游船還沒出發，他已喝得酩酊大醉。

乘客在船上沒有指定的座位，晚餐是自助餐形式，甲板上事先排放了許多座椅，大家先在船艙中央的餐台選好料理和酒類，然後端上甲板，坐在自己選中的座位用餐。除了情侶之外，很多男客帶著花錢找來的女伴同行。當時，船艙外的天空一片昏暗，船員都忙著追加餐台上的食物和飲料，誰也沒有閒工夫管乘客的行蹤。結果，田沼就從那艘晚餐游船消失了蹤影。

據說半田明美曾向當地警方表示，她端著盤子到船艙裡的餐台去拿自己和田沼的菜餚，等她回到甲板上的時候，田沼已經不見了。

田沼溺斃的屍體被人發現，是在兩天之後。遺體漂浮在河口附近的船塢旁邊。

一般人都認爲，這個案子只是喝醉的男人在女人稍不留意的瞬間，從游船摔落河中。那個國家對安全性的要求並不高，而且當時那個時代也不注重這些。譬如那艘游船就以妨礙景觀爲由，把船緣的扶手高度降得很低，田沼不愼落水也被認爲是他自己的責任。

但是田沼的朋友卻謠傳他是自殺。田沼雖沒留下遺書，但他生意那時已開始走下坡，儘管沒有債主登門討債，但業績卻是一年不如一年。當時正是大型建築公司將業務擴展到室內裝潢的時期，像田沼經營的那種小型工務店，根本不可能恢復以往的業績。他那些嘴巴刻薄的同業都在暗中議論，說不定他看開了，想在世上留下最後的記憶，所以帶著跟自己女兒年紀差不多的情婦到那個天堂國度去享樂。

田沼自殺的謠言四處流傳，卻沒人懷疑他是遭明美殺害。

因爲他死了，明美並沒得到任何好處。田沼購買了鉅額壽險，但受益人是他妻子，不是明美。明美從曼谷獨自回到國內之後，田沼的家屬立刻把她從田沼租給她的大廈趕了出去。

不過，長島卻另有想法。

明美確實沒有因爲田沼去世得到直接的利益，她也沒有殺他的動機。表面上看來似乎是這樣。

田沼康是在一九七七年的年底死亡的。在他淹死的半年前，半田明美認識了醫師中林泰之。也是在田沼康死亡前後那段時期，明美開始跟中林正式交往。根據徵信社的報告，當時他們常外出或是在中野那間清貧公寓約會。但另一方面，半田明美平日還是住在池袋那間田沼提供的大廈裡，生活費也幾乎都是田沼給的。

田沼死後才過了十天，也就是隔年的正月五日，中林泰之到中野的公寓來接半田明美，然後第一次帶她回家，並向父母介紹明美就是他正在交往的女性，將來打算跟她結婚。

也就是說，當時半田明美正在整理自己的交友關係。就像有些即將走入結婚禮堂的男人，要跟有露水姻緣的女人或歡場女子劃清界線一樣，所以計畫嫁給開業醫生的半田明美，便解決掉了田沼。

在長島於週刊發表關於半田明美的獨家報導之前的一九八四年，曾到明美婚前所屬的小劇場採訪過。那張印有明美照片的宣傳海報，就是那次採訪時拿到的。明美那次演出只是個配角，週刊放大她在海報上的臉孔後，跟文字報導一起刊登在週刊上。那張照片也是山崎知佳和優紀她們唯一看過的「半田明美」的臉孔。

劇團團長是個三十多歲的男人，關於團員半田明美的看法，他的評價雖然算不上正面，卻也不刻薄。

團長表示，「她不適合當主角。」

「就是說沒有魅力？」

「不，不是這個意思。我不是說魅力，應該說存在感吧，很難說清楚。」

「舉例來說？」

「那個女孩。」團長指著一個穿T恤和運動褲的女孩說。身材過瘦的女孩正揮汗如雨地將身子緊貼地板，慢吞吞地向前移動。

「她是我們劇團的招牌女演員。」

這位招牌女演員顯然也沒有魅力。而且不知是否因爲沒有化妝，看起來也不像美女。就連台詞也沒有，只是不斷以緩慢的動作在地板上匍匐前進。忽然，她把身體折成銳角向旁邊奮力一躍，然後以不穩定的站姿重重落在地面。長島這時才看出她具有非凡的體能。

「存在感這玩意兒很麻煩，如果女演員是藝術家就糟糕了。兩者之間的界線很難拿捏。」

「所以她……」長島把話題拉回半田明美身上。

「在戲劇邏輯裡，從埋沒自我這個角度來看，明美擁有稀有的才能。」

聽不太懂，長島說。團長一臉厭煩地開始說明，大致就是說當演員最重要的是從生活裡的感情解脫出來，跟隨構成戲劇世界的要素來構築全新的自己。

「總之是指融入角色嗎？」長島問。團長有點不悅地答道，還是不太一樣。你要是眞想知道，先去看戲吧。只要你看上一段時日，應該就明白我說的意思了。團長用這段話結束了長島的訪談。

「我被愚弄了。」長島在原稿裡寫道。後來他被迫買下門票，但最後還是沒去看演出。

招牌女演員排練完畢之後，長島獲得團長的許可，立刻採訪了她。

「把自我意識表現出來是不行的。我雖然是我，但我跟戲劇邏輯沒有任何關係，而戲劇邏輯裡還會有個我。雖然跟眞實生活裡的我有所分別，但在戲劇裡的那個我，會慢慢變得眞實起來。心裡雖然明白這個道理，但是對我來說，還是非常難懂。當我心裡想表現『我在這裡』的感覺時，團長就會馬上臭罵我。不過對我來說非常艱難的事情，有些團員卻能輕鬆辦到。」

「譬如像半田明美？」

長島反射性地問道。招牌女演員歪著頭想了幾秒。

「抱歉，我不認識……」

她是六、七年前在妳們劇團的團員，長島說。招牌女演員回答說，那時自己雖已入團，卻不記得叫做半田明美的女孩。

儘管如此，長島還是從當時的團員名單裡，找到一個認識半田明美的女性。

這名女性後來放棄當女演員的夢想，但因爲她是美術大學的畢業生，所以跟長島見面時，她已在別的劇團擔任管理大型道具的工作人員。

「戲劇邏輯跟控制自我意識啊。」

女性在她當時工作的劇場後台跟長島見面時，笑著點頭說道：

「從這兩種角度來看，半田明美確實非常完美。我不知道她是哪個學校畢業，她沒提過，我也沒問過，但她頭腦很聰明，不，應該說，她擁有超群的理解力。不是有所謂的利基市場嗎？她就是那種利基女演員，千年難得一見。像團長那樣能識別這方面才能的人不談，但是一般人才不會記得她。不瞞你說，她連一個要好的朋友都沒有。」

女性用冷峻的語氣說完後，又笑著補上一句：

「我嗎？記得啊。因爲男朋友被她搶走啦。」

女性的男友跟她念同一所美術大學的建築系，畢業後，男友進入一家大型建築事務所工作，負責禮堂、教堂之類的設計項目。

「十年感情，完全沒用，最後他頭也不回地把我甩了。他跟半田明美背著我發生關係。也不能怪她啦，男女之間本來就是這樣。我想，是因爲我跟他不適合吧。我們可以做朋友，卻沒辦法變成男人跟女人的關係。因爲我們都喜歡表現自我，而不想理解對方。他那個人，雖是一名建築家，卻沒興趣幫客戶完成夢想，只想建造符合自己藝術眼光的奇特建築。所以像明美那樣，能夠符合任何夾縫大小，又肯活在對方的邏輯裡的女人，他會覺得相處起來比較舒服吧。那時明美跟他都非常想結婚，只是最後還是沒有結成。分手是他主動提出的，但是分手的原因，卻是明美造成的。那時，他在事務所負責的商業飯店裡，剛好有個房間出了點問題，他過去確認狀況，卻沒想到明美竟在那個房間裡。原來有個住在北海道的有錢人把那間飯店的房間當成東京的辦公室兼住處。明美原本應該住在中野的便宜公寓裡，竟然也住在那裡。不知明美當時怎麼矇混過去的，反正他後來去調查過。結果發現明美不僅是腳踏兩條船，她是打著『女演員』的名號，同時腳踏三條船還是四條船。對象還包括房地產公司老闆，和某大觀光景點的寺院住持呢。除了他以外，全都是有婦之夫，所以他才是眞正的男友吧。不過，甩人的他要比被甩的明美更受傷吧。後來他曾找我出去，向我吐露了一大堆怨言，說他現在已無法相信任何人；但明美卻若無其事地留在劇團裡。就算看到我，她也無所謂，不，應該說她跟平時一樣冷漠無情。沒過多久，她就以結婚爲由，離開了劇團。不過，在她離開劇團很久以前，早就陸續跟那些情夫分手了。」

女性告訴長島，當時有一名團員曾告訴她，明美正在跟一個看似金主的中年男人談判分手。

那名團員跟朋友一起到夏威夷去玩，因爲航空公司弄錯行程，所以她得獨自搭機回國。也因此，她的航班比朋友晚了半天出發，不過航空公司也把她升等到商務艙。

那位朋友在洛杉磯上機後，因爲一路旅途勞頓，所以一找到座位，立刻用毛毯蓋住腦袋跟身體，放倒椅背，緊緊閉上雙眼。誰知就在這時，一陣嘰嘰喳喳從後排座位傳來。

「說到底，就是再等下去，我們也不可能結婚吧。」

顧慮他人的耳語比尖銳的日常交談更清晰地躍進耳中。

「這個……因爲我還有老婆和孩子嘛。」

那名團員把腦袋裹在毛毯下面，偷聽著搭乘商務艙的愚蠢男女的交談，不禁嘖了一聲。之後，男人叨叨絮絮說個不停，聽起來既像勸說又像辯解。

他提到公寓、每月的零用錢……等等，接著，男人說了一句令人震驚的話。這句話令那名團員感受到切身之痛。

「我每次買妳的門票都是以十萬圓爲單位喔。」

原來那女人跟我一樣，也是哪個劇團的團員？或是哪個紅不起來的歌手？

機內燈光熄滅後，後排的話音依然不時傳入耳中。

我好想要個孩子，女人說。那就儘快找個好男人結婚生子吧，男人回答。捨不得放手的女人和急著擺脫的男人。如果只是這種俗不可耐的枕邊細語，倒也罷了，但這兩人竟在膝上的毛毯下面互相磨蹭，間歇地傳來陣陣喘息，聽到這兒，那名團員不禁怒火中燒。

她想看看這對無恥地搭乘商務艙的男女究竟是誰，於是她假裝去上廁所，站起身來偷看了後排一眼，結果發現女人竟是自己劇團裡那個毫不起眼的團員。

她不知道對方有沒有發現自己，懷著尷尬的心情回到座位後，她決定一直裝睡到下機。

「她可能拿到分手費了吧？我們劇團的另一個女孩在銀行碰到過她，還說看到她跟平時一樣，一臉不在乎地把一個厚厚的信封交給櫃台。也有人送花束到演員休息室給她。其實她根本連配角都不是，只是那種站在人群後面，一邊走一邊指著天空的那種角色而已。我還看到插在花束裡的卡片寫著，『我看得很開心，祝妳幸福！』好像是在她離開劇團的兩週前吧。」

明美似乎是利用結婚逼迫那些有婦之夫跟她分手，她一面要求男人付給她分手費，一面切斷自己跟這些男人的關係。唯有練馬的室內裝潢業者田沼，明美沒有跟他分手。是因爲她對田沼還有留戀？還是另有不能分手的苦衷？

長島前往中林的母親寄給他的調查資料提到池袋的出租大廈。大廈地點位於治安看似不錯的住宅區，雖然名稱裡寫著「大廈」兩字，其實只是輕鋼構的公寓，實在不像是用來金屋藏嬌的建築物。

長島覺得或許能從這裡找到線索，便在附近探訪包養明美的田沼朋友。

一名電力工程業者向長島描述了當時的情形。

「他每次都騙老婆說要跟我一起去工地或其他地方，然後跑去找女人。如果很晚還沒回家，他老婆就會打電話到我家來，弄得我也提心弔膽的。所以我一開始想說，至少那女人應該長得不錯吧。誰知竟是長相那麼寒酸的小丫頭，她更適合坐在辦公室裡面敲著計算機算帳。也不知道田沼怎麼想的，更不知道他花了多少公款在那女人身上。反正最後連員工和客戶都沒有一個人肯理他。簡單說，他一聽到女演員，腰桿就直不起來了。」

長島還找到一名從小跟田沼一起長大的小工廠老闆。他跟田沼都是青年會議所會員，兩人交情很好。這男人告訴長島，現在還記得田沼翹著小拇指，堆起滿臉壞笑對他說，「我有這個了，是個年輕女演員。」田沼後來要幫情婦租大廈的時候，因爲兩人交情的關係，他就讓田沼借用親戚的名義去簽約。只是，後來田沼工務店的經營狀況日趨惡化，原本租給明美居住的高級大廈也換成了輕鋼構的公寓

「一般人落到那種地步，就會放棄金屋藏嬌，跟那女人分手吧。」

男人嘆息著搖搖頭。

「有一次他把我叫去，說有話要跟我說，我大致也能猜到他想說什麼。因爲朋友已在暗中談論，說他要是繼續那樣下去，公司遲早會完蛋。而且我也跟他說了很多次，所以我暗自打定主意，如果他想借錢，我一定當場拒絕。沒想到我竟猜錯了。他告訴我，想把工務店讓給外甥，練馬的土地、房子、還有存款，全都轉給正在念中學的兒子和老婆。他還說，就算擺個路邊攤，他也打算跟那個女人一起重新開創人生。他都那把年紀了，眞不知他想些什麼。我聽了眞是替他感到丟臉，也很憐憫他……」

「那是什麼時候的事情？」

長島探出上身問道。

「就在他死前沒多久。」

男人一派輕鬆地答道。

「死前？大概幾月？」

「十二月初，昭和五十二年，我絕對忘不了。那段時期日圓正在升值，商工會每個人都臉色鐵青。譬如我自己就在東奔西跑到處想辦法，每天都作好心理準備，萬一跳票，我就得去上吊。那時我就覺得那傢伙，大概要完蛋了，所以先去開導他。勸他去買個最高額的壽險，受益人寫兒子和老婆。我跟他說，這是一個男人最起碼的責任。但我萬萬沒想到，他居然眞的投保了。」

明美跟醫生結婚之前，把跟其他男人的關係都妥善地理清了。「不娶我的話，我就跟你分手。」只要她用這句話威脅男人，就能達到目的，但這方法對田沼卻不管用。相反地，田沼反而落到被她榨取一空的地步，眞不知他是因爲沒看出明美的壞心眼？還是明知如此，卻無法放手？

「田沼是太過純情才喪命的。」

長島懷著幾分同情在原稿裡寫下這句話。

然而，山崎知佳讀著這份大約三十年前完成的原稿，心底生出無法壓抑的厭惡。這種感覺令她萬分焦躁，全身都冒出雞皮疙瘩。

這個男人爲情婦花完財產後，連羞恥與名聲都不顧，就讓女人從高級大廈搬進輕鋼構的廉價公寓。最後明明已經身無分文，還想讓女人嫁給他。更過分的是這個男人的品性，他向別人炫耀自己的情婦時，竟然滿臉得意地豎起小指，稱她是「這個」。年過五十的他失去了工作、財產、房產和土地，卻還想讓一個二十出頭的女孩跟著吃苦，他的臉皮到底有多厚啊。

這種男人被殺了也是活該，知佳想。三十年前的長島正是年輕氣盛的年紀，當時他究竟有多麼氣憤，才會想要告發明美的罪行？

那名青年會議所的朋友在訪談結束前這麼告訴長島。

「或許我這麼說太過分，不過現在回想起來，當時那種結局，也算很好了……他那個外甥很能幹，生意做得不錯，田沼的兒子今年也要大學畢業了。當初他說要去擺攤子，也不知是眞是假。就是因爲他一邊說什麼從頭開始，一邊又不知天高地厚地帶女人去曼谷玩，才會碰到那種事。雖然令人同情，卻也是自作自受吧。」

另一方面，當時半田明美清算了十九歲到二十二歲三年裡，包養她的幾個中年男人的關係後，設法嫁給了那名年近四十的單身醫生。

不過長島又推斷，田沼康在曼谷葬身大河的第二年，明美又對親生父親下了毒手。明美的父親酒量極好，向來被人稱爲酒豪，但後來卻醉倒在鐵軌上，被電車撞死了。當時長島曾在週刊裡報導過這件事，並在文中指出，她父親死得很不自然。至於這件事令人起疑的理由，長島在原稿裡寫得更爲詳盡。

半田明美的父親被電車撞死的平交道，距離明美當時住處不到兩公里。明美和中林那時才剛開始在這棟杉並區的大廈同居。

大廈位於世田谷的私鐵沿線，是有名的高級住宅區；但那個小型平交道周圍，卻是一片廣闊的農地，農地裡種植著水梨和蔬菜。從平交道向前走幾分鐘，有一個小車站，只有每站都停的慢車才會在這裡停車。站前有一條充滿庶民氣息的商店街。

意外發生之後，明美接受警方調查時表示，她那天沒有見到父親，做夢都沒想到那個被撞死的人是她父親。但是她父親當時住在千葉縣野田市，結果卻在那個地點發生了意外。除了來找女兒，還會有其他理由出現在那裡嗎？

有名老人向警方作證表示，在平交道事故發生前，看到了明美和她父親。

老人當時正在平交道附近修剪梨樹。他越過梨園的鐵絲圍欄，看到枝頭滿是枯葉的兒童公園裡，一名中年男人和年輕女孩坐在長椅上談論著什麼。

那座公園平時很少看到附近居民或兒童進去，男人坐在長椅上喝著酒，嘴裡嚼著肉乾或魚乾之類的食物，正提高嗓門說著什麼。從他訓人的語氣聽來，老人覺得這兩人可能是一對父女。

過了沒多久，老人在軌道旁的自家裡聽到電車緊急煞車的聲音。

他急急忙忙跑出家門，剛好看到部分屍塊飛向自家梨園。老人雖覺不悅，卻也趕緊雙手合十默禱幾句。警車已經抵達平交道，老人也立刻朝平交道奔去。就在這時，他看到沒被運走的屍體。死者身上穿著一件工作服。老人這才發現，死者就是剛才公園裡那對疑似父女的父親，當時他正在喝酒。

電車司機作證指出，男人被電車撞到的瞬間，正仰臥在平交道前方幾公尺外的軌道上。後來警方從他的遺體檢測出濃度極高的酒精。

平時即使喝醉也沒失控過的酒豪，竟會喝得爛醉躺在鐵軌上。長島不禁揣測男人喝酒的時候，可能同時服用了什麼藥物。明美既然跟醫生同居，或許能以失眠爲藉口，或是乾脆自己動手偷拿，她應該很容易弄到安眠藥。

然而，警方調查時並沒有特別重視梨園老人的目擊證詞。因爲老人得了非常嚴重的眼疾，他將在一週後接受白內障手術，但是連眼科醫生都對這項手術感到猶豫。據說醫生對老人說，「白內障拖到你這種程度還眞罕見，現在就算做了手術，視力能恢復到什麼程度還很難說。」根據常理判斷，老人的視力雖可在夕陽下修剪梨園的枝葉，但要在黃昏時看清公園裡的人物身影、動作，甚至在吃些什麼，應該是非常困難的。

但長島卻認爲老人看到的身影，就是半田義治和明美這對父女。

那個小車站前的商店街沒有高級餐廳，但小巷裡卻有許多狹窄的居酒屋比鄰而立。當時的季節正値十一月底。除非是流浪漢，否則一個正常人，爲什麼要在傍晚坐在公園的長椅上，一面被寒風吹得瑟瑟發抖，一面喝著小瓶裝的日本酒？

或許他們眞的身無分文？或是害怕在顧客擠得肩碰肩的小居酒屋裡被人聽到兩人的談話？

至少對明美來說，她有理由不能把父親帶回自己跟中林同居的大廈去。

半田明美的少女時代，父親義治曾在市內建造一棟「美國影集裡才會看到的豪宅」，但後來因爲投資不動產失敗，義治的建材店也受到牽連倒閉了。那是明美高二時的事情。

不久，明美全家人搬到外房的縣營國宅生活，兩年後，明美離家前往東京。父親和繼母，還有弟妹，仍然繼續住在縣營國宅。不過，全家人最終還是生離死別，各奔東西。義治在東京被電車撞死的時候，繼母早已去世。弟弟出現在父親葬禮時，一眼就能看出他已經是幫派成員，妹妹則是音信全無，消失無蹤了。

半田義治一直過著獨居生活，他的職業是拆房工人。那時他到東京去找長女，可能是因爲寂寞，也可能要找她幫忙。而明美那時滿心期待飛上枝頭當鳳凰，一心只想嫁給醫生。爲了達到這個目的，她甚至連殺人都不惜一試。就算她本身沒有任何問題，中林的父母已對她感到不滿；她絕對無法忍受那個不爭氣的父親跑來向未來的丈夫要錢。

因此她沒讓父親走進自己的住處，也沒跟父親一起進入居酒屋，而是在公園的長椅上，給他喝了摻入藥物的日本酒，再把爛醉如泥的父親帶到公園後面專供行人通行的小平交道。她從這裡牽著父親走上鐵軌，把他扔在那裡……

原稿裡提到四件充滿疑雲的死亡事件，最終都被警方認定爲正當防衛或意外事故，除了這四件疑案之外，長島還發現了另一件可能跟明美有關的男性死亡案。這個男人是自殺。

他是明美中學時代的家庭教師長谷川道隆。明美十八歲的時候，長谷川在他家附近上吊身亡，時間是一九七三年。當時有一家報紙的地方新聞版刊載了這則新聞，文中指出，長谷川是因爲「司法特考神經衰弱」而自殺。

長島在長谷川道隆去世十二年之後到他老家去拜訪，見到了長谷川的老母親。出發前，長島已經作好心理準備，以爲對方會給自己吃閉門羹。然而，等他到了玄關外報上姓名，再小心翼翼地說明來意，沒想到她毫不懷疑，立刻把他請進家裡。

「對，是自殺沒錯。」

走進起居室之後，母親向坐在對面的長島肯定地說道，視線望著空中某一點。緊接著，她又脹紅了臉憤怒反問，「怎麼可能是因爲考試神經衰弱？」

「我兒子那時才二十五歲。那種考試又不是那麼容易合格，而且，三、四十歲的司法特考重考生滿街都是。」

「那究竟是爲什麼？」

母親支支吾吾，只聽她說，「現在回想起來，眞是悔不當初。」接著不斷擦拭眼淚，不肯再多說什麼。

長島前往長谷川道隆的老家採訪之前，先到半田明美的老家附近走了一圈，也從當地居民那裡蒐集了一些情報。

當年那棟「美國影集裡才會看到的豪宅」早已拆掉，相同地點又建起了一座兩層樓的店舖兼住宅，一樓是美容院、拉麵店之類的商店，住戶都是從外地搬來的。不過周圍鄰居還是跟從前一樣，沒什麼改變。

「看吧，家裡雖然有錢，但是媽媽那麼早就死了，孩子很孤獨吧，說起來也實在可憐。」

對面鄰居家有一位年約五十的主婦，她先這麼同情明美後又說，明美中學時代的家庭教師，後來成了明美的男朋友。

對當地居民來說，明美家裡給她請家庭教師，算是當地破紀錄的特殊待遇。但是明美後來並沒考取偏差值較高的升學名校，而是進了程度不高，被一般人譏笑爲「手扶梯式升學」大學附屬高中。

一年之後，父親的公司因爲積欠鉅額債務，倒閉了。昂貴的高中學費也繳不出來，明美只好轉學到縣立高商就讀。那所高商既然是公立學校，就能向行政機關申請補助，明美應該可以在那所高商繼續念。但是從暑假結束後，明美就經常缺席，最後終於辦了休學手續。

這一年快結束時，明美全家便搬到其他地方去了。

不過她跟那名擔任家庭教師的青年，還是持續交往。

「我在京成線車站旁邊看到過那女孩，緊緊依偎在男人身邊，跟他一起向前走。因爲是在她家搬到外房之後，當時我就想，眞難得看到她。她是因爲想見那個男人，才跑回來吧。後來又有人謠傳，看到他們從酒酒井一家賓館裡面走出來。明美的媽媽已經不在了，也沒有大人教訓她……」

「那個家庭教師是什麼樣的人？」長島問。「是個很優秀的青年。」主婦立即答道。「皮膚白皙，個子很高。見了面都會有禮地向人問候，感覺是個做事認眞的人。」

長島採訪的對象裡，這個女人對明美的評語是最友善的。

後來，長島又去採訪了明美的朋友和其他主婦。

「一定是半田明美勾引對方的。她才不挑什麼中學生、大學生呢。因爲她從小就很……怎麼說，就算穿著制服，也很有女人味。只要是她看中的男生，眨眼之間，她就坐在人家身邊，跟人家玩起兩人世界的遊戲了。」

跟明美小學時同班過好幾次的女同學這麼說。

另一名中學時代的男同學告訴長島，「一看就知道她有男朋友，而且已經發生過關係。不過這些跟我們無關，因爲她從來不找同年齡的男生。」

長島還採訪了明美中學時代的導師。這位五十多歲的教師接受採訪時，已經升任爲校長。他告訴長島，「因爲生長在複雜的家庭，母親又遇到意外過世，所以明美比周圍其他孩子顯得更成熟，但她並沒有什麼狀況。只是當時好不容易去念了高中，卻半途休學了，眞的很可惜。」導師對長島提出的問題，回答得不太乾脆，除了標準答案之外，不肯多說什麼，顯然對長島相當警戒。更重要的是，跟長島交談時，他臉上露出非常不悅的表情，彷彿在暗示長島，「不要在我面前提起那個名字」。而且他在回答問題時，絕對不跟長島四目相交。

從以前的同學、朋友能問到的事情，不出這個範圍。他們之中沒有任何人知道明美心裡想些什麼。她似乎沒有任何可以訴說心事的朋友。

「警察也很奇怪。他們警告我，沒有證據再往下挖的話，會讓妳兒子丟臉的。」

長谷川道隆的母親接受採訪時，聲音發顫地對他說：

「我兒子從沒做過丟臉的事。就算挖出什麼，肯定也是那女孩捏造的。我絕對不會放棄！不論花費多少年，我一定要讓那女孩被抓起來，把她送進監獄。我兒子心裡一定也覺得很冤枉。」

母親告訴長島，半田明美的父親破產後，全家連夜搬家逃到外地。從那之後，明美開始執拗地糾纏著道隆。

「跟我結婚吧。跟我上床吧。才十六、七歲的小孩，一天到晚寫那種信寄給我兒子。」

母親全身顫抖著，不斷摩娑著雙臂。

「我拆開她寄給我兒子的信了。當然啊，我可是做母親的。那女孩可不是普通對手，我擔心兒子要是捲進什麼麻煩就糟了。結果眞的被我料中了。她寫信恐嚇我兒子。說他強暴了當時還是中學生的她，而且一直在玩弄她，叫她去墮胎。如果我兒子不付錢，她就要寫信給我兒子和我丈夫的朋友，還說她手裡有照片。才十幾歲的小丫頭就會勒索。我看我兒子在最重要的時期，整天在外面打工，完全沒在念書，所以就逼問他。這才知道，他一直在付錢給那女孩。我追問他眞的像信上寫的那樣，跟那女孩做了那種事？我兒子說，當然什麼也沒做。他只覺得女孩的處境堪憐，曾經聽她傾訴苦惱，從來沒對她做過任何不軌之事。你要是覺得我在說謊，可以去問其他人，看我兒子是不是那種人。大家一定會異口同聲告訴你，道隆絕不是那種小孩。那女孩還寄來過照片，是他們兩人在賓館裡拍的。不過我兒子跟我說，照片可以修改後換成其他的背景。他以前當女孩的家庭教師時，當時她還是中學生，家裡給她買了一台附帶自拍器的相機，所以就在房間裡練習自拍。結果在快門按下去的瞬間，她突然撲過來貼在我兒子身上。兒子說，看她還是小孩，就隨她去了。不過，她在照片裡的臉孔，看起來完全沒有小孩的純眞，一臉淫蕩。後來她竟把照片背景換成賓館的房間，用來勒索我兒子。十幾歲的女孩，居然會做這種壞事。我兒子就是被她逼死的。你能明白我心中的悔恨嗎？如果你寫的報導能幫我兒子洗刷冤屈，讓那女孩被抓起來，我願意盡全力提供協助。」

道隆的母親不停說著心中的詛咒與悔恨。

長島從她那裡打聽到幾個道隆從前的好友的聯絡方式，然後去拜訪了他們。

其中一位跟長谷川道隆從小一起長大的朋友，他跟道隆在中學、高中都參加同一個社團，目前在他父親經營的司法代書事務所幫忙，距離道隆的老家只有幾分鐘路程。

「那女孩啊，我雖沒見過，但聽說天性相當頑劣。道隆就是個爛好人啊，這種話，我在他母親面前可不敢講。」

事務所的會客室裡冷冷清清，長島對面的這位司法代書前額略禿，體型魁梧，全身散發一種難以形容的氣派。皮膚白皙的優秀青年道隆如果還活著，應該也是這個年紀了吧？長島想到這裡，心中更加深刻地體會到道隆母親的遺憾。

男人一面嘆氣一面連連搖頭。

「那傢伙眞的對中學生出手了，你大概也會說是男方的錯吧。」

「哎，這眞是……」

長島不知如何回答，但他已大致能夠想像當時的狀況。

「太輕率了，我覺得他完全沒有任何辯解的餘地。那時，那傢伙在我面前哭了。但後來聽他描述，我認為他一定是中計了，被十五歲的小鬼給暗算了。那女孩當時給道隆打電話，說她全家都不在。她因為感冒一個人躺在家裡。可是胸口難受得不得了，跟父親也聯繫不上，所以叫道隆去看她。如果是我的話，就會不客氣地叫她自己打119。瓜田李下，要避嫌啊。誰知道道隆竟然跑去看她了，他就是那種個性。女孩當時躺在床上，嘴裡嚷著，好難受，你摸一摸我吧。然後好像就被那女孩抱住之類的，反正最後就跟她做了……」

要是被她父親發現了，你會被他打個半死的，朋友向道隆提出忠告，還勸他趕快找個理由辭掉家教。

「可是他完全不聽我的勸告，還說自己有責任，真不知他在說什麼。可是你也懂吧？跟女人交往，不能只談責任啊。道隆就這麼掉進中學生設下的陷阱了，反正當時就是那種狀況。想要認真準備司法考試的話，就不能交女朋友。就算已經有女朋友，大家也因為將來前途未卜，會在大四跟女朋友分手，總不能一直拖著不結婚。那時大家都像一滴水也沒有的沙漠，所以他才會把那種頑劣早熟的小丫頭看成女人。他還以為，只要能讓女孩順利考取高中，自己就可以跟她公開交往。我跟他說別作夢了，可是他一個字也聽不進去，後來只能對女孩言聽計從。不幸的是，那女孩家破產了。家裡沒錢供她玩樂了。她才十七、八歲，滿嘴就是錢錢錢。一下說懷孕了，要把孩子生下來，一下說要去墮胎，一下又說要結婚……那傢伙一直被那女孩勒索，他拚命打工也填不滿那個無底洞，我也借錢給他過。我那時已經開始工作了。你一定不相信吧，我的第一份薪水沒交給父母，全部都借給他了。父母追問我，把錢弄到哪裡去了。我只好騙他們說，喝酒回家的路上弄丟了。他們很生氣，氣壞了。而那傢伙根本不可能再參加什麼考試了，他終於下定決心，要跟那女的結婚。太蠢了，但沒想到，女孩居然跟他說，還不想結婚，她只要錢。女孩還說，如果不給我錢，我會到處宣傳你強姦了中學生，還一直強迫她跟你上床。眞是難以置信十七、八歲的女孩子會做這種事，根本就是流氓。他最後一次來向我借錢時，我拒絕了。我告訴他，你要拿出毅然決然的態度，說她的指控毫無根據，你要完全否認她的指控。我還告訴他，所有人都知道她是個惡名昭彰的壞女孩，大家會相信你的。誰知第二天早上，他母親打電話告訴我，道隆晚上沒回家。難道他殺了那女的？想到這裡，我也緊張起來了。不過那傢伙沒有那種膽量，反而在神社後面的森林裡上吊自殺了。不過啊，人是不能做壞事的。沒過多久，那女孩就差點被人殺了。聽說是她父親以前的客戶，她被那個男人痛打之後，全身被脫得精光，丟在高速公路的中央分隔島。就是說，她把那個成年男人當成道隆一樣戲弄，結果被男人徹底教訓了一番。」

道隆的朋友說的這段往事，長島後來透過以前在報社的人脈，確認了這段往事是事實。那位朋友是退休警察，後來在私人保全公司當幹部。他告訴長島，明美確實曾經遭人痛毆，但這件事並沒有立案。

當時是在清晨的高速公路上，據說半田明美不但全身都是青紫瘀傷，下半身還在流血。她全身赤裸，意識模糊地趴在路上。剛好那時有一輛車經過，司機發現她把她救了出來。明美原本央求司機，只要給她一件衣服，再將她送回公寓就行了，千萬不要送到醫院或警署。可是那名司機當場就報警了。他看女孩的模樣極不尋常，深怕自己會被捲進什麼麻煩。

明美獲救後，被救護車送往醫院。檢查結果發現，她曾遭到劇烈毆打，不僅全身都有傷痕，性器官也有裂傷。至於她爲什麼在瀕死狀態下被人丟在中央分隔島，她連一句話也不肯交代。

不過由於警方收到了目擊情報，所以當天就把半田明美的父親義治以前的客戶找去問話，不過警方最後並沒有逮捕那個男人。

因爲警方研判這個事件只是情侶吵架引起的。當時那個時代，別說「約會暴力」，就連

「家庭暴力」這個名詞都還沒發明。

長島後來找到了那個男人。

男人從前好像開過一家小型公寓管理公司，長島去採訪的時候，男人在一棟鋼筋水泥的自宅兼辦公室的三層樓建築物裡經營不動產公司，在當地算是個小有名氣的人物。

男人的年紀大約將近五十，穿著當時流行的寬鬆西裝。接受訪問時，他的臉上始終掛著親切的笑容，令人容易親近，根本無法想像他曾對年輕的半田明美動過粗。

但是，當長島提到他那一行的黑暗面時，男人眼神立刻變得銳利，接著陷入沉默，不再開口。其實這男人做的是炒地皮的生意，附近的地主、居民、租戶都很怕他找上門來強行交易，不過另一方面，眾人又覺得他這一行也很重要。

長島向男人提起半田明美跟地鐵摔落事件的關連，接著又提起十幾年前，他跟明美的交往經歷。男人不僅毫無警戒，也沒有任何不悅，流暢地回答了長島的疑問。

「那傢伙眞是伙壞透了。」男人苦笑著這麼說。

「地鐵摔落事件？那種事怎麼可能是正當防衛？一定是她砰地一下，把男人推下去的。一不小心，就會被她咬一口，根本防不勝防。她就是這種女人。」

明美從高中休學之後，跟繼母的關係很不好。繼母原本是她家的親戚，母親去世後成了父親再婚的對象。明美的父親覺得不能讓女兒這樣整天在家鬼混，才想到找朋友幫忙。男人當時經營一間公寓管理公司，便答應雇用明美在公司裡負責倒茶。

「我看她一個年輕女孩，做事倒是滿機靈的，而且性格穩重，不會嘰嘰喳喳說個不停。因此也叫她負責整理文件、寫寫信封收信人姓名之類的簡單事務，我還覺得自己撿到便宜了呢。剛開始的時候，她也沒惹什麼麻煩。」

後來，她開始找男人傾訴煩惱，說是有別的男人整天追著她，讓她不知如何是好。因爲這件事，男人跟她自然而然地變成了男女關係。男人只告訴長島，他們完全是順其自然，至於是誰引誘誰，男人並沒有說。

「因爲她遭遇了那麼多令人同情的事情，又是從高中輟學的認眞勤勞的女孩子，做事特別認眞，所以我就對她比較照顧。誰知我們有了關係，她就突然變了。那傢伙徹底是個女人，而且是天生的蕩婦。第二天早上，她居然面不改色地走進辦公室，看到我老婆，還勇氣可嘉地跟她打招呼說『早安』。女人實在好可怕。那時我手頭比較寬裕，也很照顧她，不料她卻越來越貪心，一下叫我幫她租大廈，一下又叫我出錢讓她去念專門學校。後來竟開始恐嚇我。眞是沒想到，還不到二十歲的小丫頭。其實我最初也只想給她一點小教訓，結果一失手，做出那種幼稚的事情。」

男人告訴長島，那天深夜，他們從汽車旅館出來之後，明美跟他在車裡爭吵起來。他把汽車停在冷清的休息站，狠狠毆打明美一頓，剝光她的衣服，然後在清晨把車開到高速公路的中央分隔島旁邊，把坐在助手席的明美推出車外。

男人苦笑著這麼說的同時，臉上浮起一種便將暴力當成營生工具的人特有的凶蠻表情。半田明美或許是在道隆死後才跟這個男人交往，也可能是腳踏兩條船，總之她也像對道隆一樣，打算敲詐勒索這個男人。只是這個男人不但比道隆年長幾歲，平時也跟流氓來往，姑且不論他是否加入了幫派，但他跟那些流氓並沒什麼分別。

這件事情之後，明美可能在當地已經待不下去，也可能覺得退場的時機已到，總之後來就搬到東京去了。

誰也不知道明美是否眞的想當女演員。她可能也參加過幾次試鏡，卻沒被選上，之後才加入了中央線沿線那個擁有小劇場的劇團。借用劇團團長的形容，明美發揮了「沒有存在感」的這種才能，所以她認眞參加排練，並獲得團長的重用。而對半田明美來說，她總算得到「女演員」這個頭銜，往後就可利用這塊招牌去釣金龜婿了。

「在中野的公寓裡，她獨自籌劃著如何為下一次滔天罪行揭開序幕，她環抱著裹在破牛仔褲裡的膝蓋，凝視著髒兮兮的天花板。這是半田明美二十歲生日那天晚上發生的事情。」

長島的原稿用這段描寫作為結尾，彷彿親眼看到現場一般。

山崎知佳懷著異常的感覺讀完原稿，重新把原稿裝進信封。這種異常的感覺究竟是什麼？她不禁陷入沉思。

作者帶著成見挑選發生的事情、充滿臆測、對人權欠缺尊重。這些都是不同世代的記者之間的差異，知佳想。從前那個時代，雜誌報導或許會被掌權者抹殺，或因特定團體抗議而自行刪除報導，但被報導對象控告並且支付賠償費的事情非常罕見。那時的記者比現在的記者更有自由發揮的空間，卻也害得站在弱勢立場的報導對象掉進無力反擊的困境。

不過問題還不只是這些。

知佳離開座椅，仰躺在地板上，兩手交疊在腦袋下面。

知家身為女性文字工作者認為長島的偏見來自家父長的心態，他從男人的角度憎惡與蔑視明美這種女人。

而另一方面，她對那個叫做半田明美的女人，也覺得厭惡，但那和長島的厭惡不同。她的感受裡包含著深感不公的憤怒，還有同為女人的自己，看到另一個女人兜售自己的「女性」時產生的無法拭去的厭惡。

為什麼她會是「小野尚子」？

因為牙醫情報和人臉辨識軟體分析得出的結果顯示，她跟冒充者就是「同一個人」。應該是那些可信度極高的情報出了什麼錯吧？知佳低聲嘀咕著。

想到這裡，她從地上爬起來，啓動電腦，開始給長島寫一封電子郵件。

她先告訴長島，剛剛把原稿讀完了，接著稱讚長島的眼光以及他身爲記者堅持的立場，最後再感謝長島讓她閱讀原稿。

做這一行，絕對不能漏掉表達謝意。不需要給錢或是送禮物，只要向對方表達謝意就行了。感謝的對象除了給自己工作的編輯，受訪者當然也是致謝對象。

絕對不能想說以後再找機會表達。即使只是簡單幾句話，也要立刻把謝意傳遞給對方，才能獲得對方信任，建立關係，這些都跟以後能否獲得新工作有關。

不過知佳決定以鄭重有禮的慣用格式寫信給長島。因爲她覺得長島雖已退休，卻是對任何事情都有意見的人，她可不想將來跟他發生什麼爭執或糾紛。

6

知佳回到辦公室兼住處時，看到電話答錄機的小燈正在閃爍，她按了播放鍵卻沒聽到錄音，查詢了來電履歷，對方的電話號碼沒有登記。之前，同一個號碼也曾打來過兩三次。知佳以爲是電話推銷，就沒有理會。不過，這天晚上九點多，同一個號碼又打了過來。

原來是長島。

「之前給您添麻煩了。」

知佳連忙按慣例表達謝意。

「哪裡，我也沒做什麼。只是沒想到會收到電子郵件形式的謝函。時代眞的改變了。」話中盡是戲謔之意，好像在暗示知佳，妳若是專業的文字工作者，碰到這種狀況就該親手寫一封謝函吧。他可能已三番兩次打了電話，每次都轉到答錄機，所以更不高興吧。

「非常抱歉。」

知佳一邊覺得麻煩，一邊刻意特別客氣地向長島表示歉意。

「我不是爲了說這個才打電話的。有件事，忘了告訴妳。這個情報非常重要，是在我寫完那份原稿之後才知道的。那次地鐵摔落事件，提供目擊證言的男人後來跟半田明美變成男女朋友，這件事我已經寫在原稿裡了，對吧？」

「是的，不是說她住在男人都內的大廈裡嗎？」

「是啊，所以寫完那篇原稿之後，我覺得有點擔心。其實我也沒有義務操心那傢伙。而且他本來就是令人討厭的傢伙，只是，我覺得自己不能袖手旁觀，因此就到那個男人的辦公室，稍微提醒他幾句。那傢伙原本就是會被那種女孩騙的蠢貨，他竟反問我『你的目的是要錢嗎?』我老實告訴他『不是,我是擔心你的命』。結果他露出凶惡的嘴臉,勃然大怒地罵我是專門勒索人的流氓記者。後來還叫他辦公室的保鏢還是小混混的年輕員工,把我趕了出來。我後來也沒再去確認,不知他是否平安無事。」

「那是多久以前的事情?可以告訴我他的名字嗎……」

「大概在昭和六十二年。男人叫尾崎輝雄。新橋有一棟跟廢墟沒兩樣的輝元大樓,就是他的,辦公室也在大樓裡面。」

「那他包養半田明美的地方在哪裡?」

「在道玄坂小巷裡的大廈,現在已經拆掉,改建爲商業大樓了。」

長島並不清楚半田明美成爲尾崎的情婦之後,直到一九九四年爲止的這段時間她究竟在做什麼。比起尾崎的消息,長島似乎只想知道尾崎有沒有被殺。

那我去調查一下,知佳說,如果有消息,我會跟您聯絡。說完,她掛斷了電話

一星期後,知佳親自跑了新橋一趟。車站附近的小巷裡,果然有一棟像廢墟的大樓。建築外壁布滿裂紋,走進狹窄的入口,可以看到樓梯旁有一塊狹窄的空間,就是大樓的電梯前廊。

知佳事先已去查詢過產權登記,從紀錄上可以看出大樓所有者在一九九〇年六月變成別人的名字。或許尾崎因故賣掉了大樓?還是他已經不在人世了?從那之後,大樓已被轉賣過很多次。

至於主角尾崎輝雄的去向,由於住民票和戶籍謄本都屬於個資保護對象,知佳無法查出他的下落。雖然她後來又在網路上搜索過,還是沒法查到結果。

知佳到地政事務所查詢時,順便也繞到長島說的尾崎辦公室所在的老舊大樓。

大樓電梯旁掛著一塊看板,根據上面記載的資料看來,擁有這座大樓的公司並沒把辦公

室設在這裡。一樓有一家看似拉麵店的商店，但是鐵門拉下來了，二樓以上的樓層列出一些俱樂部或小酒店的店名。

知佳決定暫時回家，等到夕陽西下，再過來逐一走訪這些店家。

她在大樓裡走了一圈發現，二樓以上的商店大概都是最近十年以內遷入的。只有二樓一家小酒店，已在這裡經營了三十多年。

知佳特地選在小酒店剛開門的時間走進店內，因爲這時沒有其他客人。店內漂浮著昨夜殘留的酒香，只見一位看來至少七十多，不，說不定已經八十多歲的媽媽桑，正在獨自準備小毛巾。

「您好。」知佳打聲招呼，便在櫃台前的高腳椅上坐下，向媽媽桑點了一杯薑汁汽水。高齡的媽媽桑看到這位陌生的單身女客，一面堆起討好的表情招待客人，一面佯裝不經意地打探來訪的目的。

您認識這棟大樓從前的主人尾崎輝雄嗎？知佳單刀直入地問道

「喔，尾崎啊。」媽媽桑笑著回答。

尾崎從前不但是媽媽桑的房東，也是她的長年熟客，直到現在，她每年都會給尾崎寄賀年卡。

「那他會回信嗎？」

媽媽桑突然從櫃台裡探出上身說：

「客人不會回信，但是會到店裡來，不過我已經好幾年沒看到尾崎了。他一直單身，不論年紀多大，他始終打扮得光鮮亮麗，很受女孩子歡迎。他是個有眼光的人，泡沫經濟破滅前夕，他把這棟大樓賣掉了。買下這棟大樓的那些人，後來都吃了不少苦頭，也沒好好整修這棟樓，所以才變成現在這個樣子，簡直像間鬼屋。不過我才比較像妖怪吧。」

「尾崎先生現在住在哪裡？東京嗎？」

聽到這個問題，媽媽桑塗著粉紅眼影的眼角，頓時笑意全消，只見她緊咬嘴唇，緊盯著知佳。

顯然處於警戒狀態。

「我小的時候，尾崎先生很喜歡我。因爲他住在我家附近。」知佳立即隨口編了一個理由。媽媽桑多疑地凝視著她。

小狗狗的臉孔，知佳扮出曾經被男人用這個字眼形容過的表情。

媽媽桑微微一笑。

「他住在一間高級養老院，叫做格朗維爾櫻之丘。我寄去的賀年卡都沒退回來，應該還活著吧。妳去看他的話，應該會很高興的。因爲尾崎先生雖然有很多女朋友，卻沒有小孩。我想他應該很寂寞吧。」

知佳向媽媽桑道謝後，從店裡走出來。

那間私人養老院位於京王線沿線的山丘上。建築物雖然比較老舊，但是玄關大廳和花園等處十分豪華，令人聯想到度假飯店。櫃台職員的接待也不像福利機構的職員，反而像是飯店櫃台。

知佳先把名片交給櫃台，再向他們打聽這裡有沒有一位叫尾崎輝雄的住民？

「有的，他住在我們這裡。」穿著深藍制服的女人笑著點頭，「我替您找負責人來。」說完，就拿起內線電話按了一個號碼。

負責人難道是指照護服務員？知佳感到有點不安。

長島擔心的事沒發生，尾崎輝雄還活著。不過從長島上次見到尾崎到現在，已經過了三十年。尾崎現在就算生病不能講話，或是得了失智症，都不令人意外。

或許他已經不能說話，也可能已經失去記憶，抑或是說一些失智症患者常見的編造的事情吧。

過了兩、三分鐘，一名上了年紀的女人來到知佳面前，她也穿著深藍色西裝。女人身上的名牌寫著「管家」。原來不是照護服務員，而是管家。這也是高級養老院的提升自身形象的策略吧。

管家帶領知佳搭電梯到了三樓，然後朝走廊盡頭走去。那裡有個寬敞的空間，看起來既像圖書館又像是附帶小咖啡廳的沙龍。

一位身材高眺的老人從沙發上站起來。該不會搞錯人了，知佳想。滿頭白髮的老人露出溫柔的笑容，完全不像長島形容的泡沫經濟紳士。老人戴著助聽器，但從他的舉止和眼中的光芒可以看出，他的認知能力還沒有衰退。

知佳向老人遞上自己的名片。

「眞沒想到會有雜誌記者會因爲我認識的女性來找我。哎呀，最近像妳這麼漂亮的千金小姐，也會去當記者嗎？日本眞的變成所有人都能活躍的社會了。」

「是的，雖然我經驗還不夠豐富，但我正在努力。」

知佳端正姿勢仰望老人，徹底扮演「千金小姐」地向老人提出問題。

「妳想打聽半田明美的事情？當年事情發生之後，有個男記者來找過我。那傢伙傲慢又無禮，跑來胡亂批評別人的女友，滾蛋之前還威脅地說我會被殺。可是明美可不是那種女人。怎麼，妳也是來挖她的新聞嗎？」

「不是。因爲我得知最近長野的社福機構發生火災，廢墟裡發現的遺體可能是半田明美。」

知佳沒有說出是哪種機構以及背後的組織，只說了社福機構。

「妳說的社福機構，是指養老院或團體家屋（註一）之類的地方？」

「是的……」

「她過世了嗎……」

尾崎的視線飄向前方的書架周圍，嘆了口氣。

「她可是比我年輕二十歲啊，是因爲生病還是其他原因住進那種機構嗎？」

「這一點，我也不太清楚，不過她好像沒有任何家人……」

「各種各樣的人生都有啦。我也是年輕時結過一次婚，但馬上就分手了，之後一直都單身，所以才會一個人住在這裡。不過我有很多女朋友，有些人現在還會來看我。不管其他人或那個傲慢的記者怎麼說，反正半田明美不是壞女人。」

「是。」

知佳不自覺地產生期待，希望尾崎繼續說下去。畢竟，那份原稿是一個叫做長島剛的記者懷著成見與偏見寫出來的……

「明美絕對不是壞女人。」

尾崎重複一遍之後又加上一句，「或許，在社會大眾的眼中，她比較特殊吧。」

「怎麼特殊？」

「她雖然是女演員，可是她既不引人注意，也不是美女。有很多這種女演員，對吧？連續劇裡常常可以看到演得很棒的配角，卻完全記不得她的名字。從餐廳女侍到女教務主任，不論什麼角色，都演得有模有樣……半田明美就是那種演員。其實她也沒上過電視。與其說是女演員，應該算練習生吧。對對，她也說自己是練習生。」

「文學座還是無名塾（註二）的練習生？」

「不是那種一流劇團，好像是在池袋還是高圓寺那邊的劇團。我記得她說過從前也在哪個小劇場當過女演員。後來發生了很多事，所以也改變了想法，決定去從頭學習正統演技，將來才能登上眞正的舞台。人類最可貴的，就是能夠朝著自己的夢想努力。」

知佳覺得眼前彷彿出現一個跟長島筆下的「毒婦」完全不同形象的半田明美。

「那明美的目標是想成爲什麼樣的女演員呢？」

「這……我就不知道了。」

尾崎的語氣無力得令知佳意外。

「那她後來有沒有在哪裡登台演出呢？」

「唉，適合的角色哪會那麼容易碰到啊。就算演技出色，運氣也很重要啊。」

「所以尾崎先生就一直支持她……」

你們交往了多久？什麼時候分手的？分手的理由？誰甩了誰？知佳拐彎抹角地向尾崎打聽他們那方面的事情。

「妳是要問那件事啊？」

尾崎露出微笑，露出了「怎麼要問那麼久以前的事情？」的表情，不過臉上看不出一絲不悅，眼神反而顯得生氣勃勃。

「小姐，講到跟女人交往的方式啊，各式各樣，多得很呢。」

尾崎語氣變得自傲起來。

註一：團體家屋（group home）：一種以社區形式照顧失智長者的照護模式。

註二：兩者均是日本知名劇團，培養出許多知名演員。

「女人也有很多類型。像妻子一樣長久陪伴在身邊的類型、一口氣把自己的熱情全部燃燒殆盡的類型、只跟男人共享一夜歡愉的類型，還有只在一旁守護、栽培，也能令人感到愉快的類型。」

看似紳士的外殼已在逐漸剝落。

知佳刻意老實地點點頭，然後問道，「那明美屬於哪種類型呢？」

「原本是想好好守護、栽培一番的，結果反而被壓榨一空。大家都說，女人要睡過才知好壞，這話眞的沒錯。有一種女人，男人根本沒法離開她的身體。與其說她是好女人，不如說是沉溺男色的女人。應該說，我跟她在那方面很合吧，至於是哪方面很合？這種話對一位年輕小姐說，實在有點不好意思，妳就當成是記者在學習新知，姑且聽之吧。」說完這段開場白之後，尾崎開始向知佳講解男女關係與女人性器的形態與機能，冗長的講解簡直就是性騷擾。

知佳心中原本的期待逐漸化爲失望。

「既然這樣，您還卻是跟她分手了？」

知佳裝出一副良家少女的清純模樣，皺著眉，歪著腦袋問道。其實怎麼可能有這種記者呢？尾崎有點害羞似地苦笑起來。

「也不是分手，只是很自然就疏遠了。從頭到尾，總共交往了四年左右吧。」

「四年嗎？」

「唉，跟她交往的那段時間，我也跟其他女人有過一些瓜葛。」

老人露出羞愧的笑容，似乎是因爲知佳無意識地露出苛責的眼神。

「小姐，不要用那種眼神看我，我跟她可是好聚好散的。世上有很多男人玩膩女人了，就把人像破布一樣丟掉。我最看不起這種人了。」

「是……」

「有一天，她突然對我說，她對都市生活感到很疲倦了。可能因爲女演員的生活跟人際關係都不順利吧，所以我就把自己在輕井澤的度假公寓裡的房間送給了明美。」

「輕井澤嗎？」

連上了……和小野尙子連上了。

「是啊。在一片美麗的森林裡，離車站有一段距離。那棟公寓很豪華呢，房間在七樓還是八樓，從陽台上可以看到淺間山呢。小姐，現在這年頭，沒有哪個男人跟女人分手時，會做到那種程度吧？」

知佳佩服似地連連點頭，同時也感覺這些新情報正在刺激自己的腦細胞不斷閃出火花。

「對不起，請問那棟大樓叫什麼名字？如果可以告訴我的話。」

尾崎像在深思什麼似地皺起眉頭。他正在努力追溯記憶。

「桑福拉？桑客托？桑賽特？我忘了。」

沒有家庭束縛的單身男子手裡的錢多得用不完，所以就同時跟好幾個不同的女人交往。邂逅過程先不論，但與以不動產代替分手費分手的那個女人最後的相處過程，已經被他拋到九霄雲外了。

「您是什麼時候把房間送給她的？」

「那是……當時碰上天皇的國喪，東京市內的霓虹燈都熄滅了，一片漆黑。就在那段時期之後，平成元年吧……」

平成元年的話，就是一九八九年。

五年之後，半田明美頂替了小野尙子。

小野尙子在她擁有的輕井澤別墅成立「新艾格尼絲之家」，是在一九九〇年。因爲之前她。

的「聖艾格尼絲之家」的經營規模縮小，小野尚子才決定另起爐灶。一九九〇年至一九九四年的四年之間，半田明美認識了輕井澤名人之一小野尚子，然後設法接近她，最後頂替了她。

「請問……」

知佳猶豫著又提出剛才的疑問。

「在尾崎先生的眼裡，明美是怎樣的女性？除了她是女演員之外。剛才您說她絕對不是壞女人。」

尾崎臉上浮起笑容。那是沉穩又滿不在乎的冷漠笑臉。長年、短期、一夜情……這種會誇耀自己交往過很多女人的男人，或許根本不在乎某個女人的人格吧。

「是啊，她不是壞女人，但她也有令人難以了解的地方。一個不知道在想些什麼的女人。我說往右，她就往右。我把黑的說成白的，她也會說那是白的，總之，是個從不說『不』的女人。但是跟她在一起很愉快，不會無聊。像妳這種年紀，大概還不能理解吧。反正男女之間啊，主要還是看身體是否相合啦。」

「喔……」

「也就是說，就像我剛才告訴妳的。女人有很多類型。譬如有的女人臉孔很漂亮，那部分卻差一點，對男人來說，這種女人帶出去雖然不錯，但是缺少點情趣。相反的，也有些女人雖然外表差一點，可是那部分卻非常棒。明美這女人啊，不瞞妳說，她屬於盡心奉獻的類型。」

「奉獻的類型？」

「就是說如果我覺得累的話，只需要躺在那裡就行了……她裡面的縐折，這樣……」

尾崎繼續詳細說明。

原來是這樣嗎？都八十多歲了，還是整天想著「那部分」？知佳在心底咒罵著，嘴上卻不斷應和，好不容易才聽完這段低級的解說。「我眞的長見識了。」說完，她向尾崎鄭重地低頭致謝，走出那家高級養老院。

「尾崎先生還活著。」

知佳打電話告訴長島這件事。她本想寫封電子郵件通知長島，又不知道他會如何諷刺自己。想了半天，決定還是打電話。

「喔！眞的嗎？這倒是出乎意料。不過這很好。」

長島顯得興致高昂，好像非常渴望跟人交談。知佳原本還很躊躇，不知是否應該在黃昏忙碌的時段給長島打電話。

知佳問長島是否需要她將小酒館媽媽桑告訴她的內容，還有住在養老院的尾崎提起的往事整理好後，寄電子郵件給他。長島回答，「現在就告訴我吧，我的記憶力還很管用的。」說完，長島似乎覺得好笑似地發出一陣笑聲。

知佳一面看著筆記一面摘要採訪結果。長島聽她說話時曾經離開電話幾次，因爲妻子有事叫他過去。

就在這種紛擾的氣氛中，知佳說完了。長島這時壓低聲音問道：

「妳其實一開始就已經掌握了半田明美的什麼情報吧？」

知佳倒吸一口冷氣。

「我搜尋到妳寫的報導，已經拜讀過了。妳那篇千金小姐的偉人小傳，還有她被火災燒死後的感想。妳剛才說的那些，再跟輕井澤連接起來，我就明白了。這些都跟半田明美有關吧？」

「不，那是……」

他為什麼知道？這個疑問在知佳腦中來回盤旋，但她立刻想通了。只要擁有記者的新聞嗅覺，應該就能聯想到吧。她一個人成立了公司，開始當一個文字工作者。七年之間，她只寫過幾篇署名報導。關於小野尚子的那篇文章，就是極少數的署名報導之一，她為了那篇文章花了很多心力。

「我大概已經知道妳要找什麼了，我想我可以出一份力。我做為記者所經歷的風風雨雨，可是比妳多太多了。」

「我很感謝您的心意……」

知佳含糊地表達了婉拒的意思。因為她答應過中富優紀和「新艾格尼絲之家」的其他人，不可隨便把這件事告訴外人。更重要的是，讀完長島的原稿後，如果繼續跟長島糾纏下去，這件事會變得很麻煩。

「尾崎沒有被殺。可是他後來會跟半田明美分手，一定是因為他好幾次差點被殺，所以看出這女人很危險吧？那傢伙原來不像我想的那麼笨。」

「不，我從尾崎先生的話裡聽得出來，他認為半田小姐不是壞女人。反而是他跟對方交往時，還同時跟其他好幾個女人交往……」

「說那種話，是因為男人的面子啦。」

長島不客氣地說出結論。

「有個年輕小姐突然跑到自己面前來，男人怎麼會老實交代自己的風流史？一定是有什麼弱點被那女人掌握了。只要向大樓租賃業界打聽一下，絕對能挖出些什麼的。那女人一定跟他說想跟我分手的話，就要付分手費，然後尾崎就把輕井澤的度假公寓送給那女人。不過那傢伙還是比較厲害。一九八九年那時還是泡沫經濟巔峰時期，不過只要是做不動產買賣的人都知道，四、五年之後，那種公寓就變成垃圾了。」

「輕井澤跟湯澤不一樣，不會變成垃圾的。而且那時大家已經知道，新幹線即將通車到那裡去了。」

「好吧，或許是這樣沒錯。反正那間房間在尾崎眼裡看來，根本是不值錢的東西吧。對了，那間公寓在輕井澤的哪裡？」

「這一點，我還沒……」

知佳還沒查出公寓的名稱。她告別尾崎之後，曾在回程的電車裡利用平板搜尋過幾間公寓的名字，這幾間公寓都是尾崎從他模糊的記憶裡回想起來的。

「桑福拉」從前是一家會員制休閒俱樂部的名字，這家俱樂部在中輕井澤擁有一座高爾夫球場，名叫「桑福拉輕井澤會員俱樂部」，但他們並沒有公寓。「桑客托」是一家附設溫泉的高級度假飯店，三、四年前才在信濃追分附近落成。除了這家飯店的網頁，網路上還可搜尋到大量跟這間飯店有關的連結，像是旅行社，訂房網站的資訊，以及個人部落格。「桑賽特」則是一棟大型建設公司建造的大廈，但是不在輕井澤。

「反正……」長島繼續說道：

「無論如何，半田明美是想快點發掘下一個獵物，因爲她已經三十多歲了，做爲女人的賞味期限，已經快過去了。」

不好意思喔，你說的就是我啦，知佳在心底這麼嘀咕著。

「妳知道，輕井澤那種地方，本來就跟都市不一樣，就算是高級別墅區，但除了夏季以外，根本釣不到什麼男人。她雖然想去東京，可是沒錢，也沒房子，要像從前那樣再去釣個金龜婿，已經不太可能了，不過勉強餬口，還是沒有問題的。然後有一天，她變成老太婆走投無路。妳看，她想到這裡，所以決定變換方向，把獵物從男人變成女人。把那位上了年紀的千金小姐當成目標。她覬覦著老小姐的壽險賠償或財產，最後以僞裝火災的方式燒死了那位老小姐。被我猜中了吧？妳現在正在追蹤的事件眞相。」

長島的推理並不正確，但知佳從沒把這件事告訴過他，他卻猜得八九不離十。

「既然您已讀過我的報導，那您應該知道新艾格尼絲之家是什麼樣的地方。她們希望我能謹慎處理這件事。」

「我知道，我不會到處亂講的，可別把我當成那種大嘴巴的無賴記者。」

「我當然不認爲長島先生是那種人。」

「所以妳是打算本著記者的精神，抓出半田明美的狐狸尾巴，再去拯救那群因爲所長被殺，差點變成祭品的可憐女人吧。」

「不，不是的。」

那群可憐女人，這種說法太失禮了吧？更何況，火災燒死的人就是……知佳吞下了這句話。

「別再瞞我了。這個案子我也很有興趣，所以才跟妳說了那麼多。只要那女人還在逍遙法外，肯定就會繼續作惡。」

「半田明美已經死了。」

這句話，知佳也曾對尾崎說過。

長島果然瞬間說不出話來。

知佳猶豫著繼續說下去：

「火災燒死的那個人，不是小野尙子，而是半田明美。」

電話的那端始終沒有聲音。沉默中，只聽到電話裡傳來一陣口齒不清的咒罵聲，「孩子的爸，孩子的爸，聽不到嗎？這個沒用的東西。又有女人給你打電話嗎？」是長島患失智症的妻子。「我現在有點事，等下再打給妳。」說完，不等知佳回答，長島立即掛斷了電話。

深夜之後，長島才用耳語一般的聲音再度打來電話。

「我看還是電子郵件比較方便。妳先把目前知道的事情寫給我吧。」

「我知道了。那我把長島先生那份原稿，拿給新艾格尼絲之家的職員看，可以嗎？」

「好。」

長島的聲音聽起來很開心。

「雖然不知道那邊發生過什麼事，但大家都被那個女人騙了，不是嗎？讓她們都讀一讀吧。」

知佳下定決心，把自己已知的情報，包括半田明美頂替小野尙子的經過，按照順序重寫了一遍，然後用電子郵件寄給長島。

知佳被一陣電話鈴聲吵醒了。

一看時鐘，清晨兩點。

「對不起。只有現在這段時間，我老婆才安靜下來。我對案件已經有所了解。不，也不能說了解，根本滿是謎團。」

「是的。」

「首先是錢的事情，像新艾格尼絲之家那種機構，應該不會有很充裕的資金吧。」

「是的。」

「就算資金雄厚，但以機構的性質來看，金錢流向必須非常透明才行。那位千金小姐擁有的私人財產裡，有沒有發現半田明美私自濫用的跡象？」

「沒有。至少在我採訪得到的範圍內，沒有那種跡象。」

「更重要的是，假設半田明美是在一九九四年頂替小野尚子，目的是什麼？當時她也沒被警察追捕。那她變成另一個人活下去，沒有任何意義啊。她能得到什麼好處？」

「不知道。她是因爲拯救住民才犧牲了自己的性命，我在信裡已經寫過了。」

「她應該是想把什麼東西藏起來？或是打算搶救錢財，結果卻慢了一步，沒逃出來。」

「或許吧。」

「那麼，爲了解開謎底，妳打算從哪裡下手？」

「先找出她在輕井澤跟小野尚子的交集。我想，只要能找到那棟輕井澤的公寓，就會有辦法。」

「然後呢？」

「先看能否找到那棟公寓……」

「如果是我的話，我會從最確定的地點下手。菲律賓，我會到菲律賓去。」

「菲律賓？」

「她不是殺過人嗎？在曼谷，把男人從船上推下髒兮兮的大河裡。那個叫田沼的男人，是練馬的室內裝潢業者。殺他的那次，明美沒有拿到巨款。而是因爲他擋了自己的路，就把他殺了。就算不是爲了錢，也有別的目的。爲了達到目的，別人的命根本不算什麼。半田明美就是那種女人，所以才會殺了那位千金，然後自己去頂替她。」

「殺掉……這麼狠，不至於吧……」

小野老師，也就是半田明美，從沒做過背叛住民或職員的事，眾人對她都深感信任。

「既然上船了，我們還是設法找出眞相吧。半田明美的目的究竟是什麼？爲什麼二十多年來一直待在那種地方，既沒錢又無趣，爲什麼要跟那些女人過那種無聊的生活？到底有什麼企圖？我有個朋友，五十四歲了，娶了一個二十多歲的中國女人。他是第一次結婚，在群馬有自己的土地。我們都勸他說，他一定會被那女人埋掉，然而婚後他倒是一直活著。一年過去，兩年過去，孩子也出生了。周圍的朋友終於放下心來，都覺得這下可算天下太平了，以前眞不該懷疑那個女人。誰知就在這時，那女人突然把男人的房子、土地，和全部財產都變賣成現金，帶著孩子消失了。那是她跟男人婚後第五年。因爲歸化日本國籍需要五年的時間。這五年之間，那個女人在寒冷的鄉村忍受著群馬縣特有的赤城狂風，婆婆的欺凌，讓不喜歡的男人佔有自己的身體。對那女人來說，她是千忍萬忍，才走過這段歲月。好不容易熬完五年，她把家裡所有可能暴露自己身分的物品都丟光之後，才從家裡逃出去。現在，她已經變成日本人，正在大都市裡跟孩子兩人，不，或許還有心愛的男人，三人一起過得快活得不得了。可是，這女人只忍了五年，半田明美卻花了二十多年，是這女人的四、五倍時間。她究竟爲了什麼？雖說後來不巧遇到意外，被燒死了，其實她應該正在進行什麼計謀吧。她爲了什麼目的忍耐這種生活長達二十多年？這個絕代毒婦，究竟把什麼祕密帶到墳墓裡去了？」

你憑什麼說她是毒婦啊……知佳呑下這句話。以前見過的「小野老師」的形象，又在她腦中復活了。

如果半田明美是自願頂替小野尙子，那她過去的二十多年歲月，應該不至於那麼難熬。儘管當時她喬裝生病，戴著墨鏡和口罩遮掩臉孔的作法，令人覺得十分詭異，但是半田明美後來的行爲應該得到尊敬，因爲她沒有做過任何必須受人指責的事情。

「妳可是抓到一條驚天動地的大消息，的確値得追蹤下去。曾被選爲皇族結婚對象的富家千金，被毒婦殺死後，毒婦冒名頂替了她，繼續從事慈善活動二十多年。她的目的到底是什麼？關鍵的富家千金又是怎麼去世的？」

「倒也不用追蹤，最先透露那具遺體不是小野尙子，而是半田明美的人，是警察。小野尙子如果眞的遭到謀殺了，警方因火災發現遺體的眞實身分時，就已經開始調查了吧？」

「警方怎麼可能調查？」

長島不屑似地哼了一聲。

「警方在火災現場發現了遺體，調查死者身分時發現，那是一個多年之前就已冒名潛入的女人。而被她頂替的富家千金，則在很久以前就已行蹤不明。或許富家千金已被人謀殺，但是嫌犯已經不在人世，而且那場火災並非蓄意縱火。遺體百分之百是被燒死的。就算警方後來查出死者是半田明美，或許會到那裡詢問一些事情，但也就是這樣了。半田明美也沒有前科。她雖被警方逮捕過，但是最後被判了不起訴，所以不算前科犯。」

「我知道。」

「這只是一件人口失蹤案，警察才沒空去追這種案子。」

「那您還叫我去追……」

「是我沒辦法去追了，眞是遺憾。因爲我的糖尿病已經傷到腎臟，稍微動一下就累得不得了。而且家裡只有我一個人照顧我老婆。我可沒辦法出門到處亂跑。聽好了，就算孩子老了，父母還是能活到長命百歲，可是金錢和青春就不會永遠等妳。稍微偷懶一下，人生一眨眼就過完了。我負責提供妳後勤支援，其他的都由妳來做。」

「可是我……」

我對煽腥色的新聞沒興趣，知佳想。

然而，那個叫做半田明美的女人，她被警察視爲連續殺人事件嫌犯遭到調查，又被週刊記者形容爲「絕代毒婦」；可是她頂替小野尙子之後的後半輩子，還有她的死，究竟是怎麼回事？知佳確實很想把事情弄個水落石出。

她想知道半田明美究竟長什麼樣子？她也想推翻男記者寫的那種充滿偏見的報導，她心底仍有這種渴望。

掛斷電話後，知佳簡單整理最近獲得的一連串情報後，寄給了中富優紀。其實她寫這封信的目的並非爲了報告，而是想向優紀道歉自己把半田明美頂替小野尙子一事告訴長島。知佳把長島的原稿影印了一份，並在信封裡附上長島的履歷，然後用宅配把信件送到新艾格尼絲之家。

這天深夜，優紀讀完知佳的電子郵件後寄來了回信。

「在等那位記者的原稿送達的同時，我也把自己目前知道的事情寫下來。」優紀開頭這麼寫，然後在信裡記下那名自稱一九九一年住進新艾格尼絲之家的女性提供的情報。女性名叫齋藤登美子，她的話印證了朗讀義工逢坂聰子的說法，同時也補足了逢坂記憶模糊的部分。

那名疑似半田明美的女人自稱山下，最初是來幫忙準備新艾格尼絲之家的慈善活動。當天就把榊原久乃的整骨教科書帶回去做成了朗讀錄音帶。

之後，山下以朗讀義工的身分開始指導住民，每次都會帶來收錄音機和攝影機，幫那些住民記錄下朗讀的狀況。優紀記得自己曾經看過收納那些錄音帶、錄影帶的紙箱，但她們從舊輕井澤搬到信濃追分的時候，差不多都處理掉了。

新艾格尼絲之家有一條不成文的規定，不准給住民拍照，不能爲住民留下影像紀錄。但是新艾格尼絲之家之所以默認「山下」的行爲，應該是因爲山下，也就是半田明美，擁有卓越的朗讀技巧，深受小野尙子信任吧，優紀在信裡寫道。

但是知佳認爲，當年半田明美以那些器材拍攝到的內容，應該大部分都是小野尙子的影片。因爲那時小野尙子熱心參與了錄製錄音帶的工作，山下——半田明美要爲小野尙子錄音或攝影都是輕而易舉的事情。而且這些影音資料也可能被半田明美用來作爲自己頂替小野尙子的參考。

知佳根據尾崎的證詞得到的結論是，半田明美是搬到輕井澤之後，才開始把小野尚子當成目標，逐漸接近她。等到自己獲得小野尚子的信任後，半田明美便經常出入新艾格尼絲之家。

想到這兒，知佳憶起兩年前見過的那位「小野老師」，她那溫柔、誠實、清廉的身影，曾讓知佳十分傾倒，但她現在感覺那身影正在逐漸變得渾濁。

是受到長島原稿的影響，不知不覺間接受了他的看法以及他描繪的半田明美畫像了嗎？

7

「雖然我很久以前就知道，週刊的報導都是胡謅的，但我實在很難想像，世上竟有這麼離譜的記者。」

輕井澤車站前一家復古咖啡館裡，中富優紀把裝著原稿的信封丟出去似地放在桌上。從她刻意委婉的口氣可以聽出，惹她生氣的不僅是長島剛，就連寄稿子給她的山崎知佳，也令她感到不悅。

「這些都是沒刊登出來的內容啊。」

「這是理所當然啊。就算沒有寫出這種文章，卻用這種眼光看人，到底是怎麼樣的男人啊，眞是令人懷疑他的人格。」

「人格……嗎？」知佳想起長島那種彷彿要找碴的口氣，還有電話裡那位失智症妻子的咒罵聲。

「反正這份原稿的內容，我完全不相信。」

曾經全盤接收週刊報導的中富優紀，對於知佳影印寄來的長島手寫稿卻全盤否定。由此可知，印刷字與印刷媒體的威力，確實不容小覷。

不，應該說，優紀讀到那篇雜誌報導時，還不能證明小野老師就是半田明美。但是後來因爲種種理由，曾跟優紀一起生活了九年的小野老師，已經確定就是半田明美。如此一來，優紀現在唯一能做的，只剩下否定「絕代毒婦半田明美」的形象。

「山崎小姐對這份原稿怎麼想呢？妳覺得這個人寫的東西，可以相信嗎？」

「雖然不能百分之百相信，但是文章裡也包含了一些事實。」

「什麼意思？」

優記的表情變得非常嚴肅。因爲她不僅抗拒知佳這種模稜兩可的態度，更感到氣憤。優紀深受小野老師的信賴，知佳十分了解她的心情十分了解，所以她不敢輕易發表意見。

「換句話說……除去這個記者的推測，或者也可以說是臆測吧。除掉這些部分，這份原稿裡描述的小野老師，也就是半田明美，原稿裡關於她的前半生的描寫，在某種程度上應該都是事實。」

根據那具燒死遺體的牙科病歷和人臉辨識軟體的判斷，中富優紀跟其他新艾格尼絲之家住民所認識的小野老師就是半田明美。她在一九九四年以後頂替了小野尚子這件事，已是無法否定的事實，而半田明美曾因連續殺人的嫌疑被警察調查過，也是事實。

優紀朝那厚厚的褐色信封瞥了一眼，立刻又抬起視線凝視知佳。

「半田明美還是小孩的時候，她母親就死了。而且還是悲慘的臥軌自殺。她母親去世的原因或許跟父親的外遇有關。就在她即將踏入青春期的時候，發生了這種事。也就是說，她家雖然有錢，但是一開始就是複雜的家庭，也是讓孩子感到痛苦的家庭。」

聽到這兒，知佳突然心頭一驚。優紀提醒她之前，她從沒想到這些。她一直認爲半田明美擁有優裕富足的童年，後來母親死了，才使她的人生陷入黑暗。

「這個叫長島的記者，把她父親描寫成白手起家的成功人士，但這只是男人的看法，不是嗎？」

「對。」

知佳不敢違拗似地點點頭。

「因爲自己有錢，就把老婆的親戚接到豪宅裡一起住的作法，根本就是暴君施恩給奴隸。他的意思就是說，我讓你們住在這棟房子裡，供你們三餐溫飽，所以不管我做什麼，你們誰都不准囉唆。就連社會大眾也是這種想法吧，都覺得那個男人連老婆的親戚都肯供養，太偉大了。但是對他老婆來說，她等於無處可逃了。我覺得小野老師從小就已看清這種扭曲的家庭內情，因此非常了解我們的感覺。」

聽到優紀悲痛的語氣，知佳的背脊不由自主地僵硬起來。從小到大，她都沒有機會接觸到複雜的家庭、貧困生活、家庭暴力……這些她沒注意過的東西，優紀卻看得很清楚。

「家裡雖然有錢，卻沒有一絲親情。喪母給幼小的弟妹帶來的悲傷，除了她自己以外，再也沒人能給弟妹撫慰，而她自己的悲傷卻沒人給她慰藉。這時，她唯一能夠信任的，只有那個擔任家教的大哥哥，但她卻被那個大哥哥強姦了。對於這件事，她連一個可以商量的人都沒有。就算她說了，別人也不會相信。因此她只能任由那個男人擺佈。然而，那個男人卻因爲司法考試受挫自殺了，還害她被周圍懷疑。她打工的那家公司老闆甚至還趁火打劫誘姦她，假裝同情她，其實是玩弄她。只要她稍微表示反抗，立刻就暴力強姦她，弄傷她的性器官……甚至把全裸的她丟在高速公路的中央分隔島，這些都會讓她留下深刻的心靈創傷啊。如果不靠藥物逃避現實，根本活不下去，但她卻沒有耽溺藥物，而是靠著自己的力量，努力活了下來。逃到東京之後，她企圖重啓命運。這時，她身邊圍繞著一群有錢又有地位的男人，這些人用錢交換她的肉體，任意蹂躪；但是跟她有關的男人喪命之後，眾人都認爲她就是犯人。最後，她終於跟身邊那群男人當中的一人走進禮堂，組成幸福家庭。但是她卻沒想到那個男人也死了。接著，眾人又是一口咬定她詐騙保險金……還說她跟丈夫搬到鄉下，在那裡的評語並不好？那是當然的。只要走過她所經歷的人生，當然會有強烈的警戒心啊。面對別人毫不掩飾的善意，她根本不知如何反應。而且鄉下人那種和互相監視互爲表裡的友善態度，她不但無法接受，也覺得很恐怖。更重要的是，這個記者收集的都是負面證詞吧？」

「的確大部分意見都是在幫死掉的男人說話。」

「而且從前是劇團女演員的那個女人跟明美是競爭關係，那就是情敵說的話喔。」

長島沒去採訪半田明美的親戚或親密的朋友，他根本沒見過那些人。但是知佳並不認爲長島只挑自己喜歡的對象採訪。因爲半田明美可能早就跟親戚斷絕來往，身邊也沒有一個稱得上「朋友」的人。因此長島到當地訪問明美從前的同學時，那些人對她的評語才會幾乎都是負面的。

知佳謹愼地把這件事告訴優紀，優紀點點頭，「她不可能有朋友的。」

「不論她表現得多開朗，多麼努力配合周圍，盡量不要太顯眼，但這種生長在問題家庭的孩子，大家就是能看得出來。女孩子的世界就是比較陰險，大家看到這種人，都會不經意地把她排除出去。」

「我好像能夠理解……」

「小野老師是怎麼樣的人，山崎小姐也很清楚吧。當然，妳不會像我們這麼了解她就是。」

說到這裡，優紀停下來，直視著知佳的眼睛。

「妳覺得小野老師是像這份原稿裡描寫的那種女人？」

知佳沒有回答，只是沉默地搖搖頭。自己採訪小野尚子的兩天一夜裡聽到的言語，或許能騙過自己，但那些跟尚子朝夕相處了那麼多年的住民和職員是不可能受騙的。這種事，只有邪教教主等級的人物才可能辦到。然而，半田明美不像那些骯髒的邪教創始人，她不但沒有金光閃閃的金庫，也沒有錢財或愛人。她所擁有的，除了新艾格尼絲之家的那些女性對她的敬愛，還有在意社會觀感的人的尊敬眼光。

「我不否認辛酸與痛苦使人的性格變得扭曲，充滿惡意，做出許多可怕的事情；但也有些人反而會更懂得深思，更有人味。」

「是。」

知佳雙手放在膝上連連點頭，彷彿在替長島向優紀道歉。

沉默半晌，優紀凝視著知佳，嘴角露出笑容。

「那我們走吧，沒什麼時間了。」

優紀露出爽朗的笑容站起來，看來她的心情似乎已經變好了。

「讓我付錢吧，我可以報帳。」說著，知佳從優紀手裡搶過帳單。

優紀對車站周圍的地理環境比較熟悉，她告訴知佳，輕井澤車站附近有幾棟建築很像半田明美當時居住的公寓。

所以我們先把那棟公寓找出來吧，優紀說。

尾崎把公寓轉讓給半田明美是在一九八九年，優紀已事先查出當時存在的公寓，並且做好一份清單。當時簡稱「度假地法」的法令剛剛頒布沒多久，全國各地都刮起開發度假地的熱潮。就是在那段時期，輕井澤也興建了許多度假公寓。

從泡沫經濟前夕到泡沫經濟時代的那段時期，許多人認爲就算買不起輕井澤的有名別墅，在輕井澤買一間公寓也不錯。還有很多人爲了投資、轉賣等目的，也在輕井澤購買度假公寓。就像知佳反駁長島時所說的，泡沫經濟崩潰後，由於新幹線通車到輕井澤，而且輕井澤的名牌形象一向深入人心，所以這裡的度假公寓並沒有跌價。

優紀最初的計畫是先到地政事務所，從產權登記搜尋「半田明美」或「尾崎輝雄」的名字。但是每棟公寓都有幾十戶人家，逐戶申請住戶資料幾乎是不可能的事情，所以她才決定，還是先確認公寓名稱之後再做打算。

走出咖啡店，知佳不禁全身顫抖。十一月的輕井澤早已過了楓紅季節。陽光雖然耀眼，但吹在身上的北風卻冷得幾乎要把人凍僵。兩人決定把知佳的車留在停車場，然後一起坐進停在店前那輛屬於新艾格尼絲之家的輕型車。

優紀略顯粗魯地轉動方向盤，駛上景色荒涼的冬季道路。

兩三分鐘之後，她們看到路旁出現幾棟公寓，都被門前的針葉樹叢遮住全貌。

「不是那些吧。」優紀說。

那幾棟公寓都太新了。她們繼續開車在附近找，始終沒看到符合的建築物。兩人只好返回當地居民居住的鬧區。那裡有一棟屋齡超過三十年的老舊公寓。

「這裡跟他描述的景象不太像呢。」

知佳歪著頭疑惑地說道：

「他說是一棟奢華的公寓，從陽台上可以看到淺間山。」

「淺間山？」

「對，是一棟七樓還是八樓的建築。」

優紀笑著搖搖頭。

「輕井澤沒有那種公寓。因爲這裡是禁建區，最多只能建三、四層樓，現在規定只能建兩層樓了。」

由於當地居民發起反對運動，所以輕井澤領先全國其他地區，首先制定了度假公寓管理條例，而且規定越來越嚴格。

「那麼高的公寓都在北輕井澤，草津那邊。」

「原來是在北輕……」

女人已對都會生活感到疲累，所以男人送她一間度假公寓代替分手費，而且公寓位於在社會名流聚集的度假勝地輕井澤。只是，地名雖然叫做輕井澤，位置卻在穿越縣境的另一邊……

北輕井澤距離曾經位在舊輕井澤的新艾格尼絲之家相當遠，開車大約要花四十多分鐘。擔任朗讀義工的半田明美曾在這段路上往來，如果是夏季的話還算輕鬆，過了旅遊旺季就很辛苦了。所以說北輕井澤做爲她平日跟新艾格尼絲之家的連結點，距離稍嫌太遠。

優紀開到輕井澤站前方的圓環前方時，知佳的手機響了起來。螢幕上顯示出長島剛的名字。知佳有點不好意思，瞥了優紀一眼。

「沒關係，妳接吧。」

優紀說著緩緩轉動方向盤，看來她還不知道是誰打來的電話。

「我是長島。」

電話那端傳來低沉又威嚴的聲音，報出姓名後，長島繼續壓低音量說道：

「我查到一個重大消息。那個半田明美，她在妳說的一九九四年從成田機場出國了，之後沒有她的回國紀錄，目的地是菲律賓。」

「菲律賓？」

「對，菲律賓的馬尼拉。雖然是個驚人消息，但也在我預料之中。」

「這種二十多年以前的出入境紀錄，您是怎麼……」

「法務省裡有紀錄，當然不是公開資料。我不是告訴過妳嗎？警政記者的年資就是實力。」

優紀已經聽到兩人的交談內容，正在開車的她露出銳利的眼神。

「能不能找個地方停一下？」

優紀點點頭，把車開到離圓環較遠的小巷裡。

知佳立即把手機的切換到擴音。

「你的意思是半田明美在馬尼拉跟小野尚子會合了？」

「我以前的關係沒辦法查明這一點，妳自己到當地去調查吧。」

「換句話說，半田明美到馬尼拉之後就沒回來。不，應該說，她變成小野尚子回來了……」

「對啊，就是我說的。眞正的小野尚子大概早就沉到馬尼拉灣的海底去了。當時那個時代，只要肯花錢，願意拿錢殺人的當地人多得不得了。像半田明美那種壞女人，總有門路找到這種人的。也就是說她搶了人家的護照，冒名頂替小野尚子，又佯稱自己有病，整天遮住臉孔，最後瘦得只剩皮包骨頭才回來。」

話音不斷從手機喇叭傳出來，優紀緊閉雙唇，凝視著路面。車子仍然停在路邊，優紀緊緊抓著方向盤，手指因爲過度用力變成白色。

「有證據嗎？」

「那玩意兒妳自己去找吧。小野尚子去過的地方，妳不是都很清楚？我能做的，就是提供後勤支援。因爲我的糖尿病已經傷到腎臟……」

「我知道了。」知佳打斷長島。「謝謝您。」她按照慣例道謝後，掛斷了電話。

她看到優紀冷冷瞥了自己一眼，便轉述了半田明美的出入境紀錄的事情。

「所以是小野老師在馬尼拉殺了人？雇用了殺手的意思嗎？」

優紀的語氣帶著詰問，聽起來彷彿在問，妳眞的相信？知佳聽出她的言外之意，字斟句酌地回答：

「小野尚子從菲律賓回來的時候，已經是另一個人了，這一點是可以確定的。那妳認爲眞正的小野尚子到哪裡去了呢？」

「說不定小野尚子變成了半田明美，還活在世界的哪個角落吧。」

優紀的聲音裡隱藏著悲傷。知佳腦中從來沒出現過這種想法。

「沒有半田明美入境紀錄。也就是說，小野尚子現在應該還活在菲律賓吧？」

相信這種想法也沒什麼壞處吧。

知佳也說出了自己的推測。

「或許眞正的小野尚子因爲某種理由，想拋下她在日本國內的一切羈絆。又剛好碰到來做朗讀義工的半田明美，於是就她跟明美說『以後就拜託妳了』，然後就留在菲律賓。」

「沒錯。」

優紀僵硬的表情終於像照射到陽光般地化開了。

「我們的職員繪美子以前說過，眞正的小野尚子永遠都必須扮演我們的母親，就連買個蛋糕給自己吃都不行，也不能打扮得漂漂亮亮出門去玩，說不定她對這種生活感到厭倦了吧？所以才找來一位頂替者，而她自己回到原本的上流社會去了。因爲她本來就是富家千金嘛。」

知佳聽了不禁笑了出來。

「就像輝夜姬一樣。然後她在宿霧島能夠俯瞰海景的山丘上，蓋了一座豪宅……應該不會吧。」

說完，知佳又覺得小野尚子還活在菲律賓的這種想法，或許不只是一種悲傷的願望。

「眞正的小野尚子以前眞的常常到菲律賓去吧。」

「是啊。」

「而她的目的地都是修道院或是貧民窟。有沒有可能她早已打算死後埋葬在那裡，所以她可能像是爲了當地的貧窮兒童，才留在當地努力？」

知佳希望聽到有夢想的故事。不論是爲了讀者還是自己，她都希望故事能帶來希望。這是她身爲文字工作者的立場，和長島完全不同。

「有可能。不，應該說，這樣才像千金小姐小野尙子。」優紀同意知佳的假設。

「如果她的目的地是修道院或貧民窟，或許就沒法從出入境紀錄查出來。但是如果她眞的有那種想法，不是應該先跟大家好好說明後，再找一位繼任者才對。」

「不，不可能。」

優紀立即否定。

「因爲新艾格尼絲之家等同小野尙子。不論是當時或是現在，對住民來說，都不能換成別人。如果小野尙子提出這種想法，一定會有人覺得自己又被拋棄了，或是認爲好不容易終於有人願意拯救自己，結果又被騙了……事實上，小野老師明明是在火災裡去世，我卻還是有強烈的被拋下的感覺。剛開始還不會這麼想，可是過了一段日子，緊張的情緒逐漸緩和之後，就感覺自己被拋棄了。尤其是上次警察來說了一堆莫名其妙的事情，我從那之後就變得很奇怪，不瞞妳說，我那時差點又有點回到藥物濫用的狀態呢。」

聽到優紀這段自白，知佳非常驚訝，因爲優紀總是表現得像一位認眞負責的領袖人物。

「換句話說，就算小野老師臥床不起，或是病得無法跟我們交流，只要她在我們身邊，就夠了。反過來說，老師的名字必須是『小野尙子』。雖然我不想這麼說，但是新艾格尼絲之家對外的負責人，不能換成別人的名字。白百合會和其他各教派的神父或牧師，還有那些文化界人士、知名藝人，都是因爲有『小野尙子』在，他們才向新艾格尼絲之家提供援助。我們能籌募到經營的資金，也是因爲有『小野尙子』這塊招牌。妳在媒體界工作，應該也明白這些事情吧。」

「因爲她天生充滿魅力？」

「不，是有信用。」優紀用神經質的語氣糾正知佳。

「因爲牽涉到金錢，所以一個人必須有信用。」

知佳點了點頭，接著說起自己的推測。

「所以小野尙子遇到指導朗讀的山下，也就是半田明美之後，暗中決定選她做爲自己的繼任者。說不定半田明美也把自己的成長經歷，包括警察把她當成嫌犯之類的事情，都告訴了眞正的小野女士。而小野尙子相信了半田明美，不僅相信她，還很同情半田明美的遭遇。因爲社會大眾總是把嫌疑犯視爲犯人，半田明美在她之後的人生裡必須一直使用假名。萬一被人發現她用假名，她就沒法繼續待在原處。因此眞正的小野尙子可能就對她說，既然如此，妳從今以後就以小野尙子的身分活下去吧。半田明美也心一橫，接受了這個建議。最終的結果就是半田明美表現得非常好，完全符合眞正的小野尙子的期待。」

說到這裡，就連知佳也覺得自己這個故事編得實在太理想了。但是比起冷酷的現實，讀者都喜歡浪漫與善意的文章；對文字工作者來說，也是這類文章寫起來比較愉快。

「很言之成理呢。」優紀露出微笑，「說不定，這個計畫不是小野尙子一個人想出來的，而是跟榊原小姐一起思考出來的。」

新艾格尼絲之家的盲人整骨師聽說小野尙子決定餘生都住在馬尼拉之後，連忙勸阻她，「您走了，我們怎麼辦呢？」但小野尙子的心意已決，不肯改變主意，所以她們便一起設法找人來頂替小野尙子……

8

吃完飛機餐，填完入境表格，知佳還來不及打個瞌睡，安全帶警示燈就亮了，接著，飛機開始降低高度。

知佳正從赤道下方的婆羅洲搭機北上馬尼拉，全程大約需要兩個多小時。

這趟菲律賓之行是在一週前突然決定的。之前長島雖極力慫恿，她卻沒錢也沒時間隨意到海外去調查。

說來也算湊巧，就在這時，知佳剛好接到一項前往亞庇採訪的工作。有一家編輯公司委託她寫一篇介紹當地針對退休人士的大廈建案業配文。業配文的稿費很優渥，所以知佳當場就接下工作，並且排除萬難，硬是把採訪後的一星期空了出來。

到達亞庇之後，知佳跟著建商員工，一起參觀了位於海濱的大廈，還去拜訪專爲日本人服務的診所，以及購物中心。接著，又採訪了建商員工以及住在當地的日本人。工作結束後，原本計畫是經由吉隆坡返回日本，但是知佳決定繞道飛往馬尼拉。

飛機在尼諾伊．艾奎諾國際機場降落時已是傍晚。知佳在一家中級商務飯店辦完入住手續，又外帶了炒飯進房間。一坐下來，她立刻打開電腦，參照採訪筆記開始撰寫原稿。雖然是沒有浴缸的狹窄房間，不過房裡有無線網路可以用。

第二天早上寫完原稿後，知佳將稿件寄給編輯部之後，又以電子郵件寄發感謝信給採訪對象和廣告公司的窗口。

忙完這些之後，稍微小憩片刻，接著辦裡退房直接出發前往機場。目的地並不是日本。

關於業配文的後續，只要繼續用電子郵件跟編輯部聯絡就行了。想到這兒，她不禁由衷感謝這個能讓她隨處工作的網路社會。

知佳在機場的國內線窗口買了一張機票，目的地是位於呂宋島南部的那牙市。

她手裡有一個裝著美元現金的信封，金額大約相當於日幣六十萬圓。

五天前，她電話通知長島自己應該可以到菲律賓調查。長島聽完立刻用命令的語氣叫知佳到他家附近的咖啡店見面。

在約好的連鎖咖啡店裡，長島穿著拖鞋出現在知佳面前。一看到她，長島就把一個褐色信封扔在桌上說：

「軍援！」

信封裡裝著美元現金，是長島大約二十年前換來的。那時他即將出發到中東去採訪，這筆現金裡還包括他準備在當地用來疏通的費用。但是他那次才剛入境，那個國家就發生了政變，外國人全被驅逐出境，所以他事先準備的美元也幾乎全都剩了下來。

「本來準備下次再去的時候，可以帶去用，可是現在不會有這種機會了。因爲我的糖尿病傷到腎臟……」長島重複著知佳聽到耳朵長繭的台詞。

「那您可以到銀行再換回日幣啊。」知佳說著把信封推回長島面前。雖然是外幣，但是當面收受現金還是讓她感到抗拒。

「拿去換日幣，還要再付一次手續費，太蠢了。牛田明美在菲律賓幹了什麼勾當，我也很有興趣，妳就用這筆錢，代替我去找出答案吧。」

說完，長島就端起杯子，獨自走向回收餐具的窗口。知佳一時不知如何反應。「那就先這樣吧。」長島說著舉起一手向她致意，然後迅速走出店外。

知佳清點了一下信封裡的美元，發現金額遠遠超出自己的想像。

猶豫片刻之後，知佳給中富優紀寫了一封電子郵件。

我有機會去馬尼拉一趟，我會在那邊尋訪小野尙子的足跡，她在信裡這麼寫道。

要是運氣好，應該能找到小野尙子跟半田明美在當地的交集，說不定還能見到小野尙子。

知佳在信裡寫了自己前往馬尼拉的想法後，又請優紀幫忙介紹可能知道眞的小野尙子在菲律賓時的情況的白百合會以及教會的相關人士。知佳覺得自己一個人在馬尼拉盲目奔走，根本不可能找到小野尙子的足跡。

接著，她如此邀請優紀。

「如果時間上許可的話，要不要跟我在馬尼拉會合，我們一起尋找新艾格尼絲之家創設者的足跡吧。希望我的說法不會讓妳覺得冒犯，不過請不必擔心費用問題。那位長島先生提供了一筆美元。如果妳不介意搭乘廉價航空，住宿廉價飯店，請務必跟我同行。我很期待跟你一起前往當地調查。」

知佳寫完內文後附上日程表，把郵件寄了出去。兩小時之後，優紀回信了。

「我希望妳在馬尼拉的市街中找到跟小野尙子與小野老師（也就是半田明美）有關的眞相，一定要用這些眞相推翻長島充滿惡意的臆測。」寫到這裡，優紀又加上一句，很遺憾我不能前往。

「因爲抽不出時間嗎？」

知佳連忙打電話詢問優紀。

「不好意思，辜負妳的好意了。」優紀的回答裡隱含著一絲疏遠。

「也對，負責人不可能爲了這種事，拋開一切瑣事，離開一星期吧。對不起，我只顧著自己的計畫。」

「不，不是因為太忙，是因為我們現在面臨危機。」

「發生了什麼事？」

剛問完，知佳立刻後悔了。自己這個外人，或許不該干涉別人的問題。

「我們必須從這裡搬出去了，所以我得去找房仲，再找別的房子。」

知佳倒吸一口冷氣。優紀慌張地接著說：

「倒不是出了什麼問題，或是跟附近鄰居處得不好。原本這裡就是承蒙房東好意，讓我們住的，別說押金手續費全免，就連房租都不收的。現在聽說本地有個醫療財團去找房東，提議在我們這塊地上興建老人照護機構，所以房東才拜託我們搬出去。房東的父母也住在養老院，看來他們應該是另有打算。」

「所以立刻就要搬出去嗎？」

「不是，他們說還可以再住半年左右。不過土地丈量之類的工作人員會進到院子裡。」

「換句話說，就是必須在半年內找到下一個據點嘍。」

「能找到的話當然很好。我也去向白百合會求救了。包括經費來源在內，今後究竟如何經營下去，我正在跟他們討論。」

如果實在想不出辦法的話，就只好解散了，優紀的話裡隱含著這樣的言外之意。

「因為現在的經費來源，除了經由白百合會募得的捐款外，就只有住民支付的房租。大家都是靠自己打工，或向家裡要錢，也有些人是用貧困家庭補助費來支付，所以我們不能隨便漲價。譬如這次搬了家就調高房租，是不行的。我現在正在到處奔走說明狀況，請他們提供援助。如果向政府尋求協助，他們會提出各種限制，這樣一來，我們就很難按照小野老師鋪好的路走下去，也很難繼續實施她那些獨特的計畫……」

原來優紀現在面臨亟需立刻解決的問題。至於「那個女人是誰」的疑問，根本不是現在要思考的事情。

「眞抱歉，竟然寄給妳那麼鹵莽的信……」

「哪裡哪裡。我很高興妳開口邀我一起去喔。不瞞妳說，這種像普通朋友的往來，我這輩子還是第一次呢。很謝謝妳。」

優紀的語氣有點悲傷。「普通朋友的往來」，這幾個字直擊知佳的胸口，令她一下子說不出話來。

知佳從前就讀的中學、高中都是私立女校，但她的學校不是能引起附近那間升學名校的男生注意，專收千金小姐的學校，也不像教會學校那樣紀律嚴明。當時她父母只是因爲公立學校的壞學生太多，才把她送進了私立學校。

高中畢業之前的六年裡，知佳身邊都是家境相近的熟面孔。她們組成親密的交際圈，其中有跟她特別要好的朋友，從早到晚都膩在一起。六年之中，她被排擠過、霸凌過；而另一方面，她也加入過霸凌者的行列。別人欺負她，她就報復回去。她曾哭著向人道歉過，也是曾以黑幫分子談判的方式和朋友重歸於好。

上了大學之後，她才第一次接觸到來自外縣市的同學、外國人、跟自己家境不一樣的各種人。她去當過義工，也參加過聯誼。身邊也一如既往，有著要好的女性朋友，有時會爲了男孩子與她們暗中較勁，有時又和她們在旅途中徹夜談心。

友情、妒忌、共鳴、對立、蔑視、尊重。各種感情從心底湧出，消退，然後逐漸變質。

就算心中懷著憎恨，就算彼此因爲利害關係而深刻對立，也必須抱著表面上的好感，維持友好關係，否則就沒辦法生存下去。知佳被推進這種艱苦殘酷的成人世界之前，早已經歷了整套的鍛鍊。她在類似苗床的環境裡，早已跟同齡的女性同伴在互相衝撞、慰藉、刺傷、肉身相搏的過程裡，學會了處理自己的感情和人際關係。

然而原來世界上還有一種人，從小被迫扮演成人的角色，或因爲受虐而失去原本應該屬於自己的時間。知佳現在才重新確認這項事實，心裡感到十分沉重。

國內線的大廳裡，並排的攤位販賣著當地特產和冰淇淋，瀰漫著悠閒的氣氛。知佳坐在長椅上等待登機，把裝著電腦和貴重物品的皮包塞在兩膝之間，緊緊環抱著。

知佳最初的計畫是在馬尼拉市內探訪小野尚子的行蹤，不過後來經由優紀和白百合會介紹，她見了一位國內的天主教神父。據說當初小野尚子會去馬尼拉，也是這位神父牽線。知佳跟神父談話後才知道，小野尚子最初前往菲律賓的時候，目的地並不是馬尼拉市內。

這位姓勝峰的神父，已經七十多歲，目前在教會裡擔任重要職務。雖然他已經從海外事務退下來很久，但是還很清楚地記得小野尚子。

神父告訴知佳，當時是教會委託白百合會安排小野尚子爲當地教會擔任法文翻譯，小野尚子才會跟修女一起前往馬尼拉。這段經過，跟知佳採訪「小野老師」時聽到的內容完全一致。不過眞正的小野尚子後來經常前往菲律賓服務的地點，卻不是知佳事前猜測的斯莫基山（註），而是位於外呂宋島南部的塔豪，那是個距離馬尼拉約三百公里的小鎭。

知佳當初採訪小野老師，也就是半田明美的時候，她的確說過，「大家都從垃圾場撿拾垃圾維生，也燃燒垃圾做爲燃料。」但她當時並沒有使用「斯莫基山」這個地名。

菲律賓任何一個角落都有垃圾山，靠撿拾垃圾維生的人，也不限於斯莫基山。知佳從勝

註：斯莫基山（Smokey Mountain）：菲律賓馬尼拉一個大型垃圾堆塡區的俗稱，由堆積如山和燃燒垃圾時發出的煙熏而得名。菲律賓政府於一九九五年關閉該處。

峰神父嘴裡聽到這項訊息時，這才恍然大悟。小野老師雖曾提到馬尼拉，但她的意思或許是指自己第一次去的菲律賓城市，並非教會經營的診所就在那裡。至於她爲何把話說得如此曖昧？究竟是故意的？還是從沒親眼看過貧民窟的半田明美隨便說的？或是採訪時自己聽漏了「塔豪」這個地名？事到如今，知佳已無法找到答案。

但是知佳記得當初自己在報導裡寫的是「斯莫基山附近的貧民窟」。文章刊出之前，她曾拜託「小野老師」確認文章內容是否有誤，但小野老師沒有提出更正。

知佳又拜託勝峰神父，希望神父幫她介紹塔豪教會的相關人士，她表示想去那裡尋訪小野尚子的足跡。幾天之後，勝峰神父告訴她，菲律賓那邊的天主教會拒絕了，但是沒告訴他理由。

勝峰神父表示，他也沒去過塔豪，小野尚子當時在那裡做了什麼，是從她跟神父的交談中推測的。

勝峰神父雖然沒能幫知佳介紹塔豪的教會人士，卻跟那牙的教會取得聯繫，因爲塔豪對外聯繫必經的機場就在那牙。神父告訴知佳，到了那牙的教會，說不定就能打聽到一些消息。

飛行了一個半小時之後，知佳搭乘的飛機降落在一座鄉間小機場，空氣裡滿是大海的氣息。耀眼的陽光穿過清澄潔淨的大氣，看起來就像白色的火焰。知佳在機場前面搭上一輛計程車。車子一路前行，最後停在一個像公園般美麗的綠色轉角。令人心曠神怡的綠蔭深處，一座牆上刻著美麗浮雕的教堂矗立在前方。

知佳想起了很久以前觀光時參觀過的佛羅倫斯大教堂。悶熱的空氣裡，她佇立在遠離喧囂的小鎮一角，鬆了一口氣地仰望眼前那座建築。

教堂裡似乎沒有舉行彌撒，但衣著整齊的遊客卻陸續前來進行虔誠的祈禱。

勝峰神父似乎已把知佳來訪的消息通知了教堂，所以負責接待的司鐸立刻把她帶到禮拜堂旁邊的會客室。

室內非常寬敞，雖然沒裝冷氣，樹蔭下的涼風不斷從敞開的窗口吹來，令人身心舒暢。

「很遺憾，我從沒聽過這位叫做小野尙子的女性。」

這是司鐸開口第一句話。

「是這位女性。」

知佳立刻拿出手機，找出資料夾裡的照片。

是那張一九九三年聖誕節拍的團體照。知佳放大了小野尙子的臉部，畫質顆粒變得粗糙而模糊。但是不論如何，這是小野尙子來到這個國家之前拍的照片。

司鐸瞥了一眼，立刻搖搖頭說：

「我不認識這個女人。不過妳若想繼承她的志業，留在這裡爲貧民窟的孩子服務的話，我認識很多相關組織與研修機構，可以爲妳介紹。」

「不是的。」知佳連忙表示婉拒，接著解釋，以前有名叫小野尙子的女性，經常到塔豪的貧民窟服務。直到二十多年前某日，她突然在這裡失蹤了。知佳表示自己是爲了打聽這名女性的消息才來的。

「不好意思，妳不是警察吧？」

「當然不是。」

「我不建議妳去塔豪。」

司鐸口氣堅決。

「雖然修女都已經很熟悉那裡，但那裡的居民都很貧窮，治安和衛生狀況也很糟糕。妳一名外國女性獨自到那裡去，不知會發生什麼事。」

「那麼我不去街上，只去拜訪教會。」
「我沒辦法接受那邊教會的作法。」
司鐸打斷了知佳。
「爲什麼？」
「跟妳們外國人無關。」
司鐸的語氣很不屑。說完，他想起什麼似地又說：
「妳剛才提到一位在塔豪的教會擔任義工的日本女性。這裡有一位從塔豪來的日本女性，但不叫小野。」
「那位女性是誰？」
知佳不自覺探出上半身。
「不，那位女士叫伊內絲，在這裡住了很多年了，她開了一個聖經讀書會。」
「伊內絲。」
「是不是叫半田？或是叫明美？」
這是教名。啊，知佳發出一聲輕呼。
西班牙語發音的伊內絲，就是英語的艾格尼絲。新艾格尼絲之家的艾格尼絲。
「她多大年紀？是位怎樣的女性？什麼時候開始住在這裡？」
知佳心中一急，接二連三地吐出一連串問題。
「這個嘛……我十六年前到這裡赴任，當時那位女士已經在這裡了。她很會畫圖，以繪畫向貧困山區的孩童和妓女講解聖經。」
十六年前。那是小野尚子從這裡消失，半田明美回國之後。
知佳不曾在採訪小野尚子同學的過程中，聽她們提起小野尚子擅長繪畫。但是她既然家教良好，家境富裕，總學過一些才藝吧。既然如此，那很有可能她擅長繪畫。

「我可以跟那位女士見面嗎？」

「應該可以。她平日都在爲妓女成立的復健機構講解聖經。」

「復健機構。」

絕對沒錯，伊內絲就是小野尚子。

「有些貧困農村的少女被人騙到城市當妓女。爲了拯救她們，有一位修女創辦了少女的再教育機構。」

「那位修女就是伊內絲。」

「不不不，是我們教會的修女。伊內絲在那位修女的教堂擔任義工。」

「那位伊內絲女士在哪裡呢？」

「就在那間機構裡。機構叫做『善良牧羊人』，她在那裡跟那些曾經犯錯的女孩一起生活。」

犯錯的不是那些女孩，而是周圍的成人和男人吧？知佳吞下已到嘴邊的反駁，向司鐸道謝後走出教堂。

知佳從教堂搭乘計程車前往名爲「善良牧羊人」的機構，車程只有幾分鐘。

知佳下了車，站在一條路面佈滿斑斑樹影的步道上，道路兩邊種著整排火焰樹。

眼前的景色井然有序，完全隔絕於市街的喧囂之外。

正面前方是一棟看似學校的兩層樓房，知佳看到屋後有一片狹窄的農園，幾名年輕女子正在園裡收割蔬菜。

她爬上入口樓梯，向玄關的職員表示自己想跟伊內絲見面。職員指著玄關大廳叫她在那裡等候。

大廳裡陳列著一些藤蔓編織的皮包，還有貝殼工藝拼貼的裝飾品。

這些陳列品都是曾經淪爲妓女的女孩製作的，爲了讓她們習得一技之長，不再靠賣春維生，這所機構教導她們製作手工藝品。大廳裡的陳列品售價要比街上的土產店貴得多，但是一眼就能看出這些成品的手工精巧，做得非常仔細。職員還告訴知佳，出售這些成品的所得，全都用來當作機構的經營費用。

知佳沒有細想送禮的對象，掏錢買了許多皮包、口紅包、小盒子等。

不久，負責聯絡的職員回來告訴知佳，伊內絲不在機構裡，她到郊外的教堂去教孩子讀聖經了。知佳請那位職員幫她畫了一張地圖，立刻出發前往那座教堂。

機構附近是豪宅林立的住宅區，風景美得像公園一般。穿過住宅區之後，眼前出現的是鬧區。

知佳沿著骯髒的人行道向前走，突然，她停下了腳步。

路面布滿裂紋，路旁的樹下鋪著一塊塑膠布，一個年輕女人坐在那裡販賣看似煙草的東西。知佳看到塑膠布的邊緣，一個全身髒兮兮嬰兒仰躺著，全身光溜溜，連尿布都沒包。

知佳連忙凝神細看，她以爲那個嬰兒死了。嬰兒一動也不動，但是看那母親悠哉的模樣，應該只是睡著了吧。知佳突然害怕起來，也不敢上前確認嬰兒的死活，就慌張地離開了。

不一會兒，她逛到一座飄散著惡臭的市場，這時才看到旁邊有一座教堂。雪白的牆壁令她以爲走錯了地方，卻也給人帶來幾分清潔的印象。知佳拉開教堂大門，卻沒看到孩童的身影。她向一名正在打掃的男人打聽，男人告訴她，聖經讀書會已經結束了，伊內絲現在應該在街上的餐廳吃飯。她常去的那家餐廳叫「莎拉小店」，位置就在教堂附近。知佳記下男人告訴她的路線，轉身朝小巷深處走去。

知佳很快就找到了「莎拉小店」。

店外的遮雨棚一路延伸到小巷深處。知佳看到遮雨棚下有名上了年紀的東洋女性，正忙著把堆在盤裡的米飯和菜餚撥進嘴裡。她穿著短袖T恤，袖子捲到肩頭，下半身穿著短褲和海灘拖鞋。

女人身上完全看不到昔日千金小姐的風貌，也不像照片裡的小野尙子或半田明美。知佳又重新看了其他餐桌，看起來像是東洋臉孔的，只有這個女人。

「抱歉，請問妳是伊內絲嗎？」

知佳用英語問道。

「是啊，妳是日本人？」

對方用日語答道。

女人的頭髮黑白夾雜，剪得很短，散發著光澤的皮膚晒得很黑，幾乎跟當地人沒有分別。從年齡來看，的確跟小野尙子差不多。

知佳首先自我介紹是從日本來的文字工作者，接著又問了一遍，「不好意思，您是小野尙子女士嗎？」

「什麼？」

伊內絲睜大一對小眼睛。

「不是，怎麼？妳在找人嗎？」

不是她。本來就不可能一開始就那麼順利

知佳向女人解釋，自己在找一名叫小野尙子的女性，她曾在日本創辦過一所女性共生機構。

「小野尙子……我在這裡也算住了很久。」女人彷彿追憶往事似地把視線投向餐廳外的馬路。

半晌，她轉向店裡的員工和顧客問道，「喂，你們認識一個叫做小野尙子的日本人嗎？」

「大約多大年紀？是什麼樣的人？」

知佳把剛才給司鐸看過的照片，還有小野尙子在輕井澤別墅塗油漆的照片，都拿出來交給女人。

「這……或許在哪裡見過，可是完全不記得了。」

知佳簡單向女人介紹了小野尙子，包括她的年齡，她從一九八〇年代經常到菲律賓做義工，大約在一九九四年到了這裡之後就失去了蹤跡。接著，知佳又介紹小野尙子的出身與經歷，伊內絲聽到一半突然笑了起來。

「什麼？妳說我是那個皇族結婚對象候選人的千金小姐？」說著，她用英語把知佳的說明轉述給身邊的顧客和老闆，眾人都忍不住捧腹大笑。

「妳覺得那麼高尙的日本人會到這裡來嗎？」伊內絲笑得太厲害，眼角溢出淚水。她擦拭著眼淚繼續說：

「尤其塔豪那地方更不可能。會到那裡去的，全都是日本的敗類，我就是代表之一。那裡有大海，有太陽，還有廉價旅館，是不良老外的據點。大家在那裡跟當地男人鬼混，嗑藥……」

「毒品嗎？」

「是啊，那些愚蠢的日本人以爲這裡不怎麼抓毒品，結果卻被逮進這裡跟地獄沒兩樣的監獄。我也見過嗑藥嗑死的。如果一直留在塔豪，我大概也會像他們那樣死在那裡。就算不死，也被關進監獄，成了廢物吧。」

說著，女人從手邊的布袋裡掏出一本簡陋的小冊子。

「這是課本，我畫的。」

知佳翻開劣質紙張裝訂成的小冊子，內容是漫畫。對話框裡寫著英文，是一個漫畫形式的聖經故事。畫中景物的線條單純，筆觸淡泊收斂，但是素描技巧非常高明，一看就知道絕不是外行手筆。

「不會吧！」

知佳忍不住發出一聲驚呼，指著對方。

她記得這個畫風。

「沒錯，我是岡山桃子。雖然那是筆名。」

「我讀過，我讀過。」

知佳記得以前有一本很受歡迎的漫畫隨筆《菲律賓桃子的懶蟲日記》。當時已經是泡沫經濟的強弩之末，知佳還是中學生。

隨筆內容描寫的是一名女性背包客跟住在貧民窟的朋友一家人的交流過程。

「妳記得眞清楚。」

伊內絲笑著說。

「當然，我是您的粉絲。」知佳用她在採訪過程中鍛鍊出來的社交辭令回答道。

「是嗎？我到這裡來旅行的時候，愛上一個這裡的男人。有一段時間，我跟他的家人住在一起，十五個人住在一棟破爛房子裡。」

這是那本漫畫隨筆裡的一段故事。

「不知道妳看到第幾集，後來超慘的。當然沒辦法順利的。整天為了錢、男人出軌，吵得天翻地覆，搞得我筋疲力竭，就從他家跑出去了。我先到馬尼拉住在朋友家，後來又到鄉下跟另一個男人在一起。有一天，我突然發現自己身上一毛錢也沒有，更沒有工作，整天待在塔豪的廉價旅館裡。大白天開始就吸著哈希什，盯著骯髒的天花板，不知不覺地到了清晨，突然聽到海邊傳來嘈雜的人聲。我連忙往海灘跑去，看到一具屍體。那是一個和我同樣是日本人的女毒蟲。我立刻清醒了，那就是明天的我啊。看到那隻雪白的手和她身上其他部分，我眞的覺得好恐怖，全身不斷瑟瑟發抖，當場就蹲在海灘上嘔吐起來。我爬行似地掙扎著回到旅館，匆匆背上背包，搭上前往那牙的巴士。可笑的是，到了那牙才發現，我沒有錢買機票，也找不到住宿的地方。走投無路之下，我只好跑去教堂。那裡有屋頂，有地板，睡在那裡也不會被趕出來。不管怎麼說，即使在這種情形下，這個國家的人還是很有善心，還有人願意施捨食物給我。我靠施捨過了幾天，眼中看到的景象發生了變化。我這才發現連我這種人，也有人願意幫忙。我受到他人的幫助，等於就是上天向我伸出了援手啊。想到這兒，就好像聽到咚的一聲，有什麼東西掉進心底。我開始覺得自己也該做些什麼，報答這裡的人，但我什麼都不會。我能做的，就是畫漫畫，於是我向他們要了些紙張和鉛筆，開始將聖經畫成漫畫。因爲就算是鄉下孩子，看了漫畫也能明白其中含意。這裡跟塔豪一樣，都是鄉下地方，大家還是深信不疑詛咒、惡魔附身、幽靈之類的事情，這些觀念扭曲了天主教。所以我想，如果能用漫畫的形式讓大家正確理解聖經就好了。就這樣，一眨眼工夫，我在這裡過了二十多年。當然是非法居留，反正已經回不去日本了，其他地方也去不了。我在這裡有無話不談的朋友，還有那些圍繞在我身邊的孩子，他們把我當成自己的媽媽一樣。我已經下定決心，將來要葬在這裡。」

二十多年前，曾有跟菲律賓鄉下格格不入的日本女性跑到這兒來，她們既是貧民窟的義工，又是毒蟲。也有人像伊妮絲一樣，因爲當地居民的眞情與信仰而獲得重生。

「所以妳打算一個人到塔豪去找那個女人？」

「是的。」

儘管司鐸阻止過她，但知佳覺得好不容易抽空飛到這裡，總不能空手而歸。更何況，她也得向長島提供的軍援有個交代。

「那裡的治安一向很糟，雖然最近已經改善一點，但仍然是人渣的天堂，妳一定要小心。在廉價旅館或咖啡店裡，稍不留意，就會有對妳特別親切的傢伙，請妳喝飲料或吃披薩，妳可千萬不能接受啊。因爲妳會被下藥。一吃下去就會睡著，等妳清醒過來，錢包、護照、戒指和所有値錢的東西，全都沒了。還有些人衣服都被扒光，被丟在海灘上了。」

知佳凝視著伊內絲的雙眼點點頭。

「碰到狀況的話，就打電話給我吧。」

說完，伊內絲在她的筆記本裡畫了自己的人像畫，再寫下手機號碼，撕下那一頁交給知佳。知佳立刻用自己的手機試打那個號碼。

「ＯＫ。」伊內絲說著點點頭，然後把知佳的號碼加到自己的手機。

第二天一早，知佳從那牙的旅館搭上一輛計程車。

「要去哪裡？我知道一座很有名的教堂，有很大的浮雕。」

司機用口音很重的英語問道。

「塔豪。」

「塔豪？」

司機一手搭著方向盤，轉頭看著知佳反問：

「妳到那種地方去幹什麼？骯髒的街道，骯髒的海灘，骯髒的人群。那地方不是妳們這種有錢的中國人去的。」

「我是日本人。別說了，走吧。」知佳簡短地命令司機出發。

車子駛出鬧區之後，放眼望去，周圍盡是廣闊的田園風景。這裡的氣候多雨，但陽光很強，地面的泥土都晒成了白色。而且遍地都可看到顏色泛白的塔型土堆，高約一公尺，表面凹凸不平。

知佳問司機那是什麼，司機告訴她，那些都是螞蟻窩。因爲二、三十年之前，這裡的農民集中種植單一蔬菜供貨給工廠。之後，土地越來越貧瘠，無法收成的土地越來越多。因爲過度使用農藥和化學肥料，這些土地已經死了，現在只有白蟻的巢穴還留在這片土地上。

平坦的農地前方，大海時隱時現。

「已經到塔豪了。」

車程不到三十分鐘，司機問知佳：

「所以妳要到塔豪的哪裡？」

知佳把手裡的紙條遞給司機，讓他看紙上的教堂地址。

「我沒辦法接受那邊教會的作法。」那牙的教堂司鐸說著，幫她寫下這張紙條。到了那間教堂，就能打聽到小野尙子從前去過的診所在哪裡了吧？

車子沿著狹窄的幹道穿過農地，終於來到海邊。道路的一邊是海灘，另一邊則是廉價旅館與餐廳林立的鬧區。旅館外牆看起來很髒，上面掛著鮮豔耀眼的招牌，餐廳門前都有木頭陽台，但木材似乎已經腐爛。

車子迅速駛過房舍密集的鬧區後，路邊變成一望無際的農田和椰子林。

這時，計程車突然轉向海灘，然後掉頭朝相反的方向駛去。

「好像不是這裡。」

汽車回到剛才的路上，不一會兒，擁擠的塔豪鬧區再度出現在眼前。許多近乎全裸的白人，在這條沿著海邊延伸的路上來來往往。很快的，車子重新駛回剛才走過的鬧區。

不知司機是找不到路，還是想痛宰觀光客，車子一直在同一條路上繞來繞去。

「在這裡停車！」車子開到海邊一間廉價旅館門前時，知佳忍不住大喊。這個小鎮出人意料地小。只要向當地人打聽一下，就能問出教堂所在地吧。儘管車外看起來有點熱，但應該可以步行前去。

「我也不太清楚，可能就在那裡面吧。」司機指著前方的住宅區說。

「裡面都是小巷，沒法開進去。」司機解釋著，按照計程表上的數字向知佳討了車資。

知佳在一間小雜貨店買礦泉水的時候，順便向老闆娘詢問教堂的位置。

果然就像司機說的，老闆娘用手指了指身後那片被幹道環繞的市街。

老闆娘說，順著小巷一直往裡面走，會碰到車站，教堂就在車站前面。知佳做夢也沒想到這個小鎮會有火車站。

這時，一個正在廉價旅館遮雨棚下喝啤酒的顧客站起來，伸手指著知佳，做了一個「跟我來」手勢。對方是個全身刺滿刺青的白人男子，知佳暗自猶豫地緊跟在大步向前的男人身後。

路旁並排著許多簡陋的住家，用空心磚堆成的牆壁，上面搭了一層鐵皮屋頂。鋪著水泥板的道路旁邊有一條髒水溝，許多孩童正在溝中玩耍。可能是爲了幫助家計，一些背著竹簍的孩子從她身邊奔過，簍子裡裝著許多空罐頭。還有些女孩背著年幼的弟弟。

不知道是否因爲這裡很少看到東亞女人的臉孔，那些孩子好奇地仰望著知佳，緊跟在她身後。他們看起來並不像要乞討，臉上的表情都那麼開朗，開朗到令人覺得不可思議。這個又窮又髒的小鎮裡，孩子卻一點也不骯髒。強烈的陽光下，紅褐色髮絲閃閃發亮，洗了無數遍的淺色T恤已被洗得褪色。

知佳的視線跟他們交會時，大家扯開晒黑的臉頰向她展露笑容，笑得都露出了牙齦，爭先恐後地跟她說著什麼。但是因為口音太重，知佳只能聽懂幾個單字。而她反問時，所有孩子又一起爆出笑聲，彷彿聽到了什麼好笑的事情。他們有時退到遠處，不過一眨眼工夫，又立刻圍了上來。

很快的，路邊的空心磚房屋消失了，知佳來到一片空地。鐵軌就在她的腳下。從軌道滿是紅鏽的狀況看來，這條鐵路應該早就廢棄了。無數男男女女正在鐵道上往來交錯，每個人身上都扛著看似商品的行李，一個年輕女人正在軌道中央給孩子把尿。鐵軌兩旁並排許多很像臨時搭建的小屋。原來這裡是個小型貧民窟，不管知佳走到哪兒都會有孩子跟上來。

孩子並沒向知佳伸手乞討「一披索」或「一分」，他們的眼中閃爍著好奇的光彩，不斷跟在知佳身邊，說著一大堆她聽不懂的話語。

看到鐵路旁那些貧窮的住宅，還有孩子的開朗，知佳不禁十分震撼。這種絕對的貧困跟爆炸性的生命力，甚至令她感到暈眩。

「等一下。」

她叫住走在前面的男人，然後從皮包裡拿出手機，拍了幾張周圍的照片。所有孩子一擁而上，彷彿要她也給他們拍幾張。

「沒事。」

全身刺青的男人說著向知佳點點頭。

「給他們看螢幕。」

知佳按照孩子的要求，幫他們拍完照片後，把手機螢幕上的照片放到最大。孩子發出一陣歡呼，全都擠過來看螢幕，接著很滿意似地跑開了。

不久，鐵軌順著平緩的山坡向上延伸，知佳再往前走了一段路，前方出現一座小樹林。她看到前方樹木間有一座水泥月台。男人告訴她，那裡就是廢線前的終點站。

月台附近並沒有類似車站的建築物，但是鐵軌對面，有一間空心磚搭建的屋子，上面只鋪著一層鐵皮屋頂。

「就是那裡。」男人指著建築物說。

知佳很困惑。

「那是教堂？」

「對。」

那座建築跟貧民窟的住宅沒什麼分別，但屋頂上確實有個十字架。跟那牙那座宏偉的教堂比起來，簡直是天壤之別。

月台上面有一間臨時搭建的小屋，上面覆蓋著帳篷。

「那是修女創辦的診所。」

「那間小屋？」

那就是小野尙子到訪過的地方。眞正的小野尙子待過的地方……

小屋外的樹蔭下，一個女人抱著嬰兒正在候診。

還有一個身穿短褲與polo衫的女人正在四處走動，看來是醫療人員。

或許是時代不同了。這裡沒有在新艾格尼絲之家照片裡的那種身穿長褲，頭包布巾的修女身影。

男人跟那個可能是職員的女人說了兩三句話，然後舉起一手向知佳打了個招呼，就轉身返回鬧區了。女人正在幫一名孩童的腳傷上藥。知佳眼看男人離去，有點害怕地問那個女人，「妳是這座教堂的職員嗎？」

「不是，我是義工。」女人答完，轉頭叫住稍遠處另一個身穿灰色T恤的女人。

那名穿T恤的中年女人自稱葛蕾絲，也是教堂的義工。知佳告訴她自己到這裡來是爲了尋找一個日本人，那個日本人叫小野尙子，從前在這裡做過義工。

「她在日本爲藥癮和酒癮患者創辦了復健機構。但在二十多年前，她到這裡之後，就沒再回國。我正在尋訪小野尙子的足跡，請問妳認識她嗎？」

葛蕾絲說她才剛從馬尼到這裡來，還不太清楚這裡的事情。說著，她指了指對面的教堂說，那邊有一位叫做艾切蘿的修女，她可能知道。

知佳跨過滿是紅鏽的鐵軌來到教堂正前方。她從禮拜堂沒有玻璃的窗口望向室內，看到水泥地上只有幾張木製長桌並排在那裡。

「請進。」有人在她身後招呼。知佳回頭一看，一名老女人示意她走進禮拜堂敞開的大門。

女人穿著一件洗得泛白的襯衣，外面套一件同色背心，灰長褲，短及脖子的白髮剪得非常整齊，短髮覆蓋在一張馬來人特有的小臉周圍。她沒有頭巾、披肩或其他屬於修女的服飾，但知佳看到她胸前的十字架，立刻知道她就是艾切蘿修女。

「不，我不是來祈禱的。」知佳連忙表達婉拒。

「我到這裡，是因爲有事想要打聽。」

「有事要問我？」

修女睜大雙眼問道，雙眼周圍布滿深邃的皺紋。

「是的。」

修女引導知佳繞到禮拜堂門口，率先走了進去。

「這座教堂的神父呢？」

知佳打量著簡陋的室內，向修女這麼問道。

「這裡沒有司鐸。」

修女回答。

「不過這裡舉辦儀式的時候，附近教區的司鐸會過來幫忙。」知佳也曾聽說，日本鄉間有些窮困的寺廟現在也會採取這種方式舉辦儀式，或許不論哪個國家現在都面臨這種問題吧。

「現在全世界到處都缺神父，眞令人爲難啊。」修女自言自語似地說。大概是氣候過於溼熱，建築物和木桌都有很多問題，到處都有修繕的痕跡。

「我可以拍照嗎？」知佳指著建築物問。

「請。」

知佳拍了一張教堂的正面照，把屋頂的十字架也收進鏡頭裡。修女領著她在樹蔭下的木椅坐下。知佳把剛才問過葛蕾絲的問題，又向艾切蘿修女問了一遍。

每當知佳提到小野尙子，艾切蘿就會皺一下眉頭。

「很遺憾，我沒聽過這個人。」

就是她，知佳拿出手機，把螢幕上的照片給修女看。

「我不認識。」

修女的視線落在螢幕上，接著瞬間移開。

「您認爲這名女性有可能在這個小鎭喪生了嗎？」

「偶爾有些旅行者會因爲疾病或意外在這裡亡故，但他們不會到我們的診所來，所以我也不太清楚。」

「可是這名女性並不是旅行者，而是到教堂的診所來當義工。」

「反正我不認識這個日本人。」

說完，修女緊緊閉上她的小嘴。她在隱瞞什麼，知佳想，不過就算繼續追問，她也不會回答吧。既然如此，那就只能旁敲側擊了，知佳心底這麼判斷。

反正從艾切蘿修女的反應看來，小野尙子一定來過這間教堂。後來可能小野尙子做了什麼事惹怒艾切蘿，或是兩人之間發生過什麼糾紛，所以艾切蘿不願提起小野尙子。

知佳向修女道謝後站起身來。

「妳今晚就要返回馬尼拉嗎？」

修女問知佳。

「不，好不容易來一趟，我打算在這裡停留兩三天。」

「那妳就住在這裡吧。」

修女語氣溫和地說完，指著身邊那棟空心磚砌成的建築。知佳沒想到她會挽留自己。那裡是修女和女性助手的宿舍，裡面也有客房，艾切蘿修女告訴知佳：

「這裡的飯店或廉價旅館都很危險。住在裡面的，沒有一個好人，住在那裡會遭小偷，或者引誘妳嗑藥。」

難道修女想要監視自己？抑或只是出於待客的熱情？知佳無法判斷。但是如果住在這裡，說不定就能找出什麼線索。知佳決定接受修女的好意。

那棟建築裡的客房非常簡樸，只有一張固定在牆上的雙層床和一張小桌子。不過房間非常整潔，而且可以欣賞到窗外廣闊的的田園景色。

知佳想起以前聽小野老師，也就是半田明美說過，「附近有一座垃圾場，當時是利用廢棄建材燒熱水。」所以知佳一直想像教堂和診所是位在貧民窟中，跟她現在看到的狀況完全不同。這附近雖然是窮人區，但看起來很乾淨，而且很悠閒。

「這裡以前也有靠撿拾垃圾維生的貧民窟居民嗎？」

知佳回頭問修女。

「沒有。」艾切蘿修女否定了她的疑問。

「當然，任何城鎮都有垃圾場。可是我們這裡除了遊民之外，倒是沒有靠撿垃圾維生的人。」

「診所進行治療時需要的熱水，會使用建築廢材當燃料嗎？」

「以前颱風過後，我們曾用那條廢棄鐵路的枕木燒過熱水，但是我們平時不會這麼做的。因爲我們有柴油爐，也有其他燃料。這裡的居民主要從事漁業、水產加工業，以及農業。大家原本就有很多問題，過得很辛苦。」

說到這裡，艾切蘿嘆了口氣，指著窗外的農地，翠綠的作物已經結滿果實。清澄的藍天下，人們辛勤地忙著收割。

「地主都在馬尼拉或宿霧擁有豪宅，他們住在寬敞的宅邸裡，到美麗的大教堂做禮拜，過著像紐約客一樣富裕又衛生的生活。」

不是只有那種生活才幸福吧，知佳在心底這麼反駁，同時注視正在田裡收割黃瓜的工人。青山映在他們的身後，陣陣海風輕撫著田園。

「雖然我不樂意看到這種事，不過這裡也開始有很多人從事觀光業。然而，就算發展觀光業，這裡也沒有斯莫基山那樣的垃圾山。妳知道爲什麼嗎？因爲這裡太窮了，根本沒有足夠的垃圾建造垃圾山。」

半田明美當初雖然來到菲律賓，但她不知道這裡吧？也許她向我撒謊了？反正不管怎麼說，已經二十多年過去了，人的記憶也會變得曖昧不明。

艾切蘿修女離開客房後，知佳拿出手機給優紀發了一封電子郵件，同時還把剛才拍的教堂外觀，以及鐵路旁的貧民窟照片，一起寄送給優紀。

「我到了！塔豪小鎮。小野尚子大概也待過這裡。」

照片尺寸似乎很大，花了很長的時間才把發送出去。

不一會兒，回信就來了。

「警告！！！沙羅說，根據費率不同，從妳那裡發送照片的費用可能會很可怕喔。」優紀在信裡寫道，「我好像明白小野尚子為何要找替身，不願意回國的理由了。」

「儘管怨言很多，我們卻擁有大量物質與金錢。然而，我們又過得那麼貧困、辛苦。因為實在想不出辦法，所以才會沉溺於酒精、藥物、暴力或其他物品，同時也逼得自己無路可走。看到照片裡那些孩子的眼睛，我們都感動得說不出話來。

他們的眼睛閃閃發亮。為什麼住在那樣的地方，過著那種生活，他們還能笑得那麼開心？

我們已經好久沒看到表情那麼活潑的孩子了。如果有機會接觸到那種開朗豁達，或許我也會到了那裡就不回來了。」

內容有點煽情，但知佳回憶起這一天看到的情景，感受跟優紀是一樣的。

知佳打開電腦，發現這裡果然連不上網路。

昨天編輯部曾經跟知佳聯絡，因為客戶對剛交出去的那篇業配文有點意見，希望她更改幾處文字。知佳收到聯絡後，立刻改好文章，從那牙的飯店寄了出去，但她至今還沒收到編輯部的回信。

知佳把裝著錢包和護照的皮包斜背在身上，打算走向剛才計程車停車的海邊街道，希望在那裡找個能夠上網的地方。

剛走到宿舍的玄關，艾切蘿修女抓住她。妳要去哪裡？修女指責似地問她。知佳只好解釋理由。艾切蘿聽完點了點頭，很無奈地同意她。接著又叮囑知佳，事情辦完了就立刻回來。

已經快到正午了，陽光炙烤著頭頂，熱得令人難熬。知佳手裡雖然抓著一把折疊傘代替陽傘，但因爲風勢太強，根本派不上用場。

知佳走進一家看起來比較衛生的餐廳，打算順便在裡面吃頓午餐。這間餐廳位於飯店一樓，知佳在水椰葉子編成的遮陽棚下找了一個座位，點完礦泉水和義大利麵之後，便從背包裡拿出電腦試著連接網路。電腦立刻連上無線網路。

編輯部已經回信。信中表示，客戶對稿件內容沒有意見。但這次是編輯部因爲頁數變更，希望她刪除一些內容。

海風雖然涼爽，但是氣溫仍然很高，電腦的運轉速度漸漸變慢。

知佳只好先關機，走進開著冷氣的室內坐下，重新開機修改原稿。

知佳改完稿件寄送出去後，電腦也快沒電了。

她追加了一杯冰咖啡，打量著四周。

上了年紀的店員送了咖啡過來，知佳叫住他問，是否記得二十多年前，曾在教堂診所幫忙的日本女人？但是店員聽不懂知佳的英文。好在隔壁桌的客人幫忙翻譯，那名男店員告訴知佳，自己是五、六年前才從民答那峨島過來的，他完全不知道那麼久以前的事情。

知佳又在店裡問了幾個上了年紀的，眾人的回答都一樣。

離開餐廳後，她沿著海邊公路邊走邊逛。沿途路邊有很多店舖，譬如傳統雜貨店，以及土產店、廉價旅館……知佳踏進每間店詢問店裡的人是否記得以前在艾切蘿修女的診所裡服務的日本人？所有人都回答「不知道」。

後來，她走進一家冷氣開得很強，這一帶少見散發著高級氣氛的小旅館。知佳走到櫃台前，剛說出艾切蘿修女的名字，看似經理的男人便皺起眉頭連連搖頭。知佳想起那牙的教堂司鐸說過的那句話「我沒辦法接受那邊教會的作法」。她不知男人爲何那樣，或許跟那句話有關吧。

這個鬧區沿著海邊興建，會在這裡活動的人群，不是觀光客，就是從事觀光業或服務業的人，絕大多數都是從外地到這裡來工作的。他們跟二十多年前在本地教堂進出過的日本人之間，應該不會有什麼交集。

更何況小野尚子並沒有住在塔豪，她也只是一名過客而已。從這個角度來看，就算是當地居民，也不見得會一直記著她吧。

夕陽西下，天色漸暗，知佳連忙趕回教堂的客房。

她點起蚊香，把電腦放在床邊的小桌上，開始記錄今天發生的事情。

知佳無意間抬起視線，剛好看到葛蕾絲從釘著鐵絲網的窗外走過。她似乎也發現知佳看到自己，又轉身回到窗前，從鐵絲網的另一邊露出親切的笑容問道，「在工作嗎？」

「在寫日記。」知佳簡短地答道。葛雷絲點點頭，便轉身離去了。不過沒多久，她又過來敲門喊道：

「晚餐時間到了。」

知佳從沒想到這裡還提供晚餐。

她拘謹地跟著葛蕾絲走進食堂，艾切蘿修女已經吃完晚餐，正要端走自己的塑膠餐具。她告訴知佳，後面村裡有一名嬰兒出生了，她接下來要去給嬰兒取名字。

「修女還要做這種事啊。」

「因爲各種理由，這裡沒有司鐸嘛。」葛雷絲笑著回答。

裝在塑膠分隔盤裡的晚餐，比街上那些廉價旅館或便宜餐廳的更簡單。乾巴巴的米飯，細刺很多的青魚。此外，就只有吃起來像在嚼塑膠的海藻和泡菜。

炎熱的天氣特別消耗體力，這讓知佳感覺魚腥味和油味更加刺鼻，而且還特別鹹。早知如此，先買一份三明治帶回來就好了，知佳不禁暗自後悔。葛雷絲在一旁告訴她，「從前這裡能抓到更大的魚喔。」

「後來，大資本家的漁船開到附近海面，採用撈空海底的方式捕魚，之後，這附近就只能抓到小魚了。漁村的居民都在嘆息。不過我們這裡還有魚吃很幸福了。馬尼拉有些地方的孩子還在撿垃圾吃呢，像是吃剩的漢堡或炸薯條。有些食物裡長了蛆，他們就捏出來丟掉。」

聽到這裡，知佳感到很噁心，但特地準備的食物，總不能剩下，只好閉上眼睛把食物吞下去。吃完晚餐，她在心底做出決定，等到自己離開時，一定要把剩下的錢全部捐給他們。

第二天，知佳告訴艾切蘿修女想到診所幫忙。既然擠滿觀光客的小鎮找不到任何線索，或許在當地居民聚集的診所能找到什麼頭緒。

一大早開始，就有許多患者前來求診。

有位抱著瘦弱嬰兒的母親說自己一直腹瀉不止；還有個少年不小心碰到船上的螺旋槳，腳被割傷了；另一個男人從事農作時被柴刀砍傷，引起了敗血症。

從小野尚子第一次到這裡來之後，二十多年過去了，但這裡的狀況似乎沒有什麼變化。

一個身穿T恤的男人正在熟練地治療患者，但據葛蕾絲透露，那個人不是醫生，他只是從前內戰時幫忙治療過傷兵而已。但是葛蕾絲卻說不出是何時、何處的內戰，也不知道男人的底細，不過知佳根本沒時間問清楚這些事情。

醫生能來診所看診的時間很少，平時沒有醫生的日子，就是像男人那樣的人過來幫忙。

知佳雖然嚷著要「幫忙」，但她既沒有技術，也沒有膽量，唯一能做的，就是幫忙燒燒熱水，或是清洗消毒用過的器具。然而就算只做這項工作，雙手還是會觸碰到沾了血跡、汙物的東西，所以她從頭到尾都覺得噁心、畏懼，始終畏畏縮縮的。

譬如知佳一看到那個被船隻螺旋槳割傷的少年腳部的出血，立刻眼前一黑，當場蹲下，結果還讓傷患問她，「妳沒事吧？」

嘴裡說要幫忙，但等於是在妨礙葛蕾絲和其他人的工作。幸好，大家也沒有責備她，只是知佳卻覺得自己很丟人。

午餐是魚乾和不知什麼材料煮成的湯，知佳一口也吃不下。她徹底理解到自己有多無能，下午她又背起電腦朝市街出發。

到了街上的咖啡店，她點了咖啡和三明治，稍微休息了一會兒，才開始閱讀電子郵件。編輯公司來信表示，由於修改了照片尺寸，需要請她再修改文章字數。知佳修改完之後，把稿子發送出去，走出了咖啡店。

爲了避開陽光，知佳走到對面靠海灘那邊的路樹下。剛一走到，成群的小販便一擁而上，把她團團圍住。隔著馬路，靠近陸地的那一邊，似乎不是他們的勢力範圍。因爲當她走回商店與旅館林立的這一邊邊，小販立即退回靠海灘的那一邊。不一會兒，知佳又因爲想要躲避陽光走回海灘那邊，才一眨眼，那些小販又不知從哪兒冒了出來。其中包括兩腕掛著項鍊和貝殼工藝吊飾的少女，捧著滿袋飲料和食物的中年婦人，還有說著流利英語主動要給她當嚮導的年輕人。

這時，一個小女孩默默地往知佳手裡塞了一堆貝殼項鍊，知佳被她乞求的眼神打敗了，只好掏出零錢買了一條項鍊。轉瞬間，周圍的小販變得更多了。知佳招架不住，正打算轉身逃走，突然，一個看似女孩母親的女人上前擋住知佳。她手裡拿著一杯飲料，滿臉堆起笑容，「不要錢喔。」說著便要把飲料塞給知佳。

下藥搶劫，知佳反射性地一手揮開杯子。

「按摩！按摩！」背後有人在扯她的衣服。

「便宜，便宜。」還有日語夾雜在推銷聲中。

「妳是日本人？我知道有個地方有很多魚，可以帶妳去喔。」

一個年輕人站在面前擋住她的去路，稚氣未消的臉上推滿搭訕用的笑容。

「不用！」

知佳避開年輕人的視線，不屑地答道。

「妳從哪裡來的？皮膚好白啊。眞漂亮。」

年輕人執拗地繼續搭訕，他赤裸著，脖子上掛著華麗的項鍊。

「我不是來玩的，我來這裡找一個失蹤的人。」

知佳忍不住大喊起來。她看準年輕人聽到這種鬱悶的理由，一定會走開，誰知他仍然裝出親暱的表情說，「什麼？找妳老公嗎？」

「女人啦。可能是二十多年前的事情了，你可能也不知道吧。她可能在教堂診所幫忙修女。」

天氣熱得令人心煩，知佳嘴裡幾乎說不出像樣的英語，一連說了好幾個「可能」。海灘男孩裸露的胸前雖然閃耀著項鍊的光芒，表情卻瞬間變得很陰暗。周圍那些賣土產和按摩店的女人面面相覷，嘰嘰喳喳說個不停。

「妳說的是那個被惡魔附身的女人吧，就是那個在艾切蘿修女身邊的日本人。」

知佳忍不住盯著年輕人問：

「對啊，你怎麼知道？惡魔附身又是怎麼回事？」

說著，她往前一步逼近年輕人。身邊那些女人異口同聲開始向她訴說什麼，但因爲她們的英語口音太重，知佳實在聽不懂。

「你說給我聽聽。」她指著道路對面的咖啡店說。

年輕人連連搖頭。

「我請你，還有她們也一起請。」

「對不起，我們不能到店裡去。」

是因爲勢力範圍？還是店家歧視他們？

於是知佳跟一個賣飲料的女人買了一罐飲料，然後坐在樹蔭下的按摩椅上聽他們細說分明。

女人和年輕人用英語你一言我一語的，搶著告訴知佳，又互相糾正對方所說的內容。知佳很難完全理解他們說些什麼，不過還是聽懂了大致內容。

他們似乎是要告訴知佳，從前有個日本人曾在艾切蘿的診所幫忙，後來這個日本人遭到惡魔附身，而且這些小販都知道這個傳聞。年輕人和女人都說他們也是從同伴那裡聽來的。只有按摩店的老女人說，她親眼看到躺在海灘上的屍體。

「屍體？她死了？」

「不是啦。」

年輕人發抖似地拚命搖著腦袋。

「她才沒死。因爲沒死，所以才恐怖啊。妳知道嗎？這個世界和那個世界之間有一扇門。惡魔附身的人變成冤魂厲鬼，再從那扇門回到這個世界來製造災難，所以才恐怖啊。」

「可是她不是看到屍體了嗎？」

按摩店的女人垮著嘴點點頭，視線不知望向何處。

不管知佳再向她提出什麼問題，老女人都不肯回答，全身不斷發抖。

那個到塔豪教堂的診所幫忙的日本女人，因爲惡魔附身去世了。也就是說，眞正的小野尙子客死異鄉，然後半田明美僞裝成小野尙子返回日本。

是這麼一回事嗎？

不過知佳覺得好像在哪裡聽過「海灘的屍體」、「惡魔附身」之類的字眼。

是在那牙遇到的伊內絲說的。

「如果不是在那個海灘看到屍體，我大概已經死在塔豪了。」、「惡魔附身之類的迷信讓天主教被誤會……」

伊內絲的確這麼說過。

「我爸爸前年去世了，他認識艾切蘿那裡的日本修女。因爲有一次，我最小的妹妹被魚刺扎成重傷，我爸爸帶她到診所讓那個日本人治療過。」

一名中年小販對知佳說。

「妳妹妹現在在哪呢？」知佳連忙追問。

「在馬尼拉當美容師。」

「不在這裡啊？」

「聖誕節才會回來。」

總而言之，眼前這名年輕人和其他幾個女人都深信那個日本女人是一位修女兼護士

「反正我告訴妳，有一天，修女突然用男人的聲音開始說話了，說的都是我們都聽不懂的語言。還用奇怪的姿勢慢慢地晃來晃去，到處吐出一堆綠色物體。」

綠色嘔吐物，所以那時她身體出了問題？你們聽不懂的語言，或許只是日本話吧？知佳客氣地反駁道。

「妳根本不知道惡魔附身有多可怕。」

一名女性小販大喊起來。

「妳說這種話，眞的會碰到可怕的事情喔。」

其他女人也表示贊同。她們不像在威脅知佳，而是眞心爲她擔憂。

「日本修女是被惡魔殺死的。妳要是不小心，也會遭殃的。」

「她眼睛還會發光呢，像探照燈一樣。」

「店裡貨架上的東西全都掉下來，冰箱還在空中飛來飛去。」

「好多黑蟲從排水溝裡爬出來，她去過的商店，後來也一直充滿殺牛時的氣味，根本沒辦法營業。」

「妳應該也發現了吧？剛才妳到這裡的路上，是不是有一個像洞窟的地方？就在沒有商店的那段路上。那就是通往另一個世界的入口，所以我們都不願意靠近那裡。可是外國人不在乎，大家都跑去探險。妳要知道萬一頻率對上了，死人就會跑出來的。不過她的運氣更糟糕，附在她身上的不是死人，而是惡魔。」

「我們沒騙妳喔。」年輕人滿臉認眞地看著知佳，「大家都這麼說。」說完，他又繼續說明。

「我們村裡有個老爺爺親眼看到當時的情景。那位日本人幫老爺爺治過病，所以跟她很熟。那位被惡魔附身的修女，當天就死了。因爲她是被惡魔殺死的，大家都好害怕。有一段時間，這附近都沒人敢在晚上出門。」

「後來怎麼樣了？」

「聽說艾切蘿修女從馬尼拉請來一位驅魔師。因爲惡魔不趕走的話，其他修女還會被附身啊，所以後來沒再發生過這種事。不過妳是來找那位日本修女，妳就會被惡魔附身。說不定也會連累我們呢……妳不相信？」

說著，青年很不滿似地噘著嘴。

「不是……」

「不信的話，到我們村裡來吧，我帶妳去見那位老爺爺。」

旁邊有個女人說。

太陽已快要落下海平面了。知佳覺得自己一個人在黃昏時，跟著他們到村裡去太莽撞了。艾切蘿修女告誡過她不要到街上去。知佳不認爲那是修女的偏見，或許修女不只針對那些不良外國人，同時也在暗示這群當地小販。說不定自己稍不留意，就被他們搶走護照和全身物品，然後被丟進海裡。這些人看起來都不像壞人，不過專門欺騙觀光客的騙子，應該也不會長著一副壞人臉吧。

她又想起自己的皮包裡裝著護照和現金，背包裡還裝著電腦。

「抱歉，太陽下山以前不回去的話，艾切蘿修女會罵我的。我現在住在那裡。」

出乎知佳意外的是，這些人並沒有勉強留她。有些人只是皺起眉頭，好像在說「眞遺憾」，有人只是欲言又止似地噘起嘴。

「那妳明天趁亮的時候再來吧，我們都會在這裡的。」

說著，年輕人再度露出搭訕用的甜蜜笑容握住知佳的右手。

這時，一名少年突然出現在人群的後方，他的一條腿上綁著繃帶。少年向人群不斷搖手，小販中的一名女人走上前攬住少年的肩頭。

他就是那個被船隻螺旋槳割傷的男孩，今天早上才到診所來過。那名女人是他的母親吧。孩子一手指著知佳，用當地的語言向他母親說了些什麼。母親走到知佳身邊，並沒有向知佳道謝，而是拿出一根煮玉米遞給知佳。

知佳連忙婉拒，「我沒做什麼。眞的，因爲我什麼都不會。」她再三拒絕那位母親，但是在推辭的過程中，突然又覺得可以相信。

「我現在可以去村子裡嗎？」

她問年輕人青年。對方默默豎起了拇指。

那名女性小販和按摩店的女人陪伴著知佳，一起跟著年輕人前進。

道路對面那家廉價旅館的老闆突然發出一陣怒罵。從他的姿勢和手勢看得出來，老闆是在警告知佳不要去。

一個全身刺青的白人男子剛好從她們身邊走過，他指了指知佳的皮包，好像在提醒她「小心喔」。知佳向他點點頭，告訴他不要緊。白人男子嘖了一聲地向她豎起無名指，露出不懷好意的笑容。

究竟該相信誰？她已經搞不清了。

沿著海邊道路一直走，不久，行道樹消失了，只見路邊並排著一連串水椰葉屋頂的小屋。這個村子比鐵道旁的貧民窟更窮。一艘船底朝上的小船匍匐在沙灘上。樹陰下，幾個老人正在修補魚網。

「你也去抓魚嗎？」

知佳問年輕人。「有時候。」年輕人答完露出雪白的牙齒。這次，他的笑容完全不像要搭訕人，略帶羞澀的表情裡充滿稚氣。

「不過現在魚很少了，根本無法維生。從前這裡可以抓到很多魚的，現在有好多外國船開到附近的海面來，把那些值錢的魚都抓光了。」

年輕人領著知佳來到一棟小屋前面，一個老人蹲在那裡抽菸。

老人伸出自己的腿給知佳看。從他的膝蓋到腳趾，小腿上面佈滿了閃電般的斜紋傷痕，而且他沒有無名指和小指。青年幫他翻譯說道，他腿上的傷痕是使用炸藥捕魚時炸傷的。

「對啊，我認識那位日本修女，這條腿也是那位修女幫我治好的。我家鄰居的孫子拉肚子差點死掉，也是那位修女抱著他才治好的。」

「抱著他？」

知佳向年輕人確認了一遍，老人確實是這麼說的。

「修女的名字是小野尚子嗎？」

「不知道，是個外國名字。只要她抱一抱嬰兒或幼童，病就會好。」

「對不起，是不是這個人？」說著，知佳把手機螢幕拿給老人看。

「對，就是這位修女。我絕對忘不了。」

找到線索了，小野尚子確實到過這個小鎮的教堂幾次，而且在這裡做過醫療義工。半田明美接受訪問時曾說過，她不是基督徒，也沒受過洗。認識眞正的小野尚子的那些人也告訴過知佳，她沒有特定的信仰。然而這位老人卻稱呼她是修女，還將她形容成一位創造奇蹟、拯救窮人的聖女。

這時，知佳的手指一滑觸碰到手機螢幕，畫面裡接二連三顯示出一大堆照片，全都是知佳上次採訪時，攝影師幫半田明美假扮的小野尚子拍攝的照片，知佳把這些照片全存在自己的手機裡了。

「沒錯，就是這微笑。這就是那位修女。她用微笑治癒了大人、小孩和所有人，還有我這條腿。」老人又指著腿上的傷痕說：

「就是這位修女幫我治好的。她幫我塗了藥，然後拿繃帶包起來，還給了我內服藥。但其實是她的笑容治好了我。多虧了她，我還活著，到了這把年紀還能去捕魚。」

不只是自己跟優紀她們看不出兩者的分別，知佳想，這個老人也無法分辨小野尚子和半田明美。或許因爲已經過了二十多年，他的印象裡只剩下表情，而忘掉了臉孔。

「聽說那時還找來了驅魔師。」知佳催著老人繼續說下去。老人全身一震，突然很不高興地說，「妳為什麼想知道那件事？」年輕人在一旁忙著安撫老人，不一會兒，他才開始斷斷續續說起往事。

「反正非常突然，一眨眼，這位心懷慈悲的修女就被惡魔附身了。」

她發出男人的叫喊聲，吐出綠色物體，還擺出奇怪的姿勢走來走去……但是老人並未提起眼睛發光、物體移動、冰箱在空中飛舞之類的事情。

從知佳的角度來看，她認為這類行為只是身心出了問題的表現。不過對於身心都以天主教信仰為基礎的當地居民來說，他們可能就把那些現象看成是惡魔附身的證據。

「我還想更進一步了解，您在哪裡看到修女被惡魔附身的？」

「就是在海邊的街上啊。」

「是在教堂？或是診所？」

「不是，在一間叫桑托斯的餐廳裡。」

「桑托斯，那家餐廳現在還在嗎？」

「還在，是街上歷史最久的餐廳。」

年輕人代替老人回答。

「起先她們兩個很普通地聊天，聊著聊著，修女的眼神就不對了，身體也開始搖搖晃晃，並且用男人的聲音阻止她帶去的女人講話。她說的是惡魔的語言，我們從來都沒聽過。」

「她帶去的女人？是教堂的人嗎？」

「不，教堂的人不會去哪種地方吃飯。」

「是菲律賓女人？」

「不知道。如果我們碰到這種事，一定會立刻找司鐸來舉行驅魔儀式，這樣的話，至少她就不會變成那樣了。但是會到街上去的那些人，他們根本不知道惡魔的恐怖。」

「她帶去的女人是怎樣的人？您還記得女人的年紀或模樣嗎？」

老人猛然挑起眉頭說：

「不知道，我又沒有親眼看到。」

知佳很洩氣。聽了半天，他說得好像自己親眼所見，結果卻是從別人那兒聽來的。剛才年輕人也告訴過他，這裡的村民都不能走進咖啡廳，所以老人的情報大概也是從其他觀光客那裡聽來的。而剛才那些女人所說的，大概也是以訛傳訛，最後才被編成惡魔作祟和因果報應故事。

「村裡有人看到當時的情景嗎？」

「我剛不是說我看到了嗎？」

「可是您剛才說……」

「那天早上，我正要去賣掉自己抓到的魚時看到的。那個日本女人倒在海灘上，臉孔浸在水裡。好恐怖啊。」

「所以是您親眼看到的。」

「我不是跟妳說我看到了嗎？」

老人說著用拇指指著自己的胸膛，不斷顫抖。

「附近的海灘有個洞窟，是連結這個世界和那個世界的洞穴，有時亡靈會從洞裡……」

「後來她的遺體怎麼處理的？」

知佳打斷老人這麼問道。

「搬到教堂去了。當時艾切蘿修女立刻飛奔而來。修女說她還沒死。這也是事實，因爲被惡魔附身的死者，看起來心跳已經停了，但是半夜又會突然復活。如果不徹底趕走惡魔，情況會更糟糕。」

「總之，艾切蘿修女過來看過屍體吧。」

原來她真的從頭到尾都瞭若指掌，卻瞞著不說。

究竟哪些部分是傳聞？哪些部分是親眼所見？哪些部分是事實？那些部分又是迷信？還有，哪些部分是虛構的？知佳腦中完全理不出頭緒。她跟在年輕人身後返回街上。

等青年離去後，知佳才拿出手機，按下「重撥」鍵。

她想打電話給前天在那牙交換了手機號碼的伊內絲。知佳想跟她打聽更多她在海灘上看到的那具屍體的資訊。

幾聲撥話音後，知佳聽到有人用日語冷冷答道，「喂。」

知佳聽過這個聲音，但好像不是自己要找的對象。

「伊內絲女士？」

「啊？」

是中富優紀的聲音。原來知佳把「通話紀錄」看成「重新撥號」了。

「抱歉，我是山崎，山崎知佳。」

「妳已經回來了？」

「不，還在菲律賓，是我打錯號碼了。」

「電話費很貴喔，我掛斷嘍。」優紀說，但知佳卻說，「沒關係，馬上就能說完。」接著，她把這天發生的事情簡短說了一遍。

她告訴優紀，小野尚子確實來過塔豪教堂的診所。然後，她的屍體在這裡的海灘上被人發現，漁村居民都說她被「惡魔附身」了。

「惡魔附身？」

優紀訝異地提高音量反問。

「據說是這裡的迷信。他們都說那位眞正的小野尙子曾經口吐綠色物體，用男人的聲音說著他們聽不懂的語言，眼睛還像探照燈似地發出亮光。甚至還有更誇張的傳言，說她能讓冰箱在空中飛舞，黑蟲在四處亂爬。更令人費解的是聽說她是在海邊去世的，後來修女把她的屍體搬回教堂。但是那時她還沒死，如果不請人來驅魔，她就會變成殭屍。諸如此類莫名其妙的謠言傳得到處都是。最先是這裡的漁民傳出來的，也不知是眞是假。不過他們一點都不像在開玩笑，每個人都很認眞。有人在街上的咖啡廳親眼看到惡魔附身的現場，我也去詢問了那個人。聽說那時她突然全身開始搖晃，眼神變得很奇怪，而且發出男人的聲音，聲音很大蓋過了她帶去的女人講話的聲音。那人她說的是沒人聽過的語言，會不會是拉丁語？」

「那不是拉丁語，山崎小姐。」

優紀輕聲打斷了知佳。

「我知道。」

「沒錯，她說的是日語。那個『惡魔附身』的惡魔就是藥物。如果不是藥物的話，就是酒精。」

啊，知佳輕呼一聲。小野尙子從前確實爲酒癮煩惱過。

「冰箱在空中亂飛這種事不太可能發生，但是像嘔吐、突然發出別人的聲音大喊大叫、眼中變得閃閃發亮……等等的狀況，我們確實經常看到。這些行爲還算可愛的。比這些更恐怖的行爲，不知道有多少。所以眞正的小野尙子到了那邊以後，老毛病犯了吧。已經被酒精侵蝕變質的大腦結構是不可能恢復原狀的。不論戒酒多少年，只要有機會喝上一口，哪怕只是禮貌性乾杯時的一小口啤酒，也會讓她重蹈覆轍，最後非得喝到爛醉才肯罷休。酒醉幾乎跟嗑藥是連在一起的。很悲慘的，山崎小姐大概沒看過吧。小野老師大概不是淹死，就是被嘔吐物噎死的。如果真的是這樣，那邊的居民當然會想隱瞞真相。越是敬愛小野老師的話，越會想要遮掩吧。」

說到這裡，優紀才想起電話費不便宜。「我們用電子郵件聯絡吧。」說完，她就掛斷了電話。

知佳一面忙著收起手機，一面四處尋找桑托斯咖啡館。小野尚子在那家咖啡館裡不但重新端起了酒杯，同時也嗑藥了嗎？

她不斷向路人打聽，有人告訴她那家咖啡館就在海濱公路旁邊。

知佳看到在一棟老舊建築物一樓，有一家咖啡館門前撐起的遮陽棚上，用很大的字體寫著「桑托斯咖啡館」。咖啡館內的牆上貼著瓷磚，看起來雖然很舊，卻給人一種清潔感。菜單上和收銀台旁的玻璃櫥窗裡都沒有酒精類飲料。櫃台上的小型冷凍櫃裡陳列著幾種色彩鮮豔的神祕冷飲。

知佳點了其中一種綠色飲料，然後付了錢。店員把冷凍櫃裡的飲料倒入一個大杯子，問知佳問，「要不要哈囉哈囉？到我們這裡來的客人都會點。」說著，店員還指著菜單上的照片。哈囉哈囉是一種菲律賓式聖代，杯中除了冰淇淋之外，還放了很多水果和芋泥。

不用了，知佳拒絕了店員，只點一份飲料。店裡的冷氣很強，她在餐桌前坐下，又拿出手機。這次她看清楚，重新打給伊內絲。撥號聲連續響了幾次之後，一陣聽不懂的菲律賓語從話筒裡傳來，原來是電話答錄機。

「我是山崎知佳。上次多謝您了。我有點事想請教您，我再打給您。」知佳正要按下留言鍵，沒想到伊內絲接起電話。

「抱歉抱歉，我習慣開著電話答錄機。」

「我正在塔豪的桑托斯咖啡館。」

「啊……那家咖啡廳還在啊。」

伊妮絲的聲音聽來又是懷念又是憂鬱。

知佳把自己在這裡打聽到的訊息告訴伊內絲。

知佳說，塔豪教堂的艾切蘿修女說她不認識日本人小野尙子；漁村的居民卻說，那個日本人是因爲惡魔附身才死的；至於村民所說的惡魔附身，很可能就是酒精中毒或藥物中毒的症狀。

「那些都是迷信。因爲很多孩子沒法去學校受教育……」伊內絲還沒說完，知佳就打斷她說一名漁村的老人說他在海灘看過那個日本女人的屍體。

「伊內絲小姐在海灘看到的屍體，就是那個是日本人吧？」

話筒那端傳來一陣沉默。

「如果是在海灘，可能就是我看到的那個人，但是死在海灘的人非常多啊。」

「您還記得那是幾年前的事情嗎？」

「等一下……那年聖誕節，馬尼拉的貧民窟發生大火災，很多人被燒死了。接著，這附近因爲土地所有權的問題發生糾紛，當時不但來了很多警察，連軍隊都開進來了……」

說完，伊內絲用菲律賓語跟身邊的人交談了幾句，然後用很有把握的語氣告訴知佳。

「那是在一九九四年，萬聖節以後的事情。」

知佳倒吸一口冷氣。

一九九三年聖誕節，眞正的小野尙子還在輕井澤。之後，到了一九九四年十一月，瘦成皮包骨的半田明美用墨鏡和口罩遮住臉孔，假冒小野尙子回到成田機場。

「村裡那位老人從別人那裡聽說小野尙子當時身邊有位同伴，您在她的遺體旁邊有沒有看到類似的人？」

「或許有，但我不記得了。因爲我嚇壞了。」

停頓片刻，伊內絲又說：

「對，有的，她的確有個同件。但不是在屍體旁邊，而是前一天晚上，她和一個日本女人一起。」

「您看到了？前一天晚上？」

「對。我喝醉了躺在廉價旅館床上，忽然聽到樓下小巷裡，有人在大喊大叫。這種事並不稀奇，我也聽不懂那人在說些什麼，只聽出是口齒不清的日語。因此我從窗口偷看了一眼，是個上了年紀的歐巴桑。穿得很隨便，T恤配長褲，拚命大喊大叫，然後敞開兩腿坐在路邊。我眞是看不下去她那個樣子，所以我跑下去，搖著她的肩膀問她住在哪裡。那時她已經神智不清了。雖然全身散發著酒臭，但她那種醉法很不尋常，一定還嗑了藥。」

「嗑藥？不是下藥搶劫？」

「不是，只有眞正的毒蟲才會醉成那樣。是當時剛好經過那裡的食品店老闆娘告訴我的。那女人原本坐在她家店前的長椅上，早已爛醉如泥了，不但到處嘔吐，還不停大呼小叫，讓她店裡的顧客很不高興，所以老闆娘就把她趕走了。那時這裡有很多那種人，在日本什麼都不敢做，卻仗著日圓升值的優勢，跑到國外，特別是跑到其他亞洲國家來放肆。不只是日本老頭，或專搞度假勝地一夜情的日本女孩，就連年紀一大把的歐巴桑也會跑來鬼混。但是我不能不管她，因爲我也跟她半斤八兩嘛。但是我正要把她弄進房間的時候，另一個女人跑來了，不知是旅行社領隊還是導遊，反正那女人連聲說著『對不起，對不起，給您添麻煩了。』然後就把她帶走了。」

「那個跟她一起的女人是什麼樣的人？」

知佳的聲音不知不覺地提高八度。

「不知道。因爲那時我也在嗑藥啊。不過那個女人不是毒蟲，應該說是個普通人。」

「您聽到她跟爛醉的女人之間的交談了嗎？」

「哪能交談……其中一人已經爛醉如泥了。我只聽到那女人稱呼她『老師』，還聽到那女人扶著她說，『老師、老師，回去吧。』」

沒錯，她們就是小野尙子和半田明美。

「大概那女人把她帶回旅館之後，她又跑到海邊去了。嗑藥之後產生恐怖幻覺的話，全身會一下子變熱，幾乎沒法呼吸，根本無法待在房間裡。所以有人會跑出去被車撞死，也有人從窗戶跳樓自殺。現在回想起來，那具遺體大概也在這裡火化後，有人把骨灰帶回去了吧。」

「好像沒有。」

「怎麼回事？」

「因爲小野尙子女士已經失蹤二十多年了。我就是爲了這件事到這裡來的。」

「原來是這麼回事。」

半田明美頂替小野尙子這件事，知佳不能告訴第三者。

「我還想請教，您知道關於那間教堂的艾切蘿修女的什麼事情嗎？」

「抱歉。」伊內絲立刻向知佳致歉。

「我不太清楚。雖然她們離我不遠，但是那邊好像發生過一些事情，這裡的教會要我們不要跟塔豪的教會來往。」

「難道是跟惡魔有關……」

「不，我覺得不是。總之，他們那邊的作風有些極端。」

「是指艾切蘿修女嗎？」

「不，是那間教堂……不光是菲律賓，天主教教會內部也有很多糾紛的。」

知佳聽出伊內絲是因爲個人立場，不能透露太多，知佳決定不再繼續追問。假設漁村的老人沒有撒謊，也沒有記錯，「惡魔附身」這個字眼應該是從艾切蘿修女的嘴裡說出來的。或許塔豪這裡有一種具有當地特色的異端基督教信仰吧。

知佳向對方道謝後，掛斷電話。她端起面前的綠色液體用吸管喝了一口，立刻嗆得差點吐出來。剛才講電話的這段時間，杯中溶化的冰塊已經把液體沖淡許多，但她仍然感到一股濃烈的甜味混著合成香料的氣味從喉頭湧上來。這根本不是人喝的東西。她又點了一杯冰咖啡和一杯碳酸飲料，好壓過那股味道。

冰咖啡端來的時候，沒有附上果糖。知佳心裡就有一種不祥的預感。果然，咖啡甜得不得了；碳酸飲料雖然不算太甜，卻有一種既像梅乾又像中藥的刺鼻香氣。

這家餐廳的每種飲料都很刺激。不是色、香、味三者當中的一項特別突出，就是三者都很強烈。這麼說來，既然這是鎮上最久的咖啡館，就表示這裡的居民從很久以前就喝著這種飲料嗎？

她把喝了幾口的三個塑膠杯排在面前，嘆了口氣。這時，一個六十多歲的女人從廚房走出來。

「怎麼了？」女人瞥了一眼桌上的杯子，兩杯鮮豔的飲料和咖啡都是沒怎麼喝過的樣子。

「不合您的胃口？」

「對不起，我覺得太甜……」

身材豐滿的女人揚起眉毛聳聳肩說：

「不用擔心，我們這裡的飲料不會喝壞肚子的，製作時非常注意衛生的。不管怎麼說，我們是這個鎮上最久的咖啡館啊。」

女人似乎就是咖啡館的老闆。

知佳向她打聽二十多年前發生的事情。說到海灘上的屍體時，老闆說，「這麼說來，好像發生過這麼一回事。」但是她對這件事好像不感興趣。

「這裡的居民說她被惡魔附身了。」

老闆露出不悅的表情說：

「不是這裡的人，是村裡的人。只有窮得不能上學的人才會相信這種事。」

「他們還說修女爲了驅魔，所以把屍體帶回教堂去了，這又是怎麼回事？」

「這裡又不是民答那峨的叢林。當時好像是因爲發現屍體還有一口氣，所以抬到診所去急救。那間教堂開了一間診所，不過只有窮人會去那裡求診。」

「我知道，我也去過那裡。」

如此說來，當時倒在海灘上的，未必是一具屍體，所以小野尙子不一定死了。

「我還聽說那個倒在海灘的女人，不確定是前一天晚上或更早之前，她在裡突然出現奇怪的舉動，不但眼中閃閃發光，還會大喊大叫些沒人聽得懂的話，您還記得當時的情形嗎？」

「不要亂說！」

知佳還沒說完，老闆就像要揍人似地敲著桌子制止了她。

「我在這裡開店三十年了，從來沒在客人的飲料裡放過什麼奇怪的東西。」

說到這兒，她氣憤地瞥了知佳面前的兩杯飲料一眼。這些飲料的甜味與氣味都太刺激，知佳實在無法下嚥。

「是那些瘋狂的外國人自己亂搞。他們把藥混進可樂、奶昔裡面，隨便撒在披薩上。我才是受害者。我從來沒賣過奇怪的東西。妳不喜歡我家的飲料，就趕快給我出去！」

「不，我不是那個意思。」

「我叫妳出去，沒聽到嗎？永遠不要再到我店裡來。」

知佳覺得她幾乎要把喝剩的飲料澆在自己頭上，只好匆匆逃出店外。

夜色中，悶熱的大氣猛然撲面而來，知佳走出店門之後，心臟仍在急速跳動。體型豐腴的老闆罵起人來音量驚人，而且像連珠砲一般地震懾人心。知佳簡直嚇壞了。

瘋狂的外國人……把藥物混入飲料，撒在披薩上……原來癮君子在這裡是用這種方式吸毒。而且，還不只如此。

伊內絲曾經警告知佳，這地方經常發生下藥搶劫。因此小野尚子也可能在不自覺的狀態下攝取了藥物或毒品。但是對她這麼做的人，不是當地的歹徒，而是那個她帶來的日本女人。

知佳腦中的拼圖一片一片拼湊起來。

一幅令人厭惡的畫已然成形。

夕陽西下之後，白天吸收了強烈陽光的柏油路仍不斷噴出熱氣。知佳慢吞吞地向前邁步，同時深刻體會到長島的推測越來越具有真實感。

她在曼谷把那個爛醉的男人推進大河，然後又把另一個女人丟進馬尼拉灣……

雖然地點不在馬尼拉灣，但是半田明美或許真的幹出類似的勾當。

桑托斯咖啡館的飲料不但甜得令人頭痛，裡面還混著刺鼻的合成香料的氣味。有了這種飲料，別說藥物的氣味、苦味，就連酒精的刺激性都能掩蓋過去。

只要吸進一口，剩下就等她自己滾下山坡。

已經變質的大腦結構不可能恢復原狀。不論戒酒多少年，只要遇到機會喝上一口，哪怕只是禮貌性乾杯時喝一小口啤酒，哪怕只是混了一小杯伏特加的奶昔，她就會醉到不省人事還停不下來⋯⋯

假設那個疑似半田明美的女人在桑托斯咖啡館裡，給小野尙子喝下酒精還是服下藥物，或是混合兩者的飲料，等到小野尙子陷入酩酊狀態，便把她帶出店外。

之後，小野尙子在居民面前醜態百出。那個「一起去的女人」則站在一邊，等著親眼目睹她斷氣喪命。不巧的是，這時剛好有個住在廉價旅館的女性同胞跑了出來，打算把尙子帶回去照料。半田明美只好趕緊跑到小野尙子身邊，卻被那名女性看到自己的臉孔。

「一起去的女人」或許假裝照顧酩酊大醉與急性藥物中毒的小野尙子，把她帶到海灘。以她當時那種狀態，只要五公分的水深就能把她淹死。

當地居民看到自己熟識並敬愛的修女突然表現出怪異行爲，都驚恐地認爲她被「惡魔附身」了。而對那個女殺人犯來說，眼前的狀況雖然出乎預料，卻是個大好機會。

艾切蘿修女看到倒在海灘上的小野尙子時，不確定她是否還有一口氣，不過還是決定把她抬回診所。就在同時，那個「一起去的女人」已經離開塔豪不知去向。

不久之後，女殺人犯僞裝成病容憔悴的小野尙子抵達成田機場。

知佳在海邊的餐廳外帶了一份炒飯，然後把背包轉到胸前，一手提著炒飯的塑膠袋，一手護著背包走上通往教堂的那條路。

離開海邊市街後，周邊地區陷入一片黑暗。奇怪的是，空氣裡卻聞不到不安的氣息。路旁只有幾戶陷入沉睡的窮苦人家。

教堂跟平時一樣敞開著大門，後面的宿舍門口也沒有上鎖。

走進設計單調的玄關門廳，只見葛蕾絲坐在角落的椅子上。昏暗的燈光下，她正在閱讀文件。一看到知佳進來，葛蕾絲立刻起身過來。

「妳到哪裡去了？平安歸來就好。艾切蘿修女很擔心妳。」

「抱歉，一不注意就弄到這麼晚。」

「是啊，我們通常晚上八點就鎖門睡覺了。難道妳在等我嗎？」

「抱歉，抱歉。」知佳連連低頭道歉。

日光燈的青色光芒從房裡斜射在走廊上。知佳房間的門敞開著。

「都這麼晚了，妳去做什麼了？」

房裡那人問話的語氣十分嚴厲。

是艾切蘿修女。她正準備就寢的模樣，穿著一件很像內衣的灰色T恤。

知佳已經作好心理準備。她兩手交握，把幾個單字在腦中排列組合一遍後，單刀直入對修女說，「不好意思，現在可以跟您談一談嗎？」

她以爲修女會說「明天再說」或「時間太晚了」之類的理由拒絕自己，沒想到艾切蘿修女不發一語地凝視著知佳。

「我已經聽說妳到街上做什麼了。」

說完，修女緊閉滿是皺紋的嘴唇，返回自己的房間披上一件外套。之後，才回來帶著知佳走進隔壁的辦公室兼會客室。

房間裡沒有擺飾，也沒有門，只在門口掛一塊塑膠繩編織的暖簾似的遮擋物。房裡擺著做工粗糙的桌子和合成皮沙發，牆上掛著一幅小型聖畫。

艾切蘿修女指著沙發讓知佳坐下，然後低聲對她說：

「這棟房子後面有一條路，順著那條路一直往上走，就會看到尚子長眠在那裡的墳墓。」

知佳並不特別驚訝。

「如果妳要去的話，最好明天一早就去。太陽出來之後會很熱。」

停頓幾秒，艾切蘿修女才正式告訴知佳，小野尚子已經過世了。

「她不是一般的死法。」

「我聽說她倒在海灣的沙灘上，那是在一九九四年吧？」

艾切蘿的視線在空中猶疑了一秒，又立刻轉回知佳臉上。

「對，是一九九四年，但不是淹死。雖然沒有經過警方調查，不過我們發現，她體內除了酒精之外，還有大量安非他命，她是中毒死亡。前一天，尚子的朋友從日本到這裡來，黃昏的時候，她們一起到街上去。我跟她們說，如果是去吃飯的話，就在這裡吃吧。而且我還邀請她朋友住在這裡。但是尚子的朋友拒絕了我，拉著尚子一起到街上去了。」

「您還記得那位朋友的名字嗎？像是山下？半田？或明美？」

艾切蘿修女搖搖頭。

「或許聽過，但我已經忘了。」

「那個朋友是不是這個人呢？」

說著，知佳拿出手機想把照片叫出來。誰知心中一急，手指僵硬得不聽指揮，不小心碰到螢幕。畫面裡連續顯示出好幾張無關的照片，最後才終於找到那張團體照。半田明美混在一群人當中，當時她自稱「山下」，知佳用食指和中指把照片裡那張臉孔放大一些。

艾切蘿修女注視著近在眼前的手機螢幕，歪著腦袋露出困惑的表情。

完全找不出特徵的臉孔，隨處都能看到的臉孔，卻又看不出是誰的臉孔……

「這是她嗎？」知佳又把長島那篇雜誌報導裡，那張小劇場女演員的照片給修女看。

「不知道，不記得了。」

已經過了二十多年。若不是特別令人印象深刻的人物，只見過一兩次面的話，應該無法判斷吧。

「尙子跟我解釋她不肯住在這裡的理由時說，『她天生害羞，又怕見生人。而且她也不太會說英文，跟大家在一起的話，會覺得很累。』當時我要是更強硬地阻止她就好了。我非常後悔。現在回想起來，仍然悔不當初。有些事情，只有自己一個人的時候絕對不會做的，但是身邊有了同件，就敢放手去做。尙子那個日本朋友既不害羞，也不怕生，根本不是好人，而且海邊市街又是個充滿不良誘惑的地方。那裡本來是純樸的漁村，但當時街上已經蓋滿酒店、廉價旅館和餐廳，行爲不檢的人聚集在那裡喝酒，抽大麻、吸食ＬＳＤ，那裡已經變成處處耽溺淫亂的地方。不論街頭或海灘都是那種人。是這個國家讓那裡變成這樣的。政權交替的時候，我們曾對艾奎諾夫人充滿期待，但她讓我們失望了。反正，那個來自日本的朋友邀尙子一起去鎭上，尙子敗給了誘惑，結果連性命都丟了。尙子被捲進犯罪事件，同時她自己也變成了罪犯。」

「變成了罪犯？」

艾切蘿修女以悲痛的眼神看著知佳。

「外國觀光客經常對我國有著誤解。其實，吸毒在我國是重罪。杜特蒂上台很久以前就是重罪。我們這裡對那種行爲的刑罰，可能比妳的國家更嚴厲。我不願意看到她變成罪犯。雖然她已經不在了，我還是想幫她隱瞞這種不名譽的死法。所以當我被人叫去海灘，確認死者就是尙子之後，趁著看熱鬧的群眾通知警方之前，我就把她運回這裡，並以病死的說法埋葬她了。」

一般人都以爲，一旦發現屍體，就該立刻打１１０報警，其實這是日本的習慣。對那些聚集在海邊小鎭的不良觀光客來說，單純的溺斃者都可能帶來麻煩，藥物中毒死亡更不用說。警方一旦開始調查，就會有無辜者遭到逮捕或被索賄。到時候不只觀光客遭殃，所有依靠旅館業或其他觀光業生活的人，都會受到波及。事實上，這種情況不僅限菲律賓，所有以觀光業維生的地區都一樣。

關於惡魔附身與教堂的那些謠言，不一定來自迷信或樸實的信仰。也有可能是某些人爲了避免自己陷入不利的處境，而故意編造的都市傳說。

教堂雖以病死的理由處理了小野尙子的後事，但外國人在菲律賓死亡後，其實應該由醫療機構開具死亡證明才能下葬。好在教堂擁有自己的診所。

「妳通知日本的教會她去世了嗎？」

修女露出嚴肅的表情說：

「有些苦衷是你們外國人無法理解的。這間教堂跟梵諦岡一直保持著距離。當然，跟國內外許多教會也一樣保持距離。而且，我不知道尙子在日本的地址。凡是到這裡擔任義工的人，我們從不追問他們的來歷。更何況，她的護照和隨身物品全都不見了，所以也沒法找到她的地址。大概是被那個日本來的『朋友』拿走了吧。」

「小野尙子去世的時候，她那個朋友呢？」

艾切蘿修女搖搖頭。

「不見了。可能害怕被因爲藥物中毒死亡的尙子牽連，所以逃走了吧。萬一被警察抓到，發現她也一起吸毒的話，會被關上很多年。」

「關於她那位朋友，可以告訴我更詳細的訊息嗎？」

「我只知道她是日本人。年紀好像不大，但也不年輕。以觀光客來說，她的穿著不算花俏。尙子說她在日本爲視障者從事義工活動，所以我就對她解除了心防。」

沒錯，一定就是自稱「山下小姐」的半田明美。

「您說跟她見過面，對吧？」知佳確認道。

「兩次。」艾切蘿修女皺起眉頭。

「一次是她來找尚子的時候，還有一次，是尚子的遺體被發現的前一天晚上，她一個人來的。不，應該說，那天我做完晚禱回到宿舍，看到她擅自進入尚子的房間，所以我便問她在做什麼。她比手劃腳地告訴我，她跟尚子在街上走失了。我也沒有多加懷疑，還告訴她，『妳回到這裡來是聰明的作法。一個女人三更半夜在那條街上獨自行走，不知會遇到什麼事情。尚子應該也快回來了，妳就在這兒等她吧。』誰知道那天晚上尚子就在海邊喪命了。而原本應該待在她房間裡的那個朋友也不見了，跟尚子的個人物品一起消失了。」

拼圖又湊上一片，黑暗的畫快要完成了。

自稱「山下」的朗讀義工半田明美，根據自己從小野尚子那兒得到的情報，大老遠地從日本飛到了菲律賓。

她假裝成一個不會英語又生性害羞的日本人，避開跟教堂、診所職員的接觸，把小野尚子帶到海邊的咖啡館。在飲料裡混入酒精或藥物，或者是兩者皆有，讓尚子喝下。

假設半田明美的計畫是殺了尚子之後，冒名頂替死者，那就必須拿到小野尚子的護照。所以她讓尚子老毛病復發，等到尚子醉得不省人事，便動手翻找小野尚子的隨身物品。然而，尚子當時沒把護照帶在身上，於是半田明美只好把尚子丟在街頭，然後趕在宿舍上鎖之前偷偷溜進尚子的房間。

雖然艾切蘿修女發現了她，但要騙過修女是很容易的事情。她用「走失」做藉口矇騙過關。等到艾切蘿修女離去後，她找到了護照和其他能夠證明小野尚子的身分與地址的證件，以及有助於自己頂替小野尚子的所有文件，甚至還包括記載著半田明美訊息的筆記本。等這些東西全部到手之後，半田明美才離開宿舍。

她重新回到街頭，暗中等待殺死小野尚子的機會。不料，這時卻有個日本女人從小巷裡的廉價旅館裡出來。半田明美只好趕緊過去，裝著照顧小野尚子的模樣帶走她。半田明美很可能又把尚子帶到沒人的海灘，給她服下更多藥物？或者把尚子的臉孔摁進水裡，讓她淹死了。

因此優紀和知佳都認識的那位自稱小野老師的半田明美，真的就是長島調查結果顯示的那種殘酷至極的連續殺人犯嗎？

小野尚子死了，儘管艾切蘿修女認爲她不是被「朋友」殺害，而是在朋友引誘下喝了酒精、服下藥物招致的後果；儘管她死得很不光榮，但是如果小野尚子的私人物品和護照被人偷走了，修女就應該報警處理才對。如果修女通知警方，應該就能阻止半田明美離開菲律賓吧。

假設艾切蘿修女帶走尚子的遺體之前，眞的向漁村居民提過驅魔這件事，那麼知佳到教堂來打聽尚子的消息時，修女回答了「不知道」。這就表示艾切蘿修女更重視的是教堂的榮譽與名聲，而不是人命或正義吧。知佳思索著在床上躺下。教堂認眞進行的活動雖然令人欽佩，而另一方面，負責教堂事務的神職人員的人格，卻令她感到懷疑與失望。

知佳整夜無眠。東方的天空開始泛白的時候，她走出宿舍，爬上屋後的山坡小路。

由於教堂對名聲的執著，小野尚子不但被剝奪了姓名與身分，還被埋葬在這片陌生的國土。知佳覺得自己最起碼該向她獻上眞摯的祈禱。

天色尚暗，葛蕾絲和其他職員卻已經起床了，大家正在忙著準備早餐。

教堂周圍的空地盛開著許多文殊蘭，知佳摘了一把做成花束。這裡的文殊蘭跟日本的比起來，花瓣顯得更厚，看起來有點像白百合。微亮的天空下，花朵散發著純淨清幽的香氣。

知佳猜想墓前一定沒有花瓶，所以帶了兩瓶裝著飲料水的寶特瓶踏上雜草叢中的登山小徑。

不久，路旁的雜草變少了

兩邊農地裡，許多身穿襤褸T恤的男女已經開始耕作。這些人趁著天亮前就出來幹活，或許是想在陽光變強的中午之前就回去休息吧。

爬上一段坡度緩和的山坡，眼前出現一片濃綠的樹林，枝葉之間盛開著許多紅得像火焰般的花朵。

原來這裡種了很多木槿花。

知佳看到花叢裡有個十字架，是用兩根木材組成的，幾乎要被眾多花朵掩蓋。周圍並沒看到類似墓碑的物體。這個位置正好是山坡的頂端。知佳喘息著環顧四周的瞬間，發出了一陣歡呼。

翠綠的山坡下，大海橫臥在遠處。

靠近岸邊的海水呈鈷藍色，從零星分布的紫色岩礁附近開始，海水轉爲藍綠色。遠方的水平線周圍閃耀著鮮豔的碧藍，跟逐漸轉亮的蔚藍天空融爲一體。

知佳抱來的那把文殊蘭幾乎已被山下刮來的清風吹乾了，但好在這座沒有墓碑的墳墓周圍開滿了鮮紅的花朵。

小野尙子就長眠在這叢鮮花的下面。

這叢花不知是誰種的？是艾切蘿修女和教堂的職員？還是被小野尙子的擁抱治癒疾病與傷口的患者？

知佳把保特瓶埋在這叢豪華的鮮花前面，再把垂頭喪氣的文殊蘭插進瓶中，然後雙手合十，低頭默禱。

這時，她聽到一陣輕微的腳步爬了上來。

回頭一看，一個穿著橡膠拖鞋的中年男人站在身後，他大汗淋漓，襯衫都濕透了。他門牙少了一顆，「哈囉！」笑著向知佳打了招呼

「妳是尙子的朋友吧。」男人問知佳。令人意外的是，他的英語一點口音也沒有。

「你認識小野尙子？」

知佳問男人。男人點點頭，用他有力的指尖，從那堆茂密的花叢裡摘了一朵木槿花遞給枝佳，或許是想用這朵花代替問候吧。

「謝謝，這些花都是你種的嗎？」

「對，我們一起種的。我已經從艾切蘿修女那裡聽說妳的事情，想跟妳談談，所以到這裡來。」

「你是教堂的員工？我們是第一次見面吧。」

男人搖搖頭，自稱是一名司鐸，叫做J.P.

「司鐸？所以你是天主教的？」知佳半信半疑地打量著男人的衣著。

男人身上穿一件破舊的白襯衫，下半身是一條磨損的牛仔褲，可能是別人送的或是撿來的。總之穿在他身上顯得尺寸太大，腰上繫著一條舊皮帶。

「不是天主教，是新的教會。」

「新教，基督新教？」

不過新教並沒有司鐸。

「不是新教。」

男人的語氣有點氣憤。

「這個國家的政府和上流人士，還有教會高層滿腦子只想著賺錢。」

這人看來是個問題人物，知佳立即心生警覺。

他是政府的反對者？還是新興宗教幹部？或者只是單純對現狀不滿的人？知佳疑惑地打量著男人，但他似乎毫不在意，兀自繼續說下去：

「妳知道嗎？當總統從馬可仕換成艾奎諾夫人的時候，馬尼拉周邊的生活可能改善了一點，但是鄉下的情況完全沒變，人民還是跟從前一樣貧窮。然後有一天，政府跟外國簽了協定，答應以金錢與安全保障爲交換條件，讓那些大型外國漁船到這裡來進行拖網式捕魚。從此以後，當地漁民再也抓不到魚了。附近的農民必須從清晨忙到深夜，才能獲得一把米都買不到的低薪。儘管艾奎諾政府當時已經制定了農地改革法，但政府對這一切都視而不見。於是塔豪教堂的司鐸便號召貧苦的漁民和農民，一起到這裡來參加聖經研習會。大家在課堂上了解到社會有多麼不公平，起身投身了抗議活動。」

男人突然改變話題，知佳花了很大一番工夫，才聽懂並理解他的意思。她對菲律賓現代史沒什麼興趣，但是聽到這裡，她逐漸認識了這個小鎮，並稍微了解小野尙子定期到這裡的理由。

男人告訴知佳，這塊土地的地主不住在這兒，但他們手下有許多佃農，佃農也雇用了許多農工。在這種層層剝削的結構下，很多人在這裡過著瀕臨餓死的生活。即使到了今天，這種人仍然存在。因此這個地區的教會司鐸當時把這些人組織起來，指導他們。

「我們是這樣教導他們的，『土地等於人民的生命。神既然賦予人類生命，自然也會給予人類土地。來自神的土地被人佔據，人類離開了神給予的土地，等於自斷活路。基督教義裡給予子民生命的承諾，就是讓子民重獲土地。地主該做的是遵守國家的法律，但對農民或漁民來說，公平正義就是維護自己的生命與生活。沒有食物就沒有眞正的公平正義。』妳覺得這種想法對嗎？」

「這……是。」

知佳並沒有完全理解這段話，只是囫圇吞棗似地點點頭。

「不久之後，塔豪的司鐸就遭到中央教會的警告。他們要求那名司鐸自制，不准參加政治活動，特別是共產主義的活動。那名司鐸寫了一封信給馬尼拉的主教。信裡告訴主教，這裡的孩子跟大人都不知道明天有沒有飯吃，嬰兒正在餓死，少女被賣去當妓女，我們眼睜睜看著人民貧窮到這種地步，還在強調信仰可以拯救心靈，這不是欺瞞是什麼？只要仔細閱讀聖經傳遞的訊息，我們就能了解為什麼會貧窮至此，不是嗎？而且如何才能解決這些人的痛苦，聖經不是也告訴我們了嗎？所謂神的祝福，並不是讓身陷現實痛苦的人們繼續被棄置在痛苦裡，他們就能獲得靈魂的救贖。而是應該鼓勵他們，告訴他們，有我跟你們在一起，你們只管努力向前衝。這裡的農民受到那名司鐸的鼓勵，舉行了罷工，要求提高薪水。漁民也進行大規模抗爭，要求近海的外國漁船撤走。警察立刻趕來逮捕了許多民眾，還有人在混亂中喪生。塔豪教堂那名司祭也被捕了。他在警方的嚴刑拷問下成了廢人後被釋放。教會總部當然不曾向他伸出援手，在他被捕的同時，教會剝奪了他的司鐸身分。釋放回來後沒幾天，司鐸就因為拷問時的傷去世了。後來，他也跟其他因抗爭和罷工而遇害的那些人，一起埋葬在這裡。尚子是在這些事發生之後才到我們這裡來的。」

「小野尚子也參加了那些活動？」

知佳催著男人繼續講下去。她覺得彷彿就要看到真正的小野尚子了。

男人搖搖頭。

「她到這裡來的時候，抗爭已經失敗告終。大部分農民都搬到馬尼拉的貧民窟去了，漁民開始做觀光客的生意維生。教會總部沒有再派其他司鐸到這裡來。但是像艾切蘿修女那樣，跟那名司鐸想法相同的神職人員，都搬到這裡來管理教堂。只是修女不能主持教堂的儀式，因爲她們不是司鐸。幸好診所和孩童主日學都還能繼續下去。尙子並不知道那場地獄般的抗爭，但卻對我們的想法產生共鳴。她向我們介紹了自己的身世、生長環境，以及她經歷過的各種試煉。她在我們這裡的活動，讓她找到照亮自己人生的光源。不過尙子不跟我們一起學習新神學。她不是基督徒，但是她了解我們的活動，也極爲贊同艾切蘿修女的想法。她每年到我們這裡一次，每次大概待三個多月，每天在診所全心全意地照顧傷者和病患。她雖然沒有任何信仰，卻擁有令人驚異的治癒力。有一次，我忍不住問她，那種驚人的力量是不是日本的超自然力量？她笑著否認之後告訴我，她是個渺小的人，卑賤的人，只希望能做大家的僕人而已。」

渺小的人，卑賤的人，大家的僕人。小野尙子不是基督徒，不可能用這種說法。或許她當時是以日本的表達方式，以拘謹又謙遜的字眼與態度回答了問題，而這裡的人們則以基督徒的邏輯翻譯出這段話。但是她使用的說法卻極爲精準地讓眾人明白了小野尙子的精神。

說到這裡，男人皺著眉頭仰望陽光漸強的天空。

「不過尙子卻犯了錯。不知道是輸給自己的慾望？還是出於臨時起意的好奇心，她在嗑藥之後丟了性命，因爲惡魔潛伏在她心底。沒有信仰的人都有這種弱點。尙子踢了路邊的小石子一腳，結果她失去平衡，跌落萬丈深淵。」

「未必是尙子犯了錯吧？」

知佳不自覺地握緊雙手反駁。

「就算沒有信仰，也能一生走在正途上；只憑自己意志與判斷力，也能終生都不輸給誘惑。但如果是遭人欺騙，趁自己不注意的時候，被迫喝下毒品，那就沒辦法了，不是嗎？尙子是被人陷害的。有人在她的飲料裡混進了藥物，她在毫不知情的狀況下喝下去的。」

「不，她不可能是受騙遭人下藥的。是那個品行不佳的日本朋友約她去玩，她不顧艾切蘿修女的勸告，跟著朋友一起到了觀光客雲集的街上。很久以前開始，大多數外國觀光客就在海邊街上像抽菸似地吸食大麻，甚至還有專門負責供貨的藥頭。聽說當時有個藥頭曾把搖頭丸賣給一個英語很差的日本女人。這消息是有個男人在拘留所裡聽說的。這個男人因爲未經許可任意在地主的地上建造小屋，所以遭到警察逮捕。我跟艾切蘿修女都認爲那個買搖頭丸的日本女人，就是尙子的朋友，是那個女人引誘了尙子。可惜，眞的太令人惋惜了。在那個日本來的同伴唆使下，尙子自己掉進深不可測的大洞裡。」

「不是這樣的。」知佳正要反駁，腦中突然浮現一個念頭。

眼前這男人根本沒想過會有「同胞」、「朋友」會像下藥搶劫那樣給人下藥，還殺人吧。或許有人會找同胞或朋友幹壞事，但是不可能存在親自籌劃殺人計畫，再親手殺掉同胞或朋友的人，這男人肯定就是這種想法，不僅如此，他對沒有信仰的人還抱著強烈的偏見。

總之，還是因爲小野尙子爲人太過善良吧？有教養的人很多都會像她這樣，只要是信任的對象，根本不會想到對方可能背叛自己。更何況，這位朋友是因爲敬愛滯留異國的自己，老遠從日本趕到這個鄉下小鎮來。她怎麼可能懷疑朋友的好意？即使對方多麼用心款待，但是在外國讓人以英語款待，仍是一件累人的事。每天到了身心疲憊的黃昏時分，日本人還是會希望輕鬆自在地跟同胞以日語聊天。這對日本人來說，是很普通的想法。

小野尙子對「山下小姐」的這種期待，看得比自己的立場更重要，所以才會不顧艾切蘿修女的勸阻，硬是陪著朋友前往不良外國人聚集的鬧區。

「小野尙子在日本散盡家財，爲那些面臨各種問題的女性興建一所共同生活的庇護所。我到這裡之後才知道她已經去世了。日本那邊還不知道她的噩耗，看到她獨自埋葬在這裡，我眞的很心痛。」

知佳直視司鐸繼續說道：

「我認爲她是被謀殺的。現在看到您爲小野尙子種了那麼多花，還守護她的墳墓……不，還爲她祈禱，我從心底感謝您。」

司鐸以拘謹有禮的語氣答道，「不敢當。」然後又說：

「她不是獨自一人。這裡還有我們的同伴。有一位漁民是在抗議外國漁船入侵的集會上被警察殺死的；還有一位農民，參加薪資抗爭時被逮捕，結果成了屍體被抬回來；還有那位因拷問去世的司鐸也埋在這裡。請妳不要怨恨艾切蘿修女沒有告訴任何人她把尙子埋在這裡。因爲那段時期，塔豪教會是在修女的努力之下才繼續維持。地方政府和教會高層對塔豪教堂的監控，比以往任何時期都更爲嚴厲。高層不再派遣新的司鐸，塔豪教會也被排除在所有聖事名單之外。他們還向艾切蘿修女發出各種警告。甚至就連專爲孩童舉辦的主日學，都曾有警察來找麻煩。在那種處境下，被人知道尙子嗑藥致死的話，不僅是塔豪教堂，就連我們這些曾跟民眾站在同一陣線的基督教徒，都會遭到鎮壓，所以那時我們不能不隱瞞這件事。每個人都會犯錯。但就算尙子犯過錯，她曾爲這裡的居民盡心盡力的事實不會消失。她的溫柔，她的高潔，還有她擁有的強大治癒力，這裡的居民都不會忘記。」

說完，男人跪下來進行禱告。

她才沒有犯錯。她成立的機構裡住著許多已經擺脫藥癮的女性，還有些人正努力擺脫藥癮。小野尙子既然竭盡全力幫助她們，又下定決心來到這裡，爲貧困的村民提供醫療服務。那麼她不可能因爲同伴慫恿就主動喝酒，更不可能自願吸毒。

知佳站在司鐸背後，雙手合十低頭默禱。

妳一定覺得很遺憾吧，小野尙子女士。請安心前往極樂淨土吧。事到如今，我們已經無法問罪半田明美，但是我一定會幫妳查清楚，妳究竟遇到了什麼事。

知佳以日語對小野尙子說完之後，爲了向那位不肯承認自己有所誤解的司鐸表達抗議，她故意大聲背誦著前陣子才背起來的般若心經。

那個向藥頭購買搖頭丸的日本女人，不一定是半田明美，因爲在那段時期，自稱伊內絲的岡山桃子也在這裡。儘管如此，半田明美從日本來殺了小野尙子這件事，幾乎已經可以確定了。

半田明美冷靜地接受自己已經過了能把男人當作獵物的年紀，於是把目標轉向擁有財產的女人。她從日本追到異國，設法在小野尙子的飲料裡下藥，等到小野尙子被她殺害後，再冒名頂替小野尙子。如此一來，半田明美曾被懷疑是連續殺人犯的過往經歷也都隨之消失。

儘管不是知佳所願，但長島描繪的構圖已經獲得證明。

然而，半田明美做這種事，對她有什麼好處？

如果事實就像長島在原稿裡寫的那樣，半田明美應該不是喜歡聲望或名譽的女人。她甚至對權力、愛情、性都不感興趣。她所執著的只有現實利益，簡單來說就是金錢。除了金錢以外，她對其他東西毫無興趣。

殘酷又卑劣的毒婦半田明美。但是知佳見過的「小野老師」身上，卻絲毫感覺不出她身上有著任何這方面的特質。

雖然從二十多年的黑暗中挖掘出了事實，謎團卻越來越深。

這天上午，知佳向艾切蘿修女道謝後，從自己的皮夾裡拿出大約相當日幣兩萬圓的菲律賓披索奉獻給教堂，離開了塔豪。

在那牙機場候機時，因爲時間充裕，知佳便打電話給伊內絲，告訴她自己在山坡上聽司鐸提到的藥頭的事情。

「搖頭丸？就算在當年，我也沒嘗過那玩意。那時單身女人想抽大麻的話，只要獨自坐在那裡，立刻就會有同好過來分給我抽。可是搖頭丸貴得不得了，根本買不起。」

伊內絲這段話又給知佳提供了一項間接證據。

回到馬尼拉之後，知佳在旅館裡寫了一封電子郵件給中富優紀，告訴她自己收集到的所有情報。

知佳沒有加入個人的揣測、推斷，只是一一列出已知的事實，同時還附上了塔豪教堂、附近漁村、咖啡店、廉價旅館等景點和人物的照片。

當天晚上，知佳在旅館房間裡檢查了好幾次，一直沒收到優紀的回信。

第二天早上出發前，手機的信箱裡收到優紀的回信。

「我認爲小野尙子老師並不是沒有信仰，可能她本身就是神吧。不論如何，知佳，辛苦妳了。請妳一定要平安歸來。」

這是優紀第一次稱呼自己「知佳」。

小野尙子本身就是神，優紀的結論應該沒錯。

知佳腦中一片混亂。

不論是知佳或是優紀，現在浮現在她們腦中的小野尙子的形象，其實就是半田明美。或許小野尙子是個「希望能做大家的僕人」的女人，或許她是成爲神的女人；然而在知佳和優紀的眼中，那個女人就是她們看過的半田明美，沒有別人。

現階段幾乎沒有任何情報是可信的。

優紀也是因爲無法相信任何事，所以回信的內容才那麼冷靜沉著吧？

9

所謂得意洋洋，就是指這種表情吧。

「怎麼樣？都被我說中了吧？」

這家位於區民中心的餐廳，就是上次知佳從長島手裡拿到原稿的地方。現在長島坐在對面，盤起雙臂，志得意滿地看著知佳。

知佳先把在菲律賓的採訪經過說了一遍。坐在她身邊的優紀正以疑惑的眼神打量著第一次見面的長島。她今天到東京來是因爲剛好有事要辦。

「總之啊，寫報導一定要親自飛到當地才行。所以半田明美在那邊殺了小野尚子之後，假扮成小野尚子回到日本。接著藉口生病把臉孔遮起來，又用光敏感爲理由，只在夜間出門。」

知佳已事先用電子郵件告訴長島這些情報了。

「然後，妳說她回國之後，曾經找過漢方還是中醫看病，那個醫生在哪裡？妳認眞調查過了嗎？」長島試探地瞪著知佳問道。

「不，還沒。」說著，知佳看了優紀一眼。優紀皺起眉頭。

「快點，去求證啊，求證。」

「可是，這方面……」

從來沒人懷疑過小野尚子是假冒的，所以大家聽說漢方醫師治好了她的病，也就毫不懷疑地接受了她的說法。

「從前的住民告訴過我，她去的那家醫院在信濃追分，她也在那裡接受斷食療法。」

優紀以平板的口吻代替知佳回答。

知佳掏出手機，在搜尋畫面鍵入關鍵字，信濃追分和漢方醫。

畫面裡立刻顯示兩項搜尋結果，一家是一般的醫院，另一家是診所。兩間醫療機構都只有醫師會使用漢方藥，並不是由漢方醫師經營的醫院。知佳又搜尋了中醫學和斷食療法，也沒找到相關資料。

「她原本就是裝病，所以根本不需要去醫院。簡單一句話，她的目的就是出門。」長島敲著桌面。

「根據她之前的手法來看，應該沒有共犯，所以不是出門去見同夥。我也不知道她究竟出去做什麼？不過既然跟錢有關，回國後一定有很多事情要處理吧。對了，半田明美最擅長的手法，就是把藥物或烈酒混入飲料，把對方弄得昏迷不醒。她殺掉醫生丈夫時是這樣，殺掉親生父親時也是這樣。連她殺掉練馬那個裝潢業者的時候，也用了相同的手法。雖說當時是把喝醉的男人從船上推下去，但是要讓一個大男人不省人事，除了酒精之外，還是得藉助藥物吧。後來又碰到滴酒不沾的前酒癮患者，她還是用同樣的手法。而且不是有人說，看到藥頭賣藥給明美嗎？已經沒法否認了。」

知佳點點頭。她在塔豪那家咖啡廳裡喝到的飲料混合著人工香料，她的舌頭又重新憶起那種強烈的香味和令人作嘔的甜味。如果混在那種飲料，不論是酒精的氣味與口感，或是藥物的苦味都不會有任何感覺。

「但是跟練馬裝潢業者那次不同的是，這次的犯罪地點的社會背景。當時不僅是菲律賓，全世界都有很多教堂被**赤化**，都不受當地政權與梵諦岡的歡迎。這種教會最早出現在中南美，妳見到的那個不知是守墓人還是司鐸的傢伙，就是所謂的『紅色和尚』。如果被政府發現進出赤化教堂的人嗑藥嗑死了，就等於找到了最佳鎮壓藉口。一旦被政府發現，不管是神職人員還是別的人物，他們的組織肯定立刻被徹底殲滅。正因爲這個理由，所以不僅是教堂，就連整個小鎮也幫著隱瞞整件事。半田明美事先大概也沒料到這一點，等她到了那邊，才從小野尙子那裡聽說教堂的狀況吧。否則明美也不會丟下小野尙子的屍體，自己先跑了。她應該曾經設法掩飾罪行吧？譬如在屍體上綁一塊水泥磚，或是澆些汽油燒毀屍體的臉孔，要不然就是丟到野外讓野狗吃掉。」

坐在一旁的優紀面無表情地咬緊牙關，下巴像在磨牙似地不斷扭動。

「那女人幹出任何壞事我都不會驚訝。半田明美何止是絕代毒婦，她根本就是怪物。雖然世上也有些死不足惜傢伙。可是，人家怎麼看都像一位聖女，她竟那麼冷酷無情地把人殺了，還讓人死得那麼不體面。說也奇怪，死人的冤魂居然沒有去找她。不過，她那種人原本就沒有良心，也不會自責，根本不怕見鬼或做噩夢。」

聽到這裡，優紀欲言又止地看著長島，猶豫半晌，才開口說道：

「可是那是過去九年間跟我一起生活，一起工作的小野老師……」

說了一半，優紀再也說不下去。

知佳在塔豪寄出那封關於採訪經過的長信後，過了幾天，優紀才回了一封信，信裡寫道：

「既然是知佳親自走訪得到的結果，我雖不願相信，卻不能不接受這個事實。然而，我眞的不知該如何面對這種結果。」

這天，優紀是爲了籌措資金，才來拜訪位在東京大久保的白百合會總部。她決定跟知佳一起來見長島，可能也是想藉這個機會消除內心的混亂吧。

「不過她可眞厲害，二十多年來一直戴著大善人的面具。」

長島環抱雙臂地這麼說。

「我不覺得那是面具。」

優紀呻吟似地說。

「那傢伙這麼多年是在等待什麼吧。」

「我不覺得她在等待什麼。」知佳躊躇著說：

「可能以前發生過什麼事，讓她深切反省後悔不已，所以痛下決心，要在自己的後半生拋棄小我，只為別人活下去。除此之外，我想不出其他的可能。」

「或許就是這樣。」優紀猶豫著表示同意，「像是真正的小野尚子原本非常看重半田明美。或許明美在殺了尚子之後，才發現這項事實，所以她非常後悔，決定用一生的時間贖罪。」

「那傢伙會有這種器量？」長島哼了一聲。

「什麼反省、痛下決心，她要是懂得這些，根本不會做那種事。半田明美不是那種女人，良心這玩意在她身上是找不到的，她是個天生的罪犯，真正的怪物。我在採訪的過程中，確認了這件事。不管從哪個角度切入，都看不到她有良心的一面。我看除非耶穌附體，否則她是不可能痛改前非的。」

「耶穌怎麼可能附體？又不是狐仙。」知佳厭煩地說。

「那該說觀音附體吧？」

優紀沒說話，只是冷漠地瞥了長島一眼。

「總而言之……」說著，知佳坐直身子，把裝著土產的袋子放在長島面前向他道謝，同時也把裝著美元現金的信封放在旁邊。

美元是長島提供的採訪費剩下的。日本到菲律賓的來回機票和亞庇的住宿費，是由編輯公司負擔。知佳用長島給她的「軍援」支付馬尼拉到那牙之間的國內線機票和當地的雜費。

她在那牙住宿在教堂的宿舍和中級飯店，以及後來奉獻給塔豪教堂的費用是她自掏腰包，所以長島交給她的「軍援」只花了大約十萬元。

「不用還給我，反正我以後也用不到了。妳以後採訪時還需要用錢吧？」說著，長島把信封推回知佳面前，「我只收妳這份禮物，謝啦。」說完，他把裝在袋裡的土產拉到自己面前。

「不，還是應該把帳算清楚。眞的非常感謝您的好意。」知佳低頭道謝後，重新把信封推到長島面前。

「那就捐給妳們吧。美元也沒問題吧？我已經從這位小姐那兒聽說妳們的財務狀況了。」長島對著知佳努了努下巴，「聽說妳今天也是爲了找錢才到東京來，這筆錢就給妳們買年糕吧。」

優紀愣愣地盯著長島幾秒後，坐直身子，向長島深深低頭致謝，「那就恭敬不如從命了。」

新艾格尼絲之家必須趕快從小諸的民宅搬出來，卻一直找不到新的租處，房租的來源也還沒有著落。白百合會資金並不充裕，爲了維持他們經營的庇護所，已經相當吃力。這些庇護所主要是向暴力受害者或藥癮患者提供緊急保護。優紀到了大久保的總部之後，向那些理事求援，卻沒得到正面回覆。知佳剛才已從臉色蒼白，還不斷地按著胃的優紀嘴裡聽說這段經過。

「那妳們加油吧。」說完，長島粗魯把裝著土產的袋子塞進環保袋，正要從座位站起來，知佳指著他的環保袋說，「希望您喜歡。」

「是手工藝品。是那邊復健機構的女孩爲了自立生活製作的。」

「就是妳提過的妓女更生設施？」長島問完，又重新坐下，把剛塞進環保袋的袋子取出來，檢視袋中物品。

那是一個藤蔓編織的女用手提包。

打開包裝的瞬間，長島露出喜極而泣的表情。

「唉呀，真是謝謝妳。我老婆會很高興的。雖然她頭腦已經不清楚了，還是很喜歡這種東西。下次帶她去醫院的時候可以用到。」

說完，長島深深低下髮絲稀疏卻清楚分線的腦袋，向知佳道謝。

走出區民中心，優紀抬頭仰望藍天，嘆了口氣。

「不瞞妳說，我已經不知道以後該相信什麼了。」

「是啊。」知佳垂頭喪氣地同意優紀。

「當然一個人是好是壞，不能那麼簡單地一刀兩斷。對我們來說，小野老師畢竟是特別的存在。」

「我了解……」

「不，知佳不會了解的。」

優紀對她的稱呼從「山崎小姐」變成「知佳小姐」，現在又直接叫她的名字知佳。經過多次激烈爭論之後，知佳發現優紀已不知不覺間縮短了她跟自己的距離。

「關於菲律賓的事情，其他人怎麼說？都覺得不可置信吧？」

優紀搖搖頭。

「我不敢給她們看妳那封信。我只給繪美子看過。讀完之後，兩人都不知道該相信什麼，一面哭一面聊了整夜。聊到最後，兩人都覺得既然知佳小姐在信裡這樣寫，那大概就是事實吧。儘管大家外表看起來都很冷靜，其實內心都很不安穩。繪美子，我，還有看起來圓滑世故的麗美都一樣。大家不是麼虛張聲勢，就是異常討好他人。身邊的人可能看不出來，其實我眞的好想吃安眠藥，但我拚命忍耐喔。」

知佳默默地點了點頭。確實，自己只看到新艾格尼絲之家這些住民和職員的表面。

接著，優紀重新打起精神似地露出微笑說：

「不過今天拿到這筆錢，眞的是幫了大忙。本來我還在想，這個年要怎麼過呢？雖說老師過世了，也沒心情過年，但總是新的一年開始，還是想做點什麼。雖然說人生不能只想著賺錢，可是沒錢的話，什麼也做不了。剛才那一瞬間，長島先生看起來就像菩薩。」

「原來妳們的狀況這麼緊迫啊。」

優紀點點頭。

「因爲那場火燒掉了一切。以往也有過資金短缺的狀況，但是每次周轉不靈的時候，小野老師就悄悄用自己的財產補足。」

原來如此，知佳點了點頭。

不管小野老師是不是冒充的，但她去世之後，私人帳戶裡的錢就沒辦法領了。

「小野老師到底爲什麼寧願散盡家財，也要繼續經營新艾格尼絲之家？」知佳側首表示不解。半田明美這個名字差點從她嘴裡冒出來，但顧慮到眼前的優紀，所以改成「小野老師」這個稱呼。

「妳還記得火災燒毀的追分的新艾格尼絲之家裡有個小羊牧場嗎？」

「啊，那些手工縫製的迷你布偶……」

那次知佳去採訪時，看到小羊布偶放在餐廳兼起居室的窗台上。這群羊毛氈手工藝小羊的數目極多，據說榊原久乃完全失明之後仍在繼續製作。關於當中唯一的牧羊人布偶，她曾說過，「有時會有狼混進羊群，所以牧羊人必須小心看守，保護那些小羊。」

「因為我不是基督徒，所以不知道神的小羊之類的故事有什麼含意，也沒興趣去研究。最先我以為榊原小姐說那種話，是在傳授某種人生智慧。像是我們平時明明是好人，然而碰到某種時機或場合，我們也會心生歹念，可能會冒出『殺掉那傢伙』、『偷這點東西有什麼關係』的念頭。我以為她只是教導我們要經常睜開良心的眼睛監視自己。現在我才知道，榊原小姐並不是泛指一般狀況，而是一語道破了事實眞相。只有榊原小姐看穿那個冒充小野尚子混進新艾格尼絲之家的人的眞面目，卻沒有任何人相信榊原小姐。既然她沒法趕走假冒者，就只好扮演牧羊人進行監視。榊原小姐說那些話並沒有那麼深奧的寓意。」

「然後，那隻狼一直披著羊皮，直到她斷氣為止。」

「但是時間實在太長了，二十二年啊。」

優紀呻吟般地繼續說：

「而且，她也不是披著一層皮。那不是靠演技能做到的，這是我陪伴在小野老師身邊長達九年的實際感受。」

「無毒化。」

知佳說出一個瞬間浮現在腦中的名詞。

「那是什麼？」

「譬如像HIV之類的病毒，人類如果被感染了，病毒就會殺死宿主；但是在某些人的體內，病毒卻不會使人發病，而且還能跟宿主共存。」

「或許會因為宿主的體質或擁有抵抗力，所以才會那樣吧。」

「不，不是因為體質或抵抗力，是人體向免疫細胞傳遞訊息的系統被啓動了。如此一來，病毒雖想危害人體，卻無法鑽進細胞，結果病毒只好跟人體和平共存。半田明美變成小野尚子二十二年，還沒做壞事就被消滅了。發揮免疫系統功能的，就是榊原小姐。」

優紀嘆了口氣搖搖頭說：

「我實在不認為小野老師曾經有過什麼不良企圖。」

新年假期剛結束，優紀就把長島捐助的將近五十萬圓日幣的美元，透過地下管道兌換，省去了銀行手續費。因為有位長野白百合會的會員要趁假期返回故鄉加州，所以直接用日幣跟優紀換了美元。

也就是在這段期間。一天深夜，已經離開五個月的瀨沼春香突然回來了。當初是因為找到應召外賣的工作，她才搬出去的。愛結這時已經滿一歲了。

春香說，她已經不當應召女，現在無家可歸了。

個性古板的優紀原本猜測，可能是對工作厭倦了，或是被流氓老闆欺負了，事實卻和她的想像有些許不同。

春香上班的地方原本給她提供了一間小套房，但她才做到第二個月，就什麼都沒說地跟一名男客逃跑了。

那個獨身的年輕男人在貨運公司上班，似乎打算跟帶著孩子的春香結婚。春香搬進男人的公寓後，兩人過了一段相親相愛的日子。

年底之前，男人沒日沒夜地連續加班好幾天，好不容易等到新年假期，兩人早已計畫要駕車旅行。誰知到了出發前，愛結突然生病了。春香跟男人為了是否取消旅行，爭論了半天。最後，為了不想讓男人不高興，春香還是帶著嬰兒一起上路。車子開到半途，愛結的狀況更加惡化，一路哭鬧不停，還不斷嘔吐。男人看到孩子的狀況，臉色更是難看，但還是帶著孩子住進了事先預約的民宿。

民宿老闆夫婦看到孩子的狀況很擔心，勸他們帶孩子去看病，可是春香出門時卻把健保卡忘在家裡了。同時，她也擔心看完病，還得支付昂貴的醫療費用，又會惹得男人不高興。因此她最後聽從了男人的意見，決定回家之後再帶孩子去醫院。然而後來看到愛結病懨懨的模樣，心裡又很不安。於是她趁男人熟睡後，偷了他的皮夾和信用卡，帶著孩子搭計程車到醫院去掛夜間急診。

所幸愛結的病沒什麼大礙，但皮夾裡的現金卻不夠。春香只好用男人的信用卡在便利商店的提款機預借現金，付清醫院的費用。就在她忙著找現金的這段時間，男人打電話給她責怪她偷了自己的皮夾，還威脅她說，「我會殺了妳！」春香告訴大家，她越想越害怕，最後決定逃到新艾格尼絲之家來。她在出發前，已經用平信把男人的信用卡和空空如也的皮夾，寄回男人的公寓。

妳怎麼笨成這樣啊，優紀忍不住說出這句話。

優紀這話不是針對春香當應召女或是隨便跟男人同居。比這些更重要的是，春香太缺乏常識。忘記帶健保卡的粗心大意就不用說了，但她做事太不合常理。爲什麼不先跟男人說明孩子的狀態，也不跟民宿老闆夫婦商量一下，就隨便拿走男人的皮夾和信用卡，還任意利用信用卡去提款機預借現金。還有不知道她是怎麼辦到的，居然還精明到事先弄到信用卡的密碼。另一方面，她竟然用平信把男人的信用卡寄回去。這毫無心眼的做事態度，實在令人目瞪口呆。

「哪些事能做，哪些事不能做，可能從小沒人教她吧。不是她的錯，是父母的責任。」麗美搖頭嘆息，「人被逼急了，就會做出令人難以置信的事情。反正啊，她不適合做特種行業或是應召女。」

聽到這裡，繪美子也表示贊同。因爲她從以前就很認眞地聽春香傾訴。

「跟客人一起逃跑，眞的太笨了。她工作的那家店，在這一行裡算是很有良心的。我聽說她們老闆對單親媽媽很體諒，店長也是個好人。」

繪美子覺得春香離開那間應召站非常可惜，優紀聽了不免感到有些抗拒。但是轉念一想，自己的處境並不優渥，死守陳腐的道德觀也很難餬口。現在這種情況下，究竟該以什麼爲標準，又該如何安慰春香？如果小野老師還活著的話……想到這裡，優紀發覺自己正在求救似地回憶小野老師的身影，不禁感到愕然。

春香彎下腰，用力坐在迴廊地板上，一面哄著愛結一面幫她換尿布。她的動作出乎意料地細心周到，完全就是一個平凡的年輕媽媽。不論發生了什麼事，她對孩子的愛是眞眞切切的。就算遇到了困難，她也不會拋棄孩子，最後一定是選擇孩子，而不是男人吧。就算她腦袋不好，就算她行事鹵莽，但春香已經毫無疑問地是一位母親了。

「孩子的命是用小野老師寶貴的生命換來的，我一想到，萬一孩子死了，腦中就一片空白。」春香含淚說道。

優紀心情複雜地點點頭，湊近嬰兒的臉孔。

愛結茫然地看著優紀。

「要不要抱一下？」

春香動作俐落地處理了弄髒的尿布，嘿咻一聲地抱起愛結交給優紀。

一個溫暖溼潤又沉甸甸的物體落在優紀的懷裡。這一瞬，她感到胸中湧起一股令人喘不過氣的憐愛。

「她變重了吧？」

「是啊。」

優紀情不自禁把臉貼在嬰兒的頰上，懷中的一團肉突然變得僵硬起來。嬰兒用力後仰似地抗拒著，同時發出激烈的哭聲。

「唉呀唉呀，對不起喔。」

「唉呀，她變聰明了，懂得認人了。」繪美子笑著說。

嬰兒出乎意料的抗拒刺痛了優紀的心。

周遭的人都認爲她老少總是非常體貼，但其實她並不是那麼喜歡體貼別人。因爲從小到大總是吃虧，優紀的心底充塞著許多不滿。自己難道被一個純眞的嬰兒看透了？想到這兒，她不禁十分沮喪。

「妳在做什麼？這可不是抱貓狗喔。」

麗美說著伸出手，稍一用力，就把嬰兒抱了過去。

「不要把身子跟她緊緊貼在一起，要像這樣，分開一點。」麗美把懷中的愛結轉個身，讓她的臉孔朝向優紀。嬰兒的黑亮眸子看著優紀，臉上露出開心的笑容。

第二天早上，優紀帶著春香一起到公所，幫她申請了各種津貼和生活補助。負責人聽了春香的狀況後表示，只靠公家的補助或許不夠讓她過上一般人的生活，但是用來支付新艾格尼絲之家的住宿費用，讓她們母子得以餬口是足夠的。同時，春香也接受了母子諮詢員的建議，決定參加職業介紹所主辦的職業訓練班。

訓練目的是爲了考取電腦檢定，因爲春香原本就比優紀善用電腦，與其在農地幹活，或許更適合從事跟電腦有關的工作。而且檢定通過之後，孩子可以優先送進保育園，她也可以在行政體系支持下獨立生活。

春香以前不只會用平板，也經常利用辦公室的桌上型電腦上網瀏覽。因此開始受訓後沒多久，她就能幫忙製作需要交給白百合會的帳簿之類的文件，而且做得比優紀更出色。優紀每天爲了各種瑣事忙得焦頭爛額，漸漸地，春香在她心目裡不再是住民，而成了值得信任的電腦事務負責人。

但是優紀太大意了。

一天，她從外面回到新艾格尼絲之家裡時，發現住民跟平時不太一樣。當時所有住民都聚在辦公室裡，一起盯著電腦螢幕。臉色蒼白的繪美子看到優紀，立刻迎上來。麗美坐在圓凳上環抱雙臂，緊咬著下唇。春香坐在辦公桌前面。

她已經看到知佳寄給優紀的電子郵件了。

那封信的內容包括知佳去年底在菲律賓調查到的事實，還有優紀跟她彼此交換的意見，而優紀的信箱是上了密碼的。

不過，春香既然連男人的信用卡密碼都能輕鬆破解，優紀設定的低強度密碼，她似乎不費吹灰之力就破解了。

春香不覺得偷看別人的信件有什麼不對。就像手裡拿著備用鑰匙，隨便闖進熟識的男人家裡一樣。春香打開了優紀的信箱，讀完了那封信，感到非常混亂，所以就把信件內容告訴所有住民，不僅如此，她還打開那封信，讓大家在螢幕上一起閱讀。

「弄錯了吧，又沒人親眼看到，而且那可是二十年前發生在國外的事情。」

一名住民顫抖著聲音低語著。

出人意料的是，居然沒人對她的意見表示贊同。大家非常困惑地沉默不語。

「這個人寫的不一定對吧。」

麗美說到這裡，猶豫了幾秒，又繼續說下去：

「不過我覺得關鍵的部分，就是她寫的這樣。」

麗美似乎從上次刑警上門後，就做好心理準備。

「那個人或許有不得已的理由吧，說不定她心裡有著沒法消除的恨意。」

「會有人怨恨小野尙子嗎？」

優紀呑下到嘴邊的反駁，因爲她想到自己並不認識眞正的小野尙子。有時因爲一時錯亂，我們也可能會殺人的，麗美以前這麼說過。然而，就像麗美自己犯下的罪行，她是因爲內心累積深厚的恨意，傷害了對方，不料對方最後卻死了。但是這和知佳在信裡描述的半田明美的罪行不一樣。

半田明美沒有半點「人味」，同時還令人感到詭異可怕，這跟優紀所認識的小野老師的形象相差太遠。

「我覺得人是可以改變的。」

繪美子露出悲痛的表情低聲說道：

「不論從前因爲什麼理由，犯下多重的罪行。一個人只要打從心底痛改前非，就可以重生一次，重新站起來吧？不，應該說，就因爲小野老師曾經背負著深重的罪孽，她才能變得那麼溫柔體貼。」

說到這兒，繪美子突然抽泣起來，像個幼兒似地抽抽搭搭地哭個不停。旁邊的愛結連連四處張望，好像被嚇了一跳。

「因爲即使不能重新投胎，卻可以重新做人啊。」

麗美說。

半田明美也曾在某處決定要重新做人。

之後的二十多年當中，她一直爲了贖罪而活。最後以犧牲自己的方式換回一條幼小的生命，總算還清了這筆債。

優紀也希望事實就是這樣。但她腦中卻浮起長島那句直白又露骨的評語，「那傢伙會有這種器量？」長島的言行和他的原稿曾讓優紀憤怒，但是跟知佳從菲律賓蒐集來的情報對比後發現，兩者之間竟驚人的一致。

「為什麼不相信呢？」

耳邊傳來異常清亮的聲音。

是沙羅。

「小野老師就是小野尚子。」

麗美微笑著點點頭。

「對呀，沒錯。」

「半田明美是個壞人，她在菲律賓殺了小野老師。可是小野老師被殺的時候，靈魂附到半田明美的身上去了。」

沙羅顯得極為認真，露出開朗的表情環顧身邊的同伴。

優紀跟長島和知佳談話時，也聽過這種想法。當然，那都是長島異想天開的玩笑話。但是沙羅說得非常認真，既不像開玩笑也不像安慰。

「這種事很常見。因為這是短暫的現象，所以經常被說是在作夢。但是擁有強大靈力的人就算身體死了，也不會憎恨殺死自己的人，反而會把凶手邪惡的靈魂趕走，然後自己附身到凶手身上。」

沙羅既不慌亂也不失控，語氣裡充滿自信和平時少見的積極。其他人都默默地注視著她。

「不可以打斷別人的發言。不論對方說什麼，都不可表示否定或亂下評語，更不可以發表自己的意見。」

這是白百合會舉辦的聚會裡反覆教導的規則。包括優紀在內，所有生活在新艾格尼絲之家的人，早就把這套規則變成了生活習慣。在這些規則底下，她們各自敞開心扉，傾訴心事，經由敘述找出問題的癥結所在，進而尋求解決的方法。這種機制就是這項規則的技術性理由。

「妳覺得我在亂講吧？」

沙羅突然轉頭看著麗美。

「沒人說妳亂講啊。」

麗美露出微笑，臉上那道疤痕在臉頰上扯出一條很深的皺紋。

「大家都知道妳不會說謊的。」

「妳才不相信，因爲是我說的。妳覺得我的腦袋有問題，對吧？」

剛才的開朗積極，已經在轉眼之間消失了。

「沒有的事。」

繪美子迅速走到沙羅身邊，伸手攬住她的肩頭

「就算身體消失了，靈魂還在這裡。小野老師一定會告訴我們眞相的。有辦法聽到她說的話喔。我知道那種辦法。只要大家齊心協力，老師就會降臨在我們面前……」

「別說了！」

優紀尖聲制止了她。沙羅默默瞪著優紀，眼裡充滿不信任。

半田明美確實成功地化身成爲小野老師。之後，她耗費二十多年的時間償還罪孽，但是至今沒有人知道在異國喪生的小野尙子遭到殺害的眞相。她被埋在那片原野之下，始終沒人爲她報仇。雖說人死之後，灰飛煙滅，一切的怨悔、憎恨、遺憾，甚至連自我意識，都會隨風消逝。儘管優紀心裡也很明白這一點，但是……

長島和知佳蒐集到的事實，優紀跟小野老師相處九年的事實，若要把兩者連結起來，沙

羅提到的「靈魂附身」是一種頗有魅力的概念。儘管這種超自然的想法並不值得採信。但是如果接受沙羅的提議，爲了「傾聽死者的聲音」而認同狐狗狸大仙之類的降靈術，就表示全體住民都會被沙羅從小深受其苦的東西給吞噬。如此一來，沙羅又會回到從前的的精神狀態，除了給自己的肉體製造痛苦的自殘行爲，再也沒有其他逃避的方式。她會再度用刀刃割傷自己，或是反覆進食與嘔吐。

她不會又割腕吧？當天夜裡，優紀和繪美子都緊盯著沙羅的一舉一動。

但是沙羅後來雖然不太冷靜，卻表現得異常積極開朗。

事實上，這種開朗的表現非常危險。優紀想起從前在別的復健機構曾經碰過一件事，所以更加不安。當時那個女人已經戒掉了安非他命，度過爲期六個月的復健時期，她彷彿變成另一個人一般，開始過著規律的正常生活。有一天，她突然說出一番不同於平日的積極想法，還向職員和同伴露出開朗笑容。誰知就在那天下午，她突然從社區的逃生梯跳樓自殺了。

我不能鬆懈大意，優紀感到一陣胃絞痛。

爲什麼這種事也跟我有關？她想。

我不是早就應該離開這裡，在外面租了公寓，同時也累積了做普通工作的經驗了嗎？我應該爲自己重啓人生，不要再跟這些人糾纏下去了。自己好幾年前就完成了復健療程，但是卻一直以職員身分留在這裡，這不正是自己不健全的證明嗎？我雖然已經不再依賴處方藥物的，但事實上，我是用照顧他人代替藥物，繼續沉溺在某種成癮關係裡，不是嗎？

優紀從小就沒有普通的交友關係。每天放學回家之後，她就被迫幫著母親做家事，忙著照顧祖父母和弟妹。對那種深受保守的神道教的宗教倫理支配的農家來說，她做的一切都是理所當然的事情。她在學校雖受同學歡迎，卻沒給她帶來任何好處。導師並沒把她當成普通學生看待，而是讓她在班上扮演小老師，負責擔任教師與同學之間的聯繫。即使後來到了花樣年華，她也從沒談過眞正的戀愛。她跟他人建立的關係，只有依賴和被依賴，照顧和被照顧。

黑暗中，優紀隔著紙門傾聽睡在隔壁的住民動靜。突然，她感覺繪美子似乎起來了，接著又聽到她光腳走向廚房的聲音。

優紀也悄悄爬起來，緊跟在繪美子身後。

餐桌上方的電燈只點亮了一盞，繪美子正在剝著一根放很久的香蕉。

「三更半夜的，妳在幹嘛？」

繪美子總是嘆息說不管怎麼努力都不會變瘦。但是現在看到她的行爲，優紀想，難怪她會變胖。別的不說，這種習慣對健康太不好了。

繪美子露出微笑。

「一起吃吧。」說著，她把手裡那根發黑的香蕉遞給優紀。

她的眼神打動了優紀。那雙眼睛正面凝視著優紀，雖然充滿悲傷，卻蘊含著濃厚的感情。

「吃甜食的話，心情會平穩下來喔。」

「是啊……偶爾吃一點，也可以啦。」

兩人面對面吃著香蕉。熟透的香蕉在舌尖上很容易壓爛。令人陶醉的甜味逐漸融化整顆心。時針指向深夜三點。

「吃完就刷牙睡覺吧。等下我不睡了，我會守著大家。」

繪美子背對著優紀，動作俐落地收拾香蕉皮說道。

這就是原因啊，優紀被繪美子的溫柔感動得幾乎流下淚來，她不自覺地雙手合十對自己說，我還是沒辦法主動離去。

這天晚上，沙羅並沒做出自殘行爲。第二天也跟平常一樣。到了第三天，她的表情還是很開朗，彷彿想通了什麼一般。最後，她還是趁優紀她們稍不留意的空檔失蹤了。

「對不起，我還是決定到媽媽那裡去。我再寫信給妳。」

沙羅消失後兩小時，優紀的手機收到她寄來的郵件。

優紀從白百合會的職員那裡聽說，沙羅住院接受過進食障礙治療，出院後，又開始復健療程。在這段時間裡，她對母親的稱呼從「媽媽」變成了「家母」。但是在這封郵件裡，她又像從前一樣稱呼母親爲「媽媽」。

走下電車的那一刻起，她們的心情就十分沉重。後來坐在公車裡，看著沿途荒涼的冬季景色，目的地雖然越來越近，越來越忐忑不安。

「好像就是這裡。」

公車到達終點，兩人下了車，繪美子一手抓著手繪的地圖，另一手指著前方曲折的小巷。

「一起來傾聽小野老師的聲音吧。」沙羅離去後第三天，她給優紀寄來這封信。原以爲她只是回到熱中奇怪宗教的母親身邊，誰知她竟表示要舉辦一場降靈會。

「不可能的。」儘管所有人都搖頭表示不信，但其實每個人心裡都抱著一份淡淡的期待，如果能見到老師就好了，如果能聽到老師的聲音就好了。

我得去把沙羅帶回來，優紀嘴裡說著，她心裡也感覺得到繪美子跟自己的想法一樣。

如果一直放任沙羅留在母親身邊，她肯定又會回到從前的狀態，不斷重複著住院與出院的戲碼。就算不能說服她回來，優紀也希望能讓沙羅知道，她跟新艾格尼絲之家還是有連結的，她們絕不會拋棄沙羅。

麗美經由聚會也知道沙羅家裡的情況，她主動表示想要同行。「我去把她拉回來。」麗美說，但優紀婉拒了她，「再等一陣子吧。」

麗美只是住民，不是職員。萬一發生什麼狀況會牽涉到責任的問題。更重要的是，麗美雖然有過攜帶毒品和傷害的前科，但她的心理很健康。她總是表裡如一，勤奮努力，而且肯像親人一樣照顧同伴。然而，有時「像親人一樣」是不夠的。對付沙羅這種案例，必須用冷峻的視線，像在觸摸腫塊似地小心又謹慎，同時還需具備臨機應變的能力。如果覺得有必要，就要立刻透過白百合會尋找專家提供協助。

優紀原本打算自己去找沙羅，新艾格尼絲之家的事情託給繪美子處理。但是優紀正要出門之前，繪美子卻再三懇求帶她一起去。「沙羅只聽繪美子的話喔。」麗美在一旁說到重點。結果優紀只好帶著繪美子一起搭乘清晨的高速巴士上路了。

路旁並排的出租民房幾乎都是空屋，有些甚至連屋頂都被蔓草覆蓋了。不久，只見路旁一間平房的牆壁下方伸出一根廁所排氣管，並沿著外壁蜿蜒向前，廚房門口立著兩個瓦斯桶。

優紀以前聽說沙羅的老家在京都鄉下。父母離婚之後，沙羅和弟弟都跟母親一起生活。母親帶著兩個孩子在練馬、橫濱、川崎等地都住過，最後才落腳這個位於八王子市郊的小鎮。優紀和繪美子下了電車後又轉乘公車，從最近的車站到達這裡幾乎花費了一小時。

沙羅的弟弟自小就患了精神疾病，她母親爲了尋訪好醫院和好醫生，離婚後搬了很多次家。

沙羅的弟弟有時會表現得比較粗暴，一般相關設施拒絕接受這類患者。又因爲國家改訂政策，所以很難替他找到能夠長期入住的機構。沙羅的母親帶著孩子到處流浪，四年前，終於找到一家理想的醫院，弟弟也被送去住院。爲了方便家人經常去探望他，沙羅的母親才搬到這個能夠步行到達醫院的地方。

沙羅的母親顧慮到兒子回家時，可能會給鄰居造成困擾，所以沒有住進社區，而是租了一棟跟廢屋差不多的透天厝。

優紀走到合板大門旁邊，按了門鈴。

「歡迎光臨，請進。」

一個平靜柔和的聲音傳來，緊接著大門打開。

開門的女人留著一頭及腰的筆直黑髮，身上穿一件蓋住臀部的長袖白上衣，下半身是一條白色牛仔褲。長臉上堆滿笑容，膚色紅潤充滿光澤，看起來非常年輕。

這女人怎麼看都不像沙羅的母親。沙羅的體型十分瘦削，瘦得連太陽穴和手腕的血管都清晰可見，而且滿頭紅褐色髮絲裡夾雜著白髮。

怪不得沙羅討厭她，優紀在心底嘀咕著。

沙羅的父母因爲弟弟的治療方針產生對立，最後兩人決定離婚。沙羅歸母親撫養，爲了給弟弟治病，她被迫經常搬家；爲了照顧弟弟，她放棄了學校的課外活動，後來又放棄了就職。沙羅連一個朋友也沒有。母親爲了兒子而活，沙羅也無法離家自立，她毫無疑問地扮演母親的下女，直到精神被壓抑到臨界點，開始攻擊自己的身體

精神科醫生認爲沙羅的自殘行爲、進食障礙，還有其他各種症狀，都跟她弟弟一樣屬於遺傳性疾病。但是白百合會負責協助沙羅的職員卻斷定症狀的起因是母女關係。那位職員勸她離開母親，出來獨立生活，還幫沙羅安排住進大久保的聖艾格尼絲之家。沙羅後來搬到信濃追分的新艾格尼絲之家，也是因爲那位職員想幫她眞正遠離住在東京的母親的影響力。

然而，沙羅現在回到了母親的身邊，一切又要恢復原樣了。

「請上來。家裡很亂，眞對不起。」

充滿感情的溫柔聲音，和小野老師很像。臉上的微笑散放著光芒，但這種安穩感卻讓人感到強烈異常。那身潔白鮮亮的服裝，還有沒化妝卻顯得年輕又美麗的長臉散發出一種詭異的積極，跟沙羅離開之前的表情一模一樣。

沙羅站在母親背後，一直低著頭，幾乎不曾抬頭看優紀她們一眼。

沙羅的母親領著大家走進一間面對迴廊的三坪大房間。落房間正中央設立了一座祭壇，上面鋪著白布，擺著水果供品。壇上還有一張棉紙，紙上以一筆畫的方式畫了一個看似太陽的圖案。祭壇旁邊坐著一個男人。他雖然蜷著背脊，無力地垂著腦袋，體型卻令人感到震撼，就像巨人，體重大概有九十公斤。

「這是我兒子西蒙。」

「這是什麼莫名其妙的名字？」身旁的繪美子嘀咕著。

「噓！」優紀把食指放在唇上。

「他今天向醫生請了假，回來住一晚，爲了歡迎優紀小姐和小野老師。」

優紀感到彷彿有一隻冰冷的手從背脊上撫過，因爲她直接稱呼自己「優紀小姐」而不是「中富小姐」，也因爲她把活人跟即將召喚的死者擺在對等的位置。不知道她是以什麼理由向醫院請的假，最令優紀恐懼的是，在這種奇異的場合，她不知沙羅的母親爲什麼要讓患有精神病的兒子跟大家坐在一起。

沙羅母親用漆盤端來兩杯看起來是香草茶的飲料，優紀一直不肯伸手。「今天能跟各位見面，實在非常幸福。」沙羅的母親用柔和的語氣說著，拿起一杯放在優紀手裡。

優紀腦中略過小野尙子在塔豪的咖啡廳裡，被騙喝下了什麼的事情。

更讓她在意的是，以前似乎聽過「今天能跟各位見面，實在非常幸福」這句跟沙羅母親的形象相去甚遠的開場白，優紀不自覺地凝視沙羅母親。

這是小野老師的說話方式，一種厭惡的感覺從她喉頭湧起。小野老師——半田明美說這種話的時候，話裡蘊含著她的誠心誠意，充滿安定感。但是從這位年輕貌美的母親嘴裡說出來的，既不是祈禱也不是祝福，不過是社交辭令罷了。最這種極不自然的感覺，給優紀帶來生理上的不快。

優紀不自在地扭動身軀，端起香草茶喝了一口。是普通的洋甘菊茶裡加了一點薔薇果。

「那我們一起來聽聽小野老師要說些什麼吧。」

沙羅的母親以優雅的姿勢撩起垂在兩頰的長髮，收拾好漆盤之後，又端來一個小型香爐放在榻榻米上，接著指示優紀她們圍繞香爐坐下。

優紀不安地看了繪美子一眼。繪美子無奈似地皺著眉頭，默默按照指示坐下。

沙羅的母親燃起一種紫色的香，香爐裡升起嗆鼻的合成香料味。沙羅、優紀、繪美子和沙羅的母親圍著香爐坐下來。

那個叫西蒙的兒子從剛才一直低頭坐在旁邊，全身一動也不動。優紀很在意他，不斷望向向他。沙羅的母親點了點頭說：

「他在守護我們。因爲有他在，就不會有問題。」

「啊，是，請您繼續吧。」

優紀覺得很不好意思，因爲自己用奇異的眼光打量精神障礙者，還被人發現，她連忙低頭致歉。

「那我們現在就爲已經過世的幾位祈禱吧。不只我一個人，請大家齊心祈禱。就算不是宗教的祈禱也沒關係。請在心中爲她們默禱，祝福她們在死後的世界獲得平安喜樂。那麼必定能夠傳給已故的幾位，她們一定會回應我們回應。」

「請問……」

繪美子困惑地問道：

「就這樣進行祈禱嗎？」說著，她環顧四周。

她們圍坐在一間木造民宅的起居室裡，窗外有個狹窄的院子。陽光透過玻璃窗射進屋內，掛在窗外的洗淨衣物不時隨風搖曳，光影閃動著。透過敞開的拉門，可以看到雜亂的廚房，門框上方掛著一條灰色運動褲，看來是西蒙的尺寸。

「有些人會要求在全黑的房間裡進行，那是想賺錢的人，爲了故意製造氣氛才要求那種條件，但我們完全沒有那種打算。而且在那種條件下，有時反而會請來邪惡的東西。」

繪美子點點頭。

沙羅的母親伸手牽著左右兩邊的沙羅和繪美子。繪美子、沙羅、優紀也模仿沙羅的母親，牽起身邊的人的手。

「現在請大家祈禱，讓故人的魂魄獲得平安與喜樂。」

沉默逐漸降臨。摩托車穿過小巷的聲音。鄰家有人敲門的聲音，「有快遞。」附近人家拍打晾在外面的棉被的聲音。防災廣播的聲音。

聽著一連串聲響，優紀試著按照沙羅母親的指示祈禱。

她試著在腦中描繪自己認識的小野老師，也就是半田明美的模樣，還有早已亡故的小野尚子。「請您放心到那個世界去吧，祝您過得幸福。」優紀在心底默禱。

「來了。」

過了幾分鐘，沙羅母親突然抬起頭來。優紀悄悄轉過頭，看到沙羅的弟弟縮緊下巴抬頭望向前方，剛才他的腦袋一直低垂著，看起來就像脖子折斷一般。那張白皙的臉孔有些浮腫，一雙跟沙羅很像的大眼睛空洞地睜著，不知道望著哪裡。

「她蹲在墳墓的旁邊，哪裡都不能去。」

沙羅母親開始敘述。優紀感覺到身邊的繪美子的手在使力，她也不自覺地用力握回去。

「讓我們齊心爲她祈禱吧。請大家對她說，妳已經自由了，可以到那個世界去了。」

就在這個瞬間，優紀感到某種無法抗拒的力量。

不知道爲什麼，她覺得自己陷入一種奇怪的氣氛。

她按照指示祈禱著。不知道即將獲得自由的是被殺的小野尚子？還是冒充她二十多年的牛田明美？她原本打算在心底默念，不料嘴裡卻冒出輕微的低語。

「妳已經自由了，請到那個世界去吧。」

她感到脖子周圍有一種強烈的感覺拂過，像一陣溫熱的微風。過了幾秒之後，寂靜才又悠然降臨。

「謝謝，她好像聽到了。」

抓著自己的那隻手鬆開了。因爲沙羅母親同時放開了女兒和繪美子的手。四人組成的圓圈斷了。

「好了。」

沙羅母親點頭說道，看起來溫柔又美麗。

「她因爲信錯了教，所以一直留在這個世界裡。」

「信錯了教？」

優紀問。

「對。因爲信錯了教，她一直蹲在墳前哪裡都去不了。她在等待大天使加百列吹響號角，可是根本不會有那種事，根本沒有什麼最後的審判。人死之後，都會變成魂魄前往靈魂的國度，可是她一直蹲在自己的墳墓前面。」

「是榊原小姐。」

繪美子大聲喊道。榊原久乃信仰的不是主流基督教，她不但要求自己過著禁慾的生活，也常勸人跟她一樣禁慾。這樣的榊原久乃，肯定相信人在死後會等待著最後的審判。

優紀覺得很困惑，沒想到降靈會跟她原先想像的不一樣。

「您說墳墓，榊原小姐蹲在什麼樣的地方？」

繪美子問。她的語氣裡沒有懷疑，只是單純地想要知道榊原久乃所在的世界，還有她的靈魂現在變成什麼樣了。

「嗯，白色墓碑，右邊有一棵樹。」

「樹？樹上開著花……」

「嗯，就是那樣。顏色……是……」

「大概是山茶花吧？」

「對，粉紅色的花朵。」

「那就是榊原小姐啊，眞的是她……」說著，繪美子的臉色變得慘白，肩頭不斷微微顫抖。

火災後，榊原久乃的遺體很快就確定身分。由她長年不相往來的妹妹帶回去，葬在山形縣榊原家的菩提寺裡。不管她生前是多麼虔誠的基督徒，但因爲沒有留下遺囑又是意外死亡，只好讓跟她信仰無關的家人按照家人的作法埋葬了。

火災發生後，剛就任爲負責人的優紀忙著處理火災的善後工作，同時也忙著物色新的住處，所以無法參加葬禮。改由繪美子去向榊原久乃的妹妹和妹夫致意，然後再到墓前參拜。

「墳墓才剛改建完工，墓碑是接近白色的石頭。墓旁有一棵很大的山茶花樹。」

新艾格尼絲之家的職員和住民對久乃的宗教信仰一向反感，但是看到她去世後，居然被葬在跟她篤信的宗教毫無關係的曹洞宗寺廟裡。所有認識她的人，包括白百合會的相關人員在內，都不禁同情起她來。

久乃離開這個世界後，還一直蹲在自己的墓前等待最後的審判。這景象實在太悲慘了。

「已經沒事了。」

沙羅的母親以迎接優紀她們時的開朗笑容對優紀她們說道：

「我已經把大家的想法清楚地轉達給她，並告訴她已經可以出發了，我還幫她做好上路的準備。」

優紀並不是相信她的話，甚至覺得很愚蠢，但卻還是鬆了口氣。

當時明明燒死了兩個人，自己只想著小野老師。

久乃跟小野老師一樣，也是爲了幫助嬰兒和年輕媽媽才被燒死，但自己卻總是帶著懷疑的眼神在看她。她爲新艾格尼絲之家做出許多貢獻，很多住民都是接受她的按摩之後恢復了健康，然而優紀卻把她看成頑固盲目的信徒，這種忘恩負義的看法讓她深感愧疚。因此聽說久乃一直逗留在禪宗菩提寺的墓碑前，優紀實在非常不捨與難過，現在聽了沙羅母親的話，她才感到稍微安心一些。

人的精神狀態就是這樣慢慢崩塌的，優紀心底理性的部分正在向她低語。

「那小野老師……」

優紀問。她從來不信什麼這種事情，甚至連半信半疑的感覺都不曾有過。她今天到這兒來，只是出於一種使命感，因爲她覺得自己無論如何也要把沙羅從這位沉醉於超自然現象的母親身邊救出去。然而，現在發現沙羅母親可以跟小野老師——半田明美以及小野尙子之間進行靈魂交流，優紀的心底自然升起一種無法抑制的期待，如果可能的話，她眞的很想再聽一次小野老師的話語。

「眞抱歉。今天我只能看到這一位，下次我再幫妳們問。」

榊原久乃不僅留在這個世界，而且一直蹲在自己位在無法得到安寧的異教墓地裡的墓碑旁邊。沙羅母親好不容易才把這樣的久乃送到那個世界，現在看來彷彿已經耗盡精力。優紀不知道那個世界究竟是天國？還是冥府？或者是陰間？

但她聽到「下次」這個字眼時，突然清醒過來。

「請問一下，謝禮……」

「謝禮？」

沙羅母親訝異地歪頭問道。

「或者叫做祈禱費？就是指收費。我們是靠捐款和住民賺取的微薄薪水維持，太高的謝禮我們負擔不起。」

「付錢嗎，不用的。」

沙羅母親甩著長髮連連搖頭。

「只需準備鮮花、供品和一些袋裝零食就行了。我跟西蒙都不是爲了錢才做這種事的。」說著，母親笑著望向兒子。她那個叫西蒙的兒子低頭坐在那裡，腦袋又像凋謝的花朵一般向下低垂著。

「沙羅。」

這時，繪美子突然想起沙羅似地喊了一聲。沙羅躲在母親背後，縮著肩膀坐在西蒙的身邊。

聽到有人呼喚自己，沙羅也不移動身子，連臉孔都沒轉動，只把茫然的目光投向繪美子。她始終很安靜。有人向她問話，她才回答。母親發出指令，她就按照指令行動。除此之外，她沒有更多反應。以前她在新艾格尼絲之家想表達想法時，除了呼喊、傾訴之外，甚至還會割腕。而現在坐在母親背後的沙羅，只是縮著肩膀沉默地坐在一旁，看起來就像伺候母親和弟弟的的下女在那裡守候。彷彿有人命令她，除非有人叫她，否則絕對不可主動行動。

只要她回到母親身邊，就很難再把她帶回小諸。這個家，這種環境，那兩個人眞的是沙羅的家人嗎？優紀想起自己剛剛還著迷於母親演出的降靈術，她暗中提醒自己，凝神觀察眼前的景象。

陽光射進和室，照得室內光彩燦爛，母親臉上戴著積極樂觀的面具，黑色長髮在陽光下閃閃發光。她的身邊坐著一名巨人，脖子折斷似地低垂著。

小野老師比沙羅母親更能包容她的心，優紀想，但我卻沒辦法做到那種程度。沙羅的心早就不在新艾格尼絲之家了。

一切都已恢復原狀。沙羅已不做任何抵抗，又被母親重新抓在手裡。

優紀和繪美子沒完成任何使命，一起離開了八王子的那棟屋子。

走向公車站的路上，繪美子低聲問優紀，「妳發現了嗎？」

「爲了讓榊原小姐的魂魄平安抵達那個世界，大家一起祈禱的時候……」

說到這裡，繪美子用一種傾訴的眼神望著優紀。

「我不騙妳，我眞的看到了，祭壇上的白花。」

祭壇上的白花看起來很像某種小型水仙。

「原本花朵是朝向側面的，突然，嘩地一下，花朵轉向我們這邊了。」

不要說我亂講或只是多心喔，繪美子的語氣裡包含著迫切渴望獲得認可的感覺。

「我覺得是榊原小姐給我們的回應。好像在告訴我們，謝謝，我知道了，那我就到那個世界去吧。」

繪美子雖然說「好像」，但語氣完全不容他人置疑。

您可以放心了。別再蹲在那兒繼續等待，請到天國去吧。沒人會來審判妳。妳活得非常出色，還把自己的生命獻給了年輕媽媽和嬰兒。最後的審判，或是曹洞宗的墓碑都跟您無關。您的靈魂是自由的。

久乃對如此表達心意的優紀她們傳遞了謝意。白花微微轉動，或許可以解釋爲她已擺脫了塵世間的頑固信仰，乘著輕風飄然而去。

只要捨棄心中的懷疑，眼前就只會剩下淨化後的喜樂景象。

看到沙羅沉默不語的模樣，優紀心中升起了不安。沙羅重新回到那個家裡，在母親的控制下，以往的自殘行爲與進食障礙會不會變本加厲，而因此重新在醫院與復健機構之間往來奔波嗎？或是繼續扮演母親的下女，在瘋狂的靈異世界裡定居下來？

這天回到新艾格尼絲之家之後，優紀立刻寫了一封電子郵件給知佳，把當天發生的事情說了一遍。

信寄出去之後，知佳立刻打電話給她。

「不要再去了，妳絕對會被騙錢的。第一次免費，下一次就會向妳收三萬、五萬，等妳回過神來，已經超過一千萬了。」

電話的那端的知佳聲音很尖銳。

「塔豪漁村那邊的惡魔附身至少不會跟妳要錢，還比較好。」

「我也是這麼想，不過那位母親表示不收錢。她還說，只需準備一點鮮花和零食當供品。鮮花也是她家附近盛開的花就足夠了。」

「肯定是騙妳的，那就是陷阱啊。」

「可是……」優紀猶豫著繼續說下去，「我很難用科學方式跟妳說明，但眞的都被她說中了。她還提到我們都已經忘掉的榊原小姐，而且全都說得很準。」

「其中一定有什麼蹊蹺。」知佳打斷優紀說道：

「雖然我不太清楚沙羅的背景，但我想她會出現各種問題，主要還是因爲她母親吧？那就是一個有毒的母親，有毒母親！可能是她慫恿沙羅，要她去打聽你們的內幕。現在把沙羅丟在那裡不管的話，她會粉身碎骨的。」

「我也覺得會這樣，不，其實她已經遭到蹂躪了，但我沒辦法救她。因爲對方是她親生母親，沙羅也已經是成人，不是孩子了。而我只是機構的負責人，對她沒有任何權限。」

優紀悲傷地說完，又在心底低聲告訴自己，「更重要的是，我不像小野老師，並沒得到所有人的徹底信任。」

一星期之後，優紀又出發前往沙羅家。這次陪伴在她身邊的，不是繪美子，而是知佳。

「妳要是放棄了，沙羅會變成廢人的。現在尋找財源或是物色新住處之類的事情很費力，但是如果沙羅完蛋了，新艾格尼絲之家也就沒有存在的意義了吧？所以不論用什麼理由，還是要把沙羅帶回來。」

知佳後來又打了一次電話給優紀，她對知佳的熱心有點感動，因爲對知佳來說，沙羅只是跟她說過幾句話的一位住民而已。

「我跟妳一起去吧。」知佳說，「我去仔細瞧瞧，那傢伙是用什麼手段瞞過妳的。」

既然知佳連菲律賓都去採訪過了，還找到了半田明美的犯罪證據，這次她也能找到什麼線索吧？或許從這些線索裡，也能找到救回沙羅的方法。優紀期待跟新艾格尼絲之家或白百合會以外的人接觸，更重要的是，她希望跟知佳一起行動。

降靈會以和上次完全相同的順序開始進行。

爲了不放過任何異常舉動，知佳的視線一秒也不放鬆地緊盯著沙羅母親。四名成員跟上次一樣圍成圓形坐下，跟身邊的人互相牽手。

西蒙今天不在。母親告訴眾人因爲西蒙的狀態不佳，主治醫生不肯讓他請假外出。沙羅比上次更沒有存在感，始終縮著肩膀坐在母親身後，看都不看優紀一眼。知佳擔心的事情似乎已經成眞。優紀再度下定決心，一定要設法救出沙羅。

沙羅母親宣布今天要召喚的是小野尙子，聽她要向大家說些什麼。

「請問……」

儀式開始之前，母親看著知佳說：

「妳們最好先想清楚爲什麼想跟小野女士說話。」

「什麼？」

知佳不悅地看著沙羅母親。

「如果只因爲覺得有趣就來找我，不太好。如果不是因爲有話非說不可，誠心不夠的話，或許會發生可怕的事情。」

知佳沉默著從鼻子裡呼出一口氣，彷彿在問沙羅母親，這是在威脅我們嗎？

她跟優紀互相握住的那隻手很冰涼，而且手心冒汗。優紀從那冰塊般的冰涼裡感覺出，她非常排斥沙羅母親，而且厭惡室內這種氣氛。

四個人圍成圓圈並跟身邊的人牽起手，幾分鐘之後，沙羅的母親開始說話：

「啊啊……她長得很美，神情穩重，簡直就像女神一樣……頭髮很長。」

優紀認識的小野老師——半田明美是短髮。她把滿頭黑白夾雜的髮絲剪得很短，平日總是從早忙到晚，好像連打理頭髮的時間都捨不得浪費。

知佳的手得越來越溼，似乎反映出她心中的緊張。儘管沙羅母親剛才指示大家閉上雙眼，優紀卻很好奇地悄悄睜眼偷看知佳一眼，這才發現她正睜大了雙眼，深怕錯過騙局似地來回打量沙羅母親、祭壇和沙羅。

「她對大家說，她沒有什麼可擔心的。因爲妳們已經繼承了我的任務。就算沒有我，妳們也絕對能貫徹我的遺志。她叫我這樣告訴妳們。」說這話時，沙羅母親整個身體都轉向優紀。

優紀抱著疑惑正面注視沙羅母親。在那雙眼眸裡，她看到了確確實實屬於小野老師的眼神。

「我覺得自己很幸福。因爲我心裡沒有任何遺憾，被我救回來的愛結應該也能順利成長，妳們要一起愛護愛結。她叫我這樣拜託妳們。」

優紀感到心中充滿了不可思議的感動，說不出任何話來。

「請告訴我們。」

知佳突然插嘴：

「上次的火災燒毀了一切，小野老師到底有沒有留下任何財產？如果有，可以讓我們用來經營新艾格尼絲之家嗎？如果可以的話，那些財產在哪裡呢？」

室內陷入沉默。知佳提出這個疑問，是想揭露對方的騙局，不過眼前這種狀況，實在不適合提出這類務實的問題。優紀從「小野老師——半田明美」那裡聽說過，小野尙子的父母去世後，她繼承的遺產除了已經賣掉的舊輕井澤別墅以外，還有股票、債券和現金。優紀不知道這些財產現在究竟在哪，因爲那些都是私人財產。而新艾格尼絲之家搬到信濃追分的時候，賣掉別墅的人並不是小野尙子，而是優紀認識的「小野老師——半田明美」。

新艾格尼絲之家平時的經營費用是靠外界捐款，加上住民支付的房租與個人實際開銷等，藉以維持財政平衡。經費實在不夠的時候，則由小野老師從自己的財產裡撥款塡補。

半晌，沙羅的母親開口了：

「是個男人。戴眼鏡的老男人，身材高大，西裝和領帶都是藍色。我看到他手裡提著紙袋，袋上有個藍色，或是接近藍綠色的商標。」

優紀倒吸一口冷氣。新艾格尼絲之家的經費和捐款都存在一家地方銀行。那家銀行的商標，還有業務部門的禮品紙袋上的花紋，都是紅藍兩色組成。不過辦公室有時會收到一家大型都市銀行寄給小野尙子的信件。那家銀行的藍綠花紋紙袋和面紙盒經常出現在辦公室和起居室裡，只是優紀從來沒看過把紙袋交給小野老師的銀行職員的長相。

這時，原本雙眼緊閉、低垂著頭的沙羅抬起頭。

「我珍惜的人們。」

她突然開口說話了。聲音聽起來就是沙羅，語氣卻完全是小野老師。她沒有使用「孩子」、「女孩」之類的名詞，而是充滿敬意地稱呼住民爲「珍惜的人們」。「能夠照顧妳們，我感到很幸福。我總共有過三段人生。第一段是在送走父母之後，在那寒冷陰暗的輕井澤結束的。第二段人生，是在天氣完全不同的南國海島，那裡又熱又溼，過得眞是辛苦，我被關在伸手不見五指的暗處，那時……」

說了一半，她停了下來。

「可以請教一下嗎？」

知佳忽然提出疑問，表情嚴肅地傾向前方，優紀卻迅速舉起一手制止了她。

室內流過一段漫長的沉默。明亮的陽光射進屋裡。戶外傳來陣陣發音拖拉的防災廣播，「流行性感冒正在蔓延，大家出門返家後一定要洗手漱口。」聽起來好像有回音一般。似地沙羅的母親靜靜地閉著雙眼。

沙羅重新開始說話。

「那時我知道自己離開了人世。啊！我已經死了，想到這兒，我覺得好丟臉。因爲我是以見不得人的姿態倒在地上。那些外國人都低頭俯視著我……」

沙羅身邊的知佳像要挑戰什麼似地扭動身體，甩開了優紀的手。她撐開兩肘，緊握的雙手放在腿上。

「不久，我在痛苦中醒來。像一名嬰兒一般腦中一片空白。我覺得疼痛又難受，不知究竟發生了什麼。漸漸的，我知道自己是誰了，啊，我得了很嚴重的疾病。不過重病能夠趕走靈魂裡的魔鬼。我雖然痛苦又難受，但心情並不沮喪。因爲肉體雖然痛苦，大家卻無微不至地照顧我。後來花了很長一段時間，我的身體才完全痊癒，所以才能遇到妳們，跟妳們同寢共食，一起在田裡幹活，過得很幸福。眞的感謝大家。我最後死在火災裡是我的宿命。在我進入母親的肚子裡之前，我就已經知道會這樣。因爲是我選擇了這種宿命。儘管自己不能生育，但我救活了原本會死的嬰兒，這是命中注定。上天神賜予我三段人生。第一段是小野家的長女，明明過著富裕的生活，想要什麼就有什麼，但卻因爲我的任性和酒精失去了這段人生。第二段人生裡，白百合會和新艾格尼絲之家的人們拯救了我，讓我獲得成長的機會。第二段人生也是報恩的人生，然而第二段人生卻結束得非常突然。因爲我碰到不幸的緣分，與漆黑邪惡的東西相遇。不，也不是邪惡，是一個極爲可憐的靈魂。其實我應該已經死了，誰知道後來有一天，卻在病床上醒了過來。我從來沒有經歷過那種疼痛，那種難受的心情。我才發現，自己得了一種非常嚴重的疾病。不，不是我，是那個人。是她得了重病，去世了。她的靈魂因此擺脫那個漆黑東西的控制，飛走了。然而，我卻回到她得了重病的肉體裡。不可思議的事情發生了，我又展開了第三段人生。正因爲自己擁有三倍的人生，我也想用三倍的心力照顧大家。只是我已經要到那個世界去了，以後再也不會回來。請妳們都要過得幸福。只有妳們自己幸福，才能幫助那些跟自己境遇相同的人，讓她們也過得幸福。」

這段話簡直就像戲劇台詞，但優紀卻忍不住熱淚盈眶。不認識小野老師的人或許會嗤之以鼻，但是那語氣和表情，完全就是死在火災裡的小野老師，根本不是沙羅的語氣和表情。坐在一旁的知佳也驚訝得說不出話來。

走向公車站的路上，誰都沒開口說話。

臉色蒼白的沙羅踩著踉蹌的步伐向前，優紀跟知佳彷彿把沙羅扛起來似地把她帶回新艾格尼絲之家。

如果繼續留在那個家裡，沙羅一定會被害死的。她的自殘行爲和厭食症狀會更嚴重，但是她母親肯定不會管她。

這是降靈會結束後，知佳湊在優紀耳邊說的話。知佳用力地抓著優紀的手臂，把她拉到自己身邊。知佳的力道極大，優紀被她弄得很痛。

剛聽完「小野老師」那段講話的優紀，心裡既混亂又感動，被知佳抓過去後才清醒過來。

「妳必須告訴她。」

知佳指著正在整理道具的沙羅母親的背後說。

「了解。」

優紀已經作好被拒絕的心理準備，但她還是叫住沙羅母親，愼重地建議她，讓她們把沙羅帶回去。

沒想到母親竟然乾脆地答應把女兒交給優紀。

「妳去告訴大家眞相吧。」母親對沙羅微笑說道。

沙羅已對母親言聽計從，母親所謂的眞相，也是她自己深信的情節吧。她似乎想把沙羅訓練成傳教士。

優紀不能像知佳那樣一心只想著拯救沙羅，她身爲新艾格尼絲之家的負責人，還必須考慮沙羅會給其他有風險的住民帶來的影響。

沙羅母親那張美麗的笑臉上，完全感覺不到她對女兒的愛意。

長髮及腰的母親顯得異常青春嬌豔，母親看到精疲力竭幾乎無法站立的女兒被兩個女人攙扶著蹣跚前進的背影，竟然絲毫不以爲意，只是口頭上表達感謝與祝福，目送女兒離去。

路上剛好有一輛計程車經過，三人便搭車前往最近的車站。到達車站時，沙羅的狀態已經稍微好轉，除了看起來有些沮喪，腳步變得比較有力了，坐在母親背後時那種極端戒愼恐懼的神情也消失了。優紀跟知佳道別後，跟沙羅搭上高速巴士。兩人在車上吃完新宿巴士轉運站買來的三明治之後，沙羅就靠在優紀的肩上睡著了，巴士到達小諸之前，她睡得很熟，簡直就像昏死過去。

第二天早上，優紀打電話到大型都市銀行五洋銀行的佐久分行。

因爲新艾格尼絲之家的經營資金存在一家地方銀行的帳戶，但是小野老師以前曾經收過五洋銀行寄來的明信片和文件。這些郵件上都印著藍綠兩色的銀行商標。

五洋銀行那端接起電話的，是一位女性行員。她聽到優紀表示想了解小野尙子的帳戶訊息後，就把電話交給了另一個男人。

優紀先向男人表明自己的身分，然後告訴男人，小野尙子已在火災裡喪生，她的印章和存摺全都燒毀了。接著，優紀又向男人確認，小野尙子在這家分行是否有戶頭？在這種情況下，小野尙子的存款會如何處理？

「不好意思，請問妳跟去世的那位女士是什麼關係？」男人問道。優紀又重複了一遍剛才的話。

但是男人不肯回答她提出的任何一個問題。因爲這是個人隱私，就算是親生子女，我也不能在電話裡回答您的這些疑問，請您帶身分證明文件和委託書到我們銀行來，男人向優紀解釋。

「那只告訴我一件事，她究竟有沒有在你們那裡開戶？」優紀問，男人仍然堅持不能回答。

過了幾天，優紀剛好到輕井澤去辦事，便順便繞到五洋銀行的佐久分行。她帶了自己的身分證明文件和新艾格尼絲之家的產權登記謄本，但對方還是不肯告訴她任何關於小野尚子的帳戶訊息。

在諮詢櫃台接待優紀的，是一名身穿長褲套裝的年輕女性，並不是沙羅母親說的戴眼鏡的老男人。但是那位年輕女性後來不知如何回答時，她找來的上司是一位身材福態，額頭微禿的年邁男性，只是沒戴眼鏡。然而，當他讀起優紀帶去的文件時，卻迅速地從前胸口袋裡掏出一副老花眼鏡戴上。優紀感到有些恐怖，因爲眼前的男人完全就是她根據沙羅母親的神論想像出來的男人形象。

這天銀行以個人隱私爲由，沒告訴優紀任何訊息。當她離開銀行時，那名負責接待的年輕女性喊住了她。

女人詢問優紀新艾格尼絲之家經營資金的管理方式，同時拿出一份分行的宣傳手冊交給她。

我們在地方銀行已經有帳戶了，優紀答道。請您考慮利用本行吧，女人接著又說，這個送給您。說完，她把一個裝著迷你保鮮膜和面紙的紙袋交給優紀。紙袋上印著的銀行名稱是由淺藍和薄荷綠兩色組成，跟沙羅母親說的紙袋完全一樣。

回到小諸之後，優紀給知佳寫了一封電子郵件，告訴她自己和五洋銀行的交涉經過。

兩天後，知佳打電話給她。

知佳說，她讀了優紀的電子郵件之後，聯絡了小野尙子的哥哥小野孝義。他現在繼承了父親位於文京區的出版社。

「妳跟他聯絡了？」

這位哥哥就連警方跟他聯絡時，都敢聲稱已經跟小野尙子斷絕兄妹關係，叫警察以後不要再去找他。

「是啊，我直接打到他家去了。」

「他家？那他很生氣吧？」

「管他生不生氣，只能請他告訴我們了，不是嗎？我可不管他怎麼想，從權利關係的角度來看，他是小野尙子唯一的血親。」

小野孝義接起電話第一句話就問，「妳從哪裡知道這個電話號碼的？」知佳告訴他自己的職業，然後老實招認，她是從一位熟知出版界的朋友那裡打聽到能直接聯絡到老闆的電話。

「妳找我有什麼事？」

對方的話裡含著幾分警戒。知佳說想向他請問一些小野尙子的事情。誰知她剛說完，對方立刻說道，「小野尙子確實是我妹妹，但我沒什麼好說的。」說著就要掛斷電話，知佳連忙喊道，「等一下。」

「我想請教小野尙子的銀行帳戶的事情。」

「原來如此。」

對方用冷淡的聲音答道。

知佳告訴對方，死在火災裡的小野尙子似乎在五洋銀行開過帳戶，但她生前經營的機構負責人打電話到銀行確認時，銀行卻不肯透露半點訊息。

「那是當然的吧。」

「所以想請教您，小野尙子是否眞的在那間銀行開過帳戶。」

「妳爲什麼想知道這件事？」

「因爲小野女士成立的NPO機構收到了信用卡帳單，大家覺得很爲難，不知該如何處理。」知佳揑造了一個藉口。

「原來如此。」對方接受了知佳的說明，接著說，「是那個慈善團體，還是什麼女子之家嗎？」

「是的，新艾格尼絲之家……」

「她確實在五洋銀行有帳戶，用小野尙子的名義開的活存帳戶。」

小野孝義接著告訴知佳，火災發生後，新聞報導了疑似小野尙子的女人在火災中喪生的新聞，五洋銀行的負責人立刻給他打過電話。

「畢竟我是繼承人。」小野孝義公事公辦似地補充說明。

「就是說，因爲小野尙子去世了，所以你凍結了她的帳戶。」知佳向對方確認，對方沉默了幾秒。

「小野尙子並沒有去世。」

「什麼意思？」

「應該說是失蹤了吧。」

知佳吃了一驚。「妳應該也從女子之家那裡聽說了吧？」

「嗯……是的。」

其實仔細想想，親生哥哥知道這些也是當然。

「火災之後警察打電話告訴我，那具遺體並不是我妹妹。不僅如此，至少從九年以前起，我妹妹就已經不在那裡了。我已向家事法庭申請失蹤宣告，正式完成手續之前，小野尚子的帳戶仍然保留。」

知佳告訴優紀，她跟小野孝義談到這裡就結束了。

「他是唯一的血親，卻這樣對他妹妹。我越想越覺得眞的小野尚子好可憐。」

說到這裡，知佳難得猶豫幾秒，然後自言自語似地說：

「難道……沙羅的媽媽眞的能看見？譬如這次銀行的事情，也被她說中了……」

「眞的說中了呢。我聽人說過，其實也不是看得見，而是有些人能聚集靈氣，製造情境。聽說沙羅的媽媽從女兒小時候起就訓練她扮演靈媒。」

優紀在白百合會舉辦的復健聚會裡，曾經聽到沙羅親口說過這件事。

「沙羅那個叫西蒙的弟弟，上次雖然沒來，但是可能也擁有那種能力吧。」知佳說。

「有些十幾歲的孩子，因爲家庭狀況複雜或遭到霸凌，生活比較辛苦，這種孩子就容易發揮這方面的能力。」優紀也告訴知佳自己以前在雜誌上看過的內容。如果不是親眼看到沙羅上次的表現，她對這種報導可能只會一笑置之吧。

「我本來也覺得怎麼能向銀行打聽這種事？但後來聽了沙羅媽媽的話之後，我才覺得爲什麼不去問問看……」

10

新艾格尼絲之家借用的老屋最裡面的和室，從前是屋主家的佛堂。

室內正面的壁架上以前放置著大型佛壇，現在供著小野老師和榊原久乃的遺照。照片下面墊著白底碎花布，旁邊的玻璃杯裡裝著清水，香爐裡插著氣味芬芳的線香。另外還有鮮花，和愛結獲救時抓在手裡的小羊布偶。

火災發生之後，兩位故人一直沒有牌位，直到大家搬到這座老屋之後，職員和住民才幫她們布置了這座祭壇。

這天，大家把一座梳妝台搬進這個房間。這是白百合會從外界募捐來的生活用品之一。梳妝台的設計非常簡樸，只在附抽屜的木台上安裝一面高達七十公分的鏡子而已。沙羅現在跪坐在梳妝台前方，其他住民圍繞在她背後。

這天是沙羅被帶回來的第二天，她突然表示想請小野老師回來。

沙羅宣稱她可以讓小野老師的魂魄進入自己的身體，把老師想說的話轉達給大家。

太蠢了，麗美不屑地說。優紀和繪美子原本就已提心吊膽，深怕感性很強的沙羅和其他住民陷入混亂，更擔心她們對超自然的事物產生興趣。

優紀和繪美子身爲職員，理應告訴眾人，新艾格尼絲之家不允許舉行奇怪的儀式；但另一方面，她們心底的某個角落，卻也期待經由沙羅的嘴，聽見小野老師究竟想對大家說什麼。

那些年輕的住民當然也懷著相同的期待。有些人是出於好奇心，有些人是因爲對小野老師的極度思念。

儘管優紀和其他職員都叮囑過沙羅，不准宣傳這些超自然的事物，但是沙羅還是趁大家睡熟之後，跟同寢室的三人圍成一圈，在深夜利用LED筆型手電筒的微弱照明展開了降靈會

繪美子起床走進她們的房間時，降靈會已經開始了。

沙羅跪坐在梳妝台前，她並沒像母親指揮優紀她們那樣，讓所有人手牽手圍成圓圈。沙羅只是低聲吩咐同室的三位室友，請她們努力在心底回想小野老師。

「沙羅。」

繪美子低聲呼喚，因爲她不想引起混亂，但其他人卻沒有任何反應。

這時，其他人聽到優紀和繪美子的腳步聲，也跟著走進屋中。

背對大家的沙羅看起來一點也不慌亂，她在鏡中的身影把食指放在唇上，彷彿要大家安靜。

「不要向老師提出問題，也不要拜託她做什麼，請妳們輕輕呼吸，好讓靈魂跟靈魂互相接觸。」

「等一下！」

麗美猛然衝進房間，那股力道幾乎要撞倒紙門。麗美從沙羅背後伸出手，搭在她的肩頭。不料就在那一瞬間，「好燙！」麗美大嚷著抽回手，瞪著自己的手掌看了幾秒，然後回頭看著其他人說：

「怎麼回事，她……」

這時，相隔一室的另一個房間裡傳來愛結的哭鬧聲。好像是被外面的聲音吵醒了，春香卻顯得毫不在意，一動也不動。

麗美嘖了一聲，快步跑向另一個房間。

就在這一瞬間，優紀覺得鏡子裡看到的沙羅的臉晃了一下。她的眼皮上有很多皺紋，是在進食障礙很嚴重的那段時期出現的，臉上的法令紋也是在那時變深的。兩片薄薄的嘴唇正在微微蠕動。

她在誦念祈願小野老師在死後的世界裡平安喜樂的祭文。

已經沒辦法阻止了，優紀無力地盯著沙羅的臉孔。

沙羅原本挺直身子跪坐在地上，突然，她柔軟地往前傾，整個身體放鬆地落在兩隻跪著的腳上。

眞的降臨了，優紀這麼感覺。

眼前是習慣跪坐的小野老師的背影。

也是在這一刻，眾人隔著紙門都聽得很清楚，愛結激烈的哭聲忽然停止，麗美逗弄嬰兒的聲音也停了。

「愛結……」

小野老師藉著沙羅的肉體呼喚道。

優紀悄悄拉開紙門，她還來不及出聲，滿臉怒容的麗美已經抱著愛結站在門邊。

愛結非常安靜，濡濕的眼睛望向天花板附近的空間。

「愛結，一陣子不見，妳已經是小女孩啦……大家看起來都過得不錯，眞是太好了。」

一臉茫然的愛結突然露出笑容，接著發出一連串咯咯笑聲。

愛結的反應就像小野老師眞的已經來到眼前蹲下身子，握著她胖胖的手腕，一面輕拍她背部一面低聲逗弄著她。

在場的每個人都驚愕地緊盯著愛結。

「怎麼會有這種事……」

麗美驚愕地自言自語。

優紀的視線猛然從愛結轉向鏡中沙羅的臉孔，她的眼角瞥到沙羅緊張地向後仰。鏡子裡，沙羅臉上露出焦躁的表情，緊緊皺起眉頭和鼻子，兩手摀著耳朵。

「好吵，吵死了，把那個小鬼的嘴巴摀起來！去死，去死，去死。妳們馬上都要完蛋了。那時妳們都燒死就好了。爲了妳們大家，爲了全世界，那個吵死人的小鬼，還有得了性病的母狗，通通燒死就好了。這間聚集人渣的屋子，我本來想一把火通通燒乾淨。」

鏡面正在晃動，鏡中的臉孔不太清晰，但很顯然鏡裡的人物不是沙羅。儘管看不清楚那張臉孔的輪廓，卻能看出醜惡的形象。只見她扭曲整張臉，不斷搔抓自己的腦袋。

愛結陷入沉默，連哭聲都沒有。在場的人都嚇傻了，沒人想到逃跑或退後一步。

召喚到惡魔了。

這個念頭立刻閃現在優紀腦中，因爲榊原久乃一天到晚都把這件事掛在嘴邊。榊原向來不肯包容別人的宗教信仰或傳統習俗。中元節的時候，眾人燃燒迎神火堆或製作牡丹餅，她也會設法阻止。絕對不可把亡魂招到這個世界來，邪惡的東西會跟著亡魂一起從那扇門進來的，榊原總是滿臉嚴肅地告誡大家，但住民和職員都覺得這種想法很可笑。

然而現在，優紀覺得榊原的警告好像成眞了。

鏡子前面的沙羅抓撓著腦袋，同時發出呻吟。呻吟聲中夾雜著句子。

「去死去死去死，這些跟豬一樣的男人、女人，含著金湯匙生到這個世界上來，從小到大，到處受人奉承追捧，還在一群人渣面前擺出高人一等的姿態，演出教訓、施恩的戲碼……以爲自己有多了不起，我要殺了妳，餵妳毒藥，讓妳丟光面子，然後殺了妳……誰知妳竟然把人藏在這種陰暗腐敗的地洞裡……妳們都會死的，很快了，妳們馬上都會死光，那個吵死人的嬰兒，母豬、母狗、人渣，通通死得一個也不剩……」

說到這裡，正要挺起上身的沙羅突然後仰倒下。一聲沉重得不像人體倒地的撞擊聲傳遍室內，緊接著，愛結發出慘叫般的尖銳哭聲。

沙羅仰倒下，躺在榻榻米上的腦袋周圍逐漸滲出鮮血。

一位住民伸出雙手摀著嘴，並發出一陣字句不清的慘叫，繪美子顫抖著扶起榻榻米上的沙羅。

原來她沒有流血，只是晃動的光線造成的錯覺。

眾人連忙把鏡子搬回原來的房間，麗美看著幾個年輕住民喝斥道：

「不要再做這種事了！下次眞的會被惡魔附身的。」

她心裡也沒有完全否定這種靈異現象。

優紀和繪美子扶起兩眼發直的沙羅，帶回她們平時睡覺的房間。麗美則把另外三人趕進南側緊臨迴廊的起居室，三個女孩只好拖著棉被到那裡去睡覺。

這天一整晚，誰也睡不著，大家都開著日光燈，睜著眼睛等待清晨來臨。

天亮了，眾人在麗美的號令下疊好棉被，一起動手烤麵包，把水煮蛋和沙拉分裝在盤中，然後擺上小矮桌。

每個人都佯裝一切如常。晨曦中，大家想起昨夜的情景，都覺得尷尬得不知該說些什麼。

等到優紀走進辦公室之後，一名年輕住民悄悄跟著走進來。

「對不起，請刪掉那裡面的影片吧。好可怕。」她指著優紀手裡的手機說道。

公用手機平時都由優紀負責保管，但她爲了讓大家在必要時隨時能夠使用，所以一直放在顯眼的地方。那位住民告訴優紀，昨晚，她曾用這支手機拍下了影片。

「因爲我想留下證據。本來想說沙羅要搞什麼把戲，沒想到事情竟然變成那樣。那種影片留在手機裡，感覺好像會受到詛咒。」

優紀點點頭，但她沒有刪除影片，當然也沒有重新播放那段影片。不過她跟那位住民的想法一樣，也覺得留下證據比較好。另一方面，她也想到以後跟那些不在場的人，像是知佳、長島說起昨晚的事情，他們肯定不會相信的吧。

沙羅的狀況看起來還算穩定。

但是事情沒有結束。

從那天之後，沙羅在自己無法控制的狀態下，反覆出現相同的行爲。彷彿就像麗美說的，她眞的被惡魔附身了。

跟沙羅同寢室的女孩都很害怕，因爲她會在清晨突然跳起來大喊大叫，優紀只好把沙羅帶到自己跟繪美子的寢室休息。沙羅的狀況似乎有所改善，但是另一位年輕住民又在半夜大喊說去上廁所的時候，看到鏡子裡的自己變成了別人的臉孔。接著，又有一位住民在傍晚打工回來的路上，明明是平日熟悉的路線，卻突然找不到方向了。那位住民說，當時感覺東南西北轉了九十度，好像掉進了另一個世界，儘管路上是熟悉的景象，卻沒辦法抵達終點。

不久，室內開始不時傳出電鑽在牆上打洞的噪音。優紀曾用手機錄下那響徹全屋的聲響。錄完後立即播放，確實從喇叭裡傳出那聲音。但是當時並沒有人在牆上打洞，附近也沒有道路工程。

聽到電鑽噪音之後過了幾小時，原本玩得很開心的愛結，突然出現了痙攣症狀。

當時春香正在辦公室製作文件，她聽到年輕住民的驚呼聲，連忙奔到孩子身邊。當時繪美子已經被嚇得手足無措，懷裡的愛結僵硬的身體後仰地翻著白眼，緊咬的牙關裡發出不知是哭泣還是呻吟的聲音。

春香尖叫著從繪美子手裡奪下自己的孩子。

「愛結，愛結……」她哭喊著拚命搖晃孩子，彷彿想藉此止住痙攣。「安靜。」麗美喝止春香，讓她把愛結平放在榻榻米上，把臉孔朝向側面，以免孩子把嘔吐物吸進氣管。

繪美子掰開愛結的嘴巴，正要把毛巾塞進牙關，麗美卻立刻制止她，並脫掉愛結的緊身褲。春香這才像是突然清醒過來，立刻動作熟練地撕開尿布的膠帶，同時拉開愛結的上衣。

優紀站在旁邊觀察兩人的動作，這時她爲了確認時間，看了手表一眼。感覺上，愛結好像痙攣了很久，其實才過了兩分鐘就停了。優紀從前住在鄉下的時候，附近有個表姊妹的孩子常常因爲發燒而痙攣，所以她知道這種程度的痙攣，應該不要緊。只是看到幼兒翻著白眼，雙手握緊拳頭，整個身子向後仰，心情還是很難保持冷靜。

春香拿起體溫計插在虛弱無力的愛結腋下。

體溫很正常。

「應該去看醫生。」說著，她就站了起來。

如果不是發燒引起的痙攣，很可能就是腦膜炎之類更嚴重的疾病。春香看起來似乎欠缺常識，其實她從頭到尾細讀了保健中心發給她的手冊。

於是她們開車載著春香和孩子前往附近醫院。醫生診察後有些悠哉地告訴春香，孩子不是腦膜炎，癲癇的可能性也很低。如果痙攣持續到五分鐘左右，並且經常發生的話，再把孩子帶到醫院檢查。說完，醫生又告訴她們無法判斷這次痙攣的原因。

「還是找個地方消災除厄比較好吧？」

一回到新艾格妮絲之家後，繪美子就滿臉嚴肅地對優紀這麼說。

愛結發生痙攣之前，繪美子正在迴廊邊跟她玩。愛結最近才開始露出各種豐富的表情，還會咯咯發笑。繪美子跟她玩著玩著，愛結忽然轉眼望向和室，臉上的表情唰地一下全部消失了，只是訝異地張著嘴，眉頭也皺了起來。正在逗弄愛結的繪美子也跟著望向相同的方向，卻沒看到什麼。冬季陽光長長地照進和室，室內十分明亮，但是除了橫梁上吊著一個衣架，房裡並沒有其他物體。衣架上也只掛著一件住民的刷毛外套。

愛結轉動著視線，彷彿在追逐一隻不慎飛入室內的蝴蝶，接著，她用兩手撐著身子站了起來。因爲愛結早已能夠扶著牆壁走路，繪美子對她的舉動並不驚訝，但奇怪的是，愛結起身的動作卻顯得特別輕鬆。繪美子說，簡直就像有誰把手放在愛結的腋下把她拉起來。

接下來的瞬間，愛結的身體突然變得像木棍一樣僵硬，好像立刻就要昏倒，繪美子趕緊伸手抱起她。

「就算做了消災除厄的法事也不知……」優紀正在猶豫，麗美卻已動手打電話到市內的每一間神社詢問，而且立刻找到一間能爲她們做法事的神社。

第二天，新艾格妮絲之家全體職員和住民一起出發前往神社。祈禱費五千圓，優紀、麗美和繪美子三人決定用自己的私房錢支付，新艾格妮絲之家並沒有這種預算。

大家到達神社後，包括春香懷裡的愛結在內，全體人員都進入拜殿坐下，一起傾聽神主誦唱祝詞。

儀式進行中，一切如常。愛結和沙羅都沒出現反常的行爲，典禮也在轉眼之間就結束了。每個成員都拿到一枚小小的護身符。神主叫大家把這枚護身符放在錢包裡，隨時隨地帶在身邊。

這種儀式的效果一時很難判斷。不過每個人走下參道樓梯時，都感到心情特別輕鬆，表情也跟剛才前來時完全不一樣，都在開心說笑。

第二天清晨，優紀胸口發悶，簡直無法呼吸而醒了過來。

一個陌生女人正跨坐在她的棉被上。黑暗中，那個壓在自己胸部的女人身影越來越清楚，她的臉變成了優紀以前在雜誌報導裡看過，穿著很像睡衣的和服的女演員半田明美的臉。「妳眞是多管閒事……」優紀聽到女人嘴裡冒出這句不知道是詛咒還是怨恨的話。她的聲音很沙啞。優紀不禁懷疑自己正在做夢。就在下一秒，她立刻確定自己眞的在做夢。

接著，她感覺幾隻細長的手指抓住自己的脖子，觸覺出人意料地鮮活。手指的力道很強，明知是在做夢，卻令她非常痛苦。優紀伸出兩手，使出全身力氣把那雙手腕從脖子上掰開。那雙手冷冰冰的，簡直就像碰到金屬的感覺。

優紀完全清醒了。

沙羅正蜷縮著，匍匐在她身邊喘息。

剛才是沙羅掐住了自己的脖子。

法事是沒法解決問題的，這一瞬間，優紀恍然大悟。出問題的不是半田明美的靈魂，而是沙羅的精神狀態，優紀心懷恐懼地悄悄告訴自己。沙羅似乎完全不記得剛才發生的事，只見她一臉茫然地環顧四周。優紀心裡明白，應該找精神科幫忙，而不是神社。

沙羅接受過藥物與心理諮商治療，但是因爲絲毫不見成效，才會到白百合會尋求協助，然後她搬進了新艾格尼絲之家。

優紀不知該如何處理這件事。

她決定暫時把這件事藏在心底，先觀察一段日子再做決定。然而如果實在沒辦法幫助沙羅的話，該怎麼辦……大概一點辦法也沒有吧。

幾小時之後，沙羅的母親打電話給優紀詢問女兒的狀況。

她很好，優紀冷冷地答道。

「請問……可否把我女兒帶到八王子來呢？」

沙羅母親吞吞吐吐的語氣聽起來像一名年輕演員。

「把她丟在那兒不管的話，可能會發生事情的，我眞的好擔心。各位一定也感到爲難吧。」

沙羅母親似乎已經知道這裡發生了什麼事。

「拜託妳了，把我女兒帶到這裡吧。我是她母親啊。」

優紀覺得很不可思議，因爲這位母親並沒說「把女兒還給我」、「讓我女兒回來」，而是說「帶到這裡來」。沙羅又不是小學生。

「沙羅現在狀況很穩定，您不必擔心，請再稍等一段時間。」

優紀這麼應付過去後，又立刻在心底問自己，眞的能對沙羅的行爲負責嗎？

「拜託、拜託妳了，把她帶來吧。不只是爲了沙羅，也是爲了優紀小姐和其他人。」

沙羅母親的聲音裡聽不出一絲歹念。優紀聽著她那悲切的語氣想著知佳所說的「有毒父母」當中，絕大部分的人都不覺得自己有毒。

沙羅母親最後直接要求優紀，明天早上把沙羅帶到車站。她單方面指定時間、地點之後，就掛斷了電話。她沒有要求優紀直接送沙羅回家，是顧慮到她家位置偏遠，必須轉乘電車和公車嗎？

「妳要是不把沙羅帶去，那位母親大概會跑到這裡來吧。」

繪美子皺著眉頭說，剛才她一直在旁邊聽著優紀跟沙羅母親交談。

「她要是敢跑到這裡來，我會把她趕出去喔。」

正在用吸塵器打掃房間的麗美停下了動作，只見她不自覺似地緊握著垂直的延長管。

就算她沒有親自前來，萬一她去報警，也是一件麻煩事。更重要的是，如果沙羅想要回到母親身邊，優紀沒有權利不准她回去。

優紀決定先叫來沙羅，告訴她母親的想法。

「妳不想回去的話，不回去也沒關係，妳這年紀也不必事事都聽父母的。」

優紀跟繪美子一起說服沙羅。

「媽媽叫我回去吧。」

沙羅問，視線不知看著哪裡，聲音和口齒都很不清晰。

「是的，她要我把妳帶過去。可是妳已經不是孩子了，妳自己決定去不去。」

「那……我去。」

沙羅的語氣堅決，沒有商量的餘地。

優紀也跟白百合會總部討論了這件事，眾人都認爲總不能忽視沙羅的意志，不讓她離開。這種行爲等於犯罪，對新艾格尼絲之家來說，她們沒有任何可以做的了。

第二天一早，優紀帶著沙羅搭上高速巴士。

兩人在新宿跟山崎知佳碰面後，三人一起來到沙羅母親指定的高尾站驗票口。前一天晚上，優紀在電話裡跟知佳說了事情經過，請知佳跟她們同行。

優紀很需要知佳帶來外界的常識與空氣。她對自己及白百合會做出的判斷還是沒有信心。最近反覆出現的怪異現象消耗她很多力氣，她整天都爲這種無力感焦慮。在眼前這種情況下，只要跟性格開朗，沒有複雜陰影的知佳在一起，優紀就感到安心。

優紀打電話時猶豫再三，最後還是把這陣子發生的怪異現象告訴知佳。最讓優紀感到意外的是，知佳沒有表示否定，也沒有用「愚蠢」二字一笑置之，她心底總算升起一絲安心。

「不瞞妳說，我也遇到一些奇怪的事情。」

「果然是這樣。」

「上次見面後，我因爲別的工作去出差，在回家路上，我在月台上換車時竟然累得坐在長椅上，我平常不會這樣的。我坐在那裡胡思亂想，一下想到半田明美，一下又想到那天沙羅說過的話。沒多久，聽到電車進站的廣播，我就站了起來。接著聽到電車駛近的聲音，就大步地筆直向前走去。沒想到，一個陌生男人突然從後面抓住我的手臂把我向後拉去。緊接著，特快車就從我面前駛過，離我的臉真的只差五公分喔。那時候我只是站起來，朝著車門的標誌走過去而已。我知道自己那時有點心不在焉，但還是覺得很恐怖。那天是做完另一件完全無關的工作，結果腦袋裡竟然想著半田明美和沙羅的事情，而且還朝著電車走過去。半田明美當初好像曾把男人推下月台害死了啊。」

優紀感到背脊上傳來一陣涼意。

「說不定被什麼東西附身了吧。」

但是那個「什麼東西」卻無法用具體表達。不是因爲這種想法愚蠢，而是要是說出口，就可能成眞，非常恐怖。

沙羅的母親已在驗票口等候她們。她穿著白上衣配淺色圓裙，一頭筆直長髮，站在乘客匆匆往來的驗票口附近，非常顯眼。

沙羅母親一看到優紀她們，便迅速撩開垂落胸前的長髮地問候眾人。臉上還是堆滿了樂觀積極、明艷照人的笑容。

「多謝您帶沙羅來。」

她向優紀打招呼，甜美的聲音裡隱含著討好，卻沒有第一次見面時的刻意開朗。

「我把沙羅交給優紀小姐以後，總覺得自己做了錯事。後來向我很尊敬的一位朋友說起上次的事情，她狠狠罵了我一頓。說我做事太魯莽了。」

「妳說的朋友是什麼人？」

知佳微微挑眉瞪著沙羅的母親。

「上次妳們到我家來的時候，我犯了一點小錯誤。向故人提出疑問，是很危險的，雖然我心裡明白，卻還是……結果請來惡靈。我在靈界的等級還不夠高，卻做了那種事，是我犯了錯，眞的對妳們很抱歉。所以我現在帶妳們到那位朋友家去。」說著，沙羅的母親便向前走去。

「請等一下。」

優紀喊住那位母親。

「就在附近。」

「我可沒打算去。」

知佳面無表情地答道，又轉頭對沙羅說：

「妳不能跟她去喔。」

優紀看到跟沙羅不熟的知佳這樣警告沙羅有點驚訝，但是她不禁握緊了沙羅瘦得皮包骨頭的手腕。

「拜託了。」

沙羅母親的五官扭曲了，著急得快要哭出來。

「都是我的錯。我太自以爲是了，結果搞得事情無法挽回。」

沙羅母親指向車站的出口。

就在這一瞬間，沙羅甩開優紀的手，走向母親身邊。

母親擁著女兒的肩膀，一起走下通往站前圓環的樓梯。

「果然。」

知佳大喊。

「快拉住她。」

優紀被她提醒，連忙從後面追上去。

沙羅回過頭，向優紀和知佳露出微笑。

「不要緊，這是我自己的問題。」

「優紀小姐，知佳小姐，妳們也一起來，要不然後果不堪設想。」

母親擁著沙羅的肩膀說。

如果沙羅能夠拒絕她母親的話，那她根本就不會出現進食障礙或自殘行爲。而她的母親看到臉色蒼白得幾乎昏倒的女兒匆匆趕到自己面前，竟對女兒的健康一點都不關心，只顧著環住女兒的肩膀，要把她帶到自己「尊敬的朋友」那裡去。眼前這幅怪異的景象讓優紀毛骨悚然。

知佳悄悄戳著優紀的背部說：

「一起去吧，優紀。要是在這裡丟下她不管的話，那她眞的完了。」

車站前圓環有一輛公車停在那裡。兩人在沙羅母親再三催促下，終於坐上公車。車門一關上，公車就出發了。

大家分別就坐之後，沙羅母親開始說明：

「就像最先出現一個小洞，水從這個洞口流進來，洞口就會越來越大，現在邪惡的東西也開始能隨意進出了。」

同車的幾個老乘客都露出不解的神色看著這名一頭長髮，白色衣裙的中年美女，然把視線轉向坐在旁邊的女孩。看到女孩滿頭白髮，瘦削的臉上布滿皺紋，人人都一臉吃驚地趕緊移開視線。

「如果這樣放任不管的話，不只是我和沙羅會遇到不測，就連優紀小姐和知佳小姐，也會碰到可怕的事情。惡人的靈魂看準目標以後，會做出各種恐怖的事情。像是附在妳身上去做壞事，或是讓妳遭遇意外。」

公車爬上一段上坡路，不一會兒，車子開到丘陵頂端，眼前出現一片高層與中層樓房組成的大型社區。

「先跟妳說清楚，我可沒有錢。我為了成立自己的公司，已經把錢全部花光了。」

知佳走下公車的同時，立刻轉頭看著沙羅的母親如此主張。

「沒關係，那一位也不打算賺錢。」

「還有，我以前跟很多地下錢莊借過錢，所以我的名字已經被登記在黑名單裡面了。」

知佳又追加了這麼一句，但其實地下錢莊和黑名單都是她隨口編造的吧。

沙羅母親的朋友住在社區裡的某棟五樓公寓，離公車站不遠。

優紀有點意外，她原以為自己會被帶進一座壓榨下層信徒的財產建成的黑心豪宅，卻沒想到眼前只是普通社區裡的一戶人家。

這棟中層公寓外觀樸素，但看起來很舒適。眼前的鐵門打開，一名五十多歲的女人走出來迎接客人。

女人的髮型是腦後微微膨起的短髮，臉上肌膚充滿彈性，化著淡妝，上身穿一件棉布蕾絲罩衫，下半身是一條淺藍牛仔褲。這身打扮看起來整潔端莊又不失流行，顯然是位品味高雅的家庭主婦。

狹窄的玄關裡有個鞋櫃，櫃上的花盤裡插了幾枝短莖的白花。

「請進請進。各位遠道而來，都很累了吧？」

女人很有禮貌，表現得恰到好處，待客的禮節純熟精練。優紀的生長環境裡從沒看過這種類型的人物，不禁對女人露出連自己也不解所為何來的憧憬目光。

女人帶著眾人進入鋪著木頭地板的客廳，請眾人在圓桌前坐下。室內並不寬敞，瀰漫著鮮花和香草的香氣。鋪著白色刺繡桌布的圓桌上有個玻璃壺，下面燃著酒精燈保溫，壺裡裝著看似紅茶的液體，裡面浸泡著蘋果與柑橘等水果。

女人把紅茶倒進乾淨的乳白色茶杯送到客人面前，茶味甘甜，充滿濃郁香氣。

接著，女人自我介紹說自己名叫「耀月」。

「是算命還是什麼占卜流派的名字嗎？」

知佳這麼問女人。「不是，我不相信占卜。」女人笑著否定，然後告訴知佳這是她做爲花道家的名字。

「她是花道老師喔。」

沙羅的母親伸出一隻手指著女人，嬌嗔地向大家說明。

室內各處確實都擺著插花裝飾。花型整體看起來很純樸，但枝葉的造型都很美麗，有些彷彿正在隨風飄逸，有些像是迎著陽光向上伸展。

「哪個流派呢？」

知佳再次追問。

「不……『耀月』是從前有人幫我取的名字。不過世界上到處都有不合理的事情，我現在改教歐洲花卉設計了，只是仍舊使用從前的名字而已。」

女人看起來很有教養，給人良好印象她怎麼會跟沙羅母親認識？令人不解。

「聽說妳們遇到了困難？」

耀月把話題拉回正題，她似乎已從沙羅母親那裡聽說新艾格尼絲之家的事情。

「讓我先看看吧。」

說完，她從裡面的房間端來一座銀色香爐，放在圓桌上。做工精緻的香爐表面鑿了幾個洞，幾道輕煙從洞口升起，聞起來很像乳香。

隔著一層煙霧，耀月雙手合十閉上兩眼。

果然是沙羅母親的同類，優紀緊盯著女人的一舉一動。

「這個……」

說完，耀月抬起頭來。

「這下可糟糕了。」

女人露出關切的表情。

「妳從哪裡學會和亡靈交談的？」耀月打量著沙羅問道。

「因爲媽媽以前做過。我的感應力很強……」

優紀並沒有告訴沙羅母親最近發生的事情和沙羅的行動，看來是沙羅自己打電話跟母親說了什麼。而她母親覺得自己沒法處理這件事，才把沙羅和職員帶到耀月這裡來。

「感應力很強但在靈界等級不夠高的人，做這種事情，就會被惡靈附身。還好現在只有一個人跟著妳，再繼續這麼做的話，就會有各種各樣的怪東西附到妳身上。現在跟著妳的，是個女人。灰色短髮，打扮樸素，寬大的罩衫配一條長褲，是個冷血的女人，她身邊死了好多人……」

「半田明美。」

優紀和知佳同時喊出這個名字。

灰色短髮，打扮樸素。優紀或沙羅對這種形象都太熟悉了，那就是冒充小野尙子的半田明美。

「在非常非常漫長的歲月裡，有位善良又德行高尙的靈魂鎭住她的魂魄，但是她現在卻被妳召喚到這個世界來了。沙羅，妳用什麼方法把她叫來的？不是狐狗狸大仙之類的方法吧？」

「不是，是用鏡子。」

沙羅答道。

「鏡子？」

沙羅像個受責備的孩子縮著腦袋。

「這樣不行，這是最危險的方法，這種事還是讓我們來做。沒有正式拜師的人，這樣隨便模仿他人操弄靈魂，真的很恐怖。妳現在召喚到可怕的人物了。」

不知不覺中，優紀摩挲起自己的手臂，臂上已冒出無數雞皮疙瘩。

「我試試看吧。雖然不能徹底趕走，不過現在這情況繼續下去的話，就不只是傷害到周圍的人受傷而已，說不定還會出人命呢。」

說完，耀月迅速收拾桌上的茶具，換上一塊沒有花紋的白色桌布。

桌子中央擺上一個跟丼飯碗一樣大的金屬香爐，爐中塞著一把圈成圓形的枯草，看起來就像鳥巢。女人拿起點火道具湊近枯草，爐中並沒冒出火焰，但那堆枯草跟線香一樣微微燃起紅光，升起一縷輕煙。室內的窗戶雖然緊閉，卻沒有煙霧籠罩的感覺，只感覺空氣裡飄浮著上等菸絲的香氣。

優紀等人圍繞圓桌坐下後，耀月吩咐大家在心中冥想，想像頭頂有一道光芒從上射下。眼睛可以睜開也可閉上，兩手放在桌上，手掌向上，以手掌和頭頂承受上方射下的光芒。

耀月一面誦念咒語，一面端起香爐繞到優紀等人的背後。

優紀感到冰冷的東西落在掌心。可能是聖水吧，耀月以指尖沾著聖水彈在她們每個人的頭上、掌上。不一會兒，室內充滿了茉莉花的香氣。

不知過了多久，雖然感覺已經過了很長一段時間，但其實還不到十分鐘吧。

「已經結束了。」

優紀發現面前擺著一個銀盆，盆中水面漂浮著非洲茉莉，房裡四處遍撒白色花苞。

爐中的香草已經燒完，室內再度飄浮著清爽的香氣。優紀感到心情非常輕鬆，好像身心都被淨化一般。

「邪惡的東西雖已離去，但是通道並沒封閉，請不要放鬆警惕。因爲那扇門已經開了，當我們懷著負面情緒想著厭惡的事情、憎恨某人、抱持悲觀看法的時候，那東西就會再度回來。」

女人熟練地收掉桌上的道具，重新鋪上桌布，在每人面前放一個雕花玻璃杯，然後從廣口瓶裡分別注入一杯看似香草茶的液體。杯中散發出一種清爽的香氣，聞起來有點像檸檬香蜂草的氣味。

「請問……」

優紀猶豫著問：

「那個像惡靈的東西被召喚出來的時候，我拍了影片。」

「什麼？」知佳把上身探向前方。

「只是不知拍到了沒。而且我很害怕，沒有播放過。」

「妳拍了錄影帶？」

耀月睜大兩眼問道。

「不是錄影帶，是用手機拍的影片。」

「不可以，絕對不能做這種事，不知會發生什麼危險的事情。」

「那我立刻刪掉吧。」

「不行。這樣的話，那東西從此就黏在妳身上了。就算把手機丟掉也一樣。把手機放在我這裡，我先封住那東西之後再拿去處理。」

奇妙的是，優紀竟覺得女人這番說詞很有道理。只是不該將手機這種等於是個資寶庫的東西，隨便交給別人吧？優紀用僅剩的一絲理性這麼判斷。

「我今天忘了帶來。」她找個藉口推辭。

「那妳回去後，一定要寄給我。還有，有些東西可以保護妳，淨化妳的靈魂，以後最好一直把這些東西帶在身邊。不要忘記燒好一點的香，並在我告訴妳的方位供上鮮花。」

說完，女人向寫著方位的紙張拜了幾拜，分別交給每個人

「平時請喝淨化過的水，也請轉告共同生活的其他夥伴這件事。」

「對不起。」

知佳打斷女人問道：

「保護我們，淨化我們靈魂的東西是什麼？」

「每個人都不一樣。如果需要的話，下次再到我這裡來，我幫妳確認妳的靈魂是什麼顏色，才會知道什麼對妳的靈魂有益。」

「就是所謂的靈氣吧。能夠保護靈氣的，是不是像手鐲、印章，或水晶之類的東西？」

知佳繼續追問。

「不是。」

耀月以堅決的語氣打斷了知佳，顯然對她的質疑感到不悅。

「我跟那些奇怪的宗教可沒關係。我現在做的這些，有些祈禱師或通靈者也會做，但他們是爲了賺錢。如果找那些人驅邪，雖然暫時能把惡靈趕走，但是不潔的東西還是留在原處，就像揮走蒼蠅一樣。如果不提高自己的靈魂潔淨度，不潔的東西還是會源源不斷找上門來，邪惡的存在會在妳們那裡出現，不僅是因爲通路被打開了，而是因爲妳們心裡有吸引她的東西。像是憎惡、貪財、怨恨、疑心……還有遇事總是悲觀看待的習慣，這些對邪惡的存

在來說，都是像蜂蜜一樣甘甜的美味。所以妳們從現在起必須隨時留心，把那些東西從內心趕走。」

「我知道了。」

知佳回答時並沒有避開耀月的目光。

「那麼今天到此為止吧。」說完，耀月換上截然不同的表情，露出開朗的笑容看著眾人。她彬彬有禮地道別後，在玄關目送所有人出門。

眾人正要轉身離去，沙羅母親拿出一個白信封交給耀月。耀月也不道謝，直接收下信封。

走出電梯之後，知佳問沙羅母親，「不好意思，請問剛才那個信封裡，裝的是謝禮或祈禱費吧？」

「是的，因為今天是為了我女兒才來的。」沙羅母親微笑著說。

「那可以告訴我付了多少錢嗎？」知佳追問。

「三萬圓。」

「我以為會更貴。」

知佳顯得很意外。

「她眞的只收實際的花費。其他地方都要收諮詢費用、謝禮等等，各種名目的費用。」

沙羅平靜地默默聽著她們交談。

優紀雖然覺得有點蹊蹺，但心情感到難以形容的爽快。

這種心情不可能是因為香草茶裡含有化學成分。如果眞的混入什麼成分，優紀的身心應該會立刻產生反應。因為她有過被處方藥徹底侵蝕的經驗，但她的身體並沒有任何反應。或許是某種宗教的力量吧，優紀想，譬如禪之類的東西讓心情陷入沉靜狀態。

返回車站之後，沙羅母親很乾脆地放開女兒，將她托付給優紀。原來沙羅母親邀請眾人的目的，只是想把沙羅帶去見她那位「尊敬的朋友」。

11

「妳們兩個是傻瓜嗎？」

區民中心的餐廳裡，長島靠在椅背上，環抱雙臂，高高挺起胸膛。

這個人跟她們又不熟，一開口就說對方「傻瓜」，還稱呼「妳們兩個」。

優紀還沒來得及生氣，先露出了不可置信的表情，長島似乎也看出她的心思，連忙乾咳一聲，「抱歉，失禮了。」

「我覺得她眞的只收了實際的花費，應該一毛也沒賺到。」

「是啦，墓碑店跟寺廟也都會準備鮮花、供品，讓客人盡情使用呢。不過三萬圓不能算貴就是了。」

優紀她們從耀月那裡回來已經過了兩星期，生活裡並沒出現任何異常狀況。這段時間正値年度結算期，優紀忙著製作各種提交給白百合會和公所的表格文件，同時在心底告訴自己，之前發生的各種怪事都是心理作用。她們搬出小諸那座老屋的最後期限已經快到了，優紀整天都忙著上網搜尋租屋情報。

日子一天天過去，住民當中又有人遇到怪異的現象，譬如半夜聽到奇怪聲響，鏡子裡出現不存在的人影……那個奇怪的聲音，優紀也親耳聽過。聽起來並不像幽靈乍現時瞬間即逝的響動，而是像裝潢工程在水泥牆上打洞的刺耳噪音。最近那聲音又開始在清晨或白天響遍室內。而且噪音顯然是來自屋內，而不是從鄰家傳來的。

佛堂的祭壇上供著小野老師和榊原久乃的遺照，麗美每天早上都在遺照前奉上清茶和線香，並在門口放上鹽堆，但是情況並沒好轉。早上打開大門，總是看到那鹽堆已經溶化。

沙羅的言行舉止越來越不安穩，愛結也在深夜出現過痙攣症狀，大人只好匆匆帶她去夜間急診看病。一天白天，一位住民走在平坦的柏油路上，卻被路上的某種透明物體絆倒受傷，各種怪事不斷發生。

優紀給知佳打了電話，詢問她是否平安，沒想到知佳說，她也遇到了一連串令人毛骨悚然的事情。譬如有一天，她的手機突然接到電子郵件，發信人竟是早已去世的熟人，而且信裡一個字也沒有；一天深夜，雜物間裡明明沒人，門把卻開始轉動；又有一天，她從外面回家，發現冷氣竟然自己打開，家裡冷得像冰窖。後來，表姊帶著寵物貴賓狗來玩，那隻狗原本很喜歡黏著知佳，那天竟表現得很害怕，還咬了她一口。

「一件一件分開來看，都覺得沒什麼，還能看成是自己的心理作用，但現在是層出不窮，連續出現。」

「實在很詭異啊。」優紀說著嘆了口氣。

「手機裡的那支影片，妳處理了嗎？」

「還在手機裡，沒有刪掉。」

優紀不想去找那個叫做耀月的女人，但又想仰賴她。

「我那位過世的祖母，她就是感應力很強的人。」

優紀不加思索地說出自己剛剛想起的往事。

「她能說中發生在別人身上的事情，譬如妳丟了什麼東西，去找她幫忙，她會突然說那東西，就在哪裡哪裡。」

「所以呢？」

「就是說……我覺得也不能全盤否定這種事。雖然上次到那女人家去的時候，我覺得非常荒謬愚蠢。」

兩人正聊著，知佳突然說要接另一通電話，主動掛斷電話。

過了幾分鐘，知佳又重新打給優紀，告訴她說，剛才插撥的電話，是長島打來的。知佳說，其實他沒什麼重要的事，只是趁著照顧妻子的空檔，想找人聊聊天，轉換一下心情吧。

「後來怎麼樣了？有什麼線索嗎？」長島問。知佳告訴長島沙羅母親和耀月的事情，還有新艾格尼絲之家最近發生的各種怪事。最後，知佳雖知自己的想法很荒唐，卻還是對長島說，如果用「小野尙子的靈魂附在半田明美身上」來解釋，很多事情就不奇怪了。

長島聽完只嘖了一聲，然後用命令的語氣說，「妳出來跟我見個面吧。」聽來似乎很不屑知佳的想法，覺得在電話裡也說不清。

「帶上次那位NPO的小姐來吧。可以的話，出問題的那位，就是有點不正常的小姑娘，也帶來。」

「過陣子吧，等她狀況比較穩定了再說。」知佳說。「在她恢復穩定之前，讓我先跟她聊聊也可以吧？」長島語氣強硬地說。

「還有，妳告訴那位NPO的小姐，叫她把有問題的手機也帶來。要說物證的話，那東西現在是唯一的物證。」

看在長島提供過巨額「軍援」的分上，優紀覺得自己有義務去見他，所以這天一早，她就帶著那支手機，搭乘高速巴士趕到東京，然後跟知佳一起前往區民中心。誰知長島見到她們的第一句話就是「妳們兩個是傻瓜嗎？」

「我也不相信那些邪教啊。」

優紀有點不悅地答道：

「我只是想不透，山崎小姐老遠去菲律賓調查，結果確實發現謀殺事件和冒名頂替這兩件事，那我認識的那個女人又是怎麼回事？把這一切解釋爲小野老師的靈魂附在半田明美身上，我覺得很難推翻。而且要是長島先生親身體驗發生在我眼前的那些事，就會認爲那些都不能用噱頭或大腦科學知識來解釋。」

知佳也在一旁點頭說道：

「像是那個銀行帳戶，我眞的不知該如何解釋。因爲我打電話給小野尚子的哥哥，結果竟然跟沙羅母親說的一樣。後來在出差回家的路上，差點摔下月台，我感覺不是因爲我心不在焉或太疲倦，好像有種更奇異的力量把我……」

「好啦、好啦，我知道了。」

長島說著舉起一手打斷知佳似地在面前揮了幾下。知佳看著他說，「你聽完我說完發生了什麼事。」說完，知佳開始告訴長島，從她們在沙羅家看到的狀況，新艾格尼絲之家出現的怪事，還有在耀月家發生的事情等等，從頭到尾順序描述了一遍。

知佳原以爲長島會表示反駁，卻沒想到他不但沒打斷自己，甚至還拿出一本B6記事簿，拿鉛筆做起筆記。知佳不禁感到有點意外。

「那麼妳所謂的怪異現象還是異常現象的事情，就只有這樣？」

長島略帶揶揄地問道。

「還有，這裡面可能錄了影片，也可能什麼都沒錄下來。」說著，優紀把手機拿出來給長島看。

「那樣的話也很恐怖。」知佳點頭說道。

「好吧。」說完，長島終於開始吃起演前的咖啡和薑汁豬排套餐。

這時正好是午餐時間，優紀和知佳也吃著三明治。麵包周圍已經變乾，裡面夾著薄得像紙的火腿和黃瓜。長島先把套餐裡的高麗菜和番茄一掃而光。

「糖尿病患者吃東西是有順序的。」他說著把筷子從蔬菜移向豬排，「對了，那個女孩的媽媽還有那個通靈師，雖然她們把小野尙子和她身邊的相關訊息都說對了……」

長島口齒不清地說著，同時又在剛才那本筆記本裡翻開空白的一頁。

「我們先整理一下人物關係吧？」

他在紙上列出知佳、優紀、職員的繪美子、小野老師、榊原久乃，還有沙羅、沙羅的母親、沙羅的弟弟、耀月等人的名字，用線條連接在一起。

「所以妳們職員和居民之間是共享情報的。」

「不叫居民，叫住民。人際關係是這樣沒錯。」優紀說。

「那個叫沙羅的女孩，跟家人的關係怎麼樣？」

「兩年前白百合會的諮商師讓她跟母親分開，我們也一直在努力不讓她感到自己被孤立，而且不讓她母親靠近她。」

「可是這個叫沙羅的女孩，最後還是回到母親身邊去了，所以妳們就去把她帶回來。卻萬萬沒想到，那個母親已經把女兒訓練成優秀的間諜兼傳教士。妳們去抓鬼的，結果全都變成了鬼。」

「也不能算抓鬼吧。」

優紀不悅地繼續說道：

「沙羅說，小野尙子被殺害之後，她的靈魂已經附在半田明美身上，最先聽到這話時，我還覺得很荒謬，不過後來又發生了那麼多事……」

長島嘆著氣連連搖頭。

「長島先生要是親眼看到，也會這麼想的。」

「不，我不是不相信妳們。」長島攤開筆記給優紀她們看。

「就是說那個叫沙羅的女孩，已經向她母親報告過你們那邊的各種狀況。像是有位叫做中富的職員，跟另一位叫什麼的職員，就是第一次一起去沙羅家的那位小姐。沙羅事先告訴她母親這些情報了。」

「是的，應該事先說過了，但我想她並沒打算當間諜。」

「而那位母親，跟那個叫做耀月的祈禱師早就串通好了。」

「不能算串通吧……」

「早就有大量情報洩漏了，不是嗎？譬如小野尙子可能說什麼，榊原久乃信仰的基督教、半田明美的來歷，對方早就已經掌握得一清二楚了。」

「也不是全部……」

「實際上就是這樣吧？」長島在那些名字之間用箭頭標出情報的流向。

「根本沒什麼詭異的地方。妳們看，那個祈禱師或算命師，事先就蒐集了相關詳細資料，然後再假裝神靈附身或自己能看到什麼。」

「可是像榊原小姐的墳墓，她們完全都不知道的。」

「還有關於銀行的訊息是怎麼回事？譬如說哪家銀行，負責人的模樣，全都被說中了。」知佳也提出反駁。

長島拿起筆記本啪啦啪啦胡亂翻著。

「墓碑顏色接近白色，旁邊還有花？她有沒有說出具體名稱？譬如像木蓮花，或是妙心寺，信松院之類的名字？」

「沒有，沒說得那麼詳細。只說看到粉紅的花朵，據我們的職員說，墳墓右側有一株山茶花大樹，上次進行靈視的季節，樹上應該開滿了花朵……」

「那都無所謂。反正墓碑不會有粉紅色的，通常都是泛白的灰色。就算高級品的黑花崗岩，也可以強辯成泛白的灰色。同樣道理，花朵不會有灰色的。而粉紅花瓣的花，到處都看到。我現在說的，妳們懂吧？」

「也就是說她說的都是一般論。」

知佳說。

「沒錯。現在國內的都市銀行有幾家？其中商標沒有使用藍綠兩色的，有幾家？會有哪家銀行採用粉紅或黃色做商標嗎？戴眼鏡的老男人，滿街都是。就算櫃台坐的是年輕男人，如果有需要的話，上司就會出來吧，所以就有老男人上場。而且就算那個老男人不是近視眼，閱讀文件的時候，也需要戴老花眼鏡。」

「是啊，但也多虧了上次的降靈會，我們才知道小野老師還有個人帳戶。」

「她有個人帳戶不是理所當然的事情？」

「那我出差回來的路上差點摔下月台，您也認爲只是我太累嗎……」

知佳問。長島從飯碗裡撥了兩三口白飯到嘴裡，然後極爲不捨地放下筷子。因爲生病的關係，他必須控制碳水化合物的攝取量。

接著，他乾咳一聲，才開始說明。

「最近經常發生醉漢摔落月台意外的車站，都把長椅的方向改成跟軌道垂直。因爲醉漢發現電車進站後，立刻從長椅上站起來，沒弄清楚距離就向前走，然後就從月台掉下去。人在疲倦的時候，即使沒喝酒，也會發生這類意外。」

知佳露出不同意的表情。長島忽然伸手拿起她面前的帳單，站起身來。

「反正讓我先看看手機裡的影片再說吧？」

說不定會招來可怕的事情，優紀想起耀月說過的話，她找不到否定這句話的理由，一直感到很畏懼。

「或許影片裡拍到了什麼吧。」優紀拿起手機。「唉，別叫老花眼看那種螢幕。」長島舉起一手揮了揮。他很快地結完了帳，帶著兩人搭電梯到了樓上。

出電梯之後，三人順著走廊轉個彎來到辦公室前面。長島快步走進去，跟職員交談了幾句，接著拿著一把鑰匙回到兩人身邊。

長島帶著她們來到同一層樓的一個小房間。平時區民都在這個房間裡進行團體活動或小型集會。裡面放置了一台桌上型電腦。

長島立刻開機，進行一番操作。但很快地，他又拿起使用手冊，一面翻閱一面歪著腦袋研究內容。

「我來吧。」知佳說著走上前，代替長島進行操作。

就在這一瞬間。

時鐘發出的滴答聲響突然變快了。

優紀轉眼望向牆壁。掛在壁上的時鐘秒針正以驚人的速度繞著鐘面轉動。

啊，優紀驚叫一聲，就再也發不出聲音了。當她沉默著指向壁鐘的同時，秒針停止了轉動。

花朵突然嘩地一下轉動，她想起繪美子說過的這句話。

「那是電波時鐘。」

長島笑著說，「它感應到電波時，就會自動修正時間。」

知佳這時啓動了電腦裡的軟體，然後用USB連接手機跟電腦。

經過幾次嘗試後，螢幕上出現了正在播放的影片。

「討厭，眞不想看。」

優紀想起當時恐怖的景象，反射性地閉上雙眼。

螢幕上映出新艾格尼絲之家的起居室。沙羅的背影跪坐在鏡子前面，其他住民圍繞在她身邊。

昏暗的畫面裡，許多閃爍的光點正在四處飛舞。

「這是所謂的能量光球嗎……」

知佳遲疑著問道。

「是LED燈泡之類的吧？鏡面反射出來的光點。」長島嫌麻煩似地說。

「哇，這是什麼？」

知佳大叫起來。因爲畫面裡突然傳來嬰兒哭聲，卻看不到嬰兒的身影。

「是愛結，一名住民的孩子這時哭鬧起來。」優紀說。長島忍不住笑了出來。

「你們看。」優紀指著畫面。

沙羅挺得很直的背脊柔軟地向前彎下，姿態變成了年長女性。

優紀身旁的知佳不禁倒吸一口冷氣。

「愛結。」

一個中年女性的聲音傳入耳中，的確是小野尙子的聲音在呼喚嬰兒。

「大家看起來都過得不錯，眞是太好了。」

幼兒發出開心的笑聲。

接著，電腦喇叭傳出電鑽轉動的聲音。這台電腦配備的喇叭十分簡陋，所以音量很低，但確實可以聽到一陣奇怪的聲音。

「我當時沒有聽到這個聲音。不過從那之後，我就開始經常聽到，連半夜也會。」

知佳操作滑鼠倒轉畫面。

畫面回到剛才的部分，喇叭裡再度傳來異常的噪音。

優紀感到兩臂逐漸變涼，好像房間的溫度瞬間降低了。

「騷靈現象。」

知佳低聲自語。優紀不自覺地全身一震。長島環抱雙臂陷入沉默。

過了幾秒，沙羅往後一仰，並兩手摀住耳朵。

「好吵，吵死了，把那個小鬼的嘴巴摀起來！」

當時，鏡子裡的沙羅彷彿變成了另一個人，但現在用電腦螢幕再看一遍才發現，因爲光線不足以及角度不同，螢幕上的鏡子裡看不出沙羅的變化。

知佳停止播放，在靜止畫面上又確認了一遍，還是看不出鏡中的沙羅有什麼改變。

她重新按下播放鍵。

畫面裡的沙羅正在叫喊，那聲音跟她原本的聲音完全不同。

「去死去死去死，這些跟豬一樣豬玀般的男人、豬玀般的女人，含著金湯匙生到這個世界上來，從小到大，到處受人奉承追捧，還在一群人渣面前擺出高人一等的姿態，表演教訓、施恩的戲碼……以爲自己有多了不起，我要殺了妳，給妳下毒，讓妳丟光面子，然後殺了妳……」

「哈哈。」長島笑著說，「這算眞的附身了？」

畫面顯示沙羅的後腦勺正對著鏡頭倒過來，還能聽到一群女人驚惶失措的聲音。隨著一陣金屬聲傳來，畫面裡的光線變得比較昏暗，鏡頭前出現看似榻榻米的模糊影像，還聽到優紀和繪美子正在指揮大家，其他住民的聲音也不斷從喇叭傳出。

「原來如此。」長島聳聳肩，臉上仍跟剛才一樣掛著微笑。

優紀告訴長島，後來她又在新艾格尼絲之家聽到騷靈的聲音，有一次做噩夢醒來，發現沙羅變成陌生人似地掐住自己的脖子。

「怪不得鬧得雞犬不寧啊。」

優紀遲疑了幾秒，「請聽這個。」說著，把她錄在手機裡的騷靈現象播放給長島聽。那聲音跟影片裡的電鑽聲非常相似。

「妳們那裡用的是全自動洗衣機吧？還有，是抽水馬桶吧？」

長島問。

「您是說這是洗衣機和抽水馬桶的聲音？」

「我不是這個意思，那是自來水管的聲音。妳們住的房子大概是年代已久的木造公寓吧？要不然就是老舊的木造民房？廁所後來單獨改建過，才變成抽水馬桶，對吧？」

「對，房子很大，也很老舊。我們搬進去之後才改建了下水道和廁所。可是這不是水流的聲音啊。」

「那的確不是水聲。水管這玩意兒，必須先加壓，管道裡的自來水才能流動。而且也不像輕輕扭開水龍頭那樣地給管道加壓。譬如全自動洗衣機，都是一下子放水，一下子停水。水正在流進來的時候，突然停止水流會怎麼樣？被推著前進的水流一下子停下來，壓力就會變得更強吧？於是這股力量形成音爆，會傳到很遠的地方去，我們就會聽到『咚』或『砰』的聲音。」

「可是我聽到的不是『咚』或『砰』，而是像電鑽那樣『唧唧唧』的聲音。」

「所以如果聽到『咚』或『砰』的聲音還不管它，音爆就會把整套水管震得移位。然後，震動的幅度會變得越來越大，聲音也越傳越遠。妳聽到的就是這種聲音。如果妳繼續放著不管，連結水管跟水管之間的零件，還有感應器都會壞掉的，然後就開始漏水了。別管老女人的神諭了，快點找人來修理吧。」

「原來是自來水管嗎？」

知佳半信半疑地反問。

「我確實聽人說過，譬如浴室或洗衣機出了問題，就會發生靈障；又譬如房屋漏水了，也說是幽靈作祟。」

「用我們老一輩的話來形容，這就叫集體歇斯底里。對了，歇斯底里這個字眼現在叫什麼啊？」

優紀露出不悅的表情，但長島並不在意，繼續說道：

「女人如果不是獨處，而是跟好幾個同性在一起，情緒就會彼此影響互相放大。只要一個人說我看到了，其他人就會跟著說我也看到了。就像宴會裡只有自己一個人不能喝酒，就會覺得很抱歉，大概就類似這種心理吧。」

「女人之間確實容易產生共鳴。」知佳點頭說道。

「而且妳們都覺得自己眞的看到了，也聽到了。不是有句俗語嗎？以爲看到幽靈，結果卻是枯草。現在不是枯草，而是自來水管。大概就是這類狀況吧。那個被附身的女孩，她也不是存心演戲。只是從妳們的談話裡蒐集了大量情報，只要她有那個打算，就能扮演一個完美的巫女。從以前就有這種疾病。」

「我不否認。」優紀懷著沉重的心情說。

「對了，還有件事……」

說著，長島抽出筆記本。

「能不能幫我把這個打進電腦？」他指著筆記本，只見紙上寫著一個不知是什麼網站的網址。

知佳在搜尋畫面鍵入網址後，螢幕上出現「邪教、宗教受害者110全國律師聯絡會」的主頁。畫面裡依照時間順序排列出許多各種受害案例。

其實類似的邪教詐欺受害者對策聯絡會的網站還有很多，但這個網站跟別處不同的是，這裡列出的案例大致以騷擾或侵犯人權爲主。加害者並沒有明顯的詐欺意圖，而是以宗教團體的名義，進行執拗的傳教活動，或強迫受害者參加主日學。

知佳操縱滑鼠讓網頁向下滾動，不一會兒螢幕上出現了眼熟的畫面，優紀連忙按住知佳的手。

那只是一張不起眼的照片。

但是照片裡的純白非洲茉莉和一堆枯草般東西，還有那個似曾相識的香爐都是在耀月家看過的。

根據網頁資料記載，那是一個叫做「甘露」的靈修團體。受害者的位置在東京目黑。網頁的說明指出這個團體採用的手法跟販賣家庭用品和健康食品的老鼠會一樣，專以家庭主婦爲推銷對象。如果住在東京近郊小鎮的沙羅母親也跟這個組織有牽連的話，實際受害的地區範圍應該更廣吧。只是生活不富裕的人之間的受害金額沒有大到一定程度，不容易浮出水面而已。

網頁上記載的案例顯示有一名受害者的損失金額超過兩千萬圓。

這名受害者的長女有精神方面的疾病。甘露的成員告訴她，她女兒被低級靈附身，要幫她女兒進行簡單的淨化靈魂儀式。當時受害者付了購買材料等實際花費一萬圓，沒想到儀式後，女兒的狀況出現戲劇性的好轉。負責處理這個案例的律師在紀錄裡寫道，女孩病況好轉的理由，其實只是因爲她按時接受治療有了效果，另一方面，換季也讓病況趨於穩定。

不久，受害者的長女病況再度惡化，次女開始拒絕上學，丈夫經營的公司業績下滑，甘露會員把些現象全都歸咎爲惡靈的影響，慫恿受害者舉行所謂的諮商儀式。每次向她收取數千圓費用，另外又向她推銷淨化靈魂的寶石。之後，受害者爲了跟更高等級的靈界交流，藉以淨化自己的靈魂，她又聽從甘露會員的勸說加入團體，不斷付出每年高達四百多萬圓的會費。後來，因為家人反對，家中整天爭吵不斷，受害者很快就跟丈夫離婚，兩個孩子都歸她撫養。從此受害者更加投入「甘露」的活動，甚至開始推銷活動。不到一年之後，她就花光了離婚得到的巨額財產，這才有人介紹她到律師會來求助。

「太蠢了。」

知佳喃喃自語。

「為什麼沒有早點發現呢？」優紀也有同感，然而她跟知佳其實也已踏出了類似案例的第一步。

知佳倒轉影片，指著畫面裡的非洲茉莉和看似枯草的香草說：

「耀月並不是教主，只是屬於這個團體，所以這些東西都是她自己花錢買來的。她說實際支出三萬圓，就是購買這些道具的費用，其實她根本一毛都沒賺到。」

「要說被害者，她也算是被害者……」

不過如果請她處理手機，就得支付除靈、淨化等等各種費用，真不知她會向優紀她們收多少錢。而且耀月告訴過知佳，「有些東西可以保護、淨化妳的靈魂，以後最好一直把這些東西帶在身邊。」耀月還說，「保護、淨化靈魂的東西，依據每人的靈魂發出的色彩而定，下次我幫妳看一下應該帶什麼東西在身邊。」因此請她鑑定的話，肯定還要另付諮詢費用。

知佳曾經問耀月隨身攜帶的物品，是否是指手鐲、印章或水晶？耀月當時顯然非常生氣，但網頁上展示的避邪物品，卻都是比手鐲或印章更廉價的東西。

網頁上有一欄案例概要。文字旁邊列出「甘露」出售的除靈物品、淨化物品的照片和價格。

其中的有色寶石，其實只是幾顆串珠放在縷空雕花的金屬膠囊裡，然後以項鍊掛在脖子上除了有色寶石之外，還有紅寶石、綠寶石、藍寶石等，必須按照每人身上散發的靈氣色彩決定採用哪種寶石。價格則全都超過百萬，無法一次付清的人還可以貸款。

出人意料的是，網頁列出的寶石都不是贗品，只是等級很低。不，應該說根本無法評定等級，因爲所有寶石不僅透明度爲零，甚至不曾完成上色的工序，全都是採石場廢棄的碎片。這個靈修團體卻以百萬圓以上的價格賣給受害者，把寶石裝進金屬膠囊，掛在脖子上。從這一刻起，她們才算正式成爲「甘露」的會員。從此以後，除了會費之外，她們還必須繳付各種費用，譬如例會或活動的參加費、講義費，定期購買鮮花、飲水、香草的費用，諮詢費，以及各種額外收費。最後，受害者終於失去社會信用，並因此導致家庭破碎，個人破產。

看到這裡，優紀不禁想起那個住在社區的女人。她看起來把自己的生活經營得精緻又美好，一舉一動都給人留下良好印象。

優紀弄不清女人的眞意，她是能幹的「甘露」推銷員？還是熱心的信徒？或是眞心想要拯救沙羅和新艾格尼絲之家的住民？不過無論如何，她是個不可接近的女人，因爲背後有個詐欺集團在操控她。

「清醒了嗎？」

剛才一直抱著雙臂保持沉默的長島開口問道。

「不知道算不算清醒……」

知佳對長島那種高傲的態度有些不悅，卻不得不承認自己已經敗在他手下。

「我收回之前說過的，小野尙子的靈魂附在明美身上的假設。」

優紀心底仍有一些丟不開的東西。

「現在，讓我們重新回到開頭。二十二年前，半田明美在菲律賓殺死了小野尙子，那麼這二十二年之間，她究竟圖的是什麼？」

「圖的是什麼……」

優紀欲言又止。

「有沒有可能一方面在妳們機構裡扮演好心的宿舍阿姨，同時又在別的地方幹什麼壞事？」

「小野老師從早到晚都跟我們在一起，同寢共食。就算要出門，也是大家一起。她會自行前往的地方，只有白百合會總部，還有那些援助我們的教堂，所以她不太可能過著雙重生活。」

「也沒有金主？」

「是的，完全沒聽說。」優紀斬釘截鐵地說。

「有沒有私生子或是寵愛的親戚小孩呢？」知佳問。

「沒聽說……剛才說到小野老師在五洋銀行有個人帳戶，其實我們這種ＮＰＯ機構，財源向來很拮据，只能大家一起節約度日。雖然住民都用十分微薄的收入支付住宿費用，但實在入不敷出。每當資金短缺的時候，小野老師就會拿出自己的財產補足。墊付機構裡的各種款項更是家常便飯。譬如發生大地震那年，外界的捐款數目幾乎等於零，當時不只是我們，就連全國性的聖艾格尼絲之家都差點就要解散了。當時多虧小野老師把自己的財產捐給我們和聖艾格尼絲之家，大家才能度過危機。她那時甚至還賣掉了自己的輕井澤別墅。如果是爲了貪圖財產而殺掉小野尚子，然後頂替她的位置，有必要捐出自己的財產嗎？反正警察也沒在追捕她，既然她那麼有錢，大可帶著印章和存款簿逃走吧？」

「這我們老百姓還眞的辦不到。」長島仰起臉孔，用拳頭敲著自己的額頭。

「反正在找到她的金錢流向之前，誰也沒辦法判斷吧……」

「應該是因爲什麼理由，讓她決定洗心革面，重新做人吧？這種推測比較合理吧？」

知佳露出躊躇的表情問道。優紀點點頭。

「找不到理由的。」

長島直截了當地提出自己的看法。

「我實際追查她的足跡之後，發現半田明美是個天生就沒有良心的女人。她不是因爲對方惹怒她，爲了洩恨殺人，也不是爲了某種強烈的慾望，忍無可忍殺人。她是在暗中盤算，覺得這麼做對自己有利，就立刻動手了。殺人對她來說，或許就像洗個盤子那樣，雖然有點費事，但她不會抗拒剝奪人命的行爲。周圍的人根本不會覺得她是罪犯。因爲她心裡完全沒有罪惡感，也沒有悔恨或恐懼。像她這種女人在過去的二十二年當中，一直過著毫無奢侈享樂的日子，到底是爲了什麼？」

說到最後，長島又提出他最初的疑問。

優紀跟知佳向長島道別後，兩人一起搭上地鐵。

「雖然覺得不甘心，但現在心情好輕鬆。比從在高尾那個社區除厄祈福之後更輕鬆。」

知佳按摩著自己的肩膀，同時轉動脖子。

優紀覺得圍繞著小野老師的謎團雖然更難解了，但最近發生的各種靈異現象暫時都得到了合理的解答。

「妳很害怕吧？妳是獨自生活，一定更害怕。」

「眞的嚇死了。」

知佳也不逞強，老實承認了。

「在浴室洗頭的時候，總覺得對面房間裡有人；有一天，我已經上床睡覺了，電腦放在同一個房間裡，誰知睡到半夜，電腦竟然自動開機了。雖然心裡知道那台電腦已經舊了，有時無法順利關機，但還是快嚇死，只想趕緊把電線拔掉。」

「碰到這種情況，妳會不會覺得如果身邊有個可靠的男人就好了？」

「會。」

優紀原本只是開玩笑，卻沒想到知佳立即同意，優紀一時反倒不知如何繼續說下去。

「可是不行，有個男人在身邊太麻煩了。」

「妳有沒有交過男朋友？」

優紀也沒想到自己竟會毫不掩飾地詢問對方的隱私問題。

「有是有，可是我被甩了。對方是以前公司的同期同事。跟他交往了一段時間，我開始覺得有點麻煩。因爲心裡忍不住懷疑自己明明被工作搞得累死了，爲什麼要緊張兮兮地換衣服，化妝打扮，趕出去約會？吃飯也是，明明是各付各的，幹嘛要迎合對方一起吃？所以我就不再那麼在意對方，兩個人就自然而然疏遠了。我們是公司裡公認的一對，但他有一次在同期的聚會上喝醉大喊，『不要以爲我永遠只有山崎知佳喔』。」

說完，兩人一起大笑起來。優紀以往從沒交過能夠一起談心大笑的朋友。

「然後那傢伙立刻跟一個打工的女孩先上車後補票了。」

兩人正聊著，新宿車站到了，優紀只好舉手說，「下次再聊嘍。」接著轉身走向月台，其實她眞的還想再多聊一會兒。

回到小諸之後，優紀跟繪美子商議決定，以後就算聽到怪聲或看到怪影，兩人都要留意自己的態度，盡量保持平靜。不久，沙羅和其他住民的精神狀態都逐漸趨於穩定。等到周圍的大人都穩定下來後，愛結也沒再發作痙攣了。

對優紀她們來說長島雖是個令人生氣的傢伙，但他確實向優紀她們伸出援手，將她們從騙局與邪教中解救出來。

每天早上，麗美在兩位故人的遺照前面供上飯菜，點燃線香，雙手合十默禱。這種行爲也不知是否算是一種信仰，但在住民陷入驚惶的時候，只有她一個人始終保持平靜。

室內的自來水管仍然不斷發出震耳欲聾的噪音。即使沒人使用洗衣機，也依舊能聽到電鑽打洞的聲音，但現在沒人感到害怕了，因爲她們已經知道造成噪音的原因。反正大家馬上就要搬出這棟老屋，也沒必要找人來修理了。

不久，搬家的期限到了，但是優紀她們仍然住在這棟老屋裡。

因爲改建的資金還沒到位，拆除工程也跟著延期了。

屋主答應讓眾人再多住半年。只是在這段期間，測量人員經常進入院內，還搬來重型機械，開挖道路，甚至把農園也全部挖掉了。

秋天的氣息更濃厚了，優紀還沒找到合適的地點。她跟繪美子整天忙著找房仲，並且頻繁地打電話跟白百合會商討細節。一天，優紀接到五洋信託銀行打來的電話。

「啊，是五洋銀行。」

優紀以爲對方是要跟她談以前打聽過的帳戶問題。

「不，我們這裡是五洋信託銀行。」

優紀根本搞不清楚五洋銀行跟五洋信託銀行的差別。

「是這樣的。」負責人用愼重的公事語氣說：

「小野尙子女士的遺囑存放在我們這裡。」

「遺囑？」

是小野尚子或小野老師寫的嗎？

對方向優紀說明，「小野尚子」不只在五洋銀行開設了活存帳戶，她的所有財產，包括不動產在內，全都委託五洋信託銀行負責管理，就連公證過的遺囑也存放在那裡。

那位職員告訴優紀，遺囑裡指定把部分財產捐給新艾格尼絲之家。

「捐給我們，金額大概是多少……？」

優紀忍不住這麼問。問完又立刻感到很羞愧，雖說現在確實很缺錢，但自己這種反應也實在太膚淺了。

「請讓我們當面向您解釋，麻煩您親自來一趟好，嗎？」

「喔……好吧。」

五洋信託銀行在長野縣沒有分行，所以優紀一直搞不清究竟怎麼回事。直到第二週，優紀才跟繪美子一起前往東京。

兩人在新宿的轉運站下車後，改搭電車前往東京車站，然後步行到五洋銀行八重洲分行。五洋信託銀行就在同一棟大樓的三樓。

優紀把電話裡聽到的行員姓名告訴接待人員，沒過幾分鐘，負責人就出現在她們面前。

這名職員完全不像沙羅母親宣告的「身材高大，西裝和領帶都接近藍色，戴眼鏡的老男人」。他是個矮個子的年輕人，穿著灰色西裝，沒戴眼鏡，身材像一名運動員。

行員帶著優紀和繪美子坐電梯到了樓上，一路經過許多用隔板圍成的小房間。

到了走廊盡頭，前方有一扇厚重的門扉，年輕行員領著兩人走進房間。

「啊……」

這是一間貴賓室，房間裡有一套沙發和桌子，沙發上套著白色椅套，還有兩人站在一旁低聲交談。

其中一人的衣著極爲樸素，藍灰色毛衣外套配灰褐色褶裙，但是眼鏡後面的一雙眼神卻十分銳利，令人無法忽視她的存在。這名女子叫坂本嘉子，是基督教婦女會的前任理事長，也是白百合會現任會長。站在她身邊的是一位牧師，滿臉堆著溫厚的微笑。在援助白百合會的眾多教派當中，他擔負著協調各教派的重任。

「好久不見。」等室內眾人打過招呼之後，年輕行員說，「請各位稍候。」向大家行了一禮，退出房間。

一名女性制服行員爲客人送上清茶。幾分鐘之後，剛才那名年輕行員帶著上司走進室內。上司是名微胖的中年男人，他倒是戴著一副眼鏡。

眾人交換名片分別入座後，中年職員輕咳一聲宣布，「現在公開遺囑內容。」接著從信封裡拿出一份文件。

公開儀式並不是讓眾人傳閱文件，而是由中年職員低聲朗讀一遍。

文件內容表示，小野尙子決定把她的財產分成兩部分，分別贈與新艾格尼絲之家與白百合會。

四人應該同樣感到非常驚喜與感激吧。只見四人都把雙手放在膝上，低頭聆聽遺囑。

遺囑重新收回信封後，年輕行員開始解說小野尙子的遺產內容與金額。

輕井澤的別墅已經賣掉，所以不動產部分已經沒有任何遺產。

債券、信託投資與現金加起來的總金額大約等於一億六千萬圓。繪美子聽到這個數目，驚訝得目瞪口呆。坂本會長和牧師也同時倒吸一口冷氣，優紀以爲銀行職員念錯了，正等著他訂正數字。

但年輕行員繼續宣佈，全部財產將分成兩半，由白百合會和優紀擔任負責人的新艾格尼絲之家各得一半。

「就是說雙方各得八千萬圓……」

繪美子低聲自語著。牧師和坂本會長則彼此望著對方。

「其中也包括了出售輕井澤別墅的收入。」年輕行員說明道，「是我們仲介的。」上司露出驕傲的笑臉。

「要付贈與稅之類的稅金嗎？」優紀問。

這筆贈款的數目實在太龐大了，優紀腦中一片空白，同時又覺得世界上怎麼會有這麼好的事？她在心底拒絕接受這項事實。

「已經登記過的福祉類NPO法人或公益團體等，在某些情況下可以享受免稅優惠。如果您有需要，我們可以幫您確認。」

「據我所知小野老師應該還有親生哥哥吧。」

「是的。那位親生哥哥通知我們，小野女士宣告失蹤的申請已經通過了。昨天我們已向他公開了遺囑內容。」

「那他的特留分呢？我聽說就算遺囑指定要把全部遺產捐給某機構，但只要她還有親人的話，就要分給對方吧。」

「特留分只適用於夫妻或親子，兄弟姊妹不適用。」

「什麼……不會吧。」

「兄弟姊妹有繼承權，卻不是特留分的對象。本行負責保管的財產裡，並沒有那位哥哥可以繼承的部分。」

聽到這裡，優紀訝異得說不出話。接著，年輕行員開始說明接受贈與的具體手續與必要文件。

等到行員說明完畢，優紀遲疑地問道：

「這份遺囑是什麼時候寫的？」

面對這般巨款，優紀滿腦子都想著，怎麼可能有這種事？心底的不安也越來越強烈。

「我剛才已經念過……」

看來優紀方才聽到遺囑內容和金額時太過震驚，漏聽了日期。

年輕行員又重新過確認遺囑。

「是在一九九一年八月。她到公證處立好遺囑之後，放在本行保管。」

所以訂立這份遺囑的人並不是冒充小野老師的半田明美，而是真正的小野尚子。

「然後，小野尚子女士在二〇〇七年失蹤了。」

「二〇〇七年是什麼意思？」

「已經知道她是哪年失蹤的嗎？我們只聽說，那具遺體原本應該是小野女士，結果卻是另一個人。」坂本會長訝異地插嘴。

小野尚子是在一九九四年被殺害的，這應該是知佳親自走訪菲律賓，親眼看到小野尚子的墳墓後得知的事實。

「二〇〇七年小野尚子發生了什麼事？」繪美子說完，望著優紀。

「重點不是真的發生過什麼。」那位上司輕咳一聲說明道：

「重點是，我們需要一份證明她在某個時間點確實已經失蹤的文件資料。家屬向家事法庭申請宣告失蹤，也不是為了調查她究竟是離家出走了，還是出門旅行了。所以二〇〇七年就是法庭判定的失蹤時間。我們也沒多問詳情，只知道家事法庭已經做出上述裁定，不久前宣告了小野尚子失蹤。」

或許這人真的什麼都不知道，也可能尚子的哥哥小野孝義跟銀行說過什麼，但是他們不能轉告第三者。

坂本會長和牧師都滿臉疑惑地聽著行員說明，但是無論如何，這份遺囑是在一九九一年八月由眞正的小野尙子親自訂立的。那時白百合會正面臨資金不足的困境，泡沫經濟破滅的危機即將到來。當時還活著的小野尙子正忙著經營新艾格尼絲之家。

坂本會長和牧師聽到一億六千萬圓這個數目，倒是表現得非常平靜。優紀在銀行門口跟他們道別後，便跟繪美子一起朝著不同的方向離去。

坂本會長和牧師剛走遠，優紀和繪美子便看著對方，嘴裡發出一聲重重的嘆息。兩人都覺得雙腿發軟，彷彿立刻就要跌坐在地上。

「是眞的嗎？」

兩人異口同聲。

「那個……」

繪美子沒再說下去，只是指了指對面大樓一樓的咖啡連鎖店。

「好。」

兩人走進店裡，在最裡面的昏暗處找到兩個座位。繪美子走到櫃台前，點了一份小倉白玉聖代。但是等她拿到餐點後，正要把托盤端回座位，手臂卻不停顫抖，根本端不動托盤。

「我來拿，妳先到那邊看著東西吧。」優紀連忙跑過來指著座位說。說完，她端起繪美子的聖代和自己點的咖啡布丁走回座位。

「好恐怖……」

回到座位上，繪美子始終低著頭，放在膝上的兩手不斷發抖。

「別說了，先吃吧，也算是喜事嘛。」

優紀說。儘管她並沒心情慶祝，卻設法找些正面理由安慰繪美子。她拿起鋁製湯匙放在繪美子發抖的手裡。

「眞的可以當成喜事嗎……」

一個人遇到恐怖或厭惡的事情，當然會戰慄、畏懼或不安，但繪美子卻經常爲了自己的幸運遭遇感到恐懼。就像此刻，當她發覺好運已經降臨的瞬間，心頭立刻籠上一層不安。好事怎麼可能輪到自己？好運之後必然會有對等的地獄等著自己。在她以往的人生裡，繪美子始終只會這麼思考。

「現在緊張擔心也沒用，到時候該怎麼樣就怎麼樣。碰到好事，當然就得高高興興地接受。眼前這一刻，我們能在這裡吃甜點，還是値得慶幸的。」

八千萬，新年前收到長島贈送將近日幣五十萬圓的現金時，突然從天而降的好運幾乎讓優紀當場昏倒。而今天這筆贈款的規模，根本不是上次能夠相比的。

現在有了這筆錢，即使還需要支付贈與稅，剩下的也夠在西輕井澤的別墅用地重建一座新房子了。自從發生火災後，那塊土地一直棄置著無人處理。或者，也可在其他地方買下中古屋，然後從這筆錢裡撥出修理費，抑或是直接租一棟適合的房子。剩下的贈款可以成立基金，有計畫地進行投資。

面對眼前充滿希望的前景，優紀卻同時感到戰慄。

突然，她無意間望向繪美子面前的玻璃碗，發現她幾乎要吃完了。繪美子滿臉僵硬地以驚人的速度把碗裡的霜淇淋和湯圓不斷撥進嘴裡。

「喂，繪美子。」優紀用指尖在桌上敲了幾下。

「喝杯咖啡吧？」

繪美子抓著湯匙，發抖似地連連搖晃腦袋。

「八千萬究竟是多少錢啊？一百萬一束的鈔票，大約有一公分厚，所以總共有八十公分吧？如果是舊鈔票的話就更厚了，大概有一公尺呢。但是如果擺得很整齊的話，一個手提箱也能裝得下吧。」

繪美子彷彿什麼都沒聽到，兀自拿著湯匙舀起玻璃碗裡僅剩的一點霜淇淋往嘴裡送。

「繪美子。」優紀緊緊握住她放在玻璃碗旁邊的左手。手很冰，而且滿是汗水。

「乾脆趁這個機會，我們把錢平分之後逃走吧？」

聽到優紀這句話，繪美子這才清醒過來。她抬起頭，臉上露出一絲微笑。

優紀跟繪美子說這種話，當然是在開玩笑。不過如果眞的把鈔票堆在自己面前，說不定自己眞的會財迷心竅吧。

想到「財迷心竅」這個字眼，其實當初半田明美冒充小野尙子的目的，就是爲了成堆的鈔票吧。

「究竟發生了什麼事呢？」

優紀自言自語似地低聲問道。

「所以說……」

說了一半，繪美子把湯匙放在餐巾紙上看著優紀。語氣雖然躊躇，眼神卻跟語氣完全相反，優紀從沒看過她露出如此銳利的眼神。

「半田明美跟小野老師之間一定發生過什麼，所以半田明美才會冒充小野老師活下去。小野尙子確實是被半田明美殺死的，但我想，小野尙子或許對半田明美做過什麼，讓她感受到小野尙子的偉大的愛，所以她殺了小野尙子之後，願意用自己的一生來報答小野尙子。半田明美發現小野尙子對自己付出過偉大的愛的瞬間，決定頂替小野尙子，用這種行爲來報答小野尙子。這是唯一的解釋吧。」

優紀點點頭。不管長島怎麼說，不論他如何批判半田明美，她仍然是自己親眼見過的小野老師。小野尙子留給半田明美的愛，竟能讓一個殺人犯洗心革面，重新做人，這種愛究竟是什麼樣的愛？

回到小諸，一名住民告訴優紀，她們不在的時候，小野孝義曾經來過電話。那位住民告訴對方負責人出門了，小野孝義沒說什麼就掛斷了電話。

「看吧，找上門來了。」

「眞的。」

優紀跟繪美子彼此點了點頭。

親生哥哥雖然沒資格要求遺產的特留分，但他畢竟是遺產繼承人，應該不會善罷甘休吧。

晚上七點剛過，孝義再度打來電話。

「我姓小野，我妹妹長期以來給您們添了很多麻煩。」這段開場白說得極有禮貌又面面俱到，語氣裡聽不出任何特別的感情。不僅對他已故的血親沒有一絲情意。過去那麼多年裡，那女人一直冒用他妹妹的名義，但他對於收留那女人的不明團體，也沒有任何警戒或敵意。優紀從他身上只能感受到冷漠與穩重。他這種超然的態度，是生來就有崇高地位的社會菁英才具備的特質。

「哪裡，是我們承蒙小野尙子女士……」優紀也按照慣例向對方致意。說完，不等對方開口，她先把這天拜訪五洋信託銀行，還有遺囑的事情告訴對方。

「是的，我已經從負責人那裡聽說了。不瞞您說，我給您打電話，是因爲有事請教。」

他接著問優紀問道，「請問您們機構的建築物是大樓嗎？」

「不是。信濃追分的別墅燒毀後，我們被迫搬了出來，所幸小諸市內有一位善心人士願意把房屋提供給我們居住。我們這裡並不是大樓。」

「是這樣的，我收到五洋信託銀行寄來一份關於小野尚子的財產報告。原來五洋銀行的活存帳戶還在支付水電瓦斯之類的費用以及公寓管理費。其中的固定資產稅是付給輕井澤町，妳們就是在輕井澤町吧？」

「是的。我們之前的房子被燒毀之前，確實是在輕井澤。不過包括水電瓦斯之類的費用在內的所有經營費用，都是從新艾格尼絲之家的預算裡支出，並沒有用到小野老師個人帳戶裡的錢。」

優紀一口氣說到這裡，突然對大樓這個字眼感到有點納悶。

半田明美冒充的小野老師自始就住在新艾格尼絲之家，和住民生活在一起。除此之外，她有沒有屬於自己的私生活呢？

平成元年，她跟男人分手時得到一間度假公寓，原本的半田明美在這裡擁有自己的生活……說不定她曾經享受過奢侈的日子，高舉巴卡拉水晶杯暢飲香檳，身穿美麗華服，品嚐豪華美食……

不可能，優紀立即在心底否定了這種假設。小野老師從早到晚都跟大家在一起。不論大家住在輕井澤的老舊別墅，或是信濃追分的民宅，她幾乎從不出門，更沒在外面過夜過。所以難道是明美的親戚或共犯住在那間公寓，在背後操縱明美嗎？

「不好意思，可以讓我看一下銀行轉帳細目嗎？我覺得有點蹊蹺。」

「不，昨天提出失蹤宣告後，那個帳戶立刻被凍結了。不好意思，向您請教這種瑣事。」

孝義的語氣非常客氣，卻明確表達了拒絕之意。說完，他主動掛斷了電話。優紀原想再打過去，但她忘了問對方的電話號碼。而且剛才打過來的電話，對方設定爲「未顯示號碼」。優紀非常懊惱地自責，起碼也得把那棟公寓的名稱問出來才對。

優紀立刻打電話給知佳。

她先告訴對方這天發生的事情。她們去五洋信託銀行得知小野尙子的遺囑內容。ＮＰＯ法人新艾格尼絲之家收到小野尙子贈與的二分之一財產。

知佳在電話那端似乎欲言又止。

「妳們拿到多少？」或許她想這樣問，又覺得這種問題太失禮吧。

「八千萬。」

優紀察覺對方的想法，主動說出了數字。因爲她認爲這筆錢不是黑錢，更不是給她個人的禮物，沒必要隱瞞。

「好厲害。」知佳倒吸一口冷氣，接著又說，「她原本就是千金小姐。不過眞的太棒了，這下妳們就可以正式重建了，說不定還可以用來經營什麼事業。」

「是啊。」

「可是這種結果，她那位哥哥沒有囉唆？」

「哥哥那邊在法律上已經解決了，不過剛才她哥哥打電話給我。」優紀告訴知佳，小野尙子個人名義的活存帳戶曾經轉帳支付過公寓管理費和房屋稅。

「底牌露出來了。」

知佳說：

「那位哥哥有沒有把公寓名稱或屋主姓名告訴妳？」

「沒有，他很快就掛斷電話了。我也不知道他的電話號碼。」

「交給我吧。我知道小野孝義的電話，以前也跟他說過話。雖然是個討厭的傢伙，但我會想辦法從他那裡弄到情報的。」

然而，知佳還沒跟對方聯絡，事情就出現了轉折。

幾天之後，小野孝義又打電話給優紀。

「想向您請教一些事，您最近會不會到東京來呢？」

有事要請教的話，應該你到我這裡來吧，優紀把這句話硬吞了下去。「要問我什麼事呢？」她向對方問道。

「這件事本來不該在電話裡說的。」孝義先向優紀聲明，接著告訴她，因爲小野尙子的帳戶已被凍結，公寓的管理費無法轉帳，所以公寓的管理公司聯絡他這件事。

「跟您聯絡？」

「因爲我是繼承人，不論我實際是否得到遺產。」孝義的語氣跟銀行行員一樣不含任何感情。

「請問，有沒有一個叫半田明美的人在您們那邊待過？」

啊，優紀差點驚叫出聲，她連忙閉上嘴。

「沒有。」

「住民或是我妹妹的朋友裡面聽過這個人？」

「沒有……」

優紀感到脈搏跳得好激烈，激烈到連太陽穴都疼痛起來。

如果半田明美冒充小野尙子在這裡生活了二十多年的事實被他知道了……儘管優紀和職員都沒協助她的罪行，但社會卻不會認可這一點。因爲新艾格尼絲之家得到了小野尙子的一半遺產。

優紀覺得自己不能隨便回答。

「我查一下。」她重複這句話後，跟孝義約好近期內到東京拜訪。

小野孝義的辦公室位於東京品川的一棟全新高層大樓的七樓。

優紀曾聽說出版社「朱雀堂」後來改名爲「SUZAK」，營業範圍也從出版業擴展到網路業，原本的出版部門仍以文京區爲據點，現在這棟大樓裡面主要是與網路有關的部門。

社長小野孝義的年紀應該過了七十，但是苗條的身軀裹著一身深藍色單排扣西裝，看起來英俊瀟灑，完全不像他那種年紀的老人。

「妳不必擔心，我從來沒指望過我妹妹的財產。」開始談論主題前，他先這麼說：

「我其實早就做好心理準備，以爲她會留下巨額債務。」

「我們也沒想到她會留下那麼多財產……」

「我也不知算不算『那麼多』。」孝義苦笑著說：

「我妹妹出嫁的時候，以放棄遺產爲條件，讓她帶走了一些現金。」

「不是令尊令堂去世後繼承的嗎？」

小野老師是這樣告訴優紀的。

「不是，是她離開小野家時，我父母爲她準備的嫁妝。」

所以「小野老師」並不是小野尙子，優紀又重新體會到這個事實。

「後來我妹妹離了婚，返回娘家生活，但她大概沒有動用過那些嫁妝吧。她在娘家幫忙家務，結果卻把身子搞壞了。」

孝義並沒使用「酒癮」這個字眼，只是委婉說明了妹妹的病狀。

「所以我把她送到輕井澤的別墅，讓她在那裡好好靜養。當初她結婚的時候雖已答應放棄遺產，但是我父親去世後，我決定把別墅過到尙子的名下。她結婚時雖然帶走一筆符合身分的現金，金額其實不高。不過當時那個時代，銀行利息高得出奇，五洋信託銀行幫她投資得很順利，好像賺了不少錢。可能因爲是在金融大爆炸（註）以前吧，信託銀行能跟證券公司和平共存。也算她運氣不錯吧，幾乎完全沒受到泡沫經濟破滅帶來的損失，別墅也賣了不錯的價錢。」

「那麼您是因爲聽說小野尙子女士去世的消息，所以讓銀行拆封遺囑了。」

「老實說，她到底是死是活，我也不清楚。」

孝義糾正了優紀的推測。優紀暗自一驚這樣一來，現在知道小野尙子已經去世的，只有山崎知佳、新艾格尼絲之家的成員，還有長島。

「這個月初，家事法庭宣告我妹妹的失蹤後，我才請五洋信託銀行拆封遺囑。」

「我聽說她是在二〇〇七年失蹤的。」

「也不是在二〇〇七年。」小野孝義又苦笑著說：

「我一開始以爲她在火災裡喪生了，可是DNA鑑定以及其他檢驗的結果都顯示那具遺體是冒充我妹妹的另一個人。如果要問我，她是從什麼時候生死不明的，我也不知道，因爲我們已經將近三十年沒有來往了。不過在這段時間裡，我倒是見過她一次。」

「您見過小野尙子女士？什麼時候？」優紀不自覺地探出上半身。

「一九九一年秋天。」

孝義毫不遲疑地答道。是小野尙子去世前三年，也是她訂立遺囑前一兩個月。

「那時她打算把輕井澤別墅改建爲妳們的住處，但私人道路有一部分還在我父親名下，所以她特地到東京來找我，拜託我想辦法。那是我最後一次見到她。不過她也不是在那次跟

註：Big Bang：指一九八六年，英國柴契爾夫人政府時代進行的金融政策改革。

我見面後立刻失蹤的。當時治療過小野尙子的牙醫曾經提出他保管的病歷，根據那份病例火災發生前九年，也就是二〇〇七年，小野尙子已被別人頂替。那份病歷後來被家事法庭採用爲她是在那時候失蹤的證據。」

所以我才想請教妳……孝義說著拿出一疊A4紙張印刷的文件給優紀看。

孝義說，這是五洋信託銀行最近寄來，小野尙子名義的活存帳戶的收支明細。

他向優紀說明，五洋信託銀行每隔幾個月就會把固定金額的款項匯進小野尙子在五洋銀行的活存帳戶。這筆錢是小野尙子的個人生活費，金額也是事先設定好的，然後「小野尙子」再從帳戶取出現金。

「她偶爾會提出幾十萬圓，但通常都只取出很少的金額。」

優紀知道偶爾會提出幾十萬圓這件事。這些錢都被是拿去塡補「新艾格尼絲之家」的赤字。

「這個就是電話裡跟您說過的費用。」孝義指著明細表格裡的「管理費等」那一欄給優紀看。第一行印著三個英文字母，似乎是代理收款公司的名稱。

「我設法查了一下究竟是哪裡的管理費，結果是一家公寓管理公司委託的代理收款。」

「公寓在輕井澤嗎？」優紀連忙問道。

「對，不過是在中輕井澤。不，應該說，是靠近追分的一棟七層公寓。」

「七樓？中輕井澤？那附近不是禁建區？最多只能蓋三、四層樓吧？」

「那棟公寓是在休閒地法實施前的七〇年代建造的。」

尾崎告訴知佳，那是一棟視野極佳的七層度假公寓，原來公寓不在北輕井澤。

「公寓名稱叫做桑客托輕井澤。」

「那棟……」

不是公寓，而是飯店吧？優紀本想這麼說。

「確實有一間飯店叫做輕井澤桑客托。」孝義打斷她繼續說下去：

「我上網搜尋只能查到那個名字的飯店。不過另外還有桑客托輕井澤公寓。只是如果沒人正在出售那棟公寓的房間，就算鍵入桑客托也不會有結果。」

停頓幾秒，孝義接著又說：

「那個叫半田明美的女人跟妳們沒有關係吧。」

優紀猶豫著點點頭，心跳加速。現在不論說什麼，都會令人感到突兀又不自然。

「而公寓的所有人就是那個半田明美。」

優紀的呼吸不自覺地停止了。她雖想要回答，嘴裡卻只能發出幾聲嘆息。

她努力深呼吸兩三下，這才說出話來。

「不瞞您說，我是十年前到新艾格尼絲之家的。我認識的那位小野尚子，並不是本人，而是冒充她的另一個女人，就是去年燒死的那個。」

躊躇幾秒後，優紀接著說下去：

「後來警方告訴我們，她大概就是那個半田明美。」

小野孝義露出理解的表情點了點頭。

「然而，不知您是否相信，我和其他的職員、住民，還有白百合會的會員都以爲她是小野尚子。我們從警察那裡聽說她是另一個人的時候，眞的大吃一驚。我是在火災過了好幾個月後，才聽說半田明美這個名字。」

「警察也到我這裡來調查過，問我是否認識那個女人。我聽說她是個風評不佳的人物，而且用我妹妹帳戶的錢支付半田明美的公寓管理費。由此看來，冒名頂替我妹妹的，就是這個叫做半田明美的女人吧。說不定那女人冒充小野尚子住進妳們那裡，而我妹妹還住在那間公寓也不一定。」

「這……」優紀說完，不知該表示肯定還是否定。

「我妹妹有酒癮，就算她怎麼努力戒酒，我還是不認爲她有能力擔任妳們那個機構的負責人。可能是因爲那女人的形象有汙點，所以讓小野尙子擔任表面上的負責人，其實是那個女人在負責吧？」

「這我不知道，警察告訴我之前，我一直深信她就是小野尙子女士。」

優紀又重複一遍相同的回答。

「請問您有沒有想過去那棟公寓看看？」

「沒有。」孝義面不改色地搖頭回答。

「那是別人名下的公寓。本來只是因爲很長一段時間，那間公寓的管理費和其他費用都是從我妹妹的帳戶轉帳，我以爲其中有什麼緣故，所以才向您請教。既然跟您們那邊無關，以後就請管理公司聯絡半田明美那邊的相關人士聯絡處理方法吧。」

「也是。」

優紀表示同意時，雙方都沒看著對方的眼睛。

孝義知道妹妹被人殺害後，既不懷疑優紀或新艾格尼絲之家的成員，也無意敦促警方追查眞相。而且他也不打算妹妹的遺囑提出異議。優紀只看到他對小野尙子的排斥，他顯然不想跟小野尙子有任何牽連。

踏出品川辦公室的瞬間，優紀心中忽然浮起一個疑問。

警方當初根據牙醫永山醫師保存的二十六年前的數位化病歷，懷疑火災中燒死的小野老師其實是半田明美，難道警方當時沒去詢問過半田明美的親屬？

根據長島的採訪筆記，半田明美應該有弟妹才對。

但他們從沒跟新艾格尼絲之家聯絡。如果眞的有親屬，至少會來詢問骨灰怎麼處理吧？然而，半田明美難道跟小野尙子一樣，早已跟親屬斷絕來往了？不過如果親屬知道她有那棟公寓的話，至少會出面確認是否眞有房產吧？

優紀拿出手機打給知佳，轉到語音信箱。優紀沒有留言，而是直接發了訊息寫道，我現在正在東京有事想跟妳說，我們見個面吧？

爲了節省咖啡錢，優紀決定坐在大樓地下廣場的大理石花壇邊等待回覆。她拿出筆記本，把今天發生的事情，還有小野孝義說過的話記下來。她一面寫一面整理腦中的情報，同時也列出未來可能遇到的狀況，正寫著，知佳的回覆來了。她告訴優紀自己晚上有空，可以見面。

優紀發現還有三個多小時，才到知佳指定的時刻，所以決定先到附近的公立圖書館打發時間。

不料，圖書館並沒有開門。優紀在路上四處閒逛，想找一間比較便宜的咖啡連鎖店。不一會兒，知佳的訊息又來了，想請優紀到請文京區某個離長島家最近的咖啡廳。

難道她已經把我們獲得遺產的事情告訴長島了？想到這裡，優紀有點不悅。長島應該不會對新艾格尼絲之家得到巨額遺產有什麼意見，但是知佳自做主張把他叫來，實在太輕率了。

優紀到達那家咖啡店的時候，還要過很久才到她跟知佳約定的時間。優紀坐進昏暗的包廂座位，攤開筆記本，把剛才整理過的資料重讀一遍。就在這時，身穿polo衫的長島踩著拖鞋鞋跟走進來。他也比約定時間來早了。

「太好了，聽說那個壞透頂的女人沒用到小野尙子的錢就死了？」

聽到這種驚人的言論，優紀簡直不知道該說什麼。

「反正鈔票又不能放在棺材裡帶到地獄去，不過還沒用到那些錢就死了，她一定很悔恨吧。」

「不知道。」

優紀冷冷地答道。話音剛落，她突然想起剛才一直感到不安的那件事。

「對了，我想請教長島先生的意見。」她用極其鄭重的語氣說完這句話之後，才把剛才在品川那家公司小野孝義告訴她的訊息告訴長島。

「什麼！」長島發出一聲驚呼，催促優紀趕快說下去。

「所以火災發生之後，根據二十六年前的牙科情報顯示，那具遺體可能是半田明美，警察發現這個可能性的時候，就會聯絡她的家屬吧？」

「對，警方會聯絡家屬。只是唯一能證明那是半田明美的屍體的根據，就是二十六年前的病歷和牙醫的記憶，這對警方來說，只能算『或許是』的證據。而且像她那種姊姊，就算有弟妹，可能早就斷絕來往了。警察找上門去，大概會說我不認識她吧？」

「但如果知道她留下公寓和財產的話，或許反應就不一樣了？」

「死後已經過了一年，那棟公寓還在半田明美名下，房屋稅、管理費、預存修繕費……還有各種費用，都還是從小野尚子的帳戶轉帳，對吧？這表示半田明美的親屬沒有繼承這棟房子。」

「放棄繼承？」

「不，應該不是放棄，而是她的親屬根本不知道她有公寓。」

「可是如果半田明美名下眞的有公寓，警察應該會進行調查，而且通知她的親屬吧？」

「不會不會。」長島笑著擺了擺手。

「妳聽好，戶籍、住民登錄跟產權登記，完全是不同的系統。從前政府對個人資訊管理比較鬆懈的時代，我爲了寫那篇報導，曾經調查過半田明美的戶籍。當時那個醫生已經死了，她的戶籍地寫的是千葉。但住民票上的地址是東京中野，也就是她住過的那間便宜公寓。不知道她是不是長期住在尾崎送她的度假公寓，但是像她那種計畫犯罪的傢伙，住民票會登記在那個地址？」

「但那棟公寓如果是用她的名字進行產權登記的話……」

「就跟妳說了，產權登記跟住民登錄，完全是兩回事。」

長島不耐煩地繼續說道：

「住民登錄還是在中野的便宜公寓，度假公寓也用她的名字進行產權登記。度假公寓這玩意兒不都是這樣嗎？」

「也是，可是她既然沒有住在中野的公寓……」

「不管她有沒有住在中野，住民登錄還是可以維持原樣。」

「可是，輕井澤那間公寓現在還在繼續支付房屋稅，那就表示……」

「那也毫無關連。譬如繳稅通知第一次是寄到她住民登錄的中野區，因爲沒有這個住戶，通知單就被退回原址。然後，輕井澤町稅務課職員會直接到公寓找她，當時因爲她還住在裡面，所以只要告訴職員以後都把通知寄到輕井澤町那間公寓就行了。只要半田明美一直繳稅給輕井澤町，一切都不成問題。半田明美頂替小野尙子之後，就去銀行辦理轉帳手續，所有稅金、水電瓦斯費用，還有其他各種費用，都從小野尙子名下的帳戶支付。半田明美只需偶爾查看一下公寓的信箱，把通知之類的信件收回去，就萬事大吉。雖說那個燒死的女人極可能就是連續殺人案的嫌犯，可是政府沒有那麼閒，不可能去調查她做案前住在哪裡。」

兩人正說著，掛在店門上的鈴鐺發出聲響，知佳匆匆跑進店來。

她正要對自己遲到的事道歉，優紀打斷她，先告訴她自己跟長島剛才交談的內容，還有今天從小野孝義那兒聽到的情報。

「那不是應該馬上行動嗎？」

說完，知佳來回看著兩人。

「什麼行動？」

聽到優紀的問題，知佳似乎有點焦躁地迅速說道：

「搜索那個房間啊，到那間公寓去搜索。」

「搜索，就憑妳們兩個？」長島笑了出來。

「要管理公司開門之前，我們應該先到那個叫做桑客托還是什麼的公寓去看看。那裡不是半田明美的根據地嗎？我覺得房間裡一定藏著什麼祕密。」

「嗯，應該會有什麼吧。」長島表示同意，臉上已恢復了嚴肅的表情。

「半田明美在那裡過著眞正的半田明美的生活。雖然應該不到化身博士的程度，但她或許在那裡過得很享受，金銀財寶堆得像山一樣……但是像眾多愛慕者拜倒在石榴裙下之類的事情，我覺得不太可能。」

「不可能有另一種生活的。」

優紀搖搖頭。小野老師——半田明美毫無疑問一直住在新艾格尼絲之家。她雖然也會外出，但從來不會出門太久，也從來沒有去向不明的紀錄。

12

知佳將AQUA輕型車駛離幹道後，順著一條老舊的柏油路向前駛去。路上冒出許多發黃的枯草，彷彿把柏油路面撐裂了似的。車子大約前進幾十公尺後，一棟建築物的黑影出現在眼前。

當初聽說有七層樓，優紀腦中就描繪出一棟很高的大樓，誰知竟是一座看似廢屋的建築。而且幾乎要被周圍已轉爲紅葉的樹林掩蓋，看起來最多只有四層或五層樓高。也因此第一次路過時沒看到這棟建築，車子直接闖進了附近的山林。

知佳和坐在助手席的優紀側首不解，覺得大概弄錯了。因此她忙著轉動方向盤，轉來轉去，最後又回到原路，兩人再度打量剛才那棟建築，才發現這裡就是桑客托輕井澤。

公寓入口雖然位於路邊，但這個入口不在公寓的一樓，而是在三樓。整棟建築的背面朝向山谷，路上看不到一樓和二樓。

公寓的一樓是停車場，必須先從外面的道路穿進建築之後，才能順著車道駛進停車場。水泥沏成的車道路面黑漆漆的，四周一片昏暗，空氣裡瀰漫著恐怖的氣氛，令人感覺不是駛進地下停車場，像是掉進地窖。

「停在那邊也可以吧，反正這裡不像有人會來。」優紀說。

「也是。」

說著，知佳把車停在表面布滿裂紋的柏油路邊後下了車。

「我竟不知道車站旁邊還有這樣的度假公寓。」

優紀反手在背後關上助手席車門，同時抬頭仰望眼前這棟漆黑的建築物。

從車站走路到這兒大約需要十五分鐘，不能算是車站旁邊。不過從周圍環境來看，這裡還是算在車站徒步圈內，所以是「邊緣」吧？知佳想。

「這種地方有人住嗎？」

知佳疑惑地問。優紀沉默地指向四樓的窗戶。玻璃窗邊排列著許多清洗劑、漂白水之類的瓶子，這種奇異的生活氛圍反而令她們背脊發涼。

兩人繞到面對山谷的公寓背面，位於一樓的停車場看起來就像在地下二樓，管理員辦公室在停車場最深處。

她們決定先跟管理員打個招呼，免得被當成可疑的外人。然而，辦公室的小玻璃窗的窗簾拉上，窗裡的牌子上寫著「巡邏中。有事請按電鈴」。

她們按了電鈴，等了一會兒，才看到一個穿著工作服，年約七十多歲的老人出來。

知佳告訴管理員，她們是半田明美的親戚，她跟優紀則是表姊妹。

知佳接著又僞稱，她們有一位高齡伯母以往因爲一些原因，一直在幫半田明美支付管理費和預存修繕費等各種費用。這位伯母前陣子去世，銀行帳戶被凍結了。最近管理公司通知她們說，公寓管理費沒有入帳。

「我們跟半田明美原本就沒有來往，自從她搬到這裡以後，連家族的法事都不來參加了。我們聽伯母說過，她的身體不太好，不，好像是得了憂鬱症，才躲到輕井澤這裡來。現在有點擔心她可能發生了什麼事，所以我們過來看看。」

管理員聽了知佳的說明，表情變得十分僵硬。他戴上眼鏡看著住戶名單說：

「半田小姐啊，住在708號，對吧。從我開始做這工作，已經十二年了，從沒看過有人進出那個房間。公寓的集中信箱倒是沒有塞滿廣告傳單過，可能經常有人過來清理吧。」

管理員又告訴她們，度假公寓的性質比較特別，住戶原本就不多。每年只有梅雨季結束後到八月底這段時間，公寓住戶才會比較多，但最近這幾年，大部分房間就連暑假期間也不見一個人影。

「有時還接到投訴，說是聞到奇怪的臭味，不過七樓倒是沒接過這種投訴。」

聽到「奇怪的臭味」這個字眼，優紀和知佳都覺得不寒而慄。

「七樓沒有嗎？」

優紀確認似地又問了一遍。管理員皺著眉點點頭。

「我們也會四處巡邏，但不能到房間裡面去。請妳們親屬進去確認一下吧。」

不出所料，管理員的反應一如她們預期。

然而兩人原以爲管理員當然會立刻拿著萬能鑰匙，跟她們一起到房間去，沒想到管理員搖了搖頭，「沒有什麼萬能鑰匙啦。這裡又不是出租公寓。」這麼說也是。

管理員又說，度假公寓比較特別，跟其他公寓不太一樣。有些住戶會拜託管理員幫他們打掃房間或偶爾換換空氣，這種住戶就會把備用鑰匙交給管理員，但是半田明美沒有跟管理公司簽訂這種合約。

「要找鎖匠嗎？」

說著，管理員拿起一個檔案夾。

「拜託了。」知佳答道。管理員熟練地拿起電話正要撥號，卻又突然掛斷了電話。

「請問妳們確實是半田女士的親人吧？」

「是的。應該說是支付管理費的小野女士的姪女。」知佳迅速回答。

站在管理員的立場，他不能隨便讓訪客打備份鑰匙。知佳在皮包裡掏了半天，掏出相當於身分證的駕照交給管理員。

但管理員並沒看那張駕照，而是拿起電話打給管理公司。

「是的，現在有一位屋主的親屬到這裡來了，說是負責繳管理費的女士的姪女……她們說那位住戶的狀態有點異常很擔心，所以過來看看。」

或許已經得到管理公司的許可了，管理員又重新打電話給鎖匠，並叫知佳她們稍等片刻。

「這裡經常找鎖匠來幫忙嗎？」優紀問。

「是啊。因爲是這種地方嘛。」管理員苦笑著說：

「有些人買了公寓之後幾乎從來不來，之後，就不知鑰匙跑到哪裡去了。還有人是爲了投資買的，結果根本賣不出去也租不出去，就沒再來過。還有些房間也不知買主是誰，好多年都沒打開過大門。這種的大概有十幾二十間吧。還有很多是拖欠管理費，但也不能隨便幫他們賣掉。當初剛落成的時候，聽說管理公司曾經派了常駐管理員住在這裡。現在則是由町內的銀髮公社派我們這種人來看管。以前這個工作每天要到下午五點，兩三年前開始，改成下午三點下班。其他度假公寓也都在努力節約支出，完全不設管理員的公寓也很多呢……」

聽到這兒，知佳向優紀低聲說道：

「就是說夜間可以隨意進出。」

一九九四年，半田明美冒充小野尚子從菲律賓返回日本。這段時期，她整天戴著口罩和墨鏡，還宣稱爲了治療光線過敏症，必須在夜間到附近的漢方醫生那裡接受治療。她雖自稱前往信濃追分接受治療，但是信濃追分雖有進行漢方治療的醫院，卻沒有漢方醫生或中醫，也沒人聽說那裡有過類似的醫療機構。

但是這裡有這棟公寓。

大約過了二十分鐘，門外傳來汽車的聲音。三人登上三樓來到玄關，看到一個男人正從輕型車下來。男人的年紀看來跟管理員差不多，他立刻熱情地上前跟管理員打招呼。

「希望平安無事就好。」

「是啊，要是發生叫警察或消防隊的那種事，就麻煩了，我可受不了。」

兩個男人的交談聲傳入耳中。

可能這些上鎖的房間裡經常發生孤獨死、瓦斯洩漏、小偷闖空門之類的事故。

優紀和知佳跟著管理員，還有手提工具箱的鎖匠，一起搭乘電梯來到七樓。

走廊的天花板很低，裝潢已經顯得十分陳舊，走廊兩邊排列著式樣相同的鐵門。門上都沒有名牌，只有像旅館一樣的房間號碼。他們只能一路檢視著號碼往前走。

「哎呀……」

鎖匠一看房門上的鑰匙孔，立刻搖著頭說：

「這種的沒辦法做備份鑰匙，整個門鎖都要換。」說著，他動手打開工具箱。

「以前換過鎖了？」管理員伸頭探視鎖匠手裡的門鎖。

鎖匠向大家說明，有些人擔心自己長期不住在這裡，會被闖空門，所以就換了門鎖。而且不用原本的彈簧鎖，而是不容易被撬開的特殊門鎖。

「這個鎖大概什麼時候換的？」

知佳立即反問。

「很久以前。」

鎖匠一面準備工具一面說：

「不只十年，大概是二十年前吧。自從有外國竊盜團體進入日本之後，門鎖的構造也變得越來越複雜了。不過這種還算比較簡單的。最近的門鎖讓街上的一般鎖匠都沒辦法打備份鑰匙了。因爲這種鎖沒辦法隨便撬開，所以大概從二十年前開始，很多人家都換了這種鎖。」鎖匠指著門鎖說。

妳們要不要換個比較難撬開的特殊門鎖？鎖匠問。「不，換個便宜的就行了。」優紀立即回答。

大約在二十年前，牛田明美從菲律賓回來以後，把公寓門鎖換成很難撬開的種類。然後，她常在晚上從新艾格尼絲之家來到這裡。但是她在其他人面前，卻佯稱自己出門去接受漢方治療。

鎖匠開始動手拆掉門把。一陣輕微的金屬聲傳來，門鎖的位置出現一個圓洞。

鎖匠把手伸進洞裡往外一拉，鐵門發出一陣吱吱聲響，就被鎖匠拉開了。

一股沉重又飽含溼氣的空氣從室內飄出。管理員站在優紀她們的背後輕哼一聲。

門後的光線很昏暗，但沒有任何阻擋視線的物體，一眼就能看盡那間不到四坪的客廳。不，其實有樣東西阻礙了視線。天花板上掛著一塊剝落的壁紙，優紀不自覺地伸手按了電燈開關。

室內亮起燈光。直到最近，這個房間的電費和管理費都還有人支付。日光燈照亮的天花板附近有幾道條紋狀汙跡，汙跡一直延伸到牆上，變成很大一塊汙漬。

客廳裡只有一張緊靠牆邊的單人床，原本該有的餐桌和沙發不見蹤影。看到罩著床罩的單人床靜悄悄地橫臥在面前，知佳心底升起一絲恐懼。她感覺躺在那裡的，彷彿是一具風乾後失去份量的什麼東西。

站在身後的管理員全身顫抖著向知佳和優紀舉手示意，催促她們先走進房間。

「可以穿鞋進去吧。」

聽到知佳這麼問。管理員回答，「沒關係，快進去吧。」可能是下意識的動作，竟推了知佳一把。

其實玄關根本沒有脫鞋處。可能是模仿飯店的格局，玄關和室內地板沒有落差，住戶可以直接穿鞋走進室內。

從來沒人來回踱步的地毯，不曾有過任何食物碎屑掉落在上面的地毯，在靜止的空氣裡，已經變成破爛不堪的狀態。

單人床上當然沒有任何人躺在上面。床上物品整理得有條不紊，展示了屋主一絲不苟的性格。

看到眼前的景象，管理員輕輕發出一聲安心的嘆息。

知佳身邊有一道門，門上垂著一塊窗簾，布料的表面不但有汗漬，還有蟲蛀的痕跡。她隨手拉開窗簾，這才發現後面是一道寬約兩公尺的拉門，門外則是陽台。或許因爲天花板太低，整個房間缺乏一種開放感。

單人床的另一邊有個小廚房，裡面有個單爐的瓦斯爐，旁邊還有一台迷你冰箱，但優紀她們卻沒有勇氣打開看。

冒充小野老師的半田明美已經多久沒到這裡來了？這房間被鎖上之後，究竟過了幾年？房間裡並沒有當初想像的霉味。可能因爲密閉的時間太長，連霉菌都枯萎了。空氣裡只有潮溼水泥發出的臭味，還有塵埃味，以及黏著劑的刺鼻臭味。

「重新裝修不知要花多少錢呢。」

鎖匠說。他可能已經看過很多這種狀態的房間了。鎖匠跟在管理員身後走進房間，若無其事地四處打量。

東面的牆上有兩扇門，打開靠裡面的那扇，原來是浴室和廁所。浴缸、馬桶和洗臉台全部連在一起，是從前很流行的那種一體成形的衛浴設備。

浴室的鏡子已經生銹了，但鏡子後面的塑膠櫥櫃居然完全沒有腐蝕。櫥櫃裡空空如也，管理員再度發出一聲安心的嘆息。

優紀把手伸向浴室門旁的另一扇門。

「很多住戶都把那個房間當臥室。」管理員說。

門被拉開的瞬間，一道光線從裡面射出。室內的電燈是亮的。

不，是正面牆上有一面鏡子。客廳的燈光照射在鏡面上，光線巧妙地射向四方。踏進室內的那一秒，眾人都愣住了。

「這是什麼！」

優紀站在門外發出疑惑的驚呼。

她看到剪影似的無數人影站在屋內。

優紀全身僵硬起來。這時，不知是誰按了牆上的電燈開關。天花板的日光燈像閃電一般閃了幾下之後放出光芒。

鏡子。正面牆上有一面鏡子，左右牆上也有鏡子，回頭一看，門上也有鏡子。從四十公分左右到八十公分左右，室內擺著各種寬度的鏡子。有的掛在牆上，有的豎立地面，不論哪一面鏡子都是長方形的全身鏡。

忽然，日光燈變暗了，然後閃了幾下之後，又重新變亮，接著再度變暗。可能因為時日已久，燈管快要報廢了。反覆閃爍的燈光射在四面八方的鏡子上，反射的光點像被攪起的萬千泡沫濺向室內每個角落。

瘋了，優紀低聲自語。管理員彷彿也受不了似地關了電燈。

映在正面鏡中的自己，再度映入背後的鏡中，鏡中的自己無止境地反覆連結在一起，在這片混亂中能夠看到的，是不斷繁殖的自我意識，還是消失的自己跟他人之間的界線？眞是個令人暈眩作嘔的瘋狂世界。

知佳逃避似地把視線從鏡面移開，環顧室內。這個三坪大的房間裡沒有壁櫥也沒有衣櫥，卻有一台體積厚重的映像管電視和錄放影機。一面吊在牆邊的鏡子背面有一座很高的書架。鏡子的對面豎著一張折起來的鋼製小桌，旁邊還有一張圓凳。

書架跟折疊小桌之間立著一個箱形物體，厚度大約有十公分。

知佳把箱子抽出來，站在一旁的優紀輕呼一聲。

「這是文字處理機，內建印表機的二合一機型。」

灰色的塑膠盒蓋上覆滿灰塵，顏色已經有點泛黃。

「裡面的機器大概已經壞了吧。」

聽到知佳這麼說，她身後的管理員點點頭，「這個地方，機器都會被溼氣弄壞的。」

房裡的傢具與日常用品一目了然，並沒有屍體或奇怪的東西。

「這位住戶是做什麼的？」

走出房間後，管理員顯得比較放心了，轉頭問知佳。

「好像是演戲的，但我沒聽過她。」

這樣啊，管理員點頭表示理解，看了手表一眼。

「已經沒問題了吧。」

聽得出他的意思是自己的工作時間已經結束了，看來這裡沒什麼問題，可以下班了吧？他的表情也在明白傳達出不想一直待在這裡的心情。因爲這裡不是出租公寓，管理員沒必要再多做什麼。

不過，鎖匠這時表示要暫時返回店裡製作備份鑰匙，大約要花一小時才能做好。

「那我們在這裡等備份鑰匙吧，您不用管我們了。」知佳剛說完，管理員就逃跑似地走出房間。

知佳和優紀送走鎖匠之後，拉開客廳與擺滿鏡子的窄室之間的那扇門。

正對門口的牆上有一面大鏡子，鏡子背面是一扇突出牆外的凸窗，窗上掛著遮光窗簾。儘管窗簾是拉開的，可能是凸窗周圍室內與室外的溫差太大，窗邊出現嚴重的結露現象。窗框的合成木材已經翹起，窗戶上佈滿霉跡與汙垢，其中又以玻璃跟木材連結處的狀況最糟。窗簾也被霉菌腐蝕得看不出原本的顏色。

知佳重新清點一下室內的鏡子，全身鏡總共有七面。裝在書架前面的那面，還有貼在門扉背後的那面，都不是玻璃鏡子，而是鏡面貼紙。這種貼紙從前或許能夠正確地映出人像，但是經過多年歲月的腐蝕，現在鏡面變得很模糊，已無法準確地映出眞實影像。

知佳站在房間中央，心底升起一股坐立難安的感覺。

不論往哪個方向望去，都能看到自己。既不是正在鏡前專心塗抹睫毛膏的「我」，也不是化完妝對鏡微笑的「我」，更不是對著鞋櫃門上的長鏡，正在查看鞋子與牛仔褲是否相配，結果卻更加努力收緊小腹的「我」。

看向他處毫無防備的表情、駝背的背影、絕對不允許自戀的自己，全都是從客觀視角看到的「我」，在他人眼中這才是眞正的「我」。

「我受不了。」優紀把一隻手放在額前說。

「哎呀，好討厭，眞討厭。我完全就是個老太婆，越來越像我媽了。」

知佳也對自己的魯鈍模樣大失所望。

這就是重點，知佳突然驚覺，牛田明美在這裡直接面對的，是不願看到的自身形象，也就是從客觀視角看到的自己的模樣。

她爲什麼要這樣？不是爲了鍛鍊模特兒的優雅身段，也不是爲了磨練舞台劇女演員的演技。

優紀打開折疊小桌撐開，放在房間中央。桌子的長度約五十公分，寬度約四十公分，非常小的一張桌子。然後她拉過圓凳，坐了下來。

「客廳和餐廳都沒有桌子的理由就在這裡。」

優紀用肯定的語氣說。

吃飯、打扮、讀書、看電視、看錄影帶……半田明美在這張桌子上做所有事情。四面八方都被鏡子包圍，自己的形象和動作被鏡子反覆折射，多到不可勝數。半田明美的日常就在無窮無盡的「客觀」包圍下度過。

她是爲了改變自己的外觀，爲了變成另一個人。

要辨別某個人物的眞僞，並不能僅憑容貌。因爲他人在無意識中，早已記住那個人物的特徵，並藉此分辨她或他。

因此，即使容貌不一樣，甚至年齡、性別都完全不同，有些人卻可藉著模仿的演技來扮演另一個人，或是故意採用反面表現與誇張的手法引人發笑。任何人都有過這種經驗。在歐美紀錄片或電影的重現部分，那些扮演現代著名政治人物或藝術家的演員，明明長得跟眞實人物一點都不像，卻經由演講的動作、語氣、舉止……等等，讓觀眾在不知不覺中，把演員看成了扮演的人物。

知佳拉起那片鏡面貼紙，檢視書架上的物品。

書架下半部全是書籍和檔案夾，上半部則是VHS錄影帶。

她舉起手機拍下那些書背上的書名。

「這些都是小野老師房間裡的書嘛。」

優紀低聲地說。小野老師在新艾格尼絲之家起居的房間裡有一座書架，這裡的書跟那個書架上的書幾乎完全一樣，優紀說。

半田明美把這些書都讀過了，而且讀得滾瓜爛熟。爲了答覆別人的問題時，能說得像是從小野尙子嘴裡說出來的答案，爲了把小野尙子的思想變成自己的思想。

「可是……」

說了一半，知佳突然看到有些書背下方貼著標籤，便把那些書從書架抽出來。

「好過分。」

那些貼著標籤的全都是圖書館的書。國內主要的公立圖書館開始實施數位化管理，是在二十年前。而圖書館門口設置防止偷書的感應裝置，則是更久之後。在那之前，公立圖書館的管理方針是假設每個市民的品行都值得信任，所以當時圖書館的偷書賊十分猖獗。

「她是這樣的人嗎？」優紀困惑地自言自語。

「她說不定還幹過更壞的事呢。」知佳答道。優紀的眉間擠出許多小紋路。

這些書籍一直放在密閉的房間裡，書頁已經略帶褐色，隨手翻動幾頁，紙張邊緣都已開始破損。根據版權頁的資料推算，半田明美從圖書館書架上偷來這些書籍的時候，這些書籍早已上市了一段年月。當時那個年代還沒有網購，想找舊書的話，只能耐著性子到舊書店找。而更簡單的辦法，就是到圖書館的書庫去找，所以半田明美從各地的公立圖書館找來了這些書，並且熟讀了每本書。

知佳猶豫半晌，伸手從書架上抽出兩三支錄影帶，迅速塞進自己的袋子。

「這樣好嗎……」

優紀說，但不是責備的語氣。

「沒關係、沒關係，不會有人發現的。」

說著，知佳打算再多拿幾支塞進袋子，卻被優紀制止了，知佳下定決心似地把手裡的布袋遞給優紀。

「全都帶回去檢查一下。書也帶走，反正當初也是偷來的。」

聽了知佳的話，優紀微微皺了一下眉頭，接著點了點頭。

「快點！趁鎖匠還沒回來。」

說完，知佳熟練地把書籍和錄影帶塞進袋子。

「那台電腦也帶走吧？」知佳指著立在地上的機器問。「那是文字處理機。」優紀訂正了她的說法。

「帶走也沒用，裡面是空的。」

知佳側首不解。「裡面沒有硬碟，文件都存在磁片上。」優紀向她解釋，但知佳完全聽不懂。

知佳生平第一次接觸的文書處理機就是電腦，她一直以爲文字處理機是一種文書處理軟體。比她年長三歲的優紀向她解釋說，自己在商職上學的時候學過文字處理機的打字。

「有了。這個。」

正在摸索書架頂層的知佳突然發出一聲歡呼。只見她手裡拿著一個布滿灰塵的褐色信封，裡面整齊地裝著兩個正方形的扁平透明塑膠盒。

打開盒蓋，盒裡裝著一片也是正方形的藍色塑膠片。

「還能看到裡面的內容嗎？」

「不行吧。」

優紀搖著頭說：

「那種內建軟碟機的古董機種，我們那裡可沒有。」

「了解，那我去想辦法。」知佳收起信封，小心翼翼地塞進皮包。

優紀提著塞滿錄影帶和書籍的袋子，向樓下停車場走去，知佳趁她把袋子送上車的空檔，一言不發地繼續把書架上的東西塞進另一個袋子。

不久之後，如果有人進入這個房間，看到書架上空空如也，應該會感到疑惑吧。但是她們現在管不了那麼多了。優紀和知佳都沒把自己的眞實身分告訴管理員。

忽然，正忙著裝東西的知佳一抬眼，心中不禁一驚。

我簡直就像一隻猴子……

她看到映在鏡中的自己，警戒著鎖匠隨時會從外面進來的同時，拱著背把別人書架上的東西塞進袋子，鏡中的自己又反射到對面的鏡子裡，變成無數個自己。

書架全被掏空後過了不久，鎖匠回來了，重新在門上裝了一個新鎖。知佳和優紀把門鎖好之後，開車駛向夜色漸濃的道路。

今後，桑客托輕井澤公寓大概不會再有新的訪客吧。那個支付管理費的帳戶已被凍結，管理公司將會設法聯絡屋主半田明美。不知他們會不會查到半田明美死亡的消息，但是管理公司能做的，最多就到這裡爲止。

要找到半田明美的親屬，是一項非常艱難的任務。

負責徵收房屋稅的町公所也會遇到同樣艱難的任務。桑客托輕井澤公寓的集中信箱裡將會塞滿毫無意義的繳費通知和催繳單。到了最後，公寓的水電瓦斯都會被切斷，就像全國度假公寓常見的狀況，這間廢棄的房間將會變成地方政府和管理公司的包袱吧。

兩人從房間裡搬出來的書籍和錄影帶，優紀決定全交給知佳保管。

優紀說，因爲新艾格尼絲之家沒有ＶＨＳ錄放影機，而且貼著圖書館標籤的書籍放在新艾格尼絲之家裡，還必須一一解釋，她覺得太麻煩了。

第二天，知佳聯絡一家工作上認識的公關公司，從他們的倉庫借來一台布滿灰塵的ＶＨＳ錄放影機。

機器包好之後放在大紙袋裡，知佳一路提著這個大紙袋搭乘地鐵，然後還要轉車，實在是累死人。所幸跟知佳熟識的社長說不必送回來了，用完之後就隨意處置。

回到家裡，知佳花了好一番工夫，才把連接線弄妥，開始播放錄影帶。

電視螢幕上出現了一齣令人懷念的連續劇。知佳當然沒有看完，就換了另一支錄影帶。這一支也是連續劇。接著，她又換了其他幾支，通通都像從電視錄下來的電視劇或綜藝節目。

而且其中近半數的錄影帶已經受損，不是無法播放，就是有刺耳的噪音伴隨畫面一起播出。

在那個四周被鏡子包圍的房間裡，半田明美一直在觀賞這種平凡無比的連續劇嗎？知佳懷著滿心疑惑，反覆更換錄影帶，再把帶子倒回開頭的部分。

看了半天，全都是類似的內容。知佳正打算放棄，腦中閃過一個念頭。

她又拿起一支ＮＨＫ晨間劇的錄影帶放進機器，按下快轉鍵。錄影帶轉到中間部分時，畫面忽然出現變化。

知佳重新按下播放鍵。

來回晃動的畫面裡傳來陣陣雜音，還有斷斷續續的日常會話。

她凝神注視畫面，但立刻感到很不舒服。螢幕上的影片，是防手震功能還沒發明之前的攝影機拍攝的。不，就算當時還沒那種功能，如果稍微留意一點。應該能拍得更好才對。

那是一段偷拍的影片。

知佳記得以前看過類似的影片。那時她二十多歲，正在一家大出版社上班。公司裡有位勇猛的女記者曾在亞洲某國市區拍攝示威遊行的影片。當時那個國家的政治狀況很不穩定。女記者把攝影機放在背包裡，只露出鏡頭，再用圍巾蓋住機器。雖然拍出來的畫面搖晃得非常厲害，但由此可知，即使不是偷拍專用的攝影機也能夠完成任務。

現在，電視螢幕上可以看到幾個女人正在走動、交談。

「……小姐，還要三張椅子。」

「好。哇，好重。」

「啊，有些是壞的，放到旁邊。」

「唉呀，危險危險……」

知佳倒吸一口冷氣。

三年前，在信濃追分的新艾格尼絲之家跟她談過話的「小野老師」就在影片裡。

不，那不是她，這段影片裡的，是二十多年前的小野尙子。

那是眞正的小野尙子，但也確實是知佳見過的「小野老師」。貨眞價實，毫無疑問。

連五官都一樣嗎？知佳心中一片混亂，幾乎無法呼吸。劇烈搖晃的畫面令她感到暈船似的噁心。畫面裡的「她」，或許長得跟小野老師不一樣，又或許跟她長得一模一樣。

或許，知佳只能用這個字眼形容。不過畫面裡那個「她」的表情、笑容、語調，完全就是自己見過的「小野老師」。

這是一段日常的影片，畫面裡的人物完全不知道自己被拍攝了下來。這種畫面連續不斷地出現在螢幕上。其他錄影帶也是播了二、三十分鐘後，就會出現這種畫面。這是拍攝者刻意爲之的煙霧彈。爲了防止被人發現，所以故意在開頭加入完全無關的影片。畫面裡眞正的小野尙子正在跟職員和住民聊天、談笑、四處走動。

有一支錄影帶是近距離拍攝的小野尙子。不，她不是小野尙子。

這是另一個人。比小野尙子更年輕。這個女人停止說話的瞬間，立刻變成另一張臉孔。

知佳全身顫抖起來。

這個女人是半田明美。曾經對著鏡子研究自己所有表情、動作，再用攝影機拍下自己的聲音、表情，逐漸變成小野尚子的那個女人，就在那些畫面裡。在她短暫的獨腳戲裡，有時模仿得很像，有時又能一眼識破。

知佳陷入混亂。不舒服到噁心想吐，但不是因爲晃動的畫面。

如果一個人擁有改變自己的意志，又能採取完全客觀的態度記錄改變的過程，眞的能改變自己的外貌到這種地步嗎？

知佳從度假公寓帶回來的錄影帶共有二十支，其中十一支可以播放。這十一支當中，只有三支是從開頭就是新艾格尼絲之家的景象，而且畫面一點都不晃動。

因爲這三卷是在朗讀講習課程上拍攝的。包括小野老師在內的全體職員和住民，每個人都用腳架固定的攝影機拍了一段影片。半田明美則在一旁示範朗讀，所以影片裡也能聽到她的聲音。

原來這就是半田明美？知佳專注地側耳傾聽。

不，這是一個受過戲劇訓練又下過苦功的女演員在朗讀。儘管她只是個不爲人知的無名演員，甚至想在小劇場討個配角都不一定能夠如願，但她的發聲和斷句都非常清晰，外行人絕對無法模仿她這種朗讀技巧。那時新艾格尼絲之家的成員跟著她的示範奮發努力，人人都想錄一段比朗讀錄音帶更有水準的影片。

如果當初在這個階段就懸崖勒馬，半田明美不是非常幸福嗎？想到這裡，知佳握緊雙手。她有一棟公寓，身體也很健康，只要她努力工作，繼續擔任指導朗讀的義工，清理身邊的人際關係，不是應該能夠享受充實的生活？

大家仰慕的「老師」跟她無冤無仇，但她卻殺掉老師，頂替老師的位置，這麼做到底有什麼意義？

等到知佳回過神來，才發現時間已是深夜十一點了。她太專心思索，竟然忘了吃晚飯。平日忙著趕稿時，她也會像這樣忘了吃飯。

她走進狹窄的廚房，拉開冰箱門，看到裡面除了罐頭啤酒之外，只有滿是皺紋的捲心菜和乾巴巴的胡蘿蔔。

爲了節省烹調時間，她用小刀切碎蔬菜，然後跟三個月前吃剩的冷凍小香腸一起丟進水裡，再加些高湯粉，煮成一鍋湯。煮好這一大鍋湯，明天的早飯、午飯也解決了。她拿出從輕井澤麵包老店買來的法國長棍麵包，就著湯，吃了一頓遲來的晚餐。她雖然很想開一罐啤酒，但是想到還有很多工作要做，便放下了啤酒。

知佳也沒有洗澡，甚至連沖澡的時間都捨不得浪費。一直到天亮爲止，她都忙著查看所有錄影帶。

結束工作之前，她又重新檢視半田明美獨自拍攝的那支錄影帶。

那是從半田明美的正面拍攝的一段獨白。她沒有化妝，細長的眉毛，單眼皮的雙眼，下巴稍尖的瓜子臉。雖然不是特別引人注目的美女，卻是一張挑不出缺點的臉孔。就在某個瞬間，這張臉孔變成了小野老師，從內側發出透明的光彩。

半田明美利用鏡子與錄影帶，還有肯定是天生的驚人洞察力，把自己改造成另一個年齡、容貌都跟她不同的女人。

一種深不見底的詭異感受湧上知佳心頭。

她寄了一封信到優紀的手機，告訴她自己查看錄影帶的結果。優紀很快就給她回了電話。知佳又口頭上說了一遍。但優紀只是默默聽著，知佳完全想像不出她的表情。

「妳能找到錄放影機的話，我把錄影帶寄給妳。」

「不，不用……」優紀的聲音聽來異常沉重，知佳才想到，她一定很不想看，也不想讓住民看到。知佳不禁暗自反省，自己眞的太遲鈍了，竟然只顧著自己一個人高興。

打完電話，天已大亮，太陽早已升上天空。

知佳手邊還有兩紙箱的物品，包括一些書籍和檔案夾，都是從半田明美的書架上帶回來的。但是因爲這天已安排了採訪，只好暫時放下這些資料。

知佳設好鬧鐘的時間，決定在出門之前小憩片刻。

這天一直忙到深夜，回家之後，知佳立刻上網查詢讀取文字處理機磁片資料的方法。經過一番搜尋才發現，有一種業者，能把老舊磁片的資料轉換成電腦可以讀取的資料

但是拜託這類業者的話，磁片裡資料可能會被看到。如果不想被別人偷看，唯一的辦法就是上網購買中古文字處理機，但是就算買到了機器，也不能保證機器一定能用。

知佳考慮再三，無法做出決定，只好先把紙箱裡的書籍拿出來。假設這些書就像優紀所說，跟新艾格尼絲之家的那些書完全一樣，那麼如此大量的基督教相關書籍出現在曾經公開表示自己不是基督徒的小野尙子的書架上，不是很奇怪嗎？書架上不知爲什麼擺著聖經、以兒童爲對象的基督教入門書，還有德蕾莎修女和其他神職人員的著作。

不過從小野尙子的生長環境來看，或許也不需要大驚小怪。因爲明治時期以後，日本的富裕階級和知識分子都把聖經內容當成教養的一環，基督教也是一種精神支柱。

小野尙子既然是老牌出版社的千金，受到基督教思想的影響，也很自然。她的身邊始終有很多這類書籍，遇到疑問的時候反覆閱讀，也可說是理所當然。就算她沒有受洗，但是基督教的倫理觀、價值觀，以及哲學思想等等，早已內化成爲她的一部分了吧。

除了這些書籍外，紙箱裡還有一些兒童文學，像是《納尼亞傳奇》、《小狐狸阿權》、《說不完的故事》等等。或許在她心靈感到空虛時，或面對殘酷的現實，開始否定一切，充滿退縮的情緒時，這些作品能在她心底點燃一盞明燈？此外，紙箱裡還有幾本伊莉莎白・庫

伯勒．羅絲談論死亡的著作。這些書籍的內容主要都是關於自我省察，但並不難懂。若是眞的想要閱讀，大概只要一個月就能讀完。

知佳迅速地隨手翻閱一遍後，決定先用電腦製作清單，把書名和作者記錄下來。

她正忙著打字時，手機響了。平時，同年代或更年輕的朋友，幾乎都用通訊軟體聯絡。會給她打電話的，不是父母就是親戚，但大家都知道深夜打電話很不禮貌。知佳瞥了一眼手機螢幕，果然，是長島打來的。

「喂，結果怎麼樣？」

知佳還沒告訴長島去度假公寓的經過。

於是，她從和管理員及鎖匠的交談開始，接著提到房間裡看到很多鏡子、書籍、錄影帶、文字處理機等等。

「這麼說來，既然有文字處理機，就表示半田明美留下了紀錄。」

「對，如果其中包括她的日記，所有謎團都能找到答案了。」

「半田明美犯罪日記，或是完全犯罪計畫和日程表，說不定還有備忘錄。她如果是見機行事、見招拆招的話，肯定會在哪裡露出馬腳。不過那女人應該不會留下別人簡單就能看懂的東西。對了，最重要的資料呢？」

長島用催促的語氣問道。

「是磁片。有兩片，我帶回來了。」

「什麼，妳先說啊。」

「可是沒辦法看，因爲找不到有軟碟機的電腦。」

「妳把印在磁片上端的型號念給我聽。」

知佳滿心疑惑地念出印在鋁片部分的英文字母。

「唉。」長島瞬間發出了無力的一聲。

「拿來吧，我幫妳看。」

「你有可以轉換資料的機器？」

知佳不由自主地拔高了音調。

「沒有，但是我有『文豪』，妳沒聽過吧？這個『文豪』可不是夏目漱石，是機器的名字。我們以前就用這種機器寫文章。當時花了十七萬呢，現在這個價錢可以買一台很棒的電腦了。」

「喔……」

那我明天用快遞送去……知佳說。話還沒說完，就聽到長島用戲謔的語氣說，「又來了。」

「最近的年輕人，拜託別人做事也好，向人道謝也好，都是用郵件。送東西拿東西就用快遞。這種方法隨時都可能出問題喔。」接著，長島又訓了知佳一頓，說年輕人的風險管理太鬆懈。念完才告訴知佳，反正也不急要她親自送去。

知佳嘆氣地掛上電話，給優紀寫了一封信，信裡也提到長島打過電話來。

寫完信之後，她從紙箱裡拿出貼著圖書館標籤的那些書。

先從《納尼亞傳奇》讀起吧。

知佳小時候從學校圖書館借來讀過。當她讀到衣櫥後面展開另一個奇異世界時，腦中也浮起各種鮮明的畫面，情不自禁地沉醉在故事情節裡。現在知佳已經長大成人，重新再讀這個故事，她不禁驚訝於故事隱含著作者路易斯極具深度與廣度的世界觀，以及對人類的看法。

讀完幾本之後，她又翻開恩德的《默默》、《說不完的故事》，和林格倫的《長襪皮皮》。這幾本奇幻小說不僅深受孩童喜愛，在成人讀者當中也深獲好評。

還有一本《論死亡與臨終》，內容是以精神科醫師的角度談論死亡，以及人們面對死亡的過程。剛出版時就獲得許多好評，知佳身邊也有很多朋友受到這本書的影響。知佳對這本書的印象是書中內容帶有超自然的色彩。現在重新閱讀才發現作者羅絲站在醫師的角度面對人類死亡的意志力，令她從心底升起一股嚴肅的感動。

在這箱書籍裡，知佳對德蕾莎修女的著作深表同感。另外還有一本神父撰寫的作品，這位神父平時在大阪的貧民窟愛鄰地區向臨時工傳教。讀了他的作品後，知佳最感到驚訝的是，神父進行艱澀的聖經解說的同時，也在字裡行間傳遞出超乎想像的尖銳思想。

紙箱裡還有宮澤賢治的童話，知佳小時候一直看不懂，現在卻令她流下眼淚；而幸田文的散文則安撫了她激動的心情。

這些書籍都不算艱深難懂，也不自以為清高。知佳無法從這些書籍中感受到小野尙子的書架該有的特殊性與個性。除了跟基督教有關的書籍外，其他全是知佳的交友圈經常談論的「一般書籍」。而現在，知佳把工作以外的時間，都用來讀這些大眾都讀過的「一般書籍」。

半田明美肯定也做過同樣的事。

為了徹底變成小野尙子，她在四周的牆上掛滿鏡子，一面觀看錄影帶，一面模仿小野尙子的表情、舉止、語調、說話方式。不僅如此，為了騙過小野尙子的熟人，她還掌握了小野尙子的思路，把小野尙子待人接物的那一套，完美地變成自己的應對舉止。然後，等到機會降臨，她將會棄新艾格尼絲之家而去，隱姓埋名地接收小野尙子的財產，重新以半田明美的名義在某個角落過著自由的生活。然而，她最終卻沒有實現夢想。究竟是不想實現，還是沒能實現？

連續好幾天，知佳都在持續閱讀大量文字。她的目的原本是為了弄清半田明美的眞面目。然而大約過了一星期，知佳發現閱讀的目的已經從她心中消失了。就連這些都是小野尙子書架上的書這件事，也不太在意了。

由於她從事寫作，不，應該說，就因爲是靠寫作維生，所以她不會過分相信文字的力量。儘管如此，她還是利用寫稿的空檔，在趕赴採訪地點的電車裡，或是快要陷入熟睡的前一秒，持續不斷地閱讀這些不是自己挑選的書籍。在她接連不休地經歷這種稀有的閱讀過程中，知佳感到自己的立足點開始動搖了。

一開始，她以爲這只是暫時的現象，然而現在卻覺得眼前的物體、現象，還有觀察他人的眼光，似乎都已有所改變。

然而，半田明美爲了奪取別人的財產，可以毫不遲疑地動手殺人，同時因爲她完全沒有罪惡感，所以周圍的人也無法看穿她的本質。被長島形容爲「怪物」的這個女人，難道僅靠讀書就能改變嗎？

就拿少年犯來說，知佳最近採訪時才知道，就算少年犯能夠接受多位專家進行再教育，但是少年犯的內心已經不太可能改變。

知佳懷著混亂的心情，繼續閱讀小野尙子書架上的著作。她並不是要一本一本深入鑽研，只是覺得，等到書中文字或人們的言語累積到相當程度的時候，或許就會起風了。不是憑空而起的狂風，而是經常拂過心底的微風，風中夾帶著豐富的內容，像是塵埃、花瓣、秋風初起時的溼氣、落葉的香氣……

每當心底積滿這種豐郁的情緒，知佳就會寄電子郵件給優紀，把些微心得記錄在信裡。她覺得自己雖然還不了解小野尙子的精神與心理活動，但似乎有點理解尙子心思了。

然而優紀給她的回信卻意外地顯得冷漠。

「看到妳的信，我剛搬進新艾格妮絲之家的那段日子，經常把小野老師書架上的書拿來看。因爲過著團體生活，又不能隨便轉台，當時也只有無線電視台可看。」

「恩德的書，大人讀了也會覺得有趣。我很喜歡他的作品，比《哈利波特》有趣多了。」

「妳被庫伯勒．羅絲的書感動了？我沒辦法了解她的作品。不，應該說，那是西方人的生死觀吧。我覺得日本人對生死的看法，和他們不太一樣。像是來世、亡魂之類的事物，對我們而言不是很自然，而且近在身邊嗎？」

「我一直沒讀過幸田文，覺得她太老派了。既然知佳覺得很不錯，那我讀讀看吧。」

每次看到優紀寫來這種回信，知佳心中便感到一種奇異的疏遠，她很想反駁，自己不是想要聊作品內容，只是想要留下這些作品帶給我的高昂情緒而已。

如果是在放暑假的小學生就算了，大人若是從早到晚抱著書本不放，心思還是會跟現實脫節的。

小野尙子的書架上雖有像是幸田文這種談論日常或世俗的作品，卻沒談論汙穢現實的書籍。書架上雖有陷入酒癮的醫生或是幫助家人重新振作的女性留下的手記，都是溫暖積極的內容。書架上雖然有手記，卻連一本類似紀實文學之類的新聞報導風格的書籍都沒有。

這些書籍中，只有跟基督教有關的著作才會直率地探討貧窮與歧視問題。其中幾本神職人員的書中討論到非洲、南亞的貧民窟、日本的街友、菲律賓的流浪兒童……等各種問題。但是知佳覺得不論哪一本，都跟她所了解的基督教不太一樣。知佳接觸基督教，並非爲了信仰，而是爲了增加知識。她發現這些著作的重點是社會改革，根據閱讀角度的差異，有些內容甚至還帶有鬥爭色彩。

知佳追隨牛田明美的腳步走訪菲律賓時，曾在尙子的墓前遇到一位菲律賓司鐸。現在回想起來，司鐸對她說過的話、艾切蘿修女的行爲，還有塔豪小鎭跟隨司鐸鬥爭的那些農工和漁民的主張，一切都跟書架上那些基督教書籍有關。

「這裡的孩子跟大人都不知道明天有沒有飯吃，嬰兒正在餓死，少女被賣去當妓女，我們眼睜睜看著人民貧窮到這種地步，還在強調信仰可以拯救心靈，這不是欺瞞是什麼？只要仔細閱讀聖經傳遞的訊息，我們就能了解他們爲什麼會這麼貧窮至此，不是嗎？而且如何才能解決這些人的痛苦，聖經裡不是也告訴我們了嗎？所謂神的祝福，並不是讓身陷現實痛苦的人們繼續被棄置在痛苦裡，他們就能獲得靈魂的救贖。而是應該用慰藉的話語鼓勵他們，譬如告訴他們，有我跟你們在一起，你們只管努力向前衝。」

那位司鐸說的話，跟小野尙子書架上那些基督教書籍裡反覆訴說的內容完全一樣。知佳現在終於明白，這種思想即是「**赤化**教會」的主張。長島曾經說過，這種教會最早起源於中南美洲。不知從什麼時候起，這種思想變成了推動小野尙子的行動準則。結果尙子的志願還沒完成，她就在菲律賓遇害了。她背負著異國同伴的誤解，心中該有多麼冤屈。

13

這天，知佳和優紀站在區民中心的大廳等候。不一會兒，長島背著一個肩帶很寬的後背包從後門走進來。

知佳和優紀正要打招呼，長島舉起一手制止她們，繼續朝著辦公室窗口走去，沉重的後背包讓他喘個不停。

長島在窗口拿到一把鑰匙，轉身走進三樓的小集會室。

房間大約三坪大，鋪著榻榻米，裡面只有一張方形長桌。

「他們說會議室沒空。」長島嘀咕著把後背包放在榻榻米上，揉著自己的肩膀。

「這就是攜帶型文字處理機，妳們年輕人沒看過吧？」

「我才不是年輕人。」優紀低聲回答。

「以前有個笑話說，這不是攜帶型，而是膝毀型文字處理機。怎麼樣？這玩意兒有六公斤喔，六公斤！」

「這麼重的東西，您幫我們背來了？」

知佳不由自主低頭行了一禮。

「原本想請妳們到我家來的。可是我老婆變成那樣，連杯茶都沒辦法招待妳們。」

「哪裡哪裡，能把機器借給我們就很感謝了。」

「只借機器，我不太放心啊。」說著，長島從知佳手裡接過磁片。

他向其中一片吹了口氣，然後像念咒似地連連道，「拜託不要壞了，拜託不要壞了。」

「磁片這東西不是用來長期保存資料的。」

「大概可以保存多久？」

「從可信度來看，能保存四、五年就不錯了。」

優紀跟知佳面面相覷。在那個密閉房間裡，天花板壁紙都已剝落的潮溼環境中，磁片已經放在那裡二十多年……

絕對不可能平安無事。

長島把文字處理機插上電源，打開盒蓋，蓋子的背面就是液晶螢幕。他先把作業系統的磁片插進其中一個插口，然後再插入知佳交給他的磁片。

傳來一陣「咻咻咻」的聲響。

「這是磁片在裡面轉動的聲音。」長島向她們說明，然而咻咻咻的聲音一直響個不停。

「我有不好的預感。」長島歪著頭說，不一會兒咻咻聲終於停了，灰白色螢幕上出現一些文字。

「無法解讀。」

果然不出所料，長島嘆了口氣。

「壞了嗎？」

知佳不由自主探出身子，懷著祈禱般的心情注視著螢幕。

「妳頭擋住我了。」

長島推開知佳，按了退出鍵，把磁片從軟碟槽裡拿出來。

「如果用了這東西也不行的話，妳們就放棄吧。」說著，他又把另一片磁片放進插口。

「剛才把汙染的磁片插進去，說不定把軟碟槽弄壞了。」

長島又告訴她們，現在放進去的是清洗軟碟槽的磁片。

知佳這個年代的年輕人把PC-98（註）叫做古董，所以在她眼裡看來，文字處理機的機體和系統顯得非常原始。

清洗用磁片在機器裡大約轉了兩圈，長島就把磁片拿出來，同時開玩笑說，「我的文字處理機要是被弄壞了，妳們要賠喔。」接著，又把剛才的磁片放進去。

螢幕閃了幾下之後，畫面顯出一些文字，但是顏色很淡，看不清楚。

「這太糟糕了。」長島嘖了一聲。這不是磁片的問題，是文字處理機年久失修，液晶螢幕已經受損，所以顏色變得很暗。

磁片裡似乎儲存了好幾份文件。根據長島的說明，從前的文字處理機儲存的文件，每份最多只能有三十張稿紙。

磁片裡的文件都沒有命名，只是單純地數字號碼的1到12標示。

修改日期最早的是「文件1」。他們決定按照順序，從最舊的文件開始看，於是就先打開「文件1」。

模糊的螢幕上映出一份條列式清單。

「一九四九年出生，本籍……」

是小野尚子的個人資料。

「啊，這樣不行。」

長島眨著眼睛搖搖頭。

他掏出錢包拿出幾張千圓鈔票交給優紀。

「拜託妳跑一趟，前面有一家叫做『一文堂』的文具店，請妳買些感熱紙來。」

「感熱紙？」

「對，現在廠商已經不生產這種印表機的墨水了，但是用感熱紙還是可以列印出來。」

優紀和知佳這才發現，這台文字處理機內建印表機。長島告訴她們，印表機使用的影印紙，在附近便利商店就能買到，但是感熱紙必須到區民中心平時訂購文具的專門店去買。

知佳也跟著優紀一起出門去買紙。大約過了三十分鐘，兩人買回感熱紙，長島便開始印刷文件。

他們把感熱紙一張張插進印表機，列印頭來回移動地在感熱紙上印出文字。

「不得了，這可是絕代毒婦親手寫下的犯罪計畫。」

長島略帶興奮地低語著。

列印頭不斷左右移動，紙張連續插進機器，一切都那麼緩慢。三人都焦躁地探出身子閱讀印在紙上的文字。

這是一份小野尚子的詳細年表。

譬如她從哪個學校畢業、跟誰相親過、跟誰結婚……等等。

她的嗜好，她的專長……

那位相傳和她論及婚嫁的皇族姓名，還有當時的年齡，也記錄在年表裡。

除此之外，還有關於小野尚子的成長經歷和酒癮的描述、克服酒癮的過程、成立新艾格尼絲之家的經過與心路歷程……等，看來是私人交談的內容，全都詳細地記錄在年表裡。

文章則全是口語，跟年表的條列式不同。

「這種問題也不是只靠討論就能解決的。很多人就是沒錢，根本無法獨立生活。就像外

註：PC-98系列：日本NEC於一九八二年開始發售的個人電腦系列，一度壟斷日本電腦市場十餘年。後因不敵微軟的windows系列，於二〇〇三年停產。

面下著暴風雪，卻把幼兒的衣服脫光趕出去一樣。她們不會永遠那樣，她們也不想永遠那樣。因此需要有人暫時向她們提供援助。用我的錢做這件事，我確實是有點抗拒。因爲即使自己不是刻意這麼想，卻難免心底生出傲慢……因爲會有一種我爲妳們做了這麼多的感覺。如果不能誠實面對自己，我就會不自覺地用那種眼光去看那些女孩。」

這段文字究竟是小野尙子直接對半田明美說的？還是她對新艾格尼斯之家的其他人說的？或者是在公開場合接受訪問時的發言？實在很難判斷。

不過，半田明美自己把這些「我」所描述的事情和心情記錄下來，肯定是想用這種方式把自己跟小野尙子合而爲一。目的就是爲了冒充小野尙子，瞞過身邊眾人。

文章的行距比較寬，一眨眼一疊感熱紙就用完了。每一張紙都需要手動插入，列印頭的動作非常緩慢。

三人輪流拿起印好的文章從頭到尾仔細閱讀。

每份文件都記載了修改日期。

「文件1」的最後修改日期是一九九三年十月二十六日。第二年半田明美在菲律賓殺了獵物小野尙子，然後冒名頂替了她。半田明美離開日本那天爲止，不，即使在出國之後，她也在反覆閱讀這篇文章，拚命把小野尙子的資料塞進自己的腦袋吧？

「文件2」的最後修改日期是一九九四年十二月二十八日。

半田明美那時已經從菲律賓回國。她假裝自己患了光線過敏症，以接受漢方治療爲藉口定期前往那棟公寓，每次都是夜間在那個房間裡度過幾個小時。她不是在那裡等待共犯，而是在那間被鏡子包圍的房間裡使用文字處理機。

「文件2」的開頭是她在菲律賓的日記。

「十月二十三日　到達馬尼拉機場，飛行過程順利。

晴天，非常熱。聖托瑪斯教會的義工來接機，我們先到總部拜會。米格爾神父病倒了，上星期住進了市內的醫院治療。因爲他年事已高，令人擔心。會議之後，大家一起吃便餐。黃昏，從巴士站搭乘長途巴士前往那牙市。

十月二十四日，原本應在早上七點到達那牙巴士站，不知爲何延遲了六小時，直到下午一點才到達目的地。塔豪教堂的艾切蘿修女拜託賈西亞來接我，他坐在水泥台階上等了那麼長的時間，我心中充滿感激與歉疚。

『晚了這麼多才到，眞抱歉。』我一面跟賈西亞握手一面向他致歉。

『爲什麼道歉？我很期待跟尚子見面。等待的時間越長，興奮的時間也越長。我太高興了，能見到妳，感覺好幸福。』

我坐上賈西亞騎來的摩托車，快到傍晚時抵達塔豪教堂。

漁村依然貧困，貧民窟也跟以前一樣。儘管如此，孩子倒是充滿活力，正在地面積水的小巷裡跑來跑去。

教堂後面農地裡的工人送來一些剛摘下的黃瓜。以前我長途跋涉到達這裡以後，累得什麼都不想吃，只吃得下沾鹽的黃瓜。他們看過我那時大口大口啃著黃瓜的模樣。我沒跟他們說過什麼，但他們都記住了。

第二天早上開始到診所幫忙。一大早，門外就已排了很長的隊伍，修女都在忙碌。

我跟梅貝爾一起前往臥床患者的家裡。

從杜拜打工回來的瑪麗亞的狀況比我上次來時更糟了。不但咳嗽不停，而且持續嚴重腹瀉。因爲家裡沒錢，當然沒法住院，只能待在貧民窟那種臨時搭建的小屋裡。不過，這裡卻沒有人會把染上ＨＩＶ的瑪麗亞趕出去。附近鄰居不但會來探望孤苦伶仃的瑪麗亞，還會送來一些她能吃的食物。

這天，瑪麗亞睜開眼睛對我露出微笑。看她這樣，身體健康的我實在不知該說什麼，只能也微笑著緊握著她的手。

『妳還好吧？尚子。馬尼拉到這裡的巴士裡很冷吧？妳沒感冒吧？』

她自己都病成這樣了，還不忘關心我。

每次遇到這種情況，我就覺得（就像馬尼拉教會的神父，還有白百合會的會員經常掛在嘴上的話），神絕對不是為了實踐福音，才把我們派到這些受苦的人們身邊來。如果真的有神的話，祂絕對不會待在天上俯視我們，而是親自降臨到這些人的心裡，經由他們的靈魂向我們傳播福音。

我到這裡來，絕不是為這些人做什麼，而是為了向他們學習，為了跟他們心中的神相遇，為了拯救自己的靈魂，幫助自己成長。

從物質豐富的日本來到這裡之後，我能做的，就是眞心理解他們眞正的問題與痛苦，跟他們產生共鳴，並給予他們必要的協助。只是到處發放食物、維他命或牛奶，是遠遠不夠的。

這些人為什麼會病成這樣？為什麼這麼窮？為什麼要到國外承受殘酷的暴力，得了病之後才回來？

艾切蘿修女和J.P.說得對，大家必須攜手進行鬥爭。

要求瑪麗亞、賈西亞，以及其他的農工與漁民，與害他們永遠無法擺脫貧困底層生活的那些人以及制度和解的想法是錯的。

那些人一面隱瞞自己的立場，輕蔑地看著他們的同時，送他們東西、對他們說聖經上的教誨，認為自己正在實踐福音，這種想法實在傲慢。」

「這是什麼？」

緊盯著來回移動的列印頭的知佳忽然大喊出聲，等到一張列印完，立刻把那張感熱紙交給長島和優紀。

「小野老師……」

優紀皺起眉頭說：

「這是小野老師，不……老師並沒說過這種話，但這就是小野老師心中的想法。」

「這女人竟編出這麼完美的劇本，把小野尚子的心思都編得如此逼眞。」

長島呻吟似地喃喃自語。

「化身日記……」

知佳感到全身發冷。

打算殺人的半田明美，在塔豪見到小野尚子之後，從尚子嘴裡問出馬尼拉到塔豪的旅程細節，還有小野尚子在當地的遭遇、各種感想。然後，半田明美將這些當成自己的經驗與感想，寫成文章。她一面書寫一面細細咀嚼這些資訊。因爲她要在自己的臉上，戴上一張血肉做成的面具。

十月三十日

強烈的疲勞感。全身各處疼痛，還有輕微腹瀉，但還是到診所去幫忙。

十月三十一日

有個在垃圾堆裡踩到金屬片，腳底重傷的孩子到診所來接受治療。修女說，可能會得破傷風，必須馬上把他送去醫院，但那孩子的父親就是不肯答應。他表示家裡沒錢，沒辦法送到醫院去。我們只好請另一間診所派來志願服務的醫生，下午給那孩子做了手術。希望他不會被細菌感染。今天因爲整天都很忙，我也忘了自己身體不舒服，不知不覺中，身體就恢復了。我想是那孩子心中的神幫我恢復了體力。

十一月二日

從早上開始發燒。臉孔、脖子、手臂等都長了溼疹似的東西，很痛。也有些溼疹變成了水泡。全身關節都很疼痛，感覺極度疲勞，根本無法走路。我平時已經非常注意衛生，但還是被細菌感染了。這裡的人都沒有這種症狀，我覺得這一定是身體羸弱的外國人才會得的疾病。

今天向診所請了假，整天都躺在教會宿舍休息。眞可悲。我究竟爲什麼到這裡來的？

十一月三日　還沒退燒。我以爲身體已經稍微恢復了，就到外面走走，誰知被陽光曬到的皮膚立刻變成鮮紅色，體內像積滿了泥水般疲憊不堪。因爲全身不適，我只好蜷縮著背脊，艾切蘿修女過來勸我到馬尼拉專門治療外國人的醫院看病。

我擔心自己可能是細菌感染，同時也不想傳染給大家，所以當天就由教會的義工開車送我去馬尼拉。

一整天都坐在車裡，身體感覺糟透了。那間醫院的建築非常宏偉，環境也很衛生。我們到達時雖是深夜，急診處立刻治療我，也當場辦理了住院手續。

十一月四日

從早到晚都在接受檢查。查不出病因，也沒查出什麼細菌或病毒。

十一月五日　身體覺得還不錯，可能是因爲服了止痛藥，而且一直躺在床上安靜休息。還需要進行檢查。

十一月八日　身體感覺不錯，可能病已經好了，但是仍要繼續接受檢查。我逃跑似地辦了出院手續，回到艾切蘿修女身邊。然而，剛剛抵達教會，就感到頭暈目眩，當場昏倒了，所以他們當天就把我送回醫院。

十一月十日　根據驗血結果診斷，我患了自體免疫疾病。醫生給我開了類固醇。我這種病，繼續住院也不可能變好，所以決定在返回日本之前，先到馬尼拉市內聖托瑪斯教堂去一趟。結果還是因爲過於疲累，只好躺回病床休息。

教會的義工建議我繼續在這裡靜養一段日子再回國，因爲這裡綠葉植物很多，也很衛生，環境不錯。我決定接受勸告，在這裡繼續休養一陣子。現在才知道自己多孱弱，不僅是精神方面，身體也那麼虛弱。

這次到這裡來，本來是想跟這裡的人們一起做些什麼，沒想到竟給他們添了麻煩。原本應該用來成立新艾格尼絲之家的經費，也都付給了醫院。我眞的非常歉疚與悲傷。

十一月二十日

儘管在馬尼拉的醫院住了一陣子，身體仍然沒有恢復，我決定還是返回日本。機位是商務艙。與其把錢花在這種地方，眞想幫塔豪教堂裝台熱水器，幫診所裝間簡易廁所。但因爲身體無力，實在沒辦法。

這大概是最後一次菲律賓之行了。我給艾切蘿修女和塔豪教堂曾經幫助我的那些朋友寫了一封信，又向馬尼拉這邊照顧過我的神父和修女、義工等表示感謝後，離開了菲律賓。

我究竟爲什麼到那個國家去呢？

並不是想用我這雙無力的白手，去爲那些貧民、弱者、社會底層的民眾做些什麼。

我是爲了向他們學習，心懷敬意傾聽他們訴說，理解他們的痛苦才來的。

但我卻在這裡病倒了。是他們和他們心中的神救了我，我才又回到日本。

「騙人。」

優紀擠出這麼一聲低語。

沒錯，是謊言。

這段在菲律賓得病後返回日本的經過，是半田明美為了冒充小野尙子所寫的虛構日記。爲了不讓身邊的人起疑，她不能說出前後矛盾的話。因此必須事先編造一個沒有疑點的故事，然後寫成文字，反覆閱讀，塞進自己的腦袋。

不，不只是塞進腦中，爲了完全模仿小野尙子的語氣、動作，她已不知練習了多少遍。在四面八方的鏡子環繞下，在攝影機鏡頭前，在新艾格尼絲知佳的住民與職員，或其他義工與教會相關人士的面前。

菲律賓日記的後面一連列出好幾個病名。

「全身性紅斑狼瘡」、「類風溼性關節炎」、「多發性肌炎」、「混合性結締組織疾病」等等，還有其他病名，並且詳細記載各種疾病的症狀。譬如發燒、全身倦怠感、容易疲倦、關節症狀、光線過敏症狀、器官受損……等等。

然而，在虛構的菲律賓日記裡並沒有具體病名。

因爲她在菲律賓罹患的那場病，得是一種充滿謎團的怪病，不論對她自己，還是對新艾格尼絲之家的成員，甚至對醫生來說，都必須如此。如果確定病名，可能會在某個環節露出馬腳，被人識破她在裝病。而另一方面，爲了把自己的角色演得更好更眞實，她已暗中調查過類似的各種疾病。

疲倦、關節痛、光線過敏症，這些都是掩飾眞相，便於蟄伏的最佳症狀。半田明美在文章裡寫道，這個病的症狀因人而異，通常不會有致命的發炎，器官方面也沒有任何症狀，大多數患者只會出現輕微症狀。

下一頁則排列著一些短句和日期。

這些文字看來有些熟悉，是書名。這一頁是她的讀書日記。

日期大約相隔三天或四天，每次都記錄了幾本書名。

「這些是小野老師書架上的書。」優紀在一旁低聲說道。半田明美那間公寓的書架上並沒有全部的這些書，但在新艾格尼絲之家的書架上全部都有。

半田明美從菲律賓回國後，以生病爲由，整天戴著口罩和墨鏡躲在房間裡，集中精神閱讀這些書籍。

明美來到公寓的房間，並不是爲了坐在文字處理機前記錄自己讀透的書籍名稱，也不是爲了寫心得或大綱。書的內容根本不重要。她只是要把書籍內容塞進自己的精神或想法裡，然後在發表言論或接待賓客時，假裝是自己內在的想法。

「就跟訓練間諜的方法一樣。如果不把相關知識灌進腦袋裡，就可能在言談間啓人疑竇。」

長島說了一半，嘆了口氣。

「唉，她既然肯這麼努力，爲什麼不把心思用在正途……」

印表機印出來的文件只能勉強讀到這裡，剩下部分除了目錄以外，什麼都看不清。長島沒有再嘗試解讀磁片。他對兩人解釋，他擔心磁片可能會被弄壞。

長島清洗一遍磁碟機後，插入另一片磁片。

但這片完全無法解讀。

「不出所料。」

說完，長島把兩片磁片都收進塑膠盒。

「沒辦法嗎？」

優紀露出失望又安心的表情，楞楞地地問道

「不，我再想想辦法。」說完，長島掏出老舊的折疊式手機走向走廊。

過了幾分鐘，長島回到室內，瞥了一眼時鐘，「到秋葉原一下。」

三人把房間收拾乾淨後，一起從區民中心的門前搭上計程車。優紀因爲當天必須趕回去，所以先把她送到最近的車站前面，然後知佳和長島一起來到秋葉原一棟大樓的六樓。這裡有一家修理通信器材的商店。

店門外掛著一塊招牌，上面寫著，「電腦、建立網路、技術支援、資料修復服務　栗原」。

推開店門，裡面是個四面堆滿機器的房間，中間有一座工作台，一個身穿T恤的中年男人正在等他們。男人說他從前在一家大報社當記者，後來調到ＩＴ促進總部工作了幾年，便辭職出來自己開公司。

「眞是的，我對最近的電腦眞的是一竅不通。這東西，就交給你嘍。」長島說著拍了一下男人的背。

這個叫栗原的男人瞥了一眼長島交給他的磁片。「我不知能不能成功。只有一半的機會，也可以嗎？」他問長島。後者的下巴朝向知佳，彷彿對她說，妳告訴他吧。

「啊，可以，拜託您了。」

知佳緊張地點點頭。

栗原社長先把工作台收乾淨，鋪上一塊桌布，然後用一把看似螺絲起子的工具撬開磁片的藍色塑膠外殼。

「我小時候我爸還把手表之類的東西送到外面去清洗呢。」

「可別把我跟長島先生混爲一談喔。」

男人臉上一絲笑容也沒有，露出嚴肅的表情，細心地拆開塑膠匣。

磁片匣裡有一片黑色圓盤。這就是磁片本身。肉眼就能看到上面長了白色霉菌般的東西。

「要把它洗掉？」

「嗯，可能已經受損了，或者也可能磁區本身壞了，如果是那樣，妳就認了吧。」

「好。」

知佳老實地點點頭。

栗原告訴他們，工作時間大約需要四、五天。至於費用，先繳五千圓，如果能夠修復資料的話，收費三萬八千圓，如果失敗的話，先繳的五千圓也不退還。

「不過這裡面的資料，值那麼多錢嗎？」栗原問長島。

「當然，如果弄好了，我會多給一點的。」長島答道。

知佳正要付錢，「不用、不用。」栗原這才第一次露出笑容，舉起一手連連搖著，「長島先生等一下會請我吃飯。」

於是，知佳懷著祈禱的心情走出這間辦公室兼工作室的房間。

一星期之後，知佳收到長島從郵局寄來的包裹，裡面裝著一疊紙張，還有一片光碟。磁片的資料已全部燒在這片光碟裡，並列印成紙本。

長島寫了一封信附在包裹裡。他在信上告訴知佳，磁片只有一片修復成功，另一片失敗了。栗原雖說他會繼續努力，但還是別抱太大的希望。「另外，關於費用的問題，因爲我以前幫過栗原的忙，所以這次就算互相抵消了。」

知佳在出門工作前收到包裹，所以直到晚上回家後，她才看到包裹裡的東西。

「這是出自一名罪犯之手的超誇張資料。不過半田明美看來精神狀態很不正常，不知所云的記述非常多。」

長島把自己的意見寫在列印出來的文章封面上。

列印稿是按照文件的更新日期排列，最早的日期排在最前面。

也就是按照文件完成的先後順序裝訂起來。

第一頁右上角用紅色原子筆寫著「文件1．2」幾個字，這兩份文件是小野尙子的相關年表和「菲律賓化身日記」，知佳和優紀已經讀過。

接下來從「文件3」開始，就是她們上次無法辨識的內容。

文件標示爲「一九九五年一月十二日作成」。「作成」表示文件寫完後保存在磁片裡的日期。「文件3」應該就是檔案名稱吧。

文章一開始就列出一堆不知所云的字句。

「止汗劑　藥皂　無香料型　習慣用的腳　右。走路從左腳邁步　穿鞋先穿左腳」

接著，這裡很突兀地出現了榊原久乃的名字。

同時還記錄了榊原久乃的一天二十四小時的作息時間，以及她在新艾格尼斯之家裡的人際關係。文章裡反覆提到，由於榊原久乃對信仰採取嚴格的態度，所以在新艾格尼絲之家裡處於孤立處境。

猛一看這些文字，會讓人以爲半田明美計畫在小野尙子之後，還要冒充榊原久乃。

但是讀完下面的記述，不免令人感到毛骨悚然。

「藥物　×　嗅覺、味覺敏銳

交通意外　×　謹愼　膽小　沒有必要不會外出

室內意外　△　浴槽　謹愼

慢性病　沒有器官疾病　沒有健康資訊」

接下來空一行，然後寫道，「義工服務（外出）一月八日、一月二十二日、二月十六日、～19:00」

這是一份殺人計畫。

明美正在研究殺害榊原久乃的方法，所以把她的日程表列出來。

明美的下一個目標是榊原久乃……

然而，榊原久乃一直活到去年，最後跟半田明美一起喪生火窟。也就是說因爲某種理由，殺人計畫並沒有付諸實行，或是已經失敗告終？

知佳看了一眼時鐘。晚上十點了，要給優紀打電話的話，不能再晚了。

撥號聲大約響了十次，電話裡才傳來陌生女性的聲音，「喂！」難道是我打錯了？知佳一面納悶一面說，「敝姓山崎。」話筒那端的女人用乖巧的語氣回答，「啊，平日多謝您的關照。您找優紀吧，請等一下。」是知佳也曾見過幾面的繪美子接了電話。知佳覺得那微胖臉頰上的小酒渦彷彿浮現眼前。

過了幾秒，優紀接過電話。知佳這才想起優紀以前說過，她的手機在必要時是住民大家共用的。

「上次多謝妳了。有什麼新消息？」

知佳告訴她，磁片裡的文件已經解讀完畢，店家把資料燒成光碟，還列印成紙本一起寄來了。說完，知佳提到文件裡關於榊原久乃的記述，然後坦率地問優紀，「這算是她的殺人計畫吧？」

優紀在電話那端陷入沉默。

但話筒裡傳來的聲響與氣氛讓知佳明白，優紀正拿著手機走向別的房間，應該要找個沒有其他住民在場的地方吧。

「要說沒有頭緒也不是。不，應該說，我到這裡之後，沒有碰過這種事。不過以前的住民曾在電話裡跟我說過類似的狀況……」

「類似的狀況，是指榊原小姐差點被殺？」

「不，不是那樣。」

優紀連忙否認，態度顯得過於慌張。

「妳能不能把她計畫殺人的部分，再跟我說一遍？」優紀問。知佳沒有簡述內容，而是直接念了一遍文章。

「要不然，我用電子郵件寄給妳吧？」

「不用。」優紀婉拒了，然後低聲告訴知佳自己聽到的情報。

去年，優紀曾用明信片向新艾格尼絲之家從前的住民打聽當時的狀況。其中一位住民後來打電話給優紀。她從一九九一年到一九九五年住在新艾格尼絲之家。這位住民對榊原久乃的看法，跟半田明美的文章內容有相同之處。

「我不知道榊原小姐是什麼教派，但她那種基督教比較特別，總是強調節儉寡欲她就很反感我們每年盛大慶祝聖誕節。」

「啊，妳跟我一起去拜訪的長笛演奏家青柳小姐也說過同樣的話。」知佳插嘴說道。

「對啊，就像文章裡寫的那樣，住民對她都敬而遠之。對了，文章裡還記錄了榊原小姐去做義工服務的日程吧。那是一月和二月，非常寒冷的季節。那位從前的住民告訴我，當時榊原小姐還差點死掉。是在她做完教堂義工服務的回程路上。因爲她眼睛看不見，下雪天又那麼冷，那位住民擔心她回不來，說要去接她，但是榊原小姐嚷著不需要，拒絕了那位住民的好意。附近森林裡有一條捷徑，可是那條小路有很多樹椿和石階，非常危險。因此大家先在路上釘了木樁拉起繩索，幫她做好標記，沒想到標記的繩索卻被拉到不同的方向……我聽她提到這段往事時，心裡還想，平時在山路或普通道路，不是也會有人惡作劇，故意把道路指標轉向其他的方向？或是繩索剛好斷了，有人經過旁邊，就把繩索隨意繫上。我當時聽了，以爲只是這樣而已。」

「其實是半田明美幹的好事吧。那後來榊原小姐平安歸來了嗎？」

「還好繩索拉到另一個別墅區，剛好那時有人經過那裡，救了榊原小姐。可是那附近只有聖誕節和新年假期才會有人，冬季其他時期根本一個人也看不到。那位住民說，要不是剛巧碰到有人經過，榊原小姐早就沒命了。」

「也就是說，半田明美看準榊原小姐的頑固個性，又利用她的日程表，事先籌劃了謀殺計畫，最後卻失敗了。可是，如果半田明美是長島先生的報導裡描寫的那種女人，她不會因爲一兩次失敗就放棄，應該會更執著地計畫殺人吧。」

優紀不知該如何回答。她心目中的小野老師，跟知佳描述的半田明美採取的行動，兩者之間的差異實在讓她難以接受。

知佳接著告訴優紀，如果想看光碟的內容，請優紀隨時聯絡。她可以用電子郵件寄給優紀。說完，知佳就掛斷了電話。

半田明美爲什麼要殺榊原久乃？知佳已從她留下的文章，還有優紀的話裡找到了理由。因爲她能騙過其他人，卻沒辦法騙過榊原久乃。

明美對久乃懷抱著高度警戒。可能明美從久乃的一舉一動當中感受到她對自己的猜疑。

「止汗劑　藥皂　無香料型　習慣用的腳　右。走路從左腳邁步　穿鞋先穿左腳」

氣味、聲音……明美記錄下來的訊息可能只是一部分而已。

人類通常是靠視覺蒐集外界的情報。因此明美模仿小野尚子的聲音、語氣，又以生病爲由戴上口罩和墨鏡，藉此遮掩臉孔或體型出現的變化。她同時還努力模仿小野尚子的舉止和想法。明眼人看到明美，會用視覺彌補其他感官產生的異樣感，消除心中的疑惑。

然而榊原久乃卻是用聽覺與嗅覺彌補視覺的不足。不僅如此，她天性謹愼，不怕得罪別人。她對自己的信仰懷著堅定信念，絕不受世俗或他人的影響。她的性格頑固，深信自己的感性與想法，所以她才能識破明美的眞面目。

半田明美立即擬定了殺害久乃的計畫。她應該絲毫不曾猶豫過。故意讓久乃在森林的雪路上迷路，大概就是她的計畫之一。按照半田明美的性格，她一定還試過其他方法。優紀聽說的，只是其中之一罷了。然而，半田明美每次計畫都失敗了。榊原久乃跟她殺掉的那些蠢男人完全不同。或許榊原久乃眞有神明庇護也不一定。

於是，在那個肯定已經識破自己眞面目的女人監視下，明美只好跟她和平共處。但是對明美來說，有一件非常幸運的事情。那就是新艾格尼絲之家的職員和住民中，沒有人會跟榊原久乃說眞心話。

她完全不得人心。在榊原久乃的心裡，大概只有小野尙子是唯一值得信賴與尊敬的對象。

她非常明白，如果向眾人揭露，從菲律賓回來的那個人是假的小野尙子，肯定不會有人相信，大家只會更排斥她。即使她透露給外界，譬如她常去的教會，那些人也不會相信。更重要的是，不論新艾格尼絲之家發生什麼事，外面的人根本不會採取任何行動。

始終處於孤立的榊原久乃，只能以抽象的方式自比牧羊人，一直暗中監視假扮小野老師的半田明美，直到自己離開人世爲止。

半田明美是因爲顧忌榊原久乃，所以才以小野老師的身分活動了二十二年嗎？知佳認爲應該不是。只要半田明美有那個打算，她根本可以在不被行員懷疑的情況下，把小野尙子名下大部分財產變現，然後逃到其他地方。不，連變現也不必，她只要公開宣稱，「我決定結束一切活動。」就算她仍然不跟親戚朋友往來，還是能以千金小姐小野尙子的身分活下去。

然而，半田明美為了繼續經營新艾格尼絲之家，後來曾經數次掏錢給新艾格尼絲之家和白百合會。

「文件3」裡寫著榊原久乃殺害計畫的下一頁，長島用紅色原子筆標示「文件4　一九九五年四月十二日作成」

這份文件的存檔時間是在「文件3」完成整整過了三個月之後，也就是半田明美在菲律賓殺死小野尚子，回到國內的五個月後。

這一頁貼著一張大型便條紙，幾乎遮住頁面上的文字。「不知所云。練習打字嗎？要不然就是半田明美已經瘋了？喝醉了？」長島用潦草的字跡在便條紙上寫下這段話。

「半田明美　昭和三十年　千葉縣成田市出生」

知佳倒吸一口冷氣。

冒充小野尚子的女人在第一行裡第一次寫出自己的本名。究竟是為什麼？她要寫給誰看？

換行之後，文章繼續寫道：

「父　半田義治　昭和五十三年　歿

母　半田佳枝　昭和四十一年五月二十一日　歿」

她寫的不是父母出生年，而是死亡年；而且只有母親才有確切日期。

根據長島的原稿指出，明美的母親在她小學五年級的時候跳軌自殺了，這件事應該對她留下了強烈衝擊。

「文件4」寫到這兒就結束了。

這些文字究竟是一個殺人犯向社會發出的呼喊？還是沉重到無法藏在心底的告白？或者是她的懺悔錄？

下一頁是「文件5」，但全篇就像長島在那張便條紙上留下的意見一樣，完全不知她寫些什麼。

文件作成日期爲一九九五年四月十六日。也就是說，文章是在這一天之前剛剛寫完的。

第一頁除了反覆寫著「半田明美　半田明美」。之後，又寫了半田明美的平假名「はんだあけみ　はんだあけみ」，把整頁紙張都塡滿了。因爲不是手寫，看起來眞的很像練習打字。

下一頁是「文件6」，作成日期跟「文件5」相同。

「半田明美　昭和三十年八月七日　千葉縣成田市元河内町三町目二十三番地出生　昭和三十七年　進小學　一年三班　導師　高野裕子　二年級　導師　男　三年級　導師　女　四年級　換班爲四年二班　直到六年級的導師　磯谷健二」

這段文字記述半田明美在小學的班級和導師姓名。有些導師沒寫名字，只記載了男或女。

再下一頁是「文件7」，紙頁上總算出現了稱得上文章的字句

「我，半田明美於昭和三十年出生在千葉縣成田市元河内町」

開頭第一行看起來很像證詞紀錄，知佳以爲這是半田明美寫的懺悔錄，然而緊接其後的文章卻完全不是那種感覺。

「半田明美還活著。我是半田明美，小野尚子已經死了。

一九九四年　秋天，死在菲律賓　塔豪。日期不記得，但是她已經死了。

半田明美還活著。

五洋信託銀行　負責人　酒井　跟他聯絡。

五洋銀行活期帳户的自動轉帳手續

一九九六年　三月　恢復健康　拿掉口罩和墨鏡

新艾格尼絲之家　住宿型變成日托型。理由　要跟白百合會討論。

一九九七年　四月

我，半田明美搬進東京的公寓。租賃

一九九八年　七月

新艾格尼絲之家　法人化經營　納入全國白百合會之下。

我，半田明美不再插手新艾格尼絲之家的經營。

一九九八年九月

我，半田明美搬家到關西地區。變成小野尚子之後，至死都能輕鬆度日　有了兩億圓，一輩子都能靠利息活下去」

這份文件的作成日期是一九九五年四月十六日，也可以說是一份計畫書。不過跟殺人計畫比起來，這份計畫寫得非常雜亂，而且缺乏具體性。

「輕鬆度日……」

知佳覺得很不可思議，難道這就是連續殺人犯半田明美的終極夢想？

「靠利息活下去」這句話也讓知佳產生疑問，這種想法太不切實際了。但緊接著，知佳想起了一九九五年。那時知佳還沒長大，對金融、利息之類的事情沒什麼興趣；然而日本從前也曾有過只靠利息就能生活的時代。雖然泡沫經濟崩潰了，但那個時代的記憶，可能仍然鮮明地留在半田明美的記憶裡吧。

只是她爲什麼這麼執拗地在文章裡反覆自稱「我，半田明美」呢？寫日記或懺悔錄的話，根本不需要這樣寫。備忘錄的話，當然更不需要這樣寫。如果是自然的日文，通常都會省略主詞，尤其主詞是「我」的時候，更會省略。除非像候選人那樣，希望選民記住自己的名字，否則她這種寫法沒有任何意義。

下一頁是「文件8」，作成日期爲一九九五年四月三十日。

又跟前面一樣，整頁反覆寫著，「半田明美　昭和三十年八月七日出生」。最後則是日記格式的寫法，開頭註記時間，「一九八九年十一月」，正文開始。

「一九八九年十一月

我被拋棄了。雖然早有心理準備，但我以爲四十歲以前不會發生這種事。這就是女人的賞味期限。尾崎明明很有錢，還在舊輕井澤有一間今天春天才蓋好的度假公寓，但他只給了我這間已有二十三年歷史的破爛小公寓。早知道就殺了他。可是殺了他，我也拿不到錢，只會讓我變成警察的目標，所以我只能閉嘴離去。尾崎去年開始跟一個二十一歲的大學女生交往，但我不知道是哪間女子大學。

與其暗自悔恨，更重要的是，要知道自己的價值。我，半田明美，已經過了女人的賞味期限。已經得到的教訓是，有錢的男人只會把錢花在二十幾歲的女人身上。女人過了三十歲，會接近她的，都是沒錢的男人，或是愛貪小便宜的有錢人。我可不要窮男人和愛貪小便宜的男人。

必須在手裡的錢花光之前想想辦法。

東京的房租非常貴。冬天也只好住在這裡。這種日子眞是生不如死。就算還有一口氣，卻沒有任何樂趣。

我也到舊輕井澤去物色過目標，但是沒什麼收穫。這裡跟東京不一樣，人很少。

看起來好像有錢人很多，但這裡不像東京，沒有那種花錢大方的有錢人。人人都住在破破爛爛的別墅裡，從來不去外面吃飯，只會到法國麵包店買麵包回家吃。抱著優越感，卻小氣得不得了。會對我有興趣的，只有貧窮旅行者。

好冷。冷死了。好冷好冷，從指尖到心底，都凍僵了。

這樣費盡心血到處物色，尋找，我放棄男人了。

不過女人倒是有的。

是個愛管閒事的富家千金。

把女人當對象還是第一次。

我可不喜歡女人。

從來沒有哪個女人爲我做過什麼。除了祖母以外，沒有一個女人對我好過。

女人都討厭我，半田明美。都很討厭。

但我必須面對現實。

我，半田明美已經過了女人的賞味期限。有錢男人根本不會理我。

小野尚子。」

接著，她又把小野尚子的經歷寫了一遍，跟前一頁的內容相同。只有助詞稍做改變，顯然不是複製貼上，而是她親手打字的。

半田明美決定了下手的目標，那個「愛管閒事的富家千金」。

「那棟舊輕井澤的大別墅被她改成類似庇護所的機構，裡面收容了一堆女毒蟲。要假裝成毒蟲住進去，非常困難。

她那個機構的背後還有強大的基督教婦女會做後盾。

保險金、搶奪，不可能。會留下證據。

騙男人比較簡單。騙女人很困難。

只要能找到一個男人。

可是我，半田明美，賞味期限已經過了。女人的身價取決於男人的投資金額。我，半田明美的身價只值這間又冷又破已有二十三年歷史的度假公寓。眞想殺了尾崎。可是殺了他，我什麼都得不到。

暫時先以義工身分混進她們那裡。

我，半田明美的特技是演技和發聲，我付出許多血汗才獲得了這些特技。

聽說町裡的圖書館需要朗讀義工。那些當義工的老太婆，一副目中無人的模樣，其實她們根本不懂。

小野尚子的機構裡有個視力很差的女人，就從她開始接近。

先到圖書館去登記。那些義工全都是女人。眞討厭女人。女人團體更討厭。可是，不管心裡喜歡或討厭都無所謂，我要好好表現一番。

計畫成功。跟小野尚子拉上了關係。果眞是千金大小姐。越有錢越小氣，教養越好越會假裝親切。從她輕飄飄的裙擺下看到裡面穿著眞絲內衣。

我以朗讀義工的身分混進了『新艾格尼絲之家』。

一群各有問題的女人在那裡共同生活，她們非常警戒外人。一般人很難混進去的。但我成功了。而且得到了她們的信任。

有生以來第一次跟女人變成好友。

那位教養良好的千金小姐非常善良。一旦信賴我之後，之後就事事都相信我。大事小事都告訴我。

雖然不是男人，卻很好應付。

但是就算殺了她，也沒辦法輕易獲得她的財產。

小野尚子的全部財產都放在信託銀行裡。就算殺了她，也沒有可以搶走的現金。怎樣才能搶到她的錢？小野尚子雖然容易攻陷，銀行卻很難應付。男人身上好用的手段，女人身上卻不管用。

但在男人身上行不通的辦法，卻能用在女人身上。我，半田明美，變成小野尚子就行了。

變成別人，我還是第一次。

駒屋阿仙、妓女龍子，白癡雙胞胎的其中一個。我演過各種女人，當然都只是小配角而已。我，半田明美，曾經變成過駒屋阿仙，也變成過妓女龍子，還有白癡雙胞胎的其中一個。我喜歡粉墨登場，雖然只演過小配角。

我喜歡粉墨登場。這次是我當主角。

只要付出一點，就能換到更多回報。爲了換到足夠自己吃喝一輩子的財富，我，半田明美，決定粉墨登場，在那些臉色憔悴的女毒蟲組成的舞台上扮演一次主角。

我買了鏡子。認清自己，認清自己，認清自己。這是曾經騎在我，半田明美身上不知多少次的國彥團長告訴我的話」

讀到這裡，知佳心底升起一陣厭惡，不自覺地把手裡那疊紙張的邊緣折了又捲，捲了又折。

這篇文章既不是犯罪計畫書也不是日記，只是手記形式的回憶錄。跟前面幾篇文章一樣，文中不斷重複著「我，半田明美」。

內容起來很像一種犯罪宣言，卻也沒有公開發表。換句話說，這是半田明美向她自己發出的犯罪宣言，她究竟爲什麼要寫這種文章？

「成功拍攝結束。她們嚴禁在新艾格尼絲之家採訪或拍攝住民。但是我在那裡只做了三個月義工，她們就對我非常信任。爲人善良的小野尚子和那群女毒蟲都很高興地讓我拍下她們練習朗讀的模樣。

其實朗讀義工最重要的是聲音。不過，反正女人天生都很自戀，我用那裡的床單當銀幕，把影片放出來，她們看到自己的模樣，都興奮極了。後來我每次到那裡去，都拍了一大堆小野尚子的影片，然後全部都複製了一份。

大家製作的朗讀錄音帶，都送到圖書館保存。她們都很高興。我也覺得心情愉快，但是只靠這種工作是吃不飽的。那些女毒蟲根本沒法養活自己，她們只能依靠陌生人和小野尚子的善心苟活。可惡。在小野尚子的財產被她們吃光以前，必須開始行動了。有些人故意拋棄財產變成窮人，有些人只吃一點東西就把肚子吃壞了。這些人只因爲這麼一點小事，就覺得自己跟眞矢或美奈同病相憐，這種想法實在太傲慢。眞矢是深陷貧困才去賣身，美奈則因爲過於痛苦才開始嗑藥。我現在應該做的，是全心全意地傾聽眞矢傾訴，設法理解她眞正的願望，必須眞心幫」

「文件8」寫到這裡突然結束了。

最後一句話沒寫完。她是想寫「必須眞心幫助她們」嗎？而且最後一句的「我」後面沒寫「半田明美」，但後面又出現了一個像是住民的名字。知佳重信念了這段，跟前面的文章根本連不起來。這段文字就像切掉尾巴的蜻蜓，知佳試著想把結尾補起來，但越讀越覺得前面的內容充滿矛盾。究竟是怎麼回事？

「文件9」的作成日期是在四天之後，但文章裡日期卻是更久以前。

「一九八四年　十二月

或許這是第一次看到有人死在自己面前吧。

那個人追著我跑到地鐵月台上，他抓住我的手腕，嘴裡還大聲嚷道，我絕不讓妳逃走。

我蹲在地上大喊，『不要這樣。我又不認識你。』只要從低處用力一推，比較高的人就會摔下去鐵軌。運氣不好的話，我也可能被拉下去。以後一定要小心謹慎，免得又碰到這種事。

那傢伙還沒爬上來，電車就進站了，鮮血從電車與月台之間噴出來。

雖然父母都死在鐵軌上，但親眼目睹現場，這還是第一次。

說不定就是在那個瞬間，竹內淳向我追究中林凍死意外的那個瞬間開始，我，半田明美，就不能不面對自己過了女人賞味期限的事實。

『我爲什麼要做那種事？』我哭著反問，身體緊貼著他，但這些對竹內完全無效。竹內是同性戀，他喜歡已經不在人世的中林。或許其他蠢女人會繼續自我欺騙，但是我，半田明美，不會欺騙自己。馬上就滿三十歲的我，半田明美，已經過了賞味期限。

竹內摔下月台死了，多虧他，我生平第一次遭到警察逮捕。

然而，天無絕人之路，好在當時月台上還有幾個男人。他們看到一個弱女子被人糾纏，被那個男人抓著搖來搖去時，那些人都只默默旁觀。但是等到警察要把我帶走時，所有人都圍上來幫我說話了。

『是那個人糾纏她的。』、『她被男人毆打，企圖逃走時才發生意外的。』那些人向警察作證。

我差點因爲竹內變成殺人犯。如果跟從前發生的那些事一起清算的話，我可能會變成連續殺人犯。不過最後向我，半田明美伸出援手的，還是男人。

尾崎也是救過我的男人之一。他向我提供各種援助，還幫我找了律師，最後我獲得不起訴處分。這男人全身散發著鈔票的氣味，我不禁暗自盤算，如果能一直跟著他也不錯。尾崎喜歡的女人類型很容易掌握。『純潔』。大部分男人喜歡的，不是風騷的女人，而是『純潔』的女人。能被男人捧在掌心，直到最後都願意爲她花錢的女人，不是美女，而是純潔的女人。

尾崎是單身漢，但他跟中林是完全不同的男人。我雖然心裡明白，卻對自己太過自信。我，半田明美，直到四十歲都是女人，還有很多機會。當時自己就是這種想法，如果那時嫁給了單身的尾崎，他那種男人絕不會把到手的女人放在眼裡。我一定整天都被關在不見天日的廚房裡，削著芋頭過著生不如死的日子吧。」

這一頁到此結束，下一頁的文章裡註記的日期比這一頁早了五年，是「一九七九年」。

「一九七九年

抵達終點。跟醫生結婚了。」

文章裡寫了「醫生」兩字，沒寫中林泰之的名字。由此可見，半田明美看重的不是某個特定的男人，而是「醫生」這個普通名詞。

「他家是住在杉並住宅區的醫生世家。他家裡當然堅決反對我們結婚。兩人交往的過程還算輕鬆，但爲了達到結婚這個目的，這一路簡直就是障礙賽跑。我跟醫生爲了結婚開始同居的時候，跟我同時交往的男人共有四個。有錢又有地位的男人比較容易解決。沒錢還想繼續交往的男人，根本就是垃圾。臉皮好厚，竟想趁機試探女人對自己是否眞心。活到這把年紀，居然還相信童話故事。沒辦法，只好陪他踏上人生最後的旅程。在河邊那間飯店裡，整晚被他佔有無數次，眞的快要吐了。好不容易等到第二天晚上，總算跟他永遠再見了。那傢伙把一輩子的愛都做了，享受了美食，暢飲了美酒，這輩子再也沒有遺憾了。他要是還活著，一定會跟父親一樣，生意失敗後，就整天在家打老婆，直到老婆被他整死爲止。

父親也變成了我的障礙。半田明美　昭和三十年出生　半田明美千葉縣成田市出生　半田明美　父親聽說我要跟醫生結婚了，跑來向我要錢。就算沒有他這個人，對方父母都反對我做他們媳婦，要是被他們知道我有這種父親，那一切都完了。父親大言不慚地吹了半天，又把我臭罵一頓，最後還說要闖到男方家去大鬧一場，我只好讓他永遠閉嘴了。反正是他殺了母親，讓他也嚐嚐相同的死法，不是理所當然嗎？我還覺得意猶未盡呢。在我們人生的重要時期，他從我們身邊奪走了母親，結果弟弟妹妹都誤入歧途，毀了自己的一生。妹妹失蹤了，弟弟很久以前就因爲氣喘的老毛病死了。

醫生不顧父母反對，選擇了我，半田明美。想要抓住男人的心，得靠努力。如果把我，半田明美表現出來，一切就完了。沒有一個男人會愛上我的。絕對沒有。所以我，半田明美就扮成另一個女人。天下男人喜歡的都是純潔溫柔的女人，而不是漂亮風騷的女人。

可是我並沒想把醫生從他父母身邊搶走。我們雖然私奔到新潟的偏僻鄉下，但我，半田明美還是打算伺機返回杉並的。

杉並有一棟寬敞的住宅，還有一間診所。如果在公公的診所當醫生，我就是杉並的醫生娘，那才是我眞正的目標。公公婆婆年紀大了，要把他們搞得服貼，其實很簡單。尤其是抱著優越感較高的老人，腦袋其實都很差。反正他們也活不了多久了。

但是我失算了。原本打算跟醫生結婚後，自己就當個幸福快樂的醫生娘，誰知道中林泰之這男人是個怪胎。他竟然打算一輩子留在這個冰天雪地，又冷又黑又窮的小村裡，永遠陪伴那些老人活下去。如果這只是他一時的夢想，我還能忍耐，但中林是認眞的，他已經被洗腦了。

我以爲妳會跟著我走遍天涯海角，他說。這還不算，他竟然還說，我以爲妳會去進修，考上護士執照，然後跟我一起到更偏遠的山區去服務。叫我幹這種事，我還不如死了。我失算了。我失算了。我失算了。全身血液都衝上腦門，但我現在要是開口罵人或怒氣沖天，一切都完了。如果把我，半田明美的眞面目表現出來，絕對不會有人站出來幫我說話。我會被討厭，會被毆打。

所以我下了決心，要甩掉醫生回到從前。半田明美，二十六歲。從二十三歲起最珍貴的三年，相當於一個女人的二十年那麼珍貴的這三年，全都爲了中林白白葬送了。杉並的醫生娘和幸福家庭的美夢，從頭註定是一場空。最後只拿到四千萬圓。浪費三年的代價，這樣算是扯平了嗎？我不知道。

我，半田明美，到東京打天下，爲了實現女演員的夢想。在剛進入東京的劇團的時候，我無比興奮，整天編織著各種美夢。但是這次不一樣，現在的夢想才是眞的。我，半田明美算不上美女。我遺傳了母親的寒酸長相，父親的俗氣體格。不過，反正漂亮女演員也沒什麼稀奇。現在受歡迎的，是有存在感的女演員。我，半田明美絕不會有半個粉絲，但是半田明美可以變成某個具有存在感的人物。別人都只看表面，閃閃發光又好看的表面。大家只看自己映在光亮表面上的臉孔。我喜歡能把自己的臉孔映得瀟灑、漂亮又聰明的人。我，半田明美，沒有一個人會喜歡我。但我如果擁有磨得像鏡子一般光亮的表面，我就能變成任何人。嚴格的練習。努力，努力，努力，發聲，伸展、訓練。努力，努力，努力。我有變成他人的才能。」

夢想成功的人（wannabe），知佳低聲自語。

這個字眼常用來形容那些「想做些什麼」，或「想變成什麼」的人群，知佳身邊就有很多這種人。他們經常會讓專業文字工作者頭痛不已，有時甚至令專業文字工作者覺得受辱。嚴格來說，知佳自己也曾差點變成那種人。

然而，半田明美寫的是「要變成他人」，而不是「想變成什麼」。完全沒有只是夢想成功的人的自我寬容。

徹底壓低自我評價、完全掩飾眞心與本性、身懷冒充他人的演技，只有這三種條件，才能讓她找到自己所屬的世界。只有在桑客托輕井澤公寓北邊，那間被鏡子包圍的小房間裡，半田明美才能是半田明美嗎？

然後，半田明美變成了小野尙子。

她得到了財產，卻不能隨便揮霍，得整天跟一群難以相處的女人同寢共食，過著精神嚴苛，物質簡樸的生活。這種生活給她帶來的，只有不含實質利益的尊敬與信賴的眼神，這應該不是半田明美眞正想要的東西。

下一頁，長島用紅色原子筆在紙上標出「文件10」，文件的作成時間是一九九五年五月八日，但是本文裡並沒加註日期，只寫了「半田明美　十九歲」。

文章內容從一九九四年開始寫起。文體既不像備忘錄，也不像日記，更談不上回憶錄，但內容提到的是更久以前的事情。

「半田明美　十九歲　我　半田明美，在學校的成績很糟，所以我一直以爲自己的頭腦不好。可是頭腦好壞跟學校成績一點關係也沒有。半田明美　昭和三十年出生　半田明美千葉縣成田市出生　半田明美　我，半田明美從全縣第二差的高中休學了。但在我看來，那些偏差值很高的大學畢業的男人都跟嬰兒差不多。雖然不知他們腦袋或心裡想些什麼，但不影響我操縱或玩弄他們。就像我不懂電視機裡面的結構，也不懂那些機器，但只要按下遙控器，就能欣賞自己喜歡的節目。

我，半田明美，在學校的成績很糟糕。因爲我厭惡學校。我討厭學校裡的老師，更討厭班上同學。儘管成績單不好看，但是長大成人以後，劇本裡冗長的台詞都能輕鬆記住，也能瞬間掌握教練和團長的指導。

想像一下，動腦想一想，團長對大家說。忘掉自己，有時他也會說完全相反的話，結果大家反而不知所措。看到他們被團長怒罵，眞令人吃驚，他們怎麼那麼笨？只看氣氛就懂了吧。他說些什麼根本沒關係。我只看團長臉上的表情，就很清楚他想要什麼。怎麼做才能讓他滿足，他明明是個很容易摸清的傢伙啊。大家都是只會念書的笨蛋，有什麼辦法呢。

還有個愚蠢的老頭跟我說什麼人生經驗比學校成績更重要。他以爲女人越年輕越好，長相不美的女孩只要做事認眞，善解人意就夠了。我，半田明美，就是做事認眞，善解人意的女孩。所以從老頭那裡弄到很多鈔票，要是他捨不得掏錢的話……

『我會寄給你老婆的兄弟和客户喔。』說完，我把上次跟老頭旅行時兩人同浴的照片拿給他看，從那以後，老頭再也不敢說小氣的話了。他根本不在意老婆，老婆的兄弟才讓他害怕，因爲老婆的兄弟一天到晚向他借錢，還會叫他代墊自己的開銷。每天只會認眞倒茶、做帳的女孩，要是被逼急了，也能把男人捏在手裡的。

我前後總共跟四個老頭交往過，鈔票也大把大把地賺進了口袋。我之所以都做這種不起眼的辦公室打工，也是因爲這個理由。這種經驗比上學更能學到東西。爲了釣個有錢男人到小酒店或或酒家工作的女人，全都是笨蛋。不過眞的混過黑道的那個老頭，眞的好恐怖。那時要是運氣差一點的話，眞的就完蛋了。就算是死了，警察也不會管的。警察只會抓半吊子的小壞蛋，他們才不敢抓眞正的壞人。那眞是一次慘痛的教訓，算是長見識了。

十九歲那年，我在千葉待不下去，就到東京來了。暫時先找個男人，幫我租了一間公寓。二十歲生日那天，去參加音樂劇的試鏡，可是落選了。我想進某個劇團培養出知名演員的劇團當練習生，也沒人理我。男人本來說要幫我付學費，我就以爲一切都沒問題了。面試的時候，他們問了一些問題，但後來沒叫我的名字，我跟其他很多人一起被趕出了攝影棚。剛出門，就有個像人妖的青年跟我搭訕，還給我一張模特兒星探的名片。我便跟他回到辦公室，他告訴我，導演對我很滿意，說要立刻進行拍攝工作。說完，就把我綁在椅子上，撐開我的兩腿。我不斷尖叫著不要，導演卻連聲說著，對、對，就是這樣。一面說一面跟其他男人不斷向我進攻，而且連續拍了好多照片。事情結束後，他們對我說，辛苦啦。然後給了我兩萬圓的報酬。原來這一行是這麼回事，我也算學到一些經驗了。

不久，我進入一家小劇場當練習生，幾乎不需花費一毛錢。但他們總是讓我做些跟女演員無關的事。像發聲、柔軟操、一面叫喊一面跑步之類的。我從前在學校從沒參加過體育社團，叫我做這些，眞的很痛苦。但是好在小時候學過芭蕾，還記得如何活動身體，所以勉強應付過關。不過不到一個月，練習生就減少到只剩四人。

半年之後，我總算上台演戲了。雖然只是個邊跑邊叫的小配角。不過很快的，我也開始演些需要念很多台詞的角色了。但我仍然是個無名演員，劇團也沒什麼名氣。然而，從我能自稱女演員的那一刻起，身邊就開始聚集一些對我好奇的男人。這些人當中沒有平庸的糟老頭，他們都是大學教師，或是從父執輩起就是有錢人的知識分子。世界上也有些男人並不把電視女明星放在眼裡，反而是小劇場裡不起眼的女演員更吸引人。

我，半田明美已經二十二歲了。女人最值錢的年紀還剩兩三年，我應該趕緊找個結婚對象。最起碼的條件，必須是會賺錢的男人，但是我想到父親，就覺得做建材生意的男人不行。

我混進廣尾一家義大利餐廳當女服務生。因爲這家餐廳專門接待上流社會的男人。有些未來的醫生也常在這裡舉辦聯誼。像是那種來自富家千金就讀、從小學一路直升的女子大學，打扮得花枝招展的女孩，會在我們店裡睜著銳利的目光挑選對象。不過有時也會出現特例，譬如御茶水女子大學的學生。這些女孩表面上拚命強調自己的純潔形象，只要男人不在眼前，她們就會突然對服務生找碴、若無其事地使壞。學校成績好的女孩子最惡質了。而那些追求女大學生的男生，目的也只是想跟她們上床罷了。不只醫學生是這樣，就連醫生的聯誼也一樣。大家來這種地方都是爲了玩樂。眞正結婚的對象不是富家千金，就是教授女兒，或者是從學生時代起就開始交往的女醫生。我，半田明美，一面收拾滿桌的杯盤狼藉，一面又增長了不少見識。

一天，聯誼裡來了一個比其他人年長很多的傢伙。這個男人的個子很矮，腦袋很大，滿臉鬍碴刮得發青，頭頂髮絲已經開始脫落。其他人都穿著扣領襯衫或polo衫，只有他一個人穿著全套西裝，還打了領帶。可能因爲兩腿太短，他的長褲顯得又短又粗，難看得令人不忍直視。男人明明比其他人都老，說起話來卻很不成熟，所以在場的女人沒有一個願意搭理他。

如果是這傢伙的話，我應該能弄到手。我裝出很自然的態度幫他分取食物，親切地招呼他用餐。我根本不用說話。因爲他自己一直說個不停。這傢伙雖是那種長相，家裡卻在杉並的高級住宅區。父親是醫生，祖父也是醫生，不過他卻滿嘴不成熟的想法，說是要到偏遠山村或鄉下醫院去當醫生。大家看到他的外貌，又聽他講那種話，根本沒人搭理他。但是我，半田明美心裡很清楚。儘管他說話幼稚，富家少爺就是富家少爺。將來總有一天，他一定會回家繼承父親的事業。因爲他根本不知道眞正的鄉下或窮人有多麼令人厭惡。就這樣，男人離去時，給我一張名片。第二天，我打電話給這個男人——中林泰之，他立刻來見我。我們在澀谷看了一場無聊的電影，又一起吃了披薩。

不久，我就跟中林泰之發展成男女關係。這種事簡單得很。地點不是在其他男人幫我租的大樓，而是在中野那間破公寓的潮溼棉被裡，中林泰之求婚了」

文章寫到這兒，但她卻沒打「。」，而是反覆地隨機打出自己的名字、出生年月日、出生地，「半田明美　昭和三十年出生　半田明美千葉縣成田市出生　半田明美」，密密麻麻地塡滿整張紙頁。知佳覺得這種重複文字的方式，比起低劣的正文更令她感到恐怖。

下一頁是「文件11」。

正文一開頭寫著，「一九七三年　半田明美　十八歲」，內容是更久以前的往事。彷彿要藉著追溯記憶找回自己一般。然而，找回這種令人作嘔的過去，對於半田明美來說，又有什麼意義？

第二行到中間位置都是空白，開頭第一句寫著，「封裡裝著五十萬圓」。「封」大概是指「信封」。大概是原本第二行寫了什麼，後來又刪除了，而且刪除時一不小心，把「信封」的「信」字也刪掉了。刪除的文字應該又前面反覆出現的是「半田明美　昭和三十年出生　半田明美千葉縣成田市出生　半田明美」吧。

「封裡裝著五十萬圓。這是生平第一次從男人手裡拿到現金。長谷川道隆。我，半田明美的第一個男人。錢是道隆自己拿來的。我們交往三年的分手費。從成田搬走後，兩人之間的距離變遠了，而且我高中也休學了，但我跟道隆還是經常見面。我們還到酒酒井的賓館約會。後來他總是藉口要準備司法特考，不願意見我。那到底還要不要跟我結婚？我忍不住追問。他竟然說要跟我分手。『那要給我分手費喔。』我說。其實那只是不經大腦從嘴裡冒出來的話。我心裡很想跟道隆結婚。不管道隆還要考多少年才能考上，我都會等他，只希望他能跟我見面。我希望當面確認他對我的愛。誰知道他竟然眞的把錢拿來了。而且他不是說一句『抱歉』，而是向我低頭道歉說，『我實在太對不起妳。』眞想把信封往他臉上砸過去，可是根本還來不及動手，他就匆匆離去了。我才明白絕望的滋味。眞想像媽媽那樣臥軌自殺，給道隆留下一封滿紙思念的遺書，但我想想還是算了。媽媽死了以後，根本沒人想起過她。除了我們姊弟三人，爸爸、媽媽的兄弟姊妹，還有那些親戚，誰都不會再想起故人。道隆也一樣，可能只會傷心幾天吧。或許也會後悔。但是他一定立刻收心讀書，等到考上司法特考後，絕對馬上就會交別的女朋友，跟別人結婚。然後，我，半田明美就會被他永遠忘掉。我絕不允許這種事發生。

『中學開始的那些事，我全部都要說出來。』我打電話告訴他。他雖然很生氣，卻又給了我一筆錢。

『我還有證據呢。』說著，我把兩人珍貴的的紀念照拿給他看，結果他又給了我一筆錢。最後他哭著說，他已經沒錢了。但我還是逼他又給了我好幾次。那時，我在鄉下過著窮日子，高中也休學了，整天閒著沒事幹，還是很需要錢。更重要的是，也只有拿錢的時候，才能見到道隆。因此我才會一直打電話跟他要錢。有一次，電話接通後立刻掛斷了，不知道是誰接的電話。之前，他媽媽也接過電話，都會幫我叫他來接。可是那天連續打了好幾次，都被掛斷了。後來我才知道，道隆在山裡上吊自殺了。」

接下來的「文件12」是成功修復的磁片裡的最後一個檔案。

這個文件跟前面都不一樣，開頭並沒寫年份或年齡，而是從第一行就是正文。

「我，半田明美從前在元河内町的時候，全家住在一間很小的木造平房裡，合板材質的天花板很髒。我跟父母、妹妹還有奶奶一起住。不久，又生了一個弟弟。奶奶總是很自傲地說，這房子是父親從戰場回來後努力打拚才蓋成的。父親是個只知道工作的人，母親整天忙著照顧弟弟妹妹。弟弟患了氣喘，晚上總是睡不著。又因爲他躺著很痛苦，所以母親總是整晚抱著他。母親自殺後，換成我來抱他。據說他二十七歲那年，有一次氣喘發作得特別嚴重，就過世了。我一直不知道這件事，也沒去參加他的葬禮。妹妹後來失蹤了。她到舞台休息室來看過我，那是唯一的一次，跟男人一起來的。從男人的黑襯衫胸前可以看到裡面的刺青，妹妹嘴裡只剩下幾顆牙齒，連牙根部分都變成褐色，而且她瘦得簡直像一具骷髏。不知道她現在究竟在哪，說不定已經死了吧。

奶奶很寵愛我，可是她在昭和三十五年去世了。二月八日早上，我穿上奶奶放在暖桌裡加溫過的衛生衣，接著去了托兒所。後來媽媽來接我，帶我到醫院去，那時祖母已被白布蓋了起來。

進了小學沒過多久，我們全家就搬到街上。那是一棟美國影集裡才會看到的兩層樓房。起居室裡有樓梯，而且還有兒童房，班上同學都非常羨慕。父親買了一架鋼琴，所以我開始學鋼琴，但是馬上就放棄了。因爲老師對我很壞。可是妹妹很喜歡那位老師，直到父親生意失敗爲止，她都在學琴。我比較喜歡芭蕾。而且我將來的夢想是做個芭蕾舞者。後來才明白，那位老師擅長的是現代芭蕾，不管我跳得多好，永遠都不可能穿足尖鞋上台。當時比起舞蹈，反倒是被要求做了很多以身體和臉部表現的練習。

搬進大房子之後，外婆也搬來一起生活。玄關旁有一間和室，是外婆的房間，屋裡的佛壇上供著外公的照片。除了外婆之外，媽媽的姊姊妙子阿姨和她的小孩，還有媽媽的妹妹由美子阿姨，也搬來跟我們一起住。妙子阿姨已經離婚，她獨自撫養孩子。在我們這些小孩眼中，她就是一位普通的阿姨。不過由美子阿姨長得比母親漂亮，也比母親年輕，我們叫她『阿姨』，她會發很大的脾氣。又因爲父親叫她『由子』，所以我們也跟著叫她由子。

由子是個美女。她跟母親不同，很適合有點壞女人的打扮。她常常穿著牛仔褲，上面配一件牛仔襯衫，跟一堆男人聚在店裡抽菸。當時穿牛仔褲的女人不多，那種打扮看起來有點嚇人，可是我又覺得那樣很帥氣。

過了不久，有一天晚上，我送東西到父親店裡。看到父親跟由子躲在一堆待售的建材後面，兩人正緊抱在一起親嘴。簡直就是日活電影的場景，只是更噁心。

那一年，母親臥軌自殺了。大人都說她是神經衰弱。我雖然還是個孩子，但我知道眞正的理由。

父親把母親從我們身邊搶走了。父親殺了母親。

如果母親沒有自殺，弟妹都不會變壞，既不會早死，更不會離家出走。父親若是在母親死後能夠反省，說不定這些事也都不會發生。

母親臥軌自殺之後，父親跟母親的姨媽結婚了，是爲了讓她照顧我們三個小孩。由子不可能照顧我們，而且父親也沒法向周圍交代，所以父親娶了因爲戰爭成爲寡婦、上了年紀的姨媽，也是我們的姨婆，跟一個像我們外婆一樣的女人再婚了。由子在母親死後繼續住在我們成田的家裡，沒過多久，她和店裡的年輕店員談戀愛，兩人就一起搬出去了。

原本也跟我們住在一起的妙子阿姨，在母親的葬禮上把父親痛罵一頓之後，帶著兩個孩子離開我們成田的家。聽說她後來搬進某處的單親住宅，在高爾夫球場當球僮。

外婆那時已經因爲腦溢血住院，很快就過世了。成了父親繼室的姨婆原本有兩名子女。比男孩中學畢業後立刻在東京找到工作，所以只有姨婆的女兒昌美跟她一起搬進成田家裡。比起姨婆，失去母親的我和弟妹，更喜歡溫柔的大姊姊昌美。不過昌美沒過多久就突然離家出走了。聽說是當了 The Tempters（註）樂團的追星族，跑到東京去了。姨婆後來把她找了回來，父親讓她辭掉原本在中華料理店的工作，然後把她安插在自己的店裡。結果她又了變成第二個由子。

不過昌美跟由子不同，是個笨拙遲鈍的女人，她一直是父親的情婦，直到父親生意失敗破產爲止。

父親做生意賺錢之後，蓋了一座大房子，不但全家住在裡面，對生活貧困的母親娘家親戚也很照顧。大家都說父親心胸寬大，熱心待人。從前他手頭闊綽的時候，還帶著我們幾個孩子、變成他繼室的姨婆、昌美，和其他所有親戚一起到餐廳吃飯，或是來個兩天一夜的旅行。父親一天到晚跟我們說，因爲他早年喪父，家裡只有奶奶跟他兩個人，所以奶奶去世後，他就把妻子娘家的親戚當成自己的親人。事實確實如此。有些人完全不知道父親到底做了什麼，有些人完全不知道。有些人雖然知道，卻覺得受他照顧的人就算付出些代價也是應該的，還有些人假裝不知道，但不論哪種人，都沒有人說過父親的壞話。

在那棟大房子裡，我始終是千金小姐。我有自己的房間，還在學芭蕾舞，又因爲成績不好，所以家裡給我請了家庭教師。

家庭教師長谷川道隆是我，半田明美的第一個男人。

那天也是父親帶著全家和親戚一起到附近餐廳去吃飯。我因爲身體不舒服，跟父親說不想去。父親生氣地罵我太任性，昌美卻跟父親耳語說，『她已經到這種年紀了。』父親才忿忿地讓我留在家裡。

大家都出門以後，我給長谷川老師打電話，跟他說我感冒了，現在正發著燒，覺得身體好難過。那時我最喜歡的就是長谷川道隆。他性格溫柔，身材高大，長相出眾，而且經常聽我傾訴各種煩惱。父親、繼母和家裡那些親戚全都是只顧自己的人。我雖然也有些朋友，但他們要是知道了我家的内情，大概都會嚇跑吧。更重要的是，我的朋友全都是小孩，只有長谷川老師跟他們不一樣。

老師立刻趕來看我，他眞的很擔心，說要馬上打電話到餐廳，叫我父母回來。我費盡工夫才阻止了他。

房間裡只有我們。我說起去世的媽媽、父親的那些女人、還有家裡的情況……之類的事情，我還是第一次跟外人提起。道隆非常認眞地聽我傾訴，對我表示同情，還像親人一樣爲我操心。但是我想要的不是操心或同情。我想跟道隆結婚。只要我嫁出去，一切問題都解決

註：ザ・テンプターズ：日本樂壇在披頭四於一九六六年到日本演出後，受其影響，出現了不少模仿披頭四編制的男子樂團。ザ・テンプターズ爲其中代表性團體。一九六七年出道，一九七〇年解散。

了。女孩只要滿十六歲，就可以結婚。

『抱我。』我哭著對他說，道隆隔著毛毯輕輕擁我入懷。然後，我們立刻奔向目標。我出生後的十五年當中，那是我最幸福的一天。

我們有了男女關係之後，我越來越喜歡道隆。他總是把責任這個字眼掛在嘴上。我雖然還是孩子，卻也明白眞正的愛情必須伴隨責任。我一直等著他哪天負起責任，來向我求婚。每次道隆來給我上課，我們大部分的時間都是邊聊邊玩，彼此撫弄對方的身體。但是都沒到最後那一步，因爲當時的中高學生都只敢到那種程度。其實我們做的事情就跟做愛沒什麼差別。

我們去繳高中報名表之後，回家的路上，兩人走進隔壁町的一家賓館。那天晚上，是道隆到我房間來之後的第二次。我比上次更有感覺了。但也因爲這樣，原本成績就不好的我，一天到晚只想著這種事，所以第一志願沒考上，只能去上用來保底的高中。道隆爲了這件事還向父親道歉，父親笑著說，『女孩不會念書也不要緊，重要的是要善解人意。』

第二年，父親的公司倒閉了，我的千金生活也跟著結束了。成田那棟大房子變成了別人家，我們全家搬到外房的鄉下小鎭，我也轉到一間學費便宜的縣立高中就讀。這所工業高中是全縣偏差值第二低的學校，學生幾乎全都是男生，只有少數幾個女生。那些男生的頭腦都很笨，只要看到女生，就連聲嚷嚷著跟我做吧』。

昌美和母親那些女性親戚全離開了。繼母最初還跟我們一起生活，但她每天從早到晚都抓著我抱怨個不停。不久，她就離家出走了。

那間租來的木造平房只有兩個房間，廁所是不能沖水的蹲坑式。整間房子只剩下父親孤零零一個人。活該！弟弟因爲順手牽羊被捕了。妹妹愛上暴走族離家出走了。都怪妳沒照顧好他們！父親不斷這麼怒罵我。我才不管他。

我，半田明美有個夢想。我要離開這個家，跟道隆一起過幸福生活。就像《小小的戀愛物語》（註）裡的女主角小小和沙力一樣，永遠相親相愛住在一起。道隆長得跟沙力一模一樣。或許將來我會住進道隆的家裡，或許會有個喜歡欺負人的惡婆婆，但是我愛道隆，不論發生什麼事，我都能應付過去。我，半田明美，會變成小小。」

文章寫到這裡結束了。

一股噁心感從知佳心底湧起。

不是因爲半田明美這個女人和她做過的事情，也不是因爲她寫的文章，而是這段文章最後的「我，半田明美」的卑微夢想。讀到這裡，知佳全身起了雞皮疙瘩。她不喜歡漫畫家三橋千禾子的這部漫畫。一名女性罪犯寫的駭人文章跟「小小」混爲一談，實在太過異常怪誕。而另一方面，半田明美之所以懷抱如此卑微的夢想，還是因爲她本身的境遇。知佳一想到這裡，就爲她悲慘辛酸的遭遇感到心痛。除了噁心感，知佳也爲她流下苦澀的眼淚。

少女時代的半田明美所有的可能性都被抹殺了，她的頭頂連一片藍天都沒有。當時才十六、七歲的她，夢想著嫁給自己喜歡的男人，成爲一個家庭主婦；但是夢想卻殘酷地背叛了她。

這個絲毫不值得同情的女人，知佳並非因爲她是一名罪犯，對她產生前所未有的厭惡，而是因爲她是同性。但她也對這女人有股既不是憐憫，也不是同情，而是不可思議的親近感。知佳覺得自己彷彿走下黑暗的地底，觸摸到半田明美那雙髒到發黑的冰涼小手。

註：小さな恋のものがたり，日本漫畫家三橋千禾子的四格漫畫作品。講述兩個身高差異很大的高中情侶的戀愛故事，至今已連載超過五十年（一九六二年起），是日本第三長壽的連載漫畫。

我這種感覺究竟是怎麼回事？知佳一面納悶一面把那疊文件收進抽屜。

這時，她突然擔心起長島該不會把這份文件也寄給中富優紀了吧？剛才打電話給她的時候，可能文件還沒送到小諸的新艾格尼絲之家。優紀讀到這種文件，會有什麼感覺呢？她不像自己只是一名文字工作者，半田明美冒充的小野老師在她心目中，是比親人更值得信賴的人。

知佳顧不得已是深夜，立刻打電話到長島的手機。對方迅速接起電話。「不好意思，深夜打擾您了。」知佳說。誰知對方打斷她，「抱歉，現在有點忙。」說完，就掛斷了電話。

知佳忿忿地看著手機螢幕，腦中閃過一個念頭。可能他的妻子發生了什麼事。說不定他的妻子因爲其他疾病或是意外，正在生死邊緣掙扎。或者，她早已……

天空逐漸變亮時，知佳才終於進入夢鄉。但是沒過多久，她又被門鈴吵醒。

是機車快遞送件給她。信封背面貼著一張標籤，上面寫著，「電腦、建立網路、技術支援、資料救援服務　栗原」。

知佳打開信封，裡面裝著一張光碟，還有栗原製作的內容清單。

栗原在清單說明裡寫道另一片磁片也已修復成功，正要寄給長島時，長島表示自己沒空收信，要他直接寄給知佳。

栗原解釋，這次修復的磁片因爲受潮，原本貼在上面的標籤脫落了。他最初以爲是一片普通磁片，沒想到自己弄錯了，原來那是文字處理機用來啓動作業系統的ＯＳ磁片。他發現這片磁片裡有些寫了一半卻沒保存的文章，所以設法把文章搶救回來。

知佳不太了解文字處理機，不過這些寫了一半的文章既然當初沒有存檔，而是殘留在ＯＳ磁片裡，那麼應該是半田明美最後留下的文字吧。

她連忙把剛收到的光碟插進電腦，打開檔案。

「我，半田明美，昭和三十美彌子回來了。雖然那確實是犯罪，雖然那是會毀掉一個人的藥物，然而美彌子沒有那些藥物，就會死掉。有了藥物，她才能放鬆心情，才能活到現在，現在她正痛苦著。可是，老師，如果沒有藥物，我早就臥軌自殺了，她笑著這麼告訴我。我理解她的痛苦嗎？我切身感受到她的痛楚了嗎？我是否對她產生共鳴，設法理解她眞正的願望？我能否站在美彌子、正子、由美她們身邊，幫助她們實現眞正的願望？腦中只有理想，嘴裡只說好話，是沒有任何意義的。必須眞正站在她們身邊，一起行動，鬥半田明美昭和三十年出生　半田明美千葉縣成田市出生　半田明美　半田明美已經不在了。我已經不在了。我是小小的我。我是殺人凶手，只有錢可以相信，光明不會從天射下，光明來自深邃的洞穴底部，從那積滿各種不幸的泥巴底部射出，向我們指出神的所在。只有在最低處才有救贖。美彌子、由美、眞理子，我們一起行動時，神一定會伸出援手。默默祈禱也沒用。因爲最低處的洞穴底部有一層積滿不幸的汙泥，神就在那片汙泥下面守護著我們的奮鬥，我，半田明美昭」

文章寫到這兒突然中斷了。

知佳茫然瞪著電腦螢幕。

小野老師就在這段文字裡，知佳彷彿說給自己聽似地喃喃自語。

「我理解她的痛苦嗎？我切身感受到她的痛楚了嗎？我是否對她產生共鳴，設法理解她眞正的願望？我能否站在美彌子、正子、由美她們身邊，幫助她們實現眞正的願望？腦中只有理想，嘴裡只說好話，是沒有任何意義的。必須眞正站在她們身邊，一起行動，鬥」

沒寫完的部分應該是鬥爭下去吧。

半田明美正在艱辛地找回她的自我意識，然而她的努力白費了。半田明美在抵抗自己以外的某種東西，但是她失敗了。

寫下這段沒有存檔在磁片裡的文章之後，半田明美再也沒有坐在文字處理機前面。

經歷混亂、撕裂的過程之後，她變成了小野尚子。

在這段未完的文章裡，半田明美與小野尚子之間呈現一種太極圖一般奇異又靜默的和諧。

之前那些醜陋至極的手記代表的意義，知佳終於明白了。

半田明美爲了佔有小野尚子的兩億圓財產，先殺了她，然後冒名頂替了她，但是在冒充她的這段日子裡，小野尚子卻佔有了半田明美的心。

半田明美經歷千辛萬苦，想盡辦法要找回「我，半田明美」。她藉口去看漢方醫生，回到自己名下的公寓。她在那些鏡子的包圍下進行自我訓練，要求自己從舉止到思想都要變成小野尚子。爲了找回逐漸消失的自己，她獨自坐在文字處理機前回顧成長經歷，企圖透過文字確認自己究竟是誰。她渴望變回那個確信自己身分的自己。

然而，每當她回到新艾格尼絲之家的瞬間，她又再度變成了小野尚子。

根本不是什麼靈魂附身，雖然知佳也差點接受了這種解釋。

和靈異現象無關，一個人還是有可能變成不是自己的另一個人。

有利用藥物或是心理學的方法獲得別的人格。也有透過暴力的洗腦達到目的。然而即使不用這些方法，人的自我或自我意識也可能崩潰。

自我或許本來就比一般人想像得脆弱吧。知佳想起自己從明美的公寓回來後，那兩個多星期之間的心境變化。

她只花了很短的時間，就讀完了明美書架上的書籍。那些書絕對不算是什麼特別的書籍。知佳因爲是文字工作者所以能在極短的時間裡，集中精神專心閱讀。她等於是在一種隔絕外界情報的狀態下讀完了那些書。但是雖然只讀了幾本書，感情卻也受到相當的震撼。她清楚地感覺到，自己的精神狀態變得很亢奮，喜好與思考方式也受到影響，而她只不過是日以繼夜地讀了某人讀過的文字而已。

半田明美曾經費盡心思了解小野尙子的一切。從外貌到成長經歷、思想、思考的模式……等，她都細心調查過，並且熟記到可以向他人毫無矛盾地侃侃而談。

在那個被鏡子包圍的房間中央，她仔細確認自己的動作，再用攝影機拍下來細心比對，努力地模仿得惟妙惟肖。她從旁觀者的角度觀察自己，要求自己連內心都完全變成小野尙子。

如果是普通人，大概早就發瘋了。人類的感情沒有那麼強韌，不可能把自己的人格切割爲眞假兩半。

半田明美在新艾格尼絲之家裡，必須以小野尙子的身分判斷狀況，採取行動。在她自己的想法之上，還要加入另一個人的想法，並以另一個人的行爲模式度過每一天。

模仿另一個人的創意與思想，模仿另一個人說話、行動……必須承擔最後的結果。對金錢的慾望、憤世嫉俗，還有「永遠沒人愛我」之類低落的自我評價，這些要素都屬於「我，半田明美」。但這些要素只有在她面對文字處理機寫下令人唾棄的自傳裡才會成形。

現實中的「我」是新艾格尼絲之家的領導者小野尙子。她把職員和住民的困難當成自己的困難，與她們產生共鳴，跟她們攜手前進，並且扮演這群敏感女性的母親。這群人能夠立即看穿他人的情緒、感情或眞心，她們有著殘酷的成長經歷，生活在嚴苛的環境裡，整天跟犯罪爲伍，情緒隨時都會爆發。

行動是眞實，而且無法抹滅的，然而思想和感情卻是無形又多變。聽到別人的一句話、新的訊息，甚至天氣發生變化，思想和感情都會產生極大波動。她的內部是半田明美，外表則是扮演的小野尙子。

行動與思想，立場與想法，經常會背道而馳。知佳的日常生活裡也經常遇到這種狀況。知佳曾經帶著尊敬的眼神採訪她最討厭的都知事，還爲他寫了一篇歌功頌德的報導。後來又採訪過一位政府的御用經濟評論家，爲他提到的極其危險的投資信託寫了一篇推薦的文章。

立場與行動即使矛盾，也無法輕易改變。迎合行動與立場而改變自己的思想與感情，反而比較簡單。採訪那名討厭的都知事時，她盡量在腦中想著對方的優點和出色的觀點。撰寫那篇推薦高風險投資的文章時，就把重心放在高收益。於是，她才發現原來以前的看法都是自己的偏見。只要稍微改變想法，其實他們也沒那麼討厭。

如果願意極盡所能修正想法，大概不只是思想和感情可以改變，恐怕連記憶也能置換吧？這就是所謂的人類，不，應該說，人腦就是這樣。

半田明美這個沒有良心的女人，大概無法感受到內外矛盾的痛苦，但一天二十四小時都在扮演跟自己完全不同類型的角色，一定會感到超乎想像的疲累吧。更何況識破自己身分的榊原久乃一直待在身邊，隨時豎起耳朵留意自己的一舉一動。

「一九九八年九月

我，半田明美搬家到關西地區。變成小野尙子之後，至死都能輕鬆度日　有了兩億圓，一輩子都能靠利息活下去」

半田明美在文章裡寫了這一段。以她當時所處的狀況來看，至少還得忍耐三、四年。而在這段時間裡，她的精神狀況包括記憶在內，都發生了變化。更重要的是，半田明美的腦中並沒有「至死都能輕鬆度日」的具體理想圖。她像強迫症患者一般看重財富，執著金錢，又像呼吸似地輕鬆殺人，這些就是她的全部。但是小野尙子擁有理想，也有行事的準則。

爲了變成一個自己無法比擬的堅韌人物，半田明美崩壞了。

她拿掉墨鏡和口罩，走向社會，在人們面前扮演小野尙子這個角色。或許，她有時也會自問自己究竟在做什麼？然而，新艾格尼絲之家的各種瑣事整天圍繞著半田明美，她根本無暇思考如何尋回自我，或是剖析眞正的自己。

最後，半田明美變成了小野尙子。

不對，推敲到這裡，知佳突然覺得不太對勁。

知佳認識的小野尙子就是半田明美。

她想起一九九四年之後，也就是半田明美已經殺了人之後一些舊事。

那些有過藥癮、進食障礙，或是曾經遭受性侵、虐待的住民，絕不是容易相處的對象。恩將仇報對她們來說也是稀鬆平常，然而半田明美總是陪伴著她們，傾聽那些靈魂的吶喊。

二〇一一年，東日本大地震發生之後，來自各地的捐款數字歸零。新艾格尼絲之家經營陷入無法維持的窘境，這時，半田明美從小野尙子的財產裡撥出相當的金額，讓新艾格尼絲之家能夠繼續經營下去。同時，她還賣掉自己的別墅，在信濃追分某個瀕臨廢棄的農村重新建立起新的根據地。那些聚居在新艾格尼絲之家的女性，都是無家可歸的可憐人。爲了替她們找到安心生活的場所，爲了幫她們創造自給自足的環境，半田明美果敢地做出了這些決定。然後，在那場火災裡，她還用自己的生命換來另一條新生命。

就算死在菲律賓的小野尙子還活著，可能也無法做出這些決定吧。

小野尙子克服酒癮之後，成立了新艾格尼絲之家。後來因爲在菲律賓遇到艾切蘿修女等人，才對那些人的思想產生共鳴。然而，她的理想碰到日本經濟停滯的嚴峻狀況，也很可能隨之破滅，然而半田明美卻大膽地實現了她的理想。

「光明不會從天射下，光明來自深邃的洞穴底部，從那積滿各種不幸的泥巴層底部射出來，向我們指出神的所在。只有在最低處才有救贖。美彌子、由美、眞理子，我們一起行動時，神一定會伸出援手。默默祈禱也沒用。因爲最低處的洞穴底部有一層積滿不幸的汙泥，神就在那片汙泥下面守護著我們的奮鬥」。

這段文字正是小野尚子發自內心的想法吧。曾在人生路上受盡各種汙辱的半田明美，與新艾格尼絲之家的成員親密接觸後看到了神。神並不在天上。就算她們以順從的態度向神祈禱，也不會獲得救贖。

神的光明來自深邃的洞穴底部，從那積滿各種不幸的泥巴底部射出。神的救贖不在天上，而在地面的低處，神向在那裡奮鬥的人群伸出援手。

之後，經過二十多年，半田明美超越了小野尚子。她並不是經由反省、更生或悔改，而是在實行自己擬定的犯罪計畫過程中，超越了小野尚子。

走下車來，沉重逼人的寒氣一下子撲向臉頰、肩頭。

知佳不斷踱著雙腳，急忙披上羽絨外套之後，像被北風吹著似地快步奔向車站。她的車停在輕井澤暢貨中心的停車場，場內正在播放聖誕歌曲，到處都能看到大型聖誕樹。一年當中最多采多姿的季節即將展開序幕。

知佳吐出著白色氣息拉開輕井澤車站前的一家咖啡店的店門，發現長島已經到了。他一看到知佳，立刻舉手向她打招呼，「這裡。」

長島的眼袋浮腫發黑，嘴唇也很乾燥。

「您不要緊吧？身體還好嗎？」

「啊……沒事。」

長島露出略帶悲傷的笑容。

這時，掛在門上的鈴鐺響起一陣刺耳的聲響。「抱歉，我遲到了。」只見優紀連聲道歉走進店內。戶外已是零下的低溫，她只在毛衣外面穿了一件舊的厚呢短大衣。

優紀後來跟知佳聯絡，表示想把半田明美留下的文章全部讀過。那是在知佳讀完存在栗原寄來的作業系統啓動磁片的文章的十天之後。

那天晚上，知佳忘了問她是否收到列印稿。這天在電話裡才知道，長島並沒有把栗原修復的文章寄給優紀。

「我已經做好心理準備了。」優紀在電話那端笑著說。知佳從她的話裡感覺出她準備面對「小野老師」的決心。

知佳把已經修復的全部資料以電子郵件附件寄給優紀。四天後，優紀用手機寄來一封郵件。從她的字裡行間感覺不出受到打擊的氣氛。優紀只以平淡的語氣告訴知佳她希望能跟長島見一面，親自向他道謝。

知佳把優紀的意思轉達給長島後，長島笑著說，「道謝？眞麻煩。」但又主動向知佳提議就約在輕井澤一帶吧。因爲他想親自走一趟事件的舞台輕井澤。

「您夫人不要緊吧？把她放在家裡一整天。」知佳問，但是長島支吾著沒回答。

知佳的直覺告訴她，那天晚上一定發生了什麼事，所以決定不再追問，知佳已經準備好安慰長島的話了。

優紀在知佳身邊坐下後，視線停留在對面的長島臉上，「您身體還好嗎？」她也提出跟知佳一樣的疑問。

我的糖尿病已經傷到腎臟了嘛……平時長島總是這樣辯解，今天卻沒聽到他說這句話。

「嗯，發生了很多事。」長島說著，一手撫著自己的臉頰。

「我那口子會在半夜跑出去，所以每天晚上我都用繩子把我們拴在一起才睡覺。誰知她竟還有那種腦筋，竟然解開了繩子。還提著菜刀到處遊蕩，雖然也不是想做什麼壞事。就是在那天晚上，剛好妳打電話來的時候。」他瞥了知佳一眼。

「對不起。」知佳不自覺地低頭道歉。

「沒關係。後來我只好報警，把她抓回來。因爲看不出她是失智，可是回家之後不得了……我已經沒辦法在家照顧她了。可是她會胡鬧，會罵人，不管哪個機構都不肯收。我想了各種辦法，最後只能送進精神病院。以前我還能想辦法應付，可是我自己的糖尿病也……」

「對啊，都已經影響到腎臟了。」

知佳反射性地回應。話脫口而出令她後悔不已。

「那我老婆現在住院了。已經用藥物治療，但還是沒辦法穩定下來，只好給她穿上拘束衣。我能做的就是每天去看她，可是看到她那樣，又很難受。」

「您不用感到歉疚。」優紀說著，突然緊握住長島瘦削發黑的手腕。

「家人能做的畢竟有限。」

對啊，知佳表示贊同。她想起了新艾格尼絲之家和「小野老師」。

「是啊。」長島說完低下頭。

這時，店員把剛煮好的咖啡送到他們面前。

「對了，妳們讀完那些東西覺得怎麼樣？」

長島像要轉換氣氛似地問兩人。

優紀低垂著雙眼，彷彿很緊張地喉頭微微顫動幾下，但是沒有說話。

知佳先感謝長島幫忙找人修復磁片，然後說出自己讀完那些文章的心得。

「總之，就是聰明反被聰明誤，她自己給自己洗腦了。」

說完，她覺得這種結論太簡單，又補充說道：

「長島先生也可以試試看。每天抱著別人書架上的書籍，連續讀上幾小時。光是這樣，我就覺得自己的腦袋要出問題了。何況她除了讀書，還對著錄影帶、鏡子自我訓練，而且之後的每一天、每一年都要扮演跟自己完全相反的角色。等於登上舞台連續演出二十四小時，結果把自己搞垮了。」

「我才不要試試看。我這輩子只想當個惡劣的煽腥色記者，不想當聖人君子。」長島搖搖頭，「其實妳說的那種事，也沒什麼稀奇。」

「我以前也跟妳說過，半田明美做的那些事就是很多國家訓練間諜的方法。從動作到思想，完全變成另一個設定的人物。如果太投入的話，最後連自己的人格都會被帶走。不久前不是才有個人變成雙面間諜，最後被殺了嗎？不過要我說的話，我認爲原來的半田明美大概還剩百分之二左右。她只是錯失了機會而已吧？每次覺得『機會來了』的瞬間，那個叫做榊原的老太婆就會出來妨礙她。日子一天天過去，她慢慢上了年紀，體力跟慾望也漸漸枯萎了，心裡開始覺得麻煩死了，乾脆這樣過下去算了。反正只要不追求享受，就在那個位子上活著也挺開心的。大家都很尊敬她，圍繞在她身邊。她自己也覺得，扮演大善人也不是壞事。誰知後來發生了那場火災，她一時大發慈悲，結果卻送掉自己的性命。」

「我不知道別人怎麼看，但是跟新艾格尼絲之家的住民相處，不是那麼簡單的事情。尤其是小野老師所處的位置，沒有信念和眞愛，是做不下去的。」

優紀抬起視線，用銳利的語氣反駁長島。

「我寧願相信每個人都能獲得重生，不論過去發生過什麼。我覺得那些手記般的文章是一部懺悔錄。半田明美的少女時代過得太慘烈了。因爲過於慘烈，她只好去犯罪。這是她跟我們的住民的共通之處，所以她能了解我們。她知道我們的感受，也因爲深入接觸新艾格尼絲之家，她才能認眞審視自己，最後獲得了靈魂的重生。」說到這兒，優紀的聲音變得很含糊。「我希望是這樣。」她低聲做出結論。

知佳覺得這段話充滿樸素的力量，令她覺得很感動。不過優紀幼小聲地補充道：

「我有點不知道該怎麼處理知佳寄來的那些文章。後來只給繪美子讀過。剛才這段話，是繪美子說的。」

「其他的人讀過之後，不知會說什麼呢？像是那個麗美。」

聽到知佳這麼問，優紀搖了搖頭，「她已經不在我們那裡了。」

原來麗美已經回到和歌山的老家了。據說是因爲母親臥病在床，大兒子和媳婦住在大阪，而且向來跟母親的關係不好，所以麗美決定在離家幾十年之後返鄉照顧母親。

「她一看就覺得她很會照顧老人。」

「老實說，我覺得好無助，只剩下我跟繪美子兩個人。現在才發現，我對她的依賴好像超出自己的想像。」

「照護結束後，說不定還會回來吧。」

「不，那可不行。」優紀毅然表示反對，知佳想起了小野尙子成立新艾格尼絲之家的初衷。

離開新艾格尼絲之家的人還有一個，不，還有兩個。

瀨沼春香在愛結滿兩歲生日前，帶著女兒跟一個幾乎可以做她父親的男人結婚了。

「又來了。」長島聳了聳肩膀說。

「眞不知該恭喜她還是……」知佳也懷著一絲戲謔的心情回答。

「是高中物理老師喔。」

「這麼穩健可靠的人物啊。」長島打趣說道。

「對方是個御宅族，非常著迷動漫畫和科幻小說，但是也不能說這種人就不好啦。」

據說兩人是在春香打工的手機店裡認識的，才兩個月，兩人就決定結婚了。

「婚禮跟喜宴，提出結婚登記後，去蜜月旅行，簡直就是昭和結婚全餐唷。我跟繪美子都去參加了結婚典禮。在共濟會館，周圍都是學校老師呢。」

知佳仰天大笑起來。

「反正嫁出去就行啦。」

「嗯……誰知道這次能不能好好過下去，不過我們那裡倒是可以代替娘家收容她。」

優紀不敢開懷慶賀，只敢慎重祝福的語氣就像春香娘家的母親。

接著，她也提起了沙羅。據說沙羅的進食障礙還是跟以前一樣，時好時壞。

「這種病不會那麼容易治好的，必須耐心應對才行。」

不過沙羅的人生也終於露出曙光。由於國家採取鼓勵精神病患者出院的政策，所以她母親帶著返家的弟弟，一起住進某個神祕宗教團體主辦的研修設施。母親再三打電話給沙羅，慫恿她也去住。沒有人告訴沙羅該怎麼應對，但是她很乾脆地拒絕了母親的建議。「我已經很討厭那種事了。」她只回答了這麼一句。

「說不定哪天還會找上門來，妳們要看好她唷。有什麼問題，打電話給我。」長島語氣堅決地說。

「到時候就麻煩您了。」優紀向長島低頭致謝，微笑地說，「不過她至少已經有點進步了。」

優紀打電話請知佳把半田明美的那些文章寄去給她的時候，或許已做好「心理準備」，決定把這段期間發生的一連串事情都整理一遍吧。

「等一下有時間的話，要不要跟我一起去信濃追分？」優紀從信封裡拿出幾張紙。

原來是設計圖。上次被落雷燒毀的新艾格尼絲之家位在在信濃追分的山村裡，優紀打算在當地重建一座新的房舍。

新屋採取隔熱效果較高的節能設計，是具備功能性，卻也單調又缺少情趣的框組式工法住宅。

「好在周圍的道路夠寬，吊車開得進去。我打算節省花費，用那些錢成立基金有效使用。因爲我想把那些錢捐給更需要的機構。」

「小野老師也一定會這麼做的。」

知佳說不出半田明美這個名字。現在新艾格尼絲之家的職員、住民和知佳認識的人，是小野老師，不是半田明美。將來搬進新艾格尼絲之家的住民會聽到大家傳誦小野尙子的事蹟與品德，而不會有人提起半田明美。半田明美已經永遠消失了。未來大概也不會有人再談起她。

走出咖啡店，兩人向即將返回東京的長島道別後，知佳坐進優紀的輕型車。時間還不到下午四點，天空卻已暗如黃昏。車子在微弱的光線中向前駛去。

突然，天空裡出現無數黑點，流雲似地飄向遠處，原來是一大群小鳥。

「啊，是燕雀。冬天眞的來了。」

手握方向盤的優紀自言自語似地低聲說道。

E.FICTION 39／鏡子的背面

原著書名／鏡の背面
作者／篠田節子
原出版社／集英社
翻譯／章蓓蕾
編輯總監／劉麗真
責任編輯／張麗嫺
行銷業務部／徐慧芬．陳紫晴
總經理／陳逸瑛
榮譽社長／詹宏志
發行人／涂玉雲
出版社／獨步文化
城邦文化事業股份有限公司
104 台北市中山區民生東路二段 141 號 5 樓
電話：(02) 2500-7696　傳真：(02) 2500-1967
發行／英屬蓋曼群島商家庭傳媒股份有限公司
城邦分公司
104 台北市中山區民生東路二段 141 號 2 樓
網址／www.cite.com.tw
讀者服務專線／(02) 2500-7718；2500-7719
服務時間／週一至週五：09:30～12:00　13:30～17:00
24 小時傳眞服務／(02) 2500-1900；2500-1991
讀者服務信箱 E-mail／service@readingclub.com.tw
劃撥帳號／19863813
戶名／書虫股份有限公司
香港發行所／城邦（香港）出版集團有限公司
香港灣仔駱克道 193 號東超商業中心 1 樓
電話／(852) 2508-6231　傳眞／(852) 2578-9337
E-mail／hkcite@biznetvigator.com

馬新發行所／城邦（馬新）出版集團
Cite (M) Sdn Bhd
41, Jalan Radin Anum, Bandar Baru Sri Petaling,
57000 Kuala Lumpur, Malaysia.
Tel: (603) 90578822
Fax: (603) 90576622
email: cite@cite.com.my
封面設計／高偉哲
印刷／中原造像股份有限公司
排版／陳瑜安
●2020年（民109）12月初版
售價499元
KAGAMI NO HAIMEN by Setsuko Shinoda

First publishied in Japan in 2018 by SHUEISHA Inc., Tokyo.
This Traditional Chinese edition published by arrangement with Shueisha Inc., Tokyo in care of Tuttle-Mori Agency, Inc., Tokyo Through AMANN CO., LTD., Taipei.

ISBN 978-957-9447-90-4

國家圖書館出版品預行編目資料

鏡子的背面／篠田節子著；章蓓蕾譯．– 初版．– 台北市：獨步文化，城邦文化出版：家庭傳媒城邦分公司發行，民 109.12
面；　公分．--（E-Fiction；39）
譯自：鏡の背面
ISBN 978-957-9447-90-4（平裝）

861.57　　109014806